.21= Le massacre, une "forme d'action le plus souvent collective de destruction de non-combattants", qui peut viser au génocide.
.27= Avant m[illegible] [illegible] n d'ensorkissement
de l'autre pen[illegible]
37= La violen[illegible] [illegible]naginaire collectif, es[t]
xploitée par 1 [illegible] [illegible]ange l'angoisse (ss
[c]ause) en peut[illegible]

Purifier et détruire

Du même auteur

Pour sortir de la violence
Éditions de l'Atelier, 1983

La Dissuasion civile
Principe de la résistance non-violente dans la stratégie française
Fondation pour les études de Défense nationale, 1985

Sans armes face à Hitler
La résistance civile en Europe, 1939-1943
(préface de Jean-Pierre Azéma)
Payot, 1989 et « Petite bibliothèque Payot », n° 340

La Non-Violence
(avec Christian Mellon)
PUF, « Que sais-je ? » n° 2912, 1994

La Liberté au bout des ondes
Du coup de Prague à la chute du mur de Berlin
(préface d'André Fontaine)
Belfond, 1997
rééd., Nouveau Monde éditions, 2009

La Non-Violence expliquée à mes filles
Seuil, 2000

J'arrive où je suis étranger
Seuil, 2007

La résistance aux génocides
De la pluralité des actes de sauvetage
(avec Claire Andrieu et Sarah Gensburger)
Presses de Sciences-po, 2008

Face au totalitarisme, la résistance civile
A. Versaille éditeur, 2011

Jacques Semelin

Purifier et détruire

Usages politiques des massacres et génocides

Éditions du Seuil

ISBN 978-2-7578-2981-3
(ISBN 978-2-02-047847-2, 1re publication)

À Pierre Hassner,
dont le compagnonnage bienveillant et critique a toujours été une source importante de stimulation intellectuelle et qui, fort judicieusement, m'a incité à explorer les fondements du pouvoir de détruire.

« Je suis l'être le plus pacifique qui soit. Mes désirs sont : une modeste cabane avec un toit de chaume, mais dotée d'un bon lit, d'une bonne table, du lait et du beurre bien frais avec des fleurs aux fenêtres ; devant la porte quelques beaux arbres. Et si le bon Dieu veut me rendre tout à fait heureux, qu'il m'accorde de voir à peu près six ou sept de mes ennemis pendus à ces arbres. D'un cœur attendri, je leur pardonnerai avant leur mort toutes les offenses qu'ils m'ont faites durant leur vie – certes on doit pardonner à ses ennemis, mais pas avant qu'ils soient pendus. »

Heinrich HEINE, *Pensées et Propos*.

À Varsovie près d'un manège,
Par un beau soir de printemps,
Aux sons d'une allègre musique ;
Les salves venant du ghetto,
Se perdaient dans la mélodie,
Et les couples s'envolaient,
Lancés haut dans le ciel serein.
Le vent des maisons incendiées
Apportait de sombres lambeaux,
Ils attrapaient en l'air des cendres,
Ceux qui allaient au manège.
Et les robes des filles volaient,
Et les gens riaient heureux,
Ce beau dimanche de Varsovie.

Czeslaw MILOSZ, *Campo dei fiori*.

REMERCIEMENTS

Ce livre est le fruit d'une lente maturation qui a sans doute commencé un jour de juillet 1985, avec l'émotion ressentie durant ma visite d'Auschwitz-Birkenau, et qui, par la suite, s'est nourrie d'autres voyages en Pologne, en Allemagne, au Rwanda et dans divers pays des Balkans. Il me semble impossible de remercier toutes les personnes qui, au long de ces années, ont compté dans l'évolution intellectuelle de cet ouvrage. Au moins ne voudrais-je pas oublier ma rencontre avec l'historien français Léon Poliakov, qui, à propos du génocide des juifs, m'a confié cette « formule » que je n'ai jamais oubliée : « L'événement ayant une multiplicité de causes, il est impossible de connaître la cause de l'événement. » Cette pensée a toujours inspiré ma posture de chercheur à l'égard de l'objet étudié. Elle a illuminé mon itinéraire dans les sciences sociales, étant comme une sorte d'invitation constante à la complexité et à l'humilité de la démarche scientifique.

Je pense aussi à cette table ronde sur les génocides et persécutions de masse que j'avais organisée à Paris en mars 1986 avec Léon Poliakov lui-même, Yves Ternon (pour la Turquie de Talaat), Wladimir Berelowitch (pour l'URSS stalinienne), Jean-Luc Domenach (pour la Chine maoïste) et François Ponchaud (pour le Cambodge de Pol Pot). À ma connaissance, cette rencontre constitue la première tentative de discussion comparative en France sur les grands meurtres de masse du XXe siècle. Or, je me souviens d'avoir été passionné par les échanges, et c'est aussi dans cette réunion que résident probablement les prémices de ce livre.

Mais c'est certainement Pierre Hassner qui, à la fin des années 1990, après la soutenance de mon habilitation à diriger des recherches en science politique (dont il avait été le directeur), a réveillé en moi le désir et la volonté d'entreprendre un nouveau programme de recherche sur ce thème difficile, dans le cadre du CNRS. Et c'est pourquoi ce livre lui est dédié.

Dans la phase finale de rédaction de cet ouvrage, j'ai grandement bénéficié des remarques et commentaires d'éminents spécialistes des cas étudiés, qui m'ont fait l'honneur de bien vouloir lire le manuscrit et en pointer les lacunes : Philippe Burrin (pour l'Allemagne nazie), Jean-Pierre Chrétien, Marcel Kabanda et Claudine Vidal (pour le Rwanda), Joseph Krulic et Joël Hubrecht (pour l'ex-Yougoslavie). La prise en compte de leurs remarques et suggestions a fortement enrichi les analyses proposées dans ce livre. D'autres collègues, amis ou proches ont aussi lu tout ou partie du texte : Annette Becker, Christiane Guiffrais, Sandrine Lefranc, Christian Mellon, Géraldine Muhlman, Nicole Parisel, Valérie Rosoux, Rafiki Ubaldo. La pertinence de leurs remarques m'a conduit bien souvent à faire des modifications parfois substantielles pour améliorer la précision et la clarté du propos. Mais, bien entendu, je reste le seul à assumer la responsabilité de ce qui est écrit dans ces pages.

Au cours des années de préparation de cet ouvrage, des collègues ont joué un rôle important pour à la fois encourager et stimuler ma recherche. Je pense tout d'abord à Michel Wieviorka, directeur du CADIS (EHESS), et à Christophe Jaffrelot, directeur du CERI (FNSP), qui m'ont respectivement accueilli en 2000, puis en 2004 dans leurs équipes, ce qui a permis à ce travail de bénéficier d'une insertion institutionnelle essentielle à sa réussite. Le groupe de recherche « Faire la paix : du crime de masse au *peacebuilding* », que j'ai animé au CERI avec Béatrice Pouligny entre 2000 et 2002, a été un creuset intellectuel particulièrement stimulant. Le soutien de Pierre Muller, qui m'a incité à organiser un colloque sur les « violences extrêmes » en novembre 2001 au sein de l'Association française de science politique, a été un grand encouragement, cette rencontre ayant été riche d'enseignement du fait du dialogue entre les disciplines représentées – ce dont ce livre a profité. Le soutien de collègues qui exercent des responsabilités importantes dans la recherche française en sciences sociales, tels que Patrick Michel au CNRS et Gérard Grunberg à Sciences-Po, a aussi été une source essentielle de reconnaissance de ce travail, me donnant plus encore l'énergie de le mener à terme.

Je ne voudrais pas davantage oublier des collègues étrangers, principalement rencontrés dans le cadre de l'International Genocides Scholars Association, avec qui j'ai discuté certaines des idées défendues dans ce livre, en premier lieu Omer Bartov (Brown University), Frank Chalk (Concordia University, Montréal), Ben Kiernan (Yale University), Henry Huttenbach (City University of New York), Eric Markusen (Holocaust and Genocide Studies, Copenhague), Robert Melson (Purdue University).

Pour rassembler la documentation qui alimente les nombreuses notes de bas de page, des personnes m'ont apporté leur précieux concours au fil de ces années. Ainsi, ma reconnaissance va tout particulièrement à Michel Aubeneau, André Bourdalet, Dominik Bretteville, Mauricette Coret, Jamila Elkhiat, Elisabeth Hopkins, Serge Kovanyko, Bernard Vidon.

Pour la mise en forme et la présentation du texte, je tiens aussi à exprimer toute ma gratitude à Caroline Longlet, Ronald Hato et Nathalie Tenenbaum. Tout particulièrement, Nathalie a eu la redoutable tâche de m'accompagner dans la dernière phase de rédaction de ce livre, ayant eu la responsabilité de lire et relire le texte, de chercher et compléter des références, d'en améliorer la présentation. Sans sa précieuse et bienveillante collaboration, cet ouvrage ne serait tout simplement pas ce qu'il est.

Enfin, au-delà du regard que je lui demande parfois de porter sur mon écriture, ma plus profonde et chaleureuse pensée va à Lydie, qui se trouve dans la situation particulièrement difficile de « supporter », au jour le jour, au sens anglais et français de ce terme, un chercheur passionné par la connaissance de l'être humain et de ses conduites extrêmes.

INTRODUCTION

Comprendre ?

Je ne suis ni juif allemand, ni Tutsi du Rwanda, ni musulman de Bosnie. Mes propres racines sont certes du côté de la Vendée. Mais l'histoire des « Colonnes infernales » venues massacrer les Chouans en révolte contre la Révolution française n'a pas fait partie de mon roman familial. Je n'écris pas au nom de quelque Histoire communautaire. Je n'entends pas davantage prendre la posture de cet historien justicier « chargé de la vengeance des peuples », brillamment dépeint par Chateaubriand[1]. Si j'ai consacré plusieurs années de travail au sujet de ce livre, c'est en tant que *chercheur*, pour contribuer à comprendre l'énigme des génocides. Je suis d'ailleurs certain que nombre de mes contemporains se posent les mêmes questions : comment peut-il advenir ? Comment peut-on ainsi en arriver à tuer des milliers, des dizaines de milliers, voire des millions d'individus sans défense ? Et pourquoi, en plus, les faire souffrir, les violer, les martyriser avant de les détruire ?

1. « Lorsque, dans le silence de l'abjection, on n'entend plus retentir que la chaîne de l'esclave et la voie du délateur, lorsque tout tremble devant le tyran et qu'il est aussi dangereux d'encourir sa faveur que de mériter sa disgrâce, l'historien paraît chargé de la vengeance des peuples. C'est en vain que Néron prospère, Tacite est déjà né dans l'empire », François René de Chateaubriand, *Mémoires d'outre-tombe*, Paris, Gallimard, 1990.

Reconnaissons-le : des pensées vengeresses peuvent parfois nous habiter à l'égard de tel ou tel, que nous considérons comme notre ennemi. Et nous irons peut-être, qui sait, jusqu'à rêver de le faire souffrir, et même de le tuer. Mais, heureusement, cette intention mortifère en restera là : à l'état de fantasme. Alors que se passe-t-il quand ce fantasme bascule dans la réalité ? Quand, de surcroît, il ne s'agit pas seulement de commettre un meurtre, mais bel et bien un meurtre de masse ? La pensée vacille au bord du gouffre de notre propre barbarie. À propos de la Shoah, le cinéaste Claude Lanzmann a résumé ces interrogations dans un raccourci saisissant : « Entre le vouloir tuer et l'acte même, il y a un abîme[1]. » C'est précisément ce problème central du *passage à l'acte* dans l'abîme génocidaire qui est au cœur des analyses proposées dans ce livre ; un passage à l'acte appréhendé non pas comme une pulsion psychique, mais bien plutôt comme un processus de bascule, particulièrement complexe, imbriquant des dynamiques collectives et individuelles, de nature politique, sociale, psychologique, etc.

Mais n'est-il pas dangereux de vouloir élucider cette énigme ? Faut-il vraiment chercher à comprendre ? D'aucuns en doutent, le redoutent même. Ils préconisent surtout de faire œuvre de mémoire, de garder vivants les témoignages des souffrances endurées par les victimes. Vouloir comprendre ? Sûrement pas. Car ce serait alors entrer dans la logique des bourreaux, montrer que ceux-ci ont face humaine, leur trouver des circonstances atténuantes – bref, finir par excuser leurs crimes. De telles réticences ne sont pas sans fondements.

« Comprendre n'est pas pardonner », a répondu l'historien américain Christopher Browning au tout début de son

1. Claude Lanzmann, « Les non-lieux de la mémoire », *Nouvelle Revue de psychanalyse*, n° 33, 1986, p. 20.

maître ouvrage sur l'évolution de ces policiers allemands d'Hambourg devenus les exécuteurs de masse de juifs polonais. « Renoncer à comprendre les tueurs en termes humains rendrait impossible non seulement cette étude, mais toute histoire de la Shoah qui soit autre chose qu'une caricature[1] », ajoute-t-il. Et de rappeler cette phrase de l'historien français Marc Bloch, écrite peu de temps avant qu'il soit exécuté par l'occupant allemand : « Un mot, pour tout dire, domine et illumine nos études : comprendre[2]. » Cette démarche de compréhension s'enracine d'ailleurs dans l'expérience même du massacre, quand les victimes se demandent : « Quel sens a tout cela ? », « Pourquoi moi ? », « Qu'ai-je donc fait ? ». Or, à peine arrivé à Auschwitz, Primo Levi reçut cette réponse cinglante : « Ici, il n'y a pas de pourquoi » *(« Hier ist kein warum »)*[3]. C'est ce primat d'une apparente incohérence imposée par les bourreaux qui transforme la volonté de comprendre aussi en un devoir moral. Se refuser à comprendre, ce serait alors reconnaître leur triomphe posthume. Ce serait admettre que l'intelligence à faire le mal a été et reste définitivement plus forte que celle qui vise à en percer les mystères. D'un point de vue éthique, une telle position est insoutenable. Au nom même de tous ceux qui se sont demandé : « Pourquoi ? », nous avons un devoir d'intelligence.

Cette démarche compréhensive, loin de disculper les décideurs et exécutants du massacre, revient d'ailleurs à

1. Christopher R. Browning, *Des hommes ordinaires. Le 101e bataillon de réserve de la police allemande et la Solution finale en Pologne*, traduit de l'anglais par Élie Barnavi, Paris, Les Belles Lettres, 1994, p. 9.

2. Marc Bloch, *Apologie pour l'Histoire ou Métier d'historien*, Paris, Armand Colin, 1974. Cité par Christopher R. Browning, *Des hommes ordinaires*, *op. cit.*, p. 9.

3. Primo Levi, *Si c'est un homme* (1958), Paris, Julliard, 1988, p. 29.

poser la question de leur propre responsabilité dans les tueries. En effet, on ne peut considérer que ceux-ci sont nécessairement et toujours « agis » par des facteurs extérieurs à eux-mêmes, que leurs conduites destructrices sont donc totalement déterminées, comme s'il s'agissait de simples marionnettes. Sauf exception, on ne peut pas davantage les percevoir comme des « fous », car, comme on le verra ici, les bourreaux ont l'air terriblement normaux. La question est bien plutôt de comprendre comment ils en sont arrivés là et quelles significations (justifications ?) ils donnent à leurs engagements. En somme, il s'agit de savoir comment des individus, immergés dans une situation sociale donnée, vont interpréter cette situation et y réagir… par le massacre. C'est notamment la démarche de la sociologie compréhensive de Max Weber qui peut nous aider à faire l'étude spécifique de ces « acteurs-bourreaux » : plus que des causes sociales objectives, ce qui compte pour analyser leur conduite, c'est d'abord le sens ou les sens qu'ils donnent à leur action. On voit ici l'apport prometteur de la sociologie à la compréhension des processus de bascule des individus dans le massacre. Celle-ci a pourtant trop longtemps négligé ce champ d'étude, le laissant aux historiens. En 1989, le sociologue anglais d'origine polonaise Zygmunt Bauman avait déjà insisté pour que la sociologie se laisse interpeller par cet « objet sale », dans la mesure où l'histoire même de la Shoah était de nature à renouveler ses cadres d'interprétation[1]. Plus largement, je dirai qu'au-delà de la sociologie ce sont les sciences sociales qui ont à investir bien plus systématiquement ce champ de recherche, tant la destruction des populations civiles

1. Zygmunt Bauman, *Modernity and the Holocaust*, Cambridge, Polity Press, 1989. La traduction en français (approximative) en est : *Modernité et Holocauste*, Paris, La Fabrique, 2002.

est un phénomène massif au XXe siècle, ce XXIe siècle débutant semblant déjà lui emboîter le pas.

S'inscrivant dans une telle perspective, cet ouvrage repose sur un double défi. Le premier est celui de la comparaison. Les travaux sur l'extermination des juifs européens surplombent les études sur le génocide en général et sont donc incontournables. Cependant, pour faire progresser la réflexion en ce domaine, l'analyse comparative est plus que nécessaire : comprendre, c'est aussi comparer. La méthodologie de la comparaison est l'une des rares possibilités offertes aux sciences sociales pour « tester » leurs hypothèses, à défaut de pouvoir les soumettre à un protocole expérimental. Aussi me suis-je décidé à ajouter au cas de la Shoah celui du Rwanda et de la Bosnie, au début des années 1990. J'aurais pu en prendre d'autres. Ce ne sont malheureusement pas les exemples qui manquent – qui, du reste, seront parfois évoqués, comme ceux des Arméniens de l'Empire ottoman ou du Cambodge de Pol Pot. Cette recherche s'est cependant limitée à ces trois cas pour être mieux à même de proposer une réflexion approfondie ; ce qui a d'ailleurs déjà demandé un effort considérable pour maîtriser leurs histoires si complexes [1]. En général, les historiens travaillent en effet sur une période déterminée dans un pays

1. Et encore je ne prétends nullement avoir acquis l'érudition de collègues spécialisés dans l'histoire de chacun de ces cas. J'ai d'ailleurs bénéficié grandement de leurs conseils et commentaires, et c'est pourquoi j'ai tenu à les remercier au début de cet ouvrage. Notons cependant le décalage dans la connaissance historiographique entre le cas de l'Allemagne nazie, d'une part, et ceux du Rwanda et de la Bosnie, d'autre part. Les recherches sur la persécution puis l'extermination des juifs ont produit des milliers de livres et d'articles, tandis que, dix ans après les faits, les travaux sur les massacres en Bosnie et au Rwanda n'ont pas vraiment encore atteint leur maturité. Il en résulte des débats souvent passionnels entre chercheurs, par rapport auxquels j'ai tenté de me mettre à l'écart. Cela ne m'a pourtant pas empêché

précis, qu'ils connaissent donc parfaitement. Mais ici, le lecteur pourra suivre trois histoires en parallèle, dont on montrera les parcours, parfois convergents, le plus souvent différents. Car la comparaison ne revient évidemment pas à affirmer que les cas sont équivalents, mais bien plutôt en quoi, à partir de questions communes, ils possèdent une histoire singulière. Comparer, c'est différencier.

Il fallait cependant se référer à une notion commune pour conduire notre investigation. Évidemment, le terme « génocide » venait tout de suite à l'esprit, tant son emploi s'est banalisé. Mais c'est précisément l'usage souvent abusif de cette notion qui rendait problématique son utilisation en sciences sociales, parce que trop peu rigoureux. Si la reconnaissance de la nature génocidaire de l'extermination des juifs européens et des Rwandais tutsi ne faisait pas problème, il n'en était pas de même pour la Bosnie, considérée par certains comme un génocide et par d'autres comme une forme de « nettoyage ethnique ». Mais fallait-il alors se trouver retenu dès le départ par ces problèmes de définition, l'ambition de ce livre étant bien davantage de mieux identifier les processus de bascule dans les formes d'extrême violence ? Intégrer le cas de la Bosnie s'avérait d'autant plus intéressant à cet égard, en ayant à l'esprit de tels désaccords. Faisant rupture avec nombre de travaux antérieurs, j'ai donc délibérément choisi de renverser la démarche : au lieu de traiter la question controversée de la définition (ou des définitions du génocide) en début d'ouvrage, j'ai préféré l'aborder à la fin, en m'appuyant sur toute la réflexion antérieure.

Ce choix m'a semblé d'autant plus judicieux que, au fur et à mesure des progrès de la recherche, je me suis rendu

d'affirmer mes propres analyses en fonction des connaissances acquises et des approches comparatives.

compte que le recours à la notion de « massacre » était bien suffisant comme terme minimal de référence, le plus petit dénominateur commun. J'en propose ici une définition empirique, de nature sociologique en tant que *forme d'action le plus souvent collective de destruction de non-combattants*. Certes, on peut objecter que cela ne résout pas la question de la définition du génocide. À cela je réponds que c'est précisément l'un des enjeux de ce livre que de mieux évaluer dans quelles circonstances un massacre ou une série de massacres peut évoluer vers une situation génocidaire. Cette démarche m'a ainsi conduit à interroger la pertinence de cette notion de génocide, objet aujourd'hui de toutes les instrumentalisations, en procédant à un examen critique de la quasi-totalité des travaux sur le sujet, depuis la création du terme en 1944 [1].

Le second défi de cet ouvrage est celui de la pluridisciplinarité. En effet, le phénomène « massacre » apparaît en lui-même tellement complexe qu'il appelle nécessairement un regard pluridisciplinaire : non seulement celui de l'historien, mais aussi ceux du psychologue, de l'anthropologue, etc. À cet égard, l'œuvre qui m'a certainement le plus influencé est celle, déjà citée, de Christopher Browning. Si celui-ci construit son livre en « bon historien », analysant les opérations de tuerie des juifs par les policiers allemands, dans une chronologie fine, prenant le soin d'interpréter la conduite de ces hommes dans leur contexte spécifique, il termine en discutant leurs comportements à la lumière de certaines théories psychologiques qui sont de nature à en éclairer la compréhension. Cette ouverture disciplinaire, réfléchie et nuancée, donne à son écriture une profondeur certaine. C'est dans cette même perspective que j'ai voulu avancer, et je me suis d'autant

1. Concernant ces problèmes de définition et de comparaison, se reporter ainsi au dernier chapitre de ce livre et à son annexe II.

plus senti prêt à l'exercice qu'il se trouve que j'ai acquis au fil du temps une formation pluridisciplinaire, de la psychologie à la science politique, en passant par l'Histoire contemporaine et la sociologie de la communication. Cependant la difficulté était de parvenir à une écriture qui ne soit pas trop « éclatée » et obscure. Bref, une écriture qui, tout en étant profondément inspirée par ces diverses approches disciplinaires, évite d'être jargonneuse, propose un espace commun de connaissance et, en fin de compte, garde le fil de la cohérence d'un récit. Sur ce dernier point, celui du « fil rouge » de la recherche, nul doute que cet ouvrage a pour point de mire la question du pouvoir sous un angle en général peu analysé par la science politique : celui du pouvoir de détruire.

Or, plus j'ai avancé dans l'écriture de ces pages et plus j'ai eu à l'esprit l'œuvre de Michel Foucault lorsqu'il montre que tout pouvoir cherche à faire sa marque sur les corps ou que, à l'inverse, le corps est le réceptacle privilégié de la volonté du pouvoir. On sait que *Surveiller et Punir* s'ouvre sur l'exécution publique de Damiens en place de Grève, le 2 mars 1757, condamné à mort, au terme d'invraisemblables supplices, pour avoir attenté à la vie du roi de France[1]. Cette mise en scène hautement ritualisée de la souffrance corporelle, nous dit Foucault, vise à restaurer de façon spectaculaire l'intégrité du pouvoir royal, momentanément blessé par le geste du criminel. M'inspirant en partie de cette approche, je soutiendrais que l'acte de massacrer constitue la pratique la plus spectaculaire dont dispose un pouvoir pour affirmer sa transcendance, en marquant, martyrisant, détruisant les corps de ceux qu'il désigne comme ses ennemis. Cependant, mon objet d'étude n'a pas été ici le supplice d'un

1. Michel Foucault, *Surveiller et Punir. Naissance de la prison*, Paris, Gallimard, 1975.

seul individu, mais bien le massacre de centaines, de milliers, voire de dizaines de milliers de personnes, sinon bien davantage. À l'évidence, le pouvoir politique, qui fait la matière de ce livre, n'apparaît pas de même nature que ceux des XVIIe et XVIIIe siècles, analysés par Foucault. Si celui-ci s'est d'abord intéressé à un pouvoir qui torture le corps pour inspirer le respect et la distance, il a ensuite montré comment ce pouvoir, au siècle suivant, tend à s'adoucir en inventant de nouvelles orthopédies de la discipline, pour s'assurer de la docilité des hommes, corps et âmes. En revanche, ce que j'ai tenté d'analyser ici, ce sont des pouvoirs qui, ne se contentant plus de ce contrôle social, n'hésitent pas à détruire les corps en nombre, en masse, s'appuyant à cette fin sur des rhétoriques qui relèvent de l'imaginaire et du sacré. Si donc Foucault a décrit un État qui enferme et contrôle, le propos de ces pages est de comprendre comment des États peuvent, dans certaines circonstances, impulser, organiser, mettre en mouvement ce qu'on pourrait appeler des pratiques politiques de « purification » et de destruction du « corps social » ; pratiques déjà observables au XIXe siècle, avec la montée des nationalismes, mais qui connaissent un essor considérable au XXe siècle.

Est-il besoin d'ajouter que ce pouvoir de purifier et de détruire, même si on se croit préparé à l'appréhender avec toutes les cordes d'un savoir pluridisciplinaire, conserve malgré tout un aspect stupéfiant ? On ne peut esquiver ce problème : les efforts du chercheur pour comprendre peuvent se trouver paralysés par le caractère effrayant de son objet. Sans doute lui fera-t-on remarquer qu'il devait bien savoir à quoi s'attendre… Mais qui peut vraiment être préparé au choc du récit de cruauté, dans sa terrifiante nudité ? D'autant que l'étude du comportement des bourreaux incite inexorablement le chercheur à se poser cette question personnelle, pour le moins dérangeante : « Qu'aurais-je donc fait si j'avais été à leur place ? » Alors, il est vrai, l'émotion peut tétaniser la pensée. Avec le temps, le chercheur finit par reprendre ses esprits, ses distances. Mais il a acquis la conviction aiguë que son travail, aux frontières de l'humain et de l'inhumain, n'est pas sans risques pour lui-même. Il s'agit précisément d'une exploration aux extrêmes, qui met à vif sa sensibilité, de nature à provoquer chez lui des attitudes également extrêmes, de rejet ou de passion.

Certes, affirmer que le génocide est « impensable » m'apparaît aujourd'hui comme le grand poncif de tout discours convenu sur le sujet. Bien sûr que le génocide est pensable – trop pensable, malheureusement. À découvrir la richesse et la profondeur des travaux qui sont présentés et discutés ici, on ne peut douter des efforts qui ont déjà été déployés pour l'appréhender. Cependant, la monstruosité des actes en général associés au massacre suscite, il est vrai, horreur et répulsion, et donc le refus compréhensible de s'y attarder, donc de les penser. Tout se passe alors comme si plus le chercheur s'approche du noyau fondamental de la cruauté humaine, plus il se trouve confronté à une sorte de « trou noir », réfractaire à toute connaissance intellectuelle. Autant dire que cet univers apparemment insondable appellera encore et toujours de nouvelles recherches, tant les conduites des hommes dans ces circonstances sont proprement stupéfiantes. C'est dire aussi que le chercheur se doit de faire preuve de modestie dans ses interprétations et de se montrer toujours prêt à se remettre à l'ouvrage.

J'invite donc le lecteur à me suivre sur ces chemins sinueux qui mènent les êtres humains de la paix à la barbarie. Je ne désire pas jouer sur les cordes de la cruauté et du voyeurisme pour retenir son attention. Il y a déjà bien trop de films et de livres qui exploitent ces penchants équivoques. Bien sûr, je ne pourrai éviter certains faits qu'il ne convient surtout pas de dissimuler. Mais il ne s'agira pas ici de les mettre en scène, de construire comme une esthétique de l'horreur. Non, j'ai plutôt cherché à mettre à nu – à froid – les processus qui peuvent conduire à la destructivité humaine de masse. Nous ferons ainsi une sorte de voyage ; nous partirons de pays qui pourraient être les nôtres. Ils ne sont pas en guerre (encore ?), mais leur situation intérieure tend à se dégrader. Dans ce contexte de plus en plus critique, des discours haineux commencent à se répandre. Puis, sans que l'on y ait pris garde, voici que le monde bascule : un peuple devient le bourreau d'un autre peuple… à moins que ce ne soit aussi d'une partie de lui-même. Alors tout devient possible.

Quant au lecteur qui vit dans un pays où règne déjà la violence, où l'État ne garantit pas vraiment la sécurité de ses membres, voire en désigne certains comme ses ennemis, j'espère qu'il trouvera aussi quelque intérêt à lire ces pages. Ce qui est décrit ici, il peut déjà le vivre ou l'avoir vécu ; il pourrait donc en parler mieux que moi. Mais peut-être découvrira-t-il quelque chose de neuf à travers ce travail de comparaison entre des pays fort différents. C'est parfois en prenant connaissance du malheur des autres que l'on parvient à comprendre, un peu mieux et sous un jour différent, sa propre condition.

CHAPITRE I

Les imaginaires de la destructivité sociale

« Massacre » ? Le mot évoque la pure barbarie de l'être humain : le sang qui gicle de toutes parts, d'invraisemblables atrocités, des corps qui explosent… Je voudrais pourtant défendre ici l'idée que le massacre procède avant tout d'une opération de l'esprit : une manière de voir un « Autre », de le stigmatiser, de le rabaisser, de l'anéantir avant que de le tuer vraiment. La maturation de ce processus mental toujours complexe prend généralement du temps. Mais il peut aussi connaître des accélérations stupéfiantes, notamment quand la guerre est là.

Celui qui vit aujourd'hui dans un pays tranquille a bien de la peine à imaginer la réalité, la matérialité d'une telle tragédie. C'est toujours la sempiternelle question : comment est-ce donc possible ? Comment des êtres humains peuvent-ils se transformer ainsi en bourreaux de leurs semblables ? Pourtant, si notre pays s'enfonçait dans une crise économique de plus en plus grave, avec son cortège sinistre de millions de chômeurs, s'il était harcelé par des attentats terroristes en nombre, de plus en plus meurtriers, serions-nous longtemps indemnes de cette manière de penser ? Il nous faudrait bien trouver des ennemis, pas seulement à l'extérieur de nos frontières mais aussi à l'intérieur, et – qui sait ? – là même où nous vivons : dans notre ville ou village, notre rue, notre immeuble. Car c'est ma conviction profonde, ou plutôt la conclusion à laquelle j'aboutis après des années de recherche : aucune société n'est à l'abri de tels processus dès lors qu'elle commence à se déliter.

Les dynamiques sociales qui peuvent conduire au « nettoyage ethnique » et au génocide sont d'ailleurs à l'état latent dans les cours de récréation de nos écoles ou les quartiers de nos cités. Je ne parle même pas de ces sinistres graffitis – « Sales juifs » ou « Sales arabes » – que des mains hostiles inscrivent anonymement ici sur une boîte aux lettres, là sur un panneau publicitaire ou dans une cage d'escalier. Ils sont déjà l'expression haineuse du rejet d'un « Autre » par des individus ou groupes racistes, au sein même de nos démocraties supposées tolérantes. Mais, déjà, les enfants ne prennent-ils pas plaisir à prendre de temps en temps une « tête de Turc » comme souffre-douleur ? Un peu plus tard, les jeunes n'ont-ils pas tendance à se constituer en « clans », en bandes, avec ce fort sentiment d'appartenance : « nous » contre « eux » ? Et nos aspirations religieuses ne se fondent-elles pas sur une recherche fondamentale de pureté contre un monde perçu comme impur ? Les logiques de violence qui aboutissent au massacre s'appuient sur tout cela : la désignation de boucs émissaires, la radicalité de l'antagonisme amis/ennemis et, plus encore, la tuerie comme acte purificateur. Le massacre prend certes toujours une forme spécifique, à travers une culture et un conflit qui le préforment. Mais il possède aussi un fond d'universalité qui est propre à notre commune humanité. Heureusement, il y a loin entre l'idée et le passage à l'acte. Il faut bien des détours sinueux, des circonvolutions sociales complexes, des circonstances politiques favorables pour qu'advienne le massacre. Mais il est toujours là, en pointillé, comme avenir de l'homme, sa possible fin.

Les fausses pistes

Commençons par déblayer le terrain, par écarter les fausses pistes. Le danger est notamment de privilégier un facteur parmi d'autres, qu'il ressortisse à l'économie, à la démographie ou à la culture. Ainsi entend-on parfois affirmer que les massacres tiendraient à la pauvreté endémique de certains pays. Cette vieille thèse des rapports entre violence et pauvreté a certainement un fond de vérité, dans la mesure où une crise économique grave est de nature à déstabiliser profondément un système social. Ce n'est pourtant pas la misère qui en elle-même est la cause d'une violence de masse, voire d'un génocide. À considérer le nombre de peuples qui vivent aujourd'hui au-dessous du seuil de pauvreté, on devrait s'étonner qu'ils ne se massacrent pas !

Faut-il plutôt rechercher une explication dans la surpopulation que connaissent certains pays ? D'aucuns avancent ce qu'ils nomment la « théorie du clapier » : quand un nombre trop important de lapins est introduit dans le même enclos, ceux-ci commencent à se tuer pour avoir plus d'espace vital. Il en serait de même pour les hommes. Cette approche sociobiologique, qui tend à assimiler le comportement des êtres humains à celui des animaux, est très discutable. Personne n'a jamais pu en effet démontrer que la surpopulation humaine conduisait nécessairement au massacre. D'où viendrait alors la grande quiétude qui règne aujourd'hui dans la petite Hollande, dont la densité démographique est une des plus fortes du monde ? Certes, le poids du facteur démographique n'est pas à négliger, le polémologue français Gaston Bouthoul ayant parlé de la guerre comme d'un « infanticide différé[1] ». On sait encore que le sous-développement favorise

1. Gaston Bouthoul, *L'Infanticide différé*, Paris, Hachette, 1970.

la natalité et que cette prolifération des naissances peut être perçue comme une menace par un groupe voisin, numériquement minoritaire. Ce phénomène est repérable dans le cas du Kosovo, cette province pauvre de l'ex-Yougoslavie où 10 % de Serbes vivent aux côtés de 90 % d'Albanais. Ce différentiel statistique va contribuer à induire au sein de la minorité serbe, inquiète de son avenir, des rapports de méfiance et d'hostilité envers la majorité albanaise. Ainsi la perception hostile d'un groupe par un autre se fonde-t-elle en ce cas sur la réalité d'un déséquilibre démographique. Mais un tel raisonnement ne peut s'appliquer à l'Allemagne des années 1920. En effet, on ne voit pas en quoi la très faible minorité juive de ce pays (520 000 personnes, soit 0,76 % de la population totale[1]) menaçait démographiquement l'écrasante majorité des Allemands non juifs. En ce cas, la statistique ne peut guère aider à comprendre la montée en puissance de l'antisémitisme.

Faut-il alors chercher la cause des massacres dans une particularité culturelle de tel ou tel peuple ? On soutient parfois qu'Africains ou Asiatiques auraient tendance à s'entretuer bien plus que les peuples « blancs civilisés ». Les guerres autour de la région des Grands Lacs en Afrique (Burundi, Rwanda, République démocratique du Congo) ou les émeutes intercommunautaires en Inde ou en Indonésie seraient la preuve de la sauvagerie de ces peuples. Mais a-t-on oublié la lourde histoire des Européens partant à la conquête des autres continents, écrasant au besoin les populations rebelles ? Et celle des colons anglais prenant possession des terres de l'Amérique du Nord aux dépens des Indiens ? Et, en 1941, ils étaient aussi européens, ces

1. Les estimations du nombre des juifs résidant en Allemagne à la fin des années 1920 varient d'un auteur à l'autre. Je m'appuie ici sur l'évaluation proposée par Renée Neher-Bernheim dans *Histoire juive de la Révolution à l'État d'Israël*, Paris, Le Seuil, 2002.

Allemands qui, les 29 et 30 août, ont exécuté, à Babi-Yar, 33371 juifs ukrainiens de Kiev (hommes, femmes et enfants). A-t-on aussi oublié les dizaines de milliers de morts et les atrocités des guerres civiles d'Espagne (1936-1939) et de Grèce (1943-1949) ? Et ce sont bien encore des Européens qui ont massacré d'autres Européens à Srebrenica en juillet 1995, où les Bosno-Serbes du général Mladic ont exécuté environ 8 000 musulmans bosniaques (surtout des hommes). Vraiment, dans cette Europe qui se veut aujourd'hui pacifique et pacifiée, porteuse de l'idéal des droits de l'homme, nous avons bien de la peine à nous percevoir comme des « sauvages », alors que la « barbarie » dont nous avons pu faire preuve ne le cède en rien à celle d'autres peuples sur d'autres continents. « Le barbare, c'est d'abord l'homme qui croit à la barbarie[1] », a justement remarqué Claude Lévi-Strauss.

Abandonnons donc toute approche culturaliste qui présenterait tel ou tel peuple, du fait de sa culture, comme prédestiné à commettre des massacres. La « culture » n'est pas une donnée immuable, mais un construit dynamique, soumis à bien des transformations. Le politiste Jean-François Bayart a proposé en ce sens une critique pertinente de ces « illusions identitaires[2] ». Certes, des mythes culturels violents sont souvent associés à l'histoire des peuples. Mais cela ne signifie pas pour autant que ces peuples vont nécessairement tomber dans la sauvagerie. En revanche, ces mythes peuvent être exploités par ceux-là mêmes qui en appellent à un sursaut vengeur contre un ennemi désigné.

Par conséquent, l'idée qu'une sorte de fatalité historique aurait inscrit à l'avance le massacre dans le destin de

1. Claude Lévi-Strauss, *Race et Histoire* (1952), Paris, Gallimard, coll. « Folio Essais », 1987, p. 22.

2. Jean-François Bayart, *L'Illusion identitaire*, Paris, Fayard, 1996.

pays comme la Bosnie et le Rwanda n'est pas tenable. Tout finirait par s'expliquer à cause du choc de haines ancestrales, religieuses ou ethniques. Cette thèse, dite « primordialiste », interprète le développement et le maintien de relations hostiles entre des groupes en raison de leurs identités religieuses ou ethniques différentes. Elle présente leurs rapports comme irréconciliables parce que fondés sur des perceptions affectives irrationnelles de méfiance et d'exclusion réciproques[1]. Les sentiments identitaires propres à ces groupes, puissamment ancrés dans leurs histoires, conduiraient nécessairement à leur confrontation, et donc à la violence et aux massacres.

Mais nombre de travaux empiriques montrent que l'hétérogénéité ethnique ou religieuse ne conduit pas inéluctablement à la violence. Comme le note l'historien anglais Marc Levene, « les antipathies ethniques ou culturelles peuvent exister sans jamais conduire au massacre[2] ». Certes, les tensions ethniques ou religieuses conduisent parfois à des émeutes qui, pour l'observateur extérieur, paraissent spontanées. Mais les études systématiques que le politiste américain Donald Horowitz leur a consacrées montrent bien que, si une étincelle peut servir de « catalyseur », de telles émeutes ne prennent une véritable ampleur que si des leaders les organisent, avec même parfois, en sous-main, l'appui de certains corps de l'État (police ou armée). Autrement dit, l'identification de tensions historiques, ethniques ou religieuses dans une région donnée n'est pas de nature à expliquer pourquoi, quand et comment se produisent des massacres. Des

1. Robert Kaplan, *Balkan Ghosts*, New York, Saint Martin's Press, 1993.

2. Marc Levene, « Introduction », dans Marc Levene et Penny Roberts (éd.), *The Massacre in History*, New York, Bargain Books, 1999, p. 19.

groupes peuvent éprouver entre eux tensions et conflits sans pour autant s'entre-tuer : il n'existe pas de relation directe de cause à effet.

On pourrait alors penser que le processus qui conduit au massacre résulte non pas de l'une de ces prétendues « causes », mais plutôt de leur accumulation. L'intuition n'est pas fausse. Car, bien souvent, on peut observer dans un pays qui a connu de tels événements une situation économique désastreuse, des inégalités sociales importantes, une tendance à la surpopulation ou un afflux d'immigrés perçus comme étrangers, des tensions ethniques ou religieuses, etc. Cependant, cette conjonction de causes « objectives » est encore loin de conduire de manière inéluctable au massacre. Il s'agit, certes, d'une situation favorable au développement de la violence à l'encontre de tel ou tel groupe contre lequel des préjugés négatifs, voire des attitudes racistes, pouvaient préexister.

Mais encore faut-il que, dans un tel contexte, des leaders d'opinion, qu'ils détiennent ou non le pouvoir politique, proposent une lecture de cette situation et affirment : « Voici ce qui nous arrive, voici qui est responsable de notre malheur. Ce sont "eux" qui sont la cause de nos souffrances. Il faut absolument nous en débarrasser. Nous vous promettons qu'ensuite tout ira mieux. Vous n'avez qu'à nous soutenir, plus : nous rejoindre, pour que nous en finissions avec cette peste. » C'est véritablement ce type de discours qui peut amorcer le déclenchement d'une violence de masse et l'accompagner. C'est donc là que ce livre commence vraiment.

La puissance de l'imaginaire

Que peuvent avoir en commun l'Allemagne des années 1930, la Yougoslavie de la fin des années 1980 ou le Rwanda du début des années 1990 ? La première est un grand pays industriel « civilisé », qui a perdu la Première Guerre mondiale et a connu au cours des années suivantes une forte instabilité politique. La révolution bolchevique de 1917 en Russie, formidable espoir de changement pour certains, contribue aussi à alimenter une vive peur du communisme, que les partis de droite et d'extrême droite se chargent d'exploiter. La deuxième est entrée dans une période d'incertitudes politiques depuis la mort, en 1980, de son père fondateur, Josip Broz, plus connu sous le nom de Tito ; lequel avait réussi le tour de force, au lendemain de la Seconde Guerre mondiale, de construire un État fédéral fondé sur l'union de différentes nationalités (serbe, croate, slovène, etc.). Un tour de force au sens strict d'ailleurs, puisque Tito n'avait pas hésité, à la fin de la guerre, à faire exécuter ses adversaires, réels, ou supposés, les massacres de Bleiburg et de Kosevje étant aujourd'hui les plus connus[1]. Or, le vide que provoque sa disparition en 1980 tend à faire renaître, surtout en Serbie et en Croatie, un nationalisme que le mythe de la « fraternité communiste » n'est jamais parvenu à éliminer totalement. Au Rwanda, un pays essentiellement agricole et post-colonial (tombé sous la domination des Allemands, puis des Belges), la situation s'est brutalement aggravée entre les Hutu, à la tête de l'État, et la minorité tutsi. En 1959, dans le contexte général de la décolonisation de l'Afrique, les Hutu avaient pris le pouvoir et massacré une partie des Tutsi, provoquant la fuite d'un grand nombre d'entre eux vers les pays frontaliers (Burundi et Ouganda). Des crises politiques en miroir se

1. On estime que cette épuration par le massacre, opérée entre le 15 mai et le 15 juin 1945, aurait fait au moins 30 000 morts. Voir sur ce sujet Milovan Djilas, *Une guerre dans la guerre. Yougoslavie, 1941-1945*, Paris, Robert Laffont, 1980.

sont alors succédé entre le Burundi, dirigé par des Tutsi, et le Rwanda, dirigé par des Hutu, combinées aux crises internes propres à chacun de ces pays. À partir de 1990, l'avenir est devenu d'autant plus inquiétant pour les Hutu du Rwanda qu'une armée tutsi, le Front patriotique du Rwanda (FPR), principalement composée d'enfants des exilés de 1959, tente de pénétrer sur le territoire rwandais dans l'intention évidente d'y prendre le pouvoir, que les parents de ces combattants avaient été contraints d'abandonner trente ans plus tôt.

Dans ces trois pays se surajoute une crise économique grave qui, outre le fait de priver nombre d'individus d'un accès à un emploi et à des revenus, accroît le sentiment d'inquiétude envers un avenir incertain. Inutile de revenir ici sur le drame de la crise de 1929, avec ses millions de chômeurs, dont les effets ont été particulièrement désastreux en Allemagne. La crise de la Yougoslavie des années 1980, dans le contexte des « chocs pétroliers » successifs, est sans doute moins connue. Elle est pourtant très sévère puisque le niveau de vie chute au moins de 30 %. Un observateur américain, Harold Lydall, note à ce propos : « Le déclin économique [est tel] qu'il est difficile d'imaginer un autre pays qui n'aurait pas réagi à cette situation par des changements politiques radicaux ou même par une révolution[1]. » Au Rwanda, dès les années 1980, la production agricole n'arrive plus à suivre la courbe démographique, ce pays connaissant la densité de population la plus élevée du continent africain[2]. Des

1. Harold Lydall, *Yugoslavia in Crisis*, Oxford, Clarendon Press, 1989, p. 9.

2. En 1991 (date du dernier recensement), la population totale était de 7,15 millions d'habitants. Le Rwanda avait la plus forte densité du continent, avec 271 habitants par kilomètre carré, en fait plus de 300 si on défalque les zones inhabitables (parcs et réserves). En outre, le taux d'urbanisation était seulement de 7 %.

situations de disette, voire de famine, apparaissent. « Dès 1989, note l'anthropologue belge Danielle de Lame, les paysans qualifiaient leur situation d'apocalyptique [...]. La dernière récolte satisfaisante de café (source principale de leur revenu monétaire) datait de 1987 et le cours mondial chutait dans le même temps[1]. » Une masse considérable de jeunes (plus de 57 % de la population) a alors moins de 20 ans ; ne possédant pas de terres et ayant fort peu l'espoir d'en acquérir, ils vivotent, sans emplois, sans débouchés. Comment alors croire en l'avenir ? Vers qui se tourner ?

Dans une situation où les repères anciens semblent s'effondrer, où les menaces se font de plus en plus angoissantes, comment les élites au pouvoir peuvent-elles réagir ? Par une réforme économique audacieuse ? Par de nouvelles mesures administratives ? Par un programme de coopération internationale ? Toutes ces dispositions techniques ou autres plans de sauvetage ne paraissent pas à la hauteur des enjeux. Car c'est l'« âme » du peuple qui, dans de telles circonstances, semble atteinte, déboussolée, paralysée. Quand une personne a subi un choc violent ou un stress intense, un état traumatique est bien souvent repérable. Par extension, on peut parler de « traumatisme collectif » pour une nation ou une communauté dont l'identité semble profondément altérée par la crise ou les crises qui l'assaillent. Les repères fondamentaux de cette collectivité, qui font que ses membres disent « nous, les Allemands » ou « nous, les Hutu », semblent déstabilisés. Ce sont les fondements imaginaires de leurs institutions, pour reprendre une terminologie de Cornelius Castoriadis, qui sont entrés en crise. Cet imaginaire, qui donne du sens

1. Danielle de Lame, « Le génocide rwandais et le vaste monde. Les liens du sang », *Annuaire de l'Afrique des Grands Lacs*, 1996, p. 156-177.

à ce qu'ils vivent, à ce qui les fait être ensemble, se situe au-delà de toutes les régulations techniques. Mais voilà que cet imaginaire collectif, qui faisait dire « nous », ne semble plus opérer. Le « nous » devient plainte, déchirure, souffrance. Qui va réussir à le sortir de cet état de crise et lui proposer une nouvelle perspective ?

Ce seront précisément les acteurs sociaux et politiques qui, par leur discours et leur action, sauront prendre en charge les émotions collectives associées à ce traumatisme de masse. Ils sont en effet les mieux placés pour se faire entendre du public, leur posture envers l'opinion étant avant tout affective. On dira d'eux qu'ils « savent parler au peuple » en usant de métaphores et de symboles en forte résonance culturelle avec son histoire. Par là même, pour faire face à une situation perçue comme menace et chaos, ils répondent à l'imaginaire en crise par un autre imaginaire qui restructure le précédent sur de nouvelles bases. Certes, leur ascendant sur l'opinion n'est jamais garanti : d'autres acteurs politiques et sociaux, en concurrence avec eux, peuvent défendre des visions complètement différentes de l'avenir. Ces derniers dénonceront, par exemple, la stupéfiante démagogie des précédents. Il en résulte que les uns et les autres sont nécessairement en conflit, et que l'issue de celui-ci est incertaine. Les acteurs qui savent jouer de cette corde de l'imaginaire se donnent en tout cas une arme puissante qui leur permet d'envisager la conquête du pouvoir.

Le premier ressort de leur rhétorique imaginaire consiste à transformer l'angoisse collective, qui s'est plus ou moins propagée dans la population, en un sentiment de peur intense à l'égard d'un ennemi dont ils vont dépeindre toute la dangerosité. L'angoisse et la peur ne sont pas en effet de même nature. Le propre de l'angoisse est d'être diffuse, voire insaisissable, tandis que les causes de la peur sont davantage nommables et donc identifiables. Tout se passe comme s'il s'agissait alors de « coaguler » cette angoisse sur un « ennemi », auquel on donne une « figure » concrète et dont on dénonce la malignité à l'intérieur même de la société. Les discours les plus extrêmes présentent ces figures de l'ennemi comme nécessairement effrayantes, voire diaboliques. Ainsi, avant même qu'Hitler n'accède au pouvoir, des caricatures de la figure malfaisante du « Juif » circulaient depuis longtemps. Dans le Rwanda d'avant le génocide, il en était de même pour le « Tutsi », et, dans les années 1980, avant l'accession de Milosevic au pouvoir, la rumeur circulait parmi les Serbes du Kosovo que les Albanais voulaient tout simplement commettre contre eux un « nouveau génocide ». Cette tentative de canalisation de l'angoisse sur un ennemi bien identifiable est déjà une manière de répondre au traumatisme de la population : on lui explique d'où vient la menace. À partir de cette « transmutation » de l'angoisse larvée en une peur concentrée sur une « figure » hostile, la haine se développe contre cet « Autre » malfaisant. La haine n'est pas ici une donnée de base, qui définirait au préalable des rapports « naturels » entre des groupes. C'est plutôt une passion construite, produite à la fois par une action volontaire de ses zélateurs et par des circonstances qui favorisent sa propagation. Au final, l'issue logique et redoutable de cette dynamique – de l'angoisse à la haine – revient inévitablement à faire émerger dans une société le désir de détruire ce qu'on lui désigne comme cause de la peur. Certes, il ne s'agit encore que d'un « désir » : nous restons bien dans le registre de l'imaginaire. Mais c'est un imaginaire de mort.

Cette opération présente d'évidents bénéfices pour ceux qui en prennent l'initiative. Ne perdons pas de vue, en effet, la finalité de ce processus socio-affectif : traiter le « nous » en souffrance, le refaçonner, de manière à l'aider à sortir de son état de crise. Centrer l'attention sur un « ennemi à détruire », c'est chercher à se reconstruire aux dépens de cet « Autre » dangereux. Par-delà la peur et la haine apparaît donc un fantasme de toute-puissance de ce « nous » triomphant : c'est à travers la destruction du « eux » qu'il se régénère. La mort du « eux » maléfique rend possible la toute-puissance du « nous ». Une telle posture psychologique semble « primaire », archaïque. Elle l'est en effet. Nous sommes toujours ici dans l'imaginaire, mais, à l'inverse du précédent, un imaginaire de toute-puissance et de gloire. L'un et l'autre sont inextricablement liés. L'un et l'autre peuvent être terriblement efficaces parce qu'ils touchent aux fondements mêmes du psychisme humain, tel que l'explique par exemple la psychanalyse.

Des fantasmes destructeurs

Peut-on recourir à cette « discipline » pour comprendre les phénomènes d'extrême violence ? Si oui, à quelles conditions ? Les courants de la pensée psychanalytique sont multiples et parfois contradictoires. Certains historiens ou sociologues, non sans raison, se montrent hostiles à toute tentative d'y puiser matière à réflexion. En outre, le risque est toujours de « psychologiser » ou « psychiatriser » la conduite des acteurs historiques, alors que des analyses politiques semblent bien plus pertinentes pour comprendre leurs comportements. Mais pourquoi se priver complètement du regard de la psychologie, voire de la psychanalyse, afin d'aller plus en profondeur dans la compréhension de phénomènes souvent aberrants, alors que l'historien, le sociologue, le politiste semblent démunis pour en rendre compte ? Significative à cet égard est la construction même de l'ouvrage pionnier et percutant de

Norman Cohn[1] sur les racines de l'antisémitisme : après une brillante analyse du mythe des *Protocoles des Sages de Sion*, il conclut son essai en proposant une interprétation par la « psychopathologie collective » (expression que ne renierait certainement pas Sigmund Freud). En ce sens, le point d'aboutissement de la recherche de Norman Cohn est pour ainsi dire le point de départ de ce livre.

Cependant, disons-le d'emblée, l'apport du fondateur de la psychanalyse à la compréhension de la violence est décevant. Freud a d'abord vu l'agressivité comme liée à la sexualité (par exemple, dans le sadomasochisme). Puis, après la Première Guerre mondiale, il fait de l'agressivité la composante d'une « pulsion de mort » dont le but est de séparer tout ce que la libido a uni, de ramener à zéro toute tension pulsionnelle. Cette « pulsion de mort », d'origine biologique, inciterait l'homme à se détruire, ou à détruire les autres, sans qu'il puisse faire grand-chose pour échapper à cette tragique destinée. Faute de preuve, cette théorie freudienne reste un postulat considéré avec circonspection, y compris parmi les psychanalystes. Le raisonnement freudien se présente en effet comme un bel exemple de pseudo-explication puisque, à la question : « Pourquoi l'homme tend-il à se détruire ? », il répond avec une désarmante simplicité : « Parce qu'il est animé par une pulsion de destruction » ! Dans sa célèbre correspondance avec Albert Einstein, qui lui pose en 1932 la question : « Pourquoi la guerre ? », Freud semble d'ailleurs avoir conscience des limites de son approche en ce domaine[2]. Certes, à peine un an

1. Norman Cohn, *Histoire d'un mythe. La « conspiration » juive et « Les Protocoles des Sages de Sion »*, Paris, Gallimard, 1967, p. 248 *sq*.

2. Albert Einstein et Sigmund Freud, *Pourquoi la guerre ?*, Société des Nations, Institut international de coopération intellectuelle, 1933.

avant l'ascension d'Hitler au pouvoir, il se montre clairvoyant : il exprime son pessimisme profond quant à la détermination des hommes à prévenir leur violence collective, y compris par le droit, croyant bien plus qu'ils ont désormais la capacité de s'exterminer. Puis Freud reformule pour l'illustre physicien sa théorie de la pulsion de destruction, dont il estime qu'on s'occupe trop peu. Cependant, il manifeste à la fin de sa lettre sa propre insatisfaction quant aux explications qu'il vient de lui donner : « Je vous demande pardon si mes observations vous ont déçu. » En fait, le fondateur de la psychanalyse a peu exploré la question de l'agressivité et moins encore celle de la violence collective. Il s'est imposé comme le penseur de la sexualité humaine, non comme celui de la violence ou de la guerre.

En revanche, d'autres, à sa suite, ont étudié plus spécifiquement cette question de l'agressivité, comme la psychanalyste anglaise Melanie Klein, qui s'est appliquée à en déceler l'existence chez le nourrisson. Selon elle, en effet, la genèse de l'agressivité est à rechercher dans les conflits primitifs de la petite enfance et de ses fantasmes destructeurs[1]. Aussi a-t-elle consacré une large part de ses travaux à l'étude de l'« imaginaire féroce » du nourrisson, à ses fantasmes archaïques de dévoration et de toute-puissance, rompant en cela avec le mythe de l'innocence enfantine[2]. Selon elle, la vie imaginaire du nourrisson est faite d'amour et de haine à l'égard d'une mère qui tantôt donne le sein, tantôt le refuse[3]. Ces toutes

1. Melanie Klein, *Essais de psychanalyse*, Paris, Payot, 1972.

2. Freud y avait déjà porté un sérieux coup en parlant de l'enfant comme d'un « pervers polymorphe ».

3. Le nourrisson n'a aucunement la notion du temps. Il ne comprend guère pourquoi le sein ne vient pas alors qu'il crie. Il vit cela comme l'action d'un « mauvais objet » contre lequel il élabore des fantasmes destructeurs. En revanche, la satisfaction orale de

premières sensations seraient ainsi au fondement de notre perception primaire du bon et du mauvais, du bien et du mal, de l'ami et de l'ennemi.

Prolongeant l'approche de Melanie Klein, le psychanalyste italien Franco Fornari, dans une œuvre percutante et pourtant méconnue, a tenté de jeter les bases psychologiques d'une interprétation de la guerre. Analysant la correspondance Freud-Einstein, il reconnaît, lui aussi, qu'il est « difficile de ne pas éprouver quelque déception en lisant la réponse de Freud, bien qu'une certaine tendance à ôter toute illusion aux hommes en mettant en évidence l'aspect caché et troublant qui se trouve à la base de la construction des valeurs soit parfaitement dans son style ». C'est dans les travaux de Melanie Klein que Fornari trouve son inspiration pour penser la guerre. Il lui emprunte la distinction entre « position paranoïde » et « position dépressive », qui se développent l'une et l'autre, dès les premiers mois de la vie, à partir du clivage entre bonne et mauvaise mère. Dans la position dépressive, le petit enfant « se préoccupe de sauver l'objet aimé à travers lequel il se sent vivre au point de se sacrifier par amour de cet objet. Dans la position paranoïde, au contraire, le nourrisson s'inquiète de sauver le Soi en détruisant l'objet par lequel il se sent détruit[1] ». La position paranoïde est antérieure à la position dépressive. Mais cette dernière joue un rôle fondamental parce qu'elle fait éprouver à l'enfant, pour la première fois, le sentiment de culpabilité qui naît du désir de tuer l'objet

---

l'allaitement, de laquelle dépend toute sa vie de nourrisson, lui fait éprouver des sentiments de contentement et d'omnipotence, et percevoir le sein comme un « bon objet ». La mère serait ainsi vécue, à un niveau très primitif, comme un bon objet à conserver et un mauvais objet à détruire.

1. Franco Fornari, *Psychanalyse de la situation atomique*, Paris, Gallimard, 1969, p. 36.

d'amour. Fornari accorde à cette phase dépressive la même importance que Melanie Klein. Il y voit l'origine de la civilisation, du fait que le sentiment de culpabilité vient introduire une loi interdisant le meurtre. Mais si cet « organisateur psychologique » est efficace pour inhiber la violence individuelle, il n'empêche pas la guerre.

Selon Fornari, la guerre est un processus paranoïde par excellence, puisqu'on croit que c'est en tuant l'ennemi qu'on va survivre : « Le sujet perçoit l'objet comme une menace contre sa propre existence, menace en soi et pour soi illusoire, mais psychologiquement réelle[1]. » La violence paranoïde qui se déploie dans la guerre est l'illusion psychotique typique : en tuant l'« Autre »-ennemi, le sujet croit vaincre la mort. En somme, la position paranoïde revient à cette équation élémentaire : TA MORT, C'EST MA VIE. Pour Fornari, la guerre est donc avant tout un phénomène imaginaire lié aux fantasmes destructeurs de la petite enfance, car précisément, au cours du développement affectif du nourrisson, la position paranoïde est antérieure à la menace réelle provenant d'un ennemi réel. Comme l'a montré le psychologue américain René Spitz, l'enfant de 8 mois projette illusoirement une intentionnalité agressive sur la personne inconnue – l'étranger –, la tenant pour ennemie sans que cette dernière ait jamais manifesté une attitude hostile concrète. C'est pourquoi Franco Fornari n'hésite pas à écrire : « On peut dire que les sociétés sont, par rapport à la guerre, conditionnées d'un point de vue psychologique à se situer au niveau de l'angoisse d'un enfant de 8 mois[2]. »

Or, à travers les représentations hostiles, comme celles du « Juif » ou du « Tutsi », ne voit-on pas précisément se mettre en place un mécanisme régressif d'une telle

1. Franco Fornari, *op. cit.*, p. 35.
2. *Ibid.*, p. 65.

nature contre un ennemi intérieur ? Dans ces moments de crise profonde, où l'histoire folle d'un pays semble aller à hue et à dia, se profile la possible régression collective vers ce conflit archaïque. En effet, de telles circonstances entraînent les individus à transgresser la position dépressive qui les a ouverts au processus de civilisation. Assaillis par l'angoisse, convaincus de ne plus maîtriser leur destin, les voilà entraînés à vouloir extraire de cet autre sa mauvaise face, qu'ils perçoivent comme responsable de leurs souffrances. Ils tendent ainsi à revenir au stade de ce conflit primaire ; conflit puissant puisqu'il « parle » à chacun, ayant contribué à la construction de la personnalité de chacun. Ce mécanisme de défense archaïque vise concrètement à se séparer du mauvais objet social – parfois en le détruisant – pour restaurer la position d'omnipotence primaire de la prime enfance. Par cette tentative de retrouver la toute-puissance du « soi » sur un mode paranoïde, les individus « parcourent » en sens inverse le chemin de leur évolution psychique : ils expérimentent un processus de décivilisation[1].

Les discours politiques généralement qualifiés d'« extrémistes » sont aussi ceux qui apparaissent, d'un point de vue psychologique, comme les plus régressifs. Ils puisent en effet dans cette matrice de l'imaginaire infantile pour « lire » et interpréter les réalités de la crise. Ils se nourrissent du chaos de la société, que celle-ci soit ou non en guerre, pour dire : « Voyez comme nous avons raison ! » À cet égard, les rapports entre imaginaire et réel ne sont contradictoires qu'en apparence. Certes, c'est bien dans les représentations imaginaires du bourreau que se construit d'abord la figure de la victime,

1. Voir à cet égard l'introduction du chap. II, où il est fait référence à la théorie de Norbert Elias.

de « sa » victime. Ainsi l'idéologie des extrémistes hutu au Rwanda s'appuie-t-elle au préalable sur des stéréotypes négatifs du Tutsi (arrogant, dominateur, étranger, malin, etc.), prenant racine dans des représentations coloniales qui avaient décrit la supposée supériorité de la « race tutsi ». Comme l'ont remarqué les Canadiens Frank Chalk et Kurt Jonassohn, c'est bien d'abord dans le regard du bourreau qu'un « Autre » prend figure d'ennemi à détruire[1]. Le bon sens méthodologique commande donc de s'intéresser en priorité à cet imaginaire, à sa structure et à ses thèmes fondamentaux – cela pour comprendre la manière dont s'enclenche le processus d'une violence de masse. Tel est précisément le but de ce premier chapitre.

Entre imaginaire et réel : le rôle de l'idéologie

Mais attention : cela ne signifie pas que l'identité des victimes soit purement fantasmatique. En effet, à vouloir appréhender ces phénomènes par le seul imaginaire, on pourrait en arriver à croire que tout est « illusion » et que les victimes elles-mêmes n'ont pas de « réalité ». Elles sont bien réelles : les nazis n'ont pas inventé les juifs, lesquels ont une histoire millénaire, des traditions religieuses, communautaires, etc. En ce sens, la notion d'« identité » – religieuse, ethnique ou autre – n'est pas une invention des futurs bourreaux. Des individus se définissent bien comme « juifs », « tutsi » ou « musulmans » de Bosnie-Herzégovine, avant même que d'être raillés et persécutés. C'est d'ailleurs pourquoi le processus imaginaire ici décrit est si dangereux. S'il était hors de toute

1. Frank Chalk et Kurt Jonassohn, *The History and Sociology of Genocide*, New Haven, Yale University Press, 1990.

réalité, il resterait à l'état de rêverie mortifère. Mais il plonge ses racines dans le réel pour dire avec l'assurance de la vérité : « Voici ceux par qui viennent tous nos maux. » En somme, cet imaginaire, qui puise dans les angoisses les plus archaïques de l'être humain, se nourrit du réel pour déformer la réalité de ceux-là mêmes qu'il désigne comme victimes afin de la rendre vraiment effrayante. Imaginaire et réel semblent donc inextricablement liés.

Comment se produit le mouvement de bascule du fantasme à l'action, de l'angoisse d'être détruit à l'opération de détruire un autre sans défense ? Cela revient à se demander comment les positions psychiques primaires, telles que nous les décrit Franco Fornari, peuvent contribuer au développement inouï d'une violence de masse. Au cours de la prime enfance, chacun de nous est confronté à des angoisses archaïques, que les divers stades du développement psychique vont normalement permettre de juguler. Heureusement, ces fantasmes de destruction restent à l'état de fantasmes ! Nos rêves sont d'ailleurs le moyen de les « réaliser », à travers notre vie imaginaire, si l'on en croit la psychanalyse. Et les contes et légendes que nos parents nous ont lus au cours de notre enfance nous ont d'ailleurs aidés à les surmonter[1]. Que se passe-t-il donc pour que, dans certains cas, ces fantasmes soient « mis en œuvre » ? Pour qu'ils « passent » dans la réalité ?

Ce processus de bascule est fluide, compliqué et, heureusement, incertain. Mais dans tous les cas, pour que cet imaginaire de destruction (et de toute-puissance) puisse opérer dans la réalité, il lui faut un « ciment commun » : un discours qui soit perçu comme cohérent et crédible, et

1. Bruno Bettelheim, *Psychanalyse des contes de fées*, Paris, Robert Laffont, 1967.

de nature à enrayer l'angoisse des individus. Ce ciment commun, reliant les individus qui veulent bien y adhérer, c'est l'idéologie. À travers elle, l'imaginaire et le réel se trouvent emboîtés. Par « idéologie », j'entends un discours fondé sur des arguments à la fois rationnels et irrationnels, qui se construit contre cet « Autre » malfaisant. En quelque sorte, l'idéologie – ou plutôt les idéologies (car ses formulations sont plurielles) – « sédimente » les représentations imaginaires. Ces discours, dans lesquels se croisent mythes et réalités, peuvent servir de tremplin au massacre.

Or, les rhétoriques fondamentales de ces idéologies et le vocabulaire qu'elles manient ne sont jamais innocents. Dans les cas de l'Allemagne, de la Yougoslavie et du Rwanda, ces rhétoriques se construisent autour de trois thématiques principales : identité, pureté, sécurité. Touchant à la vie, à la mort et au sacré, elles ne peuvent laisser indifférent : elles « parlent » à tout le monde, entremêlant imaginaire et réalité. C'est à partir d'elles que des figures de l'ennemi prennent forme, comme nous voudrions le montrer maintenant. Bien que ces thèmes imaginaires – identité, pureté, sécurité – soient le plus souvent emboîtés, je propose ici, pour plus de clarté, de les analyser séparément.

Du récit identitaire à la figure du traître

Paul Valéry l'a déjà superbement noté : « L'Histoire est le produit le plus dangereux que la chimie de l'intellect ait élaboré [...]. Il fait rêver, il enivre les peuples, leur engendre de faux souvenirs, exagère leurs réflexes, entretient leurs vieilles plaies, les tourmente dans leur repos, les conduit au délire de grandeur ou à celui de la persécution, et rend les nations amères, superbes, insupportables et vaines[1]. » Ce que souligne ici l'écrivain français, c'est moins le rôle de l'Histoire en tant que telle que celui de la mémoire que les peuples construisent de leur propre passé. Car ce ne sont pas tant les événements historiques qui pèsent sur la vie des peuples que les représentations qu'ils se font de ces événements.

Dans le cas de l'Allemagne d'après 1918, par exemple, c'est moins l'événement du traité de Versailles qui « détermine » son futur destin que la manière dont certains acteurs politiques allemands interprètent les conditions très défavorables de ce traité pour attiser le feu nationaliste. D'autres facteurs concourent d'ailleurs à cette situation de désastre : les effets de la « Grande Guerre » sur la population elle-même, la crise économique, les troubles politiques à répétition, etc. À cet égard, l'historien George Mosse soutient que la violence particulièrement intense de la Première Guerre mondiale a eu pour conséquence de propager ce qu'il nomme une « brutalisation » des rapports sociaux. Ses analyses ne manquent pas de pertinence, à observer ce véritable culte de la violence qui semble se développer en Allemagne au cours des années 1920 et dont il décrit les manifestations, y compris dans la vie quotidienne[2]. Mais pourquoi la France n'a-t-elle pas été aussi touchée par cette « culture de guerre », alors que les Français ont eu à subir – comme les Allemands – les mêmes déluges de feu et les mêmes hécatombes ? La grande différence est que les Allemands ne peuvent pas, comme les Français, se dégager de cette tragédie par le contentement collectif de la victoire : ils

1. Paul Valéry, *Regards sur le monde actuel et autres essais*, Paris, Gallimard, 1945, p. 43.

2. George L. Mosse, *De la Grande Guerre au totalitarisme. La brutalisation des sociétés européennes*, Paris, Hachette Littératures, 1999.

ont été vaincus et nombre d'entre eux n'acceptent pas cette défaite, surtout à droite et à l'extrême droite. Les discours idéologiques de ces forces politiques tentent de capter à leur profit le traumatisme de la défaite en proposant un récit qui sauve l'honneur du pays et lui donne un nouvel élan.

Or, la trame de ce récit, qui amorce potentiellement un nouvel engrenage de la violence, consiste précisément en une lecture de ce « malheur » du peuple. Dans des situations historiques pourtant bien différentes, on retrouve le même schéma « explicatif », qui repose sur quelques affirmations apparemment convaincantes : « Si nous souffrons aujourd'hui, ce n'est pas notre faute : nous sommes des victimes de l'Histoire. Le drame qui nous frappe n'est pourtant pas fatal. Nous avons les moyens de reconquérir notre honneur et notre gloire. Pour cela, il faut croire en nous-mêmes, en notre peuple, en son destin. »

Dès lors, ce « nous » en souffrance se trouve comme transcendé par des mots qui semblent hors du temps, des mots qui permettent d'échapper à ce présent insupportable pour renouer avec l'âme éternelle du peuple, de « notre peuple ». On assiste à une sorte de *transmutation* du traumatisme initial par ce « nous » salvateur et grandiose, à travers lequel les individus vont puiser l'énergie de leur redressement collectif. Dans sa réflexion sur les fondements de l'imaginaire nazi, l'historien suisse Philippe Burrin met bien en rapport le thème du ressentiment, toujours ressassé par Hitler et ses fidèles, avec cette quête de la toute-puissance germanique : « Le ressentiment, écrit-il, est un sentiment d'injustice, de bon droit bafoué, accompagné d'un constat d'impuissance, de sorte qu'est incessamment ruminé ce qui a été subi. Mais cette reviviscence peut dans certains cas – on pense aussitôt à Nietzsche – produire une transmutation des valeurs, c'est-à-dire l'affectation d'un signe négatif à ce qu'on avait auparavant désiré et qui est resté inatteignable, cela au nom d'un nouvel ensemble de valeurs, antithétique au précédent, qui redonne un sentiment positif d'estime de soi. » Et Burrin d'ajouter : « S'il y eut jamais un parcours du ressentiment, dans ce sens d'une transmutation des valeurs, ce fut bien celui d'Hitler, un raté qui trouva dans une idéologie exaltant la puissance créatrice de la race aryenne une nouvelle base d'estime de soi. Et la même démonstration pourrait être faite à propos du parti nazi dont la principale [...] source de succès dans la grande crise [fut] la projection d'un refus de l'humiliation et d'une image de "puissance existentielle"[1]. » Cette puissance existentielle devait être incarnée par la « communauté du peuple » des « Aryens », appelés à dominer l'Europe, et – qui sait ? – le monde.

En Yougoslavie, on retrouve aussi cet aspect du ressentiment dans l'histoire des peuples. Par exemple, la méfiance fondamentale entre Croates et Serbes n'a pu être dépassée ni dans le premier État fédéral (1919-1941), ni dans le second (1945-1991). Or, la pérennité de cette union entre Slaves du Sud dépendait d'abord de la capacité de ces deux peuples à s'entendre, en dépit de leurs différences nationales. Mais les contrats de cette union ont été source de disputes récurrentes. Les Croates ont toujours eu le sentiment d'être dominés : au XIXe siècle par Vienne ou Budapest, au XXe siècle par Belgrade. Quant aux Serbes, ils se sont toujours vus au centre de l'Empire. Estimant ne jamais avoir été récompensés pour le prix du sang qu'ils ont versé au cours des deux guerres mondiales,

1. Philippe Burrin, *Ressentiment et Apocalypse. Essai sur l'antisémitisme nazi*, Paris, Le Seuil, 2004, p. 79-80. L'auteur précise qu'il reprend la notion de « puissance existentielle » au philosophe Eric Voegelin. Pour une approche philosophique de cette notion, voir notamment Paul Zawadski, « Le ressentiment et l'égalité. Contribution à une anthropologie philosophique de la démocratie », *in* Pierre Ansart (éd.), *Le Ressentiment*, Bruxelles, Bruylant, 2002, p. 31-56.

ils aspirent à plus de reconnaissance et de pouvoir. Cet antagonisme fondamental entre Croates et Serbes a certes connu des périodes d'accalmie. Mais, sur le fond, il n'a jamais cessé de déchirer l'État yougoslave, empêchant sa stabilisation sous quelque forme que ce fût[1]. À la faveur du marasme économique des années 1980, les discours nationalistes ont refait leur apparition au grand jour, de part et d'autre. En fait, selon le sociologue anglais John Allcock, les élites yougoslaves se montraient alors incapables de résoudre la crise économique en s'adaptant au marché mondial ; de plus, le système de l'autogestion communiste a très probablement constitué un obstacle structurel à une telle mutation[2]. Dans ces conditions, la crise de légitimité de l'État a conduit les responsables politiques à choisir entre *ethnos* et *demos*, autrement dit entre une « communauté imaginée » (sur une base ethnique) et une « citoyenneté commune » redéfinie (de type yougoslave)[3]. Cette question ayant enflammé les débats politiques, Milosevic comme Tudjman se prononcèrent pour le principe ethno-national. Les représentations mythiques tendant à assimiler un territoire à un peuple, et au sang versé par ce peuple sur ce territoire, se sont retrouvées sur le devant de la scène publique. Les imaginaires du « nous », ou plutôt de l'« entre nous », contre un « autre », voire contre les « autres », avaient de beaux jours devant eux.

Au Rwanda, on peut également repérer chez les Hutu la formation d'une mémoire douloureuse, qui se nourrit d'un passé de souffrances, d'humiliations, de corvées, etc., associé à l'époque de la domination tutsi. Mais la

1. Voir Joseph Krulic, *Histoire de la Yougoslavie*, Bruxelles, Complexe, 1993.
2. John B. Allcock, *Explaining Yugoslavia*, Londres, Hurst, 2000.
3. *Ibid.*, p. 418.

construction de ce récit victimaire est très différente du cas yougoslave. Les identités hutu et tutsi, particulièrement complexes, fluctuent tout au long de l'histoire du Rwanda. L'historien français Jean-Pierre Chrétien et le politiste américain (d'origine ougandaise) Mahmood Mamdani en proposent deux lectures, adoptant chacun un regard régional, qui inclut l'histoire du Burundi et de l'Ouganda voisins[1]. Ils s'accordent sur le fait que l'arrivée du colonisateur, à la fin du XIXe siècle, contribue à réifier progressivement ces identités fluctuantes hutu/tutsi, à partir des représentations raciales que les Allemands, puis les Belges projettent sur les populations du Rwanda. Le pays étant dirigé par un roi tutsi, les premiers anthropologues vont construire une théorie raciale qui « explique » cette domination de la minorité tutsi, bien que les Hutu y soient les plus nombreux. En l'absence de véritables différences culturelles et linguistiques, la description de traits physiques apparemment distincts est présentée comme un critère essentiel de différenciation. Les Hutu, décrits comme petits, trapus, au visage lourd, sont censés contraster avec les Tutsi, grands, élancés, aux traits fins : de « vrais nègres », opposés à des « Hamites ». On attribue à ces deux « races » des origines différentes : les Tutsi, peuple d'éleveurs, seraient venus d'Égypte et auraient rapidement dominé les Hutu, sédentaires et agriculteurs ; affirmation qui semblait plausible puisque nombre de Tutsi étaient

1. Jean-Pierre Chrétien, *L'Afrique des Grands Lacs. Deux mille ans d'histoire*, Paris, Aubier, 2000 ; Mahmood Mamdani, *When Victims Become Killers. Colonialism, Nativism and the Genocide in Rwanda*, New Jersey, Princeton University Press, 2002. Citons également l'important ouvrage de la sociologue française Claudine Vidal, qui, après avoir vécu plusieurs années au Rwanda, a fait une étude approfondie de ces représentations « ethniques » dans *Sociologie des passions*, Paris, Karthala, 1991.

bien des éleveurs[1]. Mais cette catégorisation raciale fort schématique, selon les activités agricoles, sous-estimait l'importance des Tutsi pauvres et des Hutu de rang social plus élevé. Jusqu'au début des années 1950, l'administration coloniale belge a pourtant légitimé de telles représentations, s'appuyant sur la royauté tutsi pour diriger le pays. Elle a aussi favorisé l'éducation des Tutsi, considérés comme plus intelligents, avec l'appui de l'Église catholique, très influente. Dans les années 1930, la Belgique va même jusqu'à instituer un livret d'identité précisant l'« origine » de l'individu : hutu, tutsi ou twa[2].

Cependant, quelque vingt années plus tard, dans le contexte de la décolonisation naissante, les Belges vont faire volte-face : c'est la promotion sociale des Hutu qui devra être fortement encouragée. Parmi les plus « éduqués » des Hutu s'élabore alors un discours revendiquant la direction du pays au nom du peuple majoritaire, pour mettre fin à son exploitation par la minorité tutsi. Il en résultera aussi une autre vision du passé, soutenant que les Hutu sont arrivés sur les collines du Rwanda bien avant les Tutsi. De ce discours, qui prône concrètement un profond changement social et politique, le futur premier président de la République rwandaise, Grégoire Kayibanda, devient le principal porte-parole[3]. Ainsi, le jeune État rwandais se construit, dès l'origine, sur cette proclamation

1. Même si on comptait parmi eux des agriculteurs, et vice versa concernant les Hutu.

2. Selon des statistiques toujours approximatives, les Hutu constituent 84 % de la population, les Tutsi environ 15 % et les Twa 1 %. Ces derniers, très différents des précédents, sont de petite taille ; ils vivent de l'agriculture et de l'artisanat.

3. On reviendra au début du chap. II sur son rôle historique, comme figure intellectuelle, puis politique, importante dans la construction de l'identité républicaine rwandaise sur une base « ethnique ».

souveraine du « nous, les Hutu », « peuple majoritaire ». Gérard Prunier a montré, dans le tout premier livre consacré au génocide de 1994, que cette mythologie culturelle constitue une cause lointaine mais fondamentale de ce génocide[1].

Dans chaque cas, nous voyons donc se construire un processus identitaire de renaissance ou de recomposition du « nous », en tant que réponse collective à une situation de crise, de traumatisme ou de bouleversement intense. Comme le souligne le politiste français Denis-Constant Martin, le récit identitaire permet, « dans les situations modernes de troubles et de changements rapides, matériels aussi bien que moraux, de verbaliser l'anxiété et, du même mouvement, de l'atténuer en redonnant, grâce à des référents familiers – historiques, territoriaux, culturels ou religieux –, du sens à ce qui semble n'en plus avoir[2] ». Précision essentielle : il ajoute que la construction de cette identité est loin de toujours conduire à la confrontation et à la violence. Par définition, l'identité se conçoit à travers la perception de la différence, donnant à la fois consistance à l'Un et à l'Autre. Et cet Un peut nouer des relations pacifiques avec cet Autre : l'Histoire nous en donne suffisamment d'exemples. Mais il est aussi vrai que cette identité « ouverte » à l'Autre peut se replier, se recroqueviller sur elle-même, en se donnant un critère d'exclusion de cet Autre. Ce critère sera tantôt l'idée de « race » ou d'« ethnie », tantôt l'idée de « nation », voire les deux à la fois. L'idée de « race »,

1. Ainsi, le premier chapitre de son livre s'intitule « Société rwandaise et impact de la colonisation ou la construction d'une mythologie culturelle (1894-1959) ». Voir Gérard Prunier, *The Rwanda Crisis. History of a Genocide*, Londres, Hurst, 1995 ; trad. fr. : *Rwanda, 1959-1996. Histoire d'un génocide*, Paris, Dagorno, 1997.

2. Denis-Constant Martin, *Cartes d'identité. Comment dit-on « nous » en politique ?*, Paris, Presses de la FNSP, 1994, p. 31-32.

jadis défendue par nombre de savants (en premier lieu les ethnologues), est aujourd'hui totalement récusée, même si elle s'appuie toujours sur des préjugés tenaces. L'idée d'« ethnie » ne paraît pas plus claire : après que les anthropologues en ont fait également usage, elle tend à être abandonnée, car il semble impossible d'en donner une définition pertinente. Quant à celle de « nation », largement admise et revendiquée par nos contemporains, l'anthropologue américain Benedict Anderson a démontré dans un essai brillant qu'elle procède aussi d'une construction imaginaire[1]. De même, l'historien anglais Ernest Gellner soutient que « les nations n'existent pas en tant que telles : c'est le nationalisme qui crée l'idée de nation[2] ».

Le marquage des « petites » différences

Mais portons notre regard au-delà de ces considérations critiques, car il ne s'agit pas ici de discuter du racisme, de l'ethnisme ou du nationalisme, mais de la manière dont de telles doctrines influent sur le cours de l'Histoire. Et ce qui compte sur ce plan, n'est-ce pas d'abord ce que les hommes croient vrai ? N'est-ce pas avant tout leurs représentations imaginaires du réel ? En somme, nous nous intéressons aux conditions d'efficacité de l'imaginaire en politique, quand un nombre important d'individus – rassemblés dans un pays et au-delà de ses frontières – croit ou veut croire qu'ils appartiennent à

1. Benedict Anderson, *L'Imaginaire national. Réflexions sur l'origine et l'essor du nationalisme*, Paris, La Découverte, 1996.

2. Ernest Gellner, *Nations et Nationalisme*, Paris, Payot, 1989. Voir aussi Anne-Marie Thiesse, *La Création des identités nationales. Europe, XVIIIe-XXe siècle*, Paris, Le Seuil, 1999.

une même « race », une même « ethnie », une même « nation ». Ils se donnent ce critère identitaire qui leur sert de « coquille de sécurité » pour traverser un temps social particulièrement agité. Quand les individus tendent en effet à perdre leurs propres repères, une des réponses les plus fréquentes est de se replier sur ce qu'ils croient être leur identité commune de manière à faire face à la situation qui les déroute. Ils tendent alors à abandonner leurs individualités propres pour se fondre dans ce qu'ils perçoivent comme leur groupe commun d'appartenance, leur « communauté ». Ils font de ce qui leur a été donné par la naissance et par l'éducation (langue, religion, nationalité) les ressorts de leur force collective pour réagir à la crise. En quelque sorte, ce qu'ils sont ou ce qu'ils croient être, ils l'« essentialisent » afin d'en faire la substance même de leur combat.

Or, la construction de cette communauté du « nous » va s'opérer au prix du rejet d'un « Autre » perçu comme un « eux » foncièrement différent : les Aryens contre les Juifs, les Hutu contre les Tutsi, les Serbes contre les Croates rebaptisés respectivement *Tchetniks* et *Oustachis* (noms de leurs groupes nationalistes durant la Seconde Guerre mondiale)[1]. Phénomène social classique, l'identité d'un groupe s'affirme contre le marquage de l'altérité d'un autre groupe. Ainsi se construit la « différence[2] ». Mais comment comprendre que cette dynamique antagoniste identité/altérité devienne dans certains cas incandescente ? Tout se passe comme si des barrières symbo-

1. Les *Oustachis* (le mot veut dire « insurgés ») d'Anton Pavelic s'étaient alliés à Hitler pour créer un État croate fasciste, tandis que les Tchetniks de Draza Mihajlovic se battaient contre l'occupation allemande et donc aussi contre les nationalistes croates. Le mot *Tchetniks* vient de *tchetna*, qui signifie « bande armée », désignation traditionnelle des combattants nationalistes contre les Turcs.

2. Michel Wieviorka (éd.), *La Différence*, Paris, Baland, 2002.

liques étaient édifiées entre des individus pourtant proches. Car le paradoxe est que ce processus conflictuel ne s'opère pas contre un autre lointain, mais bien contre celui qui est à côté : le voisin. « Les meilleurs ennemis, contrairement à une idée reçue, ne se recrutent pas dans la différence, mais dans la ressemblance et la proximité[1]. »

Ce paradoxe a été exploré par Sigmund Freud dans son étude du « narcissisme des petites différences ». Il remarque que les êtres humains – se ressemblant tous – cherchent à se différencier les uns des autres en mettant en valeur des petites différences. Comme ils en exagèrent l'importance, cet investissement devient cause d'hostilité entre les hommes. Un tel penchant est foncièrement de nature narcissique : le regard ne se déplace vers l'autre que pour se démarquer de lui afin de renforcer le contentement de soi. Freud remarque que même les relations affectives de longue date, telles qu'elles se nouent dans la famille, ne sont jamais à l'abri de telles crises. En général, plus les rapports entre groupes humains sont intimes, plus ils peuvent se montrer hostiles les uns envers les autres. Le même phénomène est observable entre sociétés et nations : « Deux villes voisines se font l'une à l'autre une concurrence jalouse, écrit-il. Chaque petit canton est plein de mépris pour le canton voisin. Des groupes ethniques appartenant à la même souche se repoussent réciproquement : l'Allemand du Sud ne supporte pas l'Allemand du Nord, l'Anglais dit tout le mal possible de l'Écossais, l'Espagnol méprise le Portugais[2]. »

1. Michel Hastings, « Imaginaires des conflits et conflits d'imaginaires », dans Michel Hastings et Élise Feron, *L'Imaginaire des conflits communautaires*, Paris, L'Harmattan, 2002, p. 45.

2. Sigmund Freud, *Psychologie collective et analyse du moi*, Paris, Payot, 1962, p. 52-53.

S'inspirant de ce texte de Freud, Michael Ignatieff estime qu'il est possible de concevoir le nationalisme comme une forme de narcissisme. Un nationalisme prend des différences mineures en soi et les transforme en différences majeures. Le regard narcissique a la propriété particulière de ne se diriger vers l'autre que pour confirmer sa différence. En situation de crise, la perception de cette supposée différence devient carrément insupportable. « Dans ce bunker serbe, écrit Ignatieff, j'ai entendu des réservistes dire qu'ils détestaient respirer le même air que les Croates, qu'ils abhorraient se trouver dans la même pièce qu'eux. Quel étrange commentaire, de la part d'hommes qui, seulement deux ans auparavant, ne pensaient même pas que l'air qu'ils respiraient appartenait aux uns plus qu'aux autres[1] ! » Sigmund Freud formule toutefois un jugement général qui ne tient pas suffisamment compte du contexte. En effet, ce n'est pas tant la différence en soi qui crée le conflit que la perception particulière de cette différence – et son instrumentalisation – pour rassurer un groupe d'individus sur son identité, dans une situation où ce groupe se sent menacé. En temps de paix et de prospérité, cette crispation identitaire ne se produit pas. Les différences de langues et de traditions peuvent être relativement insignifiantes. Un Serbe peut aimer une Croate, des Hutu et Tutsi peuvent s'entraider dans leurs travaux agricoles… Nombreux sont les individus à ne pas accorder d'importance à ce critère identitaire et même à l'ignorer.

Dans l'Allemagne pré-hitlérienne, certains n'avaient même pas conscience d'être « juifs » avant que les nazis ne les y contraignent. Le remarquable journal tenu par le philologue Victor Klemperer atteste une

1. Michael Ignatieff, *L'Honneur du guerrier. Guerre ethnique et conscience moderne*, Paris, La Découverte, 2000, p. 53.

telle évolution[1]. Il décrit au jour le jour la formidable pression sociale qui monte contre les juifs à l'intérieur de ce pays, lesquels en perdent toute individualité, puisqu'elle est dissoute dans la notion globale de « juifs ». Dès lors, des couples « mixtes peuvent se briser, tout comme des relations amicales ou professionnelles interethniques » qui, hier, étaient pourtant « normales ». Le critère identitaire emporte tout, définit tout : il écrase l'individu. Celui-ci ne s'appelle plus Martin, Bogdan ou Séraphin, il est d'abord UN Juif, UN Serbe, UN Tutsi. Chacun peut toujours tenter de résister à une telle pression. En Allemagne, nombre de couples « mixtes » n'ont pas voulu divorcer, bien que le régime les y ait incités fortement. Cette résistance des cœurs a d'ailleurs été pour les nazis un problème auquel ils se sont toujours heurtés.

Les figures de l'ennemi intérieur

La pression identitaire peut devenir plus puissante à mesure que ceux qui l'encouragent obtiennent effectivement les instruments du pouvoir. Car la force réductrice de ce processus ne tient certainement pas aux seuls ressorts de la psychologie collective. Sa dynamique est fondamentalement politique : ceux qui croient que leur pays peut sortir de la crise par cette « solution identitaire » comptent bien l'imposer à l'ensemble du corps social. En somme, ils se servent de la puissance émotionnelle de l'identité pour susciter l'adhésion du peuple et donc conquérir ou conserver le pouvoir, que cette carte à manipuler les émotions se nomme nationalisme, racisme ou

1. Victor Klemperer, *Je veux témoigner jusqu'au bout*, Paris, Le Seuil, 2000, 2 vol.

ethnicisme. Or cette bataille pour le pouvoir ne se mène pas tant contre ce « eux » à rejeter que contre les parties du « nous » réfractaires à cette vision identitaire de l'avenir du pays. C'est ici que se fait jour un autre paradoxe quant à la possible montée de la violence.

En effet, la première figure hostile de l'ennemi à se constituer en tant que telle, non seulement dans l'imaginaire mais aussi dans la réalité, n'est pas forcément celle qu'on croit. Se souvient-on, par exemple, que les camps de concentration des nazis ont été d'abord créés pour incarcérer leurs opposants politiques, socialistes et communistes ? A-t-on suffisamment conscience que Milosevic a peu à peu consolidé son pouvoir en limogeant progressivement tous ceux qui, dans l'appareil communiste yougoslave, étaient hostiles à sa ligne nationaliste ? On ne compte pas non plus les vexations et agressions que les Hutu modérés ont pu subir avant même le génocide de la part des extrémistes hutu proches du président Habyarimana. Pour les désigner, les extrémistes utilisent des termes qui font d'eux des monstres *ibihindugemb* : des êtres n'ayant ni queue ni tête.

Ainsi l'ennemi est-il d'abord cette partie du « nous » qui soutient des positions politiques autres, qui se montre hostile à la marginalisation des juifs ou des Tutsi, etc. Bien sûr, la lutte politique contre ces opposants va de pair avec la mise à l'écart du « eux » : l'un ne va pas sans l'autre. Mais, à tout prendre, j'accorderai une place déterminante à ce combat politique préalable qui se joue au sein du « nous » : de l'issue de celui-ci dépend en effet la suite des événements, à savoir la radicalisation ou non du processus identitaire. Or, cette confrontation politique à l'intérieur même du « nous » n'est pas jouée d'avance : tout dépend du rapport des forces en présence. Son enjeu : le pouvoir de dominer les autres membres du groupe, tous les autres.

Pour les partisans d'une ligne identitaire, cet ennemi intérieur au « nous » prend la figure générale du « suspect », voire du traître. Au Rwanda, il est appelé *icyitso*, c'est-à-dire « complice ». La lutte contre cet ennemi peut aller bien au-delà de la neutralisation ou de l'élimination des opposants déclarés, responsables politiques, syndicaux ou associatifs. Ce qui est attendu, c'est la solidarité sans faille de tous les membres du groupe pour faire face à l'ennemi désigné. La volonté d'emprise sur tous les membres constituants du « nous » tend donc à être totale. Processus assez logique : si cette mobilisation identitaire a pour origine un sentiment de menace collective du « nous » en souffrance, il est cohérent d'en appeler à serrer les rangs face au danger commun. Tous les membres du groupe sont appelés à se mobiliser dans ce combat existentiel et, corollaire important, à montrer du doigt, voire à rejeter, ceux qui cherchent à s'en démarquer.

Il est pourtant peu probable qu'un pays, à travers sa diversité sociale, professionnelle, générationnelle, puisse parvenir au degré d'unanimisme qui caractérise les systèmes totalitaires. Même en ce cas, des études sociohistoriques fouillées montrent que le concept de « totalitarisme » comme vision d'une société totalement nivelée ne rend pas du tout compte de la capacité de ladite société à maintenir une réelle diversité dans les interstices du système. L'unanimisme ne paraît être que de façade. Dans le cas de l'ex-Union soviétique, on a ainsi pu montrer une certaine « autonomie du social » par rapport à la politique officielle du régime : l'idéologie soviétique s'est heurtée dans les faits à une résistance de noyaux familiaux et sociaux profondément ancrés dans les mentalités collectives[1].

1. Voir, par exemple, Alain Blum, *Naître, vivre et mourir en URSS (1917-1991)*, Paris, Plon, 1994.

Quoi qu'il en soit, même si cette volonté d'emprise totale n'est qu'apparente, elle engendre nécessairement des attitudes de suspicion à l'égard de tel ou tel individu ou collectivité, au regard de cette exigence de loyauté envers l'idéal identitaire. Le « traître » en puissance sera par définition celui qui, tout en étant un membre de ce « nous », cherche à dissimuler son désaccord. Bien qu'étant membre du « peuple », il s'avère être un « ennemi du peuple ». Il possède bien la même face, le même visage, le même sang que nous. Mais il ne veut pas être avec nous. La dynamique imaginaire devient donc tout autre : plutôt que de se fonder sur la mise en valeur d'une « petite différence », elle se construit à partir de la reconnaissance d'une similitude fondamentale, mais qui tourne à la trahison. En somme, la violence naît du rapport conflictuel entre deux jumeaux dont l'un finit par déclarer que l'autre est un « traître » à leur commune identité. La violence qui peut résulter d'une telle scission ne peut être que redoutable. Elle peut aller de l'ostracisme jusqu'à l'emprisonnement, voire l'élimination, des « traîtres ». On a peine à imaginer ce qui s'est passé, par exemple, dans l'Allemagne nazie au cours de la période de « paix » des années 1930. Le témoignage poignant de Marie Kahle, une « Aryenne » qui ose aider une commerçante juive de Bonn à remettre en ordre sa boutique, dévastée par des militants nazis lors de la nuit de Cristal, le 9 novembre 1938, nous y aide quelque peu. Ce simple geste de bienveillance lui vaut d'être dénoncée dans la presse, son mari universitaire étant de plus en plus inquiété à son travail ; sans parler des vexations que leurs enfants subissent à l'école. Tout est dit dans ces quelques mots que des mains anonymes barbouillent à la peinture devant leur maison : « Traîtres au peuple, amis des juifs [1]. »

1. Marie Kahle, *Tous les Allemands n'ont pas un cœur de pierre*, Paris, Liana Levi, 2001, p. 27. Un autre livre important témoigne des

Comment comprendre cette stupéfiante volonté de coercition sur les individus ? Bien sûr, le rapport entre idéologie et terreur apparaît déterminant, et au fondement même du système totalitaire, comme le soutient la philosophe Hannah Arendt. La dialectique est proprement infernale : l'idéologie (c'est-à-dire la logique d'une idée) entend s'imposer à tous par la terreur et, en retour, la terreur justifie tous ses crimes au nom de l'idéologie. Une telle analyse, forgée à partir de la comparaison entre les cas de l'Allemagne nazie et de l'URSS stalinienne, est pourtant insuffisante. Somme toute, elle avance une explication instrumentale par les « outils » que sont l'idéologie et la terreur là où semblent bien davantage en jeu les ressorts de l'imaginaire : un imaginaire de l'unité à tout prix contre l'ennemi commun. Le philosophe Claude Lefort a d'ailleurs exploré ce thème de la fiction de l'unité totalitaire : l'image du « peuple Un » conduit à éliminer tous ceux qui sont perçus comme ne faisant pas partie de cette unité ou la menaçant. Cette recherche de l'unité à tout prix, nécessairement fictive, a bien une capacité de mise en forme des rapports sociaux[1]. Et c'est probablement là l'un des puissants vecteurs de la montée de la violence de masse : le désir fou de vouloir construire un monde sans conflits, sans ennemis.

Mais pourquoi se limiter au cadre totalitaire ? La puissance de l'imaginaire offre une approche moins restrictive, en phase avec l'analyse déjà proposée. Car la volonté identitaire, qui se construit sur le rejet d'un Autre « différent », exprime au fond ce désir régressif d'une « unité » parfaite. Le fantasme narcissique de quiétude absolue du

---

manières de faire nazies à l'échelle locale : William S. Allen, *Une petite ville nazie : 1930-1935*, Paris, Laffont, 1967.

1. Claude Lefort, *L'Invention démocratique. Les limites de la domination totalitaire*, Paris, Fayard, 1994.

nourrisson, expulsant le mauvais objet, tel que le décrit Franco Fornari, n'est pas loin. Cette reconstruction identitaire de l'Un contre un Autre atteste le désir fantasmatique de retrouver cet Un sans l'Autre. Le désir fusionnel de l'Un avec l'Un ou du Soi avec Soi interdit toute velléité de discussion et de compromis. Il est impossible qu'un individu appartenant au « nous » ose dire son désaccord avec la monade identitaire. Comment alors s'étonner que ce rêve de l'Un, que cette rage de l'Un puisse faire entrer dans une spirale infernale de coercition et d'exclusion envers quiconque manifesterait le désir de contrer ce fantasme d'unité ?

De la quête de pureté à la figure de l'Autre en trop

Cette recherche de l'Un se trouve très souvent associée à une quête éperdue de « pureté ». C'est là un autre thème imaginaire qui « durcit » le processus identitaire et l'entraîne plus sûrement vers une violence de masse. Se définir comme « pur » implique en effet de catégoriser un « Autre » comme impur. Or, l'accusation d'impureté constitue une incrimination universelle contre ceux que l'on va massacrer. La pureté renvoie déjà à une exigence de propreté contre un autre catalogué comme « sale », perçu comme une ordure. La pureté contient aussi un appel au sacré : le besoin de purification est un ressort du religieux qui constitue un formidable tremplin pour déchaîner une violence purgatrice (cf. chapitre II). Ces clichés – pur/impur, propreté/saleté, blancheur/noirceur – nous semblent bien grossiers. Leur structure binaire répond pourtant au fonctionnement élémentaire du psychisme humain en situation de crise. Dès lors que nous nous sentons gravement menacés, nous cherchons immédiatement à savoir qui nous veut du bien ou du mal.

C'est là le réflexe tout à fait compréhensible de l'enfant comme de l'adulte, en parfaite concordance avec la structure de nos émotions fondamentales. Le clivage bien/mal, gentil/méchant, etc., constitue l'espace imaginaire à l'intérieur duquel peuvent se sédimenter des idéologies qui, bien qu'erronées, paraissent crédibles et apaisantes.

Le thème de la pureté a été étudié par les anthropologues sous l'angle de la souillure des corps et, d'une manière plus générale, de la « pollution » du corps social[1]. Cette métaphore peut être étendue à la nécessité de défendre la pureté de la civilisation contre la corruption de la modernité. En résulte souvent une apologie de la nature et plus particulièrement des paysans, véritables défenseurs des traditions et de l'âme éternelle du peuple. Les paysans autochtones, ces vrais connaisseurs de la terre ancestrale, incarnent les mœurs et l'esprit de la Nation. Mais c'est surtout chez les leaders et militants racistes ou ethnonationalistes que les historiens voient clairement à l'œuvre ce mythe de la pureté. Dans la conception raciale des nazis, l'idéal de pureté se conjugue avec celui de santé. Les nazis reprennent à leur compte des théories médicales hygiénistes circulant en Allemagne, mais aussi dans d'autres pays européens, y compris la France et l'Angleterre[2]. Cette volonté de renforcer la « pureté du sang germanique » les conduit à promulguer, dès septembre 1935, une loi pour la « protection du sang et de l'honneur allemands ». Celle-ci se traduit bientôt dans deux textes importants légalisant la mise à l'écart des juifs allemands : le premier interdisant, sous peine de prison, le mariage – et plus généralement toute relation sexuelle –

1. Mary Douglas, *De la souillure. Essai sur les notions de pollution et de tabou*, Paris, La Découverte, 2001.

2. Voir à ce sujet André Pichot, *La Société pure de Darwin à Hitler*, Paris, Flammarion, 2000.

entre aryens et juifs ; le second mettant fin à l'égalité en droit acquise par les juifs en 1871[1]. Cette volonté d'« assainissement » de la « race » est toutefois loin de ne viser que les juifs de ce pays, puisqu'elle prend ses racines dans le culte d'un corps sain, beau, propre, etc. « L'homme aryen sain, propre, laborieux, sportif, épousant une femme de même race qui lui donne de nombreux enfants, est élevé en modèle et en norme. Par contraste, prend du relief tout ce qui en dévie et qui fait rapidement l'objet de mesures d'extirpation : stérilisation des Allemands atteints de maladies héréditaires (400 000 personnes environ), envoi dans les camps de concentration, par dizaines de milliers, des “asociaux” et des homosexuels, politique de ségrégation envers les Tsiganes, etc.[2] »

En Yougoslavie, l'ethnologue Ivan Colovic a remarquablement montré comment le décryptage d'un « imaginaire mythique » est essentiel pour comprendre la guerre du début des années 1990[3]. On affirme souvent, écrit-il, que celle-ci serait due aux nationalismes bellicistes ayant réussi à imposer le culte du passé, à inciter la population à se retourner vers l'histoire nationale embellie comme il se doit, cherchant à lui faire oublier ses besoins réels. Mais cette thèse n'est que partiellement juste. En fait, les Serbes sont invités moins à revenir au passé historique qu'à « sortir du temps historique », c'est-à-dire à « revenir aux mythes de la Serbie céleste et éternelle », dont le

1. Ce second texte considère que la « citoyenneté » concerne les seuls individus de « sang allemand », uniques « détenteurs des pleins droits politiques ».

2. Philippe Burrin, *Ressentiment et Apocalypse*, *op. cit.*, p. 58.

3. Ivan Colovic, « Les mythes politiques du nationalisme ethnique », *Transeuropéennes*, 1994, p. 61-67. Voir également son livre *The Politics of Symbol in Serbia. Essays on Political Anthropology*, Londres, Hurst, 2002.

« berceau se situerait sur la terre sacrée du Kosovo ». Les mythes politiques serbes, explique-t-il, invitent constamment à un « retour à l'identique », au culte des « anciens » et de la nature. C'est pourquoi les glorieux ancêtres des Serbes se réincarnent dans les chefs d'aujourd'hui, tel le leader nationaliste Radovan Karadzic qui aurait génétiquement hérité de son illustre homonyme, le réformateur de la langue serbe Vuke Karadzic (1787-1864). Cette permanence de l'« âme serbe », hors du temps, tient au fait que le « même sang éternel » fonde et vivifie l'identité des Serbes, quel que soit le lieu où ils habitent. Pour Colovic, les Serbes sont donc atteints d'une « folie trop connue », celle de la pureté de l'ethnie. Il en veut pour preuve les propos de la biologiste Biljana Plavsic, par ailleurs dirigeante politique bosno-serbe, qui, se référant à sa discipline, n'hésite pas à déclarer : « Les Serbes de Bosnie et surtout ceux qui habitent les confins ont développé à l'extrême un sens qui leur permet de sentir quand la Nation est en danger et de mettre en œuvre un mécanisme de défense. Dans ma famille, on a toujours dit que les Serbes de Bosnie étaient de meilleurs Serbes que les Serbes de Serbie [...]. Je suis biologiste et je sais que les espèces les mieux armées pour s'adapter et survivre sont celles qui vivent auprès d'autres espèces qui présentent une menace pour elles [1]. »

Pour caractériser un peuple ou une nation qui se conçoit ainsi comme un tout homogène, quasi corporel, le sociologue américain Michael Mann a avancé la notion de « pureté organique ». En effet, il observe que la plupart des États modernes se réfèrent à l'idée de peuple, qui implique de dire « nous » comme s'il s'agissait d'une seule et même « personne » collective. La Constitution

1. Cité par Ivan Colovic, « Les mythes politiques du nationalisme ethnique », art. cit., p. 65.

des États-Unis affirme, par exemple : « Nous, le peuple » *(« We, the people »)*, tandis que *La Marseillaise*, l'hymne national français, commence par : « Allons, enfants de la patrie… » Michael Mann estime que, si la population d'un territoire donné s'investit ainsi d'une souveraineté collective, elle risque de se concevoir comme un « tout organique » aux dépens d'un Autre perçu comme étranger. Car la notion de « peuple » réunit deux significations différentes. La première recouvre ce que les Grecs désignaient par *demos*, la « population ordinaire », la masse des citoyens. Mais, dans notre modernité, le « peuple » signifie encore la « nation », à travers un autre terme grec, *ethnos*, un groupe ethnique, une population partageant un même héritage commun, différent d'un autre peuple. D'où le risque constant, remarque l'auteur, de se définir comme un « peuple pur » par rapport à un autre « impur ». L'hymne français y fait d'ailleurs une allusion explicite dans l'un de ses couplets : « Qu'un sang impur abreuve nos sillons ! »

Les idées fondatrices de la démocratie peuvent donc engendrer des formes diverses de violence politique de masse ou de purification ethnique. « L'idéal de la souveraineté du peuple a entremêlé le *demos* avec l'*ethnos* dominant, engendrant alors une conception organique de la nation et de l'État, écrit Mann, qui encourage la purification ethnique des minorités[1]. » Cette tendance est le produit perverti de la plus sacrée de nos institutions occidentales : la démocratie. Thèse provocatrice ? Outre la manière dont les puissances européennes ont soumis les indigènes dans ce qui allait devenir leurs colonies, l'auteur ironise sur le passé de plusieurs présidents des États-Unis qui ont été à la fois de « grands démocrates » et de « grands

1. Michael Mann, *The Dark Side of Democracy. Explaining Ethnic Cleansing*, Cambridge, Cambridge University Press, 2005, p. 3.

purificateurs ethniques » contre les Indiens d'Amérique. Comparant les Indiens aux loups, George Washington donna l'ordre d'attaquer les Iroquois, de « ravager toutes les habitations [...] afin que le pays ne soit pas simplement envahi mais détruit ». Thomas Jefferson répéta pour sa part que les Indiens devaient être « exterminés » et « expurgés de la Terre », tandis qu'Andrew Jackson encouragea ses soldats à massacrer femmes et enfants. Enfin, Theodore Roosevelt déclara que l'extermination des Indiens était « aussi bénéfique qu'inévitable »[1]. Tout ce passé constitue la « face sombre de la démocratie », à partir de laquelle Mann construit toute son analyse. Conclusion : on ne peut soutenir que les massacres soient le monopole des seuls régimes autoritaires ou totalitaires. Le « nettoyage ethnique » est un phénomène moderne étroitement imbriqué avec la formation des démocraties.

Sa réflexion le conduit encore à explorer une autre facette fondamentale de la « pureté organique ». Selon Mann, les formes politiques typiquement modernes du fascisme et du communisme seraient aussi des héritages dévoyés du projet démocratique. Dans le fascisme, le « nous organique » s'incarne dans l'idéal de la nation, alors que, dans le communisme, il s'enracine dans l'idée de prolétariat. Pour le premier, les ennemis seront ethniques ; pour le second, politiques. Mann établit donc une sorte de parallèle entre ennemis de « race » et ennemis de « classe », apportant ainsi une contribution aux débats sur les comparaisons entre nazisme et communisme. C'est la thèse qui a été défendue par certains historiens français, comme Stéphane Courtois ou Jean-Louis Margolin dans

1. Voir son chap. IV, « Genocidal Democracy in the New World », p. 70-110, qui est l'un des plus convaincants de son livre quant à sa thèse sur les rapports fondateurs entre démocratie et « nettoyage ethnique ».

Le Livre noir du communisme : le génocide de « classe » serait l'équivalent du génocide de « race »[1]. Mann se refuse toutefois à utiliser le terme « génocide » pour qualifier les crimes du communisme. Il préfère les termes « fratricide » et « classicide », un mot qu'il crée lui-même pour désigner « l'intention de tuer en masse des classes sociales entières »[2].

Mais une telle équivalence entre « conceptions organistes » de gauche et de droite paraît discutable. En effet, Mann ne voit pas les différences entre les deux types fondamentaux de pureté que l'on peut déduire de ses analyses : une pureté de type identitaire (dont le nazisme est l'expression la plus achevée) et une pureté de type politique (dont les communismes stalinien ou cambodgien sont des formes paroxystiques). Or, l'une et l'autre engendrent des figures très différentes de « l'ennemi » et c'est pourquoi il est important de ne pas confondre les dynamiques de violence qui en sous-tendent la formation.

En effet, la pureté de nature identitaire, décrite plus haut, tend à aboutir à la formation d'une autre figure de l'ennemi. Ce « eux », perçu comme fondamentalement différent du « nous », devient comme un Autre en trop. Cette figure de l'ennemi procède d'une vision exorbitée de la différence sur laquelle l'angoisse du « nous » va se cristalliser au point de vouloir sa destruction. Cet Autre en trop est bien sûr qualitativement différent de nous : il n'a pas le même sang que nous, ni les mêmes mœurs ; il n'a pas le même nez ou la même corpulence, il est plus grand ou plus petit, il est d'une autre couleur de peau… D'ailleurs, n'est-il pas arrivé sur ces terres bien après

1. Se reporter en particulier à Stéphane Courtois, « Les crimes du communisme », dans Stéphane Courtois (éd.), *Le Livre noir du communisme*, Paris, Robert Laffont, 1997, p. 19.

2. Michael Mann, *The Dark Side of Democracy*, *op. cit.*, p. 17.

nous ? Il n'a donc aucun droit à rester ici et sa présence est littéralement insupportable : elle empuantit ce territoire qui est celui de nos ancêtres, de notre nation, de notre Dieu. Cet Autre peut aussi être perçu en trop grand nombre : comme il tend à se multiplier, à proliférer, à pulluler, il pourrait bien nous submerger sans que l'on y prenne garde. En Yougoslavie, des Serbes nationalistes préconisent ouvertement un « règlement démographique » de la question du Kosovo, ce qui, en clair, implique d'en réduire la population albanaise. Au début des années 1980, ce sont d'ailleurs des Serbes du Kosovo qui commencent à parler de la « purification ethnique » dont ils pourraient faire l'objet s'ils ne réagissaient pas. L'expression sert donc d'abord à se définir comme victimes. Sur le fond d'une croissance démographique, réelle ou imaginée, se construit ainsi une sorte de fantasme de la disparition, saisissant un groupe qui se perçoit comme étouffant de la présence d'un Autre, en train de contaminer le corps du peuple sain. Et c'est bien connu : « Les juifs sont partout ; ils veulent dominer le monde et nous conduire à notre perte. » Il faut donc prendre des mesures radicales et nous défendre contre ces créatures viles et perverses.

Pureté identitaire et pureté politique

Cet Autre en trop est-il d'ailleurs encore humain ? La « bestialisation » de l'ennemi est en effet un indice très important du possible déclenchement de la violence contre lui. Nous pouvons tous utiliser des noms d'animaux pour témoigner l'affection que nous portons à quelqu'un. Mais, à l'inverse, les noms d'animaux servent aussi à marquer l'hostilité que nous éprouvons à l'égard de tel ou tel. La guerre est d'ailleurs productrice de ce genre de métaphores entre les soldats qui ainsi se persuadent de ne pas tuer des hommes. Or, cette animalisation de l'Autre peut aussi se développer contre un groupe en relation avec la montée de la violence contre ce groupe. On affirme souvent que le massacre procède d'une déshumanisation préalable des victimes. En est-il toujours ainsi ? Ce n'est pas certain, comme on le verra plus loin. Nul doute pourtant que la déshumanisation opère bien ici à travers cette animalisation de l'Autre qui le place hors du champ des relations humaines. On commence à le tuer avec des mots qui disqualifient son humanité. Depuis le Moyen Âge, le mot « massacre » signifie d'ailleurs la mise à mort d'animaux – comme, par exemple, dans la chasse à courre. Et la tête du sanglier, trophée exposé dans la grande salle du château, a pour nom « massacre ». Ainsi tuer des « bêtes » prétendument humaines devient tout à fait possible. Plus encore, les métaphores utilisées sont celles d'animaux perçus comme nuisibles. Car on ne voit certainement pas que cet Autre en trop est paré de la dignité du cerf européen ou du lion africain. Non, la charge imaginaire est bien plus hostile et perverse : les nazis parlent des juifs comme de vulgaires rats ou poux, tandis que les Hutu extrémistes traitent les envahisseurs tutsi de cafards ou cancrelats *(Inyenzi)*[1]. Or n'a-t-on pas le « droit » de se débarrasser d'animaux nuisibles ? C'est un geste domestique, de pure hygiène. Tout le monde peut le faire, tout le monde doit le faire. De là aussi les métaphores du « nettoyage » associées à la propreté et à la santé. Dans *Mein Kampf*, Hitler ne cesse d'utiliser les métaphores du « microbe juif », du « cancer

1. Alison Des Forges explique que ce terme était déjà utilisé pour désigner les Tutsi qui avaient envahi le Rwanda en 1963. Il a resservi dans les années 1990 pour désigner le FPR. Voir Alison Des Forges (éd.), *Aucun témoin ne doit survivre. Le génocide au Rwanda*, Paris, Karthala, 1999, p. 66.

juif », les décrivant encore comme des « parasites sociaux ». Et les insectes suscitent souvent une certaine répulsion : on a envie de les écraser.

Quant au thème de la pureté politique, il peut aisément être identifié dans les propos d'un Lénine en Union soviétique ou d'un Pol Pot au Cambodge. Nombre de textes du père de la révolution bolchevique attestent de la recherche de cet idéal de pureté, du « noyau absent de scories » que doit être le Parti. La formule de Lénine l'exprime sans ambiguïté : « le Parti se renforce en s'épurant » *(ocistit)* ; une méthode qui, dans son esprit, doit s'étendre à la société tout entière[1]. Diverses déclarations de Pol Pot sont de la même veine : « Nous devons donner du Parti une image pure et parfaite[2]. » Conclusion logique : tout ce qui est « impur » doit être nettoyé, éliminé. Et Lénine animalise lui-même ses ennemis dans nombre de ses écrits : « Il faut épurer la terre russe de ses insectes nuisibles », écrit-il. « Ou bien les poux triompheront du socialisme, ou bien le socialisme triomphera des poux. » Pour mobiliser ses partisans, il utilise encore des métaphores empruntées à la lutte contre les épidémies, affirmant que « les parasites (et le typhus) sont les principaux ennemis du socialisme ». Il se félicite que l'on ait « nettoyé les villes russes de ces vermines que sont les Gardes blancs »[3]. Pol Pot et ses amis ont été en général moins prolixes que Lénine, mais leurs déclarations sont presque similaires. Comme le note l'historien australien David Chandler, auteur d'une remarquable étude sur la

1. Dominique Colas, *Le Léninisme* (1982), Paris, PUF, coll. « Quadrige », 1998 ; citations extraites du chap. VIII, « Épuration », de la section « Nettoyer la terre russe », p. 196-201.

2. Cité dans Stéphane Courtois (éd.), *Le Livre noir du communisme*, *op. cit.*, p. 631.

3. Toutes ces citations sont extraites de Dominique Colas, *Le Léninisme*, *op. cit.*, chap. VIII, « L'épuration, pratique centrale du léninisme », p. 195 *sq.*

tristement célèbre prison Tuo Slang à Phnom Penh, Pol Pot pensait que les ennemis internes du Cambodge étaient intrinsèquement des impurs. Douch, le responsable de cette prison (où sont morts sous la torture plus de quatorze mille détenus) compare la stratégie de ces ennemis à la façon dont les charançons creusent le bois. Il les assimile à des vers ou à des microbes venant de la CIA, du Viêtnam… afin de miner le peuple révolutionnaire sain. Une fois infecté, un individu peut infecter les autres. La contre-révolution, à moins d'être tuée dans l'œuf, peut ainsi se transformer en épidémie [1].

L'exigence de pureté politique pèse en réalité sur n'importe qui. La figure de l'ennemi n'est pas cet Autre en trop perçu comme fondamentalement étranger, mais bien plutôt le semblable, dont on craint qu'il pense mal. David Chandler montre d'ailleurs à quel point le régime des Khmers rouges a multiplié et diversifié ses ennemis, tantôt bien réels, tantôt complètement imaginaires. Personne n'est à l'abri de cette inquisition politique permanente. Une fois démasqué, le traître doit rédiger sa biographie auto-accusatrice, une pratique d'abord expérimentée en Union soviétique. De fait, ses analyses sur le Cambodge communiste font penser à celles de Nicolas Werth sur l'URSS stalinienne, où l'on voit se succéder une multiplicité d'ennemis intérieurs : les « ennemis masqués » définis par leur passé suspect, « ex-nobles » ou « ex-mencheviks », les vieux bolcheviks, les koulaks, les cadres, les « éléments socialement dangereux », c'est-à-dire les délinquants et vagabonds, les peuples « nationalistes », etc. [2].

1. David Chandler, *Le Crime impuni des Khmers rouges*, Paris, Autrement, 2002, p. 65.

2. Nicolas Werth, « Un État contre son peuple : violences, répressions, terreurs en Union soviétique », dans Stéphane Courtois (éd.), *Le Livre noir du communisme*, *op. cit.*, p. 49-295.

La pureté politique renvoie donc bien davantage à la figure du traître déjà décrite, multiforme et partout dissimulée. Le traître possède par définition une double face et mène un double jeu. Comme le dit encore Lénine : « Notre pire ennemi est dans nos rangs. » Il est d'ailleurs possible qu'il nous ait déjà trahis. Il affirme qu'il est pour la révolution, mais en réalité c'est un bourgeois. Il se dit pour le peuple, mais en fait c'est un contre-révolutionnaire. Comment ne pas remonter ici dans le temps jusqu'à la période de la Révolution française ? La rhétorique de la Terreur semble en effet très proche, comme le note Jean-Clément Martin : « La définition de l'ennemi, au cours de 1793, devient de plus en plus floue et de plus en plus large, englobant sans cesse de nouveaux groupes[1]. » Notons que l'on pourrait inverser les termes de la confrontation politique en se situant du point de vue d'une révolution conservatrice dite de droite.

Comme les deux camps se ressemblent *a priori*, le critère principal de leur différenciation sera l'idéologie. Or la vérification de la conviction idéologique de tel ou tel individu prête à interprétation : que croit-il vraiment ? N'est-il pas en train de nous tromper ? L'accusation peut également être collective de peur de manquer l'arrestation d'un « vrai » traître. Selon la maxime des Khmers rouges, « mieux vaut arrêter dix personnes par erreur que de laisser libre un coupable[2] ». Les habitants de ce village n'ont-ils pas aidé notre ennemi avant que nous l'en chassions ? Ils disent qu'ils n'ont rien à voir avec lui. Mais il est

1. Jean-Clément Martin, « La Révolution française : généalogie de l'ennemi », dans *Raisons politiques*, n° 16, novembre 2004 ; voir aussi les chap. IV et V de son livre *Contre-Révolution, révolution et nation en France, 1789-1799*, Paris, Le Seuil, coll. « Points », 1998.

2. Cité par David Chandler, *Le Crime impuni des Khmers rouges*, *op. cit.*, p. 65.

certain qu'ils l'ont caché, qu'ils lui ont donné des armes. Et les femmes ne sont certainement pas innocentes. Tous ces villageois sont donc des traîtres et ils vont subir ce qu'ils méritent. La distinction entre combattants et non-combattants s'évanouit totalement : en résulte une violence massive et indiscriminée.

On le constate donc : si pureté identitaire et pureté politique sont également associées à l'animalisation de ce qui est perçu comme impur, les logiques de violence dont elles sont l'expression ne sont pas les mêmes. Le regard de la pureté identitaire tend à se concentrer sur un ennemi unique, tel que « le Juif » ou « le Tutsi », tandis que celui de la pureté politique balaie le corps social à la recherche de ses supposés traîtres. La première vise à éradiquer l'ennemi perçu comme un Autre en trop, la seconde à soumettre la société en éliminant l'ennemi perçu comme suspect. Bien entendu, une même situation historique présente souvent une combinaison entre ces deux dynamiques de violence. On a vu plus haut que, dans la formation du processus identitaire du « nous » contre le « eux », il fallait que soit soumise ou éliminée la partie du « nous » qui était hostile à la diabolisation du « eux ». Ce constat d'une interaction entre ces deux logiques ne règle pas la question de leur importance respective dans une situation historique donnée.

Or tout se passe comme si l'une ou l'autre (mais pas les deux ensemble) constituait la « marque de fabrique » originelle d'un système de violence. Les exemples connus de l'Allemagne nazie et de l'URSS stalinienne l'illustrent bien. Dans le premier cas, l'antisémitisme radical des nazis fait que la violence contre les juifs tient un rôle fondateur dans leur régime. Dans le second, les bolcheviks ont tellement peur de ne pas garder le pouvoir (ils ont en mémoire le précédent éphémère de la Commune de Paris) qu'ils sont comme en guerre contre toute la société, n'hésitant pas à tuer et retuer pour durer. C'est pourquoi les deux systèmes, bolchevique et nazi, présentés comme totalitaires, demeurent très différents dans leurs fondements mêmes. Ils sont l'expression de deux logiques de violence totale, l'une concentrée sur l'éradication d'un ou plusieurs groupes, l'autre plus systématiquement orientée vers la soumission totale du groupe. Je pense avoir identifié ici deux grilles de lecture fondamentales des processus de violence qui peuvent conduire aux massacres, dont je tenterai en fin d'ouvrage de brosser un tableau général.

Du dilemme de sécurité à la destruction de l'ennemi

Mais manque encore une troisième thématique pour expliquer comment la violence peut décupler son intensité destructrice. Certes, le refaçonnage de l'identité du « nous » en souffrance contre le « eux » est décisif. Certes, la quête de pureté dont témoigne ce « nous » est tout aussi centrale et, pour tout dire, tragique. Mais il ne faudrait pas en oublier l'essentiel, ce sans quoi un tel processus ne pourrait se développer : le besoin de sécurité. Imaginaire ou réel, authentique ou manipulé, il donne matière à la montée en puissance du processus de violence.

Car la peur est bien là, derrière et devant la scène, à la racine de tout. Peur de la modernité, comme nombre d'auteurs l'ont écrit ? D'un monde qui va trop vite, dans lequel l'avenir semble bouché ? Sans doute. Mais peur aussi de l'Autre, perçu comme un étranger ou un semblable hostile, sur qui se catalyse l'angoisse de l'inconnu. Peur en fin de compte de soi, de ce soi collectif dont les repères sont désormais incertains. Sans doute les élites au pouvoir n'ont-elles pas su faire les bons choix économiques ou politiques. Elles ont raté la modernisation de leur pays et ne semblent pas prêtes à le reconnaître. À moins que ce pays ne vienne juste de perdre une guerre ? Ou bien est-il sur le point de la perdre ? Voici en tout cas que la société se « déglingue » et que la peur gagne les esprits.

Il est normal que l'on cherche à connaître les causes de ce qui inspire la peur. On croit que la connaissance de ces causes donnera les moyens de la maîtriser, sinon de l'éliminer. On peut se dire : « Si nous en sommes là, c'est que les dirigeants de notre pays n'ont pas fait les bons choix… Nous sommes commandés par des incompétents qu'il faut remplacer… Mieux vaudrait, d'ailleurs, que je me comporte moi-même d'une autre manière. À mesure que nous reprendrons la maîtrise de la situation, nous nous donnerons les moyens de dissiper notre peur. » Mais une autre réponse consiste à ne pas se remettre en cause, pas plus son groupe que soi-même, et à dire : « Si tout va mal, si nous avons peur, c'est à cause de ces gens-là, c'est à cause d'EUX. » Dès lors, cette peur difficile à comprendre, à canaliser, trouve un réceptacle qui présente un grand avantage : il n'y a pas à se remettre en question. En somme, l'angoisse est transférée sur ce « eux » que l'on commence à haïr. Plus grande la haine, plus faible la peur. Car c'est la haine qui naît de la peur et non l'inverse. La peur reste néanmoins nécessaire pour alimenter la haine. Pensons à ces mots de Georges Bernanos lors de la guerre civile espagnole : « La peur, la vraie peur est un délire furieux ; de toutes les folies dont nous sommes capables, elle est assurément la plus cruelle. Rien n'égale son élan, rien ne peut soutenir son choc. La colère qui lui ressemble n'est qu'un état passager, une grosse dissipation des forces de l'âme. De plus, elle est aveugle. La peur au contraire, pourvu que vous en surmontiez la première angoisse, forme avec la haine un des composés psychologiques les plus stables qui soient[1]. »

Or, certains aident précisément à structurer cette peur en haine. Ce sont ceux-là qui disaient déjà : « Nous sommes des victimes de l'Histoire. Si nous sommes des victimes, nous avons donc bien le droit de nous défendre contre EUX ! Et, d'ailleurs, ne nous ont-ils pas déjà massacrés dans le passé ? » Souvenez-vous de ces Oustachis (nationalistes croates) qui ont assassiné des milliers de Serbes pendant la dernière guerre ! Souvenez-vous de ces Tchetniks (nationalistes serbes) qui ont massacré des milliers de Croates ! Et les *Inyenzi* (combattants tutsi) qui ont attaqué notre pays dans les années 1960, tuant nos femmes et nos enfants, les voici qui reviennent aujourd'hui pour faire la même chose. Le réveil de souvenirs douloureux, de traumatismes encore vivaces, permet précisément de faire monter la peur et de construire la haine. Une haine qui peut alors se projeter dans l'action, forte d'un désir de vengeance. Car la perception commune d'un funeste danger crée le sentiment du tragique, remarque l'anthropologue Véronique Nahoum-Grappe. Une situation dite tragique est sans issue, elle contraint l'action humaine à une performance, le plus souvent violente, qui a toutes les chances de mal se terminer. Et nourrie de la mémoire blessée des massacres du passé, cette situation suscite irrésistiblement « le désir, l'obligation, le *devoir envers les morts* de se venger[2] ».

1. Georges Bernanos, *Les Grands Cimetières sous la lune*, Paris, Plon, 1938, p. 83-84.

2. Véronique Nahoum-Grappe, *Du rêve de vengeance à la haine politique*, Paris, Buchet-Chastel, 2003, p. 106.

Complot et paranoïa

L'idée qu'un ennemi extérieur menace le pays vient renforcer considérablement ce sentiment d'angoisse et de mort. Jusqu'à présent, l'analyse n'a porté ici que sur les représentations diversifiées d'un ennemi intérieur à démasquer. Mais cet imaginaire de la peur ne s'en contente pas : il se projette aussi sur un Autre dangereux, extérieur au pays. Cet ennemi qui menace les frontières appelle bien davantage un vocabulaire de guerre. C'est le télescopage entre ces deux figures de l'ennemi – interne et externe – qui donne à ces représentations imaginaires un potentiel de violence proprement explosif, dont on peut désormais craindre qu'il ne se matérialise un jour dans la réalité.

C'est par là que la rhétorique du complot peut prendre son envol. Cela va de soi : cet ennemi intérieur est soutenu par un ennemi extérieur. En réalité, ce sont les mêmes qui veulent notre perte. Déjà les juifs auraient donné un « coup de poignard dans le dos » de l'Allemagne, provoquant la défaite, à l'issue de la Première Guerre mondiale. La propagande nazie va encore plus loin, les associant à la montée du « péril rouge » en Europe depuis la révolution communiste russe de 1917. Dès les années 1920, Hitler associe ainsi la menace juive et celle du bolchevisme, pour finalement construire l'amalgame hideux du « judéo-bolchevisme ». Avant même la publication de son livre-manifeste, *Mein Kampf*, en 1923, « sa conception du lien absolument essentiel entre antisémitisme et antibolchevisme revêt la forme définitive qui guidera sa mission politique jusqu'au bout[1] ». Ainsi l'ennemi est-il à la fois

1. Ian Kershaw, *Hitler. Essai sur le charisme en politique*, Paris, Gallimard, coll. « Folio Histoire », 1995.

hors d'Allemagne et dans l'Allemagne, et cette double menace constitue le grand péril contre lequel doit réagir le peuple allemand.

Le succès des *Protocoles des Sages de Sion* est d'ailleurs révélateur du caractère indissociable de la perception commune des menaces juive et bolchevique. Ce document est fabriqué de toutes pièces par la police tsariste à la fin du XIXe siècle : un membre du gouvernement juif (des Sages de Sion) y expose, au cours de vingt-quatre réunions secrètes, la manière de parvenir à la domination du monde. Le document reste quasi ignoré jusqu'à la révolution bolchevique de 1917. C'est la peur que suscite cette dernière à travers l'Europe qui donne une « crédibilité » à ce document pourtant incroyable (on y affirme par exemple que les juifs vont utiliser les tunnels du métro pour faire sauter les capitales européennes !). La présence de juifs parmi les bolcheviques « prouve » la thèse des *Protocoles*, à savoir celle d'une « conspiration juive mondiale ». En Allemagne même, dans le contexte traumatique de la défaite, ils vont avoir un impact important, car ils fournissent une « explication » aux malheurs qui s'abattent sur le pays[1]. Les révolutionnaires spartakistes n'ont-ils pas voulu prendre le pouvoir deux mois à peine après la capitulation ? C'était bien la preuve du complot judéo-bolchevique. Ainsi, « les *Protocoles* sont-ils associés au péril communiste et portent à son paroxysme la paranoïa qui sévissait dans ces années de désastre[2] ».

1. Trente-trois éditions parurent durant les années précédant l'accès d'Hitler au pouvoir et d'innombrables suivirent. Voir Norman Cohn, *Les Fanatiques de l'apocalypse*, Paris, Julliard, 1962 ; Pierre-André Taguieff, *Les Protocoles des Sages de Sion*, Paris, Berg International, 1992, 2 vol.

2. Saul Friedlander, *L'Allemagne nazie et les juifs. Les années de persécutions (1933-1939)*, Paris, Le Seuil, 1997, p. 104.

« Paranoïa » : le mot tombe à pic. Car la manière dont se structurent ces représentations imaginaires de l'ennemi fait penser aux descriptions que la psychiatrie donne des personnalités paranoïaques. Les traits du caractère paranoïaque se reconnaissent dans l'association de la méfiance (agressivité exagérée envers autrui), la psychorigidité (incapacité de mettre en cause son propre système de valeurs), l'hypertrophie du Moi (pouvant aller jusqu'à la mégalomanie), la fausseté du jugement qui constitue le trait essentiel d'une personnalité paranoïaque[1]. La logique du paranoïaque est faussée par la passion, ce qui le conduit à une interprétation délirante de la réalité. Les idées sont orientées par une croyance *a priori*. Le doute est aussi étranger au paranoïaque que l'autocritique. Son raisonnement, apparemment rationnel, est en réalité de nature hyper-affective et ne représente en fin de compte que la justification de ses tendances émotionnelles. Le paranoïaque raisonne juste mais sur des prémisses fausses. Ce point de départ lui paraît évident, en raison d'un *a priori* subjectif qu'il est incapable de remettre en cause. Cette fausseté du jugement fait que le paranoïaque est toujours à côté des vrais problèmes, semble en dehors de la réalité, étanche à l'opinion d'autrui. Ses facultés intellectuelles sont pourtant intactes. Son discours puise bien ses arguments dans le réel, mais pour en donner une interprétation imaginaire. Toutes ses difficultés, tous ses échecs, le paranoïaque les impute à autrui. Il ne peut se mettre en cause : c'est que le monde est mal fait ou qu'on lui veut du mal. Ses interprétations conservent un caractère vraisemblable et peuvent susciter l'adhésion de son entourage.

1. Michel Hanus, *Psychiatrie intégrée de l'étudiant*, Paris, Maloine, 1975.

Rationalité délirante

Dans quelle mesure la description d'une telle structure psychologique peut-elle s'appliquer à un groupe, voire à une société ? Cette généralisation de l'individuel au collectif, du psychologique au social, reste problématique. Et les rares essais psychanalytiques sur des grandes figures historiques telles qu'Hitler ou Staline ont été décevants[1]. Si l'approche psychologique permet parfois de jeter un regard fécond sur des phénomènes de violence collective, elle ne peut se substituer au travail historique ou sociologique proprement dit. Il revient toujours à l'historien ou au politiste d'en faire un usage précis et subtil pour donner plus de pertinence et de profondeur à ses propres recherches. À cet égard, l'œuvre de l'historien américain Saul Friedlander paraît exemplaire, notamment dans son remarquable essai *L'Allemagne nazie et les juifs*. Parlant précisément du « discours paranoïde » des nazis, il écrit : « Nous sommes confrontés à une pathologie collective, à la pathologie sociale d'une secte ; or il est rare qu'une secte devienne un parti politique moderne, et il est encore plus rare que son chef et ses disciples conservent leur fanatisme initial une fois qu'ils ont le pouvoir[2]. » Mais la question, qui reste entière, est de comprendre comment la vision du monde de cette « secte » peut parvenir à irriguer un ensemble social plus large, au point de sembler communément partagée par tous. Le vecteur d'une telle propagation paraît bien être un discours de nature paranoïaque qui unit le « nous » à travers sa

1. Je pense ici surtout à Erich Fromm, *La Passion de détruire*, Paris, Robert Laffont, 1974, qui contient deux études psychanalytiques sur Hitler et Staline (ouvrage par ailleurs intéressant).

2. Saul Friedlander, *L'Allemagne nazie et les juifs*, *op. cit.*, p. 108.

perception maléfique du « eux ». Aux yeux d'un observateur extérieur, ce discours semble véritablement « fou », alors qu'il suscite une adhésion collective au sein du « nous ». Apparemment irrationnel, il obéit pourtant à une argumentation logique.

J'ai proposé la notion de « rationalité délirante » pour caractériser ce noyau rhétorique à partir duquel se construit un processus de violence pouvant conduire au massacre[1]. Cette rationalité peut au besoin s'appuyer sur un discours supposé scientifique, tel le scientisme qui conduit à justifier le racisme. Ainsi l'argumentation nazie s'appuie-t-elle sur la théorie de l'évolution de Charles Darwin pour défendre ce qu'on appelle un « darwinisme social ». De la sélection naturelle entre les espèces animales on passe aisément au principe de la guerre vitale entre les « races », en l'occurrence une « lutte pour l'existence entre la race germano-aryenne productive et la race juive parasitaire ». Mais la caractéristique principale de cette rationalité délirante est aussi de se vouloir « instrumentale », au sens attribué à ce mot par Max Weber : elle vise à se donner les moyens concrets d'atteindre ses objectifs. Il s'agit de mettre en œuvre un plan, une stratégie, pour faire ce que l'on dit. Le propre de cette rationalité délirante n'est donc pas seulement de structurer dans un discours idéologique suffisamment élaboré les figures de l'ennemi à détruire. Il est aussi de permettre à ce discours de basculer dans une pratique de destruction. Ici encore, on perçoit la perméabilité entre l'imaginaire et le réel.

Ceux qui diffusent un tel discours doivent-ils être pour autant qualifiés de personnalités paranoïaques ? Proba-

1. Jacques Semelin, « Du massacre au processus génocidaire », *Revue internationale des sciences sociales*, n° 174, décembre 2002, p. 483-491.

blement oui, comme Staline ou Hitler. Mais le doute s'impose envers d'autres leaders. Est-ce, par exemple, le cas de Milosevic ? Le paranoïaque croit à ce qu'il dit. Il n'est pas sûr que l'on puisse l'affirmer pour Milosevic, dont toutes les études montrent l'opportunisme politique pour se convertir du communisme au nationalisme. Mais ce point ne semble pas décisif. Machiavel a suffisamment montré que l'art du politique n'est pas tant de croire que de faire croire. Certes, le charisme du chef peut être un facteur catalyseur fondamental de la dynamique collective d'un peuple, comme dans le cas de l'Allemagne nazie. Mais bien des pays ont été le théâtre de violences de masse sans qu'un leader charismatique ait été à l'origine de leur déclenchement. C'est pourquoi j'accorderais plus d'importance à la nature du discours qui est proposé au public dans une situation de crise. C'est la structure et les thèmes de ce discours qui sauront ou non emporter son adhésion.

Or, dans une situation de crise profonde, le discours de type paranoïaque est terriblement attractif. Il a la faculté de capter l'émotion collective en la canalisant sur une figure largement ou totalement imaginaire de l'ennemi. Et le discours rationnel qui accompagne cette opération psychologique peut non seulement susciter la conviction, mais mobiliser le groupe en vue d'une action ; d'où la dangerosité de cette rationalité délirante. Ainsi voit-on que cet imaginaire de peur, qui prend racine dans le réel, en en proposant une interprétation imaginaire, « retourne » en quelque sorte dans le réel… mais pour agir.

Nous touchons là une des clés de compréhension du passage à l'acte. Convaincus de l'imminence du danger, élaboré à partir d'un imaginaire de peur, des hommes sont poussés à se donner les moyens rationnels d'éradiquer cette menace. Raymond Aron a exploré ce point dans un texte lumineux sur l'extermination des juifs : « Quant au génocide, au risque de scandaliser, je dirais que l'irrationalité apparente résulte d'une erreur de perspective. Hitler avait proclamé plusieurs fois, en particulier aux premiers jours des hostilités, que les juifs ne survivraient pas à la guerre que ceux-ci, selon lui, avaient déclenchée. Nous ne l'avons pas cru sur parole, nous n'avons pas voulu le croire ; mais, comme on dit en anglais, *he meant it*. Si l'on veut bien admettre que la liquidation des juifs, du "poison juif", du "sang corrupteur", constituait l'objectif prioritaire d'Hitler, l'organisation industrielle de la mort devient rationnelle en tant que moyen de la fin : le génocide. » Mais Raymond Aron s'interroge aussitôt sur les fondements de cette rationalité : « Dans la mesure où la notion de rationalité ne se sépare pas de la raison et où celle-ci s'oppose aux passions, un but pareil exclut la raison. Une seule passion déchaînée ou des angoisses inconscientes dictent une telle décision. » Cette rationalité devrait aller de pair avec la raison, alors qu'elle est manifestement le produit d'une « passion déchaînée ou d'angoisses inconscientes ». Il se demande : « Quelle force impersonnelle, quelle fonction sociale peut-on évoquer ? Je ne vois qu'une conclusion désarmante : la cause du génocide fut la haine obsessionnelle (qui relève peut-être de la psychiatrie) d'un petit groupe d'hommes arrivés au pouvoir à la faveur d'une crise nationale ou sociale. Le détonateur d'une explosion n'est pas nécessairement du même ordre de grandeur que l'explosion[1]. »

Ainsi la pression de cet imaginaire de peur, comme détonateur (et, ajouterais-je, comme « carburant »), pousse-t-elle inexorablement à l'action rationnellement

1. Raymond Aron, « Existe-t-il un mystère nazi ? », *Commentaires*, vol. 2, nº 7, automne 1979, p. 349.

organisée. Il faut que le « nous » se donne les moyens d'éliminer ce « eux » menaçant à la fois de l'intérieur et de l'extérieur, désormais perçu comme un ennemi total. Selon certains auteurs, cette dynamique conflictuelle est propre aux systèmes totalitaires. Pourtant, cette confrontation radicale entre le « nous » et le « eux » s'observe dans d'autres contextes de crise. Tout se passe comme si ce conflit imaginaire prenait la configuration d'un impérieux dilemme de sécurité, nous dit le politiste Barry Posen, dilemme assimilable à une situation de guerre : c'est « eux » ou « nous » qui y « passons »[1]. Si cette rhétorique de la survie du « nous » par la destruction du « eux » est déjà bien présente dans la propagande nazie des années 1920, on la retrouve également à la veille de nombreux conflits qualifiés d'« ethniques » ou de « religieux », comme entre Serbes et Croates[2]. Le sentiment identitaire du groupe voisin est perçu comme une menace mortelle. Alors l'action devient inéluctable : puisqu'ils veulent nous tuer, nous devons les tuer avant.

Détruire le « eux » pour sauver le « nous »

L'entreprise de destruction du « eux » s'apparente donc à une opération de survie du « nous », une « guerre d'autodéfense » comme on le dira au Rwanda. En somme, il s'agit d'une entreprise de prévention de la violence contre

1. Barry R. Posen, « The Security Dilemma and Ethnic Conflict », *Survival*, vol. 35, nº 1, printemps 1993, p. 27-47.

2. Le politiste français d'origine libanaise, Joseph Maïla, a proposé à cet égard une lecture intéressante des conflits ethniques et religieux dans le contexte de la « globalisation » : « Identité et violence politique », *Études*, octobre 1994, p. 293-312. L'écrivain francophone d'origine libanaise, Amin Maalouf, a aussi écrit un beau livre sur ce thème : *Les Identités meurtrières*, Paris, Grasset, 1998.

soi ! Celui qui va devenir l'assassin se présente comme la victime. Quoi de plus logique : il a déjà adopté ce profil de victime à travers son discours accusatoire, il le conserve et le renforce bien davantage encore au moment de passer à l'acte. Par avance, il se présente comme innocent du crime dont il va être accusé.

Nous voici parvenus au seuil de la guerre. La radicalité de l'antagonisme amis/ennemis fait alors penser à la conception du politique chez Carl Schmitt, qui soutient que la perception de l'ennemi à détruire est l'essence même du politique : « La distinction spécifique du politique, à laquelle peuvent se ramener les actes et les mobiles politiques, c'est la discrimination de l'ami et de l'ennemi[1]. » Il en décèle l'expression la plus parfaite dans le discours de Cromwell contre les Espagnols ou dans les propos enflammés de Saint-Just contre les « ennemis du peuple ». La guerre ne sera que l'actualisation ultime de cette hostilité. Il n'est pas étonnant que Schmitt, qui formule sa pensée dans la période de montée du nazisme et qui est par ailleurs antisémite, en vienne à élaborer une vision aussi radicale du politique. Les pensées de la violence se sont souvent élaborées dans un contexte d'extrême violence, tel Thomas Hobbes écrivant son *Léviathan* à l'époque de la guerre civile anglaise. On peut certainement défendre une conception contraire à celle de Schmitt (par exemple que la quintessence du politique réside bien plutôt dans la construction de l'espace public, dans la conciliation des contraires, dans la recherche du consensus, du vivre ensemble, etc.), ce qu'il nous en dit paraît pourtant fondé : dans les moments de haute tension sociale, tout tiers médiateur vient à s'effondrer et le rapport conflictuel se réduit à la

1. Carl Schmitt, « La notion de politique », *Théorie du partisan*, Paris, Flammarion, 1992, p. 64.

confrontation radicale amis/ennemis, imaginaire autant que physique.

La représentation de cet « Autre total », totalement ennemi, rejoint alors celle de l'essentialisation de sa différence. « Il » n'a plus rien de commun avec « nous ». La barrière symbolique de LA différence demeure tout simplement infranchissable. Cet Autre, totalement autre, n'était déjà plus vraiment humain. Mais plus qu'animalisé, cet Autre n'est-il pas en train de se réifier pour n'être presque plus rien, une simple chose ? Simone Weil le note d'ailleurs avec une simplicité brutale : « La violence, c'est ce qui fait de quiconque une chose. Quand elle s'exerce jusqu'au bout, elle fait de l'homme une chose, au sens le plus littéral, car elle en fait un cadavre[1]. »

Ainsi la boucle est-elle bouclée. Nous sommes partis de la construction de l'identité par le marquage de la différence. Nous avons vu que ce processus identitaire se radicalise en se revendiquant de la pureté contre un « Autre » perçu comme sale, étranger, corrompu et traître. Mais la peur que suscite la menace de sa différence maléfique invite en fin de compte à le rejeter, ou même à le détruire : sécurité oblige. Et cette radicalité de la destruction du « eux » marque bien évidemment la toute-puissance d'un « nous » triomphant de la mort. Ne restons pas toutefois sur l'idée que ces imaginaires de destruction et de toute-puissance se construisent de manière linéaire. Ces trois thématiques sont en réalité enchevêtrées et se renforcent mutuellement, circulant en boucles les unes par rapport aux autres. Elles n'ont pas non plus la même fonction dans cette alchimie imaginaire de l'ennemi. L'identité donne le cadre dans lequel va prendre forme le processus de violence. La volonté de pureté durcit ce cadre

1. Simone Weil, « L'*Iliade* ou le poème de la force », dans *La Source grecque*, Paris, Gallimard, 1953, p. 12-13.

identitaire en greffant sur lui une thématique du sacré, religieuse ou séculière, qui relève par là même de l'absolu. Le besoin de sécurité, en phase avec le contexte de crise qui a conduit au développement de cette formation imaginaire, rend urgent le passage à l'acte. Je soutiendrais donc que ce noyau psychologique élémentaire, enraciné dans l'imaginaire infantile, se trouve à la racine des processus de violence, pouvant conduire au massacre. On peut supposer que ce noyau psychique, précisément parce qu'il est élémentaire, est de nature universelle. Dénominateur commun de l'espèce humaine, il transcende ses différences culturelles. Bien évidemment, sa concrétisation politique varie d'un pays à l'autre, d'un continent à l'autre : les processus de violence, plus ou moins intenses, auront toujours des traits singuliers. Cependant, je n'hésiterais pas à recourir à cette métaphore explosive : c'est la manipulation de ce noyau imaginaire dans un contexte de crise qui risque de se transformer en dynamite ! Ce n'est encore là que du « matériau psychique », qui ne devient véritablement destructeur qu'en « entrant en réaction » dans un contexte social particulièrement anxiogène.

Comment évaluer concrètement la puissance praxologique de cet imaginaire de l'ennemi ? De quelles manières peut-il donc avoir des effets concrets sur les événements sociaux et politiques ? Certains travaux donnent des pistes de réflexion féconde. Ainsi, en histoire, Georges Lefebvre a-t-il brillamment montré comment ce qu'il a appelé la « Grande Peur », au cours de l'été 1789, avait joué un rôle déterminant dans la mobilisation des paysans lors de la Révolution française. Les campagnes étaient alors gagnées par un mouvement de panique se nourrissant de lui-même : la peur d'un complot des aristocrates supposés envoyer des « brigands » pour détruire les récoltes et affamer le peuple. C'est sur le fond de cette vaste émotion collective (aux racines différentes selon les régions) que l'agitation paysanne a pris de l'ampleur contre un ennemi désigné : le seigneur. La Grande Peur n'a pas été un « épiphénomène », précise Georges Lefebvre : « À la panique succéda une vigoureuse réaction où l'ardeur guerrière de la Révolution se discerne pour la première fois et qui fournit à l'unité nationale l'occasion de se manifester et de se fortifier[1]. »

En économie ou en sociologie, on admet aussi que les représentations imaginaires sont de nature à créer du réel. C'est notamment le phénomène désigné, à la suite du sociologue américain Robert Merton, par l'expression « prophéties autoréalisatrices » : si les hommes définissent des choses comme réelles, elles deviennent réelles dans leurs conséquences[2]. Merton a étudié plusieurs cas : celui de la banqueroute d'une banque florissante en 1932 à cause d'une rumeur d'insolvabilité, celui d'une guerre rendue inévitable par la croyance en son inévitabilité. À l'époque, l'économiste Keynes avait observé des phénomènes similaires. Le « prophète » arguera des événements pour affirmer qu'il avait raison : « Je vous l'avais bien dit. » Une description fausse de la situation provoque un comportement qui la rend vraie.

Une telle ligne d'interprétation est aisément applicable aux conflits ethniques et situations génocidaires. Ainsi, selon Jean-François Bayart, « au Rwanda et au Burundi, la qualification ethnique des clivages politiques et sociaux opère [...] comme une prophétie autoréalisante, chacun des camps en présence supputant que son adversaire a

1. Georges Lefebvre, *La Grande Peur de 1789, suivie des Foules révolutionnaires* (1932), Paris, Armand Colin, 1988, p. 232.

2. Merton s'est inspiré sur ce point de la définition de la « situation » proposée par l'un des pionniers de la sociologie américaine, W.I. Thomas. Voir Robert K. Merton, *Éléments de méthode sociologique*, Paris, Plon, 1953, chap. IV.

planifié son extermination et agissant en conséquence. Situation extrême que celle-ci. Elle rappelle pourtant que le fantasme du complot est une figure forte et universelle des imaginaires politiques[1] ». Faut-il donc considérer que cet imaginaire politique de destruction d'un « Autre », qui se cristallise dans un discours public, soit suffisant pour précipiter le passage à l'acte ? Cela revient à poser le problème de l'intention dans la mise en œuvre du massacre : ce sera l'objet du prochain chapitre.

1. Jean-François Bayart, *L'Illusion identitaire*, *op. cit.*, p. 179.

CHAPITRE II

Du discours incendiaire à la violence sacrificielle

Comment cet imaginaire de toute-puissance et de destruction, précédemment décrit, peut-il affecter peu à peu une société, donner naissance à un véritable discours incendiaire et, finalement, avoir des effets sociaux de plus en plus ravageurs ? Nous disposons de deux grandes explications théoriques, contradictoires, élaborées à partir de l'Histoire européenne. La première provient surtout des élèves de Norbert Elias, qui ont avancé l'idée d'un « processus de décivilisation », œuvrant en sens contraire à l'évolution que le sociologue allemand avait discernée dans l'Europe depuis le Moyen Âge jusqu'au XIXe siècle. L'hypothèse générale d'Elias est que la formation de l'État, à travers la monopolisation de la violence (et de la fiscalité), débouche progressivement sur des modes plus « civils » ou civilisés de relation entre les individus, se traduisant par une diminution de toutes les formes de comportement violent, y compris la violence étatique. Au fil du temps, de la même manière que les individus se cachent pour déféquer, pour uriner, dissimulent leur nudité, etc., on assiste à une mise à l'écart de la violence proprement dite[1]. Cependant, dans cette société progressivement pacifiée, la violence reste toujours présente et

1. Norbert Elias, *La Dynamique de l'Occident*, Paris, Calmann-Lévy, coll. « Pocket Agora », 1991.

peut à nouveau surgir : d'où l'idée d'un possible processus de « décivilisation » conduisant à une régression vers la barbarie. Selon Jonathan Fletcher, il est déjà observable en Allemagne, bien avant l'ascension d'Hitler vers le pouvoir, dans la République de Weimar[1].

La seconde explication prend exactement le contrepied de cette thèse. Formulée par Zygmunt Bauman, elle observe que c'est précisément dans la société européenne la plus civilisée, dans laquelle la culture et l'art ont atteint des sommets de raffinement et d'intelligence, et où – de surcroît – l'intégration des juifs a le plus progressé, que va être décidée leur extermination. Pour Bauman, le processus qui conduit à Auschwitz est typiquement une expression de la modernité, ainsi que le suggère explicitement son livre de 1989[2]. La civilisation moderne n'a certes pas été la condition suffisante de la destruction des juifs européens, mais elle en a été la condition nécessaire. Sans elle, leur assassinat en masse serait inimaginable. Cet événement monstrueux n'est pas un accident de l'Histoire, mais un produit de la rationalité moderne de la bureaucratie et de la technologie.

Est-il possible de concilier ces deux théories en montrant, par exemple, comme le pense le sociologue hollandais Abram de Swaan, qu'elles se penchent en réalité sur les mêmes phénomènes, mais en adoptant des angles d'analyse différents[3] ?

1. Jonathan Fletcher, « The Theory of Decivilizing Processes and the Case of Nazi Mass Murder », *Amsterdams Sociologisch Tijdschrift*, 1994. Voir aussi, en langue française, S. Mennell, « L'envers de la médaille : les processus de décivilisation », dans A. Garrigou et B. Lacroix (éd.), *Norbert Elias. La politique et l'histoire*, Paris, La Découverte, 1997, p. 213-235.

2. Zygmunt Bauman, *Modernité et Holocauste*, *op. cit.*

3. Abram de Swaan, « La décivilisation, l'extermination et l'État », dans Yves Bonny, Jean-Manuel de Quieroz et Erik Neveu (éd.),

À l'évidence, les auteurs ne donnent pas nécessairement au terme « civilisation » le même sens. Quant à la « modernité », que Bauman ne définit jamais très clairement, elle caractérise bien d'autres États qui ne sont pourtant pas devenus génocidaires. Mais je n'entends pas ici me prononcer en faveur de l'une ou l'autre de ces thèses. Mon projet est plutôt de proposer une *méthodologie d'observation* qui permette de suivre au sein d'une société donnée le « procès » en question, qu'il soit ou non appréhendé sous l'angle de la « décivilisation » ou de la « modernité ». À cette fin, il s'agit de se donner plusieurs champs d'observation, de manière à suivre l'évolution interne d'une société, au moins dans ces quatre domaines clés : intellectuel, politique, religieux et social. Dans la vie d'un pays, les uns et les autres sont bien sûr à la fois distincts et imbriqués. Cependant, pour chacun de ces domaines se pose une question cruciale qui va déterminer le risque croissant d'un passage à l'acte collectif dans la violence de masse. Je les formulerai de la manière suivante :

– Dans quelle mesure des « intellectuels » se saisissent-ils des thèmes de l'identité, de la pureté et de la sécurité pour élaborer des constructions idéologiques de l'ennemi, à partir des mythes et des peurs propres à cette société ?

– Ces constructions idéologiques mythiques vont-elles se trouver « projetées » sur la scène politique au point d'inspirer et de fonder une politique d'État ?

– Cette évolution politique est-elle parallèlement renforcée, voire légitimée, par les principales autorités morales, notamment religieuses, du pays ?

– Enfin, les individus, groupes et communautés de ce pays se montrent-ils dans leur ensemble réceptifs à cette

---

Norbert Elias et la théorie de la civilisation, Rennes, Presses universitaires de Rennes, 2003, p. 63-73.

politique, en premier lieu à sa propagande ? En conséquence, le lien social et inter-générationel, qui relie les victimes désignées aux autres membres de la société, va-t-il tenir bon ou au contraire s'effondrer ?

Ces quatre questions constituent la charpente du présent chapitre. En effet, tout se passe comme si la convergence entre ces différents registres – intellectuel, politique, religieux et social – créait les conditions optimales pour que se développe un processus de « bascule » vers le massacre. Autant dire que ce sont les régulations fondamentales d'une société qui se trouvent alors atteintes et orientées vers des pratiques de destructivité. Essayons de retracer l'évolution qui, étape après étape, de manière lente ou rapide, favorise les circonstances propices à la transgression collective du principe qui est au fondement du social : l'interdit du meurtre.

Le tremplin intellectuel

Si le massacre procède d'abord d'un processus mental, il convient d'étudier en priorité le « cadre intellectuel » qui donne à l'avance du sens à la violence de masse. La généalogie de ce cadre de sens, toujours difficile à mettre en lumière, est sujette à de multiples interprétations. Par-delà l'enchevêtrement des variables à prendre en compte, un trait commun réunit pourtant ces différents cas, sous l'angle de leur genèse idéologique. En amont du passage à l'acte violent proprement dit, on repère toujours en effet que son cadre de sens a été élaboré par des « intellectuels » qui, pour œuvrer au « salut » de leur pays, ont avancé des analyses radicales de sa situation. Ces analyses, dans les faits, ont conduit à la stigmatisation de tel ou tel groupe. Ils font partie de ces acteurs dont j'ai parlé en termes généraux au précédent chapitre, ceux qui entendent proposer une « solution nouvelle », de nature à restaurer la grandeur de ce « nous » en souffrance. Le terme « intellectuels » n'est peut-être pas toujours le plus approprié pour les qualifier. Je l'utilise faute de mieux [1]. Sans doute pourrait-on parler plus justement d'« entrepreneurs identitaires », puisque leurs écrits visent à établir que le cœur du problème – et donc sa solution – réside dans l'affirmation de l'identité de leur groupe contre la menace d'un autre groupe. Mais on pourrait aussi bien les qualifier d'« entrepreneurs politiques » puisque, à travers cette défense de l'identité de leur groupe, ils mènent bel et bien un combat politique qui vise à en faire reconnaître les droits, sinon la « supériorité ».

Quoi qu'il en soit, ceux-ci appartiennent en grande majorité à des professions de l'esprit, de l'éducation, du savoir ou de la science. Ils sont instituteurs ou professeurs, ils ont fait des études sans parfois les achever (pouvant alors avoir le sentiment d'être des « ratés »), ils sont écrivains ou journalistes, universitaires, médecins ou ingénieurs ; ils peuvent aussi être artistes ou hommes d'Église. Dans la situation de crise que connaît leur pays, face aux frustrations qu'ils peuvent eux-mêmes personnellement ressentir, ce sont eux qui commencent souvent à formuler d'abord une « solution » pour résoudre ces

1. Encore que la signification qui est donnée ici à ce mot soit proche de celle que Jacques Julliard et Michel Winock lui ont attribuée à travers la notion d'engagement : « Un intellectuel n'est pas seulement un signataire de pétitions. C'est un homme ou une femme qui, à travers cette activité, entend proposer à la société tout entière une analyse, une direction, une morale que ses travaux antérieurs le qualifient pour élaborer [...]. On suppose par convention que, justifiées ou non, les activités intellectuelles (arts, science, littérature, philosophie) prédisposent celui qui les exerce au maniement des idées générales concernant la société ou la façon de la gérer » (voir Jacques Julliard et Michel Winock, *Dictionnaire des intellectuels français*, Paris, Le Seuil, 1996, p. 12).

problèmes, solution qu'ils vont s'acharner à défendre par la force de leur plume ou de leur verbe. Leur responsabilité personnelle dans la rationalisation intellectuelle et spirituelle d'un discours identitaire est entière. Selon les situations historiques, leurs rôles respectifs peuvent être très différents : soit ils exercent une influence certaine sur celui qui va devenir le chef politique du pays, soit ils jouent un rôle direct dans le « réveil émotionnel » de leur peuple, soit ils se transforment eux-mêmes en hommes politiques de premier plan. À titre d'exemples, présentons les cas d'Alfred Rosenberg en Allemagne, de Dobrica Cosic en Yougoslavie et de Grégoire Kayibanda au Rwanda, symptomatiques de telles évolutions.

Dans la montée en puissance du national-socialisme en Allemagne, nul doute qu'Adolf Hitler a été le principal vecteur de développement, à la fois comme autorité doctrinale et charismatique. Au début des années 1920, quelques hommes, cependant, ont pu contribuer à alimenter sa réflexion et forger ses armes idéologiques. Selon l'historien Ian Kershaw, Alfred Rosenberg, cet Allemand d'origine balte, est de ceux-là. Celui-ci commence par entreprendre des études d'ingénieur et d'architecte, mais, témoin de la révolution bolchevique de 1917, il fuit la Russie et devient très actif en Allemagne dans les milieux « Russes blancs ». Dès 1919, il rejoint ce qui est encore l'embryon du mouvement nazi, un simple groupuscule extrémiste, dans la toute nouvelle République de Weimar. Rosenberg y fait la connaissance d'Hitler, cette rencontre semblant alors avoir un rôle important dans l'évolution de la pensée du futur maître de l'Allemagne. Au début, ni la Russie, ni le bolchevisme n'occupaient en effet une place centrale dans l'idéologie nazie. Mais au contact de Rosenberg, Hitler se familiarise avec l'idée d'une conspiration juive internationale, développée dans *Les Protocoles des Sages de Sion*. En effet, c'est Alfred Rosenberg qui, en compagnie d'un autre Balte, Max Erwin Scheubner-Richter, persuade Hitler que le bolchevisme est d'essence juive, idée qui ne tardera pas à devenir la pierre angulaire de son édifice idéologique : « Tant et si bien que l'extirpation du judéo-bolchevisme apparaîtra comme synonyme de la destruction de l'Union soviétique par une Allemagne en quête d'espace vital [1]. »

Dans les années 1920, Rosenberg devient comme le gardien de la doctrine générale *(Weltanschauung)* du national-socialisme, propageant à travers ses écrits ses convictions profondes sur la réalité d'un complot mondial judéo-maçonnique. Son œuvre maîtresse, *Le Mythe du XX*e *siècle*, publié en 1930 (donc trois ans avant l'accession d'Hitler au pouvoir), deviendra la deuxième « bible » du nazisme, après *Mein Kampf*. Ce livre, qui lui a demandé des années de préparation, s'inspire profondément des théories racistes du comte de Gobineau et de Houston Chamberlain. Les mythes de Rosenberg reposent avant tout sur la mystique de la pureté du sang aryen qui, sous le signe de la *Swastika*, engage une révolution spirituelle mondiale : celle de « l'éveil de l'âme de la race ». Les arts, les sciences, les lois, les coutumes, tout est vu et analysé d'un point de vue racial, dans un style souvent obscur. L'histoire générale du monde n'est rien d'autre que l'histoire des « races ». Cet ouvrage, qu'il est recommandé de se procurer pour attester ses convictions nazies, est en réalité d'une lecture difficile pour le plus grand nombre. Mais ce nombre, c'est Hitler lui-même qui saura de plus en plus l'atteindre par la puissance de son verbe.

En Yougoslavie, le cas de l'écrivain nationaliste serbe Dobrica Cosic se présente différemment. Ancien protégé du maréchal Tito, Cosic se rend célèbre par des romans historiques qui racontent les souffrances et déchirements

1. Ian Kershaw, *Hitler*, *op. cit.*, p. 58.

des Serbes durant les deux guerres mondiales[1]. Membre du Comité central du Parti communiste, il s'en fait exclure en 1968 pour cause de nationalisme dirigé contre les Albanais du Kosovo. Mais cette relégation ne le conduit aucunement à renoncer à ses convictions politiques. Lors de son entrée à l'Académie des sciences et des arts de Belgrade, en 1977, l'écrivain se fait à nouveau remarquer par sa défense du peuple serbe. Il y prononce une phrase demeurée célèbre : « Les Serbes ont toujours gagné la guerre et perdu la paix[2]. » C'est une manière d'exalter le mythe du peuple martyr, toujours prêt à se sacrifier pour la liberté, mais, au final, perdant dans la paix parce que tombant sous la domination d'autres peuples. Ainsi Cosic se fait ouvertement le chantre du peuple serbe, qui, selon lui, est écrasé dans la fédération yougoslave et physiquement menacé au Kosovo. Écrivain brillant, parfois surnommé « le Tolstoï serbe », il contribue à faire de l'Académie des sciences et des arts un bastion du nationalisme serbe renaissant. En 1986, c'est à partir des idées de Dobrica Cosic que certains de ses membres rédigent un mémorandum appelé à faire grand bruit. Les académiciens y dénoncent le « génocide physique, politique, juridique et culturel de la population serbe au Kosovo[3] ». Pas moins ! Des critiques sont également lancées contre les républiques voisines (Slovénie et Croatie), accusées de dominer politiquement la Serbie, et contre le système fédéral yougoslave dans son ensemble, responsable de la « discrimination » dont seraient victimes les Serbes au sein de la fédération.

1. On lira de lui en français notamment *Le Temps du mal*, Lausanne, L'Âge d'homme, 1990.

2. Cité par Paul Garde, *Vie et mort de la Yougoslavie*, Paris, Fayard, 1992, p. 54.

3. Mirko Grmek (éd.), *Le Nettoyage ethnique. Documents historiques sur une idéologie serbe*, Paris, Fayard, 1993, p. 251.

Publié le 24 septembre 1986 dans un journal de Belgrade, le mémorandum suscite à l'époque une large condamnation des responsables politiques. Mais une partie de l'opinion voit certaines de ses craintes justifiées par les membres de la prestigieuse institution. Un homme politique encore peu connu du grand public, Slobodan Milosevic, va comprendre l'intérêt qu'il peut retirer des thèses défendues par les membres de l'Académie. Dobrica Cosic verra d'ailleurs bientôt en Milosevic l'homme dont avait justement besoin la Serbie. Le rôle de l'écrivain aura donc été d'« ensorceler la nation », comme l'écrira l'un de ses opposants, l'ancien maire de Belgrade Bogdan Bogdanovic.

Au Rwanda, peut-on dire aussi que le rôle historique de Grégoire Kayibanda, futur premier président de la République, aura été d'« ensorceler » le peuple hutu, dès les premières années d'indépendance du pays ? Sa trajectoire personnelle et politique est bien différente. Pourtant, l'idéologie dont il se réclame produit tout autant un discours incendiaire dont les effets destructeurs ne vont pas tarder à se manifester contre la minorité tutsi. Il doit sa formation intellectuelle aux « pères blancs » de l'Église catholique, désireux de promouvoir une contre-élite hutu, au cours des années 1950. Après ses études au grand séminaire de Nyakibanda, Grégoire Kayibanda milite de plus en plus en faveur de l'émancipation des Hutu, dont il dénonce l'oppression par la monarchie tutsi. De 1948 à 1952, il devient secrétaire des amitiés belgo-rwandaises, puis le rédacteur en chef de *Kinyamateka*, le périodique catholique le plus diffusé dans le pays.

En 1957, Kayibanda rédige avec quelques autres intellectuels hutu une « Note sur l'aspect social de la question raciale indigène », dite « manifeste des Bahutu ». Selon Gérard Prunier, ce texte représente la première intériorisation politique par des Rwandais de la catégorisation raciale introduite par le colonisateur. On y lit en effet : « Le problème est à la base celui du monopole politique d'une race, les Mututsi. Dans les circonstances présentes, ce monopole politique se transforme en un monopole social et économique [...]. Et étant donné la sélection *de facto* à l'école, les monopoles politique, économique et social se transforment en un monopole culturel qui condamne les Bahutu au désespoir d'être pour toujours des travailleurs subalternes. » Kayibanda et ses amis voient d'ailleurs bien l'intérêt politique de s'appuyer sur cette notion de « race » pour annoncer à l'avance que les Hutu sont les plus forts parce que les plus nombreux. « Afin de contrôler ce monopole racial, précisent-ils, nous sommes fortement opposés pour le moment à l'idée de supprimer les mentions "Mututsi", "Muhutu" et "Mutwa" sur les papiers d'identité. Leur suppression comporterait le risque d'empêcher la loi statistique de rendre compte de la réalité des faits[1]. » Autrement dit, la démocratie comprise comme la loi du plus grand nombre devait se confondre avec la « race » majoritaire, c'est-à-dire celle des Hutu. On le pressent : avec de telles idées, l'avenir devient inquiétant, sinon menaçant, pour les Tutsi encore au pouvoir.

La création de mythes savants

Ces trois parcours différents montrent comment un essayiste idéologue, un écrivain nationaliste, un instituteur partisan ont joué un rôle important dans la formation

1. Cité par Gérard Prunier, *Rwanda, 1959-1996*, *op. cit.*, p. 62-63. En kinyarwandais, *Muhutu* et *Mututsi* sont les termes génériques pour nommer les Hutu et les Tutsi. *Bahutu* est le pluriel de *Hutu*, comme *Batutsi* est le pluriel de *Tutsi*.

d'un cadre interprétatif à partir duquel des dynamiques politiques nouvelles sont enclenchées. Le succès de leur lecture de la situation de crise dépend alors de la manière dont leur idéologie (raciste, nationaliste, etc.) peut se greffer sur les représentations imaginaires et les mythes propres à la société. Car cette alchimie de l'imaginaire, imbriquée dans le réel et par laquelle prennent forme les figures de l'« ennemi », ce sont eux, ces intellectuels, qui concourent à lui donner sens. Leur rôle principal est à cet égard de forger – ou de recréer – un nouveau lexique de référence, qui renvoie tout autant à des idées qu'à des symboles ou des mythes. L'écrivain Dobrica Cosic a été particulièrement efficace en ce domaine, remplaçant en quelque sorte le vocabulaire de la lutte des classes et de la fraternité communiste par celui de l'être ethnique serbe et de sa transcendance dans l'Histoire. Il réactive ainsi à la fin du XXe siècle une histoire, des images, des mythes propres au nationalisme serbe, qui s'étaient formés dans ce pays à partir du début du XIXe siècle, comme dans la plupart des pays des Balkans alors sous la domination ottomane ou austro-hongroise. Au milieu des années 1980, la province du Kosovo, où dominent numériquement les Albanais, constitue l'exemple idéal d'application et de démonstration de ses thèses nationalistes, à travers lesquelles circulent ces mythes puissants et explosifs [1].

Dans d'autres situations, la fonction de l'intellectuel sera plutôt de diffuser et d'adapter une idéologie extérieure à un pays en la « greffant » sur le contexte culturel particulier de celui-ci. Une telle opération ne peut réussir que s'il parvient à articuler cette idéologie avec l'histoire, les mythes, les symboles propres à ce pays. Dans une intéressante étude comparative sur les cas du Rwanda, de

1. Voir l'étude de Julie Mertus, *Kosovo. How Myths and Truths Started a War*, Berkeley, University of California Press, 1999.

la Bosnie et du Cambodge, le politiste américain René Lemarchand, après avoir noté le poids du facteur idéologique (marxisme-léninisme, nationalisme ou vision pervertie de la démocratie), souligne à juste titre que l'impact de ces idéologies sur les masses est rarement profond, surtout lorsqu'elles ont des racines étrangères ; à moins, précise-t-il, que leur langage soit radicalement transformé et adapté à la culture locale. C'est la réinterprétation, voire la fabrication de mythes propres à l'histoire de ces pays qui permet que prenne cette « greffe » idéologique dans la culture locale [1]. Il est donc important d'étudier les contes, mythes, rumeurs, mémoires propres à cette culture pour comprendre les massacres qui y seront commis. C'est cette plongée dans l'imaginaire qui donnera une résonance historique et émotionnelle au discours idéologique. En quelque sorte, le travail de l'intellectuel est de faire du neuf avec du vieux, c'est-à-dire de transférer des thèmes anciens dans une nouvelle grille idéologique. Cela semble être la seule manière efficace pour que cette idéologie « parle » au peuple. Se construit ainsi un récit mythique, de nature identitaire, susceptible de détenir une forte puissance mobilisatrice sur les esprits. Les travaux des anthropologues et des ethnologues peuvent être ici d'un grand intérêt pour comprendre les dynamiques symboliques conduisant au massacre. Ainsi, des artistes, des poètes, des médecins, des savants, des hommes d'Église, toutes sortes de personnes représentantes du savoir ou de la foi, peuvent concourir à forger un récit mythique de nature identitaire. Tous, à leur manière, contribuent à rendre celui-ci plus séduisant auprès d'un plus large

1. René Lemarchand, « Comparing the Killing Fields : Rwanda, Cambodia and Bosnia », dans Steven L.B. Jansen (éd.), *Genocide. Cases, Comparisons and Contemporary Debates*, Copenhague, The Danish Center for Holocaust and Genocide Studies, 2003, p. 141-173.

public que celui de cercles de convaincus, en jouant des cordes propres à leurs arts, en usant du langage de leurs disciplines.

Si les propos d'un Rosenberg, d'un Cosic, d'un Kayibanda peuvent avoir quelque impact dans leurs pays respectifs, c'est que les thèmes qu'ils développent rencontrent un écho perceptible dans des milieux plus larges. En Allemagne, l'adhésion de médecins aux théories eugénistes en faveur de l'« amélioration de la race » est bien connue, à l'instar de l'anatomiste Édouard Pernkopf, ouvertement raciste[1]. En ex-Yougoslavie, le rôle des membres de la prestigieuse Académie de Belgrade dans la défense des thèses nationalistes a déjà été mentionné. Notons aussi que des médecins-psychiatres comme Jovan Raskovic et Radovan Karadzic ont trouvé dans la cause du nationalisme serbe l'occasion d'allier leur fanatisme idéologique à leur savoir[2]. Au Rwanda, le « manifeste des Bahutu », qui est également rédigé avec le concours de deux pères blancs, bénéficie de larges soutiens de l'Église en faveur de la promotion des Hutu.

Des intellectuels va-t'en guerre ?

Faut-il s'étonner de cette participation d'hommes de savoir ou de foi à la formation d'idéaux identitaires

1. Auteur d'un manuel d'anatomie qui porte son nom, il deviendra le doyen, puis le recteur de la faculté de médecine de Vienne, après l'accession d'Hitler au pouvoir.

2. Le premier, directeur de l'hôpital neuropsychiatrique de Sibenik (sur la côte dalmate), débute une carrière fulgurante en 1988 en multipliant écrits et discours où se bousculent des références religieuses, nationalistes et psychanalytiques ; le second va prendre la direction du parti nationaliste (PDS) et deviendra le leader politique bosno-serbe le plus en vue.

pouvant engendrer la violence ? Prenons un peu de recul historique : les modes de développement de la persécution en Europe depuis le Moyen Âge sont particulièrement éclairants. Ainsi l'historien américain Robert Moore a-t-il montré la fonction essentielle de lettrés et d'hommes d'Église dans la justification et la mise en œuvre de ces formes de persécution, à partir des XIe-XIIe siècles. Ces derniers définissent doctement qui sont les « ennemis » (le terme est utilisé par Moore), principalement les hérétiques, les juifs et les lépreux – et, plus tard, les sorcières. À travers ces diverses périodes d'exclusion, de bannissement, de tortures, de mises à mort, le savoir et la foi sont utilisés pour asseoir diverses formes de pouvoir politique ou religieux sur l'ensemble de la population. À l'influence croissante des lettrés est associé le développement de systèmes de punition et de persécution, lequel vient renforcer le pouvoir royal et religieux[1]. Remarquons au passage que, dans la croisade contre les cathares, au XIIe siècle, les métaphores de la pureté (et de la lutte contre la peste) sont déjà utilisées pour justifier les massacres au sud-ouest de la France, tels ceux perpétrés à Béziers et à Albi.

Cela doit nous rendre particulièrement prudents quant à la fonction émancipatrice de la culture comme mode d'« élévation » de l'homme par l'instruction. Certes, les philosophes des Lumières ont défendu l'idée que la culture constitue l'authentique voie vers l'épanouissement de l'individu, vers sa liberté. Mais cette conviction mérite pour le moins d'être nuancée. Bien entendu, l'éducation de l'être humain est le moyen de l'affranchir de la misère, de l'ouvrir à la connaissance du monde et de lui donner les instruments pour agir plus efficacement en connaissant ses lois. Cependant, la culture ne possède

1. Robert Ian Moore, *La Persécution. Sa formation en Europe, Xe-XIIIe siècle*, Paris, Les Belles Lettres, 1991.

pas en elle-même la faculté de conduire l'homme à se libérer de la violence. Bien au contraire, elle peut lui donner les moyens d'être plus ingénieux dans l'exercice de la violence, sinon de la cruauté.

Comme le remarque une survivante du génocide au Rwanda, l'instruction « ne rend pas l'homme meilleur, elle le rend plus efficace. Celui qui veut insuffler le mal, il sera avantagé s'il connaît les manies de l'homme, s'il apprend sa morale, s'il connaît la sociologie. L'homme instruit, si son cœur est mal conçu, s'il déborde de haine, il sera plus malfaisant[1] ». Je ne comprends donc pas tous ceux qui continuent à s'étonner que la barbarie ait pu jaillir d'une nation européenne aussi cultivée que l'Allemagne. La culture n'est pas en soi un rempart contre la barbarie. Elle donne au contraire des armes à celui qui veut justifier rationnellement ses émotions et ses passions.

Ces intellectuels, dont les figures varient d'un pays à l'autre, sont-ils pour autant directement responsables des massacres à venir ? Méfions-nous encore du piège qui consisterait à tracer une ligne droite de l'idée à l'action. Tout va dépendre en fait de l'évolution de la situation politique, de la dégradation ou non de l'économie, de l'instabilité sociale, de l'environnement international, etc. Plus ce contexte tendra à se dégrader et deviendra menaçant, plus le discours identitaire risquera d'être accepté comme cadre mental de réassurance collective. À moins qu'un discours politique concurrent – défendu par d'autres intellectuels – ne parvienne à contrer efficacement le récit identitaire en démontrant son caractère aberrant. Bref, le cours des événements n'est pas déterminé. Ceux-là mêmes qui ont contribué à bâtir ces

1. Cité par Jean Hatzfeld, *Dans le nu de la vie. Récits des marais rwandais*, Paris, Le Seuil, 2000, p. 106 ; rééd. coll. « Points », 2002.

idéologies de peur et de haine ne deviennent d'ailleurs pas en général les acteurs des violences à venir. Ils peuvent même parfois regretter ce qui va se passer, par exemple la sauvagerie de certaines unités militaires ou de milices qui appartiennent à leur camp.

Il n'en demeure pas moins que ces intellectuels élaborent à un moment clé de l'histoire de leur pays des outils idéologiques qui, s'ils sont appliqués, peuvent enclencher une violence de masse. La « solution » qu'ils proposent n'offre en effet aucune perspective de compromis. Leurs analyses, fondées sur une affirmation identitaire radicale, consistent bien à « essentialiser » les différences : Aryens/Juifs, Hutu/Tutsi, etc. Elles légitiment un affrontement existentiel entre le « eux » et le « nous ». C'est l'identité de ce « eux » qui est posée par le « nous » comme étant par nature menaçante. Il n'y a donc pas de négociation possible puisque la différence est posée comme intangible. Mais encore faut-il que ce cadre identitaire se traduise précisément en force politique conséquente – ce qui n'est pas, là encore, un processus automatique.

Le temps de la légitimation politique

En histoire, rien n'est plus risqué que d'interpréter les événements à la lumière de leur dénouement. Le piège qui guette tout historien est d'en prédéterminer la logique, puisqu'il se trouve dans la position confortable d'en connaître l'issue. C'est là une source redoutable d'erreurs quant à la perception des mentalités et conduites des acteurs. L'historienne Arlette Farge critique ainsi ceux qui, étudiant la France de 1750, y voient déjà la Révolution de 1789 : « J'ai au moins appris une chose, souligne-t-elle, c'est que l'Histoire est totalement imprévisible. » De sa confrontation avec les archives, elle soutient qu'« il n'y a aucun fait ou événement qui ne conduise à un autre événement sans que d'autres types de postures, de positions, de dispositifs aient pu être présents au même moment »[1].

Écrire l'Histoire, c'est ouvrir le champ des possibles, en se méfiant de toute interprétation causale simpliste et déterministe du passé. Cette démarche historienne, pour le moins difficile, s'exprime dans une position comme : « Je vais travailler sur le XVIIIe siècle en ne sachant pas qu'il y a eu la Révolution. » Appliquée au sujet de ce livre, cette prudence se traduit par : « Je vais travailler sur la persécution des juifs dans l'Allemagne des années 1930 en ignorant Auschwitz. » C'est donc aller à l'encontre d'un certain bon sens, puisque tout pourrait laisser croire qu'une causalité inexorable conduit de l'antisémitisme virulent des années 1920, exprimé dans *Mein Kampf*, à la persécution organisée des juifs allemands au cours des années 1930, pour aboutir à leur extermination au début des années 1940. C'est d'ailleurs sur cette chronologie irréfutable que s'est fondée la thèse dite « intentionnaliste », selon laquelle l'intention de détruire les juifs était déjà explicitement contenue dans les propos d'Hitler avant même que celui-ci ne parvienne au pouvoir. La réalisation de ce projet n'aurait été ensuite qu'affaire de temps et d'opportunisme. Plus aucun historien ne défendrait aujourd'hui une telle position. Non seulement il n'y a pas de chemin direct qui conduise de l'idée à l'action (comme on l'a déjà souligné), mais il n'y a pas non plus de causalité directe d'une action historique sur une autre. Ainsi, plus personne ne soutient aujourd'hui que la marginalisation – économique, professionnelle, administrative, civique, etc. – des juifs résidant en Allemagne,

1. Arlette Farge, « Le parcours d'une historienne. Entretien avec Laurent Vidal », *Genèses*, n° 48, septembre 2002, p. 115-135.

instituée dès le début du régime nazi, devait nécessairement conduire à leur extermination, *a fortiori* au génocide de tous les juifs européens, sinon du monde entier.

L'accession d'Hitler au pouvoir

Il n'était d'ailleurs pas inscrit dans l'histoire de l'Allemagne que ce tribun des arrière-salles des brasseries de Munich des années 1920 allait conquérir le pouvoir quelque dix années plus tard. Comme le note l'historien anglais Ian Kershaw, la nomination d'Adolf Hitler au poste de chancelier, le 30 janvier 1933, est « le résultat d'un concours de circonstances fortuit et d'une erreur de calcul des conservateurs [de la droite allemande] [1] ». Aux élections de 1924, son parti (le NSDAP) obtient moins de 3 %, et encore 2,6 % à celles de 1928. Mais la crise de l'État (instabilité de la République de Weimar), doublée d'une crise économique et sociale (krach de 1929 qui atteint de plein fouet l'Allemagne en 1930-1931, provoquant des millions de chômeurs), crée une forte attraction de l'opinion allemande vers les pôles politiques extrêmes (communiste et nazi). Hitler fait alors preuve d'un flair politique certain en axant sa stratégie sur les trois groupes qui souffrent le plus de la crise : les chômeurs, les agriculteurs et les classes moyennes. Par ailleurs, face à l'agitation ouvrière croissante, ses troupes de choc, les Sections d'assaut (SA), conduites par Ernst Röhm, un héros de la guerre (et chef des corps francs de Bavière en 1919), se substituent à la police pour rétablir l'ordre au prix de bagarres sanglantes : de quoi contenter tous ceux qui craignent que la révolution bolchevique, à peine ins-

1. Entretien avec Ian Kershaw, « L'Allemagne rêvait d'un grand homme », *L'Histoire*, janvier-mars 2003, p. 60-63.

tallée dans la toute nouvelle Union soviétique, ne gagne l'Allemagne. Aux élections de septembre 1930, les nazis connaissent un succès important : leur parti atteint 18,3 % des voix. Désormais, les voici dans la « cour des grands », ce qui leur donne le droit de s'exprimer à la radio nationale. Toujours porté par la crise et le climat de violence qui règne dans le pays, le NSDAP fait un nouveau bond aux élections du Reichstag de juillet 1932 : il atteint 37,3 % des suffrages exprimés (soit 13 779 000 voix).

Ainsi Hitler a-t-il su parfaitement tirer profit de la situation de crise dans laquelle s'est enfoncé le pays. Avec l'appui d'un journaliste, Josef Goebbels, il invente une stratégie de communication politique percutante, combinant les techniques les plus modernes, tout en s'appuyant sur les valeurs traditionnelles de l'Allemagne. Les électeurs du parti nazi se recrutent majoritairement chez les artisans, agriculteurs, commerçants, fonctionnaires et cols blancs. Ils votent pour les nazis d'abord parce qu'ils croient que leur parti permettra le retour à l'ordre et à la stabilité. Pour leur part, les milieux de droite conservateurs pensent pouvoir tenir Hitler en otage afin qu'il continue à servir leur politique. Ne se reconnaissent-ils pas eux-mêmes dans ces valeurs qu'Hitler met en avant : nationalisme, militarisme, antibolchevisme ? Ils pensent donc pouvoir « domestiquer » Hitler. Mais les responsables de ces élites conservatrices se trompent fondamentalement sur la personnalité et les ambitions de cet homme hors du commun, imprévisible, fanatique, violent, qui va vite leur échapper.

Milosevic et le rêve de la « Grande Serbie »

Dans le cas de la Yougoslavie, l'accession de Milosevic au pouvoir n'était pas plus inéluctable. On aurait même pu penser que ce pays, non aligné sur les blocs de l'Est et de l'Ouest, déjà ouvert sur l'Occident, était en position favorable pour amorcer une véritable démocratisation politique et économique, à la faveur de la chute du mur de Berlin. Cette transition semblait même prendre forme, au début de l'année 1990, grâce aux mesures prises par le Premier ministre fédéral croate Ante Markovic, qui « mit en œuvre un programme de réformes économiques très réussi, jugulant une inflation galopante dont le taux annuel passa de 26 % à 0 % en quelques mois seulement [...]. Markovic acquit dans le pays tout entier une très grande popularité [...]. Au cours de cette brève période, il sembla que la Yougoslavie connût un souffle nouveau et eût une chance de survivre en tant qu'État commun. Fort de ses conceptions libérales et de ses succès économiques tangibles, Markovic représentait pour les nations yougoslaves une chance d'éviter la voie de la destruction sur laquelle elles étaient déjà engagées et se tourner vers le futur, la modernisation et l'intégration à l'Europe[1] ».

Mais c'était sans compter sur la crise de légitimité du système fédéral engagée depuis la mort de Tito. C'était sans compter sur l'agitation nationaliste de la minorité serbe du Kosovo, qui, à partir du milieu des années 1980, commence à se faire entendre à travers des « meetings » (terme utilisé pour faire moderne) regroupant de plus en plus de sympathisants. Avec le soutien de l'écrivain Dobrica Cosic, le mot d'ordre de leur mouvement est l'avènement du peuple – du peuple serbe, bien sûr. Il n'est pas question alors d'épuration ethnique, mais plutôt de rallier tous les Serbes à l'objectif d'une « Grande Serbie ».

1. Vesna Pesic, « La guerre pour les États nationaux », dans Nebojsa Popov (éd.), *Radiographie d'un nationalisme. Les racines serbes du conflit yougoslave*, Paris, L'Atelier/Éd. ouvrières, 1998, p. 45-46.

C'est sans compter sur le développement d'autres foyers nationalistes, en premier lieu dans la Croatie voisine, attisés par leurs homologues serbes, et dont l'intellectuel Franjo Tudjman, pourfendeur courageux de l'Histoire officielle titiste dans les années 1960, devient la figure de proue. C'est sans compter enfin sur l'opportunisme politique d'un homme issu de l'appareil communiste, le Serbe Slobodan Milosevic, qui se saisit de cette cause nationaliste pour s'emparer du pouvoir.

Citant Ivan Stambolic (alors président du Présidium de Serbie), John Allcock rapporte que, dans un premier temps, Milosevic n'était pas particulièrement enthousiaste quant à l'action des nationalistes serbes. Ceux-ci le « prirent en main », ce qu'il n'apprécia guère. Mais Milosevic comprit l'intérêt politique de rallier leur cause. « L'étroitesse d'esprit et le manque d'imagination ont conduit alors le Parti socialiste serbe, la Serbie et finalement toute la Yougoslavie hors du chemin de la démocratie[1]. » Car cette mutation du communisme au nationalisme gagne presque simultanément d'autres membres de la fédération yougoslave, en premier lieu la Slovénie et la Croatie. Au cours de l'année 1990, de nombreuses élections attestent une telle évolution, la chronologie de ces scrutins se déplaçant du nord au sud de la Yougoslavie : Slovénie (avril), Croatie (avril-mai), Bosnie (novembre), Serbie (décembre). La voie fédéraliste que représente encore Markovic ne peut résister à la montée en puissance des replis identitaires, qui s'expriment à travers ces consultations électorales. Créant son parti très tard (en juillet 1990), Markovic est battu aux élections de décembre, tandis que celui de Milosevic triomphe. Ce dernier est alors au sommet de sa popularité : au nom même de la légitimité politique qu'il vient d'acquérir,

1. John B. Allcock, *Explaining Yugoslavia*, *op. cit.*, p. 430-431.

Milosevic peut dès lors se lancer dans le projet de construction de la « Grande Serbie », au besoin par la guerre.

Kayibanda et la formation de l'État rwandais

Quant au Rwanda, il n'était pas plus certain que Grégoire Kayibanda, cet ancien élève du séminaire de Nyakibanda, devienne en 1961 le premier président de la République de ce pays. À la fin des années 1950, ses idées prônant le pouvoir hutu sur une base quasi raciale, telles qu'elles s'exprimaient dans le « manifeste des Bahutu », n'étaient partagées que par une minorité de Hutu « éduqués » et proches de l'Église. S'il parvient au pouvoir, c'est parce que l'Église précisément et, avec elle, l'administration belge vont désormais soutenir la volonté d'émancipation de cette nouvelle élite hutu. Le 3 novembre 1959 éclatent à Gitamara, au nord-ouest du Rwanda, de très violents troubles qui gagnent bientôt d'autres localités. Cette « Toussaint rwandaise[1] », sorte de jacquerie de paysans hutu contre les Tutsi, se traduit par des centaines de morts, de nombreuses habitations incendiées et un premier exil de milliers de Tutsi. En fait, cette « révolution de 1959-1960, “assistée” par l'administration belge, débouche sur l'éviction de la monarchie et de toute la structure politico-administrative tutsi, sur lesquelles la Belgique avait basé sa politique d'administration indirecte durant des décennies[2] ». Confirmation en est donnée aux différentes consultations électorales orga-

1. Jean-R. Hubert, *La Toussaint rwandaise et sa répression*, Bruxelles, Académie royale des sciences d'outre-mer, 1965.

2. Filip Reyntjens, *L'Afrique des Grands Lacs en crise*, Paris, Karthala, 1994, p. 24.

nisées en 1961, remportées très largement par le parti de Kayibanda, ou *Parmehutu* (Parti du mouvement de l'émancipation hutu). La République est proclamée dès le 28 janvier 1961 et le Rwanda devient officiellement indépendant le 1er juillet 1962.

L'État républicain rwandais post-colonial a ainsi fondé sa légitimité sur la victoire contre la féodalité tutsi. « La victoire hutu était totale », souligne Claudine Vidal. « Cependant, les vainqueurs continuèrent d'agir, non pas comme si les anciens chefs tutsi menaçaient encore la République, mais comme si les Tutsi, pris dans leur ensemble comme ennemis héréditaires, étaient devenus un corps étranger au pays[1]. » Les pratiques d'oppression à l'égard des Tutsi, dès ces toutes premières années de la République rwandaise, expliquent leur départ massif[2]. En réaction, certains d'entre eux (exilés en Ouganda) commencent dès ces années 1960 à organiser des raids armés sur le territoire rwandais pour attaquer des représentants du pouvoir hutu. De telles incursions provoquent quasi systématiquement des représailles contre les Tutsi vivant encore au Rwanda. Le raid opéré à la fin de décembre 1963 provoque ainsi plusieurs massacres de Tutsi, dont le plus connu, celui de Gikongoro, en janvier 1964, a fait entre 7 000 et 10 000 morts[3].

Cependant, la seconde République, instaurée le 5 juillet 1973 par le coup d'État du général Juvénal Habyarimana,

1. Claudine Vidal « Le génocide des Rwandais tutsi : cruauté délibérée et logique de haine », dans Françoise Héritier (éd.), *De la violence*, Paris, Odile Jacob, 1996, t. I, p. 339.

2. En 1961, le Rwanda comptait près de 2 800 000 habitants. Les Tutsi, représentant 15 % de la population, étaient environ 420 000 ; environ 120 000 d'entre eux avaient déjà choisi l'exil fin 1963.

3. Aaron Segal, *Massacre in Rwanda*, Londres, The Fabian Society, 1964 ; Luc Deusch, *Massacres collectifs au Rwanda ?*, Bruxelles, Synthèses, 1964, p. 418-426.

semble vouloir faire rupture avec le passé. Le rôle du nouveau président va en effet consister à « calmer le jeu en se posant comme modérateur, seul à même de contrôler les extrémistes[1] ». Son régime entend promouvoir l'union des Rwandais, non protéger les Hutu contre les Tutsi. Le pays connaît alors une période de calme, marquée par l'entrée d'un Tutsi au gouvernement (André Katabarwa), sans pour autant abandonner le slogan « Le gouvernement de la majorité vaut démocratie ». De plus, sa situation économique s'améliore sensiblement, surtout au début des années 1980. La mortalité infantile tend à baisser et la scolarisation passe de moins de 50 % en 1978 à près de 62 % en 1986. Qui peut alors penser que ce pays va être le théâtre, près de dix ans plus tard, de l'un des génocides les plus effroyables du XXe siècle ?

Malheureusement, cette embellie économique ne durera pas. La famine fait à nouveau son apparition, tandis que le cours mondial du café chute de 50 % en 1989. Les inégalités se creusent dangereusement dans le pays, la grande masse des paysans rwandais en étant la principale victime, comme l'a bien montré alors André Guichaoua[2]. Le Rwanda s'enfonce à nouveau dans la crise, comme d'autres États africains. En 1990, le FMI lui impose une dévaluation de 57 % de sa monnaie. Le régime Habyarimana connaît une corruption grandissante et, devant la pénurie accrue des richesses, la compétition entre les élites se fait plus rude. Plus encore, la diaspora tutsi exilée en Ouganda déclenche une nouvelle agression armée dans le but évident de conquérir le pou-

1. André Guichaoua (éd.), *Les Crises politiques au Burundi et au Rwanda (1993-1994)*, Paris, Karthala, 1995, p. 22.

2. Id., *Destins paysans et politiques agraires en Afrique centrale*, t. I : *L'Ordre paysan des hautes terres du Burundi et du Rwanda*, Paris, L'Harmattan, 1989.

voir. Cette attaque du FPR, le 1er octobre 1990, ravive les vieux réflexes politiques qui avaient déjà conduit, trente années plus tôt, à ce qu'une agression tutsi de l'extérieur soit sanctionnée par des massacres de Tutsi à l'intérieur.

Les prophètes du chaos

Dans chacun de ces trois cas, il est difficile de faire la part entre ce qui relève de la volonté des acteurs de s'emparer du pouvoir et des circonstances favorables qui ont servi leur dessein. Mais on voit bien que leur ascension politique passe notamment par la stigmatisation d'un groupe minoritaire. Cette analyse appelle pourtant quelques nuances dans le cas allemand : si Hitler joue avec outrance de la corde antisémite, il n'est pas certain que ce thème ait eu un rôle décisif dans ses succès électoraux. Ce serait bien davantage son nationalisme, son antibolchevisme, son militarisme qui auraient séduit le peuple allemand. Il n'en demeure pas moins que la haine des juifs est l'un des traits fondamentaux de la personnalité du nouveau maître du Reich et qu'il en fait aussitôt une pierre angulaire de son régime – ce contre quoi les Allemands ne protestent pas.

S'il advient donc que ce type de leader accède aux plus hautes responsabilités de l'État, une étape cruciale est franchie : dès lors, il y a en effet légitimation politique de ce qui n'était que discours protestataire (récupérant les peurs et frustrations sociales) et qui devient désormais stratégie de gouvernement. Ce qui n'était auparavant qu'un discours politique extrême, propagé par certains intellectuels, quelques organisations, un parti, se transforme en une politique d'État. De telles idées auraient pu rester des propos incendiaires, suscitant ici ou là des actes de violence sporadique. Mais désormais, avec ce relais de l'État, on change d'échelle. Nul doute qu'une telle évolution, que sa maturation ait été lente ou rapide, soit de nature à induire des changements profonds dans un pays, dans ses institutions comme dans sa vie quotidienne. On peut s'attendre à un véritable « refaçonnage identitaire » de la société, lourd de violences à venir, en parfaite cohérence avec le discours qui l'a fait naître. Mais comment la population, à travers les divers groupes et réseaux qui la composent, va-t-elle réagir ? Et quelles seront les modalités et l'intensité de cette violence ? Quand et dans quelles circonstances ? Nul ne le sait vraiment.

Les premiers artisans de ces bouleversements vont être en tout cas les leaders qui incarnent cette politique. On pourrait en effet penser qu'un Hitler, qu'un Milosevic, qu'un Kayibanda, une fois au pouvoir, « oublient » les idées qui les ont conduits au sommet de l'État. Ce ne serait pas la première fois dans l'Histoire que des leaders politiques, une fois parvenus à leurs fins, abandonnent les aspects les plus excessifs ou les plus démagogiques de leurs programmes. Mais il n'en est rien : dans les cas qui nous occupent, un tel « oubli » paraît inconcevable, tant leur ascension s'est fondée sur une relation émotionnelle avec le « peuple », dont ils s'affirment les protecteurs. Ces leaders se trouvent comme autocontraints de devenir ce qu'ils ont voulu être : défenseurs du « nous » contre le « eux ». Que leurs publics croient ou non à leurs discours, en partie ou en totalité, ils pensent avoir une vocation. Ils se donnent une figure de « prophètes » obligés d'accomplir ce qu'ils ont annoncé. Tout se passe comme s'ils étaient « profilés » pour détecter la menace, la prédire, au besoin la fabriquer et, au final, la détruire. C'est toujours du chaos qu'ils tirent leur légitimité de protecteurs du « nous ».

Si tous jouent à peu près de ces mêmes cordes psycho-affectives (peurs, ressentiments, frustrations), Hitler est certainement celui qui en fait l'exploitation la plus stupéfiante. De par sa personnalité d'abord : tribun de grande envergure, il possède un talent exceptionnel, un « pouvoir charismatique[1] », affirme Ian Kershaw, pour conduire à une forme d'extase les foules qui viennent l'écouter. C'est littéralement un faiseur d'émotions publiques. De par sa faculté de réaction et d'improvisation ensuite : il profite, par exemple, de l'énorme choc provoqué dans l'opinion par l'incendie du Reichstag, le 27 février 1933, pour obtenir dès le lendemain la promulgation du décret sur la « protection du peuple et de l'État », qui instaure la première base légale de la dictature nazie. Les changements se produisent alors à une vitesse ahurissante : arrestation en masse des communistes, création, pour les interner, des premiers camps de concentration, suppression des syndicats, dissolution de toutes les organisations politiques (sauf le parti nazi). Tout en prenant soin de se concilier les élites dirigeantes, Hitler use ainsi de la violence, dès les premiers mois de son pouvoir, y compris contre ses anciens amis : il fait assassiner, au cours de la nuit dite des « Longs Couteaux » (29-30 juin 1934), Röhm et les principaux chefs des SA, pour se débarrasser de ses rivaux politiques potentiels. Ainsi, en à peine un an et demi, il est parvenu à installer un régime absolu de dictature personnelle et un système d'encadrement général de la population. La République de Weimar est bien morte.

En comparaison, la conduite politique d'un Milosevic fait pâle figure. Sa personnalité est certainement plus fade, quoique troublante, puisque son histoire personnelle est

1. L'historien s'appuie ici sur la notion de « charisme », développée par le sociologue allemand Max Weber. Voir Ian Kershaw, *Hitler*, *op. cit.*

hantée par la mort[1]. Mais il use aussi, à sa manière, des leviers de la peur et du ressentiment. Relayant les thèses du mémorandum de l'Académie de Belgrade, il emploie régulièrement dans ses discours le mot « génocide » pour qualifier ce qui risque d'arriver aux Serbes s'ils ne se défendent pas. Dans ses discours, les Croates sont systématiquement assimilés aux Oustachis, et les Allemands aux nazis. En 2004, au cours de son procès à La Haye, il n'hésite pas à faire le rapprochement entre la politique étrangère d'Hitler dans les Balkans et celle du chancelier Kohl en 1990 : « Un million de Serbes ont perdu la vie, et plus de la moitié ont connu des souffrances terribles, explique-t-il. La directive de Goebbels n'a pas perdu de son actualité par la suite dans la pratique politique allemande, à savoir faire patte blanche auprès des Croates à l'encontre des Serbes. Telle est la position allemande dans les Balkans vers la fin du XXe siècle. Il s'agit d'une constante dans la politique allemande[2]. »

Jouer sur les émotions demeure donc pour lui le moyen idéal d'en appeler à un réflexe patriotique, de museler ses opposants, sinon de les éliminer. Puisque le peuple est en danger, celui qui n'est pas prêt à prendre les mesures nécessaires pour le défendre devient tout de suite suspect. À l'inverse d'Hitler, Milosevic est déjà dans l'appareil du pouvoir. En bon apparatchik communiste, il tente peu à peu d'en prendre le contrôle, parvenant à ses fins en septembre 1987, lors de la huitième session de la Ligue des

1. En effet, le père de Milosevic, prêtre de l'Église orthodoxe (excommunié après 1945 pour avoir dénoncé ses collègues auprès des nouvelles autorités), finit par se suicider. Quelques années plus tard, sa mère, institutrice, se suicide à son tour. Voir Adam LeBor, *Milosevic. A Biography*, Londres, Bloomsburry, 2002, p. 26-27 (sur le suicide du père) et p. 36-37 (sur celui de la mère).

2. Audience du 31 août 2004 du Tribunal pénal international pour l'ex-Yougoslavie, La Haye.

communistes de Serbie. Dès lors, il écarte, évince, remplace tous ceux qui lui paraissent modérés, dans l'armée, la police et les médias (surtout la télévision).

Au Rwanda, le style du président Kayibanda est sans doute plus paternaliste, mais non moins redoutable. Le principe de son régime se fonde sur la revanche contre les Tutsi et sur l'idée que les Hutu majoritaires incarnent la démocratie. Les rapports de domination se sont inversés, les dominés d'hier devenant les dominants de la première République rwandaise, le nouveau pouvoir à Kigali instituant un système de parti unique. Lors des élections communales d'août 1963, le parti du président (le Parmehutu) remporte 140 sièges de bourgmestres (maires) sur 141. Procédé classique : le Parmehutu a utilisé la hantise du danger extérieur tutsi comme un levier politique pour accroître son autorité. Après l'attaque des exilés tutsi de décembre 1963 et les représailles qui en ont résulté (près de 10 000 Tutsi tués en janvier 1964), le président Kayibanda va lui-même utiliser le mot « génocide » dans son discours du 11 mars 1964. C'est probablement la première fois que ce terme est employé publiquement en kinyarwandais.

Quelques voix s'étaient alors élevées en Europe pour qualifier de « génocide » les massacres qui venaient de se produire au Rwanda. Mais Kayibanda de rétorquer : « Qu'est-ce qui se rend coupable de génocide ? », « Qu'est-ce qui cherche le génocide ? », « Qu'est-ce qui veut le génocide ? ». Utilisant six fois ce mot dans un discours de quelques minutes, le président rwandais stigmatise en fait l'action des opposants armés tutsi de l'extérieur, qu'il accuse de « menées subversives » et « terroristes ». Ses propos, d'une violence extrême, contiennent cette prophétie extraordinaire et effrayante : « En supposant que vous réussissiez l'impossible, en prenant la ville de Kigali, expliquez-moi un peu comment vous vous imaginez le chaos qui résulterait de ce coup d'éclat et dont vous seriez les premières victimes ? [...] Ce serait la fin totale et précipitée de la race tutsi [1]. » Il est rare dans l'Histoire qu'un chef d'État *annonce* un génocide. En Allemagne, Hitler en fit autant le 30 janvier 1939 au Reichstag. Cependant, rien n'était encore décidé et organisé à cette date pour détruire massivement les juifs d'Europe ; nous y reviendrons. C'est la même chose au Rwanda, ce 11 mars 1964. Et pourtant, de telles paroles publiques sont loin d'être anodines : de simples mots, quelques courtes phrases prononcées dans un contexte de menace et de peur ouvrent l'avenir d'un pays vers l'apocalypse du meurtre de masse. Peut-être adviendra-t-il, peut-être pas. Mais si… alors la prophétie se réalisera.

Nourrir la peur et le ressentiment : du rôle des médias

Si la manipulation des émotions occupe ainsi une place centrale dans l'instauration de tels pouvoirs, ce qui va entretenir et développer cet état émotionnel, c'est la propagande. Elle accompagne nécessairement et renforce la mise en place de ces systèmes politiques. La propagande est souvent appréhendée comme un ensemble de techniques visant à diaboliser un ennemi, ce qu'elle est effectivement. Mais cette approche « technicienne » passe à côté de ce que la propagande propose avant tout : un nouvel univers de sens pour tous. Ce qui a été antérieurement élaboré par quelques intellectuels, relayé et développé par des leaders politiques, est désormais proposé à tout un pays, dès lors que ces leaders ont conquis le pou-

1. Appel de son Excellence le président Kayibanda aux Rwandais émigrés ou réfugiés à l'étranger, prononcé à Kigali le 11 mars 1964 (document communiqué par Marcel Kabanda).

voir. Presse, radio, télévision sont « invitées » ou carrément contraintes à être les vecteurs permanents de cette vision du monde. La propagande devient ainsi comme un système d'« enveloppement » général de la population. Comment opère-t-elle donc pour s'étendre ?

Le principe de base est toujours le même : fabriquer de l'émotion. Entendez : susciter de la peur, de la méfiance, du ressentiment, et donc provoquer en réaction de la vigilance, de la fierté, de la vengeance. Un appareil de propagande est d'abord une machine à fabriquer de l'émotion publique, à l'instar des leaders dont elle relaie et amplifie les propos. C'est par ce travail sur l'émotion qu'elle vise à emporter l'adhésion du public : « Pas de choix dit-elle, nous avons tous à nous défendre contre ces gens-là. C'est une question d'identité : il en va de notre survie. » Et c'est par là que la propagande attaque la pensée : « Devant cette commune menace, nous devons nous montrer plus forts et affirmer la puissance de notre identité. » La propagande entend imposer à tous une interprétation du monde présentée comme « vitale », à partir du groupe d'appartenance. Ainsi l'enveloppement émotionnel du public se prolonge-t-il aussitôt par son enveloppement idéologique. L'un et l'autre ne sont pas séparables : ils participent de la même tentative d'envahissement des esprits. C'est en cultivant la peur et le soupçon que la propagande tente de « graver » sa vision du monde en chaque individu. Elle dit à tous : « Voilà ce qu'il faut désormais penser, voici vos nouveaux repères, que cela vous plaise ou non. » Alors, « avec nous » ou « contre nous » ?

Doit-on alors dire qu'un système de pression totalitaire sur la population se met en place ? Les situations historiques sont à différencier. Sitôt parvenus au pouvoir, les nazis instaurent un contrôle quasi absolu des médias, à commencer par la radio, dont ils ont vu très tôt l'intérêt stratégique comme instrument de communication de masse. Les professions concernées par l'édition sont soumises au contrôle du gouvernement, qui crée une chambre professionnelle des journalistes, des écrivains, etc. Chacun se voit donc placé sous la tutelle de l'État : la censure préalable devient inutile. Goebbels, devenu ministre de la Propagande, peut déclarer : « Que chacun joue de son instrument, pourvu qu'il joue la même musique. » Un journaliste accusé de trahir le « peuple allemand » se retrouve très vite en prison, avec ou sans jugement. Un système de propagande totalitaire se met ainsi en place.

On ne peut appliquer la même analyse en Yougoslavie, dans cette période de la fin des années 1980 qui voit l'effondrement du système fédéral et la montée du nationalisme dans ses principales républiques. En Serbie, après la mort de Tito, c'est surtout le prestigieux journal *Politika* qui devient le fer de lance du nationalisme serbe, tandis que la télévision conserve une ligne fédérale. Mais, à partir de 1987, cette même télévision de Belgrade soutient de plus en plus l'action de Milosevic, relayant, par exemple, en direct l'immense manifestation nationaliste du 28 juin 1989, commémorant le six centième anniversaire de la bataille du Kosovo. Ce serait pourtant une erreur de croire que tous les médias d'État lui emboîtent le pas, puisque la radio publique ne fait pas preuve alors du même zèle nationaliste[1]. Évolution encore plus singulière par rapport à l'Allemagne nazie : en Yougoslavie sont décrétés en 1990 le principe de la liberté de la presse et la fin du monopartisme. Conséquence : il devient en droit possible à quiconque d'exprimer son opinion et de la communiquer librement. Des organes de presse indépendants voient le

1. Radé Veljanovski, « Le revirement des médias audiovisuels », dans Nebojsa Popov (éd.), *Radiographie d'un nationalisme*, *op. cit.*, p. 299 *sq.*

jour, comme le journal d'opposition *Vreme*. Il en va de même en ce qui concerne la radio et la télévision, avec le lancement de *Studio B*. L'écart est grand, pourtant, entre le principe et son application. Par exemple, les journaux peuvent bien être libres, mais ils n'ont guère les moyens d'atteindre leurs lecteurs, faute d'accès à des réseaux de distribution efficaces en province. La télévision, seul média à atteindre les zones les plus reculées du pays, reste bien, elle, sous le contrôle du nouveau maître de Belgrade.

Le Rwanda connaît une évolution assez semblable durant cette même période. En effet, le régime d'Habyarimana accepte au début des années 1990 une certaine ouverture des médias et décrète en 1991 la fin du monopartisme. En résulte un véritable « printemps de la presse », caractérisé par la création de nouveaux journaux [1]. Mais ce mouvement de libéralisation profite paradoxalement aux extrémistes qui, bénéficiant d'appuis au sein même de l'État, ont des facilités pour lancer des médias qui propagent leurs thèses. En 1990, apparaît le bimensuel *Kangura*, qui lance des campagnes de délation contre les Tutsi, publiant notamment les fameux « Dix Commandements des Bahutu » (voir encadré page suivante), véritable appel à la haine et à la ségrégation envers les Tutsi. En juillet 1993 est créée une station privée, la Radio-Télévision des Mille Collines (RTLM). Le ton de RTLM est « jeune », décontracté, et on y entend de la musique zaïroise très entraînante. C'est une véritable innovation pour ce pays, car la station nationale officielle, Radio Rwanda, est souvent ennuyeuse. Sur RTLM, entre deux morceaux de musique, c'est un déluge de paroles, dénonçant les « cafards » tutsi et glorifiant la grandeur des Hutu.

1. Voir l'analyse de Jean-François Dupaquier dans Jean-Pierre Chrétien (éd.), *Rwanda. Les médias du génocide*, Paris, Karthala, 1995, p. 29 (rééd. 2003).

Cette brève analyse des médias permet de mieux observer l'évolution respective de chacun des pays. Du côté de l'Allemagne nazie, il s'agit d'un cas de figure « classique » : celui de la fin d'une république instable qui débouche sur l'abolition du régime parlementaire et sur la mise en place brutale d'un système de contrôle total des moyens de communication. Du côté de l'ex-Yougoslavie et du Rwanda, on assiste plutôt à la « sortie » d'une dictature, qui autorise une forme relative de liberté d'expression politique, se concrétisant dans le multipartisme, ce dont les courants les plus extrêmes savent aussitôt profiter. Il y a donc lieu de rapprocher sur ce point leurs histoires respectives, ce qui se reflète d'ailleurs dans le vocabulaire utilisé par les chercheurs : certains ont ainsi parlé de l'instauration d'une « démocrature » en Serbie et d'une « démocratisation contrôlée » au Rwanda[1]. Autrement dit, si le cas allemand montre que la violence surgit logiquement d'un processus de « dictatorisation » de l'État, les évolutions respectives de la Serbie et du Rwanda illustrent, à l'inverse, que la violence se trouve paradoxalement engendrée par un processus de démocratisation politique limitée, non encadrée par un État de droit. Il y a là de quoi méditer sur les vertus toujours supposées positives de ce que nous nommons, selon une formule convenue, la « transition démocratique ».

1. Joseph Krulic, « Réflexions sur la singularité serbe », *Le Débat*, nº 107, novembre-décembre 1999, p. 97-117 ; Jordane Bertrand, *Rwanda. L'opposition démocratique avant le génocide (1990-1994) : le piège de l'Histoire*, Paris, Karthala, 2000.

Les Dix Commandements des Bahutu*

En décembre 1990, le journal extrémiste *Kangura* (« Réveille-le ! ») publie un texte particulièrement significatif, faisant appel à la « conscience des Bahutu » et leur fixant un code de conduite : il s'agit des « Dix Commandements », véritable détournement du texte biblique.

Voici « Les Dix Commandements » :

« 1. Tout Muhutu doit savoir qu'Umututsikazi, où qu'elle soit, travaille à la solde de son ethnie tutsi. Par conséquent est traître tout Muhutu qui épouse une Mututsikazi, qui fait d'une Umututsikazi sa concubine, qui fait d'une Umututsikazi sa secrétaire ou sa protégée.

« 2. Tout Muhutu doit savoir que nos filles bahutukazi sont plus dignes et plus conscientes dans leur rôle de femmes, d'épouses et de mères de famille. Ne sont-elles pas jolies, bonnes secrétaires et plus honnêtes !

« 3. Bahutukazi, soyez vigilantes et ramenez vos maris, vos frères et vos fils à la raison.

« 4. Tout Muhutu doit savoir que tout Mututsi est malhonnête dans les affaires. Il ne vise que la suprématie de son ethnie. Par conséquent, est traître tout Muhutu : qui fait alliance avec les Batutsi dans ses affaires ; qui investit son argent ou l'argent de l'État dans une entreprise d'un Mututsi ; qui accorde aux Batutsi des faveurs dans les affaires (l'octroi des licences d'importation, des prêts bancaires, des parcelles de construction, des marchés publics…).

« 5. Les postes stratégiques, tant politiques, administratifs, économiques, militaires et de sécurité, doivent être confiés aux Bahutu.

« 6. Le secteur de l'enseignement (élèves, étudiants, enseignants) doit être majoritairement hutu.

« 7. Les Forces armées rwandaises doivent être exclusivement hutu. L'expérience de la guerre d'octobre 1990 nous l'enseigne. Aucun militaire ne doit épouser une Mututsikazi.

« 8. Les Bahutu doivent cesser d'avoir pitié des Batutsi.

« 9. Les Bahutu, où qu'ils soient, doivent être unis, solidaires et préoccupés du sort de leurs frères bahutu. Les Bahutu de l'intérieur et de l'extérieur du Rwanda doivent rechercher constamment des amis et des alliés pour la cause hutu, à commencer par leurs frères bantous. Ils doivent constamment contrecarrer la propagande tutsi. Les Bahutu doivent être fermes et vigilants contre leur ennemi commun tutsi.

« 10. La Révolution sociale de 1959, le référendum de 1961 et l'idéologie hutu doivent être enseignés à tout Muhutu et à tous les niveaux. Tout Muhutu doit diffuser largement la présente idéologie. Est traître tout Muhutu qui persécutera son frère muhutu pour avoir lu, diffusé et enseigné cette idéologie. »

Cité dans Jean-Pierre Chrétien (éd.), *Rwanda. Les médias du génocide*, *op. cit.*, © Karthala, 1995, p. 141-142.

* Pour la signification des mots en kinyarwandais utilisés dans ce texte se reporter à la note 1 p. 102.

En fonction de ces différentes configurations politiques, l'appareil de propagande sera donc plus ou moins puissant, plus ou moins total. Et le langage de cette propagande sera différent, reflétant des traits culturels spécifiques. Mais reste que les thèmes et procédés de cette propagande, du point de vue de sa structure imaginaire, sont souvent très proches. Car la propagande tend à recourir aux mêmes types d'opérateurs, qui, à cet égard, apparaissent comme des constantes, par-delà les différences culturelles. La fonction de ces opérateurs est de mettre en forme cet imaginaire, de l'exprimer dans la réalité bien concrète à travers des mots et des images, générateurs d'émotions. Et c'est à travers ces opérateurs – véritables pôles de transformation de l'imaginaire en idéologie – que se construisent les figures de l'ennemi décrites au chapitre I.

L'arbre vénéneux de la propagande

J'en propose ici le résumé à travers la métaphore d'un arbre vénéneux dont les branches et feuillages sont comme les principaux opérateurs de cette propagande.

Le premier de ces opérateurs – celui par qui tout arrive, pourrait-on dire –, c'est l'instrumentalisation d'un passé commun de souffrances, d'un traumatisme collectif : celui de la Première Guerre mondiale pour les nazis, de la Seconde Guerre mondiale pour les nationalistes serbes, de la domination de la royauté tutsi pour les extrémistes hutu. C'est l'un des procédés les plus efficaces pour réveiller le ressentiment et la peur dans un peuple en manipulant sa mémoire. C'est sur ce terreau du malheur passé que grandit l'arbre vénéneux de la propagande.

S'y développent deux grosses branches qui en construisent toute la stature. La branche d'un principe quasi éternel, celui de la grandeur et de la pureté de notre peuple qui, c'est bien clair, ne supportera pas une fois de plus de telles humiliations : « Nous n'allons pas nous faire avoir encore une fois, n'est-ce pas ? ». Lui est adjointe, en parallèle, la branche de la diabolisation de cet « Autre » qui engendre tous les malheurs de notre peuple : « Ce sont EUX d'où proviennent tous nos maux. On ne peut pas leur faire confiance. Ces gens-là ne sont pas comme NOUS. »

De ces deux grosses branches en jaillissent de nouvelles, très menaçantes. L'une soutient l'accusation de traîtrise envers ceux qui, dans nos propres rangs, refusent de nous suivre. Ce sont des antipatriotes, des traîtres en puissance. Attention, ces traîtres peuvent se dissimuler parmi nos voisins. L'autre branche porte l'accusation terrible de « complot » contre cet « Autre », si différent de nous. En fait, « ces gens préparent notre perte. On ne s'en rend pas forcément compte, mais, vous savez, ils sont très puissants. Que ce soit chez nous ou à l'étranger, leur but est bel et bien de nous détruire ».

Puis viennent les feuillages qui revêtent ces branches, multiples habillages émotionnels pour rendre cette double menace un peu plus crédible. L'un de ces feuillages, particulièrement touffu, procède de la manipulation des rumeurs : « Vous savez qu'au Kosovo les Albanais n'hésitent pas à violer nos femmes et à profaner nos cimetières. » Rumeur circulant dans toute société à l'encontre d'un groupe perçu comme menaçant. Mais le propre de la propagande est de puiser dans ce fond de rumeurs (ou d'en inventer) pour en faire des « nouvelles ». Ainsi, du jour au lendemain, ces rumeurs se retrouvent à la une de la presse ou du journal télévisé du soir. Comme par hasard, elles portent sur la sexualité, le sacré, la filiation, bref ce qui touche au plus intime. Un autre feuillage, terriblement efficace pour faire monter l'angoisse, est celui de l'accusation d'atrocités qui pourrait bien annoncer une réponse en miroir : « Vous savez que ce sont de véritables assassins qui n'hésitent pas à commettre les crimes les plus atroces ; tenez : à brûler nos bébés. » Quels sont en effet les crimes les plus odieux, sinon ceux qui s'en prennent à des innocents ? « Tôt ou tard, nous nous vengerons ! » Quelque part dans cet arbre, peut-être au sommet, on trouvera encore le feuillage de l'animalisation : ceux qui sont accusés de tels crimes ne sont plus des humains. Ce sont des animaux qui ne méritent plus notre respect. Et un peu partout, comme englobant l'arbre entier, s'étale encore le feuillage de la grossièreté des mots et des images, avec lesquels les ennemis sont dépeints. Grossièreté au sens propre et figuré : on entre dans l'outrance, la démesure, la pornographie. L'usage de la caricature, par des journaux comme le *Sturmer* en Allemagne ou *Kangura* au Rwanda, est révélateur de cette levée des interdits. Comme si déjà on allait entrer dans la démesure de la violence.

Cet arbre porte bien des fruits, mais ils sont vénéneux. Ces fruits de la haine, tous repoussants, ce sont les différentes figures de l'ennemi. Ici, les juifs, les Rouges, mais aussi les bouches inutiles ou les dégénérés (handicapés, asociaux, homosexuels) ; là, les Albanais, les Oustachis croates, les musulmans (ou « Turcs ») ; plus loin, les Tutsi, de toute façon irrécupérables, mais aussi les « mauvais Hutu » puisque amis avec les Tutsi ou trop modérés. Que faire donc de tous ces fruits malsains ou maléfiques ? Les trier ? Les écraser tous ? Les plus dangereux ne nous laissent pas le choix : si nous les épargnons, ils vont proliférer et pourrir notre sol. Il faut donc nous en débarrasser. Mais comment ? Les faire disparaître ? Les exterminer ? Le vocabulaire hésite. Il faut élaguer cet arbre, l'épurer ou le purifier. Les mots sont encore flous. Ils n'ont pas encore valeur de programme. Cet arbre de la propagande constitue « simplement » la matrice sémantique à partir de laquelle peut advenir le massacre.

Les individus exposés à un tel dispositif de haine y croient-ils vraiment ? Trop souvent, les études sur la propagande postulent sa toute-puissance sur les esprits. La sociologie de la réception des médias montre pourtant que c'est là une vision par trop simpliste et caricaturale. J'y reviendrai plus loin. Néanmoins, le développement d'un tel système de propagande, conjugué avec la mise en place d'un appareil politique qui le soutient, a nécessairement une influence considérable, dans la vie publique comme dans la vie quotidienne d'un pays.

Au moyen de cette propagande, le pouvoir légitime son action et justifie les premières mesures contre ses ennemis de l'intérieur. Les nazis le font très vite contre les juifs, radiés de la citoyenneté allemande, éliminés de la fonction publique et de nombreux groupements professionnels et socioculturels. Les lois de Nuremberg de 1935 pour la « protection du sang et de l'honneur allemands », outre l'interdiction de toute relation sexuelle entre juifs et aryens (risque de « souillure » de la « race »), mettent fin à l'égalité en droit acquise par les juifs depuis 1871, en distinguant nationalité et citoyenneté (cette dernière n'étant reconnue que pour les individus de « sang allemand »). Puis, au nom de l'aryanisation du pays, les juifs sont encore évincés de l'activité économique et spoliés de leurs biens. Au Rwanda, des mesures sont également prises pour limiter l'influence des Tutsi, par exemple dans l'administration (imposition d'un quota maximal de 9 % de Tutsi). Pour sa part, Milosevic supprime en 1989 l'autonomie du gouvernement et du Parlement du Kosovo, décision qui, à elle seule, signifie la fin de la Yougoslavie. En quelques mois sont licenciés 90 % des Albanais dans les secteurs de la santé, des médias, de la culture et de l'éducation. En 1991, quelque quatre cent cinquante mille élèves et étudiants albanais se retrouvent en dehors du système éducatif, refusant son contrôle exclusif par les Serbes.

Simultanément, le propre de la propagande est de créer un climat délétère : elle donne le ton de la violence, à travers slogans et images. Elle dit publiquement que la violence est possible, pour ne pas dire autorisée, contre les ennemis de l'intérieur. Comme le remarque Philippe Braud, « les discours de haine, l'exhibition de titres arrogants de supériorité mettent en place, avec le temps, une “autorisation” de violence contre des victimes désignées comme boucs émissaires[1] ». Tout se passe donc comme si le nouveau régime non seulement tolérait, mais encourageait la violence contre ses ennemis. Au reste, dans la plupart des cas, c'est l'État lui-même qui en est l'initiateur à travers ses forces de police ou par l'intermédiaire de groupes armés plus ou moins occultes (organisations criminelles et milices *ad hoc*). Le contexte politique devient très favorable à la formation de tels groupes dans l'ombre du pouvoir : Tigres d'Arkan en Serbie, milice Interahamwe au Rwanda. Ces groupes vont alors opérer en toute impunité. Dans le Rwanda de Kayibanda, et durant les dernières années d'Habyarimana, des Tutsi sont ainsi massacrés. Quant au Kosovo des années 1990, les Albanais y sont aussi arrêtés et torturés. Et dans l'Allemagne nazie des années 1930, on ne compte plus le nombre d'exactions physiques commises contre les juifs, y compris des meurtres.

À ce stade, l'évolution de ces sociétés atteste qu'une violence de masse devient possible. On assiste en effet à la subversion d'une norme politique fondamentale, unissant tous les individus qui acceptent de vivre ensemble : l'interdit du meurtre. S'il y a levée de cet interdit contre un groupe particulier, où va donc conduire cette transgression ? En principe, le rôle de l'État est de protéger les citoyens, comme l'expliquent nombre d'auteurs en science politique. Moyennant l'allégeance des individus – qui acceptent donc de lui obéir –, l'État leur prodigue la sécurité. Mais dans les cas étudiés ici, celui-ci n'est

1. Cité dans L. Gayer et A. Jaunait, « Discours de guerre contre dialogues de paix. Les cas de l'ex-Yougoslavie et du Rwanda », *Cultures et Conflits*, 40 (1). Voir aussi Philippe Braud, *Violences politiques*, Paris, Le Seuil, coll. « Points Essais », 2004.

plus le garant de tous les citoyens. C'est lui qui est en train de devenir le meurtrier et le protecteur des meurtriers. Qui peut alors freiner sa violence ?

Du religieux au sacrificiel

N'est-ce pas surtout le rôle du religieux de rappeler fermement cet interdit du meurtre, qui fonde toute communauté humaine ? Le rappel de cette loi fondamentale constitue un repère moral de toute première importance au sein d'une société plongée dans la tourmente. Dans chacun des trois cas étudiés, la religion chrétienne est largement dominante : surtout protestante en Allemagne, orthodoxe en Serbie, catholique au Rwanda. Or, l'un des traits fondamentaux du christianisme réside précisément dans l'exigence de respect du prochain. Rappelons le sixième commandement biblique : « Tu ne tueras pas », et les invitations, plus exigeantes encore, de Jésus : « Aimez vos ennemis » et « Aimez-vous les uns les autres comme je vous ai aimés » (Jean 15,12). Les Églises chrétiennes vont-elles donc approuver ou critiquer les impulsions violentes du politique envers tel ou tel groupe ?

La question doit d'abord être traitée sur un plan général, en examinant les rapports structurels qui tendent à s'établir entre Église et État. Au premier abord, la convergence est frappante : on observe une collaboration quasi institutionnelle entre le religieux et le politique. En Allemagne, les Églises protestante et catholique soutiennent ou cautionnent le nouveau pouvoir nazi. Au Rwanda, l'Église catholique participe elle-même à l'accession de Kayibanda au pouvoir. En Yougoslavie, en revanche, les dignitaires de l'Église orthodoxe sont officiellement hostiles à Milosevic, qu'ils perçoivent comme un dirigeant communiste. Mais comme la politique nationaliste de ce dernier vient à converger avec les aspirations de cette Église, celle-ci lui apporte en partie son soutien. Dans chacun de ces pays, à l'occasion de diverses manifestations officielles ou prises de position publiques, chacun peut donc constater le rapprochement, parfois la collusion, entre Église et État. La politique étrangère est d'ailleurs aussi l'élément à prendre en compte, en premier lieu pour les catholiques soumis à l'autorité du Vatican. Par exemple, la signature du Concordat de 1934 entre le Saint-Siège et Berlin a certes pour but de préserver les institutions catholiques allemandes, mais c'est au prix de la reconnaissance du régime nazi par le pape, ce qui revient à demander aux évêques et à leurs fidèles d'obéir au nouveau pouvoir. Certes, au sein de ces Églises, des voix plus ou moins autorisées peuvent se prononcer contre une telle évolution. En général, il en existe toujours. Mais que peuvent-elles obtenir dès lors que s'est opéré un rapprochement institutionnel avec les nouvelles autorités ?

Plus précisément, il convient d'observer les déclarations et conduites des Églises dès lors que des actes de violence ont été commis contre les ennemis intérieurs désignés par l'État. En effet, celles-ci pourraient accepter la politique générale du nouveau gouvernement, tout en se donnant une marge d'appréciation quant à tel ou tel aspect de cette politique. Leurs réactions – ou absence de réactions – face à des actes de violence constituent alors un indicateur fondamental de leur capacité à dire la loi, du point de vue même de leur légitimité religieuse. Vont-elles rappeler la limite ? Vont-elles, plus encore, user de leur influence morale pour rappeler le politique à l'ordre, c'est-à-dire assurer la protection de tous ?

Allemagne : la solitude de Dietrich Bonhoeffer

En Allemagne, alors qu'Hitler est à peine installé au pouvoir, un jeune pasteur, Dietrich Bonhoeffer, prend conscience qu'il s'agit là d'une épreuve pour le protestantisme allemand. Il explique, dans un manuscrit achevé le 15 avril 1933, que la responsabilité de l'Église face à l'État est directement engagée par rapport à la manière dont ce dernier traite la « question juive ». Dans le droit-fil de la pensée de Luther, Bonhoeffer reconnaît que « l'Église n'a pas pour rôle de dire quoi que ce soit directement à l'État quant à son action spécifiquement politique. Elle n'a ni à louer ni à blâmer les lois de l'État, [...] elle doit reconnaître son œuvre ordonnatrice ». C'est l'État qui fait l'Histoire, souligne-t-il, non l'Église.

Bonhoeffer semble alors faire une lourde concession au nouveau régime : « Nul doute que l'un des problèmes historiques que l'État doit régler est la question juive, nul doute non plus que l'État a le droit sur ce point de s'engager sur de nouvelles voies. » Mais c'est pour aussitôt ajouter : « Cela ne veut pas dire pour autant qu'elle laisse l'action politique se passer devant elle sans rien faire, au contraire, elle peut et doit [...] demander à l'État s'il peut assumer *[verantworten]* son action comme une action légitimement étatique, c'est-à-dire une action pourvoyant le droit et l'ordre et non pas l'absence de droit et d'ordre. Elle sera appelée à poser cette question avec insistance là où l'État paraîtra justement menacé dans son être *[Staatlichkeit]*, c'est-à-dire précisément dans sa fonction de pourvoyeur d'ordre et de droit en vertu du pouvoir dont il est investi. Elle devra aujourd'hui lui poser clairement cette question à propos de la question juive. En faisant cela, elle ne s'ingère justement pas dans la responsabilité propre à l'action de l'État, mais au contraire elle renvoie l'État à sa lourde responsabilité vis-à-vis de ses propres prérogatives. »

Autrement dit, Bonhoeffer rappelle à l'État et à l'Église leurs responsabilités respectives : certes, l'État est dans son rôle quand il légifère, mais il est aussi dans le rôle de l'Église de réagir si celle-ci perçoit la loi de l'État comme injuste. Bonhoeffer se fait alors encore plus précis : « Il y a trois types d'action possibles de l'Église vis-à-vis de l'État : la première consiste [...] à interroger l'État sur le caractère légitime[ment étatique] de son action, c'est-à-dire à le renvoyer à sa responsabilité. La deuxième consiste à venir en aide aux victimes de l'action de l'État. L'Église a des obligations irréductibles envers les victimes de toutes les couches sociales, même si elles n'appartiennent pas à la communauté chrétienne. “Faites du bien à tout le monde[1].” Dans les deux cas, en agissant ainsi, l'Église sert librement l'État, et, à des moments où le droit subit des modifications, elle ne peut en aucun cas se soustraire à ces deux missions. La troisième possibilité consiste à ne pas se contenter de panser les plaies des victimes passées sous la roue, mais à mettre des bâtons dans cette roue infernale. Une telle action serait une action de l'Église directement *[unmittelbar]* politique, et elle n'est possible et exigée que quand l'Église voit l'État manquer à sa fonction de pourvoyeur de droit et d'ordre, c'est-à-dire quand elle le voit, sans scrupules, mettre en œuvre un trop-plein ou un trop-peu d'ordre et de droit. Dans les deux cas, elle doit considérer l'existence de l'État ainsi que sa propre existence comme menacées »[2].

1. Galates 6,10.

2. Dietrich Bonhoeffer, « Die Kirche vor der Judenfrage », dans *Berlin, 1932-1933*, Munich, Christian Kaiser Verlag, 1997, p. 350-354. Je tiens à exprimer ma reconnaissance à Andréa Tam, qui m'a fait découvrir ce texte inédit en français et dont elle a assuré la traduction.

Joignant l'action à la pensée, Bonhoeffer va tout faire pour convaincre sa propre Église de voler au secours des juifs, achevant ce texte à peine une semaine après la promulgation de la loi sur le « rétablissement de la fonction publique », qui prévoit, ni plus ni moins, d'exclure les juifs de tous les corps de fonctionnaires. Mais il n'obtient pas gain de cause. Certes, il se retrouve parmi la minorité opposée au courant des « chrétiens allemands » (protestants pro-nazis) et participe à la fondation de l'Église confessante. Mais ceux-là mêmes qui créent cette nouvelle Église ne partagent pas sa fermeté puisqu'ils acceptent l'introduction du « paragraphe aryen[1] », lequel revient à exclure les « juifs-chrétiens » (les juifs convertis au christianisme), ce que Bonhoeffer désapprouve totalement. Ainsi, pour lui, même l'Église confessante faillit à ses responsabilités historiques, alors même qu'elle incarne le début d'une résistance au régime, sur des bases religieuses. Quelque trente-cinq ans plus tard, le grand théologien Karl Barth, lui-même figure de l'opposition protestante au nazisme, rendra hommage à la clairvoyance de Bonhoeffer, soulignant qu'il « a été en 1933 le premier et presque le seul à avoir envisagé la question juive de façon aussi centrale et à s'être battu pour elle avec autant d'énergie »[2].

1. La loi pour le rétablissement de la fonction publique professionnelle, promulguée le 7 avril 1933, était également applicable aux fonctionnaires ecclésiaux. Il en résultait que l'Église devait désormais refuser d'employer et d'engager des pasteurs juifs-chrétiens ; ce que Bonhoeffer nomma le « paragraphe aryen ».

2. Karl Barth ajoute : « Il y a fort longtemps que je me sens personnellement coupable de ne pas l'avoir également défendue pendant le *Kirchenkampf* comme étant une question décisive, du moins pas publiquement (par exemple, dans les deux déclarations théologiques de Barmen que j'ai rédigées en 1934) », cité par Andréa Tam, « Dietrich Bonhoeffer et la question juive », dans *Les Engagements*

Un autre pasteur de l'Église luthérienne, Hermann Umfried, ose protester ouvertement en mars 1933 contre les violences dont sont victimes de nombreux juifs. « Mais lorsque les attaques commencent à pleuvoir [contre lui], aucune instance ecclésiastique locale, régionale ou nationale n'ose lui manifester son appui ni ne s'élève même timidement contre la violence faite aux juifs[1]. » Acculé à la démission par sa hiérarchie, il se suicide en janvier 1934. Les Églises protestante et catholique gardent aussi le silence au moment de la publication des lois discriminatoires de Nuremberg, à l'exception des autorités catholiques de la région d'Aix-la-Chapelle et de quelques protestations de pasteurs évangéliques à Spire. La parole institutionnelle la plus forte contre le nazisme, exprimée par les Églises chrétiennes, est prononcée en mars 1937 dans l'encyclique de Pie XI *Mit brennender Sorge*, publiée directement en allemand et lue en chaire dans toutes les paroisses catholiques allemandes. Le pape y condamne fermement la pseudo-religion nazie et les théories raciales du régime, sans pour autant faire de référence directe au sort des juifs.

Le pogrom du 9 novembre 1938, dit de la « nuit de Cristal », marque l'apogée de la persécution des juifs en Allemagne, cinq ans après l'arrivée d'Hitler au pouvoir. Précédée la veille par une intervention de Goebbels à la radio, qui lance sur les ondes un véritable appel au meurtre et au pillage, cette action orchestrée par le parti atteint un niveau de violence encore inconnu : plus d'une centaine de juifs assassinés, nombre de synagogues brûlées et de magasins juifs pillés. Des milliers de juifs sont incarcérés dans les camps de concentration. Pourtant,

---

catholique et protestant contre le nazisme en France et en Allemagne, journée d'études du CIERA, Paris, 21 mai 2003.

1. Saul Friedlander, *L'Allemagne nazie et les juifs*, *op. cit.*, p. 53.

aucune voix officielle de la hiérarchie religieuse ne s'élève pour protester contre ce qui vient de se passer, pas plus du côté protestant que du côté catholique. Certes, le pape Pie XI veut alors rompre avec Berlin ; mais son futur successeur, Eugenio Pacelli, pro-allemand, l'en dissuade. Et le Concordat contribue toujours à ligoter la parole des évêques allemands, qui ne sont pourtant pas des antisémites[1]. Bonhoeffer aura certainement vu dans la non-réaction des Églises à cet événement la preuve qu'elles étaient bien menacées dans leurs fondations évangéliques. Leur silence en 1938 atteste un effondrement du religieux qui ne sait plus rappeler à tous l'interdit du meurtre, au moment même où l'État, par la voix de son ministre de la Propagande, vient d'inciter ouvertement les Allemands à le commettre contre les juifs. Si le politique appelle à la violence publique tandis que le religieux n'ose plus s'appuyer sur sa propre tradition pour la condamner, qui sait ce qui peut se produire par la suite ?

L'Église orthodoxe et le « martyre serbe »

En Yougoslavie, l'Église orthodoxe est pleinement partie prenante de la renaissance du nationalisme serbe. Si les intérêts fondamentaux des Serbes sont menacés, comme le pense sa hiérarchie, il ne faut donc pas s'attendre à ce que l'Église freine les impulsions violentes émanant du pouvoir politique. En fait, la séparation entre nation et religion n'a pas vraiment de sens dans ce pays. Pour l'Église, la question nationale n'est pas un problème politique particulier, mais un élément consubstantiel à la religion. Dans le monde spirituel byzantin,

1. Voir à ce sujet le livre nuancé mais sans concessions de Michael Phayer, *L'Église et les Nazis, 1930-1965*, Paris, Liana Levi, 2001.

Église et État vont de pair. Comme le souligne Radmila Radic, l'appartenance nationale s'inscrit d'abord dans le nom même d'« Église serbe orthodoxe »[1]. Au cours des années 1980, cette dernière réapparaît sur le devant de la scène publique pour défendre haut et fort la cause du peuple serbe. Dès 1982, vingt et un prêtres (parmi lesquels trois éminents théologiens) signent un « appel » adressé aux plus hautes autorités politiques et religieuses pour faire valoir « l'essence spirituelle et biologique du peuple serbe au Kosovo-Metohija ». La même année, la revue *Orthodoxie* publie un article dans lequel son auteur soutient que le « message des irrédentistes albanais » révèle « leur véritable objectif final : l'extermination du peuple serbe sur le territoire du Kosovo. Ce message des nazis albanais est exprimé [...] depuis plusieurs décennies ».

Avant même que Milosevic n'emploie le terme dans ses propres discours, c'est l'Église orthodoxe qui utilise pour la première fois, lors de son synode de 1987, le mot « génocide » pour qualifier les épreuves endurées par le peuple serbe au Kosovo.

Sur cette conscience victimaire absolue se greffe une rhétorique religieuse empruntée au christianisme. Ce sont précisément ces expériences de souffrance, présentes et plus encore passées, qui, à l'image de celles subies par le Christ, transfigurent l'histoire de la Serbie. Ainsi le « martyre des Serbes » conduit-il d'éminents représentants de l'Église à reprendre, par exemple, le thème de la « Serbie céleste ». En lui-même, ce thème n'est pas nécessairement porteur d'une foudre vengeresse. Il emprunte à la théologie chrétienne et affirme qu'en dépit de ses souffrances la Serbie, nation éminemment spirituelle, peut et va

1. Radmila Radic, « L'Église et la question serbe », dans Nebojsa Popov (éd.), *Radiographie d'un nationalisme*, *op. cit.*, p. 137.

ressusciter un jour : comme Jésus-Christ. Mais c'est le contexte dans lequel est utilisée cette rhétorique religieuse qui lui donne un potentiel destructeur redoutable [1].

Les propos de l'évêque Jovan de Sabac-Valjevo, dans sa lettre pastorale de 1988, à l'occasion de l'arrivée des saintes reliques du prince Lazar au Kosovo, en sont un bon exemple : « Les Serbes créent avant tout une Serbie céleste, déclare-t-il, laquelle est à ce jour sans aucun doute devenue le plus grand État céleste. Si l'on prend seulement les victimes innocentes de la dernière guerre, les millions et millions de Serbes, hommes et femmes, enfants et vieillards, tués ou torturés dans les pires souffrances, ou encore jetés dans des fosses et des grottes par les criminels oustachis, on peut imaginer l'étendue de l'empire serbe aux cieux aujourd'hui [2]. » Donc, comme les Serbes sont aujourd'hui menacés d'un nouveau « génocide », l'Église sera là pour les défendre, au Kosovo ou ailleurs. Car les menaces pesant contre eux sont aussi en Croatie, en Bosnie-Herzégovine, etc.

À partir de la question du Kosovo, le religieux contribue donc fortement à réveiller et amplifier la cause du nationalisme serbe. Le leader bosno-serbe Radovan Karadzic dira à plusieurs reprises : rien ne peut se faire sans l'Église. L'« Aimez-vous les uns les autres comme je vous ai aimés » ne peut s'appliquer qu'entre Serbes, certainement pas envers les Albanais, contre qui prévaut la situation de légitime défense. On ne voit donc pas comment l'Église orthodoxe pourrait protester d'une

1. Le livre de Branimir Anzulovic montre bien comment des mythes culturels ou des croyances religieuses ont ainsi été réinterprétés par les partisans de la renaissance nationaliste, afin de légitimer aux yeux du plus grand nombre leur politique. Voir Branimir Anzulovic, *Heavenly Serbia. From Myth to Genocide*, Londres, Hurst, 1999.

2. *Ibid.*, p. 147.

quelconque manière contre les exactions et humiliations de plus en plus fréquentes que les Albanais subissent de la part des Serbes. L'interdit de la violence à leur égard est déjà levé et une guerre de « défense » paraît possible. Certains prêtres ou théologiens orthodoxes ont pourtant refusé une telle perspective, comme le père Sava au Kosovo, qui appelle à un véritable dialogue avec les Albanais, ou le professeur Ignatije Midic, qui s'oppose à la guerre, d'un point de vue tant humain que religieux. Mais la hiérarchie de l'Église ne l'entend pas ainsi, justifiant sa position en s'appuyant aussi sur le texte biblique. Ainsi le meurtre originel d'Abel par Caïn est-il explicitement utilisé par le patriarche Pavle pour justifier la guerre : « Le mal attaque toujours et le bien doit se défendre, affirme-t-il. Caïn essaie toujours de tuer Abel et Abel doit se défendre. Se défendre des attaques des méchants, défendre sa vie, la vie et la paix de ses proches contre les criminels. Ce sont les limites qui définissent une guerre juste[1]. »

L'Église catholique rwandaise : entre soutien au régime et contradictions internes

Au Rwanda, les rapports institutionnels forts entre l'Église catholique et l'État limitent grandement sa possibilité d'adresser au pouvoir une parole libre et critique. On sait les liens personnels qui unissent monseigneur André Perraudin (un père blanc venu de Suisse) au premier président de la République, Grégoire Kayibanda. En février 1959, ce nouveau chef de l'Église catholique rwandaise légitime clairement les aspirations politiques de ce dernier dans une lettre pastorale qui affirme : « dans

1. *Ibid.*, p. 162.

notre Rwanda, il y a plusieurs races assez nettement caractérisées » et « les inégalités sociales sont pour une grande part liées aux différences de races »[1]. Cette prise de position publique, proche de l'esprit du « manifeste des Bahutu », a alors constitué un revirement fondamental de l'Église par rapport aux années antérieures où ses dignitaires avaient soutenu la domination de la royauté tutsi.

Par la suite, l'archevêque hutu Vincent Nsengiyumva, successeur de Perraudin, sera lui-même ami du second président de la République, Juvénal Habyarimana. De surcroît, Nsengiyumva restera membre du Comité central du parti présidentiel, jusqu'à ce qu'on le convainque, en 1990, d'abandonner formellement une telle appartenance. On ne s'étonnera donc pas que la hiérarchie de l'Église s'abstienne de condamner la politique des quotas envers les Tutsi instituée par le régime et se montre en général silencieuse sur les violences perpétrées contre eux. Quelques prises de position du Vatican ne manquent toutefois pas d'une certaine force pour condamner les tueries d'où qu'elles viennent, si l'on en croit une analyse des communiqués et articles publiés par FIDES, l'agence de presse du Vatican[2]. Dans quelle mesure ces prises de position « extérieures » ont-elles été relayées sur place ?

Quoi qu'il en soit, en dépit des silences de la hiérarchie, les églises servent malgré tout de lieux de refuge aux Tutsi, jusque dans les années 1960, au moment des épisodes de massacres : les assaillants n'osent pas alors violer ces sanctuaires. Ces espaces religieux tiennent encore bon comme interdit au meurtre, bien que la vio-

1. Cité par Jean-Pierre Chrétien, *L'Afrique des Grands Lacs*, *op. cit.*, p. 264.

2. Véronique Avril, *L'Église, le Rwanda et la décolonisation. Influences et alliances*, mémoire de DEA, Institut d'études politiques de Grenoble, 1996-1997.

lence se fasse très menaçante au moins jusqu'en 1994. Car, plus tard, les églises deviendront un piège pour ceux qui s'y seront réfugiés. Quant aux différentes Églises protestantes, qui représentent 18 % de la population, elles n'ont pas de position unifiée face au régime, mais d'une manière générale, le haut clergé anglican et l'Église baptiste le soutiennent. En résumé, « les clergés catholique et protestants coopéraient avec les fonctionnaires, en diffusant les messages de l'État dans leurs sermons [1] ».

Les rapports entre le pouvoir et l'Église catholique ont cependant connu des périodes de crise. La composition de l'Église catholique n'y est pas pour rien, même si ce facteur n'est pas l'unique cause de ces tensions. En effet, quoique l'Église soit dirigée par des évêques hutu (sept sur neuf au début des années 1990), le clergé est majoritairement tutsi (environ 65 %). Il existe par conséquent un fossé considérable entre le sommet de son appareil et les réalités de la vie des paroisses, dans lesquelles les religieux ou religieuses tutsi sont très engagés. C'est d'ailleurs leur présence à la base qui a souvent facilité l'accueil des Tutsi dans les églises quand ceux-ci ont été menacés de mort (même si des prêtres hutu ont pu en faire autant). Cette situation paradoxale – une hiérarchie majoritairement hutu dominant un clergé majoritairement tutsi, au sein d'une population majoritairement hutu – pourrait en partie expliquer les silences de l'Église rwandaise sur les questions les plus sensibles : il lui était impossible de parvenir à un consensus. Mais il n'y avait pas davantage de dialogue entre les évêques hutu et les prêtres hutu. La coupure entre la hiérarchie et la base était en effet profonde, non seulement du fait de la compromission de l'archevêque Perraudin avec le régime, mais

1. Alison Des Forges (éd.), *Aucun témoin ne doit survivre*, *op. cit.*, p. 57-58.

encore à cause de l'enrichissement des responsables religieux ou de leur fréquente pusillanimité. « Rares étaient donc les décisions communes ; rares étaient les prises de positions claires [...]. Liés à cet état des choses, certains problèmes fondamentaux de la société rwandaise (et de son Église) n'ont jamais (ou que très rarement) été abordés. Ainsi en est-il du problème racial[1]. »

Ce fossé considérable entre la base et le sommet de l'Église a en partie favorisé des prises de parole indépendantes, à mesure que le régime devenait de plus en plus critiquable et corrompu. La contestation a d'ailleurs pu s'exprimer à travers des publications de l'Église catholique elle-même, comme le bimensuel *Kinyamateka*, alors dirigé par l'abbé André Sibomana. Opposant notoire au régime, celui-ci prend notamment la défense de journalistes emprisonnés et torturés, et devient le président de l'Association rwandaise pour la défense des droits de la personne et des libertés publiques. En 1990, la visite du pape Jean-Paul II au Rwanda, du 7 au 9 septembre, crée aussi, dans une certaine mesure, la possibilité d'un espace de parole. En 1991, la lettre de monseigneur Thaddée Nsengiyumva (dite « du presbytère de Kabgayi ») connaît quelque retentissement, dénonçant les discriminations criantes dont sont victimes les Tutsi.

D'autres initiatives sont encore engagées dans cette période, à la fois par les Églises catholique et protestante, pour favoriser le dialogue entre les adversaires politiques (cf. chapitre III). Mais l'impact de ces tentatives reste limité. Elles ne permettent pas au régime de sortir de sa logique ethniste originelle, depuis qu'il se sent fortement menacé par la guerre déclenchée par le FPR. Comme s'il

1. Guy Theunis, « Le rôle de l'Église dans les événements récents », dans André Guichaoua (éd.), *Les Crises politiques au Burundi et au Rwanda (1993-1994)*, *op. cit.*, p. 295.

s'agissait d'une réponse « traditionnelle » de ce pouvoir, les pratiques de massacres de Tutsi vont reprendre dès 1990, à l'instar des toutes premières années du régime.

La refondation sacrificielle du « nous »

Ces différentes situations se caractérisent donc par la levée de l'interdit du meurtre : le religieux l'encourage dans un but de légitime défense (Yougoslavie), ne parvient pas à s'y opposer, voire la cautionne (Allemagne), même s'il contribue encore à fournir dans certains cas extrêmes des lieux de refuge qui vont cependant disparaître (Rwanda). Très probablement, un seuil est en train d'être franchi, ou risque d'être franchi, dans le jaillissement de la violence. Tandis que le religieux institué (à travers les Églises chrétiennes) n'est plus, ne peut plus, ne veut plus être le garant spirituel de l'interdit du meurtre, une nouvelle logique tend à se développer : celle qui place la *perpétration du meurtre au centre du religieux*, ou plutôt d'un autre type de sacré. Un sacré qui, selon les cas, se donne pour objet commun de vénération la race, la nation ou l'ethnie. Cette sacralisation du peuple « élu » ou majoritaire suppose l'édification d'un autel sacrificiel pour brûler tous ceux qui sont désignés comme cet « Autre », dangereux étranger. L'exclusion sacrificielle est en effet nécessairement constitutive de ce mouvement de vénération de soi, du « nous ».

Le rapport à la violence s'en trouve donc totalement inversé : le meurtre n'est plus un interdit à respecter, il devient au contraire une pratique fondatrice non pas d'une nouvelle religion mais d'une conception différente de la transcendance collective, qui s'appuie sur les pratiques religieuses instituées, voire les recycle. En somme, c'est la violence, y compris par le meurtre, qui refonde le groupe, à travers le sacrifice de ceux qui sont désignés comme les responsables de la crise.

Le développement de cette dynamique sociale sacrificielle ne dissout pas la présence du religieux représenté par les Églises. Mais celui-ci se trouve comme en concurrence avec cette logique du sacré par le meurtre, qui tend à le déborder, voire à le remplacer. Dans le cas de l'Allemagne, tout se passe comme si le religieux était comme tétanisé, anéanti par le déferlement d'une incroyable vague sacrificielle dont la nuit de Cristal marque la spectaculaire ascension. En Yougoslavie, c'est le religieux qui de lui-même et par lui-même attise les braises d'une crise identitaire, en proposant comme objet commun d'adoration de tous les Serbes la « Serbie céleste » : en quelque sorte, c'est le religieux qui propose un avenir sacrificiel à ses fidèles. Au Rwanda, après l'attaque du FPR, la dynamique sacrificielle va de plus en plus l'emporter sur le cadre institutionnel du religieux, restant silencieux après les massacres de Tutsi du Bagogwe ou du Bugesera.

De telles analyses s'inspirent de la thèse centrale de René Girard qui soutient que « la violence constitue le cœur véritable et l'âme secrète du sacré[1] ». En effet, le vocabulaire girardien aide en partie à conceptualiser ce qui vient d'être observé dans l'évolution mortifère des pays étudiés. En se référant à la coutume biblique du « bouc émissaire »[2], René Girard a proposé un modèle interprétatif de la violence qui, au sein de communautés en crise, s'abat sur une victime déclarée coupable. Le meurtre de la victime émissaire permet la purgation de cette violence et l'apaisement du groupe. Que ce soit en Allemagne, en Yougoslavie ou au Rwanda, ne voit-on

1. René Girard, *La Violence et le Sacré*, Paris, Grasset, 1972, p. 52.
2. Rituel qui consistait à charger symboliquement un bouc de tous les péchés d'Israël et à le chasser dans le désert.

pas en effet se mettre en place une véritable crise sacrificielle, dont des victimes désignées vont faire les frais ? Des facteurs historiques et culturels président à cette désignation victimaire : ceux qui se trouvent dans un certain statut de marginalité sociale et contre lesquels une rancœur ancienne s'est accumulée au fil des ans – bref, ceux qui sont déjà en position de victimes. Leur importance numérique ou leur influence précise dans la société en question n'ont que peu à voir avec le processus de désignation de la victime émissaire : ce sont des représentations de figures hostiles prenant forme dans une société en crise qui cherche une explication à son malheur. Se profilent bien ici les figures du juif, du Tutsi ou de l'Albanais, dont la marginalisation sociale risque de s'accroître. Apparaissent alors ou se développent à leur égard un langage et des attitudes visant à les disqualifier en tant qu'êtres humains (injures, grossièretés, attribution de caractéristiques animales, brutalités, etc.). Et plus la crise qui saisit la société est profonde, plus le risque de basculement dans une violence purgatrice à l'encontre de ces victimes est élevé. Mais à quelles conditions un tel basculement dans la violence produira-t-il un sacré qui soit de nature à vraiment réconcilier le groupe avec lui-même ?

L'œuvre girardienne met mal à l'aise celui qui veut rester près des faits sociaux et historiques. Sa théorie est construite sur une hypothèse séduisante de la mimésis à la base de toute relation humaine (« Je désire toujours l'objet du désir d'un autre »), à partir de laquelle il entend expliquer aussi bien le conflit amoureux que la guerre. Mais s'il paraît convaincant quand il fait l'analyse de la psychologie des héros de Shakespeare ou de Dostoïevski, il reste allusif ou muet sur les conflits contemporains. Sa pensée n'est jamais soumise à l'épreuve de la contextualisation historique et, comme il place toujours en on centre cette « hypothèse mimétique », il glisse nécessairement dans un esprit de système. Une autre difficulté provient du fait qu'il théorise les rapports entre violence et sacré à partir d'un récit mythique d'un supposé meurtre sacrificiel par lequel la communauté primitive aurait tué arbitrairement un de ses membres, ce meurtre étant par la suite à la base de son apaisement. Les hommes étant incapables de comprendre les raisons de leur réconciliation, souligne-t-il, ils adoreront par la suite des substituts de cette victime à travers des rites, des mythes qui vont rappeler cette histoire.

Mais le récit de ce meurtre fondateur, qui se veut une interprétation concurrente à celui élaboré par Sigmund Freud dans *Totem et Tabou* (le meurtre du père par la horde primitive), est tout aussi spéculatif : on y croit ou on n'y croit pas. Cette dimension de la croyance se retrouve encore dans la place centrale que Girard donne à Jésus-Christ qui, en tant que victime innocente, serait venu révéler le mécanisme sacrificiel, par lequel les hommes basculent dans la violence pour se réconcilier ensuite. Ainsi y aurait-il un « avant » et un « après » de l'histoire de l'humanité du fait de la mort du Christ : affirmation que soutiendrait certainement le chrétien que Girard est lui-même. Mais comment en vérifier la pertinence et l'universalité du point de vue des sciences sociales ? La démonstration ne semble pas très évidente…

Cependant, je retiendrai de René Girard son approche de la violence sacrificielle qui vise à « refonder » le groupe, aux dépens d'un « Autre » à exclure ou à bannir. Cette refondation vise son refaçonnage identitaire tout autant que sa purification rédemptrice. Ce n'est d'ailleurs pas un hasard si nous retrouvons ici les thèmes de l'identité et de la pureté abordés dans le chapitre I. La violence sacrificielle prospère sur leurs imaginaires respectifs. Dans un monde incertain, la violence cristallise l'identité : elle crée de la certitude là où régnait l'incertitude en édifiant des barrières infranchissables entre « eux » et « nous ». C'est une manière de refonder le « vivre ensemble » du « nous » par le sacrifice du « eux ». Ce faisant, la violence sacrificielle se veut pratique de purification. C'est par là qu'elle pénètre dans l'univers du sacré, qu'elle devient du sacré. Elle se veut acte de purification destiné à chasser ce qui est perçu comme étranger, voire diabolique. Elle s'appuie en cela sur les cadres culturels de la croyance religieuse ou magique, propres à chaque pays. Car il est fréquent que des visions du diable soient associées aux représentations de l'ennemi : tuer l'ennemi, c'est « chasser le diable », c'est « terrasser le mal ». Et c'est par là que le groupe croit tout à la fois se purifier et se sauver. Le massacre sacrificiel devient la condition de son salut. Mais les individus qui le composent entrent-ils si aisément dans cette danse macabre ?

Le social entre adhésion, consentement et résistance

Si le pouvoir politique n'est plus le garant de l'interdit du meurtre, si le religieux ne représente pas davantage un frein spirituel à la violence, que reste-t-il pour y faire obstacle, sinon les individus mêmes qui composent cette société ? Le politique ou le religieux n'impriment pas machinalement leurs mythes et leurs idéologies sur des individus passifs ou des communautés soumises. L'idée qu'une société peut être complètement monolithique et uniforme est pure abstraction : elle fait fi de la faculté de l'esprit humain à se défier des schèmes de la domination et de la croyance. L'historien de l'Antiquité Paul Veyne s'interrogeait : « Les Grecs ont-ils cru à leurs mythes [1] ? »

1. Paul Veyne, *Les Grecs ont-ils cru à leurs mythes ?*, Paris, Le Seuil, 1983.

Cette question pertinente s'applique justement à chacun des cas étudiés. *A priori*, on peut répondre : il n'est pas vrai que tous les Hutu détestent les Tutsi, que tous les Serbes soient devenus nationalistes et que tous les Allemands se soient sentis devenir des « Aryens » dès lors qu'Hitler avait conquis le pouvoir. Nombre de travaux historiques ou anthropologiques attestent ce décalage entre ce qui est vécu, à l'échelle des individus ou des groupes, et ce qui relève des représentations mythiques et idéologiques collectives [1]. Par conséquent, on peut postuler une capacité potentielle de résistance du social, de résistance sociale au développement de la violence identitaire. Or, en apparence, il semble ne rien se passer d'important à cet égard. La violence ne connaît toujours pas de frein et franchit toujours de nouveaux crans. Mais est-ce si sûr ? N'existe-t-il donc pas une forme de résistance invisible ?

Au premier abord, la répression paraît en mesure de tout étouffer, de tout écraser. Débarrassons-nous pourtant de cette idée simpliste de pouvoirs fantasmatiques tyrannisant des peuples innocents. Car ces pouvoirs despotiques ont une histoire : ils proviennent bien de leurs propres sociétés et ils en sont le produit. Si des leaders politiques comme Hitler ou Milosevic parviennent au sommet de l'État, c'est bien parce qu'ils sont perçus comme légitimes par une large partie de la population. Ils répondent à une attente populaire dans un moment particulier de l'histoire de leurs pays. Nombre d'analystes ont

1. Voir, par exemple, Martin Broszat et Eike Fröhlich (éd.), *Bayern in der NZ-Zeit*, Oldenbourg-Munich, 1977-1983, 6 vol. ; Tone Bringa, *Being Muslim the Bosnian Way. Identity and Community in a Central Bosnian Village*, Princeton, Princeton University Press, 1995 ; Danielle de Lame, *Une colline entre mille ou le calme avant la tempête. Transformations et blocages du Rwanda rural*, Tervuren, Musée royal de l'Afrique centrale, 1996.

décrit ainsi le Führer comme ce « sauveur » que les Allemands attendaient pour redresser leur pays à la dérive et lui redonner sa grandeur. Dans un autre contexte, on en a dit autant de Milosevic, en qui beaucoup de Serbes se sont reconnus à la fin des années 1980, car il suscitait l'espoir d'une « Serbie nouvelle » qui, libérée des tutelles de la bureaucratie, allait retrouver dans l'Histoire la place qu'elle méritait.

Tout le raisonnement proposé dans ce chapitre se fonde sur cette ligne d'interprétation. Si des intellectuels extrémistes sont parvenus à propager leurs idées, si des leaders politiques ont relayé ces idées avec succès, c'est parce qu'ils ont prospéré sur un terreau social favorable à leurs thèses. Comment ne pas se rappeler ici le *Discours de la servitude volontaire* d'Étienne de La Boétie ? Ce texte contient en effet de fulgurantes intuitions sur cette énigme : les individus consentent à obéir à un pouvoir tyrannique. Mais attention : « terreau favorable » n'équivaut pas à « complètement acquis et soumis au pouvoir ». Les enquêtes historiques ou sociologiques mettent au jour une variété de conduites sociales et individuelles. L'éventail est large entre une minorité adhérant franchement à l'idéologie dominante, de nombreuses conduites de consentement ou d'accommodation au système et des formes plus ou moins tangibles de dissension, voire de résistance. Ainsi l'historiographie de la société allemande sous le nazisme montre-t-elle que, par-delà son soutien général au Führer, des conduites de défiance, voire de rejet sont repérables dans la vie quotidienne, ce que Martin Broszat propose de nommer *Resistenz*. Cet auteur a prouvé le grand intérêt d'études régionales pour évaluer concrètement la manière dont les Allemands acceptent ou non, au quotidien, les normes nazies. Il constate, par exemple, que là où les catholiques sont fortement implantés, les signes de défiance envers le régime sont plus fréquents. Poursuivant cette piste de recherche, Pierre Aycoberry [1] s'est attaché pour sa part à évaluer les attitudes de coopération ou de rejet selon les classes sociales et les classes d'âge.

Dans le cas du Rwanda, André Guichaoua parle d'un art des apparences qui va de pair avec la « paix ethnique » des années 1980. Qu'ils adhèrent ou non au discours ethniste, les Rwandais s'en accommodent, en premier lieu les Tutsi qui réussissent à se faire une place dans le système, à être très présents dans le commerce, au sein de l'Église catholique, dans les réseaux internationaux, etc. En même temps, les paysans hutu ou tutsi peuvent développer spontanément une forme de résistance passive aux intrusions d'un pouvoir central perçu comme arrogant et incompétent. Autre phénomène notable : la persistance du rite lié au culte initiatique du *kubandwa*, pratiqué dans la clandestinité, et considéré par Claudine Vidal comme une forme de résistance à la colonisation religieuse.

De même l'idée que les individus sont « écrasés » par un système de propagande politique qui conditionne leurs pensées est largement exagérée. Certes, la propagande distille le cadre de sens définissant l'univers idéologique du pouvoir. Les notes prises au jour le jour dans l'Allemagne nazie par le philologue Victor Klemperer sont à cet égard d'un intérêt exceptionnel : en décortiquant la « langue » du nazisme, il en révèle le « poison lexical », qui permet de tuer à l'avance avec des mots. Mais dans quelle mesure le public exposé à cette propagande y adhère-t-il pleinement ? Nul ne saurait le dire avec précision et nuance. La sociologie de la réception des médias a en tout cas suffisamment prouvé que nous avons tendance à en surestimer l'impact général.

1. Pierre Aycoberry, *La Société allemande sous le IIIe Reich*, Paris, Le Seuil, 1998.

Les individus conservent en effet une certaine capacité critique de décodage de cette propagande et de réinterprétation de ces messages en fonction de leur expérience personnelle et de leur entourage. Si efficacité de la propagande il y a, celle-ci ne repose pas seulement sur son contenu. Elle tient aussi, et peut-être d'abord, à la *réceptivité* de ceux qui y sont exposés et qui veulent bien y croire. C'est le contexte de réception de cette propagande qui la rend plus performative : un contexte de crise et de peur collective. Dès lors, même si l'« information » n'est pas crédible, elle peut être crue. À cet égard, peur et propagande se trouvent placées dans une relation dialectique. Les sentiments de peur, d'appréhension de l'avenir offrent de bonnes conditions de réceptivité à une propagande, même grossière. La peur d'une menace perçue comme mortelle peut rendre crédible l'irrationalité d'un discours qui entend la conjurer. Inversement, la propagande elle-même, par la diffusion répétée de messages anxiogènes, contribue à accroître la peur au sein d'une population déjà inquiète. La propagande a alors pour effet de mobiliser le groupe qui se sent menacé et d'y développer la haine contre ce que ce groupe perçoit comme un danger mortel.

La « spirale du silence »

Un autre phénomène lié à la peur est celui de la « spirale du silence », décrite par la sociologue allemande Elisabeth Noelle-Neumann : peur non pas d'être détruit, mais de se retrouver isolé de son propre groupe d'appartenance. L'auteur part de l'idée que, pour ne pas connaître l'isolement, voire le bannissement, l'individu peut renoncer à exprimer son propre jugement. Cette tendance à la conformité est en effet l'une des conditions de son intégration sociale. Cela s'avère crucial dans une situation d'instabilité à l'intérieur de laquelle l'individu, témoin d'une lutte entre des positions opposées, doit prendre parti. Il peut certes se trouver d'accord avec le point de vue dominant, ce qui renforce sa confiance en soi et lui permet de s'exprimer sans réticence, sans risquer d'être isolé face à ceux qui soutiennent des points de vue différents. Mais il peut au contraire se rendre compte que ses convictions perdent du terrain : plus il en sera ainsi et moins il sera sûr de lui – moins il sera enclin à faire part de ses opinions. La tendance à s'exprimer dans un cas et à garder le silence dans l'autre engendre donc une spirale qui installe graduellement une opinion dominante. Alexis de Tocqueville a remarquablement décrit ce processus dans *L'Ancien Régime et la Révolution*, montrant comment le mépris de la religion devient une attitude largement répandue au cours du XVIIIe siècle français. Ainsi observe-t-il : « Les hommes qui conservaient l'ancienne foi craignaient d'être les seuls à lui rester fidèles et, redoutant plus l'isolement que l'erreur, ils se joignirent à la foule sans penser comme elle. Ce qui n'était encore qu'une partie du sentiment de la nation parut ainsi l'opinion de tous et sembla dès lors irrésistible aux yeux mêmes de ceux qui lui donnaient cette fausse apparence[1]. »

À partir de cette « spirale du silence », Elisabeth Noelle-Neumann définit l'opinion publique comme « cette opinion qui peut être exprimée en public sans risque de sanction et sur laquelle peut s'appuyer l'action menée en public[2] ». L'opinion publique consistera donc à dire : « Le juif ne vaut rien », « Les musulmans bosniaques sont des

1. Alexis de Tocqueville, *L'Ancien Régime et la Révolution*, Paris, Gallimard, 1967, p. 250.

2. Elisabeth Noelle-Neumann, « La spirale du silence. Une théorie de l'opinion publique », *Hermès*, n° 4, 1989, p. 182.

Turcs », « Les Tutsi sont les anciens envahisseurs et dominateurs du Rwanda ». En parallèle, cette opinion publique se trouve appuyée par une politique publique qui vise à réaliser ce qu'elle clame. À aucun moment Elisabeth Noelle-Neumann ne postule que les individus croient véritablement à cette opinion majoritaire. Sans doute est-ce le cas des plus convaincus, mais, selon elle, la plupart s'y rallient par conformité et peur de la sanction. En somme, les opinions divergentes existent bel et bien, mais elles sont tues. L'opinion affichée et martelée est qu'« il ne faut pas aimer les juifs ».

Mais cette injonction se confirmera-t-elle chaque fois qu'une personne non juive rencontrera concrètement une personne juive ? Probablement oui, puisque le modèle élaboré par Elisabeth Noelle-Neumann repose sur la soumission des individus à l'opinion majoritaire, du fait de leur crainte de sanctions et de l'isolement. Mais parfois non, puisque sa théorie maintient bien la distinction entre ralliement public et conviction personnelle. Une résistance à l'opinion majoritaire reste donc toujours possible, pourvu que les individus qui en prennent l'initiative aient le courage de braver la peur de la marginalité : « Le rôle actif d'initiateur d'un processus de formation d'opinion, dit-elle, est réservé à quiconque peut résister à la menace d'isolement[1]. »

Qui va donc pouvoir faire preuve de non-conformité pour résister à l'exclusion de cet Autre dépeint comme ennemi ? Nous voici parvenus en fait au point crucial de ce chapitre. Son enjeu revient à un choix existentiel entre deux formes possibles d'isolement : celui qui atteint déjà les victimes désignées, celui qui guette tous ceux qui voudraient les aider en quelque manière. La trame de cette crise se concentre sur ce que les sociologues appellent le

1. *Ibid.*

« lien social », c'est-à-dire ce qui relie fondamentalement les individus d'une même société, ce qui les fait se reconnaître comme appartenant à la même communauté de vie. Ce lien social est-il en train de « lâcher » ou tient-il toujours bon ? Telle est la question majeure du drame qui est en train de se jouer. Ne va-t-il pas aller jusqu'à atteindre même le lien inter-générationnel, brisant quelque part les relations entre parents et enfants ? Le pouvoir nazi entend bien s'y attaquer. Ainsi, l'historien Omer Bartov cite plusieurs exemples qui montrent que le régime hitlérien non seulement organise un endoctrinement de masse de la jeunesse allemande, mais va jusqu'à encourager les enfants à dénoncer leurs parents comme « ennemis de l'État », en se servant d'eux comme indicateurs dans le cercle familial [1].

Pour la sociologue américaine Helen Fein, l'une des pionnières des études comparées sur le génocide, le lien social repose sur ce qu'elle nomme l'« univers des obligations » *(universe of obligations)*, qu'elle définit comme « le cercle des individus liés par les engagements réciproques à se protéger mutuellement et dont les liens proviennent de leur commune relation à une divinité ou à une autorité sacrée (l'État constituant l'une des formes courantes de cette autorité à laquelle les individus font allégeance) » [2]. Or, pour rendre perceptible l'inhumanité des victimes, dit-elle, il n'est besoin que de les placer en dehors de cet univers des obligations. Cet « autre » ennemi devient alors complètement « autre », c'est-à-dire délié de tout lien d'identification réciproque. C'est un processus de désidentification (ou encore de déculturation, comme

1. Omer Bartov, *L'Armée d'Hitler. La Wehrmacht, les nazis et la guerre*, Paris, Hachette, 1999, p. 161 *sq*.

2. Helen Fein, *Accounting for Genocide : Victims and Survivors of the Holocaust. National Responses and Jewish Victimization during the Holocaust*, New York, The Free Press, 1979, p. 4.

le diraient les psychologues) qui expulse les individus de leur communauté d'appartenance.

En ce sens, le conflit semble bien plus radical que dans le contexte d'une guerre civile. Car, dans ce cas, les acteurs en conflit se reconnaissent toujours comme faisant partie de la même communauté politique ou nationale. Dans la guerre civile espagnole, par exemple, franquistes et républicains, tout en se battant avec férocité, continuaient néanmoins à se reconnaître comme Espagnols. Ici, nous allons vers tout autre chose. La persécution croissante des juifs dans l'Allemagne nazie semble, dès la fin des années 1930, en présenter un exemple extrême : par paliers successifs, elle va toujours plus loin, toujours plus fort, contraignant les juifs à une exclusion juridique, politique, économique, physique. Ainsi se sont-ils effectivement retrouvés en dehors de l'« univers des obligations », projetés hors de la communauté nationale. Parler en ce cas de la déliquescence du lien social est bien trop faible : il s'agit de sa destruction pure et simple dans toutes ses dimensions.

Pour avoir une idée du désastre, lisons encore le journal de Victor Klemperer. Il relate, par exemple, la manière dont ses anciens collègues universitaires ne manifestent aucune solidarité à son égard à mesure qu'il se trouve de plus en plus isolé. Dans ses Mémoires, l'ancien résistant juif Jean Améry témoigne d'un sentiment qui semble aller au-delà de l'abandon : « Chaque jour, je perds une nouvelle fois ma confiance dans le monde. Le juif, qui ne peut être défini en termes de positivité [...], doit se faire à une existence privée de confiance dans le monde. La voisine me salue aimablement : "Bonjour, monsieur" ; je donne un coup de chapeau : "Bonjour, madame." Mais madame et monsieur sont séparés l'un de l'autre par des distances interplanétaires, car hier une madame détournait la tête quand on emmenait un monsieur, et par les fenêtres grillagées de la voiture qui démarrait, un monsieur contemplait une madame comme un ange de pierre dans un ciel clair et dur, à jamais fermé aux juifs[1]. »

La décomposition du lien social

Les modes d'effondrement de ce lien social sont multiples. En Yougoslavie, ce processus de déliaison est très différent de celui que connaît l'Allemagne. Nombre d'auteurs ont insisté sur le poids des blessures et traumatismes que les massacres perpétrés au cours de la Seconde Guerre mondiale ont laissé dans les mémoires. Ainsi, des années après, des sentiments de méfiance, des ressentiments, jamais totalement éteints, ont pu subsister au sein de chacun des peuples constituant la fédération yougoslave voulue par Tito. Mais cet héritage traumatique ne doit pourtant pas faire oublier celui du communisme yougoslave lui-même. En effet, au temps du communisme autogestionnaire, celui qui cherche à s'opposer politiquement à Tito, à l'idéologie de la « fraternité des peuples », ne peut le faire que sur une base nationaliste.

Transgresser ce tabou essentiel du régime semble nécessaire pour conquérir le droit de s'exprimer librement. Tant et si bien que, dans les années qui suivent la mort de Tito, l'aspiration à la liberté et à la démocratie se confond de plus en plus avec la quête nationaliste. Les élections qui se succèdent alors, en 1990, 1991, 1992, reposent presque toujours sur le même scénario de la « liberté » : voter pour la démocratie, c'est voter pour le parti qui représente « sa » nation. Or, ce scénario contient une contradiction majeure puisqu'il repose sur une opposition fondamentale entre parti et démocratie ; le parti

1. Jean Améry, *Par-delà le crime et le châtiment. Essai pour surmonter l'insurmontable*, Arles, Actes Sud, 1995, p. 157.

étant mono-ethnique, il ne supporte pas d'autres formes d'expression. C'est pourquoi le système fédéral a pour ainsi dire explosé à cause de ses contradictions internes. Concrètement, chacun est contraint de se poser une question à laquelle il n'a généralement pas réfléchi : qui suis-je ? Et qui est cet « Autre » ? Serbe, croate, bosniaque ? Auparavant, ils étaient fort peu à s'en soucier. Maintenant, ce critère de l'ethnicité existe dans les têtes. Le résultat est donc une ethnicisation tout autant du politique que de soi-même[1]. Toutefois, ce processus est loin d'avoir partout la même intensité. La question ne se pose pas en Slovénie, où 92 % des Slovènes se perçoivent comme slovènes, et donc s'y sentent en sécurité. En Croatie, dans une large majorité de communes, les habitants se reconnaissent aussi comme croates ; dans les deux tiers du territoire de la Croatie, on ne craint donc pas d'être égorgé par son voisin, sauf en cas d'agression militaire extérieure. Ce n'est vraiment qu'en Bosnie que ce sentiment d'insécurité prend une dimension tragique.

En ce sens, Xavier Bougarel a montré comment cette crise de la citoyenneté a miné de l'intérieur le système fédéral, ce qui a notamment eu pour effet de remettre en question les règles de bon voisinage entre communautés, en vigueur à travers le *komsiluk* hérité de l'Empire ottoman. Ce terme d'origine turque désigne les relations de voisinage dans leur ensemble, de coexistence pacifique entre les différentes communautés (entraide dans le travail et la vie quotidienne, invitation à des cérémonies religieuses, association à des événements familiaux, etc.)[2]. Cette

1. Voir Jean-François Gossiaux, *Pouvoirs ethniques dans les Balkans*, Paris, PUF, 2002.

2. Dans ces trois domaines, il obéit à des règles strictes de respect et de réciprocité dont le symbole est le partage d'un café sucré qui se boit entre voisins.

importance du *komsiluk* tient au fait que la société bosniaque est une société post-ottomane, encore marquée par le système des « millets » (communautés religieuses non souveraines et non territoriales), qui leur permettait de coexister sur le même territoire. Le *komsiluk*, qui ne repose en aucun cas sur une loi écrite ou un code formel, est plutôt une pratique sociale, qui possède ses propres rituels. Il n'est pas du tout synonyme de « mixité » : il suppose que deux personnes de deux communautés différentes vivent dans deux maisons différentes, tandis qu'un mariage mixte suppose deux personnes de communautés différentes vivant dans la même maison. C'est donc une manière de rester chacun chez soi, tout en ayant un système d'échanges inter-communautaires dont le garant est en définitive l'État.

En effet, « cette réassurance au niveau quotidien du caractère stable et pacifique des relations entre communautés fonctionne parce que l'État est en mesure de garantir ce caractère stable et pacifique au niveau politique. Qu'il cesse de le faire ou qu'il monte les communautés les unes contre les autres, et le *komsiluk* – recherche de la sécurité par la réciprocité et la paix – peut alors basculer dans le crime – recherche de la sécurité par l'exclusion et la guerre [1] ». C'est précisément ce qui risque de se passer au début des années 1990, avec la fragmentation croissante de la société bosniaque et l'ethnicisation de la lutte politique. La conséquence immédiate en est le déclin des pratiques de bon voisinage. De même, la fréquentation de lieux communs de sociabilité (les cafés, par exemple) ou la participation aux mêmes activités (danses folkloriques)

1. Xavier Bougarel, *Bosnie. Anatomie d'un conflit*, Paris, La Découverte, 1996, p. 84.

tend à décroître. Chacun est enclin ou invité à rester dans « son » groupe[1].

Cette évolution ethnique de la Bosnie-Herzégovine n'est toutefois pas uniforme. Par exemple, la ville de Tuzla et sa région résistent aux pressions nationalistes. Sans doute parce qu'il s'agit d'une cité industrielle et minière, dont l'identité sociale reste forte, elle parvient à préserver les équilibres et les modes de fonctionnement associés à l'ancien système yougoslave alors qu'ils se sont pervertis et effondrés ailleurs. Plutôt que de supposer la généralisation de l'idéologie ethnique en Bosnie, il faut donc examiner les situations cas par cas : une histoire locale et régionale est seule à même de mettre au jour la complexité de ces rapports. Le même constat vaut d'ailleurs pour le Rwanda. Si le discours ethniste est dominant, la stigmatisation des Tutsi est très inégalement répandue dans le pays. L'antagonisme ethnique prend des contours différents selon les régions et, au sein des régions, selon les groupes sociaux et les réseaux politiques. Dans la région de Butare, par exemple, au sud du pays, la catégorisation hutu/tutsi joue fort peu sur le tissu des relations sociales. En ce cas, comme à Tuzla, le lien social semble tenir bon en dépit d'un environnement politique qui pousse à la déchirure. Mais pour combien de temps ?

Il faut en tout cas s'efforcer de penser l'envers et l'avers du même phénomène : ce qui relève de la destruction et de la préservation – tant bien que mal – du lien social. À propos de la Yougoslavie, le sociologue Anthony Oberschall

1. On lira ainsi l'étude très intéressante de l'anthropologue Lynn D. Maners qui met en rapport les manifestations de type folklorique avec le développement des idées nationalistes : « Clapping for Serbs : Nationalism and Performance in Bosnia and Herzegovina », dans Joel M. Halpern et David A. Kideckel (éd.), *Neighbors at War*, University Park, Pennsylvania State University Press, 2000, p. 302-315.

interroge les modèles interprétatifs qui ont été avancés pour expliquer le basculement du pays dans la guerre ethnique. Il conclut à juste titre que la difficulté est de parvenir à penser simultanément deux « cadres cognitifs » contradictoires des rapports sociaux – ceux de la coopération et de la haine –, l'un ou l'autre pouvant être activé selon les circonstances économiques et politiques du moment[1].

De même, l'anthropologue belge Danielle de Lame a conduit une étude remarquable sur la vie d'une colline du sud du Rwanda entre 1988 et 1990, avant le déclenchement de la guerre civile. Elle en explore tous les aspects : production, consommation, flux monétaires, rapports sociaux, réseaux d'influence, conflits. On aura bien de la peine à déceler dans ses analyses les prémices de ce qui va se produire à peine quatre ans plus tard. C'est véritablement encore « le calme avant la tempête[2] ». Si la culture rwandaise peut effectivement légitimer en certains cas la vengeance (la fidélité aux ancêtres implique de venger tout meurtre commis dans son propre lignage par le meurtre de n'importe quel mâle du lignage meurtrier), la bonté et la noblesse de cœur en font aussi partie. Danielle de Lame estime que l'univers de sens qui faisait la cohérence du système de représentations de cette culture s'est brutalement effondré du fait de la crise économique et politique de la fin des années 1980. Dès que cette menace de chaos a été perçue, elle a appelé une nouvelle forme d'ordre, le déclenchement des meurtres pouvant apparaître comme une telle tentative. Mais cette dynamique sacrificielle n'a pourtant pas annulé des gestes de solidarité, y compris dans la crise.

1. Anthony Oberschall, « The Manipulation of Ethnicity. From Ethnic Cooperation to Violence and War in Yugoslavia », *Ethnic and Racial Studies*, vol. 23, nº 6, novembre 2000, p. 982-1001.

2. Danielle de Lame, *Une colline entre mille ou le calme avant la tempête*, *op. cit.*

Le rôle du tiers

Trop souvent, quand la situation d'un pays bascule dans la « violence ethnique », les journalistes sont enclins à ne voir que la violence. Cette attitude spontanée est assez compréhensible. L'action violente étant la plus identifiable, elle se prête aisément au traitement journalistique. Mais une telle couverture médiatique est trompeuse. Car qui dit qu'au même moment d'autres acteurs, de manière discrète, donc sans bruit, ne sont pas en train de déployer des efforts considérables pour sauver des victimes menacées d'être emportées par la tempête ? Des années plus tard, le travail de l'historien est souvent en mesure de le prouver, même si ces actions de solidarité restent modestes. L'acte de violence, spectaculaire et tragique, ne doit en aucun cas faire oublier les gestes d'entraide, humanistes, souvent anonymes.

Ces situations contrastées conduisent à faire preuve de prudence et de nuances quant à la perception des événements ; il s'agit de construire une grille d'analyse qui tienne compte de cette complexité fluctuante. D'ores et déjà, je soutiendrai ce point à mes yeux fondamental : si le devenir du lien social joue un rôle déterminant dans le développement de la violence, alors celle-ci ne se réduit pas à une relation binaire persécuteurs/victimes. Ce serait une vision par trop manichéenne et réductrice de la complexité de leurs rapports. Entre ces deux termes, il existe toujours un « tiers », une « tierce partie », que les auteurs anglo-saxons nomment souvent *bystander*, mot imparfaitement traduit en français par « spectateur ». Outre cette difficulté de traduction, ce terme ne paraît pourtant pas suffisamment « profond » : comme sa construction le suggère, il désigne un tiers qui est « à côté » et, par conséquent, pas vraiment partie prenante de ce qui se joue.

La nuit de Cristal, 9-10 novembre 1938

« Au soir du 9 novembre, le ministre de la Propagande, Goebbels, prononce un discours furieux, habile mélange de déni de réalité et d'appel au meurtre. Il ajoute que "le Parti [nazi] n'a ni à planifier ni à organiser ces manifestations ; mais puisque celles-ci ont éclaté spontanément, elles ne sont pas à réprimer". [...] Clair appel au meurtre, suivi dans toute l'Allemagne par des dizaines de SS, de SA et de braves citoyens. Le lendemain, on déplore à Berlin l'endommagement, la destruction ou le pillage de 3 767 habitations et magasins juifs, la destruction par le feu de 9 des 14 synagogues publiques de la ville. 5 sont restées à peu près intactes. Parmi elles, la plus grande, et la plus belle, que son emplacement semblait pourtant vouer à la disparition, à l'intersection entre la grande université Humboldt, immense essaim de jeunes nazis, et le quartier "des granges", celui des juifs en provenance de l'Est (les Ostjuden), sur qui se cristallisaient les formes les plus violentes de haine antisémite. Pourquoi donc cette synagogue fut-elle épargnée ?

« L'histoire est brève, toute simple. Non pas celle d'un héroïsme de grandeur, mais d'un geste de routine. Le poste de police n° 16 de la police de Berlin couvrait alors le quartier des granges. À sa tête, le chef Wilhelm Krützfeld, né près de la frontière danoise en 1880, policier à Berlin, parvenu à ce poste de direction en septembre 1932, quelques mois avant la nomination d'Hitler à la Chancellerie. Sous Hitler, en 1937, peu avant la nuit de Cristal, il fut même nommé inspecteur général, au plus haut grade qu'il pût atteindre. Au soir du 9 novembre 1938, il se trouvait chez lui, avec sa femme et ses deux enfants, et reçut l'appel du collègue de garde : les SA, déchaînés, pillaient les magasins, détruisaient le trésor de la synagogue et y disposaient des bottes de paille, pour l'enflammer. Krützfeld passa alors quelques coups de téléphone, se saisit de son arme et de sa mallette et se rendit avec quelques agents sur les lieux. Sur l'Oranienburgerstrasse, il disposa ses quelques hommes face à la synagogue, fit dégager les pillards qui s'y promenaient, appela les pompiers, qu'il obligea à éteindre sur-le-champ les premières flammes de la salle des trésors, protégea dans sa serviette quelques documents précieux. Ainsi fut sauvée la synagogue. Aucun SA, aucun SS, aucun autre de quelque rang ou de quelque audace ne s'opposa à lui. Il envoya d'autres policiers protéger l'école juive, derrière la synagogue, à quelques mètres de là. Elle aussi survivra aux flammes. Quelques policiers, par la détermination d'un seul, auront ainsi suffi à renverser le cours de ce que partout ailleurs on désignera comme l'inexorable cours de l'Histoire, la fatalité. « Le récit des jours suivants permet de comprendre ce que ce geste doit à la témérité ou à l'inconscience. Le lendemain, en effet, et dans la parfaite logique des choses, le chef de la Sécurité allemande et bras droit de Himmler, Heydrich, adressait une lettre officielle au procureur général pour lui enjoindre de "n'engager aucune poursuite en ce qui concerne l''action juive' [*Judenaktion*]". Sans poursuite ni procès, donc, 10 000 juifs seront directement envoyés en camp. La police n'enquêtera pas, la justice ne parlera pas. En 1938, déjà, le régime ne se donne presque plus aucune apparence de justice. Le chef de police Krützfeld appelle le couturier du coin de la rue, Herr Hirschberg, et sauve de la même manière, par un simple coup de téléphone, le rabbin de la grande synagogue, qui s'enfuira le soir même à Stuttgart, puis en Grande-Bretagne. Le 11 novembre, Krützfeld est appelé à se présenter au plus vite devant le préfet de police de Berlin, le *SA-Obersgruppenführer* Wolf Heinrich, comte de Helldorf

[…]. Il dut sous Hitler sa carrière policière fulgurante à ses exploits nationalistes. À partir de 1938, il participera pourtant à diverses conspirations militaires contre Hitler, dont celle du 20 juillet 1944, l'attentat manqué qui faillit coûter la vie au dictateur : le 20 juillet 1944, il avait complètement démobilisé la police de Berlin et ainsi permis à de nombreux conspirateurs d'échapper à la SS. Il sera exécuté le 15 août 1944. Lui aussi aura permis, du reste, à des juifs de fuir l'Allemagne, par un trafic de faux passeports. Mais aux juifs riches seulement. Ceux qui pouvaient alors s'acquitter de la somme de 250 000 reichsmarks qu'il exigeait d'eux. »

Extrait de Fabien Jobard, « Au nom de l'ordre. Policiers en résistance lors de la nuit de Cristal », © Alternatives non violentes, n° 118, printemps 2001, p. 40.

Or la situation se présente de manière exactement inverse : ce tiers est bel et bien impliqué dans la dynamique sociale qui va conduire ou non à une marginalisation croissante des victimes désignées. Concrètement, comme le note Jean Améry, dans le rapport quotidien entre juifs et non-juifs, comme on l'a vu aussi pour la Bosnie, ce tiers, c'est le voisin. Va-t-il lui-même crier avec les loups ? Va-t-il fermer les yeux ? Va-t-il ouvertement ou discrètement exprimer son amitié, sa solidarité ? Ce tiers voisin, ce tiers proche n'est pas nécessairement un ennemi du nouveau régime. Il peut se reconnaître dans la politique de « redressement » des nouvelles autorités tout en étant en désaccord sur tel ou tel aspect des mesures qui sont prises. Ainsi peut-il estimer que, en matière de persécution et de marginalisation de tel ou tel groupe, « on va trop loin ». Cela ne l'empêche pas nécessairement de reconnaître, en phase avec la propagande qu'il entend tous les jours, que « oui, il y a un problème avec les juifs ». Cependant, envers la ou les personnes juives qui font partie de son entourage immédiat, ou qu'il peut rencontrer par hasard, il se pourrait qu'il fasse preuve de sollicitude. Autrement dit, il peut adhérer à une opinion abstraite qu'on appelle « antisémitisme », mais se conduire en contradiction avec cette idée pour aider quelqu'un qu'il sait pourtant être juif.

Le rôle de ce tiers est donc particulièrement important quant au devenir de la relation persécuteurs/victimes. Celle-ci ne se réduit jamais à des rapports binaires et antagonistes, mais évolue plutôt sur la base d'une structure triangulaire. Si le tiers se montre concrètement solidaire des victimes, il est possible que son intervention freine le développement de la violence. Mieux encore, ces réactions de solidarité « à la base » pourront peut-être même s'exprimer à travers la formation d'une nouvelle opinion publique, résistante cette fois-ci, comme le laisse entrevoir le modèle d'Elisabeth Noelle-Neumann. Mais si ce tiers reste globalement indifférent à la persécution des victimes, alors la voie est ouverte au développement d'une violence encore plus intense.

À propos de la persécution des juifs, l'historien Léon Poliakov eut très tôt l'intuition de cette importance du tiers. Dès 1951, il soutient que les nazis prenaient en compte les réactions de l'opinion publique allemande[1]. La tentative de boycottage des magasins juifs, entreprise en 1933 et 1934, peu appréciée par les Allemands, n'a, par exemple, pas été poursuivie. Mais lorsqu'une autre mesure discriminatoire était mise en œuvre sans susciter de réactions hostiles, alors un nouveau palier dans la persécution pouvait être franchi. Ce modèle de base n'a pas

1. Léon Poliakov, *Le Bréviaire de la haine* (1951), préface de Raymond Aron, Paris, Calmann-Lévy, 1983.

été démenti par la suite, même si des travaux postérieurs l'ont rendu plus complexe. On sait, par exemple, que l'opinion allemande a réprouvé la violence de la nuit de Cristal, en 1938. Comme le note l'historien israélien David Bankier, les Allemands s'étaient habitués à « ne plus voir » les juifs. Et voici que ce pogrom leur rappelait brutalement leur existence et les choquait par un tel déchaînement de violence[1]. Les nazis en tirèrent-ils la conclusion qu'il fallait se montrer plus cléments à l'égard des juifs ? Certainement non. Ils en déduisirent qu'il fallait encore plus isoler les juifs du reste de la population et encourager leur départ. Tel fut d'ailleurs l'effet immédiat de ce pogrom : la terreur qu'il provoqua accrut les demandes d'exil. Fin 1939, plus de 250 000 juifs avaient quitté le Reich. Le message était des plus clairs : ils y étaient totalement indésirables, leur situation n'ayant cessé d'empirer depuis 1933. On pourrait d'ailleurs s'étonner que 200 000 d'entre eux aient choisi de rester… car une nouvelle fois, après ce déchaînement de violence, personne n'avait protesté. Les Églises s'étaient encore tues. Elles n'avaient pas joué ce rôle du tiers protestataire qui aurait pu infléchir les autorités.

Cette parole de protestation, qui fit dramatiquement défaut à l'intérieur de l'Allemagne, n'aurait-elle pu jaillir de l'extérieur du pays ? Ce tiers-soutien absent ne pouvait-il donc pas apparaître sur la scène internationale, en quelque sorte par procuration ? En fait, cette question ouvre un nouveau champ d'analyse : celui qui vise à comprendre le processus de violence qui conduit au massacre non pas seulement du point de vue de l'évolution interne du pays, mais dans son contexte international. Les contraintes de la construction de ce livre

1. David Bankier, *The Germans and the Final Solution. Public Opinion under Nazism*, Oxford, Blackwell, 1992.

obligent à ne pas traiter ensemble ces deux dimensions. Mais il est clair que l'une et l'autre interagissent en permanence. C'est donc vers l'espace international de la crise que nous allons désormais nous tourner et que, subitement, les situations examinées vont encore devenir plus tragiques. Car, au bout du compte, ce qui va radicaliser bien davantage les esprits, ce qui va encore plus brutaliser les acteurs, c'est la transformation de ce processus de violence en acte de guerre.

CHAPITRE III

Contexte international, guerre et médias

Trop d'études sur le génocide se sont limitées à l'analyse des facteurs internes à un pays, comme la nature de l'idéologie dominante ou le pouvoir de l'État en train de devenir meurtrier de sa propre population. Comme s'il suffisait de circonscrire une évolution aberrante au sein d'une société donnée, indépendamment de son environnement extérieur proche (la « région » des pays avoisinants) ou plus global (l'espace mondial). Cette analyse en vase clos n'est pas soutenable. Il est impossible de comprendre le cours des événements en Allemagne, en Yougoslavie ou au Rwanda si on les isole du monde extérieur. Ces États et sociétés sont nécessairement les produits d'une histoire régionale et, plus largement, d'une certaine conception des relations internationales. La difficulté est alors de penser les voies qui rendent possibles le passage à l'acte du massacre, en prenant en compte à la fois les contextes local et global, comme on le fait aussi pour penser la guerre [1].

Aucune grille d'explication générale ne peut pourtant être proposée. Tenter de penser les rapports entre « massacres » et « système international », pour faire bref,

1. Pierre Hassner et Roland Marchal (éd.), *Guerres et Sociétés. État et violence après la Guerre froide*, Paris, Karthala, coll. « CERI », 2003.

semble une gageure. Je distinguerai néanmoins deux types d'interprétations. La première s'intéresse aux fondements du système international lui-même, et plus particulièrement à l'histoire d'une région, pour montrer en quoi certains types de données (souveraineté des États, pratiques antérieures de massacres, mouvements de réfugiés, rivalités entre les puissances) sont de nature à accroître la violence. La seconde montre comment cette escalade dans la violence – au sein d'un pays particulier – peut aller toujours plus loin parce que, à l'échelle internationale, aucun frein, aucun obstacle sérieux ne vient entraver sa progression infernale. Ces deux approches sont évidemment complémentaires : l'une étant plutôt de type structurel (parce que fondée sur l'état d'un système ou d'une région), l'autre étant plus fonctionnelle (parce que reposant sur la dynamique du conflit). Mais cet étiquetage n'est que très relatif puisque, comme on le verra, les données structurelles influent sur la dynamique du conflit et vice versa.

Une dynamique, mais vers quoi ? Vers la guerre. Même si elle ne paraissait pas imminente, elle était en fait, bien souvent, prévisible. Or ce basculement dans la guerre va entraîner des conséquences considérables tant sur les acteurs en conflit que sur les groupes déjà désignés comme victimes. Désormais, la situation de guerre peut plus aisément justifier leur persécution, voire leur élimination : le processus de violence, qui était en gestation, peut « exploser ». Mais jusqu'à quel point ? N'y a-t-il donc plus aucune limite au massacre ? Qui peut témoigner de ce qui est en train d'advenir ? Peut-on, par exemple, espérer que les médias jouent un rôle ultime pour alerter ce que l'on nomme aujourd'hui l'« opinion publique internationale » ? Et qu'une intervention armée soit alors décidée au nom du droit ? Ce scénario de la dernière minute, comme il serait souhaitable pour ceux qui sont déjà en danger ! Malheureusement, ces occasions ultimes d'intervenir avant qu'il ne soit trop tard ne sont même pas examinées. Dans les cas étudiés ici, tout va donc aller de mal en pis. Essayons de comprendre pourquoi.

Une structure d'opportunités politiques

L'approche « structurelle » consiste à s'interroger d'abord sur la nature même des principes juridiques qui régissent le système international. Celui-ci n'est-il pas conçu de telle manière qu'il laisse faire le massacre et même qu'il rende licite le massacre d'État ? Selon le principe de l'État souverain territorial, qui se développe à partir du traité de Westphalie de 1648, l'État peut faire ce que bon lui semble à l'intérieur de ses frontières. Pour le sociologue américain Leo Kuper, pionnier des études comparées sur le génocide, « il n'y a pas de doute : l'État souverain territorial revendique, comme une partie intégrante de sa souveraineté, le droit de commettre des génocides ou d'entreprendre des massacres génocidaires contre des populations sous sa domination, et les Nations unies, pour toutes sortes de raisons pratiques, défendent ce droit ». Bien entendu, précise-t-il, « aucun État ne revendique explicitement un tel droit – cela ne serait pas acceptable moralement, même dans les cercles internationaux –, mais ce droit s'exerce sous d'autres prétextes, principalement à travers le devoir de maintenir la loi et l'ordre ou la prétendue mission sacrée de défendre le territoire de l'État »[1]. Et de citer comme exemples les massacres des Indiens Aché au Paraguay, ceux perpétrés par Amin Dada en Ouganda ou par Pol Pot au Cambodge.

1. Leo Kuper, *Genocide. Its Political Use in the Twentieth Century*, New Haven, Yale University Press, 1981, p. 161.

La Charte de l'Organisation des Nations unies est le reflet de cet état des choses. Certes, son préambule exprime la foi des contractants dans les droits fondamentaux de l'homme, dans la dignité et la valeur de la personne humaine. Mais elle stipule aussi, dans son article 2, qu'aucune disposition de la présente Charte n'autorise les Nations unies à intervenir dans les affaires qui relèvent essentiellement de la compétence nationale d'un État. Par conséquent, ce dernier peut être aussi bien, à sa guise, démocratique que dictatorial, despotique, totalitaire, et il peut traiter sa population comme bon lui semble. De ce fait, les États peuvent effectivement, sans entraves juridiques majeures, commettre des meurtres de masse.

L'histoire tragique du XXe siècle l'atteste : selon le chercheur américain Rudolph Rummel, 164 millions de personnes ont été tuées par leurs propres gouvernements au cours du XXe siècle, chiffre bien supérieur à celui des 35 millions de morts causés par les guerres durant la même période (en incluant, bien sûr, les deux guerres mondiales)[1]. Rummel dénonce donc la capacité « démocidaire » des États, au sens où ceux-ci ont les moyens de détruire « leur » peuple[2]. Pour lui, les plus grands chefs d'État démocidaires ont été Mao, Staline, Hitler, Tchang Kaï-chek, Lénine, Hideki Tojo (Japon), Pol Pot, Yahya Khan (Pakistan) et Tito. Le principe de souveraineté ne semble pourtant pas devoir être rejeté en tant que tel, puis-

1. Rudolph J. Rummel, *Death by Government*, New Brunswick-Londres, Transaction Publishers, 1994. Si les modes de calcul utilisés par Rummel aboutissent à des chiffres parfois contestables, leur ordre de grandeur ne l'est pas.

2. La création du mot « démocide » par Rummel entend décrire cela : il se compose de *demos* (« peuple » en grec) et de *cide* (« tuer »). Le terme désigne le meurtre de masse d'une population d'au moins un million d'individus par un gouvernement.

qu'il protège juridiquement les petits États contre les appétits de leurs voisins. Il est en ce sens l'un des moyens formels de placer tous les États sur le même plan, bien que leurs niveaux de puissance soient très inégaux. Ce n'est pas tant le principe de souveraineté qui est, par lui-même, cause de violences que la manière dont les États peuvent l'invoquer, soit pour légitimer des politiques contraires aux droits de l'homme, soit pour rester indifférents à ces violations. Dans les deux cas, la souveraineté de l'État ne constitue qu'un argument juridique pour justifier son action ou son inaction. C'est pourquoi nombre d'experts ont plaidé pour que ce principe soit régulé, encadré ou limité, mais non abandonné. Dans cette perspective, certains, comme Mario Bettati, ont milité en faveur d'un droit et même d'un devoir d'ingérence[1]. Cependant, d'autres juristes ont critiqué cette expression, remarquant que les États des anciens pays colonisés perçoivent ce droit d'ingérence comme un moyen déguisé, pour les grandes puissances, de continuer à s'immiscer dans leurs affaires intérieures. Aussi préfèrent-ils parler, comme Robert Badinter, d'un droit d'« assistance à population en danger », de la même manière qu'il existe déjà un droit d'assistance à personne en danger[2]. Les uns et les autres sont en tout cas d'accord pour œuvrer au développement d'un authentique droit pénal international, habilité à sanctionner les atrocités de masse, comme le préconi-

1. Mario Bettati, *Le Droit d'ingérence. Mutation de l'ordre international*, Paris, Odile Jacob, 1996.

2. Voir à cet égard les propositions faites par le « Groupe de personnalités de haut niveau » (dont Robert Badinter lui-même) dans le rapport *Un monde plus sûr. Notre affaire à tous*, Groupe de personnalités de haut niveau sur les menaces, les défis et le changement, New York, Nations unies, 2004 ; consultable sur Internet : http ://www.un.org.

sait, dès les années 1930, le juriste polonais Raphaël Lemkin[1].

États modernes et massacres

Une autre approche structurelle des rapports entre massacres et relations internationales, plus sociopolitique que juridique, est proposée par Michael Mann à travers son étude générale du « nettoyage ethnique ». Au centre de sa thèse se trouve la question d'une structure conflictuelle, potentiellement violente, reposant sur des enjeux liés au territoire et à la souveraineté. À partir de ce problème classique dans les théories de la guerre, Mann avance le postulat suivant : quand deux mouvements ethno-nationalistes rivaux revendiquent un État sur le même territoire, alors le conflit atteint une « zone de danger » *(danger zone)*. Leur confrontation risque de s'envenimer, soit que l'acteur le plus faible décide de se battre plutôt que de se soumettre parce qu'il bénéficie d'un soutien extérieur, soit que la partie dominante estime pouvoir déployer une force écrasante et soudaine. En outre, des pressions extérieures, telles que la guerre, vont provoquer la radicalisation et la « factionnalisation de l'État ». L'auteur ne dit pas que ce type de conflit bascule nécessairement dans la violence et le massacre : il peut y avoir des compromis et même des « nettoyages

1. Celui-ci préconise en effet, à la cinquième conférence pour l'unification du droit pénal qui se tient à Madrid en 1934, le principe du nouveau « crime de barbarie », défini comme un « acte d'oppression et de destruction à l'encontre des individus membres d'un groupe national, religieux ou racial », de même que le « crime de vandalisme » en tant que « destruction intentionnelle d'œuvres artistiques, qui sont les créations spécifiques du génie d'un groupe et constituent son patrimoine ».

ethniques » sans violences ouvertes (du type échanges de populations). Il existe néanmoins un fort risque de « nettoyage ethnique » meurtrier. L'auteur en veut pour preuve nombre d'exemples de guerres ethniques, que ce soit dans les Balkans ou ailleurs dans le monde. Néanmoins, il remarque que sa théorie ne s'applique pas vraiment à l'extermination des juifs par l'Allemagne nazie, puisque les juifs ne revendiquaient aucun territoire en Europe. Aussi est-il contraint de se dégager de ce modèle pour insister en ce cas sur l'importance de la figure nazie paranoïaque de l'ennemi judéo-bolchevique.

Un problème supplémentaire posé par la théorie de Mann est son insistance à toujours rattacher ce type de conflits à la construction d'un État démocratique, puisque le « nettoyage ethnique » résulte, selon lui, de l'imbrication initiale entre *ethnos* et *demos* (cf. notre chapitre I). Mais certains commentateurs l'ont remarqué : dans bien des cas de « nettoyage ethnique », il y a l'*ethnos* mais pas le *demos*[1]. On ne peut pas qualifier, par exemple, de « démocratiques » tous les États « ethniques », comme la Serbie, la Roumanie, la Bulgarie, la Grèce, etc., qui se constituent à la fin du XIXe siècle, en se dégageant de la tutelle ottomane. Cela reviendrait donc à dire que les phénomènes que Mann étudie ne sont pas vraiment consubstantiels à la naissance des démocraties, mais bien davantage et de manière plus générale à la formation des États-nations, que ces derniers puissent être qualifiés de « démocratiques », « autoritaires », « fascistes », etc. En somme, le titre de son livre est trompeur : il s'agit moins d'une analyse comparative de la « face sombre de la

1. Par exemple, Robert Hayden, au cours de la table ronde organisée autour du livre de Michael Mann lors de la dixième convention mondiale de l'Association for the Study of Nationalities, Columbia University, New York, 16 avril 2005.

démocratie » que de la « face sombre de l'État-nation » à l'âge démocratique.

Dans cette perspective, l'historien anglais Marc Levene a précisément exploré les rapports entre État-nation et génocide (un terme qui équivaut dans ses écrits à celui de « nettoyage ethnique meurtrier » chez Mann). Les deux auteurs s'accordent pour comprendre les violences de masse au XXe siècle dans une histoire au long cours : en remontant au moins à la période des révolutions occidentales du XVIIIe siècle. Mais là où Mann verra plutôt une structure de conflits entre des acteurs ethno-nationalistes, Levene insistera d'abord, à travers la constitution des premiers États-nations, sur la naissance d'un système international, sur les plans politique et économique. Dans cette course au progrès, prémices de ce que l'on appelle aujourd'hui la « mondialisation », le génocide se produirait nécessairement lorsque certains États, en quête de « modernisation » rapide, prennent pour cibles des populations qu'ils perçoivent comme une menace ou un obstacle à leur volonté de puissance[1].

Le « génocide » serait ainsi lié aux efforts des États visant à restructurer les sociétés indigènes ou traditionnelles de manière très rapide, souvent par de grands « bonds en avant » de caractère révolutionnaire. Pour Marc Levene, ce n'est donc pas un hasard si les premiers « génocides » authentiquement modernes remontent en fait aux XVIIe et XVIIIe siècles, dans des pays qui étaient à l'avant-garde du mouvement de formation d'États-nations. Ainsi, la France révolutionnaire (massacres de Vendée), les États-Unis (massacres des Indiens) et l'Angleterre (massacres en Irlande, puis dans les « colonies ») ont inauguré les procédés prototypiques modernes du « génocide ». En

1. Marc Levene, « Why is the 20th Century the Century of Genocide ? », *Journal of World History*, vol. 11, n° 2, 2000, p. 305-336.

somme, ce qu'on appelle le « progrès vers la modernité » combinerait la construction des États avec la perpétration de massacres pour « découper » et exploiter la société à leur convenance. À mesure que ce modèle de la modernité s'est propagé à travers les continents, d'autres bâtisseurs d'États-nations ont cherché à imiter les pionniers de ce mouvement, devenu mondial. Les grands massacres à travers le monde seraient donc à mettre en rapport les uns avec les autres, qu'ils aient eu lieu en Allemagne, en Indonésie, au Burundi, en Irak ou au Guatemala.

Un tel raisonnement repose sur une généralisation abusive, car bien des États modernes ne se sont pas construits au moyen du massacre. C'est pourquoi la question reste posée : pourquoi donc le massacre à grande échelle est-il perpétré ici et non là ? En fonction de quel contexte historique et géopolitique particulier ? Si l'approche globale est utile, elle ne devient vraiment pertinente que dans la mesure où l'analyse se régionalise, c'est-à-dire s'inscrit dans un espace précis, avec ses territoires et ses traditions. Pour centrer notre attention sur les régions d'Europe et d'Afrique qui nous intéressent au plus haut point, posons d'abord cette question : les pratiques de violence ethnique qui se sont développées en Allemagne, en Yougoslavie et au Rwanda n'avaient-elles pas déjà une histoire dans un ou plusieurs pays voisins ? N'y a-t-il pas un *habitus* de l'extrême violence ? Si des pratiques de massacres ont été mises en œuvre dans un proche passé, il existe alors un sérieux risque de « transfert » de cette technologie de destruction. Pour comprendre un cas particulier de massacre, il faut se demander s'il est véritablement « nouveau » dans le pays en question, s'il s'inscrit dans un répertoire déjà ancien de l'action collective propre à cette région (pour reprendre le vocabulaire du sociologue américain Charles Tilly), s'il innove en quelque manière par rapport à des formes antérieures, etc. Bien sûr, ce n'est pas parce qu'il y a déjà eu un massacre qu'il va nécessairement se reproduire. Tout dépend des facteurs politiques qui peuvent le favoriser ou le refréner, dans un contexte déjà propice.

L'héritage des violences ethniques

En Europe, l'histoire est particulièrement lourde de « nettoyages ethniques » en tout genre, même si cette expression ne devient commune que dans les années 1990. Le politiste américain Norman Naimark a d'ailleurs consacré une intéressante étude comparative aux différents cas de nettoyage ethnique en Europe au cours du XXe siècle : échanges de populations entre Grecs et Turcs d'Anatolie, déportations staliniennes des Tchétchènes, Ingouches et Tatars de Crimée, expulsion des Allemands de Pologne et de Tchécoslovaquie[1]. En fait, dès le XIXe siècle, la propagation des idées nationalistes venues d'Europe occidentale concourt au déclin des empires austro-hongrois et ottoman et à la formation de jeunes États-nations dans l'Europe du Sud-Est. Or, depuis l'indépendance de la Serbie en 1878 jusqu'aux guerres balkaniques du début du XXe siècle, ces jeunes États se construisent par la violence, en massacrant en partie les populations indésirables, pour les forcer à partir ou à s'assimiler. « L'incendie des villages et l'exode des populations vaincues sont des faits normaux et habituels des guerres et insurrections dans les Balkans[2] », remarque

1. Norman M. Naimark, *Fires of Hatred. Ethnic Cleansing in the Twentieth-Century Europe*, Cambridge, Harvard University Press, 2001.

2. Carnegie Endowment for International Peace, *Reports of the International Commission to Inquire into the Causes and Conduct of the Balkan Wars*, Washington DC, 1914, p. 73.

déjà la commission Carnegie dans son rapport de 1914. Le paroxysme est atteint au cours de la Première Guerre mondiale, avec le massacre de masse des Arméniens de l'Empire ottoman, perpétré par le gouvernement jeune-turc alors au pouvoir à Istanbul, très vite attesté par le rapport de l'Anglais Arnold Toynbee[1].

Cette Première Guerre mondiale a pour conséquence générale de détruire les anciens empires multinationaux et, par voie de conséquence, d'accélérer encore la fuite des minorités. La doctrine de l'autodétermination nationale, formulée par le président américain Woodrow Wilson et mise en avant par les vainqueurs, inspire largement le traité de Versailles de 1918. À peine un an après la prise de pouvoir de Lénine à Moscou, les Alliés jouent la « carte nationale » wilsonienne contre la « carte internationaliste » de la révolution bolchevique. Mais l'historien anglais Eric Hobsbawm observe judicieusement que les réalités des ensembles de populations vivant en Europe révèlent le côté totalement impraticable du principe wilsonien, selon lequel les frontières d'État doivent coïncider avec les frontières de nationalités et de langues. « La suite logique d'une tentative de création d'un continent bien proprement divisé en États territoriaux cohérents, chacun d'eux étant habité par une population distincte et homogène sur le plan ethnique et linguistique, était l'expulsion ou l'extermination massive des minorités. Tel était et reste le *reductio ad absurdum* meurtrier du nationalisme dans sa version territoriale [...]. Les expulsions de masse et même les génocides commencèrent à faire leur apparition[2]. »

1. Arnold J. Toynbee, *Les Massacres des Arméniens (1915-1916)* (1re édition en 1916), Paris, Payot, 1981.

2. Eric J. Hobsbawm, *Nations et nationalisme depuis 1780*, Paris, Gallimard, 1997, p. 172.

Conséquences de cette évolution générale : alors que 60 millions d'Européens étaient gouvernés par une puissance étrangère avant la Première Guerre mondiale, ils ne sont plus que 20 à 25 millions après celle-ci, tandis qu'en 1926 on compte quelque 20 millions de réfugiés en Europe. La dispersion et le fractionnement des populations qui vivaient, avant la Première Guerre mondiale, au sein d'empires multi-ethniques constituent ainsi un facteur important de déstabilisation du continent européen. En 1920, la Hongrie est amputée des deux tiers de son territoire et des trois cinquièmes de sa population : 3 millions de Magyars deviennent soudainement des minorités dans les États voisins. De même, de 4 à 5 millions d'Allemands de la partie autrichienne de l'empire des Habsbourg et des marches orientales de l'empire allemand perdent leur rang de nationalité dominante *(Staatsvolk)* pour devenir des minorités dans des pays en proie au nationalisme, comme la Pologne, la Tchécoslovaquie ou l'Italie. En tout, 6 millions d'Allemands sont devenus, après 1918, des minorités nationales, à commencer par les 3 millions qui habitent dans les Sudètes, en Tchécoslovaquie[1]. Il y a là de multiples foyers de tension en Europe, que les pouvoirs nationalistes peuvent attiser à leur guise, à commencer par les mouvements de droite et d'extrême droite en Allemagne même.

Les nouveaux États européens répondent-ils pour autant aux critères wilsoniens ? Certainement non, à considérer les États « multi-ethniques » comme la Pologne, la Roumanie et la toute nouvelle Yougoslavie. La diplomatie des vainqueurs de 1918 entend pourtant susciter, accompagner,

1. Cf. Roger Brubaker, « De l'éclatement des peuples à la chute des empires. Approche historique et comparative », *Actes de la recherche en sciences sociales*, n° 98, juin 1993, p. 3-19.

cautionner ces tentatives d'homogénéisation nationale, allant jusqu'à entériner les expulsions de populations, comme après la guerre gréco-turque de 1921-1922. Ainsi, le traité de Lausanne du 24 juillet 1923 reconnaît-il l'expulsion par la Turquie de 1200000 Grecs d'Anatolie (où ils vivaient depuis l'époque d'Homère), tandis que 700 000 Turcs sont contraints de quitter la Grèce. Pour la première fois, le droit international concourt à organiser une forme d'épuration ethnique mutuellement consentie par les États. Tout cela advient bien avant l'accession d'Hitler au pouvoir, dont Eric Hobsbawm remarque d'un trait d'humour acide qu'il était un « nationaliste wilsonien logique », puisqu'il « organisa le transfert vers l'Allemagne des Allemands qui ne vivaient pas sur le territoire de la patrie, comme ceux du Tyrol du Sud italien. De même qu'il organisa l'élimination définitive des juifs »[1]. Et comment s'étonner que, dès 1937, le Serbe Vasa Cubrilovic n'hésite pas à publier un mémoire recommandant déjà l'expulsion des Albanais du Kosovo vers la Turquie pour renforcer l'identité nationale de la Serbie[2] ?

Massacres et flux de populations

Dans le cas du Rwanda, force est de répondre aussi de manière positive à la question précédente : ce n'est certainement pas le seul pays de cette région de l'Afrique des Grands Lacs à avoir connu des « massacres ethniques ». On connaît trop peu l'histoire du Burundi voisin, petit pays d'environ trois millions et demi d'habitants, situé au sud du

1. Eric J. Hobsbawm, *Nations et nationalisme depuis 1780*, *op. cit.*, p. 172.
2. Analysé par Mirko Grmek, Marc Gjidara et Neven Simac, dans Mirko Grmek (éd.), *Le Nettoyage ethnique*, *op. cit.*, p. 150.

Rwanda, également composé de Hutu, Tutsi et Twa. Lors de son indépendance, en 1962, cet autre ancien royaume de l'Afrique des Grands Lacs connaît tout d'abord une évolution différente de son voisin. Sur l'initiative de Louis Rwagasore, un des fils du roi Mwanbutsa, le parti de l'Union pour le progrès national (UPRONA) a formé en 1961 un gouvernement rassemblant les différentes ethnies du pays. Toutefois, Rwagasore est assassiné en octobre 1961, ce qui augure mal de l'avenir du pays. Mais progressivement, notamment en réaction aux événements qui se produisent au Rwanda, la vie politique burundaise va s'« ethniciser ». Au milieu des années 1960, l'UPRONA se fissure entre Hutu et Tutsi. En 1965, à la faveur d'un putsch organisé par le Hutu Antoine Serukwavu, des paysans tutsi sont massacrés à Muramvya, au centre du pays. En représailles, quatre-vingts personnalités hutu sont exécutées, des milliers de Hutu sont emprisonnés ou passés par les armes. Dès lors, le Burundi va tomber dans la « spirale de l'inflation ethniste [1] ».

L'épisode le plus dramatique se situe en 1972, atteignant alors un niveau de violence que le Rwanda n'a pas encore connu. Le gouvernement du président Michel Micombero doit faire face à une insurrection hutu au sud du pays, déclenchée le 29 avril 1972 par des groupes rebelles dont certains viennent de la Tanzanie voisine. Les assaillants exécutent à la machette des dizaines, sinon des centaines de civils tutsi. Cette agression, immédiatement interprétée par les partisans de Micombero comme

1. Jean-Pierre Chrétien, « Ethnicité et politique : les crises du Rwanda et du Burundi depuis l'indépendance », *Guerres mondiales et conflits contemporains*, nº 181, printemps 1996, p. 116. Voir aussi Claudine Vidal, « Situations ethniques au Rwanda », dans Jean-Loup Amselle et Elikia M'Bokolo (éd.), *Au cœur de l'ethnie*, Paris, La Découverte, 1985, p. 167-184.

une menace de déstabilisation de son régime, suscite de leur part une riposte totalement disproportionnée. Entre avril et juin 1972, aucune province du Burundi n'échappe à une répression de masse. L'armée, la police et la gendarmerie, appuyées par les Jeunesses révolutionnaires Rwagasore (JRR), se livrent à une chasse aux Hutu à travers tout le pays. Dans Bujumbura (la capitale), entre 5 000 et 10 000 Hutu sont sommairement exécutés, y compris tous les membres du gouvernement et fonctionnaires des services publics d'origine hutu. À l'exception de ceux qui prirent la fuite vers le Rwanda, la Tanzanie et le Congo, pratiquement toutes les élites hutu du pays sont annihilées, y compris la plupart des étudiants de l'université de Bujumbura. Au total, environ 100 000 Hutu ont été assassinés.

L'africaniste René Lemarchand rapporte que ces meurtres ont été accompagnés d'invraisemblables atrocités. Mais attention ! Comme le souligne celui-ci, il faut se défier d'une lecture ethniste de ces événements : ce n'est pas le « groupe ethnique » tutsi qui est responsable de ces massacres, mais bien certains de ses éléments les plus radicaux[1]. Or, fait essentiel, ni le Burundi ni le Rwanda n'ont connu de tels épisodes de massacres à grande échelle avant leur indépendance. Non que ces pays aient été auparavant des havres de paix ; ils ont aussi connu des épisodes de guerre. Mais jamais de tels massacres systématiques entre Hutu et Tutsi ne se sont produits, comme à partir des années 1960-1970, dans la phase de formation des États rwandais et burundais.

De telles transformations politiques ont en général des effets considérables sur les flux de populations et, par voie de conséquence, sur les équilibres démographiques

1. René Lemarchand, *Burundi. Ethnic Conflict and Genocide*, Cambridge, Cambridge University Press, 1997.

d'une région. D'où une autre question, toujours de type « structurel » : ces mouvements de brassage-redécoupage des populations ne créent-ils pas par eux-mêmes des foyers d'instabilité qui peuvent se transformer à court ou moyen terme en nouveaux foyers de violence ? L'histoire du Rwanda en offre précisément une illustration : la fuite à l'étranger de nombre de Tutsi après les premiers massacres de 1959-1961 (ce furent les premiers réfugiés de l'Afrique noire indépendante) a eu des conséquences à long terme, dont la plupart des observateurs n'ont pas eu conscience sur le moment. Le même scénario s'est reproduit à la suite des massacres de 1963, 1966, etc. Au total, plusieurs centaines de milliers de Tutsi rwandais ont fui leur pays (personne ne savait exactement leur nombre à l'époque) pour s'exiler principalement en Ouganda, au Burundi, en Tanzanie et au Zaïre. C'est surtout le nord du Rwanda (Ruhengeri, Gisenyi, Byumba) qui s'est vidé de sa population tutsi, certains se réfugiant aussi dans le Bugesera (à l'époque encore rempli de brousse et de marais). À Kigali, personne ne se soucie vraiment de leur sort : ils appartiennent à ces anciens « féodaux » définitivement vaincus.

Mais avec le temps, cette dispersion des exilés, conjuguée à leurs difficultés d'intégration dans les pays d'asile, devient un sérieux problème dans la région, dont les autorités rwandaises ne mesurent pas l'importance. Dans les années 1960, les réfugiés sont correctement traités dans leurs pays d'accueil. Le contexte de la décolonisation s'y prête assez bien : l'Afrique est ouverte vers l'avenir et a besoin des compétences qui lui font défaut. Or l'élite rwandaise exilée est relativement bien formée. Mais une dizaine d'années plus tard, la situation tend à se détériorer. En 1981, le Zaïre remet en cause la nationalité accordée précédemment aux réfugiés du Rwanda, tandis que des intellectuels et politiciens alimentent la thèse d'un prétendu « plan de colonisation tutsi du Kivu ». En Ouganda également, les *Banyarwanda* ne semblent plus désirés. En octobre 1982, poussés à l'extérieur par le président ougandais Milton Obote, des dizaines de milliers d'entre eux doivent fuir vers le Rwanda, qui n'en veut pas davantage. La situation devient ubuesque pour tous ceux qui se trouvent coincés entre les deux frontières, tandis que d'autres partent vers la Tanzanie.

Le sentiment d'insécurité né de cette expérience ougandaise contribue à la politisation de certains de ces réfugiés, qui ont l'impression d'être des laissés-pour-compte. Partout, on tend à leur répondre : « Vous n'êtes pas chez vous. » Ces difficultés d'intégration dans les pays de la région (Ouganda, Zaïre...) les contraignent donc à poser et à se poser la question du droit à leur nationalité. À la fin des années 1980, entre 600 000 et 700 000 Rwandais vivent ainsi en exil. Au sein de cette seconde génération (les enfants des exilés de 1959) grandit la revendication du droit au retour, au besoin par la force armée. C'est dans ce contexte que se crée, en 1987, le Front patriotique rwandais (FPR), qui se lance à l'attaque du Rwanda le 1er octobre 1990, cherchant alors à profiter de la situation de faiblesse du pouvoir de Kigali. Dirigé d'abord par Fred Rwigema, qui décède en 1990, le FPR est ensuite commandé par Paul Kagamé. Ainsi, un problème non résolu depuis trente ans, celui du statut d'une population dispersée dans plusieurs pays, est à l'origine de la guerre civile qui gagne le Rwanda[1].

1. Sur cette histoire complexe des réfugiés rwandais, voir notamment José Kagabo et Théo Karabayinga, « Les réfugiés, de l'exil au retour armé », *Les Temps modernes*, n° 583, juillet-août 1995, p. 63-90.

Effondrement de l'État et violences extrêmes

En Europe, pourrait-on aussi mettre en rapport le risque de violence, voire de massacres, avec la structure démographique des populations ? Les récents travaux de l'historien américain Omer Bartov et de son équipe attirent précisément l'attention sur les zones géographiques qui se situent aux carrefours des empires. En effet, fait-il remarquer, les massacres les plus importants et les plus fréquents sur le vieux continent ont été perpétrés dans ce qu'il nomme la *borderlands region*, qui va de l'Europe centrale et baltique à celle du Sud-Est, jusqu'à l'Asie Mineure. Tous ces territoires, si divers à maints égards, possèdent néanmoins deux traits communs. Ils étaient le point de rencontre entre les quatre empires – germanique, russe, austro-hongrois et ottoman – et étaient peuplés d'une multiplicité de groupes ethniques, religieux ou nationaux [1]. Ces zones-tampons entre deux mondes, entre deux ou plusieurs empires, semblent en effet fragiles, sinon incontrôlables. Le brassage des populations constitue un facteur d'incertitude et de risques de violences, que ce soit de la part de certains groupes communautaires ou d'États environnants.

Ainsi, « les Balkans ottoman et autrichien sont à l'orée du XIXe siècle un mélange inextricable de populations, de langues et de religions variées voisinant dans les mêmes

1. Animé par Omer Bartov, le programme de recherche interdisciplinaire et international *Borderlands. Ethnicity, Identity, and Violence in the Shatter-Zone of Empires since 1848* explore l'origine et les manifestations de la violence ethnique, religieuse et sociale dans les régions frontalières de l'Europe centrale, de l'Est et du Sud-Est, de l'émergence des nationalismes au XIXe siècle jusqu'à nos jours, en passant par la Shoah. Le programme est coordonné par le Watson Institute for International Studies, Brown University, États-Unis.

territoires[1] ». Le roman historique d'Ivo Andric, dont le « personnage » principal est le pont séculaire qui traverse la Drina, qui semble relier symboliquement en ce lieu Orient et Occident, en offre une illustration remarquable[2]. L'auteur raconte les bouleversements vécus, sur près de quatre siècles, par les diverses générations d'habitants de la ville de Visegrad, installés à proximité du pont, à la frontière de la Serbie et de la Bosnie. Au XIXe siècle, dans la période de formation des États-nations, les guerres et les massacres qui en résultent parfois provoquent le départ de certaines populations. Ainsi, les habitants de Visegrad voient-ils passer sur le pont des musulmans qui quittent la Serbie pour se réfugier à Sarajevo, tandis que d'autres, en sens inverse, tentent de rejoindre la Turquie. Plus tard, après l'assassinat de l'empereur François-Joseph, le 28 juin 1914, c'est au tour des Serbes d'être dangereusement inquiétés, car l'armée austro-hongroise les considère comme des ennemis et les persécute, à Visegrad et dans toute la région. Cette fresque historique montre ainsi comment ce territoire, où diverses communautés avaient réussi à cohabiter, est l'un des tout premiers à subir les secousses violentes nées dans les États environnants.

Cependant, que ce soit en Europe ou en Afrique, ni les données historiques repérables (pratiques antérieures de massacres), ni des données démographiques particulières (brassages de populations) ne peuvent, à elles seules, expliquer le basculement dans la violence à un instant *t*. Il faut encore prendre en compte des données géopolitiques pour évaluer l'équilibre ou le déséquilibre des forces dans la région. En Europe, dans les zones frontalières, la situation de domination ou de déclin d'une puissance impériale

1. Paul Garde, *Les Balkans*, 2e éd., Paris, Flammarion, coll. « Dominos », 1996, p. 57.
2. Ivo Andric, *Le Pont sur la Drina*, Paris, Belfond, 1994.

joue un rôle essentiel dans le destin général des peuples. À cet égard, le massacre d'une partie des populations qui résident dans ces zones peut résulter de deux scénarios opposés.

Selon le premier, un État de plus en plus puissant affirme une volonté véritablement impériale sur ces zones frontières. Par exemple, la formation de l'État soviétique en 1917, puis de l'État nazi en 1933, place *de facto* les pays intermédiaires de l'Europe centrale et baltique dans une position très défavorable. La volonté d'internationalisation de la révolution bolchevique peut légitimement leur faire craindre l'emprise totalitaire de Moscou. Entre autres peuples, les Ukrainiens en font dramatiquement les frais, au moment de la famine de masse orchestrée par Staline, en 1933-1934, pour briser toute velléité de résistance. La Pologne voisine est dans une position tout aussi fragile. Son sort se trouve bientôt scellé dans le cadre du pacte germano-soviétique du 23 août 1939, dont une clause secrète prévoit son partage entre l'Allemagne et l'URSS. À Berlin, certains experts réfléchissent déjà au refaçonnage complet de cette Europe de l'Est perçue comme archaïque, une immense zone de territoires à coloniser, au profit de l'« espace vital » nécessaire au grand Reich.

Le second scénario – inverse du précédent – procède de l'effondrement d'un empire (ou d'un État multinational) jusqu'alors dominant. Tant que cette entité politique y était majoritairement respectée, la région pouvait connaître une certaine stabilité. Tel était le cas de l'Empire ottoman dans l'Europe du Sud-Est jusqu'au début du XIXe siècle, ou de la Yougoslavie de Tito entre la fin des années 1940 et le début des années 1980. Mais si cet empire ou cet État multinational vient à être contesté de l'intérieur, du fait de la montée des aspirations nationalistes, alors le système se trouve de plus en plus fragilisé ; les communautés qui le composent tendent à se délier de leurs anciennes allégeances et le basculement dans la violence devient probable. C'est précisément ce qui se produit au sein de l'ex-Yougoslavie à la fin des années 1980.

Rwanda-Burundi : les faux jumeaux ethniques

Pour le Rwanda, ce scénario de l'effondrement de la puissance impériale peut également être invoqué, dans le contexte général de la décolonisation de l'Afrique, au cours des années 1960, qui se caractérise à Kigali par le retrait de la Belgique. Mais le contexte n'est plus du tout le même à la fin des années 1980, au moment où le FPR se prépare à envahir le pays. Durant cette période, la France devient pour ainsi dire la puissance tutélaire du Rwanda, sans doute parce que le président François Mitterrand voit un intérêt stratégique à renforcer la présence française dans cette région, pour juguler l'influence anglophone. Ce soutien d'un acteur important sur la scène internationale représente un atout de poids pour le président Habyarimana. Certes, l'injonction lancée aux chefs d'État africains, lors du sommet de La Baule (20 juin 1990), par le président français, de démocratiser leur pays n'est pas pour lui plaire. Désormais, Paris entend soumettre son aide économique aux pays en voie de développement aux progrès de leur démocratisation politique intérieure. On est alors dans l'euphorie provoquée par la chute du mur de Berlin, laquelle laisse espérer un mouvement de démocratisation mondiale, certains pronostiquant déjà la « fin de l'Histoire »… Au Rwanda, c'est plutôt une nouvelle histoire qui est en train de commencer… ou de gronder.

L'instauration contrainte du multipartisme a pour effet de permettre le développement d'une opposition hutu, qui s'exprime principalement dans le Mouvement démocratique républicain (MDR) ou le Parti social-démocrate (PSD). Ces opposants entendent faire fi du clivage ethnique et construire un Rwanda véritablement démocratique ; comme quoi la vie politique dans ce pays ne se réduit pas, au cours des années 1990-1994, à un face-à-face d'un « bloc hutu » majoritaire qui serait dressé contre la minorité tutsi [1]. Mais les extrémistes hutu savent eux aussi tirer profit de la situation et s'organiser. Dans leur nouveau mensuel *Kangura*, ils présentent bientôt François Mitterrand comme leur « véritable ami ». De fait, l'attaque du FPR d'octobre 1990 est stoppée grâce à l'intervention d'un contingent de militaires français, qui protège la capitale [2]. De 1990 à 1993, la France va jouer ainsi un rôle déterminant dans le maintien au pouvoir d'Habyarimana, sans que l'opinion française en soit vraiment informée [3].

1. Sur le développement de cette opposition politique hutu et sur son échec, voir Jordane Bertrand, *Rwanda*, *op. cit.*

2. Créé en mai 1990, *Kangura* présente dans son numéro de décembre un portrait de Mitterrand intitulé « Un véritable ami du Rwanda. Et c'est dans le malheur que les véritables amis se découvrent ». C'est dans ce même numéro que sont exposés « Les Dix Commandements des Bahutu ». Cité dans Jean-Pierre Chrétien (éd.), *Rwanda*, *op. cit.*, p. 141.

3. Pour une analyse du rapport de la commission parlementaire d'enquête sur le rôle de la France au Rwanda, commission créée en 1998 et présidée par Paul Quilès, voir Marc Le Pape, « Le Rwanda au Parlement : enquête sur la tragédie rwandaise », *Esprit*, mai 1999, p. 81-92. On lira encore le point de vue plus incisif du journaliste Patrick de Saint-Exupéry, convaincu que la France a été jusqu'à apporter son aide aux responsables du génocide d'avril à juin 1994 : *L'Inavouable. La France au Rwanda*, Paris, Éd. des Arènes, 2004. Plus récemment, l'association Survie a publié les travaux de la commission d'enquête citoyenne sur l'implication de la France dans le génocide au Rwanda : Laure Coret et François-Xavier Vershave, *L'Horreur qui nous prend au visage : l'État français et le génocide au*

Cependant, Paris appuie les efforts de médiation qui visent à aboutir à une négociation entre le FPR, le gouvernement rwandais et son opposition. Certains réseaux des Églises jouent ici un rôle actif, tout comme les États-Unis et l'Organisation de l'unité africaine, la Tanzanie menant les négociations. Ces efforts vont déboucher sur les accords d'Arusha (4 août 1993) qu'Habyarimana est contraint de signer, la France menaçant de lui retirer son aide dans le cas contraire. Ces accords semblent aménager un compromis politique entre tous les protagonistes, au grand dam des extrémistes hutu qui n'en veulent pas. Pour garantir leur application, les Nations unies décident l'envoi d'une force de maintien de la paix, la Minuar (Mission des Nations unies pour l'assistance au Rwanda), composée en partie de Casques bleus belges, dont le général canadien Roméo Dallaire prend le commandement. Néanmoins, en dépit de ces efforts de pacification, la situation intérieure se détériore rapidement.

Qu'est-ce qui peut donc encore expliquer le développement de la violence au Rwanda en ce début des années 1990 ? Comment comprendre que tous ces efforts de médiation s'avèrent finalement vains ? En fait, il manque à toutes les explications précédentes un « quelque chose » de plus, un élément essentiel qui, d'une certaine manière, met tout le système en action dans le sens du refus de l'Autre. Cet élément, qui se propage un peu partout et conquiert l'esprit de la plupart des acteurs, qui glisse entre les mains et qui finit par tout envelopper, c'est la peur. Elle est un peu comme l'huile nécessaire au fonctionnement d'une machine, en l'occurrence une machine infernale. Nous avions déjà vu ce rôle de la peur dans la construction d'un ou de plusieurs ennemis de l'intérieur.

Rwanda. Rapport de la commission d'enquête citoyenne, Paris, Khartala, 2005.

Voici que, maintenant, celle-ci vient aussi de l'extérieur, comme une possible menace de destruction. C'est ce double mouvement de peur – interne/externe – qui risque de faire basculer le conflit dans la tragédie.

Au Rwanda, Alison Des Forges insiste sur cette propagation de la peur et sur cette mobilisation par la peur. Au début des années 1990, elle s'installe dans les deux camps : « Les Rwandais, et les Tutsi autant que les Hutu, furent terrifiés par l'invasion du FPR. Les Tutsi se souvenaient des massacres commis en représailles aux invasions lancées par des réfugiés dans les années 1960 et craignaient d'être de nouveau pris pour cible. Ayant à l'esprit ces précédents, les dirigeants du FPR avaient d'ailleurs bien conscience que leur offensive était de nature à provoquer de nouveaux massacres de Tutsi. Quant aux Hutu, ils gardaient en mémoire les massacres de dizaines de milliers des leurs commis par les Tutsi au Burundi voisin en 1972, 1988 et 1991 ; ils redoutaient que le FPR se livre à des tueries de même ampleur[1]. » Il faut donc s'arrêter sur ce rôle de la peur qui se diffuse entre les deux pays : sans elle, il est impossible d'appréhender la dynamique conflictuelle qui met en mouvement les autres éléments, identifiés précédemment.

À ce point de l'étude, ne faut-il d'ailleurs pas s'interroger soi-même, comme pour mieux mesurer la portée des mots qui viennent d'être repris de l'une des meilleures analystes du Rwanda ? Qu'est-ce que je connais de la peur dont elle parle ? Puis-je comprendre vraiment ce qui est en train de se jouer dans ce pays, moi qui n'ai jamais été mis en situation d'en éprouver la terrifiante puissance ? Je n'en ai guère la prétention. Un réflexe de sociologue me fait penser que la peur ne gagne pas tout le monde, qu'il y

1. Alison Des Forges (éd.), *Aucun témoin ne doit survivre*, *op. cit.*, p. 81.

a probablement des foyers de résistance à la peur, selon les régions et les individus. Un réflexe d'historien oriente mon attention sur le fait que cette peur prospère sur la mémoire des massacres, comme on l'a déjà souligné. Un réflexe de politiste me fait noter que cette peur se construit en miroir par rapport à un autre pays : ici, le Burundi.

C'est ce qui est le plus frappant en ce moment du drame : découvrir le film des événements sous un autre jour, celui de l'histoire particulière de ce binôme étrange Rwanda-Burundi. L'un et l'autre n'ont-ils pas été depuis leur « indépendance » comme de faux jumeaux dont les histoires interagissent l'une sur l'autre ? Ils partagent la même « carte ethnique » à quelques différences près, tout en étant attachés à leur propre identité « nationale ». Lorsqu'une « crise ethnique » survient chez l'un, elle a inévitablement des conséquences chez l'autre. Dans les années 1960, la peur se propage au Burundi, provenant du Rwanda après les massacres de Tutsi de décembre 1963 et janvier 1964. En revanche, au début des années 1970, c'est la peur qui revient du Burundi vers le Rwanda, à la suite du massacre des quelque 100 000 Hutu burundais de 1972. Cet événement favorise alors le déclenchement d'émeutes anti-Tutsi en 1973 au Rwanda, qui sont instrumentalisées par le président Kayibanda pour se maintenir au pouvoir, ce qui n'empêche pourtant pas l'ascension d'Habyarimana en juillet de la même année. Tout se passe donc comme si les rapports en miroir du Rwanda et du Burundi avaient favorisé cette montée de la violence, à travers des mobilisations identitaires de plus en plus radicales.

Cette remarque me semble essentielle du point de vue de la méthode d'analyse : mettre en relation les histoires imbriquées du Rwanda et du Burundi, c'est se donner les moyens de comprendre l'engrenage de la violence qui, à travers une peur partagée, tend à franchir de nouveaux paliers. Bien entendu, les variables internes à chaque pays restent déterminantes. Mais c'est leur interaction, avec des facteurs externes proches, qui est de nature à radicaliser bien davantage le conflit.

Serbie-Croatie : un tandem fratricide

D'ailleurs, en Yougoslavie, le tandem fratricide Serbie-Croatie présente aussi ce type de configuration. Mais il prend une tournure différente, car les propagandes nationalistes respectives des deux nations laissent carrément entrevoir la possibilité d'une confrontation armée directe. À la fin des années 1980, on aurait pu s'attendre à ce que la tension monte bien davantage entre la Serbie de Milosevic et les Albanais du Kosovo. Mais ceux-ci ne réagissent pas alors par une résistance armée contre laquelle les Serbes auraient pu tout de suite riposter. Bien au contraire, le leader des Albanais du Kosovo, Ibrahim Rugova, élu clandestinement président de la République le 24 mai 1992, se prononce résolument en faveur d'une résistance pacifique, car il est convaincu que le recours à la lutte armée serait un piège dont Milosevic pourrait aussitôt se servir pour écraser davantage les Kosovars. Le conflit entre les Serbes et les Albanais du Kosovo va donc rester au cours de ces premières années de 1990 de très faible intensité.

C'est en revanche entre les deux nations qui ont « fait » l'État yougoslave que montent les risques de violence. C'est de leur entente qu'est née la première Yougoslavie en 1918 et la seconde en 1945. C'est à travers leur confrontation que l'État fédéral a toutes les chances de s'effondrer. Or, comme on l'a vu précédemment, la montée du nationalisme dans la région est associée à la montée de la peur, et vice versa. Les propagandes nationalistes serbe et croate attestent précisément ces accusations en miroir qui ne peuvent qu'accroître les tensions, à partir de la reviviscence de la mémoire des massacres de la Seconde Guerre mondiale. Étant donné le chevauchement des minorités, cette volonté de construire des États nationaux territoriaux ne peut que conduire à une crise ouverte. La Croatie, par exemple, compte quelque 600 000 Serbes, dont près de la moitié réside en Krajina et en Slavonie. Dès la fin des années 1980, Belgrade et Zagreb commencent à s'affronter par le biais de cette minorité serbe de Croatie. Effrayée par la montée du nationalisme croate de Tudjman, celle-ci est soutenue par Belgrade qui la pousse alors à la révolte armée pour rejoindre le giron de l'État national serbe. Sauf entente de dernière minute, la guerre n'est plus loin.

De fait, le 25 mars 1991, Tudjman et Milosevic vont secrètement se rencontrer à Karadjordjevo, non pour faire la paix mais pour s'entendre sur le partage de la Bosnie-Herzégovine, où vivent également des minorités croate et serbe importantes. « Mais leur interprétation de l'accord différait, souligne le Premier ministre yougoslave de l'époque, Ante Markovic. Milosevic disait que la Bosnie-Herzégovine était une entité artificielle créée par Tito [et que] la majorité des musulmans y vivant étaient en fait des orthodoxes convertis par la force [...]. Il m'a annoncé qu'ils avaient prévu une enclave pour abriter les musulmans [...]. Quant à Tudjman, il m'a déclaré que l'Europe ne permettrait pas qu'un État musulman se crée en son cœur [et que], de toute façon, les musulmans étaient d'anciens catholiques qui avaient été contraints de se convertir à la confession islamique[1]. » Quoi qu'il en soit, les deux nations les plus puissantes de la Yougoslavie se

1. Tribunal pénal international pour l'ex-Yougoslavie, procès Milosevic, audience du 23 octobre 2003.

préparent à « avaler » l'essentiel de ces territoires. Là aussi, la guerre est bien proche.

Allemagne nazie-Union soviétique : le choc des totalitarismes

Si l'identification de ces binômes conflictuels – Rwanda-Burundi, Serbie-Croatie – a du sens, alors il paraît intéressant d'explorer l'importance stratégique au potentiel explosif du binôme Allemagne nazie-Union soviétique. On connaît les vives critiques adressées au philosophe allemand Ernst Nolte lorsqu'il a défendu l'idée que le nazisme s'était principalement construit en réaction à la formation de l'Union soviétique. Les conditions étaient alors réunies, selon lui, pour le développement d'une vaste guerre civile européenne, née de la confrontation entre bolchevisme et nazisme[1]. Nolte en tire une conclusion morale : les crimes du communisme sont plus condamnables que ceux du nazisme, puisque les seconds constituent une réaction aux premiers. Ce raisonnement le conduit aussi à occulter les causes du nazisme proprement internes à l'Allemagne, à savoir l'antisémitisme germanique sur lequel a prospéré le fanatisme d'Hitler. De ce double point de vue, son argumentation n'est pas acceptable. Il eût fallu mettre en perspective à la fois les causes internes et externes de la montée du nazisme, sans chercher à les hiérarchiser les unes par rapport aux autres.

Cependant, force est de reconnaître qu'il a raison de mettre en relation l'Allemagne nazie et l'Union soviétique comme constituant le binôme stratégique duquel pouvait

1. Ernst Nolte, *La Guerre civile européenne, 1917-1945*, Paris, Éd. des Syrtes, 2000.

résulter une confrontation européenne majeure. Il a raison aussi d'accorder une grande importance à la peur, qu'il considère comme le principal ressort du nazisme : peur de voir disparaître une Allemagne traditionnelle menacée par le communisme – peur d'autant plus compréhensible que plusieurs dirigeants bolcheviques avaient annoncé qu'ils entendaient bien exterminer leurs ennemis et que les communistes pourraient bien un jour conquérir le pouvoir en Allemagne même. Il y a donc, ici aussi, un rapport antagoniste majeur entre des doubles rivaux. Nolte consacre d'ailleurs un chapitre de son livre à l'étude de leurs propagandes en miroir[1]. Le pacte germano-soviétique de 1940 pourrait paraître incompréhensible s'il ne permettait aux deux puissances de s'entendre pour se partager la Pologne[2]. Un accord qui n'est pour Hitler qu'un « arrangement stratégique nécessaire et purement provisoire », qui ne constitue aucunement une solution de rechange à sa vision raciale et impérialiste[3].

La passivité de la « communauté internationale »

Ainsi, de quelque côté que l'on se tourne, chaque région examinée se caractérise par un haut potentiel de violence, contenue ou déjà en train de s'exprimer. Dès lors, une question importante s'impose : que peut faire ce qu'on nomme aujourd'hui la « communauté internationale » ? À quelles conditions et avec quels moyens pourrait-elle

1. Ainsi le chap. IV, « Les structures de deux États à parti unique », comporte une section traitant de « L'image de soi et l'image des autres dans la littérature et la propagande », p. 417-438.
2. Un peu comme Milosevic et Tudjman tentent de s'accorder pour se partager la Bosnie-Herzégovine.
3. Ian Kershaw, *Hitler*, *op. cit.*, p. 237.

intervenir dans la crise ? Bien que convenue, l'expression « communauté internationale » est étrange. C'est un bel exemple d'oxymoron. L'international est en effet tout sauf une affaire « communautaire », tant les intérêts des États peuvent être contradictoires. Quand on parle de la « communauté internationale », on évoque surtout le rôle des grandes puissances qui, précisément parce qu'elles sont puissantes, peuvent imposer leur loi aux plus petites, ou se liguer contre un État menaçant pour lui faire entendre raison par la pression ou la contrainte, au besoin par la force armée. Par-delà ce point de vocabulaire, la question est tout à fait cruciale pour le devenir de la crise : ladite communauté internationale peut-elle en quelque manière freiner, juguler, contenir le processus de violence qui est en train de prendre de l'ampleur ? Encore faudrait-il pour cela qu'elle ait une perception claire de ses enjeux et qu'à partir de cette analyse elle ait véritablement la volonté d'agir. Or, dans les crises ici examinées, elle est singulièrement passive. Comment qualifier cette inertie quasi générale : indifférence, ignorance, hypocrisie, lâcheté ? Tous ces mots sont pertinents – en dépit de la connotation morale attachée à certains –, car on observe dans chaque crise une combinaison plus ou moins complexe de ces diverses attitudes.

Soulignons que, le plus souvent, la supposée communauté internationale ne semble pas voir venir la crise, ou fait comme si elle ne la voyait pas. Le cas de la Yougoslavie est à cet égard exemplaire. À la fin des années 1980, le monde vit à l'heure de la *Glasnost* que Mikhaïl Gorbatchev a lancée à Moscou. L'ouverture du mur de Berlin, le 9 novembre 1989, est un événement mondial, d'autant plus sensationnel que nul expert ne le croyait possible sans qu'aucun coup de feu soit tiré. Mais que va-t-il désormais se passer ? Comment les relations entre les deux Allemagnes vont-elles évoluer ? Et l'URSS elle-même ne va-t-elle pas s'effondrer ? Obnubilés par ces bouleversements, Européens et Américains ne se préoccupent pas de la Yougoslavie. De toute façon, celle-ci fait partie *a priori* des États plutôt « gentils » puisque, ouverte sur l'Ouest depuis des années, elle appartient au camp des non-alignés. Qui repère alors la charge explosive du discours de Milosevic lors de l'énorme rassemblement du 28 juin 1989 au Kosovo ? Qui s'inquiète de sa décision, un an plus tard, de supprimer l'autonomie de la province ? Le monde a la tête ailleurs, ce qui arrange bien les affaires des nationalistes serbes ou croates [1]. L'armée yougoslave, dont Milosevic a réussi à prendre le contrôle, se prépare à l'action en 1991. Le putsch de Moscou, même raté, contribue encore à focaliser l'attention internationale sur l'URSS. Pas sur la Yougoslavie. Puis c'est l'agression de l'Irak contre le Koweït, le 2 août 1990, qui détourne les regards de l'Est européen vers le Moyen-Orient.

Pendant ce temps, la minorité serbe de Croatie se prépare à faire sécession, recevant des armes de la Serbie. À Belgrade, l'armée se dit prête à agir, mais craint que les États occidentaux qui sortent tout juste de la guerre du Golfe ne tentent d'intervenir en Yougoslavie, crainte qui se révèle vite infondée. L'étude comparée des archives diplomatiques des grandes puissances permettra sans doute un jour de se faire une idée plus précise de la manière dont elles se préoccupaient ou non, en 1990 et 1991, du devenir de la Yougoslavie. Mais que leurs diplomates en poste à Belgrade les aient ou non sérieusement alertées sur l'évolution de la situation, elles n'en ont visiblement pas tenu compte [2].

1. Parmi les quelques chercheurs clairvoyants des violences en gestation, je signalerai Joseph Krulic, « La crise du système politique dans la Yougoslavie des années 1980 », *Revue française de science politique*, vol. 39, n° 3, juin 1989, p. 245-258.

2. Voir à ce sujet les mémoires du dernier ambassadeur américain en Yougoslavie, Warren Zimmermann, *Origins of a Catastrophe :*

Dans le cas du Rwanda, on ne peut même pas invoquer l'aveuglement sur la crise à venir. En effet, à la suite des accords d'Arusha, la communauté internationale est déjà sur place, du fait de la présence des forces de la Minuar, commandées par le général canadien Roméo Dallaire. Or, celui-ci se rend vite compte du risque croissant de massacres à grande échelle. Dans un télégramme adressé à l'ONU le 11 janvier 1994, il écrit : « Nous n'avons aucune raison de penser que de tels faits ne pourront pas se répéter et ne se répéteront pas dans l'une ou l'autre des régions de ce pays où les armes prolifèrent et où les tensions ethniques sont générales[1]. » Ce télégramme n'est que l'un des signaux d'avertissement émis en 1993-1994 : il faut y ajouter un rapport du service de renseignements belge, de plusieurs organisations de défense des droits de l'homme, sans compter la découverte de caches d'armes et les propos racistes tenus sur les ondes de la toute nouvelle Radio-Télévision des Mille Collines. « Impossible donc de croire que les partenaires occidentaux ignoraient ce qui se tramait[2] », écrit Jean-Pierre Chrétien.

Ce qui domine, dans les milieux diplomatiques, ce n'est donc pas l'ignorance, mais le refus de tout engagement. Le Rwanda, petit État africain, sans grand intérêt stratégique, sans richesses naturelles, n'intéresse pas les grandes puissances, sauf la France ou les États-Unis qui y voient un atout pour renforcer leur présence dans cette région. Mais, depuis la signature des accords d'Arusha, Paris tend à se désengager, eu égard au pourrissement de

---

Yugoslavia and its Destroyers. America's Last Ambassador Tells What Happened and Why, New York, Times Books, 1996.

1. Cité dans Alison Des Forges (éd.), *Aucun témoin ne doit survivre*, *op. cit.*, p. 176-177.

2. Jean-Pierre Chrétien, « Le nœud du génocide rwandais », *Esprit*, n° 7, juin 1999.

la situation interne du pays. L'arrivée de l'ONU lui en donne le prétexte. Mais l'ONU ne fait rien, en dépit des demandes réitérées du général Dallaire qui réclame plus de moyens.

Une telle indifférence n'est pas nouvelle. Que l'on songe aux massacres qui ont marqué l'histoire du Rwanda depuis son indépendance ou à ceux qui ont aussi été perpétrés au Burundi : les grandes puissances n'ont guère été actives pour y mettre un terme. Les conflits qui éclatent sur le continent africain sont perçus comme secondaires par rapport à ceux qui concernent la zone du Moyen-Orient et plus globalement la confrontation Est/Ouest en Europe. Sans doute l'intervention française au Burundi, en octobre 1993, après l'assassinat de Melchior Ndadaye, premier président hutu de ce pays, ferait-elle un peu exception à la règle, un point de vue qui est toutefois très contesté. Néanmoins, pour le journaliste Stephen Smith, celle-ci aurait alors permis de limiter les massacres perpétrés par les Hutu qui descendaient des collines pour venger « leur » président, et de freiner les excès dans la répression. Le bilan de ces massacres (80 000 morts, d'abord tutsi, puis hutu) aurait pu être plus lourd[1]. Pourtant, dans cette région, celui qui massacre n'a pas à redouter de représailles de la communauté internationale. De là à penser que cette passivité internationale est une manière de laisser la voie libre à des massacreurs potentiels, au Rwanda ou ailleurs, il n'y a qu'un pas que les événements vont bientôt se charger de franchir tragiquement.

Quant à l'Allemagne nazie, on ne peut guère soutenir que le monde n'était pas informé de ce qui s'y déroulait.

1. Stephen Smith, « France-Rwanda : évirat colonial et abandon dans la région des Grands Lacs », dans André Guichaoua (éd.), *Les Crises politiques au Burundi et au Rwanda (1993-1994)*, *op. cit.*, p. 452.

L'argument de l'ignorance peut encore moins être avancé pour l'une des plus grandes nations européennes que pour tout autre pays. Mais l'information n'est que l'un des éléments qui conduisent à l'action. Tout dépend du contexte de réception de cette information et des catégories d'analyse utilisées pour l'interpréter. Or les grandes puissances de l'époque, encore marquées par le traumatisme de la Première Guerre mondiale, n'ont pas voulu prendre, au cours des années 1930, la mesure de la réalité de la menace hitlérienne. À cet égard, la liste des occasions ratées, qui auraient pu leur permettre de faire preuve de fermeté, est éloquente. Passons sur le retrait de l'Allemagne de la Société des Nations dès décembre 1933, ou même sur l'annonce en 1935 du rétablissement du service militaire obligatoire et de la constitution d'une nouvelle armée allemande, en violation flagrante du traité de Versailles. Mais que dire de la réoccupation de la Rhénanie le 7 mars 1936, qui abrogeait *de facto* une clause du traité de Versailles ? Au dernier moment, Hitler avait hésité à faire ce « coup », que ses diplomates lui déconseillaient. Mais, très vite, il apparut que l'audace avait payé. Hitler jubilait et Goebbels pouvait noter dans son journal : « Le Führer est rayonnant. L'Angleterre reste passive, la France ne bouge pas, l'Italie est déçue et l'Amérique s'en désintéresse[1]. » Point n'est besoin non plus de revenir sur la signature des accords de Munich, les 29 et 30 septembre 1938, qui permettent à Hitler d'annexer les Sudètes avec le consentement de la France et de la Grande-Bretagne. Approuvés par les opinions publiques de ces deux pays, ces accords restent le symbole de la capitulation des démocraties occidentales face à la diplomatie ravageuse d'un État totalitaire, dont on ne veut pas voir qu'il se prépare à la guerre.

1. Cité dans Ian Kershaw, *Hitler*, *op. cit.*, p. 206.

Plus intéressante encore pour notre propos est l'attention que les nazis portent aux possibles protestations internationales consécutives à la persécution croissante de la minorité juive. Les considérations tactiques de Martin Bormann, au moment de l'organisation des Jeux olympiques de 1936, montrent bien qu'ils raisonnent en tenant compte de cette variable : « En raison d'impératifs de politique extérieure, écrit-il, nous devons dans le combat contre le judaïsme agir de manière un peu plus réservée, tout en sachant fondamentalement que le but du NSDAP est irrévocablement fixé : exclure le judaïsme de tous les domaines de la vie de la nation allemande[1]. » De même, l'assassinat du principal responsable nazi suisse, Wilhelm Gustloff, en février 1936, ne donne pas lieu à des représailles durant cette même période de préparation des Jeux. En revanche, le meurtre à Paris, le 7 novembre 1938, d'Ernst von Rath, premier secrétaire de l'ambassade d'Allemagne, offre un prétexte pour déclencher la nuit de Cristal.

Le contexte est alors fort différent, puisque les fameux accords de Munich viennent d'être signés ; les nazis parient donc une nouvelle fois sur la passivité des grandes puissances. Ils ne se trompent pas. Les protestations sont parfois vives dans certains pays, surtout au sein des opinions publiques des Pays-Bas et de Grande-Bretagne. Mais les États, eux, ne réagissent pas : ils demeurent des « États spectateurs[2] ». Certes, les États-Unis rappellent aussitôt leur ambassadeur à Washington, mais le sous-secrétaire d'État George Messersmith limite le sens de ce geste : « Le fait de rappeler notre ambassadeur "pour

1. Cité dans Dominique Vidal (éd.), *Les historiens allemands relisent la Shoah*, Bruxelles, Complexe, 2002, p. 43-45.

2. Rita Thalmann et Emmanuel Feinermann, *La Nuit de Cristal*, Paris, Robert Laffont, 1972, p. 197.

consultation" ne peut en aucune façon gêner nos relations politiques ou commerciales avec l'Allemagne et nos intérêts dans ce pays n'en souffriront pas[1]. » Le geste de la Maison-Blanche vise à frapper l'opinion publique allemande et plus encore à garder le contrôle de l'opinion publique américaine, indignée par la nuit de Cristal.

Cette passivité des États envers la persécution antisémite en Allemagne est à mettre en rapport avec leur refus d'accueillir les réfugiés juifs qui fuient l'Allemagne et l'Autriche. L'attitude de la Suisse est bien connue, mais ce sont en réalité toute l'Europe, les États-Unis et même l'Australie qui n'en veulent pas. La conférence internationale d'Évian, qui s'est tenue du 6 au 15 juillet 1938, à l'initiative du président Roosevelt, a bien montré que cette attitude de fermeture était partagée par tous les États. Si la plupart expriment leur sympathie envers les juifs persécutés, ils affirment néanmoins que la situation économique et sociale de leur pays ne permet pas d'accroître les contingents d'immigration. Cette conférence, qui ne débouche sur rien de concret, apporte aux dirigeants nazis une nouvelle preuve que les États, en dépit de leurs protestations indignées, ne feront rien pour les réfugiés juifs allemands et autrichiens. L'écrivain protestant Jochen Klemmer note dans son journal, à la date du 23 août 1938 : « Depuis que la conférence d'Évian a prouvé que l'étranger ne porte pas secours aux juifs allemands, tout est devenu beaucoup plus tragique[2]. »

De quelque côté que l'on se tourne, la violence qui s'exprime déjà dans un pays ou dans une région ne se heurte, sur le plan international, à aucun des obstacles ou interdits qui seraient de nature à la freiner. Les acteurs locaux peuvent même parfois être protégés, ou se croire

1. *Ibid.*, p. 227.
2. *Ibid.*, p. 31-32.

protégés, par une grande puissance qui, en quelque sorte, leur apporte une « couverture » internationale de premier plan. Cette protection contribue à leur donner un sentiment d'impunité, et aussi à dissuader d'autres États d'intervenir directement dans la crise. Il en est ainsi des rapports tutélaires qui se sont installés entre la France et le Rwanda, et qui caractérisent également, dans une certaine mesure, les relations entre des militaires soviétiques et yougoslaves[1]. D'autres cas viennent encore à l'esprit, par exemple les rapports entre le Cambodge de Pol Pot en 1975 et la Chine communiste, le gouvernement jeune-turc en 1915 et l'Allemagne impériale, le Chili ou l'Argentine du milieu des années 1970 et les États-Unis. Mais notons que ce schéma ne fonctionne pas pour l'Allemagne nazie, qui n'est sous la tutelle d'aucune autre puissance. Aussi convient-il de rechercher un cadre d'interprétation encore plus large.

Dans la sociologie des mouvements sociaux, Sidney Tarrow a avancé la théorie de la « structure des opportunités politiques ». Selon lui, la réussite ou l'échec d'un mouvement social dépend d'une conjonction de facteurs de contexte, qui favorisent ou non son développement[2]. J'en dirais autant d'un processus de violence pouvant conduire au massacre. Il y a aussi une structure d'occasions favorables qui facilite le passage à l'acte. Son déclenchement dépend d'un certain nombre de facteurs internes (explorés au chapitre II) et externes (examinés ici). Sans doute les

1. Voir à ce sujet ce qu'en dit Paul Garde, *Vie et mort de la Yougoslavie*, *op. cit.*

2. Sidney Tarrow a principalement développé sa théorie à partir de l'étude des « années de plomb » dans l'Italie de la fin des années 1960. Celle-ci vise à mesurer le degré d'ouverture et de vulnérabilité d'un système politique aux mobilisations sociales. Pour une présentation de cette approche, se reporter à Erik Neveu, *Sociologie des mouvements sociaux*, Paris, La Découverte, 1996, p. 102-105.

acteurs conservent-ils une marge de manœuvre pour enrayer le processus : ne sombrons pas dans un déterminisme fataliste ; qui étudie l'histoire des hommes sait que celle-ci est riche en rebondissements inattendus, qu'elle reste donc ouverte à l'avenir. Il est pourtant clair que plus les acteurs en mesure d'intervenir efficacement dans la crise tardent à le faire, plus leur marge de manœuvre devient étroite. S'ils continuent à demeurer passifs, la dynamique conflictuelle a toutes les chances de monter en puissance et de basculer finalement dans la guerre.

Le basculement dans la guerre

Or la guerre a aussi une histoire. Dans quelle mesure cette histoire pèse-t-elle sur ce qui se joue alors à Berlin, Belgrade ou Kigali ? Bien souvent, l'histoire de la guerre a été racontée comme une épopée, à l'instar du Grec Homère, ou pensée du point de vue de la stratégie, comme, en des temps tout aussi anciens, par le Chinois Sun Tse. De manière plus provocante, on pourrait parler de l'histoire d'amour que les hommes entretiennent avec la guerre. Qu'on le déplore ou non, les hommes, du moins certains d'entre eux, se passionnent pour la guerre et aiment faire la guerre. Il ne sert à rien de nier ce penchant de l'être humain à chercher dans la guerre tout autant la gloire que la mort. « Il faut garder à l'esprit, écrit l'historien militaire israélien Martin Van Creveld, que le combat a souvent été considéré non pas comme un simple spectacle, mais comme le plus grand de tous [1]. » Mais cette fascination du spectacle grandiose de la guerre masque les horreurs de ses champs de bataille. C'est pourquoi

1. Martin Van Creveld, *La Transformation de la guerre*, Monaco, Éd. du Rocher, 1998, p. 212.

j'aborderai ici le phénomène guerrier à travers sa face la plus sombre, celle qu'on a précisément tendance à occulter dans le récit militaire, mais que des historiens comme Joanna Bourke, Annette Becker et Stéphane Audoin-Rouzeau ont cherché à réhabiliter : celle de la violence du champ de bataille et, en fin de compte, du massacre[1].

Car la guerre est évidemment de nature à « produire » le massacre. Certes, le massacre n'est pas toujours perpétré en situation de guerre. La nuit de Cristal, en 1938, est l'exemple d'un pogrom exécuté « à froid », en temps de paix. En Ukraine, la famine des koulaks est déclenchée par Staline alors que l'Union soviétique n'est pas en guerre ; et toute guerre ne conduit pas de manière inéluctable au massacre, notamment quand elle se définit comme une activité organisée et violente qui implique avant tout l'engagement de soldats – plus ou moins motivés ou payés pour se battre – et non celui de populations civiles non combattantes.

Mais depuis la nuit des temps, la guerre fait bon ménage avec le massacre, y compris chez les Grecs. Nous avons tendance à idéaliser leur civilisation parce qu'ils nous ont légué la « démocratie ». Cependant, les Grecs avaient leurs « barbares » qu'ils traitaient sans pitié. Thucydide, le chroniqueur des guerres du Péloponnèse, consacre plusieurs pages au récit du massacre des habitants de Mélos par Athènes en 416 av. J.-C.[2] : un épisode que certains auteurs considèrent comme l'un des premiers

1. Joanna Bourke, *An Intimate History of Killing. Face-to-Face Killing in Twentieth-Century Warfare*, Londres, Granta Books, 1999 ; Annette Becker et Stéphane Audoin-Rouzeau, *14-18. Retrouver la guerre*, Paris, Gallimard, 2000.

2. Thucydide, *Les Guerres du Péloponnèse*, Paris, Les Belles Lettres, 1964-1972, t. II, livre V, chap. 84-116.

« génocides » connus de l'Histoire[1]. On peut aussi lire ou relire la Bible, en s'arrêtant sur ces prescriptions de l'Ancien Testament : « Tu supprimeras tous les peuples que le Seigneur ton Dieu te livrera sans t'attendrir sur eux » (Deutéronome 7,16), et encore : « Les villes de ces peuples-ci que le Seigneur te donne en héritage sont les seules où tu ne laisseras subsister aucun être vivant. En effet, tu voueras totalement à l'interdit le Hittite, l'Amorite, le Cananéen, le Périzzite, le Hivvite et le Gébusite, comme le Seigneur ton Dieu te l'a ordonné, afin qu'ils ne vous apprennent pas à agir suivant leur manière abominable d'agir pour leur Dieu. Vous commettriez un péché contre le Seigneur votre Dieu » (Deutéronome 20,10-18). Sans doute ces textes sont-ils sujets à interprétation en fonction du contexte dans lequel ils ont été écrits. Ils nous disent pourtant quelque chose de profond sur l'histoire de l'humanité et sur son rapport à la violence.

Le massacre accompagne donc souvent la guerre, surtout quand le vainqueur s'autorise la vengeance contre le vaincu ou quand il tue les soldats de l'ennemi, une fois désarmés. Dans ses *Mémoires d'outre-tombe*, Chateaubriand ne manque pas de reprocher à Napoléon des actes violant le « droit de l'humanité », par exemple son ordre de faire exécuter, le 10 mars 1799, des soldats vaincus au cours de la campagne de Syrie[2]. Le massacre permet aussi l'enrichissement rapide, par le pillage des biens des populations qu'on tue ou qu'on force à partir. Autant dire que, de la guerre antique à la guerre moderne en passant par la guerre coloniale, le massacre est presque toujours là, non comme un

1. Par exemple, Frank Chalk et Kurt Jonassohn, *The History and Sociology of Genocide*, *op. cit.*

2. François René de Chateaubriand, *Mémoires d'outre-tombe*, Paris, Librairie générale française. 1973, t. II, p. 102.

« excès » de la guerre, mais bien comme l'une de ses dimensions.

Tentons cependant d'être plus précis. Les crises que connaissent l'Allemagne, la Yougoslavie et le Rwanda nous plongent dans l'histoire du XXe siècle, un siècle qui se caractérise par une extraordinaire augmentation du nombre des victimes non combattantes. Les chiffres sont en effet impressionnants : on estime que, dans les conflits guerriers, la proportion de civils parmi les victimes passe de 10 % au début des années 1900 à près de 90 % à la fin du XXe siècle. Cette évolution tient à l'invention de moyens et techniques de destruction de plus en plus puissants, à commencer par celle de la dynamite en 1866 par Alfred Nobel. Les progrès de l'industrialisation augmentent par ailleurs considérablement la puissance de feu des armées modernes, qui peut donc faire beaucoup plus de victimes parmi les civils. Mais cette évolution technologique n'offre qu'une partie de l'explication. Simultanément, la manière de penser la guerre s'est profondément transformée, à partir de la fin du XVIIIe siècle.

Selon l'historien anglais John Horne, le modèle du « peuple en armes », hérité de la Révolution française, a engendré ce qu'il nomme la « politisation de la guerre » : la doctrine de la souveraineté nationale enrôle chaque citoyen selon des modalités sans précédent. Ainsi l'héritage de la « levée en masse », c'est-à-dire l'enrôlement contraint des « citoyens masculins » dans les armées, bouleverse-t-il les représentations de soi et de l'ennemi.

La politisation de la guerre

Cette levée en masse met d'abord en œuvre une mobilisation totale de la population pour la guerre, idée qui atteint son apogée dès la Première Guerre mondiale. Si tous les hommes (jeunes) sont appelés à l'armée, le restant de la population est également invité à participer à l'effort de défense. L'État exprime ainsi la volonté de mobiliser toutes les ressources du pays – non seulement militaires, mais aussi humaines, économiques et idéologiques. En 1793, les femmes et les enfants sont appelés à fabriquer des armes et les personnes âgées à dénoncer les tyrans[1]. Désormais, la guerre implique donc la mobilisation du peuple entier. De ce fait, la distinction formelle entre combattant (armé ou pas) et non-combattant tend à disparaître. Ce brouillage des rapports entre militaire et civil, entre combattant et non-combattant, se retrouve au cœur de la quasi-totalité des conflits contemporains.

Conséquence capitale de ces changements : les représentations de l'ennemi s'en trouvent bouleversées. En effet, la doctrine de la mobilisation totale conduit logiquement à faire de toute la population adverse une cible militaire. Chaque segment du pays est perçu comme potentiellement hostile, puisqu'il constitue une partie des ressources politiques, économiques et culturelles de celui-ci. Ainsi, dès le début de la Première Guerre mondiale, les armées allemandes qui envahissent la Belgique et la France s'imaginent aux prises avec un soulèvement de la population civile, une guerre de « francs-tireurs »[2]. En outre, chez tous les belligérants se constituent des représentations déshumanisées de l'ennemi, accusé de commettre les pires atrocités, que celles-ci soient avérées ou non. Comme les auteurs de ces atrocités pourraient aussi bien être des civils, les représailles (ou les mesures visant à prévenir de tels actes) ne les épargnent pas.

1. John Horne, « Populations civiles et violences de guerre », *Revue internationale des sciences sociales*, n° 174, décembre 2002.

2. *Id.* et Alan Kramer, *German Atrocities, 1914. A History of Denial*, New Haven, Yale University Press, 2001.

Dans un combat qui mobilise toutes sortes de ressources (y compris la propagande), la nation victorieuse sera celle qui la première aura brisé la résistance matérielle et morale de l'adversaire. La distinction entre « front » et « arrière » tend à disparaître dans le cadre de cette guerre totale, théorisée au début des années 1930 par Erich Ludendorff. Pour ce stratège allemand, la guerre totale, qui exige une cohésion absolue du peuple, vise à anéantir l'adversaire, en frappant en profondeur ses arrières, en détruisant ses infrastructures économiques et ses populations civiles [1]. Comment frapper ses arrières ? Mais par la toute nouvelle aviation, affirme le général Giulio Douhet. La guerre de notre siècle est intégrale, écrit-il pour sa part *(« guerra integrale »).* Au-delà de la mobilisation pour l'effort de guerre, les civils sont devenus les vrais sujets de la guerre. Et l'arme aérienne est devenue la seule décisive : selon lui, il faut désormais porter la dévastation derrière les lignes ennemies, frapper les objectifs vulnérables, concentrations industrielles, énergétiques, militaires, voire humaines [2].

Cette politisation de la guerre explique le développement de la violence contre les civils sous un autre aspect : celui de la mobilisation politique et culturelle contre des minorités nationales ou des éléments étrangers, présentés comme des ennemis intérieurs. À cet égard, « les massacres de septembre 1792 dans un Paris, capitale de la Révolution, où la peur de l'invasion se double de la hantise d'un complot "contre-révolutionnaire", représentent l'événement matriciel dans cette élaboration de l'ennemi

1. Erich Ludendorff, *La Guerre totale*, Paris, Payot, 1936.

2. Voir Dominique David, « Douhet ou le dernier imaginaire », *Stratégiques*, 49, n° 1, 1991, et son article dans Thierry de Monbrial et Jean Klein (éd.), *Dictionnaire de stratégie*, Paris, PUF, 2000, p. 194-195.

intérieur sous sa forme moderne[1] ». Les violences les plus extrêmes envers des civils pendant la Première Guerre mondiale sont également de ce type. Dès août 1914, une vague de xénophobie se déclenche contre l'espion imaginé ou l'envahisseur occulte. Des minorités, suspectées comme agents ou sympathisants de l'ennemi, subissent une marginalisation morale ou, pire, sont exclues du processus de mobilisation. Les déportations forcées et les pogroms provoqués par l'armée russe au cours de sa retraite de 1915 visent des populations frontalières, dont beaucoup sont russes. C'est encore plus clair dans le cas du massacre de masse des Arméniens déjà évoqué. Ceux-ci ne sont pas seulement définis par les Jeunes-Turcs comme un obstacle à la construction d'un État moderne ; ils sont perçus, dans le contexte de la guerre, comme les alliés de la Russie adverse et, par conséquent, comme des traîtres à la nation turque. En Allemagne même, en 1916, le recensement des juifs à l'armée, accusés par les milieux nationalistes d'être des « embusqués », contribue à une démonologie de l'ennemi intérieur, dont l'antisémitisme va devenir un élément central.

1. John Horne, « Populations civiles et violences de guerre », art. cit. Au moment où le duc de Brunswick, à la tête de 80 000 hommes, envahit la France révolutionnaire (prise de Longwy, 22 août 1792), dans un Paris surchauffé, les prêtres réfractaires sont désignés comme des traîtres à « la Patrie en danger ». Déjà déclarés suspects par la loi du 27 avril 1792, certains d'entre eux sont arrêtés fin août à Paris et en province. Quand la nouvelle de la prise de Verdun par les Prussiens (1er septembre) arrive dans la capitale, la psychose collective de la trahison de l'intérieur les désigne comme représentants d'un clergé qu'on croit lié par des intérêts multiples à la noblesse qui s'apprête à écraser la Révolution. Dans ce climat de psychose, certains vont être massacrés entre les 2 et 5 septembre dans la capitale et en province (Meaux, Provins). Le bilan officiel dénombrera 1 100 morts, dont 260 ecclésiastiques résidant à Paris (115 aux Carmes, 67 à Saint-Firmin, 22 à l'Abbaye).

En somme, la figure de l'ennemi extérieur tend à rejoindre celle de l'ennemi intérieur. C'est précisément la situation de guerre qui provoque ce télescopage. En temps de paix, la propagande avait déjà pu contribuer à construire la figure de l'ennemi intérieur. Voici que le temps de guerre vient en quelque sorte valider son discours. La guerre permet d'« autoréaliser » la prophétie : « Il y a un ennemi intérieur qui nous veut du mal. Et cet ennemi intérieur tend à être le même que notre ennemi extérieur. » La conséquence évidente de l'entrée en guerre est de permettre ainsi de « resserrer les rangs » contre ce double ennemi. Cette crise d'identité du Soi, qui avait déjà abouti dans le temps de paix à la formation d'un discours sacrificiel contre un « Autre » à exclure, trouve désormais une « solution » dans la guerre. Tel est l'héritage moderne qui pèse, d'une manière ou d'une autre, sur les acteurs qui s'engagent dans la guerre, que ce soit en Allemagne, en Yougoslavie ou au Rwanda. Mais bien entendu, dans le contexte particulier qui est le leur, selon les moyens de puissance dont ils disposent, ils vont « inventer » des manières de faire la guerre contre l'ennemi intérieur-extérieur qui leur est propre.

À la conquête de l'« espace vital »

Lorsque Hitler attaque la Pologne, le 1er septembre 1939, il entend s'approprier la partie du territoire qu'il s'était attribuée en secret avec Staline. Cette agression allemande déclenche l'occupation par les Soviétiques de la partie orientale du pays, à l'est de la Vistule. La petite Pologne ne peut bien sûr rien faire. Elle compte sur son alliance avec la France et l'Angleterre. Mais celles-ci ne font rien pour voler à son secours. Une fois de plus, Hitler a parié sur leur passivité et a gagné. Va-t-il s'arrêter là ?

À peine l'opération contre la Pologne est-elle achevée qu'il demande à son état-major de préparer l'attaque de l'Europe du Nord (Danemark, Norvège), tout comme celle de la Belgique et de la France – opérations qui s'échelonneront entre avril et juin 1940. L'Europe bascule complètement dans la guerre qu'elle n'a pas voulu voir venir.

Les prémices de ce qui va devenir la Seconde Guerre mondiale entraînent des conséquences immédiates et considérables sur les populations civiles. En Allemagne même, les premiers à en souffrir sont les malades mentaux. Au nom de l'assainissement de la « race », ceux-ci ont déjà subi des mesures de stérilisation, de discrimination, d'exclusion et d'abandon. L'accélération de la marche vers la guerre conduit à préparer dans le secret, au cours de l'été 1939, leur meurtre collectif dans un programme d'« euthanasie », opérationnel dès l'automne. En Pologne, l'agression allemande s'accompagne aussitôt de l'élimination des élites polonaises, conformément aux ordres d'Hitler. En même temps commence la germanisation des territoires (notamment la Silésie) : le départ forcé des populations vers l'est permet l'installation de colons « de race germanique ». Décision est prise aussi, le 21 septembre 1939, de créer des ghettos pour y enfermer deux millions de juifs vivant dans le pays. Puis, du 12 au 30 octobre, sont organisées les premières déportations vers la Pologne de juifs d'Autriche et de Tchécoslovaquie. Du côté soviétique, le tableau est tout aussi sombre : quelques mois après avoir occupé leur part de ce pays, les Soviétiques procèdent au massacre d'officiers polonais dans la forêt de Katyn (avril 1940), tandis qu'ils organisent la déportation de juifs, Polonais, Ukrainiens, Biélorusses, etc.

Sur le plan militaire, Hitler n'a toutefois pas l'intention de s'arrêter à ces premières victoires. La stratégie de la guerre éclair, qui lui a permis de remporter des succès incroyablement rapides (surtout contre la France), lui donne des arguments pour être encore plus ambitieux. Après son échec de l'invasion de l'Angleterre, il convainc son état-major de préparer la conquête de l'Union soviétique. Les considérations stratégiques sont les plus déterminantes dans cette décision (appropriation des immenses richesses de ce pays pour ensuite se retourner contre l'Angleterre). À la conquête de leur « espace vital », les nazis se lancent ainsi vers l'Est avec un imaginaire colonial pour réduire en esclavage les populations slaves tombées sous leur domination. La conduite de l'opération *Barbarossa* par la plus grande armée jamais constituée en Europe va aussitôt avoir d'énormes conséquences sur le destin de ces populations civiles. Si cette invasion répond bien à des impératifs stratégiques, c'est aussi une guerre politico-raciale contre le « judéo-bolchevisme ». L'agression allemande contre l'Union soviétique permet d'achever la jonction entre ennemi extérieur et ennemi intérieur. Côté militaire, les soldats de l'Armée rouge vont en faire les frais, puisque la Wehrmacht va les laisser mourir de faim par millions. Dès le début de l'année 1942, deux millions de prisonniers soviétiques sont déjà morts [1]. Côté populations civiles, ce sont les juifs qui sont les principales victimes : à la faveur de la guerre, ils sont diabolisés au titre d'une double menace, interne et externe. Ainsi, les *Einsatzgruppen*, groupes armés spécialement affectés à l'extermination des juifs, opèrent, dès le début de l'invasion de l'Union soviétique, derrière les divisions allemandes, une besogne à laquelle participe également la Wehrmacht.

1. Omer Bartov, *L'Armée d'Hitler*, *op. cit.*, p. 127. Au cours de la campagne de Russie, on estime que les Allemands ont capturé plus de 5 700 000 soldats de l'Armée rouge, dont 3 300 000 ont été tués.

La guerre contre les civils

En Yougoslavie, les déclarations d'indépendance de la Slovénie et de la Croatie, le 25 juin 1991, déclenchent la crise finale de l'effondrement de la Yougoslavie. Le gouvernement fédéral de Markovic tente bien alors de maintenir la Slovénie dans l'Union ; mais rien n'y fait. De toute façon, il n'y a guère de Serbes en Slovénie et Milosevic reste assez indifférent à son départ. Ce n'est pas le cas de la Croatie, au sein de laquelle il juge bon de soutenir la minorité serbe qui demande son rattachement à Belgrade. Dès juillet 1991, les premières opérations de « purification ethnique » commencent en Croatie. Ceux avec qui on avait pu cohabiter pendant des années dans le même voisinage, sans se soucier de leur appartenance ethnique ou religieuse, deviennent subitement des « ennemis » à chasser ; à moins qu'ils ne décident de partir de leur plein gré, se sentant désormais en grande insécurité. Plus de cent mille Serbes résidaient alors dans Zagreb et ses environs, mêlés à la population. Mais le contexte de guerre rend désormais leur situation difficile et brise de nombreux couples mixtes. Plus de la moitié d'entre eux quitte la Croatie. Commence alors une guerre totale contre une population menacée, selon l'expression de Mirko Grmek, de « mémoricide » : le but n'est pas seulement de se débarrasser de ceux qui sont jugés indésirables sur le territoire à « purifier », mais d'anéantir tout souvenir qui en rappelle la présence (écoles, édifices religieux)[1].

Peu préparée à la guerre, la Croatie déclare la mobilisation générale le 26 août 1991. À Belgrade, Milosevic

1. Mirko Grmek, « Un mémoricide », *Le Figaro*, 19 décembre 1991.

affiche, vis-à-vis des grandes puissances, une volonté de préserver l'intégrité de la Yougoslavie contre les forces sécessionnistes. Mais, en pratique, l'armée « yougoslave », la JNA, dont il a pris le contrôle en dépit de certaines oppositions internes, fait tout le contraire. Le 27 août 1991, elle attaque la ville croate de Vukovar, puis, le 17 octobre, Dubrovnik. Le siège de Vukovar se termine, le 17 novembre, par le massacre de plusieurs centaines de malades de l'hôpital, ces basses œuvres étant le fait des milices, notamment des Tigres d'Arkan (cf. chapitre IV). Dans les villages aux alentours sont entreprises parallèlement des opérations de « purification ethnique ». De leur côté, les Croates tentent de prendre le contrôle de la Krajina. Les tentatives de médiation internationale ne parviennent guère à enrayer la crise, Serbes et Croates cherchant à gagner le plus de terrain possible. Les principaux États européens ne se donnent pas les moyens de mettre un terme à la guerre. La Croatie est soutenue par l'Allemagne et l'Italie, tandis que la France, l'Angleterre et l'Espagne font preuve de bienveillance, sinon de complicité, envers la Serbie.

Quelques mois plus tard, la déclaration d'indépendance de la Bosnie-Herzégovine, le 15 octobre 1991, bientôt reconnue par l'Union européenne, provoque le déclenchement de la guerre dans ce pays[1]. Dès le 6 avril, la JNA commence le siège de Sarajevo, tandis que des opérations de « purification ethnique » sont engagées le long de la vallée de la Drina, en Bosnie

1. Après cette déclaration d'indépendance du Parlement bosniaque, les Européens font valoir que celle-ci n'est pas légitimement acceptable sans l'organisation d'un référendum. Celui-ci est organisé les 28 février et 1er mars 1992, et confirme cette décision. Le 6 avril, la Bosnie fait alors son entrée aux Nations unies, étant reconnue par nombre d'États, dont les États-Unis.

orientale. Début 1993, les Croates pénètrent à leur tour en Bosnie centrale et usent des mêmes méthodes que les Serbes, incendiant les maisons, tuant leurs habitants, etc. Contraints aussi de se défendre, les musulmans bosniaques, sous l'impulsion d'Alija Izetbegovic, commettent à leur tour des atrocités contre Serbes ou Croates. Les massacres semblent ainsi s'être propagés par mimétisme, en une « ronde macabre[1] » où tous les protagonistes finissent par se ressembler. Répétition de l'Histoire ? Cette terre de Bosnie, qui avait été le théâtre d'invraisemblables actes de cruauté durant la Seconde Guerre mondiale, connaît à nouveau l'horreur, les tueries se produisant parfois dans les mêmes villages que cinquante années plus tôt.

Vers la destruction des Inyenzi

Au Rwanda, les accords d'Arusha, en août 1993, avaient laissé entrevoir un réel espoir de paix, après trois ans de guerre. Un équilibre consensuel semblait enfin s'établir entre les principaux acteurs : le président Habyarimana et son groupe, ses opposants intérieurs et le FPR. Dans les rues de Kigali, la foule accueillait le compromis avec joie, soulagée de la fin d'un conflit qui avait fait plusieurs milliers de morts et des centaines de milliers de déplacés. Au milieu de cette liesse populaire, qui pouvait alors imaginer que, neuf mois plus tard, le sang allait couler à flots de tous côtés ? L'Histoire nous réserve des renversements stupéfiants. En réalité, à peine ces accords étaient-ils signés que les radicaux des différents bords cherchaient déjà à les disqualifier. De nombreux soldats d'Habyarimana étaient frustrés que celui-ci

1. Xavier Bougarel, *Bosnie*, *op. cit.*, p. 13.

ait accepté lesdits accords, bien que l'armée n'eût pas été battue. Des officiers et divers cadres de l'administration pouvaient aussi craindre de faire les frais de leur application, dans la mesure où ils auraient été dans l'obligation de céder la place à leurs compatriotes revenus d'exil. Et des politiciens redoutaient encore leur possible mise en accusation pour leur implication dans l'exécution de différents crimes.

Enfin, les événements politiques dans le Burundi voisin vont avoir une fois de plus des répercussions dramatiques au Rwanda. Le 21 octobre 1993, un putsch d'officiers tutsi met fin à la tentative de démocratisation du pouvoir engagée par le président Melchior Ndadaye. Celui-ci est assassiné, et le Burundi connaît à nouveau un grave épisode de massacres, dans la plus parfaite indifférence internationale. Au Rwanda, ces événements provoquent aussitôt, en miroir, une radicalisation politique qui vient compromettre encore plus la viabilité des accords d'Arusha. En effet, les extrémistes hutu rwandais voient dans ce qui vient de se passer au Burundi l'urgente nécessité de se défendre contre l'ennemi tutsi, qui menace non seulement de l'extérieur (FPR), mais aussi de l'intérieur. Ils l'avaient bien dit : « On ne peut pas faire confiance aux *Inyenzi* [cancrelats]. » Et les opposants hutu au régime, qui refusaient cette ligne ethnique, ne parviennent plus vraiment à se faire entendre, voire reconnaissent, pour certains, la réalité de la menace tutsi.

En somme, un nouveau seuil vient d'être franchi : les Rwandais qui pensaient encore possible une réconciliation nationale sont de moins en moins nombreux, ou n'y croient pratiquement plus. Les extrémistes se sentent de plus en plus forts. Deux jours après l'assassinat de Ndadaye se tient à Kigali la première réunion publique du

Hutu Power, regroupement politique des radicaux hutu, conçu comme le dépassement de toutes les divisions politiques entre Hutu. Le mot d'ordre du *Hutu Power* est clair : il faut se débarrasser physiquement de la menace tutsi. Ses leaders ont-ils alors déjà décidé de passer bientôt à l'attaque ?

Toujours est-il que, quelques mois plus tard, l'assassinat du président de la République Habyarimana, dont l'avion est abattu à son atterrissage sur l'aéroport de Kigali, le 6 avril 1994, leur en donne le prétexte. Les responsabilités de cet attentat ne sont toujours pas clairement établies et ont fait l'objet de vives polémiques. Quoi qu'il en soit de ces accusations, les effets immédiats de cet événement sont bien connus. Comme au Burundi quelques mois plus tôt, la mort du président de la République provoque immédiatement des massacres. Dès le 7 avril, des centaines de Tutsi sont tués dans les rues de Kigali, ainsi que des Hutu, dont le Premier ministre, Agathe Uwilingiyimana. Le même jour, dix Casques bleus belges de la Minuar sont également assassinés. Le 8 avril, un gouvernement intérimaire est constitué à Kigali, composé de représentants politiques qui, au sein des principaux partis, étaient hostiles à toute réconciliation nationale, et dont Jean Kambanda devient le Premier ministre. Sans que son nom y apparaisse, l'ancien directeur de cabinet du ministre de la Défense, le colonel Théoneste Bagosora, en est pour ainsi dire l'éminence grise.

Les nouvelles autorités vont alors n'avoir de cesse d'appeler la population à se défendre contre le danger tutsi et les opposants hutu, lui enjoignant de participer activement à leur élimination. Mais nul ne peut encore imaginer l'ampleur que vont prendre ces massacres. Pour Gérard Prunier, ceux qui les organisent ont avant tout prévu « une sorte de Saint-Barthélemy politique[1] », un massacre de quelques milliers de personnes visant surtout les élites et les cadres, en somme, ce que James Gow a nommé un « élitocide » dans le cas de la Yougoslavie. Mais, au Rwanda, ce processus ne s'arrête pas, évoluant de plus en plus de l'élimination à l'extermination : il connaît une accélération stupéfiante, passant en trois mois de quelques milliers de victimes à un chiffre se situant entre 500 000 et 800 000 morts[2]. Les massacres prennent ainsi une dimension sans précédent, y compris par rapport au Burundi, qui avait pourtant connu en 1972 un épisode de tueries d'une ampleur jusqu'alors inconnue dans la région. Entre le 10 et le 22 avril, les tueries gagnent d'autres préfectures du Rwanda, principalement celles de Kivungo, Cyangugu et Kibuyé. Le 18 avril, elles atteignent celle de Butare, au sud du pays.

Cette guerre contre l'ennemi intérieur n'empêche pourtant pas la progression du FPR vers la capitale. L'armée rwandaise est régulièrement défaite par les soldats tutsi de Paul Kagamé. En chemin, ceux-ci commettent d'ailleurs des exactions contre les Hutu. Elles

1. Audition de Gérard Prunier concernant les événements du Rwanda devant la commission parlementaire du Sénat de Belgique, 11 juin 1997.

2. Je reprends l'évaluation minimale proposée par l'équipe d'Human Rights Watch en 1999 dans *Aucun témoin ne doit survivre*, *op. cit.*, p. 22. Ce chiffre est cependant discuté et très souvent revu fortement à la hausse, certains auteurs parlant de 800 000 morts, voire 1 million ou plus. Cf., par exemple, les ouvrages des journalistes Colette Braeckman, *Rwanda. Histoire d'un génocide*, Paris, Fayard, 1994, et Laure de Vulpian, *Rwanda, un génocide oublié ? Un procès pour mémoire*, Bruxelles, Complexe, 2004. En fait, l'évaluation du nombre des victimes d'un meurtre de masse est fréquemment l'objet de controverses. En ce cas, l'un des problèmes repose sur la fiabilité du recensement en 1991 de la population tutsi au Rwanda.

ont pour but principal de soumettre la population conquise et d'en tirer profit, mais pas d'exterminer tous les Hutu. En ce sens, cette violence contre la population hutu majoritaire au Rwanda n'est pas comparable avec la violence organisée contre la minorité tutsi, menacée d'extermination. Fin avril, les soldats du FPR contrôlent déjà tout l'est du pays. Le 4 juillet, ils s'installent à Kigali.

Refuser l'engrenage fatal

Ces trois récits succincts ne disent presque rien de ce qui se joue dans la guerre et qui pourrait expliquer le passage au massacre. Du jour au lendemain, la guerre transforme le destin des individus, faisant de certains des combattants, d'autres des victimes. Aux sens propre et figuré, la guerre les écrase : elle les anéantit sous les bombes ou sous les balles autant qu'elle les écrase psychologiquement. La guerre réifie les personnalités : chacun est réduit à l'état de patriote, de traître ou d'ennemi. Qu'ils y adhèrent ou non, la guerre embrigade les individus dans un rôle, une fonction. Disposent-ils encore d'une marge de manœuvre pour s'y refuser ? Plusieurs exemples attestent que oui.

En Allemagne, des milliers de jeunes refusent de se faire enrôler dans la Wehrmacht et sont incarcérés dans les camps de concentration. En Serbie, plus de 100 000 jeunes refusent de se faire incorporer dans l'armée pour aller faire la guerre de Milosevic, tandis que près de 40 000 autres vont déserter[1]. Au Rwanda,

1. Voir B. Useljeni, « Les “traîtres”. Déserteurs et pacifistes dans la Serbie de Milosevic », *Les Temps modernes*, n°s 545-546, décembre 1991-janvier 1992, p. 311-320 ; Branka Magas et Ivo Zanic (éd.), *The*

certains officiers ne veulent pas participer, aux côtés du colonel Bagosora, à la chasse aux Tutsi. Ces exemples de refus, voire de désobéissance, attestent la capacité de certains individus à pouvoir encore dire non à la violence, malgré les risques de marginalisation et de sanctions. Mais ils vont contre le courant dominant. Alors que les circonstances politiques du moment devraient leur imposer la conformité au groupe, leur résistance morale ou politique, même limitée, montre combien l'être humain reste capable de faire fi de tout déterminisme social. Comme le note le psychologue américain Ervin Staub, « le courage nécessaire pour limiter la violence n'est souvent pas un courage physique ou une disposition à risquer sa vie, mais le courage de s'opposer à son groupe et de mettre en danger dans ce groupe son statut, ou de mettre en danger sa carrière[1] ».

War in Croatia and Bosnia-Herzegovina, 1991-1995, Londres, Frank Cass, 2001, p. 334.

1. Ervin Staub, *The Roots of Evil. The Origins of Genocide and Other Group Violence*, Cambridge, Cambridge University Press, 1989.

Quand la guerre transforme des voisins en ennemis

Le film de l'anthropologue norvégienne Tone Bringa *We Are All Neighbours* se déroule en janvier 1993, dans le contexte de la guerre en Bosnie entre Croates et musulmans. Au cours de plusieurs séjours, celle-ci a observé l'évolution des rapports entre les habitants d'un même village. Deux tiers des habitants y sont musulmans et l'autre tiers catholique. Il y a eu des conversions dans les deux sens.

Au début du film, on fait la connaissance d'une femme musulmane assez âgée, qui rend visite à sa plus vieille amie du village, une catholique. Cela fait quarante ans qu'elles se connaissent, qu'elles habitent côte à côte : elles sont comme des sœurs. « Quoiqu'il arrive, on boira toujours le café ensemble », disent-elles. On entend au loin des coups de feu, à moins que ce ne soit le canon qui tonne. Un homme qu'on a vu couper du bois vient de partir au front. La guerre se rapproche : on s'est battu la nuit précédente dans un village voisin. Ce sont les Croates qui ont attaqué des musulmans. Dans le village, la peur commence à se répandre. On ne voit plus les deux vieilles amies deviser ensemble. Des maisons de musulmans brûlent aux environs. Certains ont été massacrés. Cela s'est passé à quatre kilomètres des habitations des deux femmes. Quelqu'un crie : « J'ai peur, j'ai peur que la même chose arrive ici. »

Les gens ont peur d'aller faire leur marché au village voisin, comme ils en avaient l'habitude. La région semble complètement perturbée : on voit des réfugiés passant sur la route dans les deux sens, ne sachant où aller pour être en sécurité. Tout le monde est terrifié. Une jeune femme musulmane remarque : « Les gens se sont retirés à l'intérieur d'eux. Ils ne peuvent pas se détendre.

On étouffe là-dedans. Quelle que soit notre nationalité, on sent tous la peur et la panique. »
Des voisins commencent à se méfier les uns des autres. Les habitants croates ne se montrent plus. Les hommes musulmans font des patrouilles. La vieille femme musulmane du début déclare : « On pensait que cela viendrait des Tchetniks [Serbes nationalistes], mais pas de nos voisins croates. Avant, on partageait tout, le bon et le mauvais. On ne s'attendait pas à ça… Il faut traverser ça… On se dit à peine bonjour ou bonsoir. Tout d'un coup les gens changent de face, changent de visage. Pour moi, c'est arrivé en une journée. On ne peut pas le décrire. » Et d'appeler sa vieille amie dont elle est certaine qu'elle est dans sa maison. Mais celle-ci ne se montre pas. Désormais, les deux vieilles femmes qui étaient comme des sœurs ne se parlent plus. La nuit, les hommes musulmans se relaient pour monter la garde. Plus personne ne dort vraiment dans le village. Les combattants croates finissent un jour par arriver. Ils brûlent les maisons des musulmans et en tuent certains. Les autres sont contraints de fuir. C'est un spectacle de désolation, mais les maisons croates, elles, ont été épargnées. Et les survivants sont contraints de fuir.

Toutefois, ces oppositions parviennent rarement à enrayer la dynamique d'une violence collective organisée par l'État. Le propre de la guerre est de pousser à l'extrême la mobilisation du groupe, c'est-à-dire la cohésion du Soi contre le « Eux » ennemi. Les figures de l'ennemi, élaborées dans le temps de paix, deviennent réalité dans le temps de guerre : la prophétie peut se réaliser. Malheur à tous ceux qui ont déjà été dépeints comme des ennemis ! La guerre détruit rapidement les anciennes solidarités, anéantit les liens communautaires ou sociaux qui existaient encore avec les victimes précédemment désignées. Le film réalisé par l'anthropologue norvégienne Tone Bringa durant la guerre de Bosnie montre bien comment des relations amicales de voisinage au sein d'un même village peuvent être totalement détruites par l'arrivée de la guerre (voir encadré).

Le nouvel univers de la guerre

Plus généralement, l'état de guerre bouleverse non seulement le rapport aux autres, mais aussi celui à l'espace et au temps. L'espace est synonyme d'insécurité (lieux à ne plus fréquenter) ou de refuge (se mettre à l'abri). Le temps devient celui de l'incertitude : on ne sait plus vraiment de quoi sera fait le lendemain. Des populations entières peuvent ainsi être gagnées par des états dépressifs divers ou des manifestations d'hyper-vigilance (dont le symptôme le plus sensible est l'insomnie). Le temps est comme suspendu, et la vie continue pourtant, malgré la mort qui rôde et qui peut surprendre, que l'on soit ou non sur le « front ».

Entrer en guerre, c'est en réalité pénétrer dans un autre univers où les conduites humaines se métamorphosent. Celui qui a toujours connu le temps de paix peut-il vraiment comprendre ce qui se joue dans la guerre ? Le propre de la guerre est de pousser à l'incandescence l'imaginaire de peur (décrit au chapitre I) : c'est « eux » ou « nous ». Au nom de ce dilemme de sécurité, tout devient justifiable. La guerre est ainsi un formidable levier des inhibitions et interdits. Même si c'est une banalité que de le rappeler, il y a quelque chose de stupéfiant à constater comment, en quelques heures, en quelques jours, un homme qui jusque-là a vécu une existence paisible et respectueuse des autres devient un tueur. Tuer son semblable n'est plus un crime, mais un devoir ou une mission.

La levée de l'interdit du meurtre entraîne et autorise d'autres transgressions : pénétrer dans les maisons, s'approprier la nourriture et les biens d'autrui, violer les femmes (parfois les hommes), etc. Cet autre, que l'on peut aisément souiller, violer, tuer, n'est précisément plus un semblable, mais un « barbare » à anéantir. La propagande a déjà fait son travail dans le temps de l'avant-guerre. Ou bien est-ce le temps de guerre qui produit une construction hideuse de l'autre à détruire, pour mieux faire accepter les pratiques visant à l'anéantir ? La propagande n'est pas seulement un facteur toujours préalable à la guerre. Elle est une construction dynamique qui évolue avec les circonstances, tout en gardant certains traits constants. Une fois engagée, la situation de guerre « régénère » la propagande elle-même. Plus la guerre devient horrible et plus elle nécessite une propagande qui rationalise de telles pratiques.

Et c'est par là que le massacre, qu'il soit perpétré ou non sur le champ de bataille, devient comme « incorporé » à la guerre. En fait, la guerre masque les réalités du massacre au moins de deux manières. D'abord par la rhétorique. Le massacre se présente comme un acte de guerre. Dès la campagne de Pologne de 1939, les fusillades contre les civils sont justifiées au nom de la lutte contre les « francs-tireurs », une obsession sécuritaire en résonnance avec les pratiques de l'armée allemande dès le début de l'invasion de la Belgique lors de la Première Guerre mondiale[1]. Alors que la guerre fait rage entre

1. Christian Ingrao, « Violence de guerre, violence génocide : les *Einsatzgruppen* », *in* Stéphane Audoin-Rouzeau, Annette Becker et Henry Rousso (éd.), *La Violence de guerre*, Bruxelles, Complexe, 2002.

l'Allemagne et l'Union soviétique, Himmler note dans son agenda personnel (à la date du 18 décembre 1941) au sujet des juifs : « Question juive. À exterminer comme partisans[1]. » Dans quelle mesure est-il convaincu de ce qu'il écrit alors ? Nul ne peut le dire. Ces quelques mots griffonnés sur son agenda, au sortir d'une réunion avec Hitler, peuvent exprimer une conviction personnelle autant qu'une instruction à transmettre à ses subalternes. En tout cas, le massacre des juifs, qui a déjà fait plusieurs dizaines de milliers de morts par fusillades sur le territoire soviétique, est « pensé » comme une pratique de guerre contre de supposés « partisans ».

En second lieu, les conditions d'exercice de la guerre font « disparaître » les actes de massacre du champ de vision de l'observateur extérieur. Au nom de la sécurité, le territoire est bouclé, l'accès des journalistes interdit. Mais qui sait ce qui peut se passer là-bas ? La guerre masque le massacre parce qu'elle crée les conditions du huis clos. En mettant tout tiers à distance, elle favorise le face-à-face entre bourreaux et victimes. Dans un tel huis clos, le massacre peut survenir plus facilement[2].

Ne mettons cependant pas sur le compte de la guerre tout camouflage du massacre. La position de l'observateur extérieur est elle-même à interroger. Dans quelle mesure veut-il vraiment « voir » ce qui se passe ? Il est vrai que les

1. Cité par Christian Gerlach, *Sur la conférence de Wannsee. De la décision d'exterminer les juifs d'Europe*, Paris, Liana Levi, 1999, p. 53-54.

2. En mars 1999, les bombardements de l'OTAN sur la Serbie ont produit une telle situation. Les enquêtes conduites par le Tribunal pénal international pour l'ex-Yougoslavie ont permis de le prouver *a posteriori* : ainsi, il est établi que les Serbes exécutèrent, aussitôt que ceux-ci eurent commencé, des prisonniers albanais de la prison Dubrava au Kosovo, alléguant ensuite qu'ils étaient morts du fait de ces bombardements américains.

nazis ont tout fait pour dissimuler la réalité de l'extermination des juifs, ne serait-ce que pour ne pas effrayer les victimes. Mais ce constat ne vaut pas pour le Rwanda, où les massacres sont perpétrés à découvert, dans les rues de Kigali et ailleurs. En ce cas, le huis clos n'existe pas : le massacre est une activité publique, à laquelle la population est invitée à participer. Et pourtant, ceux qui ont perçu la gravité des événements n'ont pas été entendus. Faut-il penser que nous refusons de percevoir l'horreur de la situation d'un pays dont nous pensons qu'elle ne nous concerne pas ? Il n'est pire sourd que celui qui ne veut pas entendre…

Or, on l'a vu, la passivité du tiers constitue, en général, un facteur d'aggravation du sort des victimes. Qui peut donc encore briser le mur du silence et de l'indifférence ? Qui peut encore devenir ce tiers qui pourra, en dépit d'une tragédie déjà programmée, alerter le monde, en ultime recours ?

Le témoignage, dernier recours ?

Ce tiers ultime, c'est d'abord le témoin survivant du massacre. Le plus souvent, et quelle que soit la méthode du meurtre de masse, il y a quelqu'un qui en réchappe – par chance, par complicité, par ruse. S'il peut encore parler, il voudra dire au monde ce qui s'est passé pour lui, pour ceux qui sont morts et qu'il aurait dû rejoindre, pour tous les autres qui sont en danger. Autre tiers possible : celui qui est à côté du massacre, qu'on peut désigner du terme anglais *bystander*, difficile à restituer en français (cf. chapitre II). Le *bystander* n'est pas seulement spectateur : il peut décider de parler, voire d'agir. Du fait de sa profession – diplomate ou ingénieur, médecin ou infirmier –, il est proche du théâtre des opérations. Il assiste au passage des condamnés, il entend les coups de feu, il voit les cadavres. Et ce « spectacle » est pour lui si insupportable qu'il veut parler, quitte à passer outre son devoir de réserve que lui impose peut-être sa profession. Par-delà sa fonction – dans certains cas, en raison même de sa fonction (lorsqu'il est membre d'une organisation humanitaire, par exemple) –, l'essentiel est de témoigner. Témoigner au plus vite pour que l'on « fasse quelque chose », pour que l'on arrête le carnage. La parole du témoin est capitale pour que cesse le massacre, quand il est encore temps. Mais va-t-on le croire ?

L'extermination des juifs : découvrir l'horreur... et ne rien faire

Les informations au sujet des massacres de juifs en Europe posent ce type de problème. Hitler veut maintenir le secret sur le meurtre de masse des juifs. Mais son entreprise d'extermination est vite connue dans plusieurs capitales européennes, en particulier des pays neutres (Genève, Stockholm et Istanbul). À partir de ces villes, les nouvelles atteignent Londres et Washington. Ainsi, en dépit de la guerre, les territoires occupés en Europe centrale par les nazis ne sont pas hermétiquement clos. Les exécutions de masse ont des témoins : militaires allemands, représentants des États satellites du Reich, voire survivants. Les informations sur les massacres perpétrés par les *Einsatzgruppen* sont les premières à se répandre. Puis des nouvelles commencent aussi à circuler à propos de tueries par le gaz. Le premier réseau de diffusion de ces informations est celui d'organisations juives comme le *Bund* de Pologne, dont un document important arrive à Londres en mai 1942. Celui-ci précise notamment qu'en « novembre-décembre 1941, les massacres de juifs ont débuté dans les territoires polonais annexés au Reich. Ce meurtre a été perpétré par le gaz dans le village de Chelmno[1] ».

Le second réseau est celui de la Résistance polonaise elle-même, qui transmet assez régulièrement des informations de première main au gouvernement polonais, exilé en Grande-Bretagne. Ainsi, l'un de ses meilleurs agents, Jan Karski, apporte à Londres, en novembre 1942, un témoignage direct, ayant réussi à s'introduire dans le ghetto de Varsovie et dans le camp d'extermination de Belzec. Mais ceux qui reçoivent ces informations n'y croient pas. Ces rapports qui s'accumulent à partir de 1942 suscitent en général l'incrédulité, y compris au sein des milieux juifs de Jérusalem, Londres ou New York.

Le phénomène est souligné par Walter Laqueur : une information crédible n'est pas forcément crue. Quand le juge Frankfurter reçut à Londres Jan Karski qui lui rapportait les exécutions de masse en Pologne, il dit à ce dernier qu'« il ne le croyait pas. Karski protesta mais Frankfurter lui expliqua qu'il ne voulait pas dire que Karski n'avait pas dit la vérité, mais simplement qu'il ne pouvait pas le croire. Et qu'il y avait une différence[2] ». Pourtant Thomas Mann avait déjà affirmé au micro de la BBC, en décembre 1941 et janvier 1942, que les juifs étaient tués en masse. Même chose pour le journal anglais *The Daily Telegraph*, qui annonce le 25 juin que « plus de 700 000 juifs polonais ont été assassinés par les Allemands au cours des plus grands massacres de l'Histoire mondiale ». Puis, le 30 juin, le même journal avance le chiffre de 1 million de victimes. Ces articles constituent

1. Rapport cité par Yehuda Bauer, « When Did They Know ? », *Midstream*, nº 4, 1968, p. 54-55 et 57-58.

2. Walter Laqueur, *Le Terrifiant Secret. La « Solution finale » et l'information étouffée*, Paris, Gallimard, 1981, p. 9.

un tournant, le journal considérant que les nouvelles relatives aux massacres des juifs n'évoquent pas des pogroms « traditionnels » : le but des nazis est d'éliminer la « race juive » du continent européen. Les 30 juin et 2 juillet, le *New York Times* lui emboîte le pas, mais en publiant l'information en pages intérieures, ce qui peut sembler surprenant. « Il est évident, remarque Laqueur, que les éditeurs ne savaient pas quoi en faire. S'il était vrai qu'un million de gens avaient été tués, on devait l'annoncer en première page : après tout, cela n'arrivait pas tous les jours. Si ce n'était pas vrai, ce n'était pas la peine de publier les articles. Dans le doute, ils avaient opté pour un compromis : publier les articles, mais à un endroit où ils ne seraient guère en évidence. On sous-entendait de cette façon que le journal avait des réserves quant à la nouvelle : les articles contenaient très probablement une part de vérité, mais les faits étaient sûrement exagérés [1]. »

Ce décalage, entre crédibilité et croyance, pose le problème particulièrement complexe des modes de réception d'une information. Quel est ce cheminement tortueux par lequel les individus finissent par « intégrer » une nouvelle qui échappait à leur champ de conscience ? Je distinguerai à cet égard trois phases, de durée inégale selon les crises.

La première est celle de la *résistance à l'information.* Dans le cas de l'extermination des juifs, elle s'exprime à travers une attitude de pure incrédulité : le caractère sans précédent du massacre le rend simplement incroyable. On pense donc que la nouvelle est exagérée et que les juifs, s'ils sont certainement maltraités par les nazis, doivent être surtout soumis à un dur labeur. Dans cette phase réfractaire, les modes de réception hérités du passé jouent un grand rôle. Ainsi, au cours de la Première

1. *Ibid.*, p. 94-95.

Guerre mondiale, la presse britannique avait propagé en 1916 la « nouvelle » que les Allemands brûlaient des cadavres de soldats pour la production de lubrifiants comme la glycérine ou le savon. Même un journal respectable comme le *Financial Times* colportait des histoires selon lesquelles le Kaiser lui-même aurait ordonné de torturer des enfants de trois ans, tandis que le *Daily Telegraph* rapportait que les Autrichiens et les Bulgares avaient tué 700 000 Serbes à l'aide de gaz asphyxiants. Mais tout cela s'est avéré faux, ce qu'on a reconnu après la guerre. On se jurait donc de ne pas se laisser reprendre à de telles inepties. Dans d'autres cas, cette phase de résistance à l'information nouvelle repose sur une défense idéologique : ainsi, pendant des années, des intellectuels occidentaux n'ont pas voulu voir la répression de masse des régimes communistes parce qu'ils pensaient que leurs dirigeants étaient nécessairement du côté du bien et du progrès de l'homme. La résistance peut encore se fonder sur l'indifférence, laquelle peut aussi s'appuyer sur des représentations du passé, tel ce désintérêt commun pour ce qui se passe dans une autre partie du monde, en Afrique ou ailleurs.

Dans une deuxième phase, la nouvelle commence à creuser son sillon à travers l'énorme flux des informations et rumeurs charriées par une situation de guerre. C'est dans cette phase du *rapport de forces* que la nouvelle finit par s'imposer à la conscience d'un nombre croissant d'individus. S'imposer au sens quantitatif du terme, car les témoignages s'accumulent. Dans le cas de l'extermination des juifs, Renée Poznanski montre bien comment les rapports successifs, même s'ils se contredisent parfois, renforcent de plus en plus la même idée : les juifs sont tués en masse sur le territoire polonais. Ainsi y a-t-il comme un processus cumulatif, par touches successives, de construction de la nouvelle. Par exemple, remarque-t-elle, « la lettre du Bund ne réussit certes pas à imposer la réalité à ceux qui refusaient de la voir, mais elle instaura cependant un climat qui permit une réception moins aveugle des rapports suivants[1] ». À travers cette prise en compte d'une information véritablement « nouvelle », c'est en réalité un processus psychologique qui s'est enclenché : celui de l'« incubation » de cette information dans la conscience des individus, laquelle peut seule faire « sauter » les modes de réception du passé.

Vient enfin une troisième phase, celle de la *prise de conscience* proprement dite, au cours de laquelle les défenses antérieures tendent à s'effondrer pour intégrer la réalité présente. À ce stade, il se produit souvent un phénomène curieux : un rapport, un témoignage, un événement, qui ne fait bien souvent que confirmer ce qu'on savait déjà, sert pourtant de « révélateur ». Comme si cette prise de conscience, pour accoucher d'elle-même, avait besoin d'un moment cathartique pour enfin s'affirmer. Par exemple, au sein des milieux juifs américains, le pas essentiel dans la conscience de l'extermination des juifs est franchi grâce au télégramme du docteur Gerhart Riegner, représentant du Congrès juif mondial à Genève. Celui-ci transmet le rapport qu'il a reçu d'un industriel allemand, selon lequel il existe un plan d'extermination de tous les juifs d'Europe, regroupés dans ce but en Europe de l'Est en 1942 ; le rapport évoque l'emploi de l'acide prussique.

Pourtant, si la nouvelle provoque une vive émotion au sein du Congrès juif mondial, elle suscite encore de l'incrédulité parmi les dirigeants américains et britanniques. En fait, ce moment de prise de conscience varie

1. Renée Poznanski, « Que savait-on dans le monde ? », dans Stéphane Courtois et Adam Rayski (éd.), *Qui savait quoi ? L'extermination des juifs (1941-1945)*, Paris, La Découverte, 1987, p. 35.

bien évidemment selon que les individus sont directement concernés ou non par la nouvelle et, plus généralement, selon les milieux et les pays. Il y aurait lieu d'écrire à chaque fois une sociologie culturelle internationale de la réception de l'information. Ainsi le processus de prise de conscience se construit-il lui-même progressivement, se propageant peu à peu, rencontrant encore ici ou là des résistances, pour apparaître finalement comme une vérité incontournable. La déclaration commune signée par onze gouvernements alliés et le Comité de la France libre le 17 décembre 1942 atteste une telle prise de conscience. On y lit que l'attention de ces gouvernements a été attirée par « de nombreux rapports d'Europe selon lesquels les autorités allemandes mettent en application l'intention si souvent répétée d'Hitler d'exterminer le peuple juif en Europe. De tous les pays occupés, les juifs sont transportés dans des conditions d'une horreur terrifiante et de brutalité extrême en Europe orientale […]. On n'entend plus jamais parler de ceux qui sont déportés. Ceux qui en ont la capacité physique sont exploités à mort dans des camps de travail. On laisse mourir les infirmes, on les affame ou on les massacre au cours d'exécutions massives. Le nombre de victimes de ces cruautés sanglantes s'élève à plusieurs centaines de milliers d'hommes innocents, de femmes et d'enfants [1] ».

Une large publicité est donnée à cette déclaration. Mais, dans les faits, les Alliés ne prennent aucune mesure spécifique visant à enrayer l'action des nazis, bien que d'autres rapports leur arrivent en 1943 et 1944, y compris sur le fonctionnement d'Auschwitz. Pour les organisations juives, le but n'est plus alors de faire connaître, mais de faire agir. Lorsque les nazis prennent le contrôle direct de la Hongrie, en 1944, plus aucun doute n'est permis quant au sort qui

1. *Ibid.*, p. 37.

attend les juifs de ce pays. L'Agence juive de Jérusalem demande donc à Londres de bombarder les voies ferrées conduisant à Auschwitz. Mais la Royal Air Force répond que l'opération est techniquement impossible. Pourtant des documents attestent que l'aviation britannique est venue bombarder une usine d'armement située non loin du camp[1]. Cette passivité des Alliés, moralement choquante, a suscité de nombreuses controverses, y compris aux États-Unis, sur les raisons de cet « abandon » des juifs[2]. La seule « explication » qui vaille est de nature stratégique : les Alliés sont engagés en 1942 dans une guerre totale contre les puissances de l'Axe, qu'ils ne sont pas certains de gagner. Leur principal but est donc de réunir le maximum de forces pour détruire les machines de guerre allemande et japonaise. Dans ce contexte de guerre totale, Auschwitz ne représente pas à leurs yeux d'intérêt stratégique.

D'aucuns ont affirmé après coup que, si des caméras de télévision avaient pu être introduites à Auschwitz, le « monde » aurait compris plus tôt et agi en conséquence. Il est vrai que l'information sur l'extermination des juifs, bien que connue à partir de 1942, reste « abstraite » : c'est une idée acceptée, non une réalité tangible. On soutient ainsi que des images rendant visible la tragédie en cours auraient été nécessaires pour déclencher l'émotion, seule en mesure de pousser à l'action. Dans le cas des juifs, ces images sont venues lorsqu'il était trop tard, c'est-à-dire au moment même où la guerre s'achevait : après que les troupes britanniques eurent découvert, le 15 avril 1945, le camp de Bergen-Belsen. Les jours suivants, la nouvelle des horreurs de Belsen se répand dans le monde entier ;

1. Voir Léon Poliakov, *Le Procès de Jérusalem*, Paris, Calmann-Lévy, 1963, p. 252.

2. David S. Wyman, *L'Abandon des juifs*, Paris, Flammarion, 1987.

des centaines de journalistes et photographes viennent le visiter. Mais, tragique paradoxe, ce lieu n'a rien à voir avec la destruction des juifs ! Ce n'était pas un camp d'extermination, pas même un camp de concentration, mais un *Krankenlager*, un supposé camp de malades qu'on laissait mourir de faim et de froid.

Bosnie : savoir… et faire semblant

Depuis, nous avons appris à relativiser cette croyance en la toute-puissance attribuée aux images de la souffrance et de la mort d'autrui : elle est loin de toujours provoquer une prise de conscience agissante en faveur des victimes. L'idée du « village planétaire » dans lequel l'explosion prodigieuse des médias, à la fin du XXe siècle, permettrait de prévenir tout massacre, parce qu'une caméra de télévision serait toujours là pour en dénoncer l'horreur, est pure illusion. Regardons du côté de la Bosnie. On observe aussi une phase de résistance aux informations sur la « purification ethnique[1] ». Là encore, les grilles de lecture du passé ont, dans un premier temps, obstrué toute compréhension des événements. Les Serbes n'avaient-ils pas toujours été du côté de la France depuis la Première Guerre mondiale ? Le président François Mitterrand se faisait fort de le rappeler pour leur témoigner une certaine sympathie et se montrer insensible aux informations qui rapportaient de plus en plus leurs exactions. Le siège de Sarajevo mit bientôt la « preuve » sous les yeux du monde entier. Les caméras de télévision étaient sur place. La télévision bosniaque

1. À propos de la formation de cette expression et de ses usages par les journalistes et militants des pays occidentaux, on lira le travail très original de la linguiste Alice Krieg-Planque, *« Purification ethnique ». Une formule et son histoire*, Paris, CNRS, 2003.

pouvait continuer à émettre à partir d'un abri anti-atomique. Il est tout à fait exceptionnel, dans l'histoire des sièges des villes, que l'on puisse assister en direct à un tel événement de l'intérieur même d'une ville assiégée.

C'est donc la télévision qui a alors joué le rôle principal de tiers, témoin de la tragédie en cours. Les téléspectateurs du monde entier ont pu vivre durant plus de trois ans en compagnie des habitants de Sarajevo menacés jour et nuit par les canons et mitrailleuses serbes, postés sur les hauteurs de la ville. Ils ont eu connaissance de leurs terribles conditions de vie, de leurs souffrances quotidiennes, de leur risque permanent d'être tués par des *snipers* isolés, qui avaient pris l'habitude de tirer au hasard sur les passants assez audacieux pour traverser une rue exposée à leurs balles. Ces images de violence et de mort n'ont pourtant provoqué aucune réponse commune des grandes puissances pour contraindre les Serbes à lever le siège. Le discours dominant des experts et des journalistes portait alors sur le manque de lisibilité du conflit, que chacun des acteurs avait une part de responsabilité dans la crise, qu'une intervention extérieure risquait de se trouver piégée dans un engrenage fatal dont la région des Balkans a le secret, etc.

Le monde s'est donc habitué au siège de Sarajevo. À la longue, ces images répétitives ont fini par avoir l'effet paradoxal de faire écran, c'est-à-dire de masquer ce qui était en train de se jouer ailleurs. Au lieu de révéler les enjeux du conflit, la focalisation médiatique sur le siège de la ville a fini en effet par en dissimuler la dynamique profonde. D'une part, presque aucun journaliste ne s'intéressait alors à la situation du Kosovo, bien que la crise eût débuté dans cette province et que la situation y devînt de plus en plus tendue. Mais la résistance pacifique des Albanais, en proie à une violence serbe de plus en plus ouverte, n'intéressait personne, sauf à travers quelques rares articles publiés dans *Le Monde* ou *Libération*. « Nous irons au Kosovo quand il y aura du sang », me dit alors une journaliste de la télévision française. Le leader de la résistance albanaise, Ibrahim Rugova, qui cherchait à alerter les capitales occidentales sur la gravité de la situation au Kosovo, n'était guère reçu à Paris, Londres ou Washington.

D'autre part, la focalisation médiatique internationale sur Sarajevo occultait ce qui était en train de se passer à l'intérieur même de la Bosnie. Dès 1991, des ONG comme Helsinki Watch ou MSF avaient déjà commencé à y collecter des informations attestant des graves violations des droits de l'homme. Mais fort rares sont les journalistes qui ont alors cherché à enquêter dans la « Bosnie profonde ». Le reporter du quotidien américain *Newsday*, Roy Gutman, est l'une de ces exceptions. « Les journalistes n'étant pas libres d'aller sur place [entre avril et juillet 1992], le seul moyen de reconstituer les événements, explique-t-il, était d'interroger les réfugiés fuyant en masse la Bosnie[1]. » Gutman ne travaille donc pas avec des images, mais avec la parole de témoins qui fuient une zone où il ne peut se rendre. Connaissant le serbo-croate, il recoupe ces témoignages, écarte ce qui lui semble des rumeurs ou exagérations. Il s'appuie aussi sur le travail de certaines ONG auprès desquelles il peut collecter des informations et rencontrer des victimes. Il accorde également une grande importance au décodage de la propagande et des déclarations officielles. Finalement, le 19 juillet 1992, il publie son premier article révélant l'existence de « camps de la mort » édifiés par les Serbes, en premier lieu celui d'Omarska, situé sur le site d'une ancienne mine de fer, au nord de Banja Luka (ville de 200 000 habitants dont les Serbes ont pris le contrôle).

1. Roy Gutman, *Bosnie. Témoin du génocide*, Paris, Desclée de Brouwer, 1994.

Deux semaines plus tard, il est à même de révéler que des massacres de musulmans ont été perpétrés dans la région. Puis vient la découverte de pratiques de viols systématiques dans les régions de Split et de Tuzla. Bref, son enquête de terrain, comme celle de son collègue David Rieff[1], révèle l'essentiel de ce qu'on commence alors à appeler « nettoyage ethnique ». Roy Gutman et David Rieff incarnent, dans le cas de la guerre en Bosnie, les figures de ce journalisme témoin qui, prenant parti pour les victimes, en appelle à une mobilisation internationale pour que cessent les violences dont elles sont l'objet. À la suite de leurs reportages, des équipes de télévision vont diffuser les premières images de ces camps – Channel 4 et ITN (International Television Network). Le 26 juillet 1992, le gouvernement bosniaque publie une liste de cent camps de détention qu'il remet au Conseil de sécurité de l'ONU. Certains journalistes et militants des droits de l'homme les assimilent alors aux camps de concentration nazis, bien que le rapprochement soit fort discutable. Une fois de plus, on lit le présent avec les lunettes du passé. L'idée est aussi d'affirmer, comme le soutiennent Gutman et Rieff, qu'un génocide est en train d'être commis en Bosnie pour forcer la « communauté internationale » à intervenir.

Mais, en dépit de leurs efforts et des reportages télévisés qui suivent leurs révélations, les grandes puissances ne veulent aucunement prendre le risque d'un engagement militaire dans une guerre qu'elles ne considèrent pas comme la leur et dont elles redoutent l'escalade[2]. Il ne peut cependant être reproché à la communauté internatio-

1. David Rieff, *Slaughterhouse. Bosnia and the Failure of the West*, New York, Simon & Schuster, 1996.

2. Pierre Hassner, « Les impuissances de la communauté internationale », dans Véronique Nahoum-Grappe (éd.), *Vukovar-Sarajevo. La guerre en ex-Yougoslavie*, Paris, Esprit, 1993, p. 86-118.

nale de s'être désintéressée de la crise bosniaque. L'ONU se saisit à de multiples reprises de la situation, désigne les agresseurs (les Serbes), leur impose des sanctions économiques, décrète un embargo sur les armes, envoie des forces armées pour le maintien de la paix (Forpronu), etc. Mais le déploiement de la Forpronu (dont la France prend le commandement en 1992) n'est pas de nature à enrayer le conflit : son mandat, qui n'a jamais explicitement inclus la protection des populations civiles, repose sur une logique consensuelle de concertation entre les protagonistes, non sur une logique de confrontation. La mise en place par l'ONU des zones dites de « sécurité » autour de villes où se sont réfugiés nombre de musulmans bosniaques (Srebrenica, Zepa) ne change pas fondamentalement cette logique[1].

La création par l'ONU, le 22 février 1993, d'un Tribunal pénal international est révélatrice de ce même état d'esprit : la communauté internationale ne se donne pas les moyens d'intervenir de manière décisive dans la crise. En effet, la création de ce tribunal – étape certes importante vers le développement d'une justice internationale – signifie avant tout que les Nations unies se dotent d'un nouvel instrument pour juger les crimes qui sont et vont être commis en Yougoslavie… mais non pour les empêcher[2]. Résultat : sur le terrain, les Casques bleus sont les témoins impuissants d'atrocités contre les populations civiles, leur mission ne les autorisant pas à y mettre un terme. Le film *Warriors* de l'Anglais Peter Kosminsky

1. L'une des meilleures analyses de cette « logique consensuelle de la force » me semble avoir été proposée par Thierry Tardy, *La France et la gestion des conflits yougoslaves (1991-1995)*, Bruxelles, Bruylant, 1999.

2. Sur les circonstances de la création de ce tribunal, on lira le livre bien documenté de Pierre Hazan, *La Justice face à la guerre*, Paris, Stock, 2000.

démontre de manière fort réaliste le caractère dramatique et poignant des situations vécues sur place par les Casques bleus. C'est la logique même de cette présence inactive qui conduit à laisser faire le massacre de Srebrenica (13-15 juillet 1995), à proximité d'un détachement de Casques bleus hollandais. Perpétré par les forces bosno-serbes du général Mladic, ce massacre d'environ 8 000 musulmans (le plus important en Europe depuis la fin de la Seconde Guerre mondiale) demeure le symbole de la passivité de la communauté internationale dans cette guerre[1].

Est-ce à dire que la couverture médiatique de la crise bosniaque n'a eu aucune influence ? Le jugement mérite d'être nuancé. Sans faire bouger sur le fond la position des grandes puissances, les médias les ont contraintes à une certaine « gesticulation », comme le dit après coup un diplomate avec une rare franchise : « Nous aurions préféré ne rien faire. Mais l'opinion publique sensibilisée par les médias ne nous l'aurait pas permis [...]. Nous étions donc condamnés à faire quelque chose, mais quelque chose d'inefficace[2]. » La dramatisation de certains événements a probablement provoqué des « impulsions » nouvelles, comme après l'explosion, le 5 février 1994, d'un obus de mortier sur le marché très fréquenté de Sarajevo (faisant 68 morts et quelque 200 blessés). Les images filmées de l'événement font aussitôt le tour du monde. Les conséquences de ce bombardement, dont

1. À cet égard, le titre du livre de James Gow résume parfaitement cette analyse énonçant le triomphe du manque de volonté de la communauté internationale : *Triumph of the Lack of Will. International Diplomacy and the Yugoslav War*, Londres, Hurst, 1997.

2. Cité par Pierre Hassner, « Institutions, États, sociétés, une culpabilité partagée », dans Marie-Françoise Allain (éd.), *L'Ex-Yougoslavie en Europe. De la faillite des démocraties au processus de paix*, Paris-Montréal, L'Harmattan, 1997, p. 57-58.

la responsabilité suscite de vives polémiques[1], sont importantes, à commencer par la première implication armée de l'OTAN en Europe (et non plus seulement de l'ONU), conduisant aux premières frappes américaines contre les positions bosno-serbes[2]. Il s'ensuit aussi une coalition des Bosniaques musulmans et des forces croates, impulsée par les États-Unis (accord de Washington du 1er mars 1994), et une nouvelle initiative internationale de paix. Mais ces décisions n'étaient-elles pas déjà en cours de préparation ? Peut-être le saura-t-on un jour en étudiant les archives des ministères concernés. Auquel cas le rôle des médias aura été surtout de « cristalliser » des mesures qui étaient déjà en préparation.

Rwanda : savoir... et partir

Le traitement médiatique des événements de 1994 au Rwanda se présente très différemment. S'il y a résistance à la compréhension de la violence qui se déclenche à la suite de l'attentat contre l'avion présidentiel, celle-ci tient d'abord à l'ignorance des réalités de ce pays. Qui connaît alors l'existence du Rwanda avant cette date, hormis les Belges et quelques spécialistes ? Dans quelle région d'Afrique se situe-t-il ? L'analyse des premiers sujets des chaînes de télévision montre que les journalistes semblent ne rien connaître de l'histoire de ce pays et du soutien de

1. Les Serbes ont alors accusé les musulmans bosniaques de s'être bombardés eux-mêmes afin de susciter un « événement médiatique » pour provoquer un mouvement de sympathie internationale en leur faveur.

2. David Binder, « Anatomy of a Massacre », *Foreign Policy*, nº 97, hiver 1994-1995, p. 70-78.

la France au régime du président défunt[1]. Le type d'explication le plus fréquemment proposé est celui des haines tribales qui caractériseraient le continent africain, une litanie reprise par les journalistes comme par les responsables politiques.

Pour résister à l'événement, on l'insère aussitôt dans les représentations occidentales de l'Afrique, toujours évoquée à travers des calamités naturelles et sociales : sécheresse, faim, sida, guerres ethniques, etc. La tonalité dominante est donc celle de la fatalité. Une fois de plus, la télévision joue sur la corde de l'émotion et de la compassion. Au téléspectateur, elle ne propose guère d'outils d'analyse pour comprendre les enjeux de la violence dans ce pays, dont on lui laisse entendre pourtant qu'elle est d'une gravité extrême. La résistance à l'événement se manifeste encore dans le refus sciemment assumé d'expliquer les « conflits entre les Noirs ». Un journaliste de France 2 en témoigne : son supérieur hiérarchique, en l'envoyant au Rwanda, lui donne clairement la mission de « couvrir » le départ des Français dans le cadre de l'opération « Amaryllis » et de se désintéresser du conflit rwandais proprement dit[2] ; opération conduite par l'armée française qui, outre l'évacuation des ressortissants occidentaux, inclut le départ discret des proches du président défunt[3].

1. Danielle Birck, « La télévision et le Rwanda, ou le génocide déprogrammé », *Les Temps modernes*, n° 583, juillet-août 1995, p. 181-197.

2. « Un des membres de la direction de l'information m'a dit avec son franc-parler habituel : "Tu fais l'évacuation des Français et puis tu rentres, on n'est pas là-bas pour faire des sujets sur les Noirs qui s'entretuent ; de toute façon, ça n'intéresse personne. Tu y vas, tu ne fais que ça et tu ne prends pas de risques" », voir Philippe Boisserie, « Retour sur images », *ibid.*, p. 201.

3. Parmi ceux-ci, sa femme, Agathe, qui s'est réfugiée en France.

Néanmoins, la puissance de l'événement s'impose très vite, non pas tant par la télévision que par la couverture de la presse écrite, qui consacre assez vite au Rwanda une place relativement importante, en tout cas inhabituelle pour les guerres et les événements se déroulant en Afrique. Plusieurs envoyés spéciaux de grands journaux occidentaux sont les témoins de la tragédie. Les massacres ne se déroulant pas à huis clos, il leur est possible, à leurs risques et périls, d'en rendre compte rapidement. À travers leurs reportages, les récits de massacres affluent et l'événement tend ainsi à prendre une importance quantitative[1]. Dans un premier temps, les articles font état de massacres à Kigali, puis, à partir du 19 avril, en province. Ces premiers reportages, s'ils rendent tous compte de la gravité de la violence, diffèrent néanmoins dans la manière de voir les rapports entre guerre et massacres.

Deux lectures de la situation s'opposent à cet égard : soit le journaliste met en avant la guerre opposant FPR et forces gouvernementales, et les massacres tendent à « disparaître » au profit de la logique de confrontation politique et militaire ; soit le journaliste insiste sur les massacres en tant que tels, comme pratique atroce contre une population désarmée[2]. Les articles diffèrent encore selon qu'ils reprennent ou non le schéma des « haines ancestrales » ou l'explication officielle des autorités présentant les massacres comme une réponse spontanée de la population à la

1. En France, les 11 et 12 avril, paraissent par exemple trois articles d'envoyés spéciaux : Jean-Philippe Ceppi, « Kigali livré à la fureur des tueurs hutu », *Libération*, 11 avril ; Renaud Girard, « Rwanda : voyage sur la route de l'horreur », *Le Figaro*, 12 avril ; Jean Hélène, « Le Rwanda à feu et à sang », *Le Monde*, 12 avril.

2. Ce titre du *Monde* est un exemple du premier type de traitement : « Force gouvernementales et rebelles se disputent le contrôle de la capitale » (14 avril), tandis que les titres de *Libération* et du *Figaro* (voir la note précédente) sont représentatifs de la seconde approche.

menace militaire tutsi. En dépit de ces conflits d'interprétations, Marc Le Pape observe : « L'histoire immédiate des massacres a pu être engagée par les journalistes de la presse écrite quand ils travaillent en témoins, en témoins oculaires de cette actualité où les massacres ont duré plusieurs mois[1]. » Ces témoignages ont des traits communs : les massacres sont commis par des groupes qui obéissent à des chefs ; parmi les chefs, il y a les autorités locales (bourgmestres et responsables politiques locaux). On tue surtout à l'arme blanche, mais des fusils et des grenades sont aussi utilisés. Dans plusieurs cas, les gendarmes et militaires participent aux tueries. Des familles entières sont exécutées avec atrocité. Aucun témoin ne décrit une tuerie qui paraîtrait spontanée et désordonnée.

La recherche de Johanna Siméant, qui porte sur la manière dont les journaux télévisés français du soir parlent des événements du Rwanda, vient compléter celle de Marc Le Pape : « La couverture des JT français correspond grossièrement à ce qu'on a pu en dire pour les JT américains : une couverture massivement concentrée entre les 7 et 13 avril sur l'évacuation des ressortissants occidentaux après l'attentat qui coûta la vie aux présidents rwandais et burundais, puis qui abandonne pratiquement le Rwanda jusqu'à la deuxième semaine du mois de mai 94 pour ensuite croître jusqu'à fin mai[2]. » Très probablement influencée par les reportages de la presse écrite, la télévision change peu à peu son regard sur les événe-

1. Marc Le Pape, « Des journalistes au Rwanda. L'histoire immédiate d'un génocide », *Les Temps modernes*, n° 583, juillet-août 1995, p. 175.

2. Johanna Siméant, « Qu'a-t-on vu quand on ne voyait rien ? Sur quelques aspects de la couverture télévisuelle du génocide au Rwanda par TF1 et France 2 (avril-juin 1994) », communication au colloque international *Face aux crises extrêmes*, université Lille-II, 21-22 octobre 2004.

ments. Disposant de fort peu d'images des massacres proprement dits[1] et, apparemment, ne cherchant pas à en obtenir, elle donne cependant quelquefois la parole à des experts sur place, comme Philippe Gaillard du CICR, qui affirme qu'on assiste à une « chasse à l'homme pour des raisons ethniques et politiques ». À noter que ce témoignage ne passe pas par l'image, mais par la parole recueillie au téléphone : la télévision se fait radio.

Tout se passe alors comme si cette accumulation de récits sur les massacres en cours changeait la perception qualitative de l'événement. Au cours du mois de mai s'opère en effet la prise de conscience que ces massacres systématiques ne sont rien de moins qu'un génocide. Le mot est d'abord utilisé de manière ponctuelle, puis de plus en plus souvent. Ici encore, la presse écrite est aux avant-postes ; le quotidien belge *Le Soir* emploie pour la première fois le mot « génocide » dans son édition du 13 avril, puis le quotidien français *Libération* le 26 avril. Des ONG comme Oxfam ou Médecins sans frontières soutiennent aussi qu'un génocide est en cours au Rwanda et en appellent à une intervention internationale. Les chaînes de télévision commencent également à accueillir dans leurs journaux télévisés des personnalités qui emploient le mot « génocide ».

Ainsi Bernard Kouchner sur TF1 : « C'est proche du génocide et des méthodes fascistes » (26 avril 1994). Philippe Douste-Blazy sur France 2 : « Arrêtons le massacre, c'est terrifiant et terrible, le plus grand des génocides de la fin du siècle » (14 mai 2004). Mais les grandes puissances ne bougent pas pour autant. « Est-ce que le

1. La même séquence est toujours représentée. Ce sont des images prises de loin au téléobjectif : on voit des cadavres flottant sur le fleuve Kagera ou gisant autour de maisons pillées, des blessés sur lesquels les tueurs s'acharnent à la machette et/ou au gourdin.

monde est trop fatigué pour intervenir ? » demande le journaliste Ted Koppel, le 4 mai, en commençant son entretien avec Boutros Boutros-Ghali, le secrétaire général de l'ONU, sur la grande chaîne de télévision américaine ABC[1]. Le Rwanda et la Bosnie sont alors relégués au second plan de l'information du fait de la mort du pilote automobile Ayrton Senna et de Jackie Kennedy. Alors que les massacres durent depuis près de quatre semaines, le Conseil de sécurité de l'ONU n'a toujours pas eu de discussion approfondie sur la situation au Rwanda.

Depuis Kigali, le général Dallaire a pourtant adressé plusieurs messages affirmant que l'envoi d'une troupe de cinq mille hommes bien armés suffirait à arrêter les tueries. Selon lui, les opérations étant centralisées, le fait de mettre un terme aux massacres dans la capitale arrêterait rapidement la violence dans le pays[2]. Mais les États-Unis notamment s'opposent à un tel plan. Ils sont pourtant bien informés de la situation sur place, comme le montrera le remarquable travail d'enquête de la journaliste et universitaire Samantha Power[3]. Dès décembre 1993, un rapport de la CIA faisait état de l'importation de quarante tonnes d'armes de petites dimensions. Le renseignement américain annonçait en janvier 1994 que, si les violences repre-

1. Cité par Linda Melvern, *A People Betrayed. The Role of the West in Rwanda's Genocide*, Le Cap-Londres, Zed Books-Naep, 2000, p. 190.

2. Il faut lire le livre écrit par le général Dallaire pour prendre quelque peu la mesure du sentiment de désastre qui allait alors habiter cet homme, dans cette situation où il était voué à l'impuissance, une expérience qui a profondément bouleversé la vie personnelle de cet officier canadien. Voir général Roméo Dallaire, *J'ai serré la main du diable. La faillite de l'humanité au Rwanda*, Montréal, Libre Expression, 2003.

3. Samantha Power, *A Problem from Hell. America and the Age of Genocide*, New Republic Book-Basic Books, 2002.

naient, « le pire scénario impliquerait un demi-million de morts[1] ». Mais, échaudés par leur fiasco en Somalie, les États-Unis plaident pour la non-intervention. Et Washington interdit à ses diplomates de prononcer le mot « génocide » à propos du Rwanda : une telle qualification des événements obligerait à intervenir, en application de la convention de 1948. Par ailleurs, le Conseil de sécurité ne prête guère d'attention à la situation rwandaise, étant déjà très occupé avec la gestion des crises en Bosnie et en Haïti.

Pour Dallaire, la décision du 21 avril de réduire les effectifs de la Minuar, en raison du départ des Belges, constituait le pire des scénarios : les génocidaires ne pouvaient espérer mieux pour continuer sans obstacles leur œuvre de « pacification ». Face à l'immobilisme de l'ONU, il comprit qu'il ne lui restait que les journalistes pour alerter l'opinion. Il les aida autant qu'il le put, considérant qu'un correspondant occidental « valait un bataillon sur le terrain[2] ». Dallaire demanda encore aux États-Unis de neutraliser la station de propagande, Radio-Télévision des Mille Collines, en brouillant ses ondes ou en détruisant ses installations par un tir de missile. « Rien ne fut fait et un fonctionnaire du Pentagone argumenta que ce ne sont pas les radios qui tuent, mais les hommes[3]. » Finalement, le 17 mai, alors que les massacres durent depuis plus de six semaines, le Conseil de sécurité vote le principe de la constitution d'une Minuar 2 sur la base du plan de Dallaire, sans que l'on sache qui fournira les hommes et les crédits nécessaires à une telle opération. Dans sa conférence de presse du 25 mai,

1. *Ibid.*, p. 338.
2. Mais, précise Samantha Power, pas les journalistes qui véhiculent le thème des haines ancestrales.
3. Cité par Samantha Power, *ibid.*, p. 371-372.

Boutros Boutros-Ghali tire déjà un bilan : « C'est un échec, non seulement des Nations unies, mais de toute la communauté internationale. J'ai essayé. J'ai été en contact avec différents chefs d'État et je les ai suppliés d'envoyer des troupes. J'ai échoué. C'est un scandale… Un génocide a été commis[1]. »

C'est bien la première fois que le monde a vécu pour ainsi dire « en direct » la perpétration d'un génocide. Il était impossible de dire en ce cas : « On ne savait pas. » Les témoignages provenant du Rwanda n'ont pourtant pas été en mesure de mobiliser les grandes puissances à faire quoi que ce soit pour l'enrayer[2]. Certes, il y eut finalement l'intervention de la France à la fin juin 1994, qui, elle, bénéficia d'une importante couverture médiatique, y compris télévisuelle. Dix ans plus tard, le Premier ministre de l'époque, Edouard Balladur, défend avec force cette opération, affirmant que son objectif était « strictement humanitaire », et que la France a d'ailleurs été la seule à vouloir faire quelque chose, alors que les autres États se contentaient de demeurer les spectateurs du drame[3]. Mais l'opération « Turquoise », autorisée et légitimée par l'ONU, arrivait bien tard : plusieurs cen-

1. *Ibid.*, p. 196.

2. Je reprends cette expression de Rony Brauman dans son livre *Rwanda. Un génocide en direct*, Paris, Arléa, 1995, bien qu'elle soit discutable. En effet, le « direct » supposerait des équipes de radio et de télévision couvrant sur place l'événement, comme pour une épreuve sportive internationale. À l'évidence, ce n'est pas le cas du Rwanda. L'idée du « direct » peut être néanmoins soutenue puisqu'il a été possible aux journalistes de la presse internationale qui se sont rendus sur place de faire état très vite des massacres perpétrés au grand jour, à mesure qu'ils se propageaient dans le pays ; et que ces reportages ont été relayés assez régulièrement par les médias audiovisuels.

3. Edouard Balladur, « Opération "Turquoise" : courage et dignité », *Le Figaro*, 18 août 2004. Dans cet article, M. Balladur affirme aussi qu'il s'est fermement opposé à un autre scénario : celui

taines de milliers de personnes avaient déjà été tuées. Elle paraissait en outre fort ambiguë, eu égard au soutien notoire que Paris avait apporté à l'ancien régime du président Habyarimana.

Or, au moment où les militaires français arrivent au Rwanda, le FPR a pratiquement gagné la guerre. Si leur intervention permet de sauver des Tutsi, elle rend aussi plus facile le départ précipité d'environ deux millions de Hutu, qui fuient le pays de peur des représailles du FPR. La confusion semble alors totale, puisque ceux qui étaient hier dans le camp des bourreaux apparaissent désormais comme des victimes, d'autant qu'ils sont frappés par une sévère épidémie de choléra. Et les images qui proviennent enfin du Rwanda montrent non pas tant ceux qui ont été victimes de la violence génocidaire que ceux qui en ont été les acteurs ou les complices !

Le supposé « effet CNN » et l'indifférence des États

Dans les trois cas examinés, les témoignages sur les massacres en cours n'ont donc jamais été en mesure de peser sur les décideurs politiques et militaires des États les plus puissants pour que ceux-ci y mettent un terme. Ces États ont tous apporté la même réponse, ou plutôt la même non-réponse : soit ils ont poursuivi la guerre sans se préoccuper de limiter la destruction (cas des juifs), soit ils ont repoussé toute idée d'intervention efficace en temps opportun (cas du Rwanda), soit ils se sont impliqués dans la crise, mais en ne prenant que des demi-mesures (cas de la Bosnie). Leurs attitudes demeurent donc en continuité avec la passivité ou l'indifférence dont ils avaient fait

---

d'une opération militaire dont l'objectif aurait été de prendre le contrôle de Kigali, et donc d'empêcher la victoire du FPR.

preuve avant le déclenchement de la crise proprement dite.

Un fait important marque pourtant les années 1990, par rapport aux années 1940 : les ONG et les médias ont acquis une forte capacité de répercussion des témoignages sur la « scène mondiale ». ONG et médias constituent une sorte de tandem, complexe mais complémentaire, qui peut susciter une pression publique transnationale susceptible de peser sur les décideurs politiques et militaires. Mais faut-il en conclure pour autant qu'il existe désormais ce qu'on appelle un « effet CNN », comme une invitation faite au politique à intervenir du fait de la médiatisation d'une crise ?

Une recherche approfondie réalisée sur les conditions médiatico-politiques de l'intervention américaine en Somalie permet d'en douter, à tout le moins de relativiser une telle affirmation[1]. Mieux vaudrait en fait inverser les termes de cette question, remarque à juste titre Johanna Siméant : « Plutôt que de se demander si une meilleure couverture journalistique aurait amené une meilleure réponse politique, il faut plutôt se demander dans quelle mesure une réponse politique apte à qualifier la situation n'aurait pas structuré une meilleure couverture médiatique[2]. » Dans le cas de la crise yougoslave, la pression médiatique semble avoir eu, laborieusement, un certain impact en 1995, puis, avec les frappes aériennes de l'OTAN dans la guerre du Kosovo, en 1999. Mais s'il est vrai que les États prennent bien plus en compte aujourd'hui le facteur « communication » dans la défense et la

1. Steven Livingston et Todd Eachus, « Humanitarian Crises and US Foreign Policy : Somalia and the CNN Effect Reconsidered », *Political Communication*, 12 (4), 1995, p. 413-429.

2. Johanna Siméant, « Qu'a-t-on vu quand on ne voyait rien ?... », art. cit.

mise en œuvre de leur politique, cela ne signifie pas pour autant que le développement des médias ait fondamentalement modifié leurs conduites.

Il est vrai, comme le note Pierre Hassner, que « les protestations et les gestes de solidarité accompagnent désormais famines et génocides dans les cas de plus en plus nombreux où l'indifférence ne peut plus se cacher derrière l'ignorance. Mais qu'il en résulte un consensus moral et objectif et une légitimité capables d'entraîner ou d'imposer l'adhésion des États et des groupes en conflit, d'arbitrer leurs différends, de juger et de punir leurs agressions et leurs crimes, [...] voilà une illusion et une mystification[1] ».

Dans les années 1990, cette passivité des États-spectateurs a souvent été expliquée par le fait que les opinions publiques des pays occidentaux auraient été réfractaires à l'idée que les soldats de ces pays soient tués dans des conflits qui ne les concernaient pas. Cet argument n'est qu'en partie fondé. Et il ne permet pas de comprendre la passivité dont les Alliés ont fait preuve à l'égard de l'extermination des juifs. La seule manière d'expliquer l'indifférence dont les États font preuve en général dans de telles circonstances est tout simplement de constater que leurs dirigeants n'ont pas la volonté politique d'intervenir – inertie en parfaite cohérence avec la conception dominante de leur rôle dans le système international. Quelles sont en effet les missions premières dévolues aux États modernes, sinon de défendre leurs propres intérêts, leur territoire, leurs richesses, leur économie, leur culture et, en général, leur propre population ?

Pour défendre leurs intérêts, les faire prospérer, les États peuvent s'entendre, se coaliser dans toutes sortes de

1. Pierre Hassner, *La Violence et la Paix*, t. II : *La Terreur et l'Empire*, Paris, Le Seuil, 2003, p. 69.

formules de coopération multilatérale. Le droit international leur reconnaît aussi la possibilité de recourir à l'emploi de la force armée, en cas de légitime défense. Tels sont les principes de base de leur *modus operandi* dans le système mondial actuel. Ainsi, à aucun moment la protection de populations « étrangères », c'est-à-dire ne relevant pas de leur autorité directe, ne peut être considérée comme faisant partie de leur mission *princeps*. À cet égard, l'invention du « droit d'ingérence » revient à vouloir imposer aux États un devoir d'intervention qui semble contraire à leur « nature politique ».

Par exemple, en situation de crise comme au Rwanda, le premier réflexe des États occidentaux n'est pas de séparer les belligérants ou de faire cesser les massacres, mais de sauver des tueries leurs propres ressortissants. S'il arrive que les États interviennent dans ce type de crises, comme au Kosovo en 1999, c'est parce qu'ils y perçoivent en général un intérêt direct ou indirect. Les mobiles de ce qu'on appelle alors une intervention « militaro-humanitaire » peuvent être très divers : prendre pied dans la région en question pour y assurer une présence stratégique (contrôle d'une partie de la zone et/ou accès à ses richesses), enrayer l'engrenage de la crise qui pourrait les impliquer malgré eux, stabiliser les populations sur place pour éviter un éventuel flux de réfugiés vers les pays du Nord. C'est pourquoi l'une des questions fondamentales posées par ce type d'opérations est celle de leur *légitimité*, comme le montre l'intéressante étude comparative de Nicholas Wheeler[1].

Remarquons encore que l'opinion publique américaine ne s'est vraiment mobilisée pour que les États-Unis

1. Nicholas J. Wheeler, *Saving Strangers. Humanitarian Intervention and International Society*, Oxford-New York, Oxford University Press, 2000.

mettent fin à la guerre en Bosnie que lorsque les chaînes de télévision de ce pays ont largement couvert la mort accidentelle de trois hauts fonctionnaires américains près de Sarajevo, le 19 août 1995. Comme l'a noté Richard Holbrooke, « la guerre de Bosnie venait d'arriver aux États-Unis, ce qui a déterminé le président Clinton à faire la guerre aux Serbes, en ayant le sentiment d'avoir l'appui du peuple américain[1] ». Il est vrai aussi que la France, sous la présidence de Jacques Chirac, était alors résolue à faire preuve d'une fermeté plus grande, à la suite de l'« humiliation médiatique » créée par des images de soldats français prisonniers des Serbes. L'intervention de l'OTAN qui en a résulté en septembre 1995 allait être décisive pour lever le siège de Sarajevo. Ce qu'on avait dit impossible ou trop risqué durant plus de trois années de tergiversations venait de se réaliser en trois semaines.

Il est donc rare qu'une intervention « militaro-humanitaire » puisse être considérée comme désintéressée de la part des États, c'est-à-dire ayant pour seul but de sauver des vies. C'est ce qui conduit Samantha Power à conclure que les États-Unis ont toujours fait preuve d'indifférence envers les génocides et meurtres de masse du XXe siècle, quelles que soient les administrations au pouvoir. En ce sens, du point de vue de Washington, « la non-intervention américaine n'est pas un échec mais un succès[2] ». Un tel constat ne s'applique pas aux seuls États-Unis, mais à tous les autres membres du Conseil de sécurité de l'ONU et à la plupart des États. Force est donc d'admettre que les témoignages à propos des massacres en cours n'ont pas joué le rôle espéré de signaux de

1. Richard Holbrooke, *To End a War*, New York, Modern Library, 1999, p. 11. Dans cet accident, quatre Casques bleus français ont également trouvé la mort.
2. Samantha Power, *A Problem from Hell*, *op. cit.*, p. 508.

détresse pour éviter le pire. Ces témoignages ne peuvent prétendre agir dans le présent : ils seront pour l'Histoire, pour la mémoire, attestant la tragédie qui s'est déroulée dans le tohu-bohu du monde.

CHAPITRE IV

Les dynamiques du meurtre de masse

Ainsi le massacre résulte-t-il à la fois de l'évolution interne d'un pays et d'un contexte régional et international qui le favorise. Mais comment concrètement peut-il prendre de l'ampleur ? Comment devient-il un véritable meurtre de masse, constitué de dizaines, de centaines, voire de milliers de massacres plus ou moins importants ? Le doute n'est plus possible : une véritable politique de destruction organisée d'un groupe particulier s'est mise en place. Ce processus de destruction, notons-le, est souvent associé au mouvement concomitant d'appropriation des richesses de ce groupe : meurtre de masse et vol de masse vont souvent de pair. Nous entrons alors dans l'œil du cyclone qui est en train de ravager un pays, sinon toute une région. Nous sommes dans cette période, plus ou moins brève, qui à travers le *passage à l'acte* collectif, évolue vers le massacre de masse.

Les dynamiques collectives de ce processus d'extrême violence sont assurément multiples : chacune possède une histoire particulière, selon les pays[1]. *A priori*, tout sépare la grande Allemagne déjà fortement industrialisée du petit Rwanda largement rural. La diversité des parcours historiques n'empêche pourtant pas de repérer des

1. Le chapitre suivant prolongera cette réflexion en se situant du point de vue des individus devenus des meurtriers de masse.

problématiques communes très éclairantes, qui permettent de construire une sociologie politique du meurtre de masse. Ce chapitre en examine les dynamiques, sous l'angle de ces logiques collectives, à partir des quatre axes suivants :

– *L'impulsion centrale :* dans les cas étudiés, on remarque que la multiplication des massacres ne procède évidemment pas du hasard, d'on ne sait quelle haine tribale ou ethnique ancestrale, mais bien d'une volonté délibérée de mettre en œuvre une politique de destruction. Se pose donc la question de l'identification de cette volonté centrale, qui produit un changement d'échelle dans le massacre : d'épisodique il devient systématique. Dans les cas étudiés, cette impulsion décisive provient de ceux-là mêmes qui sont au sommet du pouvoir.

– *Les acteurs étatiques et para-étatiques :* de là provient la mobilisation des principaux opérateurs de la violence de l'État (armée et police), voire la constitution d'acteurs spécifiques, créés pour impulser et perpétrer les massacres (milices et autres groupes de tueurs spécialisés). Les premiers se trouvent détournés de leurs fonctions premières, les seconds sont spécialement formés pour ce genre de missions. Les uns et les autres vont avoir en charge d'organiser et d'exécuter l'essentiel des massacres.

– *L'opinion publique et la participation populaire :* les massacres sont-ils connus du public ? Obtiennent-ils son adhésion ? La question de l'opinion a déjà été abordée précédemment. Dans la période d'exécution des massacres, il est essentiel d'y revenir pour savoir dans quelle mesure cette opinion y adhère ou non, ferme les yeux, ou bien montre des signes de désapprobation. Car une chose est d'initier au meurtre de masse, une autre est de parvenir à susciter l'adhésion de la société à ce processus de violence.

– *Les morphologies de la violence extrême :* la convergence de ces trois facteurs aboutit à des formes d'extrême violence, dont le massacre est l'expression la plus spectaculaire. Ces « morphologies » du massacre prennent des formes diverses (tueries sur place ou après déportation) et varient selon les procédés de meurtre utilisés (feu, fusillade, gaz, etc.). D'autres variables sont encore à prendre en compte, telles que la géographie des territoires où les massacres sont commis, les initiatives que peuvent prendre des acteurs locaux, l'ampleur de la guerre, etc.

Ces scénarios ne sont pas écrits à l'avance. Au niveau de l'impulsion donnée par ceux qui décident et organisent le massacre, il peut y avoir du « jeu » – répits ou soudaines accélérations – en fonction de l'évolution de la guerre et du contexte international. Il peut y avoir encore du « jeu » chez les acteurs désignés, certains pouvant refuser de participer aux tueries ou au contraire anticiper les ordres, du « jeu » aussi du côté de l'opinion publique qui peut finir par manifester sa réprobation, du « jeu » encore sur le terrain parce que rien ne se passe comme prévu et que les réactions des victimes ne sont pas celles qui étaient attendues, etc. Bref, si le processus de destruction monte en puissance, il n'est pas totalement déterminé. Il n'est véritablement achevé qu'au moment de la mort des victimes désignées. Mais plus ce processus progresse sans rencontrer de freins, plus il devient difficile de l'enrayer.

Du processus de décision et de ses responsables

Le massacre ne peut s'étendre à grande échelle que si une autorité centrale y incite plus ou moins ouvertement. On peut soutenir qu'un pogrom, une émeute, un lynchage ressortissent à des formes de violence spontanée d'un groupe ou d'une foule. Encore que les études empiriques sur de tels phénomènes attestent bien souvent qu'ils ont été préparés par des leaders[1]. L'idée d'une « violence spontanée des masses » n'est le plus souvent qu'argument de propagande, utilisé par des pouvoirs qui cherchent à masquer leur responsabilité première dans le déclenchement de ces violences. Nul doute, dans les cas qui nous occupent ici, que se constitue progressivement une *volonté centrale* de détruire partiellement ou totalement une ou plusieurs populations définies comme hostiles, inutiles, nuisibles, etc.

Qui va être le porteur de cette entreprise du meurtre de masse ? Un petit groupe d'hommes (il y a rarement des femmes parmi eux) dont on peut affirmer qu'ils sont au centre du projet de mort collective, tâche qu'ils définissent bien souvent comme « historique », qu'ils jugent de ce fait à la fois nécessaire et exaltante, au nom de leur peuple, de leur « race », de leur vision politique concernant l'avenir de leur pays. Pour l'Allemagne nazie, outre Adolf Hitler, citons les noms d'Hermann Göring, Heinrich Himmler, Reinhardt Heydrich. Pour l'ex-Yougoslavie, ceux de Slobodan Milosevic, Vojslav Seselj, Radovan Karadzic et Biljana Plavsic (dirigeants des Serbes de Bosnie), Matte Boban. Au Rwanda, on connaît moins ceux de Théodore Sindikubwabo, président du gouvernement intérimaire[2], de Jean Kambanda, Premier ministre de ce même gouver-

1. Outre les travaux de Donald L. Horowitz, déjà cité, je pense encore à ceux de Steven I. Wilkinson, « Froids calculs et foules déchaînées. Les émeutes intercommunautaires en Inde », *Critique internationale*, n° 6, hiver 2000, p. 125-142. Celui-ci montre que les massacres entre hindous et musulmans tendent à croître avant des élections parce que ceux qui les déclenchent espèrent en tirer profit sur le plan électoral.

2. Ancien président du Conseil national du développement (CND), c'est-à-dire le Parlement du Rwanda.

nement, des colonels Théoneste Bagosora ou Augustin Bizimungu.

Comment donc ces hommes en viennent-ils à coopérer pour organiser ce qu'on pourrait appeler une politique du massacre ? De quelle manière se trouvent-ils impliqués dans sa mise en œuvre pratique ? Des ouvrages spécialisés (notamment des biographies) tentent de le comprendre, quoique les histoires respectives de ces acteurs conservent souvent encore bien des parts d'ombre. Indépendamment de leurs rôles respectifs, ce qui compte, c'est que le pouvoir de ces dirigeants est généralement perçu comme légitime aux yeux de leur propre population. En effet, la légitimité du pouvoir d'un Hitler ou d'un Milosevic n'est pas contestée, dans leurs pays respectifs, au moment des faits ; pas plus que celle du gouvernement provisoire rwandais, constitué après la mort du président Habyarimana, qu'aucune grande puissance ne remet en cause à l'époque. Or, c'est bien parce que ceux-ci ont les attributs de la légitimité que leurs subalternes, au sein même de l'appareil d'État, acceptent de se mettre à leur service, y compris pour mettre en œuvre cette entreprise de mort (même si des éléments réfractaires à cette politique peuvent se manifester)[1]. Est-ce à dire que l'adhésion du plus grand nombre à leur autorité est suffisante pour commander le massacre, toujours et partout, à la manière dont un général commande une armée ? Certainement pas. Les dynamiques de développement du meurtre de masse sont fluctuantes : elles

1. Je retrouve ici la grille d'analyse que j'ai utilisée dans mes travaux sur la Résistance : c'est l'attitude du pouvoir politique vaincu par la puissance occupante qui donne le ton à la population, l'incitant soit à collaborer, soit à résister aux autorités d'occupation. Voir notamment le chap. IV, « La question de la légitimité », de mon livre *Sans armes face à Hitler. La résistance civile en Europe (1939-1943)*, Paris, Payot, 1998, p. 73-92.

relèvent d'un grand nombre de facteurs de contexte, comme ce chapitre voudrait le suggérer.

Allemagne nazie : la prééminence d'Hitler

Néanmoins, sans cette autorité centrale et légitime qui impulse et organise le massacre, on voit mal comment celui-ci pourrait prendre une grande ampleur. Les travaux les plus récents sur l'Allemagne nazie ne disent pas autre chose, en mettant en relief la fonction prééminente du Führer dans le développement de mesures de plus en plus radicales contre les juifs. Ne nous représentons pourtant pas l'État nazi comme une machine très hiérarchisée allant du dictateur au plus petit échelon de l'individu. L'État nazi, loin d'être un système parfaitement cohérent, ressemble à un conglomérat enchevêtré et instable d'administrations proliférantes. Refusant de s'impliquer dans la gestion administrative, le Führer délègue constamment ses pouvoirs, le plus souvent à travers des ordres verbaux, dans des termes assez vagues, qui laissent place à l'interprétation et à l'initiative de ses subordonnés. En même temps, Hitler fait valoir sa volonté farouche de s'affranchir de toute loi, que ce soit celle de l'État ou même celle de son parti. De ce fait, nombre d'administrations se trouvent placées en compétition les unes avec les autres pour répondre au mieux aux « attentes » du Führer, qui reste la clé de voûte du système. Ainsi, jusqu'en 1939, la politique antisémite du régime « zigzague » du fait des interactions entre plusieurs centres de pouvoir. Celle-ci n'en garde pas moins une direction claire : faire partir les juifs et s'approprier leurs biens. Comme le remarque l'historien anglais Marc Roseman, c'est bel et bien Hitler qui, à travers ses interventions sporadiques, donne à la persécution une accélération ou un frein[1].

Avec l'occupation de la Pologne, cette politique antisémite s'aggrave brutalement. Elle n'est d'ailleurs que l'une des expressions de la violence du pouvoir hitlérien, qui frappe simultanément bien d'autres victimes que les juifs. En effet, le contexte de guerre offre aux nazis les plus déterminés des possibilités nouvelles de mettre en œuvre leurs aspirations profondes, que ce soit pour améliorer la « race » ou conquérir un « espace vital » à l'Est. Dans les deux cas, Hitler est encore celui qui impulse ou autorise les mesures les plus radicales.

En matière d'amélioration de la « race », il ordonne en secret le meurtre des malades mentaux et des infirmes (mesure déjà annoncée dans *Mein Kampf*), son médecin personnel, Karl Brandt, étant l'un des maîtres d'œuvre de ce programme avec Philip Bouhler, directeur de sa chancellerie et *Reichsleiter*. Fait rarissime, Hitler donne une instruction écrite en ce sens, datée du 1er septembre 1939, c'est-à-dire le jour même de l'attaque de la Pologne, comme si la guerre ouvrait désormais en grand la possibilité du massacre. Pour la première fois, le régime nazi s'autorise à tuer de manière « rationnelle » un groupe défini de sa propre population. Après divers essais, c'est la méthode de tuerie par le gaz (monoxyde de carbone) qui est retenue, la première expérience concluante étant effectuée en janvier 1940 sur une quinzaine de patients, dans l'ancienne prison de Brandebourg.

En matière de conquête de l'« espace vital », c'est la population polonaise, juive ou non juive, qui en fait aussitôt les frais. Le 22 août 1939, Hitler déclare sans ambiguïté à ses généraux que « le but [de la campagne de

1. Marc Roseman, *Ordre du jour : génocide. Le 20 janvier 1942*, Paris, Louis Audibert, 2002.

Pologne] est de liquider les forces vives, et non d'atteindre une ligne donnée[1] ». L'occupation de la Pologne, d'emblée très sévère, conduit des officiers allemands à dénoncer les exactions commises par certains de leurs hommes. Sans doute est-il alors encore possible de limiter le développement de cette violence contre les civils en appelant les soldats à plus de retenue. Mais Hitler, alerté, réagit en amnistiant tous ceux qui ont commis ces exactions et retire à l'armée l'administration du pays. Des officiers supérieurs, comme le commandant von Küchler, qui s'est farouchement opposé à ces exactions, doivent s'incliner. Autrement dit, c'est le chef de l'État en personne qui garantit lui-même l'impunité aux militaires, ce qui entraîne irrésistiblement la Wehrmacht à s'engager de plus en plus dans la perpétration de massacres. Cette attitude du Führer est révélatrice de sa prédisposition personnelle : quand il est devant un conflit à trancher, il opte pour la solution la plus radicale, c'est-à-dire la plus brutale.

Tout se passe comme si les impulsions du Führer consistaient à repousser les limites, par étapes, et à briser les interdits les plus fondamentaux. Il encourage ainsi ce qu'on pourrait appeler un climat d'*impunité de la pensée*, dont les historiens allemands Götz Aly et Suzanne Heim ont montré qu'elle caractérisait aussi divers experts et technocrates du régime[2]. En effet, des économistes, des démographes et autres statisticiens n'hésitent pas à écha-

1. Cité dans Dominique Vidal (éd.), *Les historiens allemands relisent la Shoah*, *op. cit.*, p. 118.

2. Götz Aly et Suzanne Heim, *Vordenker der Vernichtung. Auschwitz und die deutschen Pläne für eine neue europäische Ordnung*, Hambourg, Hoffman und Campe Verlag, 1991. Pour une présentation de ce livre en français, on se reportera au livre de Dominique Vidal précédemment cité, lequel a fait par ailleurs une présentation intéressante d'autres ouvrages écrits par des historiens allemands.

fauder des plans grandioses pour construire une Europe germanique et « moderne », en préconisant des déplacements massifs de populations, voire leur dépérissement. Ces experts sont d'autant plus encouragés à proposer de tels projets qu'Hitler est convaincu qu'il faut, pour établir la suprématie de la « race aryenne », bouleverser les « rapports ethnographiques » de l'Europe.

Ainsi, dès le 7 octobre 1939, il nomme Heinrich Himmler commissaire du Reich pour la consolidation de la germanité. Son rôle est de faire rapatrier les Allemands vivant en dehors du Reich vers les territoires polonais nouvellement conquis, ce qui suppose de regrouper ou d'expulser les populations indésirables résidant sur ces territoires, à commencer par les juifs. L'idée de les mettre dans une « réserve », du côté de Lublin, est vite abandonnée. Des ghettos sont créés, à titre provisoire, pour les isoler du reste de la population, le premier étant formé près de Lodz le 28 septembre 1939. On commence aussi à déporter par trains les juifs du Grand Reich vers ces territoires polonais, conçus comme un dépotoir. Simultanément, Himmler fait venir en Pologne les nouveaux colons allemands. Tôt ou tard, un problème de surpopulation va se poser. Le 12 mars 1940, Hitler déclare que la question juive est une question d'espace et qu'il n'y en a pas assez. De fait, au 15 novembre 1940, « seulement » 5 000 juifs de Prague et de Vienne, ainsi que 2 800 Tziganes, ont été déportés.

Si la Pologne n'est même pas capable d'« absorber » les juifs d'Allemagne et, moins encore, les siens, que peut-on donc en faire ? Quel destin pour ces 2 millions de juifs tombés subitement sous la domination nazie ? Le projet extravagant de les envoyer à Madagascar est sérieusement envisagé par les services d'Himmler en 1940, après la défaite de la France. Mais l'impossibilité de vaincre militairement la Grande-Bretagne (et donc de s'assurer le contrôle des mers) rend ce projet encore plus irréaliste. Du coup, la solution provisoire des ghettos se prolonge et les conditions de vie y deviennent tellement épouvantables que le taux de mortalité ne cesse de s'accroître. Cette situation ne peut sans doute pas durer, d'autant que les ghettos deviennent des foyers importants de propagation du typhus, dont les Allemands ont très peur. Des mesures encore plus radicales commencent à être envisagées, alors même que la guerre contre l'Union soviétique n'est pas encore déclenchée.

Rwanda : un appel public au génocide

Au Rwanda, plusieurs faits ou documents attestent que les massacres d'avril 1994 ont été préparés durant les mois précédents par un petit groupe proche du président Habyarimana. En fait-il lui-même partie ? Ou seulement sa femme et plusieurs membres de l'*Akazu*[1] ? En tout cas, un groupe composé de militaires, de dirigeants politiques, d'intellectuels et de quelques hommes d'affaires commence à croire, dès 1991-1992, que la seule façon d'empêcher une victoire totale du FPR est de mobiliser la population pour des tueries de Tutsi à grande échelle. En 1992, certains ont identifié un « Réseau Zéro », opérant secrètement à l'ombre du pouvoir, qui décide de l'assassinat d'opposants politiques, voire commandite des massacres[2]. Et le colonel Déogratias Nsabimana, chef d'état-

1. L'*Akazu*, ou « Petite Maison », désigne un réseau de personnes œuvrant autour du président de la République, provenant de sa région d'origine (le nord du Rwanda). Son épouse et les proches de celle-ci en font partie. En cas de besoin, ce réseau s'adressait directement au colonel Bagosora, par ailleurs apparenté à la femme du président.

2. Cf. Filip Reyntjens, « *Akazu*, "escadrons de la mort" et autres "Réseau Zéro" : un historique des résistances au changement politique

major, n'a-t-il pas déjà envoyé à ses subordonnés, le 21 septembre 1992, un mémorandum secret dans lequel les Tutsi étaient définis comme l'ennemi de l'intérieur ? Ce texte faisait partie du rapport rédigé par une dizaine d'officiers qui, en décembre 1991, avaient été chargés d'étudier les moyens de vaincre l'ennemi sur les plans militaire, médiatique et politique[1]. Dans ce document, les militaires faisaient donc leur propagande distillée par les extrémistes hutu. Ainsi, fin 1992, des listes de « suspects » tutsi et d'opposants hutu sont élaborées : ils font partie des tout premiers ennemis à arrêter en priorité (à tuer ?), en cas de crise.

Outre la nécessité de combattre militairement l'ennemi intérieur, certains voient aussi l'intérêt d'associer plus directement la population civile à ce combat. Quelques jours après l'attaque du FPR, le président Habyarimana a lui-même préconisé, au cours d'une allocution radiophonique, la création d'une force d'autodéfense, dotée d'armes blanches plutôt que de fusils[2].

D'autres voix se sont prononcées en faveur de cette force d'autodéfense civile, dont celle de l'intellectuel Ferdinand Nahimana, enseignant à l'université de Butare, qui deviendra bientôt un éminent propagandiste sur les ondes de la Radio des Mille Collines. Un autre intellectuel, Léon Mugesera, prononce aussi durant cette période un discours demeuré célèbre. Le 21 novembre 1992, lors d'un rassemblement du parti du président, le MNRD, il annonce que, pour réagir à la menace de l'invasion du FPR, la seule solution est de jeter les Tutsi dans la rivière

---

depuis 1990 », dans André Guichaoua (éd.), *Les Crises politiques au Burundi et au Rwanda (1993-1994)*, *op. cit.*, p. 265-273.

1. Cité par Alison Des Forges (éd.), *Aucun témoin ne doit survivre*, *op. cit.*, p. 77.

2. *Ibid.*, p. 134.

Nyabarongo. Il appelle la population à se soulever et propose une autre version de l'Évangile : « Si on te donne une gifle sur une joue, tu en donneras deux en retour », et finit par comparer les Tutsi à de la vermine ou à des serpents. Or chacun sait ce qu'il doit faire dans ce pays avec les serpents : « Sachez que celui à qui vous ne couperez pas le cou, c'est celui-là même qui vous le coupera », conclut-il[1]. Quand exactement les partisans de cette force d'autodéfense civile se mettent-ils à la préparer ?

À la date du 1er février 1993, l'agenda du colonel Théoneste Bagosora, directeur de cabinet du ministre de la Défense, esquisse en ce sens un véritable programme de formation de civils – de préférence des « hommes mariés », précise-t-il (ils seront motivés à se battre) – encadrés par des militaires. Des détails sont donnés sur la nature de l'armement à fournir à ces hommes[2]. Mais la question est de savoir à quel moment ce plan sera mis en œuvre.

Au même moment débutent les négociations d'Arusha, supposées aboutir à un accord de paix entre le FPR et le gouvernement rwandais. Entre cette solution politique à la crise par la négociation et cette autre solution visant à armer le peuple contre la menace tutsi, laquelle va l'emporter ? Courant 1993, Bagosora et ses amis pré-

1. Léon Mugesera est l'exemple type de cet intellectuel incendiaire décrit au chap. II. Sur le fond, ses propos reprennent le contenu menaçant de la « prophétie » du président Kayibanda, le 11 mars 1963. Mais son expression est bien moins alambiquée que celle de l'ancien président rwandais. Mugesera sait parler au peuple dans un style direct. Tous les thèmes sont là pour susciter sa passion destructrice : la menace de l'invasion, la subversion du religieux, la destruction du lien social, l'animalisation de l'ennemi, etc. À lui seul, ce discours mériterait une analyse anthropologique et linguistique en kinyarwandais. C'est le prototype même du discours qui tue à l'avance avec des mots. Cf. *ibid.*, p. 104-105.

2. *Ibid.*, p. 131.

parent leur propre scénario « militaro-populaire ». Ils y sont d'autant plus enclins que le FPR reprend les hostilités en février 1993, tuant plusieurs centaines de civils à Ruhengeri et aux environs[1]. Des associations de défense des droits de l'homme portent alors des accusations crédibles contre le FPR, affirmant que celui-ci a assassiné, durant cette période, au moins huit responsables gouvernementaux rwandais et leurs familles, tué des membres du parti politique du président et au moins deux cents autres civils[2]. Les extrémistes hutu ont beau jeu de dire que le FPR n'entend aucunement négocier un accord de paix, mais cherche en réalité à conquérir le pouvoir pour lui seul. À leurs yeux, il devient donc d'autant plus urgent de préparer une résistance populaire. Estimant que les armes à feu sont trop chères pour être distribuées à une grande échelle, ils préconisent l'achat en nombre de machettes, cet outil agricole principalement utilisé pour couper les arbres et les buissons. Les chiffres l'attestent : en 1993, le volume d'importation de ces machettes est anormalement élevé. De janvier 1993 à mars 1994, 581 000 machettes sont arrivées au Rwanda, soit le double de ce qui était habituellement commandé chaque année. Fin 1993, on estime que ces stocks de machettes neuves étaient déjà répartis dans le pays : il y en avait une à disposition pour un homme sur trois. Par ailleurs, 85 tonnes de munitions (comme des grenades) sont également réparties dans le pays[3]. Durant la même période, on note encore une aug-

1. *Ibid.*, p. 817.
2. *Ibid.*, p. 134.
3. La journaliste Linda Melvern précise que ces machettes (et d'autres outils agricoles pouvant servir d'armes), principalement importées de Chine, sont parvenues au Rwanda en dix-huit commandes distinctes. Avec l'achat parallèle de munitions, comment le Rwanda, l'un des pays les plus pauvres du monde, a-t-il pu faire de telles dépenses, estimées à 100 millions de dollars ? Grâce au

mentation exceptionnelle de l'importation de postes de radio et de piles.

La signature des accords d'Arusha, en août 1993, aurait pu pourtant apporter la paix, dans la mesure où ils reposaient sur un partage du pouvoir entre toutes les parties en conflit. Mais ces accords restaient très fragiles (cf. chapitre III). Quelques mois plus tard, l'assassinat du président hutu du Rwanda, le 6 avril 1994, constitue l'événement qui prouve qu'il faut désormais passer à l'action. Mais la population va-t-elle suivre les consignes ? Les Hutu vont-ils effectivement se mettre à éliminer non seulement les Tutsi, mais aussi ceux qui, bien que hutu, font preuve de modération ?

C'est le cœur de la tragédie historique que vit le Rwanda au lendemain de l'assassinat du président, le 7 avril 1994. Il est alors certain que les massacres ont été préparés centralement par un groupe proche du pouvoir. Il est encore certain que ce groupe bénéficie de nombreuses complicités dans l'appareil d'État. Mais il manque encore à ce groupe la légitimité politique qui lui permettrait de susciter l'adhésion de la population. Était-il prêt à agir – si oui, quand ? – s'il n'y avait pas eu l'assassinat du président rwandais ? En tout cas, c'est à la faveur de sa disparition que ce groupe s'octroie la légitimité politique qui lui faisait défaut. Profitant du vide provoqué par la mort du président, il forme aussitôt un gouvernement intérimaire, dont le président devient Théodore Sindikubwabo et le Premier ministre Jean Kambanda, deux extrémistes hutu notoires. Exploitant le choc émotionnel provoqué par l'attentat, ceux-ci appellent la population à se défendre

---

détournement des fonds de la World Bank, affirme-t-elle, l'économie du Rwanda étant depuis 1990 soumise à un programme d'ajustement structurel du FMI. Cf. Linda Melvern, *Conspiracy to Murder. The Rwandan Genocide*, Londres-New York, Verso, 2004, p. 56.

contre les *Inyenzi*. Un symbole : le fils du premier président du Rwanda, Mbonyumutwa Kayibanda, intervient lui-même à la radio avec des mots d'une rare violence, accusant les Tutsi de vouloir commettre un génocide contre les Hutu : « Ils vont exterminer, exterminer, exterminer, exterminer. Ils vont exterminer jusqu'à ce qu'ils restent seuls dans ce pays pour que ce pouvoir que leurs pères avaient gardé pendant quatre cents ans, eux, ils le gardent pendant mille ans[1] ! »

La majorité des Rwandais n'a alors aucune raison de douter que ceux-ci représentent la nouvelle voix officielle du pouvoir ; d'autant que les principaux médias, et, en premier lieu, la Radio-Télévision des Mille Collines, appellent carrément à faire la chasse à mort aux Tutsi. En quelque sorte, les nouvelles autorités politiques ont décrété la mobilisation générale du peuple en armes pour défendre le régime contre les *Inyenzi*. Dans les faits, cet appel à la mobilisation des Hutu n'est rien d'autre qu'un extraordinaire appel public à commettre un meurtre de masse contre une minorité et ses alliés, désignés comme l'ennemi mortel.

Yougoslavie : la dislocation du système fédéral

En Yougoslavie, la situation est complètement différente. Néanmoins, le rôle prééminent d'un Slobodan Milosevic dans le basculement vers la guerre, pour faire fuir les populations indésirables, ne fait pas de doute. Doit-on cependant considérer que celui-ci est le seul responsable de l'entreprise de « nettoyage ethnique » des années 1990 ? Ce serait une vision bien trop schématique. Un acteur politique international, fût-il un chef d'État,

1. Cité par Jean-Pierre Chrétien (éd.), *Rwanda*, *op. cit.*, p. 300.

évolue nécessairement dans un environnement complexe qu'il ne peut jamais totalement maîtriser. Dans quelle mesure sa politique est-elle le produit de contraintes dont il n'a guère le contrôle ? Ou bien est-il assez puissant pour faire jouer les contingences historiques en sa faveur ? Assurément, un Adolf Hitler réussit en quelques années à « forcer l'Histoire » dans son sens, pour faire de l'Allemagne la première puissance maîtresse de l'Europe, quitte à faire basculer le monde entier dans la guerre. Mais pour un Slobodan Milosevic, le jugement est certainement à nuancer.

À la fin des années 1980, les nationalistes serbes ne sont pas les seuls à tirer dans le sens du « déglingage » de la Yougoslavie. Les Slovènes et les Croates veulent aussi leur indépendance. On pourrait dire qu'il y a alors un « effet de système », de nature centrifuge, qui l'oriente vers sa désintégration, comme divers auteurs l'ont théorisé[1]. Dans le contexte de l'effondrement du communisme en Europe, c'est le système fédéral yougoslave lui-même construit par Tito qui ne résiste pas aux pressions nationalistes. Après tout, les premiers à avoir manifesté leurs aspirations nationales, une fois celui-ci disparu, sont les Albanais du Kosovo en 1981, ce qui, en réaction, a parallèlement provoqué la mobilisation croissante des Serbes de la province[2]. Considérer Milosevic comme celui qui téléguide en coulisses les volontés de changement, s'exprimant alors à Lubljana, Zagreb ou Pristina, revien-

1. Voir, par exemple, Kalevi J. Holsti, *The State, War, and the State of War*, Cambridge, Cambridge University Press, 1996, ou William Zartmann (éd.), *Collapsed States. The Disintegration and Restoration of Legitimate Authority*, Boulder, Lynne Rienner, 1995.

2. Voir Michel Roux, *Les Albanais en Yougoslavie. Minorité nationale, territoire et développement*, Paris, Maison des sciences de l'homme, 1992 ; et Joël Hubrecht, *Kosovo. Établir les faits*, Paris, Esprit, 2001.

drait donc à donner du personnage une représentation mégalomaniaque. N'imaginons pas celui-ci comme un dictateur dirigeant à la baguette toutes les forces politiques de la Serbie et des autres nationalités. Certes, il hérite des structures de la dictature titiste et sait habilement en jouer, en bon apparatchik communiste. Mais nombre de témoignages, y compris au cours de son procès à La Haye, attestent qu'il exerce son pouvoir de manière assez solitaire, en compagnie et sous l'influence de sa femme. Pour parvenir à ses fins, « Milosevic apparaît avant tout comme un grand manipulateur, se laissant porter par les courants et sachant se servir des uns ou des autres au moment opportun, aux seules fins de renforcer son pouvoir [1] ».

Du reste, quand il prend le contrôle de la Ligue des communistes de Serbie, en 1987, Milosevic entend toujours agir dans le cadre de l'unité yougoslave. Mais, très vite, le contexte international radicalement nouveau l'incite à mettre en œuvre une nouvelle ligne politique, qui n'était pas préméditée. Pour Joseph Krulic, tout se passe alors comme si le système politique yougoslave était dans l'incapacité de gérer ces bouleversements en cascade. Il s'appuie sur la théorie de David Easton, qui considère qu'un système politique trop sollicité par des demandes *(input)* ne peut plus fournir de réponses appropriées *(output)*. Ce « décrochage » était d'autant plus possible dans le cas de la Serbie que « la culture politique héritée ne donnait pas les catégories qui rendent lisible et supportable le changement et qu'une partie de la population se sentait menacée par ce changement [2] ». En

1. Entretien avec Joël Hubrecht (4 décembre 2003).

2. Joseph Krulic, « Réflexions sur la singularité serbe », art. cit., p. 111. Pour une présentation de la théorie du système politique de David Easton, se reporter à Philippe Braud, *Sociologie politique*, 4e éd., Paris, LGDJ, 1998, p. 160 *sq.*

conséquence, les oppositions entre Serbes, Slovènes et Croates étaient probablement devenues irréconciliables en 1990, et l'éclatement de la Yougoslavie inévitable. Mais la guerre devait-elle être pour autant au rendez-vous ?

Après tout, le retrait de la Slovénie et de la Croatie de la fédération aurait pu se dérouler sans heurts notables, dans la mesure où elles ne remettaient pas en cause leurs frontières respectives. La gestion politique pacifique de ces séparations n'était pas impossible. Mais il ne pouvait plus en aller de même avec la Serbie dès lors que Milosevic, s'appuyant sur les revendications des nationalistes serbes, visait à retracer ses frontières pour permettre à tous les Serbes de vivre dans un même État. C'est pourquoi la transition politique s'est transformée en une transition guerrière, pour reprendre l'expression de Marina Glamocak[1]. Milosevic a donc alors contribué à transformer la crise politique en guerre, une guerre de « redécoupage ethnique » des territoires. A-t-il pour autant, en 1990, un plan déjà arrêté et précis ? Le politiste anglais James Gow préfère plutôt parler d'un *projet adaptable et flexible*, mais non d'un plan unique et détaillé sur la façon d'atteindre les buts fixés, à savoir s'emparer de divers territoires pour les rattacher à la Serbie, y réunir tous les Serbes et vider les territoires comme le Kosovo des éléments non serbes : « Les plans allaient et venaient selon les besoins et les occasions, mais le projet continuait[2]. » Ainsi Milosevic estime-t-il important de soutenir en 1990 la rébellion des Serbes nationalistes de Croatie contre Tudjman. L'historien américain Tim Judah rapporte les

1. Marina Glamocak, *La Transition guerrière yougoslave*, Paris, L'Harmattan, 2002.

2. James Gow, *The Serbian Project and Its Adversaries. A Strategy of War Crimes*, Londres, Hurst & Co, 2003, p. 12.

agissements de Belgrade en ce sens, qui se traduisent concrètement par la livraison d'armes aux dirigeants sécessionnistes[1]. Mais Judah note un point intéressant : Milosevic n'avait peut-être pas réellement envie de réaliser son plan. Peut-être croyait-il que les Croates auraient peur et décideraient de rester dans la fédération. Ce qui est certain, c'est que Milosevic considérait qu'armer les Serbes vivant à l'extérieur de la Serbie était une bonne idée, en vue de la construction d'un État serbe élargi.

De son côté, Franjo Tudjman cherche au même moment à se doter de ses propres forces policières et militaires, dans la perspective même de la formation d'un État croate. Selon Marina Glamocak, les importations d'armes provenant d'Espagne *via* l'Autriche, pour être ensuite acheminées vers la Slovénie et la Croatie (à travers les réseaux de l'*Opus Dei*), débutent en juillet 1990[2]. Elle souligne également que les détachements (paramilitaires) du parti de la Communauté démocratique croate (HDZ) de Tudjman entrent en action durant la même période. Se prépare-t-il, lui aussi, à la guerre ? En tout cas, c'est la déclaration d'indépendance de Zagreb, le 25 juin 1991, qui radicalise l'agitation croissante des nationalistes serbes, au cours de l'été, surtout en Krajina. Dans la ville de Knin, par exemple, les policiers refusent de porter le nouvel uniforme croate. Et les Serbes perçoivent comme une véritable provocation le fait que la Croatie reprenne comme symbole national le drapeau à damiers rouges et blancs de triste mémoire[3]. Les heurts entre Serbes et

1. Tim Judah, *The Serbs. History, Myth and the Destruction of Yugoslavia*, New Haven, Yale University Press, 1997, p. 169.

2. Marina Glamocak, *La Transition guerrière yougoslave*, *op. cit.*, p. 136.

3. Aux yeux des Serbes, c'est l'emblème du régime fasciste de Pavelic. Le damier croate est en fait un symbole médiéval, qui a été

Croates ne cessent alors de se multiplier. La guerre n'est plus loin.

À la recherche de LA *décision ?*

En somme, dans un contexte où le nationalisme des uns nourrit le nationalisme des autres, est-il vraiment possible d'isoler le moment précis de la décision, à travers lequel la crise bascule dans la guerre et le massacre ? Leur refus commun de tout compromis précipite le passage à l'acte. L'imbrication du jeu des acteurs est telle qu'ils finissent par se ressembler. Et c'est en fin de compte de ce binôme conflictuel que surgit la violence, même si l'un des deux se montre plus prompt à agresser l'autre.

Tout cela atteste la difficulté à définir, chez ceux-là mêmes qui en sont les premiers responsables, le moment décisif du passage à l'acte dans le massacre. Si Hitler impulse et « recharge » sans cesse la violence de ses hommes, quelle est donc l'impulsion la plus déterminante parmi la cascade de mesures qu'il prend contre les juifs tout au long de ses années au pouvoir ? Est-ce le 31 juillet 1941, quand Göring ordonne à Heydrich de « prendre toutes les mesures préparatoires nécessaires [...] pour obtenir une solution totale de la question juive dans la zone d'influence allemande en Europe » ? Ou bien le 18 octobre 1941, quand toute émigration des juifs hors du Reich est interdite ? Est-ce plutôt à la mi-décembre 1941, juste après l'entrée en guerre des États-Unis ? Ou bien le 20 janvier 1942, quand Heydrich réunit à Berlin, dans le quartier de Wannsee, une quinzaine de hauts fonctionnaires nazis pour décider du sort des juifs européens et des

repris en 1991 avec une nuance dans les couleurs (par rapport à celui de 1941).

couples mixtes ? Est-ce encore plus tard ? Les historiens avancent des interprétations sensiblement différentes (nous allons y revenir). Notons que le cas rwandais soulève la même discussion. Doit-on, par exemple, considérer que le tournant vers les massacres de 1994 est déjà pris dès la fin de 1992, du fait du regroupement politique de tous ceux qui vont constituer le *Hutu Power* ? Ou faut-il plutôt considérer que c'est la préparation du plan d'autodéfense civile, au printemps 1993, qui constitue plus concrètement un tel tournant ? À moins que ce ne soit avant octobre 1993, après l'assassinat du président du Burundi[1] ?

Pour lever de telles ambiguïtés, on peut certes se référer aux discours publics prononcés par les principaux leaders. Leur propos est en effet d'une importance considérable, dès lors qu'ils n'hésitent pas à faire appel à une violence ouverte contre un groupe, d'autant que ce sont des dirigeants légitimes. Mais on aurait tort de prendre de tels discours publics comme un indicateur que la décision du massacre a été prise. Quand le leader des Serbes de Bosnie, Radovan Karadzic, déclare, en octobre 1991, à la tribune du Parlement bosniaque, que les musulmans, en optant pour l'indépendance, prendraient le risque de disparaître, il évoque clairement un projet de « purification ethnique », sinon de génocide. Mais cela ne signifie pas du tout que ce projet soit prêt à être mis en œuvre à cet instant précis. On peut en dire autant du fameux discours

1. J'écarte ici l'idée avancée par Linda Melvern, à savoir que « la programmation du génocide a commencé en octobre 1990 », comme elle l'indique dans sa chronologie dans *Conspiracy to Murder*, *op. cit.*, p. 316-317. S'il y a eu effectivement des massacres durant cette période du début de l'attaque du FPR, rien ne vient prouver qu'à Kigali on était déjà en train de préparer un génocide. La constatation de massacres ponctuels n'est pas synonyme de volonté génocidaire (cf. chap. VI).

d'Adolf Hitler au Reichstag, le 30 janvier 1939, au cours duquel il prophétise l'« anéantissement de la race juive en Europe ». En déduire que la « Solution finale » est déjà programmée, plus encore mise en œuvre, serait une grossière erreur d'interprétation historique. Au moment précis où elles sont exprimées, de telles déclarations ne peuvent être prises « à la lettre » : l'intention qu'elles formulent publiquement n'a pas alors de traduction tangible dans les faits.

Le recours à la notion d'« intention », si familière au juriste, pose d'ailleurs problème à l'historien ou au sociologue. Pour qualifier le crime, le juge cherche toujours à établir ce qu'était l'intention du criminel : a-t-il bien eu l'idée de son meurtre ? Celui-ci a-t-il été prémédité [1] ? On peut certes parler de l'intention d'une personne pour décrire sa disposition d'esprit vis-à-vis d'une action particulière, à un moment donné. Mais appliquer cette notion au fonctionnement d'une structure de pouvoir est problématique [2] : cela revient à « psychologiser » son fonctionnement, alors qu'il vaut toujours mieux analyser une politique et décrire les moyens organisationnels mis en œuvre pour l'atteindre. Plus encore, la notion d'intention sous-entend une vision simpliste du passage à l'acte : il y aurait une séquence pensée-action, allant du projet de détruire une collectivité à sa mise en application concrète ;

1. C'est pourquoi cette notion d'*intention* est au cœur de la « Convention sur la prévention et la répression du crime de génocide » adoptée par l'ONU en 1948. Le texte de l'article 2 débute ainsi : « Le génocide s'entend dans l'un quelconque des actes ci-après commis dans l'intention de détruire, en tout ou en partie, un groupe national, ethnique, racial ou religieux en tant que tel... » Voir les extraits les plus importants de cette convention au chap. VI de ce livre, dans l'encadré, p. 376.

2. Bien que le langage courant nous y invite souvent, quand on dit, par exemple : « La France a l'intention de... »

comme s'il s'agissait d'en formuler l'idée, d'échafauder un plan dans ce but et de le mettre en pratique. Une telle approche occulte d'emblée l'énigme fondamentale que pose le meurtre de masse : celui de sa réalisation concrète. Aborder la mise en œuvre des processus de destruction d'une population civile par l'intention, c'est donc risquer de passer à côté de toute la complexité du développement de tels phénomènes.

Alors, dira-t-on, mieux vaut s'en tenir aux archives, à des notes et documents qui prouvent sans ambiguïté que des décisions ont été prises, des instructions données, etc. Mais une telle investigation est loin d'être toujours possible. En effet, dans bien des cas de massacres, les documents écrits qui permettraient de dater et d'authentifier sans ambiguïté la décision du passage à l'acte sont rares, voire inexistants. Et pour cause : ceux qui en prennent la responsabilité ne tiennent guère à en laisser des preuves. Après les massacres, ils cherchent même à effacer complètement les traces de leurs crimes, comme pour celui de Srebrenica. En résultent maints débats sur la « véritable » intention des décideurs, sur la date présumée de la décision et, bien évidemment, sur la négation *a posteriori* de la réalité des faits. Le cas des massacres des Arméniens en 1915-1916 est exemplaire à cet égard[1]. Néanmoins, cette étude des archives s'est avérée particulièrement féconde dans l'analyse de l'extermination des juifs européens, l'administration allemande ayant produit nombre de notes et documents relatifs à la « Solution finale ».

1. L'historien de l'Empire ottoman Gilles Veinstein a ainsi contesté leur nature « génocidaire ». Voir « Trois questions sur un massacre », *L'Histoire*, n° 187, avril 1995, p. 40-41. Cette position a suscité de vives polémiques, dont une réponse de l'historien Yves Ternon dans son livre *Du négationnisme. Mémoire et tabou*, Paris, Desclée de Brouwer, 1999.

Raul Hilberg fut l'un des tout premiers à en faire une exploitation remarquable[1]. Pourtant, cette profusion de documents n'a pas permis d'identifier l'*instant* où fut décidé le génocide, d'autant que personne à ce jour n'a trouvé un ordre écrit d'Hitler en ce sens.

Certes, dans ses travaux les plus récents, Christopher Browning a avancé que le moment-clé de la décision de la « Solution finale » se situerait au début de la guerre contre l'Union soviétique, exactement entre juillet et octobre 1941. Durant cette période, Hitler semble atteint d'une « euphorie de la victoire », en raison des succès de la Wehrmacht, qui progresse rapidement sur le territoire soviétique[2]. C'est parce qu'il serait alors emporté par cet élan de la « guerre de destruction militaro-raciale » que le Führer commande à Himmler et Heydrich ce qu'on pourrait appeler une « étude de faisabilité » de l'extermination des juifs (31 juillet). Début octobre, après la prise de Kiev (19 septembre), leurs propositions sont approuvées et il s'ensuit une cascade de mesures, dont l'arrêt de toute émigration des juifs (18 octobre), les premières déportations de juifs du Reich, le choix des sites de Chelmno et Belzec (pour l'extermination par le gaz), etc. Puis Browning affirme que les mois de novembre 1941 à mars 1942 sont ceux de la progressive mise en œuvre *(implementation)* de la « Solution finale ».

Cependant, à partir des mêmes dates, l'historien suisse Philippe Burrin a proposé une autre interprétation qui enracine le processus de la « décision finale » non pas dans la victoire, mais bien plutôt dans la perspective

1. Raul Hilberg, *La Destruction des Juifs d'Europe*, Paris, Gallimard, coll. « Folio », 1988, 2 vol.

2. Christopher R. Browning et Matthäus Jürgen, *The Origins of the Final Solution. The Evolution of Jewish Nazi Policy (September 1939-March 1942)*, Lincoln, University of Nebraska Press, 2004, p. 309 *sq.*

d'une possible défaite des armées allemandes, qui dès la mi-octobre 1941 piétinaient de plus en plus sur le front russe. Comme Hitler avait toujours jugé les juifs responsables de la guerre, ceux-ci devaient désormais payer le prix fort pour le sang allemand versé. En décidant leur extermination, le Führer leur aurait fait expier par avance le désastre d'une éventuelle défaite militaire. À travers la « mort en quelque sorte sacrificielle des juifs, dit Burrin, Hitler se raidissait fanatiquement pour remporter la victoire ou lutter jusqu'à l'anéantissement »[1].

L'historien allemand Christian Gerlach a encore proposé une autre lecture de cette période, à la lumière des nouveaux documents découverts dans les archives soviétiques. Si celui-ci est bien d'accord avec Browning et Burrin pour considérer que le sort des juifs soviétiques est scellé à l'automne 1941, il considère qu'il faut encore expliquer à quel moment est prise la décision de tuer tous les juifs d'Europe. Pour Gerlach, c'est juste après l'entrée en guerre des États-Unis à la suite de l'attaque japonaise de Pearl Harbor (6 décembre). Dans le contexte d'une guerre devenue véritablement mondiale, Hitler aurait été désormais déterminé à accomplir totalement sa « prophétie » de 1939. Gerlach s'appuie en ce sens sur une note de l'agenda d'Himmler à la date du 18 décembre 1941 et propose une analyse pénétrante du protocole de la célèbre conférence de Wannsee, dont la valeur historiographique est effectivement exceptionnelle (l'un des rares documents écrits de l'administration nazie attestant l'existence d'un plan paneuropéen de « règlement » de la « question juive », y compris des juifs résidant en Angleterre)[2].

1. Philippe Burrin, *Hitler et les juifs. Genèse d'un génocide*, Paris, Le Seuil, 1989, p. 169.

2. À la suite d'une réunion avec Hitler, Himmler note dans son agenda à la date du 18 décembre : « Question juive : à exterminer

Mais pour l'historien français Florent Brayard, la conférence de Wannsee ne marque pas encore la fin du processus de décision. S'appuyant sur les travaux de Peter Longerish, il estime qu'il faut attendre en réalité mai et même juin 1942 pour que soit tranché le sort de tous les juifs européens. Brayard se réfère à un discours d'Himmler, prononcé le 9 juin (à l'occasion des funérailles d'Heydrich, assassiné quelques jours auparavant à Prague), pour affirmer qu'Hitler vient juste de décider l'éradication de tous les juifs à l'échelle du continent. Plus, Himmler fixe un délai : le « programme » doit être réalisé en un an[1]. De fait, à la fin de l'été 1943, l'objectif des dirigeants nazis est quasiment atteint, du moins dans la grande partie de l'Europe qui est tombée sous l'administration directe de Berlin.

Ainsi ces différents auteurs font-ils une lecture érudite des discours, notes et rapports produits par l'administration allemande (dont il n'a évidemment été fait ici qu'une présentation sommaire). Mais, en fin de compte, ils parviennent à des conclusions sensiblement différentes, pour ne pas dire divergentes, qui ne mettent pas en relief le même « moment » du processus de décision. À la recherche de cet instant précis où aurait été prise LA décision, leurs analyses semblent très influencées par la

---

comme partisans. » Voir l'interprétation que Christian Gerlach propose de cette note dans son livre *Sur la conférence de Wannsee*, *op. cit.*, p. 53-54.

1. Voici les phrases extraites du discours d'Himmler prononcé devant des généraux SS, qui comprenait cette allusion à l'extermination des juifs : « Nous devons avoir achevé la migration du peuple juif en un an exactement ; ensuite il n'y en aura plus aucun pour errer. Il faut donc à présent que table rase soit faite, totalement. » (Cité par Florent Brayard, *La Solution finale de la question juive. La technique, le temps et les catégories de la décision*, Paris, Fayard, 2004, p. 16-17).

valeur qu'ils accordent à *un document* (par exemple, pour Gerlach, l'agenda d'Himmler à la date du 18 décembre 1941 ; pour Brayard, le discours d'Himmler du 9 juin 1942, etc.). La prégnance de ce texte pèse fortement sur la construction de leur raisonnement.

Mais ce genre d'exercice n'est-il pas vain ? Il semble en effet assez artificiel de vouloir absolument isoler un moment, un événement, comme le tournant déterminant. Plutôt que d'une décision unique, mieux vaut parler d'un *processus de décision*, d'un enchaînement de mesures qui, dans des circonstances toujours changeantes, évolue vers une « solution » de plus en plus brutale. En somme, une décision finit par en appeler une autre, et celle-ci, prise dans un contexte nouveau, paraît « naturelle » par rapport à la précédente : un effet d'entraînement « pousse » à prendre une nouvelle mesure encore plus radicale. Ainsi la dynamique qui conduit vers le meurtre de masse se construit-elle par effets cumulatifs, sans que ces différentes étapes aient été nécessairement programmées.

Le sociologue Michael Mann a proposé une approche sensiblement parallèle puisque, pour lui aussi, le processus génocidaire se construit par étapes, à travers des interactions complexes entre les acteurs, à la fois par le haut et le bas de la société, et en fonction d'un contexte de guerre. Non qu'il nie que ce qu'il appelle « nettoyage ethnique » soit véritablement accidentel : « Celui-ci est finalement exécuté de manière délibérée, écrit-il, mais la route vers une telle détermination est en général fort sinueuse[1]. » Et si le leader politique légitime reste bien le

1. Michael Mann, *The Dark Side of Democracy*, *op. cit.*, p. 8. Pour conceptualiser ce processus cumulatif, cet auteur a élaboré une série de plans – A, B, C, D, etc. –, que les responsables d'un « nettoyage ethnique » sont supposés mettre en œuvre, ces plans allant

pivot de cette dynamique, il n'en est certainement pas le seul élément. Bien d'autres acteurs sont à prendre en compte, à commencer par ceux qui organisent et exécutent les massacres.

De l'organisation du meurtre de masse et de ses acteurs

Voici précisément une autre voie pour étudier les pratiques de massacre. En effet, s'il est difficile d'identifier en amont le moment de la décision, il reste possible de se tourner vers l'étude de leur organisation pratique en aval. Ce qui atteste le mieux de la volonté de ceux qui décident le massacre, n'est-ce pas d'abord le déploiement des moyens mis en œuvre sur le terrain pour le perpétrer ? On voit ici l'importance d'une méthodologie d'enquête historique : *décrire le comment pour comprendre le pourquoi.* Même si on ne peut trouver un ordre écrit, on peut déduire qu'il y a eu un ordre. Si, par exemple, dans une région de Bosnie, le même jour, à la même heure, dans des villages distants de quelques kilomètres les uns des autres, toutes les maisons des musulmans ont été brûlées par plusieurs unités de combattants serbes ou croates, il va de soi que cette agression ne relève pas du hasard : le constat des faits révèle le lien entre ces opérations concertées. Il est donc important de se pencher sur l'identité des forces déployées dans ce but et sur la nature de leurs commandements.

Cette étude comparative permet d'identifier dans chaque cas deux types d'acteurs violents, à la fois dis-

---

graduellement vers des mesures de plus en plus radicales contre les victimes désignées. Mais en tentant d'appliquer son schéma aux cas historiques examinés, Mann observe lui-même assez souvent que sa construction théorique s'avère parfois artificielle.

tincts et complémentaires, engagés dans l'exécution des massacres. Les premiers proviennent de l'appareil d'État proprement dit : armée et police. Ces forces étatiques dites régaliennes, vouées en principe à la défense du territoire et à la protection des citoyens, se trouvent ainsi détournées de leurs missions. Plus exactement, leur encadrement hiérarchique finit par assumer l'idée que détruire tel ou tel groupe de civils relève bien de leurs fonctions de défense de l'ordre et de la sécurité. Des instructions sont alors diffusées en ce sens à leurs hommes. Simultanément, un second type d'acteurs est constitué : des corps spécialisés de tueurs, créés plus ou moins dans l'orbite étatique. La tâche de ces derniers est non seulement d'impulser le massacre sur le terrain, mais plus encore de le commettre de manière systématique : c'est la raison d'être qui leur est donnée, en tant que groupe.

Si militaires et policiers en viennent à participer directement à l'organisation et à la perpétration des massacres, ceux-ci peuvent exprimer à un moment ou à un autre des réticences, considérant qu'une telle activité ne relève pas de leurs missions. En ce sens, des cas de refus de participation, voire de désobéissance, sont possibles. En revanche, les corps spécialisés de tueurs et les milices en tout genre apparaissent comme des groupes *ad hoc*, véritablement formés pour le massacre. Il leur est parfois conféré une apparence officielle, à travers la création d'un nouveau corps d'État. Même quand le statut de ces milices est para-étatique, voire privé, les liens informels ou secrets avec des responsables qui sont, eux, bien présents dans l'appareil d'État n'en demeurent pas moins certains.

Car la constitution, puis la mise en action sur le terrain de ce qu'il faut bien appeler des unités organisées de tueurs s'appuient sur l'existence d'un réseau de dirigeants déterminés, présents dans les directions des ministères et services opérationnels. De tels réseaux personnels, reliés directement au chef de l'État, reposent sur des modes de communication transversale s'établissant en général entre trois types de responsables : politiques, militaires et policiers. La figure de certains d'entre eux, particulièrement actifs, devient comme un symbole du processus du meurtre de masse, du point de vue de son organisation pratique. C'est le cas d'un Heydrich dans l'Allemagne nazie, d'un Stanisic dans la Serbie de Milosevic, d'un Bagosora au Rwanda. Convaincus de l'importance de leur mission, ces hommes déterminés savent s'appuyer sur les structures étatiques, mais aussi en court-circuiter le fonctionnement, n'hésitant pas alors à sortir du cadre de la légalité pour parvenir à leurs fins. C'est en instrumentalisant l'appareil d'État qu'ils peuvent mettre en œuvre une politique du massacre.

Mais l'existence de ces réseaux ne signifie pas qu'ils commandent tout le processus de destruction. Une fois « dynamisé », un appareil bureaucratique fonctionne par lui-même, des individus en son sein pouvant prendre des initiatives dans le sens souhaité. Le cas de l'Allemagne nazie est symptomatique d'un tel phénomène. Au total, cette instrumentalisation des structures de pouvoir aboutit à ce qu'on pourrait appeler une « vampirisation » de l'État qui devient meurtrier de sa propre population ou d'autres populations tombées sous son contrôle du fait de la guerre. Cette vampirisation du pouvoir enfante dans l'appareil d'État lui-même ou, dans son orbite, de nouvelles « créatures » conçues pour donner la mort, ces tristement célèbres *Einsatzgruppen*, milice Interahamwe ou Tigres d'Arkan.

Raul Hilberg a montré comment les dirigeants nazis ont su utiliser tous les services de la bureaucratie allemande pour mettre en application leur théorie raciale dans le IIIe Reich et au-delà : « La destruction des juifs d'Europe, écrit-il, se révèle avoir été un processus mené par étapes échelonnées, dont chacune résulta de décisions prises par d'innombrables bureaucrates au sein d'une vaste machine administrative [...]. Le processus de destruction se déroula selon un schéma définissable [...]. On commença d'abord par élaborer la définition du juif ; puis on engagea les procédures d'expropriation, puis la concentration dans les ghettos ; enfin la décision fut prise d'anéantir tous les juifs d'Europe[1]. » Hilberg montre en détail comment le fonctionnement d'un État moderne, tel que Max Weber avait déjà pu le décrire, peut être complètement détourné au profit du meurtre de masse. C'est ce qui conduit des auteurs tels que Zygmunt Bauman à parler du génocide des juifs comme d'un phénomène sociologique authentiquement lié à notre modernité[2].

L'importance de cette machine bureaucratique risque cependant d'occulter le poids de ces nazis radicaux que l'historien allemand Dieter Pohl nomme les « guerriers idéologiques ». Placés à des postes-clés de l'administration, ils n'attendent pas seulement des ordres d'en haut, mais agissent par eux-mêmes. Ces responsables fanatisés cherchent à dynamiser l'appareil bureaucratique afin qu'il réalise au mieux les objectifs du parti nazi. Pour répondre aux attentes du Führer, ils peuvent aller, si nécessaire, contre les lenteurs de cette administration et susciter la formation de structures plus souples en dehors de l'État. C'est ainsi qu'Himmler réussit dès 1934-1936 à détacher l'ensemble de l'appareil policier du contrôle du ministère de l'Intérieur : la Gestapo et la SS auront l'apparence d'organes étatiques, mais échapperont en fait au contrôle de l'État... étant placés sous l'influence directe

1. Raul Hilberg, *La Destruction des Juifs d'Europe*, *op. cit.*, t. I, p. 51.
2. Zygmunt Bauman, *Modernité et Holocauste*, *op. cit.*

d'Hitler. Selon Édouard Husson, le mode de fonctionnement d'Heydrich – devenu l'adjoint d'Himmler après avoir été recruté par lui, au départ, pour s'occuper de son service de renseignements – offre un exemple typique de la volonté de court-circuiter les routines administratives par le haut et par le bas, afin de mettre en œuvre une politique raciale efficace et cohérente[1]. Prenant en 1939 la direction du tout nouvel Office central de sécurité du Reich (RSHA), Heydrich en parle comme d'une « administration de combat ». Ce sont ces hommes, recrutés au sein du RSHA, qui vont devenir les organisateurs et exécutants des premières opérations génocidaires, au cours de l'invasion de l'Union soviétique.

Allemagne nazie : les guerriers idéologiques

L'appareil de terreur conçu par Heydrich culmine avec la formation des *Einsatzgruppen* (groupes d'action spéciale), précisément reconstitués avant l'attaque de l'URSS[2]. Composés de volontaires, les *Einsatzgruppen* – 3 000 hommes en tout, organisés en groupes de 500 à 1 000 – révèlent la capacité d'Heydrich à traduire en actes la spécificité de la conception hitlérienne de la politique et de la guerre. Leur mission principale est en effet de procéder à l'élimination des ennemis « judéo-bolcheviques », c'est-à-dire de massacrer les juifs résidant sur les territoires à peine conquis. Pour Hitler, les ennemis du Reich ne doivent surtout pas une nouvelle

1. Intervention dans le cadre du séminaire de Marc-Olivier Baruch à l'École des hautes études en sciences sociales, le 23 novembre 2003.
2. Ces unités, apparues pour la première fois lors de l'annexion de l'Autriche, sont deux fois dissoutes, puis reconstituées avant l'invasion de la Pologne et de l'Union soviétique.

fois « poignarder l'Allemagne dans le dos », comme en 1918. Aussi les unités d'Heydrich doivent-elles « coller » à l'avancée de la Wehrmacht vers Moscou. Les massacres commencent donc dès le mois de juin et prennent en août un caractère massif. Aucun secret n'entoure encore ces tueries, contrairement à la prudence qui prévaudra par la suite. La population juive capturée dans les villes et villages est généralement fusillée aux environs (y compris les femmes et les enfants). Le massacre le plus célèbre de cette période est celui de Babi-Yar, en Ukraine, les 29 et 30 septembre 1941 : dix jours après la prise de Kiev, les commandos de l'*Einsatzgruppe C* fusillent en deux jours 33 771 juifs.

Les unités de l'armée régulière allemande se trouvent également emportées dans cette dynamique du massacre à répétition. Les instructions données par Hitler au haut commandement sont de livrer une bataille à mort contre l'ennemi « judéo-bolchevique ». Comme le souligne le maréchal von Reichenau, commandant en chef de la 6e armée sur le front russe, le 10 octobre 1941, « le but le plus important de la guerre contre le système judéo-bolchevique est la destruction complète de ses moyens d'action et l'élimination de l'influence asiatique dans la culture européenne. Sous ce rapport, les troupes se trouvent en présence de tâches qui dépassent la simple routine militaire. Celui qui combat dans les territoires de l'Est n'est pas simplement un soldat selon les règles de l'art militaire, c'est aussi le porteur d'une impitoyable idéologie nationale et le vengeur des brutalités dont l'Allemagne et les pays qui lui sont rattachés racialement ont été les victimes. C'est pourquoi le soldat doit parfaitement comprendre les nécessités d'une vengeance sévère mais juste contre cette humanité inférieure qu'est la juiverie[1] ». On comprend mieux alors pourquoi la Wehrmacht se trouve impliquée dans la perpétration de nombreux massacres de populations juives, en tant que soutien logistique ou acteur direct, que ce soit en Ukraine, en Biélorussie, en Russie ou en Serbie.

Mais les juifs ne sont certainement pas sa seule cible. Toujours pour éliminer cette prétendue influence asiatique, les militaires allemands vont laisser mourir de faim par millions les soldats soviétiques capturés. Quoi de plus logique ? Dans l'un et l'autre cas, l'armée contribue à la destruction d'un ennemi total, dont la face est à la fois juive et bolchevique.

L'étude d'Omer Bartov est l'une des plus remarquables pour comprendre comment la Wehrmacht s'est trouvée ainsi entraînée dans cette lutte à mort contre l'ennemi total et comment des hommes de troupe ont intégré cette idéologie à travers leur apprentissage collectif de la violence[2].

Rwanda : « faire le travail »

Au Rwanda, la situation se présente de manière inverse. En effet, les nazis étaient installés au pouvoir et contrôlaient tous les services de l'État quand ils ont entrepris l'élimination des malades mentaux et des juifs, alors qu'au Rwanda les massacres, préparés par les extrémistes hutu avant la prise du pouvoir, sont perpétrés dans la phase même de constitution et de consolidation de leur nouveau pouvoir, au moment même où la guerre reprend

1. Voir le *Procès des grands criminels de guerre devant le Tribunal militaire international de Nuremberg (1947-1949)*, t. IV, p. 476.
2. Omer Bartov, *L'Armée d'Hitler*, *op. cit.*

avec le FPR. La réussite de leur entreprise suppose donc qu'ils s'assurent de nombreuses complicités et collaborations à tous les échelons de l'État, alors qu'ils se heurtent à certaines résistances. Pour parvenir à leurs fins, ils s'appuient tout autant sur les forces armées, prêtes à combattre les ennemis de l'intérieur, que sur des « forces civiles », tout aussi essentielles pour « pousser » la population hutu au massacre, au nom de la sécurité collective. Lors de son procès à Arusha, conduit par le Tribunal international pour le Rwanda, Jean Kambanda, l'ancien Premier ministre du gouvernement intérimaire, a donné une idée assez précise des différentes structures hiérarchiques ayant impulsé les massacres après le 7 avril. Il décrit cinq niveaux de commandement : le comité de crise de l'armée (dotée, selon lui, d'une « structure fantôme » à laquelle appartient Bagosora), la hiérarchie militaire officielle, les leaders politiques sous l'influence des militaires, le gouvernement intérimaire, le réseau d'« autodéfense civile »[1].

Sitôt après l'assassinat du président de la République, le colonel Bagosora s'est efforcé d'obtenir le soutien – ou au moins l'assentiment – de tous les commandants de l'armée, au moment même où ses hommes commencent à massacrer dans les rues de Kigali. Alors que le général Dallaire souhaite que le Premier ministre intervienne à la radio pour lancer un appel au calme, Bagosora cherche à profiter de la situation pour former un gouvernement militaire sous sa propre autorité. Mais il se heurte au refus de plusieurs officiers de haut rang. Après l'assassinat du Premier ministre, Bagosora propose la formation d'un gouvernement civil, constitué d'extrémistes hutu. Cette proposition étant finalement acceptée, des officiers qui lui restent hostiles en appellent à la communauté internationale. Mais les diplomates en poste à Kigali sont occupés

1. Cité par Linda Melvern, *Conspiracy to Murder*, *op. cit.*, p. 211.

à évacuer leurs ressortissants au plus vite, non à empêcher les massacres. Bagosora peut compter sur environ 2 000 soldats d'élite (en premier lieu ceux de la garde présidentielle), ainsi que sur des unités de gendarmerie. Militaires, gendarmes et policiers vont jouer un rôle important pour inciter aux massacres, notamment pour qu'ils gagnent la province. Avant le 6 avril, des soldats et des gendarmes ont déjà distribué discrètement des armes à la population hutu. Après cette date, ils le font ouvertement. Les militaires font parallèlement pression sur les autorités civiles, encore réticentes à déclencher les tueries.

L'autre force armée, à la disposition de ceux qui préparent les massacres, est constituée par les milices, créées par les partis politiques proches du président défunt. En 1992, le MNRD avait créé la milice *Interahamwe* (littéralement : « Ceux qui sont ensemble ») et la CDR, les *Impuzamugambi* (« Ceux qui ont le même but »). La formation de ces milices procède toujours de la même idée : armer des civils pour se battre contre le FPR et faire la chasse aux Tutsi, supposés en être les alliés. Elles sont principalement composées de jeunes gens, réfugiés et désœuvrés. Faire intervenir ces milices présente l'avantage de ne pas impliquer directement les autorités administratives ni les forces officielles de l'armée ou de la gendarmerie dans la perpétration de massacres. Ainsi, en mars 1992, les *Interahamwe* sont utilisés pour la première fois pour massacrer des Tutsi dans la région du Bugesera. Leur effectif ne dépasse pas 2 000 hommes avant avril 1994. Mais il monte ensuite à 20 000 ou 30 000, car les miliciens tirent des bénéfices importants de leurs violences.

Dès le début des massacres, les responsables politiques mettent leurs milices à la disposition des militaires. Par exemple, dans les tueries de grande ampleur

– comme l'attaque de l'église de Gikondo, le 9 avril –, les miliciens obéissent de toute évidence aux soldats présents sur place. Et pour répondre aux besoins des autorités, les chefs des milices déplacent leurs hommes d'une région à l'autre, ce qui atteste bien la centralisation et la coordination des opérations de tueries.

Mais militaires et miliciens sont trop peu nombreux pour tuer les Tutsi dans les proportions souhaitées, c'est-à-dire à grande échelle et dans un temps très court. Conformément au discours officiel du nouveau gouvernement, la défense du pays est de la responsabilité de tous, ce qui revient à inciter l'ensemble de la population au massacre. À cette fin, les organisateurs remettent en vigueur l'ancienne pratique coloniale, reprise par l'administration rwandaise, des corvées communales obligatoires *(umuganda)*. Il s'agit de travaux effectués dans l'intérêt public : défricher la brousse, réparer des routes, creuser des fossés anti-érosion, etc. L'*umuganda* était mis en œuvre par le *nyumbakumi* (chef de quartier responsable d'un groupe de dix foyers), qui tenait un registre des présences et avait le pouvoir de mettre à l'amende ceux qui ne participaient pas aux sessions de travail collectif. Dans le cas présent, ce travail d'intérêt collectif, cette cause nationale urgente, devient l'élimination de l'ennemi tutsi, y compris le voisin.

Dans le passé, les autorités politiques et administratives avaient déjà organisé de telles tournées sur les collines pour provoquer les premiers massacres de Tutsi. Remettant en vigueur une telle pratique, Calixte Kalimanzira, directeur de cabinet du ministre de l'Intérieur, compte sur une bureaucratie dont le personnel est habitué à exécuter les ordres promptement et dans leur intégralité. De la préfecture à la commune, l'organisation des massacres s'est ainsi appuyée sur la bureaucratie et la hiérarchie du jeune État rwandais, ce qui donne à ce meurtre de masse un caractère très « moderne ». Concrètement, ce sont les bourgmestres (maires) qui ont la charge sur le terrain d'encadrer la population et de susciter la dénonciation des « suspects ». Ils envoient leurs subordonnés de maison en maison pour enrôler tous les hommes et leur dire quand ils doivent « travailler », ce mot signifiant désormais tuer et voler. Les déclarations de Jean Kambanda au cours de son procès à Arusha sont révélatrices de cet usage ambigu du mot. Quand son interrogateur lui demande ce que signifiait alors le mot « travail », il répond : « Ce mot possédait deux significations [...]. Dans cette période, les gens ne travaillaient pas du tout. Ils se levaient et allaient écouter la radio pour savoir ce qui se passait, donc "travail" pouvait vouloir dire faire son train-train quotidien [...]. Mais, dans le passé, "travail" signifiait tuer les Tutsi. En 1959, quand les gens disaient qu'ils allaient travailler, cela signifiait : "Nous allons éliminer les Tutsi." Ainsi, il y avait une confusion[1]. »

Cette mobilisation générale à « travailler » fait que la dynamique collective des tueries, portée par les relais administratifs et politiques, n'est pas pour autant prisonnière d'une routine bureaucratique. C'est même le contraire, remarque Alison Des Forges : « L'organisation qui menait la campagne était souple : la place des individus dépendait davantage de leur volonté de participer aux massacres que de leur position dans la hiérarchie. De sorte qu'au sein de l'appareil administratif, les sous-préfets pouvaient surpasser les préfets, comme ce fut le cas à Gikongoro et à Gitamara, et dans le domaine militaire, des lieutenants pouvaient ne pas tenir compte des colonels, tel que cela se produisit à

1. *Ibid.*, p. 191.

Butare[1]. » Dans cette situation exceptionnelle, les acteurs peuvent outrepasser les limites légales de leurs fonctions : des militaires interviennent dans le domaine civil, tandis que des civils, qui n'ont aucun pouvoir, obtiennent le soutien des militaires quand ils veulent attaquer des Tutsi.

Un autre acteur donne à la perpétration de ces massacres un caractère très moderne : la Radio-Télévision des Mille Collines (RTLM). Cette station, qui, depuis des mois, a distillé une virulente haine anti-tutsi, appelle désormais ouvertement à leur assassinat. Ses animateurs se présentent comme l'« état-major de la parole », ce qui en dit long sur le rôle qu'elle s'attribue. Elle prodigue des encouragements à ceux qui tiennent les barrières, dénonce les soldats qui désertent le front de guerre et réprimande les miliciens qui se montrent plus prompts à piller qu'à tuer, presse l'armée de distribuer les fusils et la drogue aux jeunes qui répondent à ses appels à la mobilisation générale, promet la médaille de la résistance à tous ceux qui ont pris le risque de rester dans la capitale pour la nettoyer des Tutsi et empêcher qu'elle ne tombe entre les mains de l'ennemi[2]. RTLM entend bien être ainsi la voix de la « résistance du peuple hutu ».

Ce faisant, elle retrouve certaines des fonctions de la radio que j'ai déjà identifiées dans d'autres crises politiques[3]. RTLM se fait messagère, en donnant, par

1. Alison Des Forges (éd.), *Aucun témoin ne doit survivre*, *op. cit.*, p. 261.

2. Marcel Kabanda, « Participation populaire à la violence d'État : le cas du Rwanda », communication au colloque *La Violence et ses causes*, Paris, 3 novembre 2003.

3. Je me permets de renvoyer le lecteur à mon livre *La Liberté au bout des ondes. Du coup de Prague à la chute du mur de Berlin*, Paris, Belfond, 1997, dans lequel est notamment proposée une analyse du rôle de la radio dans les crises de Budapest en 1956 et de Prague en

exemple, des instructions précises, voire des ordres, aux milices, en leur demandant de se rendre à tel ou tel endroit. Elle se fait encore prescriptrice, quand elle donne aux auditeurs hutu des consignes dites de « vigilance et de défense » qui, en ce cas, sont de véritables appels publics au meurtre, y compris des voisins. « Les gens doivent observer leurs voisins, regarder s'ils ne sont pas en train de comploter contre eux, lance l'une des animatrices de RTLM, Valérie Bemeriki. Parce que ces comploteurs sont les pires. Les gens doivent se soulever pour démasquer les comploteurs, ce n'est pas difficile de voir si quelqu'un est en train de comploter contre vous [1]. » Elle invite les auditeurs qui veulent rechercher les personnes suspectes, dont les noms sont donnés à l'antenne, à la contacter pour avoir plus d'informations. C'est la première fois dans l'Histoire qu'une station de radio incite ouvertement ses auditeurs à participer activement à des massacres, à ce qui va être bientôt reconnu comme un génocide.

Serbie : des forces armées alternatives

En Yougoslavie, la situation politique de ceux qui se préparent à la guerre est à peu près à mi-chemin entre celle des nazis en 1940 et celle des extrémistes hutu au

---

1968. Dans chacun de ces pays, les radios nationales appelaient à la résistance du peuple contre l'occupant soviétique. Prenant connaissance de l'action de RTLM au Rwanda, je n'ai pu m'empêcher de faire un rapprochement avec la manière dont les stations hongroise et tchèque avaient fonctionné durant ces crises. RTLM entendait, elle aussi, appeler à un mouvement de résistance, en ce cas un appel public au meurtre des Tutsi.

1. Cité par Alison Des Forges (éd.), *Aucun témoin ne doit survivre*, *op. cit.*, p. 300.

début de 1994. Milosevic est certes déjà au pouvoir à Belgrade depuis 1987, mais son pouvoir reste limité : il n'est que le président de la Serbie et de la Ligue communiste de Serbie. Ainsi, sa volonté d'imposer son autorité sur l'armée yougoslave, la JNA, se heurte à des résistances au sein de l'institution militaire elle-même, par définition fédérale. Jusqu'en 1991, l'armée yougoslave, bien que dominée par un encadrement serbe, est « multiethnique », tout en restant authentiquement communiste, donc opposée à tout mouvement sécessionniste. Milosevic va donc s'efforcer, d'une part, d'accroître progressivement son contrôle sur l'institution militaire et, d'autre part, de se doter de forces armées alternatives pour ses besoins pratiques, politiques et personnels[1]. Mais le contrôle de la JNA ne semble pas s'être effectué aussi facilement que le prévoyait Milosevic, rapporte James Gow dans son étude de la « serbianisation » de l'armée. Le général Eljko Kadijevic, alors ministre fédéral de la Défense, n'apprécie d'ailleurs pas beaucoup la ligne suivie par Milosevic, même s'il se résout plus tard à s'y rallier. De son côté, Milosevic trouve Kadijevic bien trop « yougoslave ». Pour détruire cet état d'esprit au sein de l'armée, il fait nommer peu à peu à sa tête des officiers serbes qui lui sont favorables, comme le général Bozidar Stevanovic. Par là même, la JNA va se trouver de plus en plus impliquée dans les opérations de « nettoyage ethnique ».

Les circonstances politiques servent aussi les desseins de Milosevic. En effet, les départs de la Slovénie, de la Croatie, puis d'autres républiques, renforcent de manière considérable la présence des Serbes dans ce qui reste de l'armée yougoslave : en mars 1992, on n'y compte pas

1. James Gow, *The Serbian Project and Its Adversaries*, *op. cit.*, p. 51.

plus de 5 % de non-Serbes[1]. Au début de la guerre en Bosnie, la JNA, formellement dissoute le 19 mai 1992[2], donne naissance à deux entités distinctes : l'armée bosno-serbe (VRS) et l'armée encore dite « yougoslave » (VJ). Cette décision fait suite à la résolution de l'ONU imposant des sanctions à la Yougoslavie, désignée comme principale responsable de l'agression contre Sarajevo. Pour que Belgrade ne soit plus formellement accusée d'avoir envahi la Bosnie, Milosevic riposte en provoquant la dissolution de la JNA : il peut dès lors soutenir que ce ne sont plus les Serbes qui se battent sur le territoire bosniaque… mais les Bosno-Serbes du général Ratko Mladic, qu'il prétend ne plus contrôler. Pure fiction, bien sûr, même si les forces du général Mladic jouissent d'une grande marge de manœuvre sur le terrain et si les Bosno-Serbes, il est vrai, cherchent à s'autonomiser sur le plan politique. En fait, la guerre de Bosnie permet à Milosevic d'accroître un peu plus son emprise sur les militaires. Selon James Gow, on peut considérer qu'il contrôle vraiment l'armée après le Conseil suprême de défense des 25-26 août 1993, marqué par le départ forcé de quarante généraux. Néanmoins, estime-t-il, le « fantôme » de l'armée fédérale ne semble jamais y avoir été éliminé, ce qui fait que Milosevic n'aura jamais une confiance totale dans les militaires[3].

C'est au sein du ministère de l'Intérieur que Milosevic possède les hommes les plus fidèles à sa cause, à commencer par Radmilo Bogdanovic, le maître d'œuvre

1. Cette « serbianisation » de l'armée a aussi été accélérée par la démission d'officiers non serbes ou par leur mise à la retraite.

2. Cette dissolution résulte juridiquement de la création d'une nouvelle Yougoslavie (Serbie-Monténégro) par la Constitution du 27 avril 1992.

3. James Gow, *The Serbian Project and Its Adversaries*, *op. cit.*, p. 134.

de la « révolution antibureaucratique » qui l'a porté au pouvoir. Il en fait son ministre de l'Intérieur, Bogdanovic réussissant alors à faire de la police serbe la « garde prétorienne » du régime[1]. Bien équipées et bien payées, les unités de la police, fortes de cinq mille hommes (sans compter les réservistes), constituent un véritable outil de coercition entre les mains de Milosevic. Toujours à partir de ce ministère, un réseau de fidèles se développe vers d'autres milieux proches de l'armée, de la politique et aussi de la criminalité. Ce réseau est principalement animé par Jovica Stanisic, entré à la fin de ses études de sciences politiques dans les services secrets serbes. En 1990, Stanisic devient le responsable de la « ligne militaire » du ministère de l'Intérieur *(Vojna Linija)*[2]. Ce réseau, comprenant des officiers serbes favorables à Milosevic (comme Ratko Mladic), élabore en 1990 le plan « RAM » (acronyme s'inspirant du mot « cadre » en serbo-croate). Le Hongrois Mihajl Kertes, parfois qualifié de « ministre du Nettoyage ethnique », en fait également partie. Le but de ce réseau est d'organiser « la résistance » des Serbes de Croatie et de Bosnie, y compris en leur livrant des armes[3].

Des liens existent encore avec les divers groupes paramilitaires qui se sont constitués au début des années 1990. Comme au Rwanda, les extrémistes serbes se dotent en

1. Florence Hartmann, *Milosevic. La diagonale du fou*, Paris, Denoël, 1999, p. 206. Bogdanovic est acculé à la démission après la répression de la manifestation du 9 mars 1991 qui fait deux morts parmi les manifestants. Mais il reste très actif dans les coulisses du pouvoir.

2. Voir Tim Judah, *The Serbs*, *op. cit.*, p. 170.

3. Ce plan aurait été clairement identifié en septembre 1991, lors du dévoilement de l'enregistrement secret d'une conversation entre Milosevic et Karadzic (voir *ibid.*, p. 191). Mais à ce jour aucun document écrit attestant l'existence d'un tel plan n'a été trouvé.

effet de milices armées, bénéficiant de la bienveillance du pouvoir. L'une des plus connues est celle des *Aigles blancs* de Vojslav Seselj, chef du parti d'extrême droite serbe. Se réclamant ouvertement des Tchetniks, ils sont de tous les combats pour redéfinir les frontières de la « Grande Serbie ». Ce sont d'ailleurs des hommes de Seselj qui commettent l'un des premiers massacres de cette guerre, à Borovo Selo, contre des policiers croates[1]. Une autre milice notoire est celle de la Garde volontaire serbe, dite des « Tigres d'Arkan », de Zeljko Raznjatovic, un homme au passé de criminel. Pour gonfler les rangs des milices, le pouvoir n'hésite pas à libérer des prisonniers de droit commun, en leur demandant en échange d'aller se battre en Croatie ou en Bosnie. Ces milices, qui pillent, violent et tuent, constituent évidemment le fer de lance du « nettoyage ethnique » : l'annonce de leur arrivée suffit souvent à faire fuir un village. Leur effectif global est évalué à 12 000 hommes en 1991-1992. Dans la Croatie voisine se constituent durant la même période des milices assez semblables.

L'utilisation de ces groupes paramilitaires, outre qu'elle permet de pallier dans les rangs de l'armée les désertions massives (y compris de Serbes de Serbie lors de la mobilisation de l'automne 1991), présente un grand avantage politique pour Belgrade, celui de dissimuler aux yeux de l'étranger le rôle de la Serbie dans de telles opérations. Mais en fait ces groupes sont commandés par des hommes du ministère de l'Intérieur et ne peuvent opérer sans l'appui de l'armée, car ils ont besoin des tirs de l'artillerie avant de passer à l'action, et de divers soutiens logistiques (en premier lieu, le carburant). Cette présence sur le front de bandes armées échappant à toute discipline militaire suscite chez nombre d'officiers indignation et

1. Voir Paul Garde, *Vie et mort de la Yougoslavie*, *op. cit.*, p. 306.

répugnance. Mais le contrôle croissant exercé sur l'armée par Milosevic conduit à renforcer sur le terrain la complémentarité entre ces deux types de forces. Concrètement, le même scénario tend à se répéter : l'armée commence par bombarder une ville ou un village, puis les paramilitaires arrivent pour y tuer ou chasser les habitants non serbes. En novembre 1991, l'attaque de Vukovar se déroule de cette manière, les paramilitaires allant jusqu'à tuer les malades à l'hôpital. Les opérations vont alors se succéder, de massacre en massacre, pour faire fuir les Croates, tandis que les forces de Tudjman s'organisent aussi pour résister à l'avancée des Serbes, usant des mêmes méthodes expéditives.

Des pratiques organisées et autonomes

Si donc le massacre procède évidemment d'une organisation, ne donnons pourtant pas de celle-ci une représentation rigide. Certains auteurs ont tendance à faire croire, pour démontrer la préméditation des actes, que tout était calculé à l'avance par les criminels. C'est là encore une vision inspirée par l'approche juridique : prouver que le massacre résulte bien d'un plan concerté et coordonné. Des journalistes et des historiens ont alors tendance à se transformer en procureurs. Si la dynamique du processus de destruction est bien enclenchée par une impulsion centrale (provenant de ceux qui le décident et l'organisent), elle dépend aussi d'une certaine improvisation de l'action. On sait, par exemple, que le premier programme d'extermination des malades mentaux allemands a été accompagné d'incroyables erreurs et maladresses vis-à-vis des familles. Par exemple, le certificat de décès adressé à la famille mentionnait une crise d'appendicite, alors que le malade avait déjà été opéré de l'appendice ; ou bien encore des familles recevaient deux urnes au lieu d'une, etc. De même, « en septembre et octobre 1941, des convois [de déportés juifs] sont envoyés à l'Est, sans qu'on ait une idée claire de ce qui leur arriverait et vers des zones où il n'y avait pas de politique clairement définie sur ce qui devait arriver. Les responsables régionaux cherchaient leur voie et prirent certaines décisions, quoique toujours en liaison étroite avec Berlin[1] ».

Plutôt que de considérer que tout vient d'un système de pouvoir central, il s'agit de s'intéresser à sa *périphérie*, c'est-à-dire à des acteurs locaux qui peuvent également prendre des initiatives déterminantes. Plusieurs études régionales – comme celle de l'historien allemand Dieter Pohl sur la Galicie orientale (sud-est de la Pologne) – montrent ainsi comment des acteurs à la périphérie anticipent ce qui est souhaité par ceux qui sont au centre du système, ces derniers ne faisant par la suite qu'avaliser ce qui a déjà été accompli… pour leur demander d'aller encore plus loin[2]. Dans cette région, où se trouve la plus grande concentration juive d'Europe (à l'exception de la région de Varsovie), on voit comment – à partir de ces interactions permanentes entre centre et périphérie – les acteurs élaborent des méthodes de tueries différentes selon les contextes particuliers du moment : pogroms, fusillades, famine organisée, tueries par le gaz, puis refusillades se succèdent en moins de trois ans. Au total, sur les 545 000 juifs qui vivent dans cette région en 1939, il n'en reste plus que 10 000 à 15 000 en 1945. De même, quand le

1. Marc Roseman, *Ordre du jour : génocide*, *op. cit.*, p. 151.
2. Dieter Pohl, *Nationalsozialistische Judenverforlung in Ostgalizien, 1941-1944. Organisation und Durchführung eines staatlichen Massenverbrechens*, Oldenbourg-Munich, Studien zur Zeitgeschichte, 1997. On trouvera dans Dominique Vidal (éd.), *Les historiens allemands relisent la Shoah*, *op. cit.*, une longue présentation de cette recherche.

nouveau commandant en chef des forces allemandes, Hans-Joachim Böhme, arrive en Serbie en septembre 1941, des officiers lui suggèrent de prendre rapidement des mesures radicales contre les juifs (probablement des mesures de déportation). On lui avait déjà donné l'ordre d'instituer une politique de représailles radicalement nouvelle contre les attaques de partisans : pour chaque soldat allemand tué, 100 otages juifs masculins devaient être exécutés. Mais ses supérieurs ne lui avaient pas donné d'instruction particulière de persécution des juifs en tant que tels. C'est de sa propre initiative qu'il prend des mesures en ce sens. À la fin de 1941, il n'existe pratiquement plus d'adultes juifs de sexe masculin en Serbie. Et au début de 1942, avec l'extermination des femmes et des enfants, la Serbie est l'un des premiers pays « libres de juifs » *(Judenfrei)*.

Ainsi, des acteurs locaux sur le terrain peuvent acquérir une réelle autonomie dans la mise en pratique des tueries. Et cette autonomie est d'autant plus possible qu'ils vont précisément dans le sens de ce qui est voulu par le centre. De telles observations semblent aussi se vérifier dans le cas du Rwanda. S'il y a en effet une évidente coordination des opérations, une large autonomie est laissée aux acteurs. Le mot d'ordre général partout répété est de tuer les Tutsi ; peu importe qui en prend l'initiative : « À tous les niveaux, la superposition des donneurs d'ordres permet de pallier les défaillances éventuelles des individus et de l'une ou l'autre des structures. Mieux, elle enclenche une surenchère de plus en plus grande et une violence de plus en plus non discriminée des petits et moyens cadres qui tentent de maîtriser un chaos grandissant ; ou qui s'efforcent de détourner vers d'autres la menace qui pourrait les atteindre[1]. » En

1. Marcel Kabanda, « Participation populaire à la violence d'État... », art. cit.

Bosnie, l'anthropologue Cornelia Sorabji parle d'une organisation « franche » des massacres, au sens ancien du terme « franchise ». Elle remarque en effet que « les maires et les commandants militaires locaux peuvent en toute impunité susciter et favoriser les violences dans leurs propres régions, selon leurs groupes propres, et des « travailleurs indépendants » – des « francs-tireurs – injecter leurs méthodes et inventions sadiques personnelles[1] ». Le cas bosniaque semble ainsi relativement non bureaucratisé et décentralisé.

Cette apparente désorganisation de la violence ne doit pourtant pas conduire à penser qu'il s'agit d'actes isolés, qui seraient le fait d'extrémistes irresponsables. Ce type d'explication est souvent mis en avant par les pouvoirs concernés dès lors que la presse révèle que certains de leurs exécutants ont commis des atrocités sur leurs victimes. En réalité, « ce sont plutôt les résultats prévisibles d'une organisation jouissant d'une impunité absolue dont les buts généraux sont fixés par les chefs tandis que les détails spécifiques de leur implication sont laissés à l'initiative locale[2] ». Ainsi se développe un meurtre de masse, à travers une sorte de co-construction dynamique et interactive entre les donneurs d'ordre, au centre du système, et ses acteurs, régionaux et locaux, à la périphérie.

Le symbole de Srebrenica

Allons jusqu'au bout du raisonnement. Si les acteurs locaux peuvent acquérir une certaine autonomie dans le

1. Cornelia Sorabji, « Une guerre très moderne. Mémoire et identités en Bosnie Herzégovine », *Terrain*, n° 23, octobre 1994, p. 143.
2. Cornelia Sorabji, *op. cit.*, p. 144-145.

meurtre de masse, ne vont-ils pas parfois au-delà de ce qui est attendu d'eux ? Le climat d'impunité, créé par ceux-là même qui ont impulsé les massacres, rend non seulement possible mais plus encore probable ce type de « débordements » par des acteurs qui, sur le terrain même des opérations, s'enivrent de leur puissance. Le massacre de Srebrenica, du 11 au 16 juillet 1995, par les forces bosno-serbes du général Mladic, soulève par exemple ce type d'interrogation. Après la chute de cette enclave, près de 8000 hommes (y compris des adolescents et des vieillards) sont exécutés dans les environs, tandis que femmes et enfants sont contraints de rejoindre des zones contrôlées par les forces bosniaques[1]. Cette tragédie a surtout été analysée sous l'angle de la passivité des casques bleus hollandais, supposés défendre cette ville déclarée par l'ONU « zone de sécurité ». Un rapport du secrétaire général des Nations unies, Kofi Annan, reconnaît d'ailleurs en novembre 1999 les manquements de l'organisation internationale dans cette tragédie[2]. Des commissions d'enquête instituées par les Pays-Bas et par la France ont tenté aussi de faire la part de leurs propres responsabilités[3].

1. Précisons que le gouvernement des Serbes de Bosnie a officiellement reconnu ce fait en novembre 2004. Le chiffre de 7 800 victimes, annoncé à cette occasion par Bernard Fassler, haut représentant de la communauté internationale, devrait selon lui être revu à la hausse. Voir *Le Monde*, 10 novembre 2004.

2. Nations unies, *Rapport du secrétaire général en application de la résolution 53/55 de l'Assemblée générale. La chute de Srebrenica*, document A/54/549, 15 novembre 1999.

3. Le rapport hollandais, confié au Netherlans Institute of War Documentation, intitulé *Srebrenica - a « safe » area. Reconstruction, background, consequences and analyses of the fall of a Safe Area*, est accessible sur le site internet http ://www.srebrenica.nl/en/. Le rapport français, rédigé par la mission d'information commune sur les événements de Srebrenica, présidée par François Loncle, a été publié sous le

Cependant, l'événement a peu été appréhendé sous un autre angle, celui de l'histoire même de la ville de Srebrenica. On ne peut comprendre en effet le massacre de 1995 sans prendre en compte la violence du conflit qui y oppose Serbes et Musulmans, et plus généralement l'histoire conflictuelle des mythes et mémoires propres à cette région. Dans le cadre du rapport hollandais, l'anthropologue Ger Duizjings a accompli à cet égard un travail important[1]. En 1992, au tout début de la guerre, la ville tombe aux mains de troupes paramilitaires Serbes. Mais ceux-ci en sont chassés par les Musulmans dirigés par Nazer Oric, un jeune policier du village voisin de Potocari dont les « hommes à sac » (les « Torbari ») n'hésitent pas à piller et à brûler des villages serbes environnants. Une fois reconquise, la ville accueille alors un flot croissant de réfugiés musulmans qui, aux alentours, ont été victimes du nettoyage ethnique. Pour se procurer de la nourriture, les hommes de Nazer Oric font régulièrement des « sorties » : ils pillent les villages serbes à proximité, et en massacrent parfois les habitants. Ces opérations se déroulent très vite, toujours par surprise, l'une d'entre elles étant même organisée le jour même de la Noël orthodoxe le 7 janvier 1993, dans le village de Kravica. L'action donne lieu à un nouveau massacre et les « hommes à sac », aidés

---

titre *Srebrenica, Rapport sur un massacre*. Les documents d'information de l'Assemblée nationale, n° 3413, 2001, Paris, 2 vol.

Dans les deux cas, si cet effort de « vérité » a été salué par nombre d'observateurs, le résultat de ces commissions d'enquête laisse des questions encore ouvertes, notamment en raison de la faible coopération des ministères de la Défense dans la communication de toutes les informations relatives à cet événement, d'une part, et l'impossibilité de consulter les archives serbes.

1. Voir son travail présenté en annexe du rapport hollandais cité plus haut ainsi que Ger Duijzings, *History and memory in Eastern Bosnia. Background to the fall of Srebrenica*, Amsterdam, Boom, 2002.

par des femmes de Srebrenica, rapportent vers la ville tous les vivres préparés par les Serbes à l'occasion de leur fête religieuse. Les cadavres des villageois serbes ne sont pas enterrés et seront dévorés par les animaux. Au cours de l'attaque, un vieillard, Nego Eric, cherche à résister en tirant de la fenêtre de sa maison avec un vieux fusil. Il finira par tuer sa femme, puis par se suicider ; sa maison sera brûlée. Cet homme devient pour les Serbes le symbole de la résistance et d'un violent désir de vengeance contre les « bousniouks » de Srebrenica[1]. Cette revanche aurait déjà pu avoir lieu dès février 1993, au moment où Mladic accentue sa pression contre la ville. Mais la création par l'ONU, en avril 1993, des « zones de sécurité » (dont Srebrenica) a alors évité un bain de sang.

Néanmoins, Mladic n'en abandonne pas pour autant ses projets puisque, en 1994, il exprime ouvertement sa volonté d'éliminer les Musulmans de cette partie du Nord-Est de la Bosnie, « pour leur faire payer le prix de leur collaboration avec les Turcs », faisant ainsi référence aux souffrances endurées par les Serbes sous la domination ottomane. D'un point de vue stratégique, le contrôle de la région de Srebrenica était en fait indispensable pour créer une entité politique serbe monolithique, cohérente et viable. Au-delà de cette histoire de vengeance, la prise de cette ville était donc plus que nécessaire pour les dirigeants bosno-serbes. Toutefois, au début de juillet 1995, quand l'armée de Mladic se prépare à l'attaque, son but initial semble encore de réduire l'enclave à la limite de la ville de Srebrenica même, pour la

1. Une version de cette attaque a été rapportée dans le quotidien nationaliste de Benja Luka Glas Srpski (« La Voix serbe »). Le journal parle de 49 morts mais ne fait pas mention de la dévoration des cadavres par des animaux (pourtant, ce journal n'est pas connu pour sa modération dans la relation de ce genre d'événement...).

transformer en un gigantesque camp de réfugiés à ciel ouvert. L'idée était alors de forcer les Nations unies à évacuer la zone[1].

Mais constatant, dans les jours précédant l'attaque, la quasi absence de résistance du côté des Nations unies, Mladic a probablement pris la décision de frapper beaucoup plus fort, réalisant que la voie était libre. Certes, ses hommes restent bien sous le contrôle de Belgrade : la prise de Srebrenica a certainement fait l'objet d'une concertation au plus haut niveau avec Milosevic. Mais ce dernier était-il pour autant au courant des préparatifs du massacre ? Et si oui, les a-t-il approuvés ? Ces questions sont encore dans l'ombre. Il est possible que Belgrade ait couvert par avance le projet de Mladic. Il est possible aussi que celui-ci, grisé par sa victoire et poussé par le désir de vengeance, en ait profité pour régler ses comptes avec les habitants de Srebrenica, mettant alors Milosevic devant le fait accompli. En prenant le contrôle de la ville, le 11 juillet, Mladic semble en effet convaincu d'accomplir une œuvre historique qu'il situe dans la lignée séculaire des guerres entre les Serbes et les Turcs : « À la veille d'une nouvelle fête nationale de la Serbie, nous offrons cette ville en cadeau aux Serbes. Après la rébellion des Dahijas, le temps est enfin venu de prendre notre revanche sur les Turcs dans cette région[2]. » Ce sont là des questions qui pourraient sans doute être clarifiées par son procès à La Haye et par des

1. Voir l'audition de Jean-René Ruez dans *Rapport d'information déposé par la mission d'information commune sur les événement de Srebrenica*, t. II, Paris, Assemblée nationale, 2002, p. 309-326.

2. Cité par David Rohde dans *Le Grand Massacre, Srebrenica-juillet 1995*, Paris, Plon, 1998, p.156.

La « rébellion des Dahijas » désigne un soulèvement des Serbes brutalement réprimé par les Turcs en 1804.

recherches historiques (si toutefois les archives serbes existent et deviennent accessibles)[1].

Quoi qu'il en soit, on ne peut se contenter d'analyser les dynamiques du meurtre de masse du point de vue de ses décideurs et de ses organisateurs. Ce serait courir le risque d'en donner une vision trop fonctionnelle, même si l'on prend soin d'explorer les interactions complexes entre centres de décision et acteurs situés à la périphérie du processus de destruction. Un regard beaucoup plus sociologique (et anthropologique) permet de chercher à comprendre comment une société peut être entraînée à participer au développement d'une dynamique meurtrière.

De l'indifférence collective à la participation populaire aux massacres

Que se passe-t-il donc du côté des populations dont les États se sont engagés dans la perpétration de massacres ou qui sont tombées sous leur domination ? Adhèrent-elles vraiment à ce qui est en train de se passer ? Reprenons le fil de ce qui a été analysé, *avant même le passage à l'acte*, quant au rôle du tiers, c'est-à-dire de ceux qui pourraient, de près ou de loin, venir en aide aux victimes désignées (cf. chapitre II).

Si l'on est parvenu au stade du meurtre de masse, c'est bel et bien que cet effondrement du tiers n'a cessé de se

1. Jusqu'à présent, le procès en cours de Milosevic laisse à penser que celui-ci n'avait pas d'intérêt particulier au massacre des habitants de Srebrenica. Sans doute celui de Nazer Oric lui-même, ouvert à La Haye en octobre 2004, pourrait-il lui aussi apporter certains éclaircissements dans l'évolution générale de la confrontation dans toute cette région.

confirmer. Dans l'un des tout premiers livres consacrés au massacre de Srebrenica, deux auteurs hollandais ont mis en exergue cette phrase de Tacite : « Le pire crime serait osé par quelques-uns, davantage le voudraient, tous le laisseraient faire[1]. » Quelle surprenante adéquation au propos de ces pages ! Certes, les auteurs ont d'abord à l'esprit les manquements de la « communauté internationale » en Bosnie. Mais la phrase de Tacite peut tout autant s'appliquer, et même en premier lieu, à ce qui se joue sur la scène intérieure : c'est la passivité de « tous », plus ou moins complices, qui rend possible la montée en puissance de la violence. Une protestation devient d'autant plus difficile que, le pays étant entré en guerre, chaque individu est sommé de faire preuve de solidarité face à l'ennemi. Mais le pire est peut-être encore à venir, puisque le basculement dans la guerre peut radicaliser encore bien davantage les conduites humaines. Comment ne pas penser ici à ce que dit Franz Kafka de la guerre : « C'est une inondation. La guerre a ouvert les écluses du Mal. Les étais qui soutenaient l'existence humaine s'effondrent[2] » ? De fait, dans certains cas, le massacre est perpétré non seulement par des soldats ou des policiers, mais aussi bien par des civils plus ou moins enrôlés par les nouvelles autorités. Entre indifférence collective et participation populaire aux massacres, les cas étudiés ici se présentent encore différemment.

1. *« Pessimum facinus auderent pauci, plures vellent, omnes paterentur »*, cité par Jan Willem Honig et Norbert Both, *Srebrenica. Record of a War Crime*, Londres, Penguin Books, 1996.

2. Gustav Janouch, *Conversations avec Kafka*, Paris, Maurice Nadeau, 1988.

Le sort des juifs, entre hostilité et indifférence

Si l'antisémitisme est largement répandu en Allemagne, ceci ne signifie pas que tous les Allemands veulent la mort des juifs. Sur ce point, la thèse du sociologue américain Daniel Goldhagen a suscité d'importantes objections [1]. Certes, son travail pose l'importante question de la responsabilité individuelle de l'Allemand « ordinaire », et non plus seulement des dirigeants nazis, dans la persécution, puis l'élimination des juifs. Goldhagen entend aller plus loin que Raul Hilberg, ne se contentant pas de donner une réponse au « comment » du génocide, mais aussi au « pourquoi ». Le projet est donc particulièrement ambitieux. Quelle est cette réponse ? Elle a le mérite de la simplicité : si l'Allemagne nazie a tué les juifs, c'est parce que les Allemands l'ont bien voulu. Et pourquoi l'ont-ils voulu ? Parce qu'ils en avaient le projet, pas seulement au sommet du pouvoir nazi, mais à la base, la société étant mue par un antisémitisme « éliminationniste ».

L'affirmation a de quoi surprendre, tant elle est avancée avec assurance. Elle fait un peu penser à celle de ces médecins du XVIIe siècle dont Molière se moquait : « Pourquoi l'opium fait-il dormir ? Parce qu'il a une vertu dormitive. » Pourquoi les Allemands ont-ils tué les juifs ? Parce qu'un tel projet était propre à leur culture de la haine des juifs. Ils voulaient vraiment tous s'en débarrasser et s'en réjouissaient ; pour preuve ces photos que des soldats rapportaient du front de l'Est, attestant les tueries [2]. L'argumentation est donc fondamentalement

1. Daniel J. Goldhagen, *Les Bourreaux volontaires de Hitler. Les Allemands ordinaires et l'Holocauste*, Paris, Le Seuil, 1997.

2. La place de cette iconographie macabre est d'ailleurs très importante dans le livre de Goldhagen.

culturaliste puisqu'elle postule une tendance destructrice propre au peuple allemand. Ce faisant, elle minimise la virulence de l'antisémitisme dans d'autres pays à la même époque, que ce soit en Pologne, en Roumanie ou en France. Pourquoi donc les Allemands ont-ils eu, plus que d'autres, la volonté de passer à l'acte ? De surcroît, l'argumentation est monocausale : tout viendrait de l'idéologie, ce qui fait fi de l'essentiel des recherches historiographiques montrant la multiplicité des variables à prendre en compte, complexité qui inspire le présent travail. On ne s'étonnera donc pas que le livre de Goldhagen ait suscité les plus vives critiques de la part des historiens [1].

S'ils sont majoritairement antisémites, les Allemands n'en désapprouvent pas moins les actions ouvertement violentes engagées par le régime contre les juifs, au cours des années 1930. En fait, la plupart des citoyens du Reich se seraient satisfaits de mesures antisémites légales et ordonnées, telles que celles des lois de Nuremberg de 1935. Mais les dirigeants nazis certainement pas. Ils relancent sans cesse la charge contre les juifs. Après la nuit de Cristal, le 9 novembre 1938, nous savons, par exemple, que d'importants secteurs de la population sont choqués par ce déferlement de violence. Cependant, des réactions spontanées contre la politique d'un pouvoir ne peuvent avoir quelque chance de l'infléchir que si elles trouvent une traduction publique, à travers des porte-parole qui osent relayer ouvertement les désaccords. Or, aucune autorité spirituelle ou morale, à l'intérieur de l'Allemagne, ne s'est ouvertement fait l'écho de cette

1. Parmi les critiques les plus synthétiques, citons celle d'Omer Bartov, *Germany's War and the Holocaust. Disputed Histories*, Ithaca-Londres, Cornell University Press, 2003, chap. V, « Ordinary Monsters : Perpetrator Motivation and Monocausal Explanations », p. 122-136.

émotion populaire. À cet incroyable déchaînement de haine a donc succédé un silence assourdissant pouvant être interprété comme une forme de consentement, et même de contentement.

Mais des dirigeants comme Himmler et Heydrich, instruits par les rapports faisant état des réactions de désapprobation de la population, font valoir auprès d'Hitler l'intérêt de méthodes plus « rationnelles », qui ne reposeraient plus sur le recours à la violence trop voyante du pogrom. La guerre va leur donner l'occasion de passer à l'action, car, dans ce nouveau contexte, la majorité de la population allemande se préoccupe d'abord du sort des soldats mobilisés et des problèmes de la vie quotidienne, qui font oublier le sort de la minorité juive. À lire le journal de Victor Klemperer, on voit bien que des fonctionnaires allemands ne savent même pas à quelle misère les juifs ont été acculés. Les « Aryens » ignorent-ils tout de la misérable situation des juifs, ou bien ne veulent-ils pas la voir, comme le pense David Bankier[1] ? Toujours est-il que l'attitude dominante envers les juifs est un mélange d'hostilité et d'indifférence. C'est cette continuelle absence de réactions ouvertement hostiles à leur persécution, leur exclusion, leur déportation qui a facilité leur destruction, terrible dénouement de ces démissions successives.

Certes, protester contre la dictature nazie suppose un courage politique hors du commun. Le dissident risque d'autant plus d'être perçu comme un « traître » que le pays est désormais en guerre. Il prend donc le risque de se faire arrêter et tuer par un régime qui a supprimé toute forme de droit à l'opposition dès 1933. L'exécution, le 24 février 1943, d'Hans et Sophie Scholl, ces étudiants membres de la *Rose blanche* qui avaient osé protester à Munich contre

1. David Bankier, *The Germans and the Final Solution*, *op. cit.*

le régime, est devenue après la guerre le symbole d'une résistance apparemment impossible au sein du Reich. L'histoire de l'opposition d'une partie de l'Église catholique au programme d'euthanasie des malades mentaux atteste pourtant qu'il existait encore, même une fois la guerre déclarée, un espace public de contestation du régime. Mais cette histoire montre combien cette opposition a été laborieuse et partielle. Tout d'abord, plusieurs mois après le début du programme, à l'automne 1939, des requêtes sont adressées aux autorités, à titre confidentiel, par certains pasteurs pour relayer la souffrance, voire la stupéfaction, des familles devant la disparition de leurs proches. Mais les dirigeants nazis se contentent de tergiverser, et le programme d'extermination continue. Ce n'est que plus d'un an après, au printemps 1941, que quelques évêques se décident à franchir le pas de la protestation publique : von Preysing, dans son sermon du 9 mars 1941 à Berlin, et surtout Clement-August von Galen, dans son sermon du 3 août 1941 à Münster. Celui-ci dénonce l'assassinat des malades mentaux, rappelant qu'il a porté plainte au tribunal contre les crimes commis dans son diocèse, sur la base de l'article 139 du Code pénal qui stipule : « Celui qui a connaissance réelle d'un projet d'assassinat et omet d'en aviser soit les autorités, soit la personne menacée, en temps voulu, sera puni » [1].

L'événement est considérable : pour la première fois, un responsable religieux réaffirme publiquement l'interdit du meurtre au sein d'un régime dont le propre est de l'avoir sans cesse bafoué depuis ses débuts. Cette intervention morale est suffisamment forte pour qu'Hitler estime préférable d'interrompre le programme, lequel a

1. On trouvera en français l'intégralité de ses sermons dans Yves Ternon et Socrate Helman, *Le Massacre des aliénés. Des théoriciens nazis aux praticiens SS*, Tournai, Casterman, 1971.

toutefois déjà fait près de 80 000 victimes. Ainsi, la société allemande, à travers la protestation de certains de ses dignitaires religieux, réussit à enrayer le premier meurtre de masse organisé par l'État nazi. C'est, semble-t-il, le contexte même de la guerre contre l'Union soviétique qui a conduit les dirigeants nazis à prendre une telle décision. Car si un Martin Bormann se prononce alors pour éliminer von Galen, un Josef Goebbels fait valoir que, si l'évêque de Münster vient à disparaître, la Westphalie sera perdue pour toute la durée de la guerre : il craint en effet que la disparition de l'évêque ne soit une cause de dissension importante dans cette région, alors que l'attaque de l'Union soviétique exige au contraire la grande cohésion de la nation allemande. Autrement dit, le contexte international, qui, comme nous l'avons vu, peut faciliter le massacre, favorise en ce cas le succès d'un acte de protestation morale, qui aurait pu, à première vue, paraître désespéré.

En revanche, force est de constater que ni les pasteurs ni les évêques ne se mobilisent de la même manière pour dénoncer publiquement les violences antisémites. Une autre marque de ce silence ? Le 1er septembre 1941, au moment même où cesse le programme d'élimination des malades mentaux allemands, le port obligatoire de l'étoile jaune est promulgué dans le Reich. Plusieurs indices montrent que cette mesure choque à nouveau une partie importante de la population. Mais les autorités des Églises ne disent rien. Leur silence est d'autant plus tragique que, durant cette même période, le personnel du programme d'euthanasie des malades mentaux est transféré en Pologne pour y installer de nouvelles chambres à gaz. Ce qui domine donc en Allemagne, encore et toujours, c'est l'attitude de passivité de l'opinion vis-à-vis de la politique antisémite, observable depuis les premiers temps du régime. Ian Kershaw, à partir de son étude de la Bavière, résume ainsi cet état d'esprit : « La route d'Auschwitz fut construite par la haine, mais pavée d'indifférence[1]. » Certaines variations dans les comportements peuvent cependant être notées d'une région à l'autre. Ainsi, la Rhénanie, bastion catholique, offre certains signes de résistance, à tout le moins de dissidence[2], tandis qu'en Basse-Saxe, à Göttingen, ville très antisémite, la population participe allégrement au pillage des biens juifs avant que leurs propriétaires ne soient tués.

Autre fait essentiel : les Allemands peuvent accéder à des informations relatives au sort des juifs en Pologne et en Union soviétique. David Bankier donne sur ce point des indications convaincantes : même si les dirigeants nazis entendent maintenir le secret, les Allemands résidant dans le Reich ne peuvent ignorer que les juifs sont voués à la mort. Klemperer ne mentionne-t-il pas lui-même dans son journal, à la date du 12 mars 1942, le nom d'Auschwitz comme celui d'un lieu où l'on est voué à la mort ? Mais les Allemands ne font rien de ces informations stupéfiantes, qui d'ailleurs suscitent aussi l'incrédulité des juifs eux-mêmes, que ce soit dans le Reich ou ailleurs. Que l'on pense au témoignage de Ruth, interrogée par l'historien Michael Pollak : quand elle entend Thomas Mann annoncer au micro de la BBC, en 1941 (alors qu'elle réside à Berlin), que les juifs sont massacrés en Pologne, elle ne peut tout simplement pas le croire[3].

Paradoxe ? La passivité générale de la population, en dépit de ces nouvelles effrayantes, n'empêche pourtant

1. Ian Kershaw, *L'Opinion allemande sous le nazisme. Bavière, 1933-1945*, Paris, CNRS, 1995, p. 13.

2. Voir l'enquête de Martin Broszat et Eike Fröhlich (éd.), *Bayern in der NS-Zeit*, *op. cit.*

3. Cité dans Michael Pollak, *L'Expérience concentrationnaire. Essai sur le maintien de l'identité sociale*, Paris, Métailié, 1990, p. 92-93.

pas certains Allemands de manifester discrètement de la sympathie envers les juifs. Lisons encore le journal de Klemperer. Par exemple, à la date du 8 mai 1942, il consigne des réactions très antisémites à son égard (« Salop de juif ») et, en même temps, celle d'une dame qui prend le risque de lui témoigner de la sympathie dans la rue. Et il note : « Il semble que ce genre de manifestation dangereuse pour l'une et l'autre personne ait lieu assez souvent[1] ». Ailleurs, il parle encore de ce fonctionnaire du parti qui se montre compréhensif à son égard (26 avril 1942) ou de ces ouvriers de Dresde qui manifestent un esprit de camaraderie envers les juifs : « J'ai constamment l'occasion de remarquer l'esprit de camaraderie, le comportement parfaitement naturel, souvent tout à fait chaleureux, des ouvriers et des ouvrières envers les juifs [...] ; dans l'ensemble, ils ne sont pas des bouffeurs de juifs. Pourtant, quelques-uns d'entre nous s'en tiennent toujours à l'idée que *tous* les Allemands, même les ouvriers, sont, tous autant qu'ils sont, des antisémites[2] » (4 juin 1943). Autant d'indices qui attestent que, à l'échelle des individus, un peu d'humanité envers les juifs parvient encore à s'échapper d'un système sciemment élaboré pour en anéantir toute expression.

En somme, tout se passe comme si les capacités de réaction collective de la population avaient été progressivement broyées. La société allemande a été happée par une logique de destruction qu'elle a laissé faire sans réagir. Moins elle s'est donné les moyens de protester, plus elle s'est trouvée incrustée dans un processus qu'elle ne contrôlait pas et dans lequel elle était de plus en plus sommée de s'impliquer. Car ce laisser-faire généralisé,

1. Victor Klemperer, *Je veux témoigner jusqu'au bout*, *op. cit.*, p. 77.
2. Victor Klemperer, *op. cit.*, p. 362.

cet *engrenage passif*, s'est simultanément transformé, ne l'oublions pas, en un *engrenage actif* qui s'est traduit par l'enrôlement de toutes sortes de secteurs d'activités collaborant à la « Solution finale ». Le crescendo de cette incorporation de la société allemande au processus de destruction des juifs est assurément atteint avec le développement des centres d'extermination par le gaz, fin 1941 et surtout courant 1942. En effet, les tueries de masse perpétrées par les *Einsatzgruppen*, bataillons SS et autres forces policières et militaires restaient l'affaire de professionnels de la répression, les civils n'intervenant qu'à la marge dans la mise à mort des victimes.

Avec le développement des chambres à gaz, le processus de destruction se « civilise » parce qu'il implique bien davantage le tissu économique et industriel de la société allemande : chemins de fer (la *Reichsbahn*), industrie automobile (pour les premiers camions à gaz), industrie chimique (pour la production du Zyklon B), industrie textile (pour la récupération des vêtements), industrie métallurgique (pour transformer l'or volé), secteur bancaire (pour clôturer les comptes), etc. Tout un symbole : c'est le président du conseil d'administration d'*IG-Farben*, Carl Krauch, qui choisit le site d'Auschwitz. Et le slogan affiché à l'entrée du camp, *« Arbeit macht frei »* (le travail rend libre), figurait avant-guerre dans toutes les usines du groupe. Le processus de destruction s'est ainsi greffé sur le cœur même de l'appareil économique allemand. « Le crime n'est pas un à-côté du monde ordinaire : il le compénètre dans les interstices les plus banals de la vie quotidienne[1]. » Telle est bien l'évolution qui avait été souhaitée par Himmler et Heydrich.

1. Georges Bensoussan, *Histoire de la Shoah*, Paris, PUF, coll. « Que sais-je ? », 1997, p. 92.

Rwanda : la massification du meurtre

Au Rwanda, nous sommes plongés dans un tout autre univers que celui de la société allemande industrialisée. Ne peut-on soutenir cependant que la redoutable efficacité des opérations de massacre tient au fait que leurs organisateurs réussissent en partie, de lieu en lieu, à y impliquer de larges secteurs de la population rurale ? Tel est bien au départ l'objectif de la « défense civile » : faire participer massivement la population hutu à la « résistance ». Écoutons la RTLM, quelques jours à peine avant l'attentat de l'avion présidentiel : « Le peuple, voilà le vrai bouclier, c'est la véritable armée qui est forte [...]. Les forces armées combattent, mais le peuple, lui, il dit : "Nous tenons vos arrières, c'est nous le bouclier." Le jour où le peuple va se lever et qu'il ne voudra plus de vous, qu'il vous haïra à l'unisson et du fond de son cœur, quand vous lui inspirerez la nausée, je [...] me demande par où vous vous échapperez. Par où pouvez-vous passer [1] ? » Terrible menace proférée à l'encontre des Tutsi : la radio est en train d'annoncer ouvertement que le « peuple » va les anéantir sur place.

Cependant, la réalisation de cette terrible « prophétie », qui passe donc par la mobilisation générale des Hutu, procède d'un pari. Certes, l'assassinat du président de la République crée aussitôt un vide politique et une émotion publique qui rendent plus que probables des réactions violentes. D'aucuns pensent qu'une intervention publique immédiate du Premier ministre en exercice pourrait encore juguler un tel déchaînement. Le général Dallaire est de ceux-là, convaincu que si Agathe Uwilingiyimana

1. RTLM, 3 avril 1994, cité par Alison Des Forges (éd.), *Aucun témoin ne doit survivre*, *op. cit.*, p. 214.

parvient à s'exprimer à la radio nationale, son appel au calme pourrait faire baisser la tension, démontrant ainsi qu'elle est en mesure d'assurer la continuité du pouvoir[1]. Mais ce scénario s'effondre tout de suite, du fait de son assassinat. Dès lors, les extrémistes hutu ont la voie libre pour former un nouveau gouvernement.

L'autre frein à la montée de la violence pourrait encore venir des Églises du pays. Mais quatre jours après la mort du président, les évêques promettent leur soutien au nouveau gouvernement. Ils demandent à tous les Rwandais de « répondre favorablement aux appels » des nouvelles autorités, de les « aider dans la réalisation de la tâche », incluant le retour à la paix et à la sécurité. Il est vrai que, une semaine plus tard, ils font une autre déclaration demandant que le sang cesse de couler ; mais celle-ci n'a guère d'impact, alors que, de son côté, l'archevêque de l'Église anglicane, aussi présente au Rwanda, loin de condamner les tueries, déclare son soutien au nouveau gouvernement. En s'abstenant de lancer immédiatement une condamnation des massacres, les autorités religieuses laissent la voie libre aux fonctionnaires qui affirment que les tueries sont approuvées par Dieu[2].

Si donc, pour des raisons différentes, ces freins possibles à la violence n'ont pas fonctionné, la voie paraît largement ouverte à sa propagation dans le pays. Mais la participation des agriculteurs aux massacres est-elle pour autant acquise ? Pas vraiment, soutient André Guichaoua : « Une chose est de préparer les massacres au sommet du pouvoir ; une autre est de parvenir à entraîner sur les collines les paysans dans les tueries[3]. » Après le 7 avril, les

1. Général Roméo Dallaire, *J'ai serré la main du diable*, *op. cit.*

2. Alison Des Forges (éd.), *Aucun témoin ne doit survivre*, *op. cit.*, p. 290-291.

3. Entretien avec André Guichaoua, 27 mai 2003.

frontières sont fermées et les routes barrées. Visiblement, le but n'est plus de laisser partir les Tutsi, mais de les éradiquer. Cependant, nul ne sait encore combien, parmi les centaines de milliers de personnes influencées par les idées du *Hutu Power*, sont prêtes à tuer, violer, blesser, incendier ou piller à l'appel de ce mouvement. Les enquêtes publiées par *African Rights* attestent que la violence s'enclenche dans presque toutes les préfectures du pays dès le 7 avril au matin[1]. Mais, lors de son procès, Jean Kambanda reconnaît que là où le parti du président était moins influent, les massacres avaient plus de peine à démarrer[2].

La radio RTLM est assurément l'un des vecteurs les plus redoutables du dispositif d'incitation au meurtre de masse, mais son importance ne doit pourtant pas être surestimée. Certains auteurs mettent en avant le schéma de l'obéissance quasi automatique d'une population hutu largement inculte aux instructions de la RTLM. Mais ce type d'explications est pour le moins sommaire. Cette radio, qui commence ses émissions juste quelques mois avant l'assassinat du président Habyarimana, est certes venue imposer un cadre de sens à tout un pays profondément bouleversé par quatre années de guerre. Grâce au talent de ses animateurs, à son style nouveau, à ses chansons, elle a réussi à s'inscrire dans la vie quotidienne de nombre de Rwandais, venant rythmer ce temps stupéfiant du génocide. Pour autant, on ne peut pas affirmer que cette radio a alors manipulé ses auditeurs comme de simples marionnettes. Selon l'intéressante métaphore de Darryl Li, ces émissions se seraient plutôt « répercutées »

1. Pour une chronologie de ces événements et témoignages, voir les enquêtes conduites par Rakiya Omaar dans *Rwanda. Death, Despair and Defiance*, Londres, African Rights, 1994.

2. Cité par Linda Melvern, *Conspiracy to Murder*, *op. cit.*, p. 196.

dans les pensées et les actions des Rwandais, certaines interagissant à ses programmes et d'autres non. Plus que de simples relais passifs de sa propagande, ce sont des « récepteurs actifs », interprétant ses messages, contribuant ou non à les véhiculer à leur manière, décidant ou non de « travailler » dans la direction préconisée par ses animateurs[1].

La sociologie de la réception des médias nous l'a d'ailleurs appris : une chose est l'émission de programmes à destination de différents publics, une autre est la manière dont ces publics interprètent et décodent ces messages[2]. Si la propagande donne bien un cadre de sens, il n'est pas certain que celui-ci soit accepté par tous les individus. En tout cas, il est soumis à des réinterprétations et ajustements selon les âges, les groupes d'appartenance, etc. Ainsi, comment les programmes de la RTLM ont-ils été reçus, commentés, crus dans les différentes régions du Rwanda ? On ne peut que suivre le conseil de l'anthropologue Danielle de Lame quand elle écrit : « Le rôle des médias devrait être, s'il veut être compris du point de vue des Rwandais, abordé à l'intérieur des contextes des différentes subcultures locales[3]. »

L'idée que tous les massacres ont été perpétrés par des bandes de jeunes qui d'une main tenaient une radio, de

1. Voir Darryl Li, « Echoes of Violence : Considerations on Radio and Genocide in Rwanda », *Journal of Genocide Research*, vol. 6, nº 1, mars 2004, p. 9-27. L'auteur utilise le terme *reverberations*, que nous avons traduit ici par « répercussions », p. 24.

2. Je renvoie ici aux travaux du laboratoire Communication et Politique du CNRS, fondé par Dominique Wolton, et à l'excellente revue *Hermès* qui a largement traité cette question.

3. Danielle de Lame, « Le génocide rwandais et le vaste monde... », art. cit., p. 167. Ce travail approfondi suppose bien évidemment d'étudier en parallèle les programmes de cette radio en kinyarwandais.

l'autre une machette, est pur cliché. Sur les collines, l'incitation à participer à la chasse aux Tutsi provenait bien davantage des autorités locales, du maire de la commune et de ses adjoints, des dirigeants locaux de partis politiques, de chefs d'entreprise, de responsables religieux, de militaires, gendarmes, policiers ou miliciens qui enrôlaient la population à cette fin. L'étude de l'africaniste américain Timothy Longman sur deux paroisses protestantes voisines, Kirinda et Biguhu (préfecture de Kibuyé), montre, par exemple, de manière convaincante le rôle prééminent de ces élites locales dans l'implication des agriculteurs dans les tueries. Mais, souligne-t-il, leurs motivations étaient bien plus politiques que purement ethniques. Les massacres ont été organisés et soutenus par une élite locale qui craignait de perdre ses privilèges et qui, pour conserver son pouvoir dans la région, a focalisé la rancœur populaire sur la minorité tutsi [1].

En fait, vu du « bas » de la société, ce basculement dépend d'une multiplicité de facteurs, dans un contexte où les conséquences de la guerre bouleversent les conduites des populations. Tout d'abord, les soldats de l'armée rwandaise, quand ils reviennent dans leurs villages, blessés ou mutilés par la guerre contre le FPR, sont d'importants vecteurs de la montée des tensions ethniques. De 8 000 à 10 000 en 1991, leur effectif monte à 40 000 en 1994. Leur simple présence sur les collines – qui comme estropié, qui comme manchot – atteste les tragiques réalités de la guerre civile. Affectés au service des impôts, à la police communale, ils racontent à qui veut les entendre la manière dont agissent les Tutsi du FPR. Ils deviennent ainsi, bien avant avril 1994, de puissants

1. Timothy Longman, « Genocide and Socio-Political Change: Massacre in Two Rwandan Villages », *Journal of Opinion*, vol. XXIII/2, 1995, p. 18-21.

propagateurs de la mobilisation de la population contre les *Inyenzi*.

La montée de la violence tient encore, remarque André Guichaoua, au retournement des personnes en charge de la paix civile sur les collines : directeurs d'école primaire, instituteurs, prêtres, responsables de centre de santé. En contact quotidien avec la population, ce sont des « faiseurs d'opinion », car ils lui disent le « vrai »[1]. Leur rôle est donc d'autant plus important en situation de crise. Or les offensives du FPR de 1992, et surtout de février 1993, ont provoqué un grand mouvement de déplacés fuyant les combats. Leur nombre est estimé à près d'un million début 1994. Ces populations hutu, qui fuient devant la progression du FPR, sont installées dans des camps, surtout dans le nord du Rwanda, et tendent aussi à se déplacer vers le sud. Sur leur passage, elles racontent les atrocités commises par le FPR et colportent toutes sortes de rumeurs. Les « faiseurs d'opinion » dont parle Guichaoua sont précisément au contact de ces populations déplacées dont ils assurent en général l'accueil et le transit. Ils vont se faire l'écho de ces récits d'horreur, les colportant à leur tour sur les collines, auprès des habitants des localités environnantes. De tels récits, qui viennent donc confirmer la propagande de la RTLM, ne peuvent que faire redouter aux Hutu l'éventuelle victoire du FPR. C'est ainsi que, de proche en proche, la peur s'est répandue sur les collines, bien avant avril 1994, chaque Hutu craignant que l'arrivée du FPR ne signifie sa propre mort et celle de sa famille.

La composition ethnique de chaque préfecture, voire de chaque localité, est aussi à prendre en compte pour comprendre le basculement dans la violence. Par exemple, dans la préfecture de Kibungo, la présence des Tutsi est forte, bien que le parti du président y soit bien

1. Entretien avec André Guichaoua, 27 mai 2003.

implanté… et les milices aussi. En avril 1994, se crée assez rapidement une osmose entre les autorités et la population qui entraîne vite le massacre des Tutsi. Le contraste est grand avec la préfecture de Cyangugu, limitrophe du Burundi et du Congo. Les Hutu y sont divisés : les entraîner à massacrer les Tutsi constitue un objectif plus difficile, d'autant que, dans cette préfecture du Sud, l'hostilité politique envers ceux du Nord (proches du président) est vivace. On ne peut donc pas dire en ce cas que la population participe aux massacres, sauf après deux ou trois semaines, lorsque les Hutu qui y étaient opposés ont été eux-mêmes éliminés. Même dans la préfecture de Gitamara, bastion de la révolution de 1959, le basculement dans la violence ne se produit qu'après l'intervention de l'armée et la révocation de l'ancien préfet, puis avec l'arrivée du gouvernement provisoire fuyant Kigali attaqué par le FPR.

La situation est encore complètement différente dans la préfecture de Butare, qui possède le taux le plus élevé de mariages mixtes hutu-tutsi. Le préfet, Jean-Baptiste Habyalimana, refuse de suivre la nouvelle ligne gouvernementale, imposée par Bagosora et ses amis. La population locale n'est aucunement impliquée dans les massacres durant près de quinze jours, sauf dans une commune située à proximité de camps de réfugiés hutu burundais, qui pratiquent la terreur. Les autres communes ne basculent pas dans la violence avant le 19 avril. Encore faut-il pour cela révoquer le préfet réfractaire aux tueries (qui sera finalement assassiné) et d'autres membres de l'administration, faire venir des miliciens de l'extérieur, etc. La raison de ces massacres est-elle véritablement ethnique ? Une autre enquête de terrain, réalisée dans la région de Butare, suggère que non, du moins pas seulement. La violence généralisée qui a gagné cette région « crée le contexte propice aux règlements de rivalités ou tensions antérieures, ancrées dans la vie locale », qui n'ont donc rien à voir avec le fait d'être hutu ou tutsi. D'autres mobiles sont à prendre en compte, comme la jalousie ou le profit. Pourtant, ce sont surtout les Tutsi qui restent les principales cibles de ces attaques, dans la mesure où leur assassinat est encouragé par les autorités. En d'autres termes, « nombre de paysans de Butare ne tuent pas un voisin, ou un inconnu, parce que tutsi, mais bien plutôt parce qu'il est possible de le tuer car tutsi. Le choix des victimes par les paysans relève donc d'une multiplicité de facteurs locaux et personnels [1] ».

Tout cela suggère qu'une histoire de la participation populaire aux massacres, région par région, reste à écrire. Le rôle des élites régionales intermédiaires dans l'implication des paysans dans les tueries semble particulièrement important à approfondir. Mais que signifie au juste ce mot « participation » ? La plupart des témoignages attestent qu'elle n'est pas spontanée, mais plutôt encadrée. La fonction de ces encadreurs sur les collines est non seulement d'indiquer qui est l'« ennemi », mais aussi de « recharger » régulièrement l'« énergie à tuer » chez les cultivateurs – négativement par la menace, positivement par la récompense. À cette fin, une organisation *ad hoc*, souple, se met en place, des réunions régulières se tiennent sur les collines, dans les cabarets, etc., en liaison avec les autorités. S'agit-il ensuite pour les gens du village de suivre les miliciens et gendarmes qui se chargent des massacres ou bien de mettre concrètement la main à la pâte ? Autrement dit, la population est-elle l'auxiliaire des tueries ou actrice à part entière ?

1. Intervention de Pierre-Antoine Braud au groupe de recherche du CERI « Faire la paix. Du crime de masse au *peacebuilding* », « Lien social, passage au crime de masse et reconstruction », 20 juin 1991 ; consultable sur le site Internet du CERI : http ://www.ceri-sciences-po.org.

Dans son livre *Une saison de machettes*, le journaliste Jean Hatzfeld rapporte que les villageois hutu, sur la commune de Nyamata, dans la région du Bugesera, deviennent partie prenante des massacres en cours[1]. Mais est-ce partout le cas ? L'idée que toute la population hutu a participé aux massacres n'est pas tenable. Sur les quelque 6 millions de Hutu qui vivent alors au Rwanda, combien sont-ils réellement à avoir tué ? Bien qu'il soit impossible de donner un chiffre précis, le chercheur américain Scott Strauss a tenté une intéressante estimation. Il est parvenu à la conclusion que le nombre de tueurs hutu en 1994 se situerait entre 175 000 et 210 000, soit entre 7 et 8 % de la population active du Rwanda, plus précisément entre 14 et 17 % de la population masculine adulte.

Autre point essentiel : Scott Strauss observe qu'environ 75 % de ces individus peuvent être considérés comme responsables de 25 % des meurtres ; ce qui signifie qu'entre 20 et 25 % des Hutu tueurs ont à leur actif près de 75 % des massacres. Par conséquent, « même si une participation de masse caractérise le génocide au Rwanda, un petit nombre d'exécutants armés, spécialement zélés, se sont taillé la part du lion dans ces tueries[2] ». Il reste cependant que plus la population rurale s'est trouvée impliquée, plus les massacres semblent avoir été efficaces : seuls les gens du lieu savaient qui étaient les Tutsi et où ils pouvaient se cacher. En ce sens, la carte d'identité révélant l'appartenance ethnique n'a pas toujours été nécessaire à l'identification de

1. Jean Hatzfeld, *Une saison de machettes. Récit*, Paris, Le Seuil, 2003.

2. Scott Strauss, « How Many Perpetrators Were There in the Rwandan Genocide ? An Estimate », *Journal of Genocide Research*, vol. 6 (1), mars 2004, p. 95.

l'« ennemi ». Il faut donc penser ensemble l'articulation complexe entre le noyau dur des individus qui tuent, le cercle plus large de ceux qui donnent un « coup de main » occasionnel, dénoncent ceux qui se cachent, et la masse plus large des Hutu qui laisse passivement se dérouler les massacres commis en leur nom. On voit à quoi aboutit cette logique effrayante : le meurtre de masse vise bel et bien à la massification du meurtre, c'est-à-dire à la multiplication des meurtriers et de leurs complices, actifs ou passifs.

L'autisme de la population serbe

En ex-Yougoslavie, ce processus ne semble pas aller aussi loin. En effet, la population serbe n'est jamais directement confrontée aux massacres perpétrés en Croatie, en Bosnie et plus tard au Kosovo. La guerre se déroule en dehors du territoire de la Serbie, situation qui fait penser à celle des Allemands dans le Reich. Mais c'est précisément parce que la population est à distance du théâtre des opérations qu'elle est davantage portée à cautionner ce qui s'y déroule ou à y rester carrément indifférente. Son apparente insensibilité aux informations rapportant les atrocités commises par des Serbes ne manque pas de susciter de nombreuses interrogations. Car si le régime use des ficelles de la propagande, la population peut accéder à d'autres sources d'information, *via* des médias étrangers ou ceux de l'opposition. La situation des médias dans la Serbie de 1992 n'a rien à voir avec celle de l'Allemagne de 1942. Alors pourquoi cette indifférence intérieure, dans un monde que l'on dit, en cette fin du XXe siècle, celui de la communication internationale transparente ? Divers arguments ont été avancés.

Tout d'abord, l'habileté du régime à faire comme si la Serbie n'était pas en guerre. Cette culture politique de l'apparence, qui provient en partie de l'expérience antérieure du communisme, maintient la population serbe dans une sorte de « bulle » rassurante, hors du réel. Ce dispositif de protection est principalement assuré par les médias officiels, qui donnent une vision complètement déréalisée de la situation. Un sondage, en juin 1992, montre, par exemple, que les deux tiers de la population, en Serbie, ne savent pas qui encercle et pilonne Sarajevo[1]. À quelques kilomètres de la ville assiégée, les villages serbes semblent vivre paisiblement, comme si de rien n'était. En général, la population pense que les horreurs viennent des deux camps, mais que, de toute façon, les Serbes ont été d'abord pris pour cible : ils sont donc les victimes. Cette culture victimaire rend mieux compte de cette attitude d'indifférence que la seule manipulation médiatique. Si les Serbes se montrent globalement insensibles aux souffrances qu'ils peuvent causer, c'est qu'ils ne voient que leurs propres souffrances de peuple martyr, considérant qu'ils ont subi un « génocide » durant la Seconde Guerre mondiale. « Cette obsession de ne plus être victimes nous a transformés en bourreaux[2] », reconnaissait lors de son procès l'ancienne présidente bosno-serbe Biljana Plavsic.

1. Voir Florence Hartmann, *Milosevic*, *op. cit.*, p. 271-272.
2. Cité par Joël Hubrecht, « Le procès Plavsic, un succès de la justice internationale », *Esprit*, février 2003, p. 138.

« Ils cognaient à bout de bras, ils coupaient sans choisir personne »

« Le jour où la tuerie a commencé à Nyamata, dans la rue du grand marché, nous avons couru jusqu'à l'église de la paroisse. Une grande foule s'était déjà assemblée, car c'est dans la coutume rwandaise de se réfugier dans les maisons de Dieu, quand commencent les massacres. Le temps nous a laissé deux jours de tranquillité, puis les militaires et les policiers communaux sont venus faire une ronde de surveillance autour de l'église, ils criaient qu'on allait bien tous être tués. Moi, je me souviens qu'on hésitait à respirer et à parler. Les Interahamwe sont arrivés en chantant avant midi, ils ont jeté des grenades, ils ont arraché les grilles, puis ils se sont précipités dans l'église et ils ont commencé à découper des gens avec des machettes et des lances. Ils portaient des feuilles de manioc dans les cheveux, ils criaient de toutes leurs forces, ils riaient à gorge chaude. Ils cognaient à bout de bras, ils coupaient sans choisir personne.

« Les gens qui ne coulaient pas de leur sang coulaient du sang des autres, c'était grand-chose. Alors, ils se sont mis à mourir sans plus protester. Il y avait un fort tapage et un fort silence en même temps. Au cœur de l'après-midi, les Interahamwe ont brûlé des petits enfants devant la porte. Je les ai vus de mes yeux se tordre de brûlure tout vivants vraiment. Il y avait une forte odeur de viande, et de pétrole. « Je n'avais plus de précisions sur ma grande sœur, j'étais déboussolé. Dans la fin d'après-midi, j'ai reçu un coup de marteau, je suis tombé, mais j'ai réussi à serpenter et à me dissimuler en compagnie de garçons derrière une grille.

« Quand les Interahamwe ont fini de travailler pour la journée, des jeunes gens de chez nous, encore assez

vaillants pour s'évader dans la brousse, m'ont emporté sur leur dos.
« Les Interahamwe ont terminé la tuerie à l'église en deux jours ; et tout de suite ils sont sortis sur nos traces en forêt, avec des massues et des machettes. Ils fouillaient derrière les chiens pour rattraper les fuyards sous les branchages. C'est là que j'ai été pris. J'ai entendu un cri, j'ai vu une machette, j'ai reçu un choc sur la tête et je suis tombé dans un creux.
« D'abord je devais être mort, puis j'ai insisté pour vivre. »

Témoignage de Cassius Niyonsaba, extrait de Jean Hatzfeld, *Dans le nu de la vie. Récits des marais rwandais*. © Le Seuil, 2000, p. 15-17, rééd. coll. « Points », 2002.

« Les assaillants de Musebeya portaient des feuilles de bananier, surtout en couronne autour de la tête, et ils avaient des lances. Ceux de Karambo portaient des feuilles de bananier à la ceinture et d'autres attachées sur les épaules et sur la poitrine. Ils avaient des gourdins armés de clous.
« J'ai vu des membres de la gendarmerie qui tiraient des coups de feu sur les maisons construites en dur dont les murs ne se brisaient pas aussi facilement que ceux en terre et en pisé. J'ai vu des maisons arrosées d'essence pour qu'elles brûlent mieux.
« Les assaillants faisaient beaucoup de bruit et ils avaient des sifflets. Ils criaient : "Nous devons les exterminer tous." Ils trouvaient la nuit les gens qui se cachaient et ils appelaient les autres avec leurs sifflets. « Ils semblaient parfois sous l'emprise de la marijuana. « Des femmes suivaient les pillards. Elles faisaient aussi une sorte de

vérification de détail pour savoir qui se cachait. Par exemple, elles pouvaient savoir qui se trouvait à l'intérieur d'une maison en regardant le genre de linge qui séchait à l'extérieur.
« À ce moment, il y avait aussi des barrières. Ils arrêtaient tout le monde pour voir si les gens étaient de ma famille et dans ce cas ils seraient tués. Ceux qui fuyaient dans la nuit sont tombés par hasard sur des barrières. Quand je suis sortie de la forêt, je suis passée à Gasenyi et j'ai vu du feu. Cela m'a indiqué qu'il y avait une barrière ; s'il n'y avait pas eu de feu, je me serais dirigée tout droit sur la barrière. »

Extrait d'Alison Des Forges, *Aucun témoin ne doit survivre. Le génocide au Rwanda*. © Karthala, 1999, p. 380-381.

C'est précisément parce qu'ils ne veulent pas connaître un sort identique qu'ils entendent se défendre. À aucun moment la population de Serbie ne semble donc troublée par la guerre menée en Bosnie et en Croatie. Le réflexe unitaire joue, bien sûr, dans l'adversité ; mais, note Slavenka Drakulic, « l'autisme dont font preuve les Serbes est effrayant et incompréhensible[1] ». Un « autisme » qui va de pair avec le véritable déni de la réalité dont parle Jean-Arnault Dérens, par exemple à propos d'un ami serbe de la ville de Bijelina, au nord-est de la Bosnie, où des musulmans sont massacrés dès avril 1992, tandis que plusieurs milliers d'entre eux sont parqués dans le centre-ville : « Une sorte de ghetto a ainsi été créé

1. Slavenka Drakulic, « L'autisme tragique du peuple serbe », *The International Herald Tribune*, repris dans *Courrier international*, 6-14 mai 1999.

dans cette ville, du printemps 1992 à janvier 1994. Mais son ami, qui affirme ne pas faire de politique, passait à côté des rues barrées sans se poser de questions. Et personne, pas plus que lui, ne semblait s'en inquiéter[1]. »

Par ailleurs, le poids d'une culture autoritaire visant à légitimer le régime en place peut en partie être aussi invoqué. Culture autoritaire qui provient des profondeurs de la société rurale yougoslave, paternaliste et conservatrice, sur laquelle le communisme a prospéré. C'est majoritairement la partie rurale de la Serbie, ainsi que les retraités de la banlieue de Belgrade, qui soutiennent Milosevic. De même, en Croatie, le bastion traditionaliste de Tudjman se trouve surtout en Slavonie. Du point de vue de leurs bases sociales, les régimes nationalistes de Milosevic et Tudjman se ressemblent donc un peu. Mais ils acquièrent aussi, ne l'oublions pas, une légitimité électorale, juste avant et pendant la guerre, puisque leurs partis respectifs gagnent les élections de 1990 et 1992. Comment imaginer qu'ils puissent se heurter à un mouvement puissant hostile à leur politique ? À la cohésion nationale que favorise toute guerre s'ajoute l'embargo international déclaré contre la Serbie en 1992. Non seulement les denrées alimentaires se font plus rares et plus chères, mais près de 60 % de la population active serbe se retrouve au chômage technique. La population, résignée et désabusée, se préoccupe bien davantage des difficultés croissantes de la vie quotidienne que des massacres commis on ne sait où. En 1992-1993, l'inflation est subie comme un mal nécessaire à la défense du peuple serbe. Car, en dépit de ces difficultés, le réflexe patriotique demeure, les médias entretenant l'idée d'un complot international ourdi contre Belgrade.

Il existe pourtant bien une Serbie qui refuse la politique nationaliste qui a conduit le pays à la guerre. Elle

1. Entretien avec Jean-Arnault Dérens, 22 septembre 2003.

s'exprime notamment à travers ces dizaines de milliers de jeunes qui fuient leur enrôlement dans l'armée. Mais ces Serbes contestataires ne parviennent pas à peser politiquement sur les événements, les organisations militant pour la paix restant peu influentes, en Serbie comme en Croatie. En juillet 1991 est ainsi fondé, à Belgrade, le Centre pour l'action anti-guerre, qui, tout en nouant de multiples contacts à l'étranger, développe deux types d'activités : l'aide aux déserteurs et réfugiés, et l'organisation de manifestations publiques pour une résolution pacifique des conflits. Une autre association, qui regroupe près de quatre cents intellectuels de toutes les régions de la Yougoslavie, est le Cercle de Belgrade, fondé le 25 janvier 1992. Ces écrivains, artistes, journalistes, etc., entendent créer un espace civique qui dépasse le cadre des partis pour montrer qu'il existe aussi des Serbes qui désapprouvent la politique de leurs dirigeants. Mais ces associations restent peu connues de la population serbe en général, surtout en province. Elles ne parviennent pas à juguler les tendances politiques profondes que les forces nationalistes ont réussi à mettre en œuvre, à travers la défense du territoire national.

La défense territoriale

Le climat politique dominant consiste en effet à être ensemble et se défendre ensemble plutôt qu'à établir des médiations pacifiques par-delà le clivage des nationalités. Et les partis d'opposition, très souvent divisés entre eux, ne sont jamais parvenus à élaborer un front alternatif cohérent à la politique de Milosevic. Or cette défense du territoire par le peuple, les Yougoslaves y sont préparés depuis la période de Tito. En effet, l'une des originalités du système titiste est d'avoir mis en place une innovation militaire : la défense territoriale (ou TO : *Territorijalna Odbrana)*, fondée sur le principe du « peuple en armes ». Instaurée dans les années 1970, elle consiste à préparer la mobilisation de la société dans la défense de la nation contre un ennemi potentiel, tant extérieur qu'intérieur. Cette prémilitarisation de la société est supposée avoir un effet dissuasif sur cet agresseur qui pourrait venir de l'Ouest, mais en fait bien plus probablement de l'Est (Union soviétique). C'est l'invasion de la Tchécoslovaquie en août 1968, décidée par Moscou pour mettre fin au « printemps de Prague », qui avait convaincu Tito de créer cette défense territoriale.

Conçue ainsi comme un dispositif d'autodéfense de la société civile, elle englobe les usines, les administrations, les écoles, ce qui peut entraîner la mobilisation de près de trois millions de personnes. Dans les faits, cette défense territoriale est placée sous la responsabilité de chacune des républiques, ce qui conduit l'ancien ministre de la Défense, le général Kadijevic, à penser que cette préparation militaire de la société a été un facteur important d'affaiblissement de l'armée fédérale proprement dite[1]. À considérer l'enchaînement des événements, il n'a pas tort. Selon Marina Glamocak, « le processus d'armement qui conduit à la guerre et à l'avènement du nettoyage ethnique s'est précisément fait par ce biais de la défense territoriale », qui « a servi de noyau constitutif aux armées nationales »[2]. Le rôle des défenses territoriales est précisément de défendre le territoire perçu comme légitime.

1. Eljko Kadijevic, *Moje vidjenje raspada. Vojska bez drzave* (« Ma vision du démantèlement. Une armée sans État »), Belgrade, Politika, 1993, p. 73.

2. Marina Glamocak, *La Transition guerrière yougoslave*, *op. cit.*, p. 117-118.

À la fin des années 1980, avec le passage du cadre fédéral au cadre national, les fondements de cette légitimité sont de plus en plus bouleversés. C'est la recomposition de ces allégeances politiques qui conduit concrètement à la volonté de recomposition des territoires et, par voie de conséquence, à la restructuration des unités de la défense territoriale. Les espaces de chaque ville, de chaque village, se trouvent ainsi redéfinis à partir du critère ethno-nationaliste : chaque territoire se doit d'être défendu les armes à la main. Cela signifie-t-il qu'il faut désormais chasser tous ceux qui, à l'intérieur de cet espace, ne sont plus reconnus comme membres du groupe ? L'exclusion n'est pas encore automatique. En Bosnie, il n'est pas rare d'entendre encore : « On connaît bien ces musulmans qui vivent à nos côtés. Certes, ce ne sont pas des Serbes ou des Croates ; mais ce sont de bons voisins. Ils n'ont rien à voir avec ces sales Bosniaques alliés des Turcs, pilleurs et violeurs », etc. La proximité des relations de bon voisinage l'emporte toujours sur la peste des discours idéologiques et protège de l'exclusion. Mais pour combien de temps ?

Pour que rupture définitive il y ait, il faut encore que se produise une attaque de ce lien social par des éléments extérieurs. C'est la menace – puis la réalité du passage à l'acte – qui cristallise la violence et provoque le massacre. Dès lors que le risque devient imminent, le propos se modifie brutalement : « Voisin, on t'aime bien. On s'est toujours à peu près bien entendus. Mais tu comprends : tu es musulman. Moi, je suis serbe. Je te dis de partir. Car si tu ne pars pas, demain ce sera trop tard. » Et quand ce demain arrive, voici que la foudre tombe effectivement sur le village, du moins une certaine partie du village. Y pénètrent en effet ces milices politico-mafieuses, venues de Serbie ou de Croatie, appuyées par l'armée. On imagine la suite. Le mal est fait. Des femmes ont été violées.

Les maisons brûlent et les cadavres gisent ici et là. La mosquée est détruite.

Nombre d'observateurs le soulignent : la plupart de ces opérations de nettoyage ethnique semblent avoir été le fait des milices. Nous ne disposons pas de descriptions, comme dans le cas du Rwanda, de foules participant aux tueries. « Le nettoyage ethnique est plus communément le fait de miliciens et militaires contre des civils que des voisins contre des voisins[1] », souligne Anthony Oberschall. Par exemple, sur dix-sept assauts contre des villages durant le « nettoyage ethnique » de Prijedor, en Bosnie, en mai-juin 1992, celui-ci a trouvé que l'agresseur était en uniforme militaire ou paramilitaire dans quatorze assauts sur dix-sept, les survivants ne reconnaissant aucun de leurs agresseurs, lesquels ne prenaient même pas la peine de dissimuler leurs visages. « Ces guerriers d'opérette bivouaquaient ouvertement à la station de police de Prijedor[2]. » Certes, quand les milices sont là, certains voisins peuvent les informer de qui est à chasser ou tuer, et participer aux opérations. D'autres sont contraints de s'y joindre, sous l'œil attentif des paramilitaires. Mais cette participation active des civils semble toujours limitée, une observation aussi faite dans divers cas de guerre civile[3].

De telles opérations provoquent du jour au lendemain des mouvements importants de réfugiés cherchant à fuir la zone des combats. Et l'arrivée de ces réfugiés dans une autre région, pas encore touchée, peut devenir une source de tensions considérables et donc de montée de la

1. Anthony Oberschall, « The Manipulaton of Ethnicity… », art. cit., p. 982-983.

2. Ed Vulliamy, *Seasons in Hell*, Londres, Saint Martin's Press, 1994, p. 94.

3. Stathis N. Kalyvas, « Aspects méthodologiques de la recherche sur les massacres : le cas de la guerre civile grecque », *Revue internationale de politique comparée*, vol. 8, nº 1, 2001, p. 23-42.

violence. Les débats du Tribunal pénal international pour l'ex-Yougoslavie mettent parfois en relief cet aspect du conflit, comme dans le jugement d'une affaire en Bosnie centrale, qui se rattache au conflit croato-musulman de 1992-1993 [1]. En avril 1992, les musulmans et les Croates de Bosnie résistent d'abord côte à côte à l'attaque lancée par les Serbes en Bosnie-Herzégovine orientale et occidentale. Les opérations de « nettoyage ethnique » créent alors un flux important de réfugiés croates et musulmans, qui fuient vers le centre de la Bosnie, où leur arrivée provoque surpopulation et tensions entre les deux nationalités. Aux alentours d'Ahmici (Bosnie centrale), ce flux énorme de réfugiés contribue à faire monter la peur, créant ainsi un climat propice au déclenchement de la violence. Des opérations de « nettoyage ethnique » s'ensuivent, cette fois-ci orchestrées par les Croates à l'encontre des musulmans, tués ou contraints de partir. Tout se passe comme si la violence et le massacre avaient contribué à « nettoyer » cette région, gagnée par le désordre et l'instabilité du fait de l'arrivée de ces réfugiés. En provoquant la séparation, le massacre vise à recréer de l'ordre et de la tranquillité.

De proche en proche, la violence tend alors à se propager dans un pays où l'ancien pouvoir central n'est plus à même de garantir la paix entre les diverses communautés. Cet effondrement politique du pouvoir a pour autre conséquence de favoriser l'émancipation d'acteurs locaux qui s'arrogent alors le droit d'exercer la violence pour leur propre compte. Puisque l'État n'est plus en mesure d'assurer la loi et l'ordre, ils vont en profiter pour faire régner leur propre loi, en réglant au besoin des conflits antérieurs avec des voisins. À partir du printemps 1992, la situation en Bosnie en offre de nombreux exemples.

1. Jugement Kupreskic et consorts, rendu le 10 novembre 1998.

L'anthropologue néerlandais Marc Bax a réalisé en ce sens une remarquable étude de terrain dans la région de Medjugorje, au sud-ouest de la Bosnie-Herzégovine[1]. Ce lieu présente une intéressante « condensation » entre forces spirituelles et guerrières, typique d'un nationalisme catholique croate (tout proche des terres musulmanes et orthodoxes). Car Medjugorje est devenu un lieu de pèlerinage international depuis que la Vierge serait apparue à six enfants en 1981[2]. Dans ce village réside aussi le principal chef de guerre de la région, Zdravko Primorac, un ancien soldat croate, qui y dirige entre autres une usine de munitions. Le centre de pèlerinage est tenu par des franciscains, qui soutiennent en même temps les activités de celui qu'on surnomme dans la région « capitaine Zdravko ». De juin 1992 à mars 1994, ce dernier opère, avec sa propre « armée » de mercenaires et l'appui des catholiques nationalistes, plusieurs opérations de « nettoyage ethnique », dont les musulmans sont les principales victimes.

Cependant, l'enquête de Bax montre que, par-delà cette question ethnique, bien d'autres enjeux sont au centre de ces actions : ici le désir de vengeance contre des familles musulmanes jalouses du succès de Medjugorje (où affluent des milliers de pèlerins), là l'élimination d'un village dont l'emplacement gêne le libre accès à la route par laquelle les hommes de Zdravko s'approvisionnent en essence, ailleurs encore le massacre d'une famille musulmane qui s'était acquis le monopole de la production du

1. Marc Bax, « Warlords, Priests and the Politics of Ethnic Cleansing : A Case Study from Rural Bosnia-Herzegovina », *Ethnic and Racial Studies*, vol. 23, n° 1, 2000, p. 16-36.

2. Voir à ce sujet la remarquable enquête de l'anthropologue française Élisabeth Claverie, *Les Guerres de la Vierge. Anthropologie des apparitions*, Paris, Gallimard, 2003.

vin dans la région, situation qui avait créé à la longue un profond ressentiment parmi les viticulteurs croates.

Une autre dimension locale de la guerre en Bosnie réside encore dans l'antagonisme villes/campagne, au point que Bogdan Bogdanovic, l'ancien maire de Belgrade, invente le mot « urbicide » pour décrire la particularité de cette violence destructrice contre les villes[1]. Le ressort du conflit n'est donc plus ici « ethnique », mais provient d'abord d'un monde de la campagne qui se sent dépassé par l'évolution de la modernité et qui entend la rejeter en s'en prenant à ce qui l'incarne en premier lieu : la vie urbaine, lieu de la mixité, de la culture, de la richesse, etc. « La guerre est [certes] d'abord une guerre rurale, ruraux contre ruraux, en un premier temps dans les villages le long de la Sava en Slavonie, observe Jean Hatzfeld, puis ruraux contre citadins, lorsque les premiers obus tombent sur les villes. Les sièges de Vukovar, Osijek, Dubrovnik, Bijelina, Mostar ou Sarajevo ne cesseront de confirmer cet esprit de revanche des campagnes, des “ploucs”, des villageois, des montagnards, majoritairement serbes dans la Bosnie, et qui tentent un sursaut contre les villes, les industries, les commerces, les immeubles, les musées, plutôt musulmans et croates. Les affrontements entre ethnies ont occulté cet autre conflit, plus farouche, plus désespéré, et aussi plus jusqu'au-boutiste, entre le monde rural, condamné comme partout en Europe, et les citadins qui triomphent[2]. » Autrement dit, comme au Rwanda, on constate que la dynamique ethnique du conflit

1. Bogdan Bogdanovic, « L'urbicide ritualisé », dans Véronique Nahoum-Grappe (éd.), *Vukovar-Sarajevo*, *op. cit.*, p. 33-37.

2. Jean Hatzfeld, *L'Ère de la guerre*, Paris, L'Olivier, 1994, p. 56-57. Pour une analyse plus précise, voir John B. Allcock, « Rural-Urban Differences and the Break Up of Yugoslavia », *Balkanologie*, vol. 6, n°s 1-2, décembre 2002, p. 101-125.

est en fait traversée par d'autres enjeux qui se greffent sur celle-ci et semblent même parfois l'emporter.

Éléments extérieurs à une région qui poussent à la violence, afflux de réfugiés de nature à faire monter la tension, acteurs locaux qui profitent de la situation pour leurs propres intérêts : on voit combien les facteurs de développement des massacres sont divers et interagissent les uns avec les autres. Ce sont des événements complexes, construits tout autant par des acteurs centraux et locaux, les uns et les autres adaptant leurs conduites destructrices en fonction de l'adhésion ou de l'intervention de tiers proches ou lointains. En somme, le massacre est le produit d'une co-construction entre une volonté et un contexte, l'évolution du second pouvant modifier la première. Le processus de destruction peut connaître ainsi des phases de répit, tout comme de subites accélérations, allant jusqu'à emporter des victimes qui n'étaient pas initialement prévues. Dans la France de Vichy, par exemple, Pierre Laval prend l'initiative d'arrêter les enfants des parents juifs promis à la déportation, à la suite de la « rafle » du Vel' d'Hiv' de 1942, ce que les nazis n'avaient pas demandé. Cette fuite en avant peut provoquer, dans d'autres circonstances, un phénomène de contagion des massacres, à l'instar de la guerre en Bosnie, où les pratiques de « purification ethnique » finissent par gagner toutes les communautés – serbe, croate et musulmane. Tout cela valide l'approche du massacre comme un processus dynamique, certes organisé, mais soumis aussi à certaines inflexions relativement aléatoires.

Des sauveteurs ordinaires

Gardons cependant en tête que si la violence et la mort tiennent alors le haut du pavé, d'autres acteurs locaux tentent au même moment de sauver des vies. Dans ces situations extrêmes, le passage à l'acte n'est pas à envisager seulement du côté des conduites de destruction, mais aussi de sauvetage. La guerre donne lieu en effet aussi bien à des récits d'horreur qu'à des récits de protection mutuelle et de services rendus, même limités. Il existe des sauveteurs ordinaires comme des tueurs ordinaires. Dans l'Europe nazifiée, on sait que des individus – et aussi, parfois, des collectivités humaines – ont pris le parti de secourir ceux qui étaient persécutés, en premier lieu les juifs, mettant en œuvre une véritable résistance civile de sauvetage[1]. En France, l'histoire du village du Chambon-sur-Lignon (Haute-Loire), qui accueille et protège des juifs (dont de nombreux enfants) dès le début de la guerre[2], est bien connue : Le Chambon est devenu l'un des symboles internationaux de l'action des « Justes »[3]. Il conviendrait d'ailleurs d'écrire une histoire comparée des « villages sauveteurs », car il y en eut quelques autres,

1. Je pense ici au cas exceptionnel du sauvetage des juifs du Danemark et de la Bulgarie, et aussi à d'autres exemples moins importants. Voir mon chapitre « La résistance civile face au génocide », dans *Sans armes face à Hitler*, *op. cit.*

2. D'autres villages sur ce plateau du Haut-Vivarais se sont ouverts à cet accueil, qui a également concerné d'autres catégories de population (telles que les « évacués » de l'est de la France, les opposants allemands et autrichiens, les réfractaires au Service du travail obligatoire, etc.). Voir Patrick Cabanel et Laurent Jervereau (éd.), *La Deuxième Guerre mondiale, des terres de refuge aux musées*, Vivarais-Lignon, Sivom, 2003.

3. À tous ceux qui ont ainsi sauvé des juifs pendant la guerre, de manière désintéressée, Israël attribue la médaille des Justes parmi les nations. Il y est gravé cette phrase du Talmud : « Quiconque sauve une vie sauve l'humanité. » Pour une approche sociologique de la mémoire des Justes en France, voir Sarah Gensburger, « Les figures du Juste et du Résistant et l'évolution de la mémoire historique de l'Occupation », *Revue française de science politique*, vol. 52, n° 2-3, avril-juin 2002, p. 291-322.

comme Dieulefit, toujours en France (Drôme), ou Nieuwlande (Hollande). Dans le cas de la Bosnie, le livre de Svetlana Broz (petite-fille du maréchal Tito), *Des gens de bien au temps du mal*[1], raconte différentes histoires positives, allant d'exemples d'entraide individuelle à des cas de résistance plus collective, comme à Baljvine, village de montagne (au sud de Banja Luka) où Serbes et musulmans ont continué à vivre ensemble… et où la mosquée est restée intacte. « Les Serbes de Baljvine se sont en effet toujours opposés au passage des paramilitaires : ils remboursaient pour ainsi dire une dette vieille de cinquante ans, puisque les musulmans de ce village avaient eux-mêmes protégé les Serbes pendant la Seconde Guerre mondiale[2]. »

Au Rwanda, la commune de Giti (préfecture de Byumba) est aussi connue pour avoir sauvé « ses » Tutsi, grâce à la détermination du bourgmestre Sebushumba. À Kigali même, certains lieux d'asile vont tenir bon, tel le Grand Hôtel des Mille Collines. Sans doute est-ce parce qu'il y a encore « quelques rares observateurs étrangers[3] » dans la capitale, estime le journaliste américain Philip Gourevitch. Notons aussi la nature de la tactique de ceux qui parviennent à retenir les tueurs. Paul Rusesabagina, directeur par intérim du Grand Hôtel des Mille Collines, donne bière et argent aux militaires et miliciens qui viennent chercher ceux qu'il protège. L'évêque Joseph Sibomana, du diocèse de Kivungo, ne fait pas autre

1. Svetlana Broz, *Des gens de bien au temps du mal. Témoignages sur le conflit bosniaque (1992-1995)*, Paris, Lavauzelle, 2005.

2. Intervention de Xavier Bougarel au groupe de recherche du CERI « Faire la paix. Du crime de masse au *peacebuilding* », 20 juin 2001.

3. Philip Gourevitch, *Nous avons le plaisir de vous informer que demain nous serons tués avec nos familles*, Paris, Denoël, 1999, p. 144.

chose, donnant tout son argent aux miliciens Interahamwe qui se présentent pour tuer les Tutsi cachés dans son église[1].

Sur les collines, il y a eu aussi des sauveteurs ordinaires sur lesquels il conviendrait d'enquêter : une famille hutu a parfois pris de très grands risques pour protéger une famille tutsi. Fait encore remarquable : au sein de la petite communauté musulmane du pays (1,2 %), le sentiment de reconnaissance mutuelle, comme groupe social et religieux minoritaire, a été plus fort que le critère ethnique. Conséquence : nombre de Tutsi y ont été protégés, même si des Rwandais musulmans ont pu aussi participer aux tueries[2]. Des Hutu ont encore coopéré avec des Tutsi pour repousser les attaques des milices ou fuir ensemble vers des lieux de refuge. Souvent, les Hutu qui prenaient de telles décisions n'y étaient pas conduits seulement par leurs opinions politiques, mais aussi du fait des liens d'amitié ou familiaux qu'ils entretenaient avec les Tutsi. Au moment même des tueries, l'existence d'un sentiment de désapprobation n'est pas rare, comme le suggère encore ce témoignage d'une femme hutu qui a assisté au massacre de l'église de Nyamata : « Beaucoup de spectateurs se montraient contents de voir mourir les Tutsi, ils criaient : "C'est fini, les Tutsi ! Débarrassons-nous des cancrelats !" Je peux dire aussi qu'un grand nombre de gens étaient très indignés de les voir tuer et brûler si méchamment. Mais c'était très dangereux de prononcer plus que des murmures de protestation, car les Interahamwe tuaient, sans

1. L'ONG *African Rights* a publié en 2002 une brochure présentant ainsi le portrait de dix-neuf « justes » rwandais ayant sauvé des Tutsi de manière désintéressée durant le génocide : *Tribute to Courage*, Londres, African Rights, août 2002.

2. Cf. Gérard Prunier, *Rwanda, 1959-1996*, *op. cit.*, p. 307.

cafouillage, les Hutu en bonne entente avec les Tutsi de leur voisinage[1]. »

Résister, la force du désespoir

Ne supposons pas non plus que les victimes en proie à leurs persécuteurs restent toujours passives en attendant tranquillement leur fin. Le cliché qui veut que les juifs aient accepté d'aller comme des moutons à l'abattoir ignore tout de la tragédie paralysante que vivent des individus sans défense, menacés de mort. L'intérêt du travail comparatif est de montrer que les victimes réagissent à peu près de la même manière en situation de stress intense. Qu'elles soient juives, rwandaises ou musulmanes bosniaques, plus elles se trouvent marginalisées socialement, moins elles ont la capacité de réagir collectivement. Tout se passe comme si elles étaient de plus en plus tétanisées par la situation, à mesure que la mort se rapprochait. Certains individus, pourtant plus conscients que d'autres, démontrent encore leur capacité à interpréter correctement la situation et à tout tenter pour y survivre. Le psychanalyste américain Bruno Bettelheim a écrit à ce sujet des pages pénétrantes[2]. Au reste, quelques exemples historiques attestent de cette capacité de résistance des victimes en situation d'extrême danger, aux deux bouts de la chaîne du processus de leur destruction. Pour empêcher la déportation, certaines associations juives se sont créées

1. Jean Hatzfeld, *Dans le nu de la vie*, *op. cit.*, p. 136.

2. Bruno Bettelheim, *Survivre*, Paris, Robert Laffont, 1978. Ses observations se fondent toutefois sur son expérience d'internement dans deux camps de concentration nazis (Dachau et Buchenwald), et non pas sur celle d'un centre d'extermination. C'est évidemment là une différence majeure, qui, certes, relativise, mais ne me semble pas invalider complètement ses analyses.

clandestinement, comme l'Organisation de secours aux enfants (OSE) en France ou le Comité de défense des juifs (CDJ) en Belgique.

Quant à l'insurrection armée du ghetto de Varsovie, le 19 avril 1943, tout comme les révoltes des détenus juifs à l'intérieur même des centres d'extermination de Treblinka (2 août 1943) et de Sobibor (14 octobre 1943), elles restent comme des moments exceptionnels de résistance que des êtres humains peuvent livrer avec l'énergie du désespoir, se sachant voués à la mort. Justement parce qu'ils ont conscience d'être condamnés tôt ou tard, ils trouvent en eux-mêmes la force de se lever contre leurs bourreaux, pour livrer un dernier combat dans lequel ils pourront sauver leur honneur, à défaut de gagner leur liberté.

De tels événements sont à rapprocher de la résistance armée acharnée que les Tutsi réfugiés à Bisesero, corniche montagneuse de la région de Kibuyé, opposent à leurs assaillants hutu, du 8 avril au 1er juillet 1994. Se dissimulant dans les bois alentour, vivant de plus en plus comme des bêtes traquées, les Tutsi tiennent tête à leurs agresseurs. Même si ceux-ci en tuent de plus en plus, revenant avec plus d'hommes et d'armes pour « nettoyer » cette région qui a déjà été un lieu de résistance tutsi en 1959, les survivants trouvent encore la force de se battre. Ils utilisent notamment la tactique dite de l'« immersion », qui consiste à s'allonger et attendre que les assaillants s'approchent, puis à se dresser soudainement pour leur faire face. En d'autres lieux aussi, qui ne sont pas forcément recensés à ce jour, de petits groupes de Tutsi ont lutté au corps à corps contre leurs assaillants, ici dans leurs maisons, là dans les champs ou sur les chemins.

En Bosnie, les musulmans cherchent aussi à se défendre. Ils sont certes très mal préparés à la guerre, ayant peu de moyens militaires. Leur chef, Izetbegovic, demande la levée de l'embargo sur les armes imposé par l'ONU : « Laissez-nous nous défendre », lance-t-il aux Occidentaux. En 1993, cette petite armée bosniaque va se montrer redoutable contre les Croates, notamment au cours du siège de Vittez. Mais, face aux Serbes, celle-ci dispose de trop peu d'armes lourdes (chars et canons de gros calibre). Des unités de cette armée bosniaque s'illustrent pourtant contre les Serbes, par exemple dans la bataille pour la prise de Bihac. Au cours de ces affrontements, les combattants bosniaques peuvent eux-mêmes commettre des atrocités, comme à Bratunac, en janvier 1993.

Simultanément, Izetbegovic tente de mettre en œuvre une autre stratégie que celle de la force armée. Profitant de la médiatisation du conflit, il s'efforce de présenter les Bosniaques, devant la communauté internationale, comme des victimes innocentes, afin d'accélérer l'intervention militaire des grandes puissances. Cette stratégie de la victimisation conduit à ce que les musulmans bosniaques soient accusés de bombarder eux-mêmes leur propre population pour susciter la compassion internationale, comme dans le cas du bombardement du marché de Markalé, le 5 février 1994[1].

Cependant, ces îlots d'humanité et ces tentatives de résistance restent en général rares et limités. Dès lors que la dynamique meurtrière s'amplifie, elle tend à acquérir une force propre, que personne ne paraît plus pouvoir arrêter. Après avoir commencé en Pologne puis en Union soviétique, les opérations de destruction des juifs

1. Cet attentat, qui a fait 63 morts et plus de 200 blessés, a immédiatement suscité une vaste couverture médiatique internationale. Mais l'enquête dépêchée par l'ONU a montré que les tirs provenaient effectivement de positions serbes. Les différents procès à La Haye qui ont eu à traiter de cette affaire ont apporté des éléments allant dans le même sens.

s'étendent à l'Europe tout entière au cours de l'année 1942. En Bosnie, l'histoire semble se répéter : les régions où les massacres sont les plus terribles sont celles qui avaient été le théâtre, durant la Seconde Guerre mondiale, d'autres massacres (de Serbes par des Croates) : la Bosnie orientale, d'une part, et la région de Kozara et Prijedor, à l'ouest, d'autre part. Au Rwanda, après s'être concentrés à Kigali et dans le centre du pays, les massacres gagnent les régions de l'Est et du Sud, qui ont jusqu'alors résisté aux pressions des extrémistes. Tout se passe comme si un véritable cyclone s'était levé, venant dévaster tout un pays, sinon un continent ; un cyclone qui fait néanmoins preuve de discernement, sélectionnant ses victimes pour les effacer de la terre ; un cyclone contre lequel les abris semblent presque toujours dérisoires, sa puissance ravageuse semblant sans limites.

Les morphologies de la violence extrême

La violence ainsi déchaînée semble incoercible. Elle devient extrême parce qu'elle *tend vers l'extrême*. On pourrait voir dans l'usage d'un tel mot la trace d'un jugement normatif : « extrême » par rapport à quoi ? Je lui donne pourtant ici un sens quasi mathématique : celui d'une violence qui tend vers l'extrême, comme on dit d'une valeur, dans une équation, qu'elle tend vers l'infini.

Tendance d'un point de vue quantitatif : elle tend à produire des milliers, des dizaines, des centaines de milliers de morts. Tendance d'un point de vue qualitatif : elle tend à produire des gestes de cruauté et d'atrocités sur les corps, avant et après la mort, qui dépassent l'entendement. Les caractéristiques de cette extrême violence font d'ailleurs penser à ce que Clausewitz écrit de la guerre, quand il remarque précisément que l'une de ses propriétés est sa tendance à monter aux extrêmes. Mais, pour Clausewitz, la politique doit tenir les rênes de ce cheval fougueux qu'est la guerre. La politique fait de la guerre un instrument, en lui assignant des objectifs et des conditions. Un « quelque chose » retient alors la guerre : un tabou, un interdit moral, une limite politique – bref, une barrière. Mais dans les cas examinés ici, plus aucune barrière, plus aucun frein ne semble retenir le déferlement de la violence. Peut-on alors préciser davantage les variables de cette équation effrayante, qui semble faire tendre la violence vers l'illimité ?

À la lumière des cas examinés ici, je soutiendrai que cette équation repose sur une combinaison particulière de pouvoir, de guerre et d'idéologie. Le pouvoir politique d'abord, parce que, contrairement à la vision de Clausewitz, nous avons affaire à une forme de pouvoir politique qui ne joue plus aucun rôle pour retenir la violence. C'est même tout le contraire : le politique en « rajoute » et fouette le cheval fougueux pour le forcer à aller plus vite et faire toujours plus de ravages. Pour autant, l'animal n'est pas livré à lui-même. Son énergie destructrice est *orientée* vers des victimes bien précises qu'il lui faut écraser sur son passage. Le politique semble bien poursuivre un dessein transformateur par la destruction. Plus ce pouvoir est doté de moyens de puissance, plus la violence qui en résulte sera dévastatrice en vies humaines. Si le pouvoir tue, nous dit Rudolph Rummel, « le pouvoir absolu tue absolument ». La formule semble tomber sous le sens : moins un peuple a de libertés et plus il est soumis à la violence du pouvoir qui l'opprime. Sans les contre-pouvoirs d'un système démocratique, le pouvoir se déchaîne. Rummel vise en premier lieu les États communistes du XXe siècle, dont il soutient qu'ils ont été encore plus meurtriers de leurs propres populations que les États fascistes.

Mais son propos est plus général : si la science politique consiste en l'étude du pouvoir, de l'action de gouverner, alors elle se doit d'explorer bien davantage les ressorts politiques de ces gouvernements qui transforment les États dont ils ont la charge en d'immenses charniers. Néanmoins, l'approche de Rummel reste simpliste parce qu'il ne se demande pas quand et dans quelles circonstances ces pouvoirs deviennent destructeurs de leurs peuples ou des peuples qu'ils conquièrent. Car ils ne sont pas en permanence en train de tuer leurs propres populations… Ils connaissent aussi des phases de répit, de calme apparent. Comment l'expliquer ?

Introduisons pour cela un raisonnement quelque peu paradoxal. En effet, un pouvoir véritablement puissant, précisément parce qu'il se sent fort, n'a pas besoin de perpétrer un meurtre de masse : il peut se contenter d'exhiber cette puissance sans y recourir. Machiavel ne considère-t-il pas que l'essence du pouvoir réside dans le « faire croire » ? Dès lors, le raisonnement peut être renversé : la pratique du massacre ne serait pas en réalité la marque d'un pouvoir fort, mais plutôt d'un pouvoir qui se sent vulnérable et qui aspire, au moyen du massacre, à ne plus l'être. Si ce pouvoir vient à être contesté, il peut alors décider d'exprimer sa puissance par le massacre, afin de recouvrer son autorité. Le meurtre de masse serait alors l'expression manifeste d'une crise de l'État, dont ce dernier chercherait précisément à sortir… par le massacre.

De l'État menacé à l'État menaçant

À cet égard, au moins trois situations de crise sont à distinguer.

La première est celle d'un pouvoir en voie de construction qui, pour s'imposer à tous, n'hésite pas à recourir à la pratique du massacre. Ainsi, pour l'historien Jean-Clément Martin, on ne peut comprendre les massacres de la Révolution française (à commencer par ceux de Vendée) sans avoir en tête qu'ils sont l'expression paradoxale de la faiblesse du pouvoir d'État. On pourrait en dire autant des massacres perpétrés par les forces de Tito, à la fin de la guerre, afin que celui-ci s'impose comme le nouveau chef militaire et politique de la Yougoslavie communiste. De même, l'ultraviolence des Khmers rouges au Cambodge s'expliquerait par le fait qu'ils sont et se sauraient ultraminoritaires. Ces pouvoirs révolutionnaires se sentent pressés par le temps : pour s'imposer à tous, et au plus vite, ils n'hésitent pas à user des moyens de violence les plus brutaux. Ils s'engagent ainsi dans une sorte de guerre contre les civils, le recours au massacre visant alors à surmonter une position de faiblesse pour assurer leur ascendant sur les populations. Si « l'État fait la guerre autant que la guerre fait l'État », pour reprendre la formule de Charles Tilly, on en dira autant du massacre.

Un autre cas de figure est celui d'un État déjà en place, mais dont la légitimité est vivement contestée, les individus tendant à se réapproprier le droit à la violence, n'acceptant pas ou plus de faire allégeance à ce pouvoir. La situation de l'ex-Yougoslavie, dont l'unité fédérale est minée par divers courants nationalistes séparatistes, relève de ce cas de figure, qui aboutit à la formation de nouveaux États-nations dans les Balkans[1]. Telle est la principale source des guerres contemporaines selon le politiste canadien Kalevi Holsti : c'est le déficit de

1. Voir l'article de synthèse de Jacques Rupnik, « Recompositions guerrières dans les Balkans et constructions d'États-nations homogènes », dans Pierre Hassner et Roland Marchal (éd.), *Guerres et Sociétés*, *op. cit.*, p. 403-433.

légitimité d'un État qui est à la fois la cause et la conséquence de son effondrement[1]. Il en résulte un mélange d'anarchie et de tyrannie qui préside à la constitution contestée de nouvelles unités. La guerre, y compris par le massacre, conduit alors à la formation de ces nouveaux pouvoirs qui font souvent bon ménage avec les réseaux politico-mafieux du crime organisé.

La troisième situation est celle de certains États qui, engagés dans la guerre, se trouvent dans une position d'incertitude, voire de vulnérabilité, quant à l'issue de ce conflit. Combattant un ennemi à la fois extérieur et intérieur, ces pouvoirs ont tendance à détruire avec d'autant plus d'énergie leur ennemi intérieur qu'ils échouent à s'imposer sur le front militaire extérieur. À la limite, plus ces pouvoirs subissent une cuisante défaite dans la guerre, plus ils s'acharnent à *exterminer* l'ennemi intérieur qui est à leur portée, celui-ci étant perçu comme complice de cet ennemi extérieur. Telle est bien la situation du Rwanda au début des années 1990 : le FPR menace effectivement de s'emparer du pouvoir à Kigali, car les forces armées gouvernementales lui offrent une piètre résistance. On peut d'ailleurs penser que si la France n'était pas venue alors au secours du président Habyarimana, ce régime se serait effondré bien avant 1994. Or, comme les extrémistes hutu établissent un lien étroit entre le développement de cette menace tutsi de l'extérieur et celle de l'intérieur, ils en concluent que pour gagner la guerre il faut détruire cette menace interne.

Un raisonnement assez semblable peut encore s'appliquer au cas des Arméniens, dont les massacres sont engagés à la suite d'une sévère défaite des Turcs contre les Russes, en 1915, dans un contexte de guerre où la minorité arménienne de l'Empire ottoman est perçue par

1. Kalevi J. Holsti, *The State, War, and the State of War*, *op. cit.*

le gouvernement jeune-turc comme complice et alliée de la Russie. Dans le cas de l'Allemagne nazie, nous avons vu que des historiens comme Philippe Burrin ou Christian Gerlach ont mis en rapport l'évolution de plus en plus préoccupante de la guerre, du point de vue de Berlin, et la décision de la « Solution finale ». Cette approche comparative leur donne plutôt raison quand ils avancent l'argument selon lequel la décision de tuer tous les juifs d'Europe ne peut être isolée du fait que les Allemands se rendent compte, à partir de l'automne 1941, qu'ils ne pourront pas gagner la guerre qu'ils ont déclenchée contre l'Union soviétique. Ce serait donc avec la conscience d'un échec à venir qu'Hitler aurait pris la décision de gagner au moins sur son autre objectif fondamental : l'extermination des juifs.

Tout pouvoir en position de vulnérabilité n'a pourtant pas pour habitude de réagir en massacrant une partie de sa population. Au XIXe siècle, l'Autriche-Hongrie, minée de divers côtés par les mouvements nationalistes, ne réagit pas de cette manière. De même, les dirigeants français dont le pays est envahi en 1870 par l'armée allemande arrivée aux portes de Paris, n'imaginent pas que le meilleur moyen de se défendre soit d'appeler la population française à massacrer tous les compatriotes qui auraient quelque sympathie pour l'envahisseur. Si les États nazi et rwandais s'engagent de plus en plus dans la destruction de leurs « ennemis » intérieurs, à mesure qu'ils se heurtent à des difficultés croissantes sur le front militaire, c'est qu'ils y sont prédisposés, du fait même de leur constitution. En effet, la particularité de ces États est qu'ils ont construit leur identité contre un « Autre » ostracisé et diabolisé. C'est pour ainsi dire leur marque de fabrique originelle qui détermine leur manière d'être au monde en tant qu'États. Aussi, dans une situation de crise grave venant menacer à court ou moyen terme leur existence en tant qu'États (comme peut l'être une guerre qu'ils risquent de perdre), leur penchant profond est de vouloir survivre – non plus seulement en marginalisant cet « Autre » aux dépens duquel ils se sont construits, mais en allant jusqu'à le détruire. C'est là une réaction paroxystique, induite par le profil identitaire de ces États. Et seule l'idéologie, qui est à leur origine et qui influe donc profondément sur la définition de leurs objectifs, peut rendre compte finalement de leurs penchants destructeurs.

Cette grille idéologique dicte leur conduite au point que leurs actions semblent « démentes ». Mais dans quelle mesure ? Pour l'observateur extérieur, la conduite de ces pouvoirs semble complètement irrationnelle. Ainsi, en 1944, alors que le Reich a quasiment perdu la guerre, comment comprendre les efforts d'Adolf Eichmann, qui s'acharne à déporter les juifs de Hongrie et à organiser la traque des juifs de Grèce jusque dans les îles de Corfou et de Rhodes ? Les moyens qu'il mobilise dans ces opérations ne seraient-ils pas mieux employés sur le front de guerre ? Jean-Pierre Chrétien fait la même remarque à propos du Rwanda : « Quand la "guerre", qui est dans toutes les bouches, prend la forme du massacre des familles des voisins, enfants, femmes et vieillards compris, et que pendant ce temps la progression du FPR se poursuit, comment ne pas se rappeler la mobilisation en matériel et en hommes qui, dans l'Allemagne nazie, avait été affectée à l'"approvisionnement" d'Auschwitz alors qu'elle aurait été plus utile sur les différents fronts du conflit mondial[1] ? » Ces conduites surprenantes ne sont pourtant pas sans cohérence du point de vue de leurs organisateurs. Leurs convictions idéologiques les entraînent en effet à

1. Jean-Pierre Chrétien, *L'Afrique des Grands Lacs*, *op. cit.*, p. 293.

penser que la destruction des populations ennemies fait bien partie des objectifs de guerre, au même titre que des soldats se battant contre d'autres soldats. Le front extérieur n'est pas dissociable du front intérieur, dans la mesure où l'ennemi est « total », qu'il soit en uniforme ou en civil.

Cette imbrication particulière du pouvoir, de la guerre et de l'idéologie crée donc les conditions du *mélange explosif* qui peut provoquer la montée de la violence aux extrêmes. Le potentiel destructeur de la combinaison de ces éléments ne tient pas du hasard. Chacun d'entre eux puise dans le fond de l'imaginaire décrit au chapitre I : le pouvoir s'adosse à l'identité, la guerre à la sécurité, l'idéologie à la pureté. Et si ce processus de destruction est collectivement accepté, c'est précisément parce qu'il se « greffe » et prospère sur ce fond imaginaire, auquel tout individu aspire. Il peut alors atteindre une véritable incandescence sociale – celle de la destruction purificatrice.

De la destruction partielle à la destruction totale

Parvenus à ce stade, les processus de destruction sont encore à différencier. Certains s'arrêtent en chemin et n'aboutissent qu'à une destruction partielle de l'ennemi. D'autres semblent rebondir sans cesse, élargir leur cible, aller jusqu'à son anéantissement total. Les objectifs assignés au meurtre de masse se modifient avec le temps, l'évolution du conflit et de la guerre. Il en est de même des méthodes de destruction, qui peuvent changer radicalement en fonction de certaines contraintes locales ou internationales, prendre des formes différentes selon la culture et la géographie des pays où elles sont mises en œuvre. Terminons ce chapitre en traçant ainsi différentes

« morphologies » de cette extrême violence, du point de vue de l'évolution de ses technologies et de ses cibles.

Comparer divers exemples de meurtre de masse permet de mesurer l'inventivité dont l'homme peut faire preuve en ce domaine. Il y a lieu de parler d'un véritable savoir-faire du meurtre de masse qui, selon les cas, recourt aux éléments naturels (le froid, le feu) ou à des objets ou machines fabriqués par l'homme (outils, armes) pour provoquer une mort lente ou immédiate. Ces diverses méthodes de mise à mort collective sont évidemment en étroit rapport avec les objectifs poursuivis. Dans le cas des juifs, la perspective de les réduire en esclavage à l'Est a d'abord prévalu sur celle de les exterminer. C'est pourquoi le processus de leur destruction a conservé jusqu'en 1942 une fonction utilitaire. Certes, les juifs étaient appelés à mourir… mais en travaillant ! Ainsi, le camp de concentration est à la fois un lieu où l'on travaille et où l'on meurt, du fait des tâches épuisantes, des conditions climatiques (le froid), de la sous-nutrition, etc. De même, le ghetto qui enferme la population juive permet de diminuer son alimentation, son accès aux soins de santé, tout en la contraignant à exécuter certaines activités. Ces deux modes différents d'enfermement, qui font concrètement de ceux qui y sont « enclos » des esclaves, provoquent nécessairement leur mort lente. Dans le langage des nazis, l'expression « travail à l'Est » va finir par ne plus signifier pour les juifs que la mort.

Au Rwanda, cette phase « intermédiaire » du travail forcé n'existe pas, sauf à profiter sexuellement des femmes avant de les tuer. Les Hutu extrémistes n'envisagent pas d'exploiter le travail des Tutsi ; ils veulent tout simplement leur disparition. C'est pourquoi les tueries de 1994 atteignent une radicalité immédiate. En quelques jours à peine, on passe d'un état de violence latente à une succession de massacres qui se veulent *définitifs*. Ce paroxysme de la violence est associé à la fureur d'un discours exterminateur : cette fois-ci, « on ne les laissera pas partir » ; sous entendu : « on les tuera tous. » Il en découle des techniques de traque systématique des Tutsi, qui reposent sur l'organisation de battues avec l'aide de la population, comme s'il s'agissait d'animaux sauvages à abattre.

Les opérations de « nettoyage ethnique » en ex-Yougoslavie n'atteignent jamais une telle intensité. À l'action de tuer est associée celle de faire partir. Les massacres ne sont pas une fin en soi, mais un moyen de semer la terreur pour précipiter la fuite des survivants. En ce sens, les colonnes de réfugiés ne sont pas une conséquence des massacres, mais leur but essentiel.

Par-delà ces différences générales, ces meurtres de masse possèdent quelques points communs. Ils débutent bien souvent de la même manière, sous le prétexte d'éliminer les élites du groupe ennemi : élites politiques, intellectuelles, économiques, etc. Le but est d'anéantir les capacités de défense de l'adversaire en le visant à la tête. La préparation de ces premiers assassinats se fait au moyen de listes préétablies. À partir du cas yougoslave, James Gow propose de nommer ce type d'action un « élitocide », terme judicieux qui peut être étendu à bien d'autres exemples[1]. Dans le même temps, le massacre est justifié par ses instigateurs comme acte de guerre : même si l'ennemi est non armé, celui-ci n'en représente pas moins une menace à détruire. Aussi constitue-t-il une « cible militaire » en tant que telle.

Cette représentation, selon laquelle les civils sont perçus comme des combattants masqués, conduit à arrêter en priorité, puis à assassiner, les adolescents et les

1. James Gow, *The Serbian Project and Its Adversaries*, *op. cit.*, p. 135.

hommes du groupe visé. Tant que domine cette représentation guerrière du massacre, les femmes, enfants et personnes âgées ne sont pas menacés de subir le même sort que les individus masculins considérés comme en âge de se battre. Néanmoins, ces personnes épargnées subissent de plein fouet diverses autres formes de violence : perte de leurs pères, fils, frères ou maris, destruction de leurs maisons, déracinement par la fuite et l'exil, sans oublier les violences sexuelles diverses que peuvent subir en premier lieu les femmes (à l'exception des femmes juives, dans le cas de l'Allemagne du IIIe Reich, avec lesquelles tout contact sexuel est prohibé).

Un saut qualitatif considérable est franchi, dans la dynamique des violences extrêmes, lorsque la cible s'élargit aux femmes, enfants et personnes âgées. Dans le cours de certaines guerres civiles, on observe ainsi que sont tués parfois non seulement les chefs politiques et militaires de l'ennemi, mais aussi leurs familles. Au Kosovo, quand débute la résistance armée dans la région de la Drenica, tel est, par exemple, le cas de la famille Jashari, dont les hommes combattants ne sont pas les seuls à être exécutés par les Serbes en février 1998 : tous ses membres le sont, hommes et femmes, du dernier-né au patriarche. « Plus largement encore, ce sont très vite des villages entiers qui sont pris pour cible et pilonnés à l'armement lourd, sous prétexte qu'ils doivent abriter des "terroristes" [1]. » Au Kosovo, cette extension de la cible au cercle familial proche reste pourtant encore limitée et ponctuelle. Dans les cas de l'Allemagne nazie et du Rwanda, un tel élargissement se généralise, les critères de sexe et d'âge n'étant plus respectés. Ainsi, après avoir commencé par tuer, dès juin 1941, tous les hommes en âge de se battre, les *Einsatzgruppen*, progressant derrière les lignes de la

1. Joël Hubrecht, *Kosovo*, *op. cit.*, p. 40-41.

Wehrmacht, se mettent à massacrer les femmes et les enfants dès les mois d'août et septembre.

De même, au Rwanda, environ un mois après le début des massacres d'avril 1994, de plus en plus de femmes et d'enfants sont tués, sous le prétexte que les femmes tutsi ne peuvent donner naissance qu'à des enfants tutsi (argument qui va pourtant à l'encontre de la tradition rwandaise qui veut que l'identité ethnique de l'enfant soit celle de son père). Dès lors que les enfants sont tués quasi systématiquement, nul doute qu'un processus de nature génocidaire est enclenché. L'évolution même des tueries au Rwanda a favorisé cette dynamique. En effet, les fugitifs, qui ont cherché à échapper au massacre, ont eu tendance à se regrouper dans des lieux où ils pensaient être saufs, par exemple dans des églises. Des autorités locales leur ont donné elles-mêmes de tels conseils : ainsi le préfet de Kibuyé, Clément Kayishema, qui demande aux Tutsi de se rendre au stade voisin de Gatwaro (présenté comme une zone de protection), ou l'évêque Augustin Misago (évêché de Gikongoro), qui demande aux Tutsi de partir de son église pour se rendre sur le site d'une école en construction à Murambi. En fait, il s'agissait de pièges permettant aux milices et aux forces policières et militaires de tuer plus facilement des milliers, voire des dizaines de milliers de personnes ainsi rassemblées, hommes, femmes et enfants.

Autre critère déterminant : l'élargissement géographique de la cible. En ex-Yougoslavie, seuls certains territoires de l'ancienne fédération sont touchés par le « nettoyage ethnique ». Dans ce cas, les limites spatiales des massacres sont liées au *projet politique* de leurs organisateurs : construire ici une « Grande Serbie », là une « Grande Croatie ». Au Rwanda, on a vu comment les extrémistes hutu cherchent à impulser les massacres dans les préfectures qui entendent résister à la furie de la violence. S'ils en avaient eu les moyens politiques et militaires, ceux-ci auraient probablement cherché à détruire la « menace tutsi » ailleurs en Afrique centrale, à commencer par le Burundi voisin[1]. Mais ils n'en ont guère eu la possibilité du fait de la victoire du FPR.

Ce n'est pas le cas des nazis quand ils deviennent les maîtres de l'Europe. Leur vision fondamentalement raciale du monde les entraîne en effet à vouloir détruire « le Juif » partout où il se trouve. Ils ne limitent donc pas leurs ambitions destructrices aux frontières de l'Allemagne. Ils mènent une guerre contre les juifs à l'échelle même du continent, sinon de l'univers. Cette extension quasi planétaire de l'ennemi racial à détruire est étroitement liée non seulement à la nature de leur idéologie, mais aussi au contexte de la guerre, devenue mondiale. C'est d'ailleurs en pleine guerre mondiale, soit quelques semaines après l'engagement militaire des États-Unis dans le conflit, que se tient la fameuse conférence de Wannsee, le 20 janvier 1942. On sait encore qu'Hitler projetait de se saisir des juifs réfugiés au Japon ou résidant au Moyen-Orient. Cette ambition « purificatrice » à l'échelle de la planète, proprement vertigineuse, justifie le jugement d'Hannah Arendt selon lequel les nazis ont été les premiers à vouloir faire disparaître un peuple de la terre.

Du point de vue des procédés, les meurtres de masse donnent lieu très souvent au pillage des biens des victimes. Ces pratiques ne peuvent être considérées comme le véritable mobile des tueries, mais elles contribuent indubitablement à en stimuler la perpétration. Soit les

1. C'est pourquoi le journal extrémiste *Kangura* avait créé une édition internationale, qui dénonçait le danger que représentaient les Tutsi résidant au Burundi et au Congo. Pourquoi alors le *Hutu Power* n'aurait-il pas revendiqué un « droit de poursuite » dans ces pays ?

tueurs sont autorisés à s'approprier les biens des victimes, soit leurs chefs s'en donnent le droit, à moins que ce ne soit l'État lui-même qui s'en réserve le privilège. Mais, dans tous les cas, les tués sont des volés. N'allons pas, toutefois, considérer que le vol de masse conduit nécessairement au meurtre de masse, même si l'histoire de la spoliation économique des juifs en France pourrait conduire à le penser. Dès juillet 1940, le gouvernement de Vichy promulgue sur sa propre initiative divers textes dessaisissant les juifs de leurs biens, en faisant du juif un « incapable » juridique. Au regard de la loi française, les juifs sont désormais considérés comme des mineurs. Du jour au lendemain, tous ceux qui ont été définis comme juifs selon la loi se trouvent donc ruinés, leurs biens étant transférés à l'État. Vichy entend ainsi montrer très vite à l'Allemagne nazie que la France peut contribuer d'elle-même à détruire l'influence des juifs, en les mettant immédiatement au ban de la société. À aucun moment, pourtant, on ne peut affirmer que les autorités de Vichy voulaient la mort *physique* des juifs. Il n'en reste pas moins que cette dépossession de leurs biens, légalement instituée par l'État, a évidemment provoqué leur déchéance sociale immédiate, et que la loi a donc été une manière de les « tuer » socialement. Ce qui pouvait constituer une première étape ouvrant la voie à d'autres traitements inhumains.

Technologies du meurtre de masse

Pour analyser les méthodes des tueries, il faut parvenir à surmonter les sentiments d'horreur et de répulsion que suscitent leurs descriptions. Je reviendrai sur ce point essentiel en abordant, au chapitre v, la question de la « compréhension » des atrocités. Bornons-nous à souligner ici que les méthodes de tueries sont à appréhender comme une activité humaine, certes pas vraiment comme les autres… mais *aussi* comme les autres. Elles reflètent toujours, d'une certaine façon, le développement économique et technique d'un pays, ses modes d'expression culturelle, etc. Si son économie est surtout rurale, on ne s'étonnera pas que les outils employés pour les travaux des champs ou de la ferme (machette, couteau, hache…) soient utilisés pour tuer et sciemment mis en scène par la propagande extrémiste. De même, la mise au point du procédé de meurtre par le gaz, élaboré en Allemagne, témoigne du niveau de développement scientifique et technique de ce pays.

Certaines méthodes de tueries peuvent être communes à plusieurs pays, comme les fusillades à la mitrailleuse. Utilisée pour la première fois durant la guerre civile américaine, puis pour réprimer les partisans de la Commune de Paris, cette arme s'est avérée d'une redoutable efficacité pour « faucher » l'adversaire et terroriser les survivants. Elle a aussi donné une supériorité écrasante aux Occidentaux dans leur conquête de l'Afrique à la fin du XIXe siècle[1]. L'utilisation de cette arme, mobile et puissante, s'est donc généralisée : on la retrouve dans la plupart des meurtres de masse du XXe siècle, des Arméniens au Rwanda, en passant par les massacres des juifs par les *Einsatzgruppen*.

Remarquons encore que, comme toute autre forme d'action collective, les pratiques de destruction empruntent parfois à la tradition et, sous d'autres aspects, constituent

1. Ainsi, en 1898, une unité britannique de quelques centaines de soldats, dotée de mitrailleuses modernes, l'emporte sur plusieurs milliers de soldats soudanais, en tuant environ 11 000. Voir John Ellis, *The Social History of the Machine Gun*, New York, Pantheon Book, 1975.

une innovation. Ainsi, en Bosnie, les opérations de « nettoyage ethnique » des années 1990 reprennent en partie des procédés utilisés au cours des guerres balkaniques du début du XXe siècle, par exemple l'incendie des maisons (pour chasser les habitants déclarés indésirables)[1]. L'analyse de ces formes de violence suppose qu'on fasse la part entre ce qui ressortit à la tradition et ce qui relève de la modernité ou d'une tradition réinventée. Quand les hommes de Seselj, le 2 mai 1991, n'hésitent pas à massacrer des policiers croates à Borovo Selo, allant jusqu'à leur arracher les yeux et leur couper les oreilles, ils réveillent d'un seul coup ce passé douloureux qui a vu, quelque cinquante années plus tôt, Tchetniks et Oustachis massacrer respectivement Croates et Serbes. Et encore n'étaient-ils pas les seuls puisque Allemands, fascistes italiens et partisans de Tito ont fait de même… Dans le contexte de renaissance des nationalismes du début des années 1990, cet événement ne manque pas de susciter aussitôt des invectives passionnées sur les écrans de télévision serbes et croates, contribuant un peu plus à faire basculer le conflit dans la guerre.

En revanche, nul doute que le développement des chambres à gaz, principalement installées en Pologne, est un événement sans précédent dans l'histoire des meurtres de masse. La mise en fonctionnement à Chelmno, en novembre 1941, des premiers camions à gaz (oxyde de carbone), puis, au cours de 1942, l'entrée en service de plusieurs chambres à gaz (Zyklon B) à Belzec, Sobibor, Treblinka, Auschwitz-Birkenau et Majdanek[2] constituent

1. Voir Carnegie Endowment for International Peace, *Reports of the International Commission to Inquire into the Causes and Conduct of the Balkan Wars*, Washington DC, 1914, p. 73.

2. Ces deux derniers lieux sont considérés comme des « institutions mixtes », puisque s'y trouvent à la fois un camp de concentration et un centre d'extermination.

une incroyable et terrifiante « avancée » dans le domaine des techniques de mise à mort collective. Même Josef Goebbels semble effrayé par cette « invention ». Dans son journal, à la date du 27 mars 1942, il note pour la première fois : « Il est employé ici une méthode passablement barbare qui n'est pas à décrire plus avant et qui, des juifs eux-mêmes, ne laisse plus grand-chose [...]. La prophétie que le Führer leur a faite en chemin, s'ils causaient une nouvelle guerre mondiale, commence à se réaliser de la manière la plus atroce. On ne doit pas laisser régner, en ces affaires, la moindre sentimentalité. Les juifs, si nous ne nous défendions pas vis-à-vis d'eux, nous extermineraient. C'est un combat à la vie et à la mort entre la race aryenne et le bacille juif[1]. » Ces mots ne manquent pas de surprendre de la part d'un vieux compagnon de combat d'Hitler, qui a été depuis des années l'auteur de si nombreux discours publics prêchant sur tous les tons, avec violence et grossièreté, la haine des juifs. Mais, en ce mois de mars 1942, le plus célèbre des propagandistes nazis semble lui-même « déstabilisé », n'ayant apparemment pas appris avant cette date que les juifs sont de plus en plus systématiquement tués par le gaz. Remarquons comment il réussit aussitôt à intégrer cette information dans le cadre idéologique qui lui est familier : celui du combat à mort des Aryens contre les juifs. C'est ici un bel exemple de rationalisation délirante du meurtre de masse.

Toutefois, les populations juives européennes ne sont pas les seules à avoir péri dans les chambres à gaz. Les premiers essais de tueries en ce domaine ont été pratiqués, on l'a vu, sur les malades mentaux allemands. Puis les expérimentations ont été étendues à la Pologne, à l'automne 1941, sur des prisonniers de guerre sovié-

1. Cité par Florent Brayard, *La Solution finale de la question juive*, *op. cit.*, p. 396-397.

tiques. D'autres catégories de populations vont encore y mourir, comme les Tziganes, eux aussi victimes du projet nazi extravagant de « purification de la race »[1]. Mais ce sont sans conteste les juifs qui disparaissent en masse dans les chambres à gaz, de 1941 à 1945, d'abord ceux de Pologne, puis de toute l'Europe. Ce qui est littéralement stupéfiant, c'est que le massacre s'apparente désormais à une activité industrielle de traitement des « déchets ».

En effet, les « centres de mise à mort », pour reprendre l'expression de Raul Hilberg, fonctionnent comme des usines de destruction et de récupération, où l'on dirige les corps « nuisibles » pour y être détruits et brûlés, tout en prenant soin d'y prélever tout ce qui peut représenter une valeur marchande ou de la richesse (bijoux, dents en or, etc.). Qui aurait pu imaginer que des êtres humains deviennent un jour capables d'une telle « innovation » dans le meurtre de leurs semblables, sauf à interpréter cette phrase terrible d'Hitler dans *Mein Kampf*, au sujet de la Première Guerre mondiale : « Si l'on avait, au début de la guerre [...], tenu une seule fois douze ou quinze mille de ces Hébreux corrupteurs du peuple sous les gaz empoisonnés [...], on eût peut-être sauvé pour l'avenir l'existence d'un million de bons et braves Allemands[2]. » Ce qui n'était peut-être chez lui que fantasme de destruction en 1924 est bien devenu une effrayante réalité en 1942.

La méthode de tuerie par le gaz n'a toutefois été, pour les nazis, qu'un moyen supplémentaire de destruction des juifs : les fusillades n'ont pas cessé, pas plus que les méthodes d'extinction plus lentes mises en œuvre dans

1. Voir en particulier Guenter Lewy, *La Persécution des Tziganes par les nazis*, Paris, Les Belles Lettres, 2003.

2. Adolf Hitler, *Mein Kampf*, Munich, Zentralverlag der NSDAP, 1942, p. 772.

les camps. Et lorsque ceux-ci ont dû être évacués (à cause de l'arrivée des Russes), les nazis ont organisé des « marches de la mort », dans lesquelles des dizaines de milliers de détenus ont péri. On n'a que trop tendance à résumer l'histoire d'un processus de tuerie de masse en le réduisant à une seule pratique de mise à mort. Il est, par exemple, absurde d'affirmer que les massacres de 1994 au Rwanda ont tous été exécutés à la machette, comme l'ont laissé croire certains observateurs occidentaux[1]. Nombre de témoignages rapportent que les Tutsi ont aussi été tués avec d'autres instruments (des gourdins, des houes, des marteaux...), des grenades et autres armes, pour ne pas parler des cas où les victimes ont été brûlées dans les églises où elles pensaient trouver refuge. Confrontées à la perspective d'une mise à mort atroce, celles-ci imploraient parfois leurs bourreaux de les achever rapidement, voire les payaient pour cela. L'historien José Kagabo rapporte que certains ont ainsi parlé d'une mise à mort luxueuse, quand la victime donnait de l'argent pour être tuée par une arme à feu plutôt qu'à la machette[2]. En Bosnie, on use aussi du couteau, de la grenade ou de la mitraillette, comme à Srebrenica. Il suffit aussi de tirer avantage de la nature escarpée de cette région, par exemple en précipitant les victimes dans un ravin ou les gorges profondes d'une rivière. En général, le meurtre de masse combine plusieurs méthodes de tueries – souvent complémentaires – qui évoluent selon les circonstances, l'expérience des bourreaux et les moyens à leur disposition.

1. Claudine Vidal, « Le tueur à la machette comme symbole du génocide des Rwandais tutsi », communication au colloque international *Face aux crises extrêmes*, université Lille-II, 21-22 octobre 2004.

2. José Kagabo, « Rwanda après le génocide. Notes de voyage, août 1994 », *Les Temps modernes*, n° 583, juillet-août 1995, p. 105.

Enfin, l'extermination des juifs européens par le gaz bouleverse fondamentalement les rapports entre le massacre et la guerre. Bien sûr, comme nombre d'auteurs l'ont souligné, la destruction des juifs européens est difficilement concevable en dehors du contexte de guerre totale. Pour paraphraser Pierre Hassner, commentant Carl Schmitt, la formation de l'État total (bolchevique, puis nazi) dans l'avant-guerre a conduit à une guerre totale contre un ennemi total qui devait être totalement détruit [1]. Mais regardons aussi la situation d'un point de vue purement empirique : comment ne pas remarquer que, avec le dispositif mis en place par les nazis à partir de 1942, le massacre s'est complètement « détaché » du terrain physique de la guerre ? En effet, le procédé qui consiste à arrêter, puis déporter en train les juifs des pays occidentaux, jusqu'aux centres de mise à mort en Pologne, n'a plus rien à voir avec les méthodes d'exécution des juifs en 1940 et 1941 à l'Est.

Depuis l'attaque de l'Union soviétique, les opérations de tueries « collaient » à la logique de guerre, les massacres étant perpétrés à l'arrière du front, soit par les *Einsatzgruppen*, soit par des unités de l'armée elle-même. Comme s'il s'agissait d'une opération militaire, les commandos de tueurs se rapprochaient de l'« ennemi » avant de le détruire. En Bosnie ou au Rwanda, les groupes paramilitaires et autres milices ne font pas autre chose. Mais avec le système arrestation-déportation-extermination, inventé par les nazis, il en va désormais tout autrement. Le propre d'un tel dispositif est d'être complètement détaché du champ de bataille. Le renversement est spectaculaire : au lieu que la mort vienne frapper les victimes là où elles se trouvent, ce sont les victimes

1. Pierre Hassner, *La Violence et la Paix*, t. I : *De la bombe atomique au nettoyage ethnique*, Paris, Esprit, 1995, p. 262.

elles-mêmes qui vont vers la mort, acheminées vers les lieux de leur anéantissement. En somme, le processus de destruction s'est autonomisé par rapport au front militaire. Cette *autonomisation* du meurtre de masse me semble emblématique d'un schéma plus général qui conduit du massacre au processus génocidaire, ce qui sera notamment l'objet du dernier chapitre de ce livre. Auparavant, penchons-nous sur les conduites des individus en charge, sur le terrain, d'exécuter le massacre. Peut-on vraiment les « comprendre » ?

CHAPITRE V

Les vertiges de l'impunité

Nous sommes donc entrés dans un univers où tout est devenu possible. Par paliers successifs, la violence est sans cesse montée en puissance. « Toutes les bornes ayant été franchies, il n'y a plus de limites. » Ce processus est proprement vertigineux parce qu'il ouvre l'homme sur une béance, une angoisse qui n'a plus aucun mur pour la contenir, et qui risque de l'attirer vers le néant de la mort. Car l'homme ne peut se construire sans qu'on lui dise la limite, sans se heurter au repère de la « Loi ». C'est par là qu'il peut parvenir à étayer ses pulsions. « Fabriquer l'homme, c'est lui dire la limite », écrit Pierre Legendre. Et « fabriquer la limite, c'est mettre en scène l'idée du Père »[1]. C'est ce dernier qui, en incarnant symboliquement la Loi, jette l'interdit entre le désir et son objet. C'est par là que le petit d'homme peut accéder au symbolique, à la parole, parvenir à différencier son univers imaginaire du réel, ses fantasmes de la réalité. Or « on le constate au cours de notre histoire ensanglantée : là où les humains ne supportent plus la parole réapparaît le massacre[2] ».

Mais cet univers qui abolit toutes les limites, qui permet tous les franchissements, qui est donc celui de l'agi – du

1. Pierre Legendre, *La Fabrique de l'homme occidental,* suivi de *L'Homme en meurtrier*, Paris, Mille et Une Nuits, 1996, p. 22.
2. *Ibid.*, p. 15.

passage à l'acte – puisque tout devient permis, est-il pour autant sans normes, sans code ? Absolument pas. En fait, il procède à la fois du chaos et de l'ordre. Il est à la fois organisé et anomique. Tout se passe comme s'il autorisait le débordement des passions et des pulsions destructrices. En fait, l'avènement de cet univers de destructivité procède d'une inversion des normes. Au lieu que le Père soit le garant de l'interdit du meurtre, il l'encourage ou le laisse faire ; soit que l'État incite ouvertement au massacre, soit que, en situation de décomposition, l'État ne soit plus en mesure de l'empêcher. Dans tous les cas, cette instauration de l'extrême violence aboutit à ériger l'impunité en règle.

Cependant, suffit-il d'affirmer que les individus acceptent de tuer parce qu'ils croient qu'ils ne seront pas punis pour cela ? L'explication serait bien trop courte. N'imaginons pas que le passage à l'acte résulte d'une décision mûrement réfléchie, comme si, bien au calme, nous avions pesé le pour et le contre avant d'agir. Non, le passage à l'acte se produit en général dans une situation d'effervescence sociale, du fait d'une dynamique collective qui emporte les individus. Avant le tremblement de terre, l'écorce terrestre n'entre-t-elle pas en fusion ? J'en dirais autant de la société qui précède le meurtre de masse : un état de « fusion sociale » se développe, qui tend à entraîner les individus à cautionner le massacre, voire à y participer.

Partant de cet état de « fusion sociale », ce chapitre voudrait explorer le « noyau dur » du passage à l'acte – à tout le moins, s'en rapprocher le plus possible. Rejetons en ce sens tout modèle psychiatrique qui voudrait expliquer celui-ci par une quelconque folie individuelle. Tous les individus qui participent à la violence du massacre ne sont certainement pas des monstres psychopathes. Sans doute le contexte d'impunité permet-il de révéler chez quelques-uns des traits sadiques ou pervers. Mais on ne peut supposer que cela soit le cas du plus grand nombre. Les individus ne sont pas monstrueux en tant que tels, mais en tant qu'ils sont engagés dans la dynamique monstrueuse du meurtre de masse. C'est donc la puissance du social qui les emporte et, avec Zygmunt Bauman, je dirai que « la cruauté est d'origine sociale ». Mais est-ce à dire que les individus sont plus « agis » qu'ils n'agissent par eux-mêmes, que leur passage à l'acte est paradoxalement subi et que, par conséquent, ils ne peuvent être tenus pour responsables de leurs actes ? À analyser les faits, on ne peut pas davantage soutenir cette position dans la mesure où les individus adhèrent effectivement à ce qui est en train de se passer. Si leur degré de liberté est parfois très réduit, il n'est pas nul pour autant : ils ont la possibilité de dire non, du moins de se mettre à l'écart du chemin qui les conduit à devenir des bourreaux.

Pour comprendre ce processus de bascule, j'avancerai ici deux types d'interprétation. Le premier se situe dans le droit-fil du chapitre I de ce livre : le massacre procède toujours d'un ou de plusieurs *cadres de sens* qui le préforment. Pour vivre, les hommes ont besoin de donner du sens à leur existence. Pour tuer, il en est de même. Ce tremplin mental vers le meurtre de masse repose sur les interactions constantes entre imaginaire et réel, à travers lesquelles toute limite est abolie. Selon les situations historiques et les acteurs en présence, ces cadres de sens sont des plus diversifiés : soit les individus adhèrent effectivement aux raisons de tuer formulées par le pouvoir, soit ils voient leurs propres intérêts à tuer, ces deux types de mobiles étant d'ailleurs compatibles. Le passage à l'acte procède d'une pluralité de sens où se mêlent tout autant la pulsion que le calcul.

Parallèlement à ces cadres de sens, dont on verra qu'ils s'élaborent tout autant avant que pendant le massacre, le passage à l'acte suppose aussi la construction d'un *dispositif de bascule* vers le meurtre. Quoi qu'on en dise, il n'est pas si facile pour l'homme de se résoudre à tuer son semblable. Même s'il se donne de bonnes raisons de le faire, l'individu peut éprouver, la première fois, ce moment d'hésitation qui précède l'acte fatal, comme s'il s'agissait de se jeter dans le vide. Pour qu'il tue, non pas seulement une fois, mais des dizaines, des centaines de fois, il doit être inséré dans un dispositif de bascule vers le meurtre. À cet égard, il y a quelque paradoxe à raisonner sur l'individu en soi, comme s'il s'agissait d'une unité moléculaire du social. Car cet individu ne devient véritablement meurtrier de masse qu'en étant relié à une collectivité dont il n'est qu'un maillon. On explorera les deux principaux axes de ce dispositif de bascule vers le massacre : l'un vertical, qui l'insère le plus souvent dans une relation hiérarchique ; l'autre horizontal, qui l'immerge dans la dynamique d'un groupe de pairs.

Mais le passage à l'acte, ne l'oublions pas, c'est aussi l'engouffrement dans l'horreur. C'est le choc brutal, atroce, de la violence contre les corps. En donner une approche trop aseptisée constituerait une erreur. Une manière très conventionnelle d'écrire l'Histoire consiste à proposer des récits de batailles sous l'angle de l'épopée ou de la stratégie, sans vraiment en restituer le centre : la violence et ses atrocités. Appréhender les violences extrêmes, c'est précisément se concentrer sur ce *moment* de la pratique de l'acte violent et sur la manière dont il détruit les corps avant, pendant et même après la mort. Cette dimension du passage à l'acte est encore plus énigmatique que les précédentes. Aussi tentera-t-on au final d'en exposer les interprétations les plus pertinentes.

Les métamorphoses du passage à l'acte

Nous voici donc sur le « champ de bataille », parvenus à ce moment fatidique de la tuerie. Une observation s'impose tout de suite : les tueurs sont en *groupe*. Qu'ils avancent masqués ou à découvert, qu'ils soient en uniforme ou en civil, ils sont assemblés. La pratique collective du massacre repose le plus souvent sur la formation préalable de ces groupes de tueurs, que ceux-ci soient hiérarchiquement commandés (militaires ou policiers), dotés d'une discipline plus ou moins informelle (milices) ou sporadique (rassemblement de voisins). Ainsi, on tue en bataillon, en bande, en foule… Chacun de ces groupes possède une histoire différente et opère dans des circonstances différentes. Mais une chose est sûre : c'est le groupe qui sert d'opérateur collectif au meurtre de masse. C'est le groupe qui métamorphose les individus en tueurs.

Comment donc se produit une telle métamorphose ? Celle-ci a d'abord été enfantée par l'idéologie du pouvoir qui appelle à ce sursaut collectif du « nous » contre le « eux » dangereux et nuisible. En cristallisant cette polarisation identitaire, l'idéologie distille ce climat de psychose, puis de guerre, déjà décrit tout au long de ces pages. À travers ses symboles, ses mythes, ses slogans, l'idéologie, qu'on la qualifie d'ethniste, de raciste, de nationaliste, contribue à faire monter la peur (alors que les individus sont déjà désemparés et inquiets, étant plongés dans une situation économique ou politique objectivement difficile). Qu'on y adhère ou non, cette idéologie devenue dominante constitue la *matrice sémantique* à travers laquelle émergent des modes d'agression physique du « nous » contre le « eux ».

Intéressantes à cet égard sont les observations de l'ethnopsychiatre George Devereux qui part de l'idée que tout individu possède de nombreuses identités (familiale, communautaire, politique, professionnelle, etc.)[1]. En situation de crise, une identité collective tend à prendre le dessus sur toutes les autres, en s'imposant comme réponse et refuge communs face à la crise. Les autres aspects de la personnalité de l'individu se trouvent alors subordonnés à cette identité de groupe. Ils perdent leur caractère individuel au profit de cet hyper-investissement collectif. C'est l'idéologie qui permet ainsi cette toute première cristallisation politique du « nous ». Dès lors, la formation de groupes destinés à défendre le « nous » contre le « eux » semble s'imposer d'elle-même. Les entretiens réalisés par l'historienne allemande Natalija Basic auprès de vingt-cinq anciens combattants des guerres de Croatie et de Bosnie confirment de telles observations[2]. Au début des années 1990, « l'idée de l'armement autonome *[Selbstbewaffnung]* eut un succès immédiat. La camaraderie était de rigueur et il flotta pendant quelque temps un air d'enthousiasme excessif. Jamais encore il n'avait été aussi facile de se procurer des armes ». Chaque communauté ethnique se préparait à défendre son territoire. « On n'avait pas vu depuis les années 1940 autant d'hommes destinés à la lutte pour la préservation de la maison, pour la protection des enfants,

1. George Devereux, *Ethnopsychoanalysis. Psychoanalysis and Anthropology as Complement Frames of Reference*, Berkeley, University of California Press, 1978.

2. Dans le cadre de son doctorat d'histoire, celle-ci a interviewé vingt-cinq anciens combattants engagés dans les guerres en Croatie et Bosnie, en 1997 et 1998, à Belgrade, Banja Luka, Bratunac, Crikvenica, Sarajevo, Split, Sremska Mitrovica et Zagreb. La majorité des interviewés viennent de ces villes croates, bosniaques et serbes. Notons que Natalija Basic préfère le terme « combattants » à celui de « miliciens », le premier étant plus approprié dans le cadre de la défense populaire yougoslave (cf. ce que nous en avons dit au chap. IV).

des femmes, des vieilles. Refuser relevait du scandale public [...]. Le service militaire pour un jeune homme, surtout en Bosnie, était de rigueur. Les bottes se portaient tous les jours. Certains semblaient vraiment aimer le "travail" qu'ils pouvaient exécuter. Ils appellent ce temps, simplement, le "temps de la tuerie". »

Mais n'en concluons pas pour autant que l'idéologie explique tout ! Elle est ce vecteur indispensable à la montée en puissance vers l'action de massacrer, néanmoins insuffisant pour en précipiter la perpétration. Pour qu'il y ait passage à l'acte, une dynamique de groupe doit se « greffer » sur cette idéologie de manière à faire basculer les individus dans la tuerie. En effet, on ne peut supposer que l'idéologie possède une capacité meurtrière concrète. Pour qu'il y ait passage à l'acte, il faut que cette idéologie soit associée à « autre chose », afin que l'idée se cristallise en action de massacrer. Les auteurs qui tentent d'expliquer ce basculement mettent en avant surtout trois types d'interprétations.

Massacrer, piller, faire du « business »

La première d'entre elles revient à combiner le facteur idéologique à celui de l'intérêt et de l'envie. Des hommes profitent de ce que le climat social et politique d'un pays désigne telle ou telle catégorie d'individus comme des « ennemis » pour les déposséder de leurs richesses, quitte à les tuer. Ainsi des bandes, des gangs peuvent se former en ce sens. Sous couvert de combattre cet « ennemi » partout désigné par la propagande, ces groupes œuvrent à leur propre enrichissement. La guerre en Bosnie en offre de multiples exemples, entremêlant nationalisme et « business », soit que des leaders appartenant à des camps opposés s'arrangent pour faire fructifier leurs affaires en commun ; soit, bien sûr, que les uns et les autres s'approprient les biens de leurs victimes. En Bosnie, dans la région de Visegrad, quelques semaines à peine après le début des hostilités, en avril 1992, une bande de jeunes Serbes, dont le chef, Milan Lukic, « joue au Tchetnik »[1], commence à attaquer et piller les familles musulmanes les plus riches. La bande est connue sous divers noms : « les Aigles blancs », « les Loups de la Drina »... Ils édictent leurs propres lois dans la région, entreprenant de piller, tuer et/ou expulser la population musulmane. « La motivation première de Milan Lukic n'avait aucun rapport avec l'héroïsme, le patriotisme ou l'honneur de la patrie. C'était le profit. » Mais résultat : les agissements de sa bande d'une quinzaine d'hommes ont eu pour effet de chasser les quelque 14 000 musulmans de Visegrad et ses environs.

À partir de tels exemples, le politiste américain John Mueller considère que la guerre ethnique ne répond pas au supposé modèle d'Hobbes, de la guerre de tous contre tous, mais est bien plutôt le fait de petites bandes de gangsters et de voyous qui parviennent à semer la terreur dans une région et en profitent pour s'enrichir[2]. Il remarque aussi que, pour pallier les défaillances de l'armée serbe, Milosevic fait libérer des criminels de droit commun, leur demandant de faire le « sale boulot » moyennant la possibilité de voler les biens de leurs victimes. Mueller néglige cependant le rôle des unités militaires proprement dites, qui sont presque toujours là pour préparer et appuyer l'action de ces groupes.

1. Chuck Sudetic brosse un portrait très intéressant de Milan Lukic dans « Le criminel de guerre », *Après-guerre(s)*, *Autrement*, n°s 199-200, janvier 2001, p. 236-253.

2. John Mueller, « The Banality of Ethnic War », *International Security*, vol. 25, n° 1, été 2000, p. 42-70.

« Musulmans, musulmans, viles fourmis jaunes, vos jours sont comptés »

« Pendant les jours qui suivirent, Milan et sa bande parcoururent les rues de Visegrad dans la Volkswagen bordeaux. Les haut-parleurs de la voiture hurlaient des airs tchetniks. Armé d'un mégaphone, Milan invitait les musulmans à quitter la ville : "Musulmans, musulmans, viles fourmis jaunes, vos jours sont comptés."

« Des hommes coiffés de *balaklava* de laine noire faisaient irruption dans les foyers musulmans. Ils exigeaient argent et bijoux. Ils volaient tout ce qu'ils pouvaient emporter : montres en or, bagues et chaînes, argent liquide, lave-linge, téléviseurs, sucreries. Les musulmans n'opposaient aucune résistance. Ils conduisaient hommes et femmes sur le pont Mehmet Pacha, où ils les exécutaient au pistolet ou au couteau ; puis ils balançaient leurs corps dans la rivière et s'amusaient à tirer sur les cadavres qui dérivaient au fil de l'eau. La bande s'était installée dans l'hôtel qui jouxte le pont de pierre. De jeunes femmes musulmanes y étaient enfermées et violées. Les vieilles allaient laver le sang qui maculait le pont.

« [...] Le 27 juin 1992, juste après le début du couvre-feu, les hommes de la bande de Milan frappèrent à la porte de Turjacanin : "Dehors, tout le monde. Vous êtes expulsés vers Bajina Basta."

« Les hommes armés conduisirent Zehra et sa famille dans une maison musulmane voisine. Elle remarqua que portes et fenêtres étaient fermées et barrées. Elle vit Milan debout près de la porte du balcon. Elle le connaissait, car son frère et lui étaient ensemble à l'école. Quand la porte du balcon fut refermée, les soldats commencèrent à jeter des pierres à travers les carreaux. À l'intérieur, tous se mirent à plat ventre. Des coups de feu suivirent. Puis trois grenades éclatèrent dans la pièce. Les enfants hurlaient. Un éclat de shrapnel déchira la jambe de Zehra. L'air s'emplit de poussière. Les gens toussaient, à demi étouffés. La pièce s'embrasa d'un coup. Zehra essaya de s'échapper, tirant sa nièce de neuf ans derrière elle. Elle tenta vainement d'enfoncer la porte du balcon. Autour d'elle, des hommes, des femmes et des enfants, en flammes, se débattaient en poussant des hurlements frénétiques. Zehra aperçut une petite fenêtre. Elle se fraya un chemin et parvint à se hisser à travers l'ouverture. Puis elle se retourna pour saisir sa nièce. Les flammes lui dévoraient les mains et le visage ; elle dut renoncer.

« Dehors, un autoradio diffusait à plein volume de la musique qui noyait les cris des victimes. Milan et ses hommes ne virent pas Zehra s'enfuir en titubant. Elle s'effondra dans le lit d'un ruisseau proche où elle resta cachée toute la nuit. Un médecin serbe la pansa et la soigna le lendemain. Il lui conseilla de quitter la région pour toujours. Elle s'enfonça dans la forêt, et rencontra une patrouille de soldats musulmans qui escortaient des civils anxieux d'échapper aux hommes de Milan. Parmi les soixante et onze personnes qui moururent dans cette maison se trouvaient dix membres de la famille de Zehra. »

Article de Chuck Sudetic, « Le criminel de guerre », extrait de *Après-guerre(s)*, coll. « Mutations », Paris, éd. Autrement, 2001.

Plusieurs études réalisées sur des cas de pogroms mettent aussi en avant cette dimension du profit, par exemple celle de l'historien Jan Gross dans sa célèbre monographie du massacre de Jedwabne en Pologne, le 10 juillet 1941. Dans ce village situé dans la partie orientale de la Pologne, occupée par l'URSS entre 1939 et 1941, le ressentiment est fort contre les juifs, accusés d'avoir été les alliés des communistes. La Wehrmacht a quitté depuis peu les environs pour s'enfoncer à l'Est, à la conquête de la Russie. Dans ce contexte de guerre, plusieurs pogroms sont perpétrés contre les juifs, avec l'assentiment, sinon le soutien des Allemands. Ce 10 juillet 1941, donc, des habitants de Jedwabne, avec l'appui de voyous et de paysans des environs, vont tuer les quelque 1600 juifs de cette localité (femmes et enfants compris). Certains sont lapidés, d'autres noyés dans un étang ou battus à mort ; la plupart sont brûlés dans une grange.

Pour Jan Gross, seule une conjonction de facteurs peut expliquer cet événement incroyable. Celui-ci se déroule dans une période de transition politique, marquée par le départ des Soviétiques et l'installation en cours des autorités allemandes. Le contexte d'un antisémitisme particulièrement virulent chez ces paysans polonais catholiques doit aussi être pris en compte : au moins 50 % des hommes de la ville auraient participé au massacre. Leur action n'est toutefois pas spontanée, mais bien organisée, le maire de la ville, Marian Karolak, et plusieurs de ses conseillers municipaux coordonnant les opérations[1]. Cependant, pour Jan Gross, « le principal mobile [...] pour organiser le carnage fut le désir et l'occasion inespérée de dépouiller les juifs, une fois pour toutes, plutôt qu'un antisémitisme atavique. À tout le moins, [...] les deux facteurs sont allés de pair[2] ». Mais cette

1. Ce rôle du maire dans l'organisation du massacre est à rapprocher de celui des bourgmestres au Rwanda (cf. chap. IV).

2. Jan T. Gross, *Les Voisins. 10 juillet 1941, un massacre de juifs en Pologne*, Paris, Fayard, 2002, p. 134.

interprétation « économique », avancée comme argument décisif, est-elle véritablement de nature à rendre compte de la barbarie de ce qui s'est passé dans ce petit village de Pologne[1] ?

Une socialisation à la violence

Un deuxième modèle d'explication du passage à l'acte greffe le facteur idéologique à un processus de socialisation et de formation des individus à la violence. Ainsi, certains auteurs insistent-ils sur l'importance d'un entraînement préalable qui prépare militaires, policiers et autres commandos spéciaux au meurtre de leurs semblables. Tous les pouvoirs ont en effet besoin de former des exécutants disposés à servir leurs intérêts et à tuer en leur nom. Cette formation doit être nécessairement très dure physiquement et moralement – quasi traumatisante – pour que ces hommes deviennent ensuite des agents d'exécution, complètement insensibles à la violence qu'ils vont infliger à autrui. Telle est par exemple la théorie du criminologue Lonnie Athens, sur laquelle s'appuie l'écrivain américain Richard Rhodes pour rendre compte du comportement des *Einsatzgruppen* en Russie[2]. En ce cas, on dira que l'on « fabrique » des bourreaux.

Ce type d'explications comporte certes une part de vérité dans la mesure où toutes les polices et les armées du monde développent des programmes d'entraînement

1. L'auteur précise que d'autres pogroms se sont produits dans la région durant cette même période. Sur la mémoire de ces événements en Pologne, voir l'article de l'anthropologue Joanna Tokarska-Bakir, précédé par une présentation de Jean-Charles Szurek, « Jedwabne et la mémoire polonaise », *Plurielles*, n° 9, 2001, p. 72-73.

2. Richard Rhodes, *Extermination : la machine nazie. Einsatzgruppen à l'Est, 1941-1943*, Paris, Autrement, 2004.

plus ou moins durs de leurs nouvelles recrues. Mais selon l'historien français Christian Ingrao, qui s'est précisément intéressé à l'histoire des *Einsatzgruppen*, l'importance de cette formation préalable des hommes qui vont devenir des tueurs est largement surestimée. Dans leur cas, par exemple, leur formation ne dure pas plus de quinze jours, avant qu'ils ne partent sur le terrain[1]. Et que dire au Rwanda de ces paysans tueurs interrogés par le journaliste Jean Hatzfeld ? Ceux-ci n'ont subi aucun entraînement préalable, aucune discipline militaire éreintante. On leur demande seulement, en situation de crise, de se servir de cet outil agricole qui leur est familier, la machette, non pour exécuter les travaux des champs, mais pour aller découper l'ennemi tutsi.

Devenir tueur sur le champ de bataille

Ce serait donc plutôt *in situ*, dans et par l'action, que des groupes plus ou moins entraînés préalablement deviendraient des tueurs. C'est ici la troisième grille de lecture du passage à l'acte : l'expérience acquise sur le terrain serait en fin de compte le facteur le plus important de basculement dans le meurtre de masse. Ceux qui ont animé ou dirigé des groupes le savent bien : c'est sur le terrain que se « trouve » un groupe, que le but de celui-ci soit d'encadrer des jeunes dans une activité sportive, de monter des équipes de travail en entreprise ou de mener des soldats à la guerre. Il n'y a pas de raisons pour que la formation d'un groupe de tueurs obéisse à d'autres règles. C'est dans la guerre que se forgent les guerriers. C'est dans et par l'action de tuer que se forment les exécutants des massacres. La célèbre étude de l'historien améri-

1. Entretien avec Christian Ingrao, 15 mars 2004.

cain Christopher Browning sur le 101e bataillon de policiers allemands donne une illustration remarquable quant à cette manière d'entrer en tuerie. Voici quelque 500 hommes que rien ne prépare à devenir des meurtriers de masse. Pour l'auteur, ce sont des « hommes ordinaires » : pères de famille, trop âgés pour aller se battre sur le front russe, ils ont été recrutés parmi les policiers d'Hambourg. Une fois détachés en Pologne, ceux-ci vont pourtant assassiner directement quelque 38 000 juifs et en déporter 45 000 autres vers les chambres à gaz de Treblinka. Ils accomplissent l'ensemble de ces opérations en seize mois, sans y avoir été aucunement préparés.

Un tel parcours apparaît stupéfiant et le grand mérite de Browning est de proposer une réflexion subtile pour chercher à en percer les mystères : nous y reviendrons. Mais Michael Mann a reproché à Browning de minimiser les convictions antisémites de certains membres du bataillon (surtout dans son encadrement), lequel ne serait donc pas constitué d'hommes si ordinaires que cela – critique qui apparaît en partie fondée[1]. Ceux-ci ont donc très probablement exercé un effet d'entraînement sur les autres, moins marqués sur le plan idéologique. Cependant une telle influence ne doit pas être surestimée. La seule manière de « comprendre » ce qui se passe pour ce bataillon, comme nous y invite d'ailleurs l'auteur, consiste à se mettre dans le contexte de son action, c'est-à-dire celui de la guerre totale déclenchée par l'agression allemande contre l'Union soviétique (encore renforcée par l'entrée en guerre des États-Unis). Cette

1. Voir Michael Mann, « Were the Perpetrators of Genocide "Ordinary Men" or "Real Nazis" ? : Results from Fifteen Hundred Biographies », *Holocaust and Genocide Studies*, 14 (3), 2000, p. 331-366. Cet article fait l'objet du chap. VIII, « Fifteen Hundred Perpetrators », du dernier livre de Mann déjà cité.

mise en contexte est assurément difficile pour qui n'a jamais connu cette atmosphère écrasante de la guerre. C'est pourtant par là que se constitue le principal « cadre de sens » qui va peser sur la conduite de ces hommes. Car c'est à travers la guerre que l'idéologie percute le réel, en étant imbriquée à un imaginaire de peur ; cet ennemi hideux et dangereux, il est bien là : sur le champ de bataille. Même s'il est désarmé, il reste l'ennemi et doit être détruit.

À mon avis, cette dernière grille de lecture nous rapproche bien plus du « noyau dur » du passage à l'acte que les deux précédentes. Certes, celles-ci ont leur intérêt et ne concernent d'ailleurs pas forcément les mêmes exécutants. Bien que très différentes, elles reposent toutes deux sur une conception rationnelle de l'action : soit que les individus tuent pour le profit, soit qu'ils tuent parce qu'ils reçoivent une formation à cet effet. Dans les deux cas, il est proposé une conception utilitaire ou instrumentale du passage à l'acte, bref une explication fondée sur une certaine forme de rationalité. Mais n'a-t-on pas vu, dès le premier chapitre de ce livre, l'importance de prendre en compte cet imaginaire de peur, de vengeance et de toute-puissance qui est de nature à précipiter la tuerie ?

À cet égard, les commentateurs du livre de Browning n'ont peut-être pas suffisamment porté attention au discours que le commandant Trapp, chef de ce bataillon, tient à ses hommes quelques heures avant son entrée en action : « Qu'on se souvienne qu'en bombardant l'Allemagne l'ennemi était en train de tuer des femmes et des enfants allemands[1]. » Autrement dit, ce qu'« ils » ont fait à nos propres enfants, nous pouvons, nous devons le faire à notre tour. Peu importe que Trapp évoque alors les bombar-

1. Cité par Christopher R. Browning, *Des hommes ordinaires*, *op. cit.*, p. 102.

dements anglo-américains. Il établit un lien entre cet « ennemi extérieur » qui frappe des innocents allemands et l'« ennemi juif » que son bataillon de policiers doit détruire. On est bien ici dans cette incroyable imbrication entre le réel d'une agression physique et l'imaginaire d'une supposée menace provenant de civils désarmés. L'entrée en tuerie semble presque toujours impliquer ce tour de passe-passe stupéfiant qui conduit à assimiler la destruction de civils à un acte de guerre parfaitement nécessaire. Dès lors, le massacre relève de la légitime défense. On retrouve une nouvelle fois le dilemme de sécurité propre à une logique de guerre : c'est « eux » ou « nous ». En Bosnie, le « nettoyage ethnique » est également vécu comme un acte de guerre, nous dit Natalija Basic, tandis qu'au Rwanda tuer les Tutsi participe de l'effort de défense du pays.

Mais sommes-nous seulement dans le registre de l'imaginaire ? Pas uniquement. Car le tour de passe-passe semble vrai. En effet, cette menace paraît en partie fondée. Après tout, des juifs peuvent effectivement être communistes et aider l'Armée rouge, tandis que des Tutsi pourraient bien aider le FPR dans sa conquête du pouvoir. L'argument semble rationnel. Mais où « borner » la plausibilité d'une telle menace ? Qui est vraiment complice de l'ennemi et qui ne l'est pas ? Il paraît impossible de le dire avec certitude. C'est en définitive tout le groupe qui devient suspect, qui devient l'ennemi. Et c'est pourquoi les rapports entre imaginaire et réel s'avèrent complètement brouillés. Le passage à l'acte oblige à la destruction du groupe en tant que tel.

À quoi pensent-ils en massacrant ?

Mais comment savoir si les exécutants croient vraiment à cette « menace » ? D'une certaine manière, oui : ils en donnent la preuve puisqu'ils se sont transformés en tueurs. Mais ce comportement collectif ne constitue pas une preuve absolue de leurs convictions individuelles. Très rares sont les propos des bourreaux au moment même où ils entrent en action. L'étude de Christopher Browning s'appuie sur les témoignages des policiers au cours de leur procès, soit environ vingt ans après les faits. Quant à Jean Hatzfeld, il interroge ces paysans tueurs en prison, certes après qu'ils ont été jugés, néanmoins dix années plus tard. Dans les deux cas, les anciens meurtriers ont eu, avec le temps, la possibilité de rationaliser leurs conduites passées. Le travail de mémoire et de reconstruction des faits a nécessairement été à l'œuvre. Pour savoir ce que pensent les tueurs au moment même où ils agissent, il faudrait avoir trace de leurs confidences du temps des opérations. Non pas des propos qu'ils peuvent tenir en présence de leurs camarades pour se donner une contenance, mais des confidences personnelles dont on peut supposer qu'elles aient le plus haut degré d'authenticité. Ce pourrait être par exemple des journaux intimes ou des correspondances privées à leurs familles[1]. Mais de tels documents sont extrêmement rares.

Le journal de guerre du *SS Hauptscharführer* Felix Landau entre dans cette catégorie[2]. Lors de l'invasion de la Russie, il s'engage dans un « commando

1. À condition d'être sûr qu'ils n'ont pas cherché délibérément à masquer certains faits ou sentiments en raison d'une possible censure de la correspondance – ce qui est encore un autre problème.

2. Felix Landau, « Et il faut en plus que je joue au général des juifs », extraits du journal de guerre de Felix Landau, chevalier du *Blutorden* (Grand Ordre germanique), dans *Pour eux, c'était le bon temps. La vie ordinaire des bourreaux nazis*, témoignages et documents réunis et présentés par Ernst Klee, Willy Dressen, Volker Riess, traduits de l'allemand par Catherine Métais-Bührendt, Paris, Plon, 1989, p. 83-104.

spécial »[1]. C'est à cette occasion que son journal débute. Il est alors amoureux d'une jeune dactylo, Gertrude (bien que marié depuis 1938), à laquelle il écrit régulièrement et dont il attend avec impatience les lettres. Il semble profondément préoccupé par cette relation. Simultanément, on le découvre obéissant et travailleur, doté d'un sens aigu de la mission à accomplir. Il paraît avoir admis une fois pour toutes que les juifs et les Polonais sont des sous-hommes, des esclaves. Et pourtant il exprime un regret à devoir les tuer, non pas parce qu'il aurait quelque sentiment humain à leur égard, mais parce qu'il préférerait avoir une tâche plus noble : se battre à la « vraie » guerre. « Cela ne me dit pas grand-chose de fusiller des gens sans défense même si ce ne sont que des juifs. Je préfère un combat franc et ouvert » (5 juillet 1941). Felix Landau utilise pourtant la métaphore de la guerre pour justifier son action : « J'ai été officiellement nommé général des juifs » (10 juillet 1941).

Et, de cette mission, il semble éprouver une certaine lassitude : « Il va falloir encore que je joue au général des juifs » (5 juillet 1941). Mais la guerre est bien là et semble profondément le marquer. Son unité suit la progression de la Wehrmacht, et partout sur son chemin « ça sent la mort : Nous avons vu des choses que l'on a rarement vues. » Dans cet univers de destruction, ses pensées les plus intimes vont à sa « Trude », son « adorable petite coccinelle » : « À l'idée d'avoir une lettre, je suis heureux comme un petit enfant » (12 juillet 1941). Il est souvent tourmenté, car il ne sait pas si Gertrude va lui rester fidèle. En revanche, il ne semble pas ressentir de trouble impor-

1. Ancien menuisier autrichien ayant participé au putsch de Vienne, le 25 juillet 1934, contre le chancelier Dolfuss, il demande par la suite la citoyenneté allemande. Il s'engage ensuite dans les SS.

tant quand il tue ou fait tuer des juifs. Voici la manière dont il relate sa participation à une exécution : « C'est tout de même curieux. On aime le combat et il faut mitrailler des êtres sans défense. Ils seront 23 à être fusillés ; parmi eux les femmes […]. Elles sont admirables […]. Les candidats se mettent en rang, une pelle à la main pour creuser leur propre tombe. Deux pleurent parmi eux. Ils ont vraiment un courage surprenant. Que peut-il donc se passer en ce moment dans leur cervelle ? […] Curieux, rien ne s'émeut en moi, absolument rien, pas de pitié. Rien. C'est comme ça, mais mon cœur bat tout doucement quand les sentiments et les pensées se réveillent à l'improviste » (12 juillet 1941).

Tout SS qu'il est pourtant, ses notes expriment une gêne à « faire le bourreau et le fossoyeur » alors qu'il voudrait se battre sur le front militaire. Il constate que ces exécutions sont épuisantes : « Les coups partent, le cerveau jaillit en l'air […]. Je rentre mort de fatigue et voilà qu'il faut se remettre au travail. »

Dans d'autres passages de son journal, on découvre en Felix Landau un être qui s'intéresse à d'autres cultures : il raconte, par exemple, comment il a passé une excellente soirée dans une famille ukrainienne dont il a découvert les coutumes. Mais le soir reviennent ses pensées pour sa bien-aimée. Il semble en être si fortement amoureux qu'il la veut à ses côtés et va faire des démarches en ce sens auprès de ses supérieurs. Ne recherche-t-il pas sa présence physique pour mieux supporter les difficultés de son « travail » ? La lecture de ce journal laisse un sentiment profond de malaise, voire d'effroi. Car cet individu qui apprend de plus en plus à tuer les juifs à la chaîne en « jouant au général », comme il le dit, est terriblement humain : il aime, il souffre de l'absence de l'être aimé, et ce sentiment amoureux peut aller parfaitement de pair avec une brutalité extrême envers les juifs, dont il a parfaitement intégré l'idée que leur vie est sans valeur sinon comme esclaves.

Autre document stupéfiant : les extraits de cette lettre de Walter Mattner, un Viennois fonctionnaire de police qui, recruté dans un *Einsatzkommando*, est en opération en Biélorussie. Le 5 octobre 1941, il écrit à sa femme ces phrases incroyables : « J'ai donc aussi participé au grand massacre *[Massensterben]* d'avant-hier. Pour les premiers véhicules, ma main a tremblé au moment de tirer, mais l'on s'y habitue. Au dixième, je visais calmement et tirais de façon sûre sur les femmes, les enfants et les nourrissons. J'avais à l'esprit le fait d'avoir aussi deux nourrissons à la maison, avec lesquels ces hordes auraient agi exactement de même, voire peut-être dix fois pire. La mort que nous leur avons donnée était douce et rapide *[kurz]* comparée aux tortures infernales des milliers et des milliers dans les geôles de la GPU. Les nourrissons volaient dans le ciel en grands arcs de cercle et nous les abattions[1] au vol, avant qu'ils ne tombent dans la fosse et l'eau. Il faut en finir avec ces brutes qui ont jeté l'Europe dans la guerre[2]. »

De tels propos tendent à prouver que les exécutants intériorisent bel et bien les cadres idéologiques martelés par les pouvoirs, destinés à justifier les tueries. Comme Felix Landau, Walter Mattner semble éprouver au début une certaine gêne à tirer sur des personnes sans défense. Mais ses scrupules s'évanouissent bien plus vite. Il remarque que s'installe en lui la force de l'habitude (je reviendrai plus loin sur ce facteur). Cependant, ce père de famille veut expliquer à sa femme pourquoi il en arrive à

1. La traduction édulcore : l'expression employée est *knallen*, qui signifie « faire explosion, éclater ».

2. Lettre de Walter Mattner du 5 octobre 1941, citée dans Christian Ingrao, « Violence de guerre, violence génocide… », art. cit., p. 231.

tuer des bébés, alors que lui-même a des enfants en bas âge. Sans doute pourrait-il lui épargner de telles précisions. Mais il cherche à se justifier. Et il n'a d'autre choix que de reprendre les arguments de la propagande du régime, en leur donnant un sens personnel, par rapport à sa propre famille. Lui qui a deux nourrissons, accepte de tuer des bébés en pensant à ses propres enfants. C'est par là qu'il se décharge de la possible culpabilité d'assassiner des nourrissons, considérant que ceux-ci appartiennent à une « horde[1] » par définition sauvage qui a plongé l'Europe dans la guerre et qui menace le peuple allemand. Notons que cet homme se donne encore le beau rôle en se targuant d'être presque humain dans sa violence, puisqu'il affirme que lui et ses camarades infligent une mort « douce et rapide », comparée à la torture qui aurait été infligée par l'ennemi bolchevique. Dans la pratique même de sa barbarie, le bourreau cherche encore à se grandir en se prétendant humain.

Ces écrits particulièrement rares d'exécutants au moment même où ils tuent tendent à prouver qu'ils adhèrent bien à ce qu'ils font. On peut se demander : avant de passer à l'acte, faisaient-ils partie de la minorité de fanatiques convaincus ou plutôt de la majorité des individus ordinaires au sens de Browning ? À mon avis, une telle question devient secondaire dès lors que les individus se trouvent impliqués dans la dynamique du massacre. En effet, à partir du moment où ils consentent à tuer en masse, ils se doivent de trouver un « sens » à ce qu'ils font ; sinon, on ne voit pas comment ils pourraient continuer à tuer. Qu'ils aient été auparavant des idéologues convaincus ou pas, leur pratique les contraint pour ainsi

1. On reconnaît là le thème de la propagande nazie des « hordes asiatiques » qui menacent de déferler sur l'Europe et de détruire la civilisation occidentale.

dire à élaborer des justifications qui, à leurs propres yeux, peuvent expliquer leur participation à ces tueries. Penser le massacre ne se réduit nullement à isoler un « avant » et un « après » du passage à l'acte – comme si l'« avant » était celui de la justification idéologique, tandis que l'« après » était celui de l'action physique de massacrer.

Un tel schéma, bien trop linéaire, ne prend pas suffisamment en compte les effets des pratiques de tueries sur les tueurs eux-mêmes. Les représentations des exécutants évoluent en permanence en fonction de leurs pratiques sur le terrain. Ce n'est pas seulement le cadre de sens qui précipite le passage à l'acte, c'est la pratique même du massacre qui réélabore le cadre de sens d'une telle action.

Dissonance cognitive et rationalisations

Nous entrevoyons ici une autre manière d'appréhender les métamorphoses du basculement dans la tuerie. Si le groupe permet de transformer l'individu en tueur, la pratique répétée du massacre conduit celui-ci à se construire de nouvelles représentations des victimes de nature à lui faire justifier ce qu'il fait. Car la rhétorique militaire (exposée plus haut) ne semble pas être toujours suffisante pour légitimer la destruction d'individus sans défense. Les discours tenus par les tueurs emploient d'autres types de justifications, très souvent élaborées en situation. Ainsi, les pratiques de massacre sont-elles littéralement productrices de nouvelles rhétoriques, d'un nouveau vocabulaire. Elles utilisent des mots qui empruntent à des activités très diverses (la chasse, le travail, la santé, etc.) pour masquer la réalité du meurtre d'êtres humains. Ces représentations ne sont pas alors tant la cause que la conséquence du passage à l'acte (même si elles peuvent puiser dans des éléments déjà présents dans des discours antérieurs).

Tout se passe donc comme si les tueurs, au moment de tuer, élaboraient, avec les mots de leur culture, les divers cadres de sens qui sont de nature à leur faire « rationaliser » ce qu'ils font. En fait, ils se trouvent plongés dans une situation intense de « dissonance cognitive », pour reprendre l'intéressante expression forgée par le psychologue américain Leon Festinger[1]. Ils vivent en effet un conflit aigu entre, d'une part, leurs pratiques de tueurs et, d'autre part, les représentations qu'ils ont d'eux-mêmes. Comment alors peuvent-ils se supporter en train de massacrer ? Cette théorie dite de la « dissonance cognitive » soutient que les exécutants doivent nécessairement restructurer leurs représentations afin qu'elles se retrouvent plus en conformité avec leurs conduites. Il n'y a là rien d'exceptionnel : ce n'est ici qu'une illustration parmi d'autres de notre capacité à rationaliser nos croyances pour les mettre en adéquation avec notre comportement. Le développement de telles représentations chez les tueurs ne doit donc pas être vu comme de la pure propagande, mais bien comme la formation, dans l'action et par l'action de massacrer, de lexiques variés et nécessaires au meurtre de masse, permettant à ce dernier de se produire et de se reproduire.

L'un des lexiques les plus fréquents, souvent commun à différentes cultures, relève du bestiaire et de la chasse. On l'a noté : la propagande du régime a déjà pu antérieurement décrire ses ennemis comme des animaux (tels que

1. Leon Festinger, *A Theory of Cognitive Dissonance*, Stanford, Stanford University Press, 1957. On trouvera en français une bonne présentation de cette théorie dans Gustave-Nicolas Fischer, *La Psychologie sociale*, Paris, Le Seuil, coll. « Points Essais », 1997, p. 160 *sq*.

les rats, poux, cafards, vermine…). De telles qualifications faisaient partie d'une rhétorique plus générale visant à ostraciser une population. Au moment de tuer, ces représentations animales des victimes peuvent réapparaître sous d'autres formes, comme celle du gibier à chasser. Le chercheur américain d'origine rwandaise Charles Mironko a noté, dans ses entretiens avec d'anciens tueurs, leur usage fréquent du mot kinyarwandais *igitero*, qui renvoie à deux significations : d'une part celle de la chasse, et d'autre part celle d'une nécessaire solidarité communautaire face au danger[1]. De là à se lancer ensemble à la poursuite de cet inquiétant gibier pour s'en faire un bon festin, il n'y a qu'un pas, souvent repérable dans les propos des tueurs en pleine action.

Ainsi, une survivante raconte : « Un groupe de miliciens est arrivé en chantant, brandissant des machettes et des lances, ils criaient : "Nous voici, nous voici, et voici, comment on prépare de la viande de Tutsi"[2]. » En Croatie, les groupes serbes pénétrant dans Vukovar crient à peu près la même chose : « Slobodan, envoie-nous de la salade, la viande, nous en avons, nous égorgeons les Croates[3]. » Que dire encore de cette « perte du sens moral de ces paysans polonais » : « Une psychose s'est emparée d'eux et, à l'exemple des Allemands, ils ne voient plus dans le juif un être humain, mais uniquement un animal pernicieux, qu'il faut détruire par tous les moyens comme des chiens enragés ou des rats[4] ». Pour rendre le district de Lublin définitivement « libre des

1. Charles Mironko, « *Igitero :* Means and Motive in the Rwandan Genocide », *Journal of Genocide Research*, vol. 6 (1), mars 2004, p. 47-60.

2. Cité par Jean Hatzfeld, *Dans le nu de la vie*, *op. cit.*, p. 175.

3. Cité par Mirko Grmek (éd.), *Le Nettoyage ethnique*, *op. cit.*, p. 320.

4. Cité par Jan T. Gross, *Les Voisins*, *op. cit.*, p. 200.

juifs » *(judenfrei)*, ceux qui sont découverts errants dans le pays devaient être, à partir d'octobre 1942, abattus sur-le-champ sans aucune forme de procédure administrative. « Dans le jargon officiel, le bataillon effectuait des "patrouilles de forêt" à la recherche de "suspects". Mais comme les juifs survivants devaient être traqués et tirés comme des bêtes, les hommes du 101e bataillon de réserve de la police ont préféré affubler cette phase de la Solution finale du nom de *Judenjagd*, la "chasse aux juifs"[1]. » Les victimes de ces opérations de ratissage pouvaient aussi être des partisans ou des prisonniers de guerre évadés. Pour ce faire, les policiers du 101e ont tissé tout un réseau d'informateurs polonais, coureurs des bois et autres dénonciateurs, spécialisés dans la recherche des cachettes.

Au moment du meurtre, les tueurs peuvent encore recourir à d'autres rhétoriques pour donner sens à ce qu'ils font. L'usage de certains mots, de certaines expressions vise à masquer et banaliser les réalités du massacre. Au Rwanda, celui-ci est souvent assimilé à un type particulier de « travail », ce qui lui donne un aspect banal sinon quelconque, en tout cas utile pour la communauté, une forme de « débroussaillage » des collines, comme s'il s'agissait d'une activité agricole. Le massacre est encore assez souvent présenté comme une entreprise de « nettoyage », un mot que l'on retrouve dans l'expression « nettoyage ethnique », mais aussi dans le langage militaire : « nettoyer le secteur ». Dès lors, la réalité du massacre disparaît derrière la notion positive de propreté, voire de santé.

Par ailleurs, des mots déconnectés de leur contexte, qui évoquent plutôt des opérations techniques ou la

1. Christopher R. Browning, *Des hommes ordinaires*, *op. cit.*, p. 165.

circulation de personnes ou de marchandises, sont aussi utilisés pour qualifier les tueries. On sait que les nazis avaient inventé un vocabulaire euphémisant pour spécifier l'assassinat des juifs, employé dans divers rapports administratifs, à travers des expressions comme « traitement spécial », « réinstallation » ou la tristement célèbre « Solution finale »[1]. Le protocole de la conférence de Wannsee parle ainsi des juifs à « réinstaller » ou à « évacuer ». Pour mener à bien le massacre des hommes de Srebrenica, les responsables politiques et militaires bosno-serbes inventent un code pour communiquer entre eux, désignant sous le nom de « colis » les groupes d'hommes à faire exécuter. Ce terme n'est cependant pas porteur du même sens déshumanisant que dans les expressions utilisées par les nazis. Mais au moins permet-il aux nationalistes bosno-serbes de dissimuler ce qu'ils sont en train de faire. Ainsi, le 14 juillet 1995, le colonel Ljubisa Beara informe son supérieur qu'il a « encore trois mille cinq cents colis à distribuer[2] ». Remarquons que ces différentes manières de nommer les victimes souffrent de contradictions : comment peut-on être à la fois un animal à chasser et un colis à livrer ? Mais l'univers lexical des tueurs ne s'embarrasse pas de telles incohérences. Peu importe, pourvu qu'ils remplissent leur mission.

La formation de ces langages du massacre semble donc directement associée au développement de ces pra-

1. Voir, par exemple, Raul Hilberg, *La Destruction des Juifs d'Europe*, *op. cit.*, t. II, p. 415-416.

2. Conversation téléphonique interceptée, entre le colonel Ljubisa Beara (ancien chef de la sécurité militaire de la *Republika Srpska* de 1992 à 1996) et le général Krstic. Cette conversation est l'une des pièces du dossier d'instruction de Milosevic au Tribunal pénal international de La Haye. Voir « Srebrenica : quand les bourreaux parlent », *Le Nouvel Observateur*, 18-24 mars 2004.

tiques. Ces expressions permettent de créer une « culture commune » aux tueurs, favorable à l'instauration d'une dynamique de groupe. Mais comment croire que de simples mots, de simples formules peuvent dissimuler les horreurs du meurtre, y compris aux yeux des meurtriers eux-mêmes ? Qui peut vraiment penser que ces individus à abattre ne sont pas des êtres humains comme les autres ? En réalité, les tueries d'êtres humains supposent, chez ceux qui les exécutent, un investissement physique, et surtout mental, des plus exigeants. Pour assumer ce qu'ils font, les exécutants doivent se persuader qu'ils servent un intérêt supérieur, que ce soit celui de leur groupe d'appartenance, de leur nation, voire de l'humanité tout entière.

Bref, l'horreur de leurs actes les oblige à se projeter dans une certaine transcendance. Celle-ci se présente comme une « Loi » supérieure, un impératif catégorique, dicté par le sens absolu du devoir. Au lieu de penser : « Que de choses horribles j'ai faites ! », les tueurs doivent pouvoir dire : « Que de choses horribles j'ai *dû faire* ! » Par là même, l'exécutant se « déconnecte » de lui-même, ayant agi par sens du devoir. C'est entendu : il a fait un « sale boulot », mais il en ressort grandi à ses yeux et aux yeux des autres. Il fallait bien le faire et c'était même nécessaire pour la survie de son groupe, pour le bien de tous. Finalement, il peut être fier de ce qu'il a fait ! De toute façon, s'il avait refusé, d'autres que lui n'auraient pas hésité. Alors, à quoi bon faire la forte tête ? Quel stupéfiant renversement des valeurs ! Celui-ci n'est en réalité que le reflet de l'inversion des normes dans la société qui récompense alors les individus qui tuent au lieu de les punir.

Cette inversion opère aussi chez nombre d'exécutants comme un mécanisme de défense. Car pour se débarrasser de l'idée qu'ils sont en train de faire le mal, ils n'ont d'autre choix que croire que ce mal se trouve précisément incarné dans leurs victimes. Ce mécanisme de projection, bien identifié en psychologie, est d'une puissance ravageuse. Cet ancrage du meurtre de masse du côté de la morale lui donne toute sa force destructrice, dans la durée. Cet autre à détruire, c'est le mal, sinon le diable. La victime peut parfaitement avoir face humaine : comme le diable. Ces représentations diaboliques de l'Autre à détruire semblent donc bien plus puissantes que ses représentations animalières. Elles permettent aux exécutants de tuer ces êtres humains maléfiques sans états d'âme. Et du coup, le bourreau revendique son innocence. Cette « bonne conscience » des tueurs n'est pas tant un préalable au passage à l'acte qu'une conséquence de celui-ci : une fausse posture morale à laquelle ils sont de plus en plus acculés à mesure qu'ils s'enfoncent dans la répétition du meurtre.

Les légitimations divines

Sur la pente de cette supposée innocence, le bourreau a rendez-vous avec le sacré. Car à jouer de la vie et de la mort des hommes, les exécutants du massacre pourraient presque finir par croire qu'ils sont les instruments de la main de Dieu. La nécessité de la justification morale du massacre peut en effet entraîner certains à sa légitimation religieuse. Ce Dieu, ils le convoquent déjà pour bénir leurs meurtres, comme au Rwanda où « la Vierge Marie est invitée à cautionner la guerre, en mai 1994, lors d'une "apparition" présentée à la radio [1] ». En Croatie, les apparitions de la Vierge à Medjugorje semblent prouver que

1. Jean-Pierre Chrétien fait état d'un enregistrement effectué par le journaliste Dominique Makeli d'un prétendu « dialogue » avec la

celle-ci est également du côté des combattants nationalistes croates ; « la Vierge est enrôlée dans une guerre d'indépendance » et se fait « guérisseuse de tous les maux croates »[1]. Côté serbe, nul doute que pour l'un des responsables de la police, Brana Crncevic, « les crimes serbes relèvent de Dieu, ceux des autres du diable [2] ».

Dans l'Allemagne nazie, c'est carrément Hitler qui est présenté comme le nouveau Dieu. Comme l'analyse Omer Bartov, « les deux facteurs opérant dans les représentations des soldats sont la déshumanisation de l'ennemi et la divinisation du Führer[3] ». Comment s'étonner alors de cette formule lâchée par Friedrich-Wilhelm Krüger, commandant en chef des SS et de la police de Galicie, qui supervise le massacre des juifs de Stanislau ? Le 12 octobre 1941, n'ayant pu faire assassiner le nombre de juifs prévu ce jour-là, il déclare : « Quiconque vit encore peut rentrer à la maison, le Führer vous a fait don de votre vie[4]. » Au terme de cette logique de divinisation, le bourreau pourrait même finir par se prendre pour Dieu. Après tout, n'est-ce pas ce que les poètes de l'Antiquité grecque nous ont appris depuis Homère ? À force de donner la mort, le héros risque de se croire immortel. Est-ce le sentiment de toute-puissance qu'il éprouve juste après avoir fait assassiner les hommes de Srebrenica ? Est-ce la trace de sa mégalomanie, voire d'une possible et temporaire folie ? Toujours est-il qu'en arrivant devant les musulmans de Zepa, qu'il projette aussi de faire exécuter (après ceux de Srebrenica), le général Mladic leur

---

Vierge de la voyante Valentine Nyiramukiza. Voir Jean Pierre Chrétien, *L'Afrique des Grands Lacs*, *op. cit.*, p. 294.

1. Élisabeth Claverie, *Les Guerres de la Vierge*, *op. cit.*
2. Cité par Florence Hartmann, *Milosevic*, *op. cit.*, p. 208.
3. Omer Bartov, *L'Armée d'Hitler*, *op. cit.*, p. 251.
4. Cité par Dieter Pohl dans Dominique Vidal (éd.), *Les historiens allemands relisent la Shoah*, *op. cit.*, p. 207.

déclare : « Rien ni personne, ni Allah ni les Nations unies, ne peuvent vous aider. Je suis votre Dieu [1]. »

Tous les organisateurs et exécutants du massacre ne connaissent pourtant pas une telle évolution. J'ai décrit ici une gamme de représentations chez les bourreaux qui va de la plus commune (le massacre vécu comme une opération de guerre) à la plus exceptionnelle (celle de la divinisation du bourreau). Dès lors qu'ils sont engagés dans la tuerie, les exécutants connaissent nécessairement des bouleversements psychiques considérables et les cadres de sens qu'ils construisent sont un compromis permanent entre les discours de la propagande qui les assaillent de l'extérieur et les images qu'ils ont d'eux-mêmes dans leur for intérieur. On l'a vu chez le SS Landau : bien qu'ayant parfaitement intégré qu'il peut tuer les juifs à volonté, il ressent cette activité comme peu glorieuse, non conforme à son ego, et aspire bien davantage au « vrai combat ». Les coûts psychologiques, consécutifs aux pratiques de tueries, pourraient ainsi conduire nombre d'exécutants à ne plus vouloir y participer.

Mais un tel scénario se produit rarement parce que les exécutants sont entraînés dans une dynamique collective qui leur laisse peu de marge de refus. Parallèlement à ces aménagements sémantiques justificateurs du massacre, le passage à l'acte suppose en effet la mise en place d'un dispositif de bascule, organisationnel et technique. Ce dispositif n'a d'autre fonction que d'alléger la charge psychique des exécutants de manière à ce que ceux-ci s'installent durablement dans la tuerie. Ce dispositif de bascule comprend deux « ressorts » complémentaires, l'un vertical et l'autre horizontal, dont on va maintenant montrer les dynamiques de fonctionnement.

1. John Pomfret, « Serbs Drive Thousands from Zepa Enclave », *The Washington Post*, 27 juillet 1995.

Le dispositif de bascule dans le meurtre de masse

Au sein du groupe, l'individu est en effet soumis à une double pression qui le précipite vers l'action de tuer. La première est exercée par ceux qui sont investis de l'autorité, tandis que la seconde provient des « pairs » eux-mêmes, c'est-à-dire ceux qui, comme lui, sont en situation d'exécuter la tuerie. Les deux dynamiques se croisent et se complètent : la première agit sur un axe vertical, celui de l'obéissance aux ordres, la seconde sur un axe horizontal, celui de la conformité au groupe. De la sorte, l'individu est en permanence inséré dans un dispositif qui le déséquilibre, son comportement étant défini non pas tant par lui-même que par ses chefs, se calquant parallèlement en miroir sur celui de ses camarades de tuerie.

Est-ce à dire que l'individu est alors « happé » par cette dynamique infernale qu'il n'a pas vraiment voulue ? Ce serait alors le placer un peu trop vite dans une situation de totale irresponsabilité. N'a-t-il pas donné au départ son consentement ? Certes, il se trouve pris dans un engrenage qu'il n'est guère en mesure de contrôler et qui, dans certains cas, va le conduire plus loin qu'il ne l'aurait imaginé. Plus il se trouve impliqué et plus il est difficile pour lui de s'en extraire. Il n'en demeure pas moins qu'il a accepté au départ de s'y engager. Examinons succinctement les deux axes de ce dispositif de bascule à travers lesquels se construit ce groupe primaire de tueurs, quelle que soit l'histoire des individus qui le composent.

Le crime d'obéissance

L'axe vertical du dispositif de bascule revient à évaluer le rôle de la hiérarchie de commandement dans le passage à l'acte. Selon la nature des groupes considérés, celle-ci est plus ou moins structurée. Ainsi, à l'intérieur d'une unité militaire, la discipline est en général bien plus développée que dans un groupe de miliciens[1]. Mais comme le massacre suppose presque toujours une impulsion centrale, il est rare qu'il n'y ait pas, y compris dans de tels groupes, un leader à qui les exécutants obéissent plus ou moins formellement. C'est précisément en arguant de cette position de subordonnés que les exécutants entendent être disculpés de ce qu'ils ont fait. Il est commun de les entendre dire lorsqu'ils sont appelés à se défendre lors de leur procès : « Je n'ai fait qu'obéir aux ordres. » Le subordonné se serait donc trouvé en situation de contrainte absolue : ou bien exécuter les ordres, ou bien se faire exécuter ; ou bien tuer, ou bien être tué.

Cette ligne de défense semble imparable. Elle se heurte pourtant à une sérieuse objection, comme l'a remarqué Christopher Browning dans le cas de l'Allemagne nazie : « En quarante-cinq ans et des centaines de procès, il ne s'est pas trouvé un seul avocat ou accusé capable de produire un seul cas où le refus de tuer des civils non armés ait entraîné la terrible punition censée frapper les insoumis[2]. » Au sein même du 101e bataillon, quelques hommes refusent de participer à la mission dès qu'ils en sont informés par leur commandant et ne sont pas pour autant sanctionnés. En Yougoslavie, on sait que nombre de jeunes ont refusé de rejoindre l'armée de Milosevic. On ne connaît pas non plus de cas où ceux qui avaient

1. Encore que, dans certains cas, une discipline de fer puisse caractériser certains groupes de miliciens, comme en Serbie les Tigres d'Arkan, qui se vantaient de donner à leurs hommes un niveau de discipline bien supérieur à celui de l'armée yougoslave.

2. Christopher R. Browning, *Des hommes ordinaires*, *op. cit.*, p. 223.

refusé de participer aux massacres aient été tués pour cette raison. Au Rwanda, le refus de se joindre aux tueries semble plus risqué, à en croire Jean Hatzfeld. Les Hutu qui veulent protéger les victimes sont aussitôt exécutés. Mais il ne cite pas de cas où des Hutu le sont parce qu'ils se refusent à tuer. Des stratégies de contournement semblent d'ailleurs possibles, en prétextant le jour du « travail », par exemple, que l'on a quelque chose d'urgent à faire pour sa famille ou dans son champ, etc.

Cette question de l'obéissance aux ordres interpelle chacun d'entre nous. L'ayant souvent abordée avec mes étudiants, je me suis rendu compte à quel point ils ont spontanément tendance à se la poser à eux-mêmes. Qu'aurions-nous fait à la place de ces policiers allemands, de ces soldats serbes et croates ou de ces paysans hutu ? Après coup, on peut juger abstraitement de leur conduite et conclure qu'il était toujours possible de refuser. Mais notre position est toutefois bien confortable puisque, connaissant la fin de l'histoire, nous savons que certains ont dit non et n'ont pas été forcément sanctionnés pour cela. Mais si, concrètement, nous nous trouvions plongés dans une situation semblable, en proie à la pression des chefs et la peur des sanctions, quelle serait donc notre conduite ? On comprend pourquoi les exécutants disent qu'ils ont été « entraînés », comme le soutient, par exemple, un jeune officier de police croate, Darko Mrdja, qui estime, lors de son procès à La Haye, ne pas avoir eu le choix de refuser[1]. Cette impression est fondée parce qu'il y a dans la logique d'action d'un groupe de tueurs

1. Celui-ci escorte avec d'autres collègues policiers, le 21 août 1992, un convoi de prisonniers musulmans transportés en autocars et camions. Mais parvenus près de la rivière Ilomska, ils reçoivent l'ordre de les exécuter au-dessus d'un ravin. En tant que gardien du convoi, il a été contraint de se transformer subitement en tueur.

quelque chose qui relève de l'engrenage, sinon d'une conduite qui devient quasi toxicomaniaque. J'y reviendrai plus loin.

Est-ce pour autant que tous les exécutants doivent être considérés comme ayant agi contre leur gré, comme ils le prétendent souvent devant leurs juges ? Certainement pas. L'obéissance n'est pas une attitude purement passive. Elle implique, elle appelle un consentement initial, volontaire. Et les raisons de ce consentement à obéir sont multiples, comme on l'a vu précédemment. Des raisons idéologiques d'abord : l'individu accepte de tuer parce qu'il y « croit » vraiment, parce qu'il pense sincèrement servir sa nation, qu'il est convaincu qu'il est urgent de se débarrasser de ses « ennemis ». Des raisons économiques encore : quand il voit comment il peut tirer des bénéfices matériels de la situation pour son propre compte. Les unes et les autres sont bien entendu parfaitement compatibles. Le mode majoritaire du consentement à obéir est encore différent : c'est la conviction, pour la plupart des exécutants, de servir une autorité légitime. La pensée de Max Weber reste ici incontournable pour comprendre comment un pouvoir, qui est marqué du sceau de la légitimité, suscite l'allégeance des individus et l'adhésion de ceux qui le servent à commettre la violence en son nom.

Des expériences de psychologie sociale ont mis en lumière les effets ravageurs de ce processus d'obéissance. La plus célèbre d'entre elles est celle de l'Américain Stanley Milgram, élaborée dans les années 1960 au sein de l'université Yale[1]. Elle réunit, dans sa variante principale, un expérimentateur et un moniteur à qui l'on

1. Stanley Milgram, *Soumission à l'autorité*, Paris, Calmann-Lévy, 1979. Pour une discussion de cette théorie, voir « Perspectives on Obedience to Authority : The Legacy of Milgram Experiments », *Journal of Social Issues*, vol. 51, nº 3, 1995.

demande d'administrer des décharges électriques d'intensité croissante à un « élève » censé apprendre des couples de mots (en fait, les décharges sont fictives, l'élève simule la douleur). En réalité, le véritable sujet de l'expérience est le moniteur, sur qui s'exerce l'autorité de l'expérimentateur. On a reproché à cette expérience d'être artificielle et donc de ne pas refléter la complexité de la situation historique. Comment en douter ? Il en est toujours ainsi : une expérience de laboratoire, quand elle réussit à mettre en lumière l'importance de certains phénomènes, n'est jamais qu'une source d'inspiration pour mieux appréhender la complexité du réel, des faits historiques ou sociaux.

En l'occurrence, cette expérience de Milgram, reproduite dans plusieurs pays, permet de mettre en relief des aspects centraux du processus d'obéissance. Le premier est donc que le moniteur n'accepte d'administrer des décharges électriques à l'élève que s'il perçoit l'expérimentateur comme représentant véritablement l'autorité scientifique. Si, par exemple, celui-ci ne porte pas de blouse blanche, le moniteur n'accepte pas de suivre ses injonctions. Par conséquent, la légitimité scientifique qu'il incarne est seule de nature à susciter le consentement du moniteur à suivre ses consignes ; consentement initial qui, à mesure que l'expérience se poursuit, va de plus en plus lier le moniteur à l'expérimentateur. Le moniteur a bien la conviction d'opérer dans un « cadre de sens », qui est celui de la science, au sein d'un laboratoire d'une prestigieuse université américaine. C'est ce qui le conduit à accepter de donner son concours à une telle expérience.

Second point essentiel : toute la dynamique de cette expérience provient de l'expérimentateur qui ne cesse de donner des consignes au moniteur, lesquelles vont toujours dans le sens d'augmenter les décharges électriques pour « punir » l'élève de ne pas réussir dans sa tâche.

C'est à travers l'influence de cet expérimentateur que se produit le mouvement de bascule vertical. C'est lui qui, par ses pressions constantes, ne cesse de « cadrer » le moniteur dans ce qu'il doit faire. Tout se passe comme si l'expérimentateur, investi de l'autorité scientifique, tenait cette fonction de l'encadreur, précédemment observée au cours du massacre, en disant qui tuer ou ne pas tuer. Remarquons au passage l'importance de ce modèle à trois : expérimentateur-moniteur-élève. Il paraît définir également la structure élémentaire du massacre : encadreur-exécutant-victime. Dommage que Milgram n'ait pas pensé à construire une variante de l'expérience avec seulement le moniteur et l'élève : il est probable que celle-ci aurait donné des résultats bien plus faibles, sinon nuls.

Cette pression constante de l'expérimentateur sur le moniteur entre bien vite en conflit avec les souffrances perceptibles de l'élève. Nous parvenons ici au cœur de ce que veut tester Milgram : comment le moniteur va-t-il se sortir de cette situation ? Comment va-t-il se comporter ? Les résultats de l'expérience sont encore riches d'enseignement pour qui étudie les phénomènes de massacre ; en effet, la réponse dominante des moniteurs (entre 60 et 80 % des cas) est de continuer l'expérience en se plaçant sous l'entière responsabilité de l'autorité scientifique. Dès le début, le moniteur en a déjà accepté le principe, ne serait-ce qu'en prêtant son concours à l'expérience. Mais parvenu à ce point de tension, confronté à la souffrance simulée par l'élève, il franchit un degré supplémentaire dans cette allégeance, estimant qu'il ne peut plus être considéré comme responsable de ce qui pourrait se passer. Dès lors, le moniteur entre dans un « état agentique », selon l'expression de Milgram, respectant scrupuleusement les consignes de l'expérimentateur, se concentrant sur les manettes de la machine. En quelque sorte, il obéit à la « loi » de l'expérimentateur qui lui dit de toujours augmenter les chocs électriques. Ce faisant, il se met complètement à distance de l'élève, ne semblant plus rien percevoir de sa souffrance. Ainsi voit-on se mettre en place un double processus d'identification totale à l'autorité et de désengagement affectif envers la victime, le moniteur s'attachant à bien faire son « travail ».

Cependant, la raison d'être de cette expérience n'est pas tant d'étudier l'obéissance que la désobéissance. Plus exactement, il s'agit de savoir dans quelle proportion et à quel moment le moniteur va vouloir arrêter de suivre les instructions de l'expérimentateur. Si aucun sujet ne refuse de participer à l'expérience, ils sont quand même de 20 à 40 % à ne pas vouloir administrer les charges les plus dangereuses. Dans une majorité des cas, ces refus ne prennent pas la forme d'une rébellion ouverte contre l'expérimentateur. Les moniteurs arrêtent surtout parce qu'ils ne peuvent plus supporter les cris et supplications des élèves. Se montrant sensibles à la souffrance de ces derniers, ils ne parviennent pas à se désengager affectivement de ce que l'expérimentateur leur demande de faire.

Une telle observation est à rapprocher des défections enregistrées par Christopher Browning chez les hommes du 101ᵉ bataillon. Dans les 10 à 15 % de refus, ceux-ci n'entendent nullement se heurter frontalement à leurs chefs. Ils déclarent seulement qu'ils ne sont pas assez « forts » pour exécuter la mission qu'on leur demande. C'est donc en faisant aveu de leur « sensibilité », c'est-à-dire de leur supposée « faiblesse », qu'ils parviennent à ne pas se trouver impliqués dans les tueries. Cette sensibilité à la souffrance, déclencheur du refus, serait en réalité révélatrice de personnalités plus « fortes », en ce cas plus autonomes, c'est-à-dire moins aptes à se soumettre à un commandement autoritaire[1].

La conformité au groupe

La conformité au groupe constitue le second axe fondamental du mouvement de bascule vers le massacre. Des observations sociologiques et historiques permettent aussi de l'appréhender. Elle a également fait l'objet de recherches en psychologie sociale. Outre la pression provenant des chefs, le groupe peut en effet être considéré par lui-même comme une source de pouvoir sur l'individu. Cette pression, autant psychique que physique, provient de la peur de se faire rejeter de ce groupe et, plus largement, de se retrouver au ban de la société. Cette tendance à la conformité résulte d'abord de la pression sociale générale qui se développe dans un pays en état de crise, chacun devant choisir son camp : être avec « nous » ou avec « eux ». En 1994, au Rwanda, cette polarisation politique et identitaire atteint un point d'incandescence. L'ambiance sociale est à la tuerie et il est très difficile de se mettre en dehors de cet état d'esprit collectif. « Être seul est trop risquant chez nous, dit Alphonse, un ancien tueur. Donc, la personne s'élance au signal et prend sa contribution, même si la contrepartie est le sanglant ouvrage que vous connaissez[2]. »

La recherche de conformité provient aussi de cette tendance repérable dans nombre de meurtres de masse : le désir d'impliquer le plus possible d'individus dans le mas-

1. Leonardo Ancoma et Rosetta Pareyson, « Contribution à l'étude de l'agression », *Bulletin de psychologie*, t. XXV, nº 296, 1972, p. 5-7.

2. Cité dans Jean Hatzfeld, *Une saison de machettes*, *op. cit.*, p. 275.

sacre de manière à ce que la responsabilité des tueries soit collectivement partagée. « Je crois que celui qui avait été obligé de tuer, dit Christine, une fille de Tutsi et de Hutu, il voulait le lendemain que son avoisinant soit obligé à son tour, pour être considéré pareillement [...], mais tu devais te montrer méritant en te rougissant les mains en une occasion[1]. »

Au sein d'un groupe de tueurs, cette pression collective devient particulièrement puissante. En Bosnie, « les miliciens n'étaient pas nécessairement des fanatiques plein de haine, remarque Anthony Oberschall. En fait, les jeunes Serbes étaient poussés vers les milices du fait de la pression des pairs, la peur des musulmans (mais aussi des extrémistes serbes) qui pouvaient à tout moment les accuser d'être des "traîtres". Dès lors qu'un jeune homme devenait membre d'un groupe de miliciens, il se retrouvait "encapsulé" dans une unité quasi militaire et sujet à la solidarité de son groupe et à la loyauté envers son ethnie[2] ». Au Rwanda, les réseaux d'affinités sur les collines contribuent à la formation des groupes locaux de tueurs. Ainsi, pour faire le « travail » dans les marais, les hommes se réunissent par groupes d'interconnaissance. Ces derniers n'aiment pas beaucoup les miliciens Interahamwe, *extérieurs* à la région, qui viennent piller les biens des victimes.

Pour créer un véritable esprit de corps, le groupe se donne parfois des rites d'initiation à travers lesquels le nouveau venu est sommé de prouver sa loyauté en tuant pour la première fois, sous les regards de tous. Dans la région de Musebeya, encore épargnée, Alison Des Forges raconte que les Hutu qui n'avaient pas encore tué de Tutsi

1. *Ibid.*, p. 271.
2. Anthony Oberschall, « The Manipulation of Ethnicity... », art. cit., p. 997.

étaient traités de « complices » *(ibyitso)*. On les menaçait : « Venez avec nous, sinon nous allons vous tuer ! » Puis, un groupe capturait un Tutsi et on leur disait : « Tuez-le pour montrer que vous êtes vraiment avec nous ! [1] »

Ces rites d'initiation ne sont pourtant pas toujours nécessaires tant la tendance à faire comme les autres peut être dominante et donc prescriptrice du comportement de chacun. Ce qui compte avant tout, c'est la volonté de ne pas perdre la face, c'est-à-dire de ne pas apparaître comme un « lâche ». Il est très difficile de faire cavalier seul quand le chef exige de ses hommes qu'ils se « dépassent », comme en ce 13 juillet 1942 où le commandant du 101e bataillon expose ce qu'il attend de ses hommes. « Quitter les rangs ce matin-là, à Jozefow, signifiait abandonner ses camarades et revenait à admettre qu'on était “faible”, voire “lâche” [2]. » À ce moment précis, les exécutants ne sont plus en situation de se dire : « Pourquoi dois-je tuer ces gens qui ne m'ont rien fait ? », mais plutôt : « Vais-je lâcher mes camarades en leur laissant faire ce sale boulot ? » Leur participation devient bien davantage une question de fierté personnelle, sinon de courage, à suivre les autres ; ce qui éclipse leur possible sentiment de culpabilité à tuer des individus sans défense. Mis au pied du mur, les membres du groupe se sentent donc contraints de passer à l'acte, tous ensemble. Pour paraître « forts » et répondre à un prétendu idéal de masculinité synonyme de brutalité, ils vont devenir des tueurs. En cet instant, les représentations idéologiques des victimes semblent bien peu déterminer leur conduite. Tout se joue dans le regard que ces hommes portent les uns sur les autres. Tout se

1. Cité dans Alison Des Forges (éd.), *Aucun témoin ne doit survivre*, *op. cit.*, p. 376.

2. Christopher R. Browning, *Des hommes ordinaires*, *op. cit.*, p. 99.

joue dans leur orgueil à ne pas laisser transparaître de la pitié pour ceux qu'ils s'apprêtent à tuer. Tout se joue dans la manière dont ils vont se montrer solidaires, bientôt réunis dans cette fraternité virile et sinistre du massacre.

Dans ce groupe, tous les tueurs ne se ressemblent pourtant pas : leurs conduites peuvent différer, une fois l'action engagée. Sur ce point, une autre expérience de psychologie sociale, celle de Philip Zimbardo, nous aide à aiguiser notre regard. Celui-ci a eu l'idée de simuler une situation carcérale en demandant à des étudiants de l'université Stanford de jouer respectivement les rôles de gardien de prison et de prisonnier. Cette situation, pourtant artificielle, induit des effets spectaculaires sur les individus. Les étudiants entrent dans le « jeu » et commencent effectivement à se conduire comme des gardiens et des prisonniers. Selon Zimbardo, ils subissent un processus de désindividuation qui les entraîne à se conformer au rôle du prisonnier passif et du gardien brutal. Cette polarisation des rôles tend à se radicaliser avec le temps : les gardiens commençant à devenir violents envers les prisonniers, l'expérience doit être interrompue. L'un des résultats les plus consternants de Zimbardo est de montrer que des individus qui ne pouvaient nullement être qualifiés de sadiques avant l'expérience adoptent en réalité des conduites de plus en plus sadiques.

Toutefois, il distingue trois types de comportements parmi les gardiens. Près d'un tiers de ceux-ci s'avèrent cruels et durs. Ils font preuve d'imagination pour humilier les prisonniers et semblent trouver du plaisir à inventer de tels « jeux ». D'autres (près de la moitié) s'attachent surtout à appliquer les règles, pouvant à la fois être durs et loyaux. Ils ne semblent pas vouloir profiter de la situation pour maltraiter les prisonniers. Enfin, quelques-uns (moins de 20 %) se révèlent de « bons » gardiens, ne cherchant pas à brutaliser les détenus et même pouvant leur accorder de petites faveurs.

Selon Christopher Browning, cette expérience de psychologie sociale est encore plus pertinente que celle de Milgram pour comprendre les conduites des « perpétrateurs ». La gamme des comportements identifiés par Zimbardo présente en effet des ressemblances avec les attitudes des policiers allemands du 101e bataillon. Tout d'abord, on trouve parmi eux un noyau d'exécutants « zélés », des tueurs de plus en plus enthousiastes, qui se portent volontaires pour les exécutions. En deuxième lieu, il y a les « suivistes », plus nombreux, qui tirent quand on le leur demande, mais qui ne cherchent pas les occasions de tuer. Ceux-ci peuvent même s'en abstenir si les chefs ne sont pas là pour les surveiller. Enfin, une poignée de « réticents » ou « réfractaires » (moins de 20 %) se refuse à tuer ou s'efforce de s'y dérober.

En dépit de cette répulsion, voire de la résistance de quelques-uns, la dynamique générale des membres du groupe est donc d'accepter l'exécution de la tuerie. Ressemblent-ils alors à cette meute d'anéantissement dont parle Elias Canetti ? Avancent-ils en formation serrée comme s'ils allaient affronter une armée ? À les voir passer, ils font déjà peur. En général, ils portent des costumes ou des uniformes particuliers, pour signifier leur commune appartenance à un groupe, à une même unité policière ou militaire : la sinistre « tête de mort » qu'arborent les SS ; le tatouage plus discret des nationalistes serbes, sous forme de slogan : « Seule la solidarité sauve les Serbes » ; les feuilles de bananiers que revêtent certains assaillants hutu. Parfois encore, ils se sont cagoulé ou noirci le visage pour ne pas être reconnus. Tout à coup commence le carnage : les corps s'affaissent, le sang gicle de toutes parts, les cervelles explosent. Les exécutants n'ont pas forcément la pratique de la chose.

Ce peut être pour eux une expérience tout à fait nouvelle. En ce cas, la situation est forcément une épreuve psychique, une sorte de « baptême du sang » : comment peuvent-ils donc se protéger psychologiquement des effets de la tuerie ? En même temps, ils se doivent d'être efficaces, d'en finir au plus vite pour être débarrassés de cette mission. Le passage à l'acte implique un double apprentissage sur le terrain même de l'action : un effort d'adaptation psychologique en même temps que le recours à divers procédés de mise à mort, plus ou moins efficaces.

Le double apprentissage du massacre

Par-delà la construction de cadres de sens, par-delà la mise en place de ces dispositifs de bascule, qu'est-ce qui peut vraiment préparer les exécutants au choc du carnage ? Fort peu de choses. L'action de massacrer implique un double apprentissage psychologique et technique : les hommes doivent « se faire » à leur métier de tueurs de masse. Et pour mieux se supporter dans l'exercice de cette activité macabre, ils tendent à acquérir des réflexes de plus en plus professionnels, à « routiniser » leurs conduites destructrices. D'un point de vue psychique, participer à un massacre est loin d'être une expérience anodine. La pratique collective de la tuerie fait aussitôt accéder les exécutants à l'univers de la toute-puissance. Ils entrent subitement dans un autre monde, que seule la terreur de leurs armes contribue à créer, un monde dans lequel des êtres humains, entièrement à leur merci, ne sont déjà plus rien, au point que, dans l'instant, ils deviennent des cadavres.

À propos de l'univers concentrationnaire nazi, David Rousset a parlé de ce monde comme de celui du « tout est possible[1] », une phrase qu'Hannah Arendt a placée en exergue du premier chapitre de son grand livre *Le Système totalitaire*[2]. Dans sa brièveté effrayante, cette formule caractérise aussi, *a minima*, la dynamique même du massacre. Dès lors que commence un massacre, tout est en effet possible, tout devient possible. Quels vont être les réactions psychologiques et les modalités d'adaptation des exécutants à cet univers de l'impunité ?

Certains d'entre eux semblent s'y adapter aussitôt avec plaisir. Ils éprouvent une forme de jouissance non dissimulée. Ils se jettent sur leurs proies comme des bêtes sauvages. On dirait qu'ils attendaient ce moment depuis très longtemps. Ils s'enfoncent littéralement dans la violence, faisant corps avec ce qu'ils font. Le sociologue allemand Wolfgang Sofsky a décrit avec complaisance ce type d'exécutant : le tueur « veut patauger dans le sang, écrit-il, sentir de sa main, au bout de ses doigts, ce qu'il est en train de faire. Le couteau lui procure une sensation directe, tactile. La violence qu'il perpètre réagit sur lui, sur ses muscles, son bras, sa main. En écrasant, découpant, dépeçant, il touche sa propre violence. C'est son corps qui conçoit le mal qu'il est en train de faire, sa main qui éprouve la force de la destruction. Plus le tueur entre dans la chair de l'autre et la taille en pièces, plus son triomphe prend une consistance corporelle, une évidence physique[3] ». Mais ce que Sofsky considère être LA psy-

1. En fait, la citation complète est la suivante : « Les hommes normaux ne savent pas que tout est possible. Même si les témoignages forcent leur intelligence à l'admettre, leurs muscles ne le croient pas » ; David Rousset, *L'Univers concentrationnaire*, Paris, Éd. de Minuit, 1965 ; rééd. Paris, Hachette, coll. « Pluriel », 1998, p. 181.

2. Hannah Arendt, *Le Système totalitaire*, Paris, Le Seuil, coll. « Points Essais », 1972.

3. Wolfgang Sofsky, *Traité de la violence*, Paris, Gallimard, 1998, p. 163.

chologie du tueur n'en est en réalité qu'une facette. Son approche est à mon sens bien trop systématique.

D'autres exécutants, au contraire, peuvent ressentir un profond malaise à mesure qu'ils s'enfoncent dans le massacre. Ils vivent cette expérience comme particulièrement perturbatrice, sinon traumatisante. Browning nous livre d'ailleurs quelques témoignages des policiers du 101e bataillon qui indiquent qu'ils supportent difficilement ce qu'ils sont contraints de faire. Ne nous méprenons pas sur la signification d'un tel constat. Il serait déplacé de « plaindre » le bourreau alors même qu'il est en train d'assassiner des individus sans défense. C'est précisément parce qu'un tel acte est moralement scandaleux et psychologiquement éprouvant qu'il va très probablement avoir un effet traumatisant chez celui qui le commet. En réalité, l'exécutant se trouve devant ce problème : comment faire son « travail », et même bien le faire, tout en se protégeant psychiquement de l'univers de mort qu'il contribue lui-même à créer ? Pour ce faire, il doit recourir à des moyens ou des procédés qui vont lui permettre de s'extraire de cette situation… tout en y restant actif.

Le « Moi assassin »

Deux « solutions » s'offrent aux exécutants, l'une et l'autre pouvant d'ailleurs se compléter.

La première est « artificielle » : elle consiste à consommer de la drogue ou de l'alcool, fréquemment autorisés par l'encadrement, avant d'entrer en opérations et même durant celles-ci. Ceux qui commandent ces hommes ont en effet bien conscience qu'ils ont besoin d'être encouragés pour avoir de l'ardeur à la tâche. Nombre de récits de massacres attestent que les tueurs opèrent sous l'effet de ces excitants. Et pour cause : ils présentent l'avantage de lever les inhibitions de l'individu et de le plonger dans un état artificiel de bien-être, voire d'euphorie, qui l'aide à opérer dans le paysage de sang et de mort à l'intérieur duquel il évolue. Comme quoi, au moment décisif, pour faciliter le passage à l'acte, il faut encore un facteur supplémentaire pour « pousser » les individus à commettre l'irréparable. La consommation de ces adjuvants et autres psychotropes, qui agissent chimiquement sur le cerveau, leur permet d'accéder à cet état second à partir duquel ils pourront faire ce qu'on leur demande. Tous les exécutants n'en font pourtant pas usage, et pas nécessairement de manière systématique.

La seconde voie d'évasion à leur disposition est purement psychique. Celle-ci ne résulte pas d'une décision volontaire, mais repose plutôt sur une réaction souvent observable chez l'être humain en situation de stress intense. Pour se protéger d'un univers de mort, l'individu se fabrique comme une sorte d'engourdissement psychique envers ce monde extérieur : il est là, mais il n'est plus là. Il est bien en train d'agir, mais ce n'est que son corps, lui est ailleurs. Des soldats sur le champ de bataille ou des prisonniers d'un camp de concentration peuvent ainsi se « dédoubler » pour échapper à l'environnement de destruction qui les assaille, à la vision des cadavres, à leur odeur pestilentielle, etc. ; bref, pour survivre. Cette capacité humaine à se « séparer de soi » peut tout autant être utile pour se supporter en train de massacrer. Ainsi serait-il probablement impossible de tuer un autre être humain, estime le psychologue américain Robert Lifton, sans s'« engourdir » à l'égard de sa victime. Plus l'individu s'enfonce dans le meurtre et plus il se crée un autre Moi, qui se détache du premier Moi et qui en prend même le contrôle.

La gouvernance de ce « Moi assassin » sur l'individu tout entier lui permet de plus en plus de « déréaliser » sa conduite de tueur, en le libérant en principe de tout sentiment de culpabilité[1]. Il se produirait alors une sorte de dissociation de la personnalité, seul moyen de s'accepter en train de donner la mort. Robert Lifton estime que ce processus de dédoublement, au service d'une œuvre de destruction, repose sur la passation d'un « marché faustien » entre ces deux Moi, faisant ainsi référence à l'œuvre de Goethe : « Deux âmes, hélas, résident dans ma poitrine, dit Faust, et chacune s'écarte de sa sœur et la repousse. » Et le diable de répondre : « Je ne t'apporte rien de nouveau, mais renforce et exagère simplement ce qui est déjà en toi. »

L'exécutant a-t-il alors atteint un point de non-retour ? En s'enfonçant ainsi dans la pratique de la violence la plus abjecte, ne dispose-t-il plus d'aucune voie de sortie ? Ce serait oublier que quelques-uns encore à ce stade, jugulant la dynamique collective, réussissent à s'extraire du processus. Ces attitudes de refus, alors même que l'individu a commencé à tuer, si elles sont rares, font aussi partie des réactions possibles des tueurs *in situ*. Bien que leur marge d'initiative soit très réduite, des individus parviennent donc à dire non. Un policier du 101e bataillon, Georg Kageler, se décide à franchir le pas lorsqu'il constate qu'ils sont en train de tuer des juifs allemands. Ce tailleur âgé de trente-sept ans, après avoir participé à une première tuerie, raconte : « J'ai remarqué, au point de déchargement, parmi les victimes du prochain lot, une mère et sa

1. Robert Lifton a développé ses analyses à partir de l'étude des médecins nazis. Il me semble cependant que ses observations soient également pertinentes lorsqu'elles sont appliquées aux exécutants en général. Cf. Robert J. Lifton, *Les Médecins nazis. Le meurtre médical et la psychologie du génocide*, Paris, Robert Laffont, 1989.

fille. J'ai commencé à bavarder avec elles, et j'ai appris que c'étaient des Allemandes de Kassel. J'ai décidé de ne plus participer aux exécutions. Toute cette affaire me répugnait maintenant à tel point que je suis revenu vers mon chef de section et que je lui ai dit que j'étais malade et que je demandais une dispense[1]. »

En Bosnie, au premier jour du massacre de Srebrenica, Drazen Erdemovic, un Croate marié à une Serbe, décide de s'enfuir. « On nous a dit que des bus allaient arriver avec des civils de Srebrenica, a-t-il déclaré au cours de son procès à La Haye. J'ai dit tout de suite que je ne souhaitais pas prendre part à cela et j'ai dit : “Vous êtes normaux ? Vous savez ce que vous faites ?” Mais personne ne m'a écouté. On m'a dit : “Si tu ne veux pas, tu peux simplement aller t'aligner avec eux. Tu peux nous donner ton fusil.” » Durant cette journée, il estime avoir participé sous la contrainte à l'exécution d'une centaine de prisonniers. Mais appelé sur un autre lieu pour tuer encore environ cinq cents personnes, il refuse de continuer, obtenant alors le soutien d'une partie de son unité[2].

Pour ceux qui restent, il y a mille et une manières de se supporter en train de massacrer. Et passé ce temps du premier choc, les exécutants parviennent à s'habituer à la tuerie. Ils acquièrent des réflexes, de la technique. Bref, ils font leur propre apprentissage du meurtre collectif, devenant des professionnels de la violence contre les civils. L'historienne Natalija Basic identifie plusieurs phases de cette évolution à partir de ses entretiens avec les anciens combattants en Bosnie : « Premièrement, une

1. Cité par Christopher R. Browning, *Des hommes ordinaires*, *op. cit.*, p. 94.

2. S'étant livré volontairement au Tribunal pénal international de La Haye, son affaire a été la première à être jugée par celui-ci. Voir le compte rendu de son jugement sur Internet : http ://www.un.org/icty.

phase de radicalisation cumulative au cours de laquelle l'exécutant apprend à tuer. Dans une seconde phase, les violences commises sont réinterprétées comme étant des actions "morales" *[Umdeutung der Gewalt in moralisch richtiges Handeln]*. Puis vient la phase d'accoutumance à l'homicide. Enfin, l'acte de tuer est défini comme un "travail", une profession en tant que telle ; un métier qui a ses propres routines. À ce stade, la perpétration de la violence devient "banale" et l'acte de cruauté est démystifié[1]. »

Dans le cas du 101e bataillon, Christopher Browning souligne à peu près la même évolution. Il observe la brutalisation croissante des hommes et la mise en place de procédures de tueries de plus en plus routinières. Ils n'étaient pas forcément des brutes avant l'action, mais, à force de tuer, ils le deviennent : « Comme à la vraie guerre, l'horreur de la première rencontre finit par se muer en routine et la mise à mort d'êtres humains est devenue de plus en plus facile [...]. La brutalisation des hommes ne fut pas la cause mais l'effet de leur comportement[2]. » Mais cette accoutumance des exécutants au massacre ne signifie pourtant pas qu'ils s'y sont adaptés. Si le processus de désempathie envers les victimes s'enraye ou s'interrompt subrepticement, alors ces hommes peuvent connaître des pathologies traumatiques, dont les premiers symptômes sont souvent la répétition de cauchemars et/ou d'insomnies.

Parallèlement à ces efforts d'adaptation psychique aux pratiques du massacre, celles-ci peuvent connaître

1. Voir l'intervention de Natalija Basic au CERI dans le groupe de recherche « Faire la paix. Du crime de masse au *peacebuilding* », 15 novembre 2001 : les rapports bourreaux/victimes ; consultable sur Internet : www.ceri-sciences-po.org.

2. Christopher R. Browning, *Des hommes ordinaires*, *op. cit.*, p. 212.

simultanément des évolutions techniques en fonction du temps et de l'expérience acquise. Ce savoir-faire, qui se développe par essais et erreurs, vise à élaborer des méthodes qui répondent en général à trois objectifs : faciliter le passage à l'acte des exécutants, les protéger d'une exposition traumatisante et leur permettre d'être efficaces. Ainsi, les exécutants préfèrent toujours tirer sur une personne de dos ou ayant les yeux bandés, de telle manière qu'ils ne rencontrent pas son regard. « Par chance, j'ai commencé par tuer plusieurs personnes sans les regarder en face [...]. Les yeux du tué, pour le tueur, sont sa calamité s'il les regarde. Ils sont le blâme de celui qu'il tue [1] », confie à Jean Hatzfeld le cultivateur Pancrace Hakizamungili. Et s'il s'agit d'égorger sa victime, les exécutants savent qu'il vaut mieux faire agenouiller la personne et lui couper la gorge en étant derrière elle, comme s'il s'agissait d'un animal.

1. Cité par Jean Hatzfeld, *Une saison de machettes*, *op. cit.*, p. 26.

Le voyage de Poniatowa

« Himmler ne pouvait pas espérer anéantir les camps de travail de Lublin progressivement, un par un, sans provoquer de nouveaux mouvements de résistance nés du désespoir. Les prisonniers de ces camps devaient donc être mis à mort en une seule opération d'envergure, qui les prendrait par surprise. Telle fut la genèse de l'*Erntefest*.

« [...] Le soir du 2 novembre, Sporrenberg réunit, outre son propre état-major, les commandants des diverses forces – les *Waffen*-SS des districts de Cracovie et Varsovie, le 22e régiment de police de Cracovie, le 25e régiment de police de Lublin (dont le 101e bataillon de réserve) et la police de sécurité de Lublin –, ainsi que les commandants des camps de Majdanek, Trawniki et Poniatowa. La salle de réunion était pleine de monde. Sporrenberg communiqua aux officiers présents les ordres contenus dans le dossier spécial qu'il avait apporté avec lui de Cracovie.

« L'opération d'extermination fut déclenchée le lendemain matin.

« Des hommes du 101e bataillon de réserve de la police devaient participer à pratiquement toutes les phases de l'*Erntefest* dans la région de Lublin. Arrivés dans la capitale du district le 2 novembre [Trapp a donc dû participer à la réunion de Sporrenberg], ils y passent la nuit et prennent leurs positions aux premières heures de la matinée du 3 novembre. Un groupe du bataillon prête main-forte à l'unité chargée d'emmener les juifs des divers petits camps de travail autour de Lublin au camp de concentration de Majdanek, situé sur la route principale qui mène au sud-est, à quelques kilomètres du centre-ville. Le gros du bataillon prend position à deux mètres de chaque côté de la rue en angle qui part de la route principale et passe devant la maison du commandant, pour aboutir à l'entrée du camp intérieur. Une colonne interminable de juifs des différents lieux de travail de Lublin défile devant eux.

« Des gardiennes à bicyclette escortent 5 000 à 6 000 femmes du "camp de l'ancien aéroport", où elles ont été employées au triage des vêtements ramassés dans les camps d'extermination. Un autre lot de 8 000 juifs mâles arrive dans le courant de la journée. Comme 3 500 à 4 000 juifs se trouvent déjà dans le camp, le nombre de victimes se montera à environ 16 500 à 18 000. Pendant que les juifs marchent vers le camp entre deux haies de policiers, des haut-parleurs montés sur deux camions beuglent une musique assourdissante. En vain ; la musique ne parvient pas à couvrir le bruit de la fusillade.

« Les juifs sont conduits à la dernière rangée de baraques, où ils se déshabillent. Bras levés, mains jointes sur la nuque, complètement nus, ils sont ensuite menés par groupes à travers un trou pratiqué dans la clôture vers les tranchées fraîchement creusées derrière le camp. Ce chemin est également gardé par des hommes du 101e bataillon de réserve de la police.

« Posté à dix mètres seulement des fosses communes, Heinrich Bocholt, de la 1re compagnie, assiste au massacre :

« "De ma position, je pouvais voir comment les juifs étaient amenés, nus, des baraques, par des membres de notre bataillon […]. Les tireurs des pelotons d'exécution, qui étaient assis au bord des fosses juste en face de moi, faisaient partie de la SD […]. Derrière chaque tireur se tenaient plusieurs autres hommes de la SD, qui remplissaient constamment les chargeurs des mitraillettes et les remettaient au tireur. Un certain nombre de tireurs étaient affectés à chaque fosse. Aujourd'hui je ne peux plus fournir de détails concernant le nombre des fosses. Il est possible qu'il y en eût beaucoup, où l'on tirait simultanément. Je me souviens très bien qu'on amenait les juifs dénudés directement dans les fosses et on les forçait à se coucher juste sur la pile de ceux qui avaient été fusillés avant eux. Le tireur arrosait alors de balles les victimes couchées [...].

« "Combien de temps a duré cette action, je ne pourrais pas le dire avec certitude. Probablement toute la journée, car je me souviens que j'ai été relevé une fois de mon poste. Je ne peux donner aucune précision sur le nombre des victimes, mais il y en avait énormément."

« [...] Dans la mémoire de nombreux policiers du 101e bataillon, les deux massacres de Majdanek et de Poniatowa se confondront en un seul – une unique opération de deux ou trois jours, exécutée dans l'un ou l'autre camp. Quelques témoins cependant – au moins un de chaque compagnie – se rappelleront les deux tueries comme des opérations distinctes conduites dans les deux camps. Il semble donc évident que les hommes du 101e bataillon de réserve de la police ont bien fait à l'aube du 4 novembre le voyage de Poniatowa.

« Cette fois, le bataillon ne se disperse pas. Les hommes sont postés soit entre les baraques de déshabillage et les fosses en zigzag du site de l'exécution, soit sur le site même. Ce sont eux qui forment la double haie par laquelle les 14 000 "juifs de labeur" de Poniatowa, complètement nus et mains derrière la nuque, marchent vers leur mort pendant que les haut-parleurs hurlent leur musique en une vaine tentative de couvrir le vacarme des coups de feu. Le témoin le plus proche est Martin Detmold :

« "Moi-même et mon groupe étions de garde juste en face de la fosse commune. C'était une série de grosses tranchées disposées en zigzag, larges d'environ trois mètres et profondes de trois à quatre mètres. De mon poste je pouvais voir comment les juifs [...] étaient forcés à se déshabiller dans les dernières baraques et à remettre tout ce qu'ils avaient sur eux, puis étaient menés à travers notre haie vers les tranchées. Les hommes de la SD poussaient les juifs vers les lieux de l'exécution, où d'autres policiers de la SD, armés de mitraillettes, leur tiraient dessus du bord de la tranchée. Comme j'étais chef d'escouade, je pouvais me déplacer plus librement que les autres. Une fois je suis allé sur le site de l'exécution et j'ai vu comment les juifs nouvellement arrivés devaient s'étendre sur les corps de ceux qui avaient déjà été fusillés. Ils étaient alors criblés à leur tour de balles de mitraillette. Les hommes de la SD prenaient soin de tirer sur les juifs de telle manière que les tas de cadavres épousent la forme de la tranchée, permettant ainsi aux nouveaux de se coucher sur des piles de corps hautes de trois mètres [...]. C'était là le spectacle le plus horrible auquel j'aie assisté de ma vie ; des juifs seulement blessés étaient plus ou moins enterrés vivants sous le poids des cadavres des derniers fusillés, sans que ces blessés aient reçu ce qu'on appelle le coup de grâce. Je me souviens que de la pile de cadavres montait la voix des blessés qui maudissaient les SS." »

Extrait de Christopher R. Browning, *Des hommes ordinaires. Le 101e bataillon de réserve de la police allemande et la Solution finale en Pologne*, traduit de l'anglais par Élie Barnavi. © Les Belles Lettres, 1994, p. 184-188.

Au Rwanda ou en Bosnie, ces méthodes de mise à mort empruntent aux métiers de la ferme ou des champs. Dans l'Europe nazie, elles proviennent plus clairement de l'expérience de la guerre, que ce soit à travers la « mise en masse » des individus ou le recours à la construction de fossés antichars, au bord desquels les victimes sont alignées avant d'être tuées. Le simple fait de rassembler les futures victimes pour en faire des « masses » permet leur désindividuation. La quantité dépersonnalise et, en conséquence, nous insensibilise. Ainsi, la manière de regrouper et de déporter les juifs prépare leur destruction. Et tuer deux personnes apparaît en un sens plus difficile que d'en tuer deux mille. Au cours du remarquable entretien que la journaliste hongroise Gitta Sereny conduit avec Franz Stangl, l'ancien commandant des camps d'extermination de Sobibor et Treblinka, celui-ci reconnaît qu'il percevait les juifs qui arrivaient comme une « cargaison ». Et d'ajouter : « Je les ai rarement perçus comme des individus. C'était toujours une énorme masse [...]. Ils étaient nus, un flot énorme qui courait conduit à coups de fouet[1]... »

L'expérience accumulée par les *Einsatzgruppen* aboutit à ce que Christian Ingrao nomme les « invariants » des pratiques d'extermination par fusillade, observés dans tous les commandos des unités mobiles SS. Ces invariants sont la « dissociation entre tueurs et gardes chargés de l'acheminement, les tirs collectifs, les fosses préalablement creusées, les victimes exécutées de dos de façon à basculer dans la fosse sous l'impact du projectile ou tuées allongées et alignées en rangs superposés dans la fosse. Ils apparaissent comme [...] un savoir-faire empirique de la tuerie développé par les tueurs eux-mêmes[2] ». Dans

1. Cité par Gitta Sereny, *Au fond des ténèbres. De l'euthanasie à l'assassinat de masse : un examen de conscience*, Paris, Denoël, 1974, p. 215.

2. Un savoir-faire qu'ils se transmettent oralement, parfois au moment même des exécutions. Pour un exemple de telles discussions

ces procédures de tueries de masse, il importe que le groupe entier soit impliqué. Ainsi, la « quasi-totalité des commandants d'unité obligeait tous leurs hommes, quelle que soit leur fonction, à participer au moins une fois à une exécution et à tirer, visiblement dans le but de répartir la charge psychique sur toute la troupe. Certains cadres militarisaient la procédure en formant des pelotons tirant sur ordre ; d'autres faisaient désigner deux tireurs par victime, réglementaient la distance de tir, automatisaient les gestes de la recharge des armes pour éviter la confrontation des bourreaux à la vision de la fosse ; d'autres, enfin, utilisèrent des milices autochtones pour mener les exécutions de femmes et d'enfants[1] ».

Spécialisation des tâches et professionnalisation des tueries

Dès lors que les pratiques de massacre se prolongent dans le temps et l'espace, elles tendent à une certaine spécialisation des tâches, comme pour toute autre activité humaine. Browning l'observe dans l'évolution du 101e bataillon, au cours de ces seize mois d'opérations en Pologne. Après avoir directement pris en charge l'exécution des juifs, ses chefs font appel à des groupes ukrainiens, lettons et lituaniens ramassés dans des camps de prisonniers de guerre (choisis pour leurs sentiments anticommunistes et antisémites), qui sont contraints d'exécuter les tâches les plus répugnantes. De ce fait, les policiers du 101e ne se trouvent plus responsables que de l'arresta-

---

sur la meilleure manière de viser pour provoquer une mort instantanée, cf. Christian Ingrao, « Violence de guerre, violence génocide… », art. cit., p. 237.

1. *Ibid.*, p. 238.

tion des juifs et de leur acheminement vers leurs lieux d'exécution, ce qui est bien moins pénible pour eux. Il en est de même quand ils doivent les conduire jusqu'à la gare locale (d'où les juifs partent vers un centre de mise à mort).

En Bosnie, le massacre est souvent le résultat de la coordination entre plusieurs types d'acteurs : l'armée qui procède à un bombardement préalable de la ville ou du village, puis l'entrée en action d'unités de police ou groupes de paramilitaires, qui arrêtent, tuent, brûlent, violent, expulsent, etc. À ces opérations peuvent se joindre des civils de la localité, qui viennent prêter main-forte.

Au Rwanda, les rôles distincts des militaires, gendarmes, milices sont à étudier région par région, ne serait-ce que pour évaluer aussi l'implication précise de la population locale dans les massacres. Mais dans l'esprit des organisateurs de ces tueries, la division du travail ne semble pas véritablement recherchée. En ce sens, l'extermination des Rwandais tutsi et des juifs européens reposent sur deux dynamiques complètement différentes. Au Rwanda, les décideurs des massacres encouragent la population hutu à s'y impliquer massivement. Bien souvent, cette tendance est observable dans nombre de meurtres de masse : plus ces derniers reposent sur une participation collective et plus la responsabilité en est partagée. Au Rwanda, cette évolution est particulièrement marquée. La participation de tous les Hutu aux tueries est totalement dramatisée, présentée comme une question de survie du groupe face à la progression des *Inyenzi* (« cancrelats »). En conséquence, chaque Hutu est appelé à tuer les Tutsi dans l'urgence. En somme, au lieu d'aller vers la division du travail, ce « modèle » du meurtre de masse repose sur l'implication « spontanée » de tous dans la tuerie, là où l'on vit, puisque les *Inyenzi* sont partout. Et, dans ce basculement collectif, la population tueuse conserve pleinement son identité. C'est même en s'adossant à ses pratiques et à ses valeurs que son engagement collectif dans le meurtre de masse est requis. C'est la raison pour laquelle les tueurs hutu montent sur les collines pour tuer comme s'ils allaient faire leur travail communautaire.

Or, ils y vont en entonnant des chants traditionnels pour se donner de l'entrain. En fin de journée, les hommes peuvent reprendre dans les cabarets (équivalents de nos cafés) la tradition des *Ibyivugo*. Ceux-ci permettent à chaque homme de décliner et déclamer leurs hauts faits : « Je suis celui qui… j'ai fait… j'ai accompli… » Durant la période des massacres, au cours de ces rencontres, des paysans prennent ainsi la parole à tour de rôle, rituel des cérémonies de fêtes. L'enchaînement des *Ibyivugo* amène une surenchère dans la revendication des violences commises : « Je suis Untel et j'ai tué tel avec ce gourdin… », « Moi, j'en ai tué dix… », « Moi, j'en ai tué vingt… ». « Plus qu'une fierté d'une participation à un génocide, remarque Pierre-Antoine Braud, ces déclamations s'inscrivent dans le contexte local de redéfinition de l'influence de chacun, en réactivant les registres de la razzia et d'une société monarchique fortement militarisée[1]. »

En revanche, les nazis n'ont que très rarement appelé les populations locales à massacrer « leurs » juifs. Sous l'influence d'Himmler et d'Heydrich, c'est une vision plus « froide » et « rationnelle » du massacre qui est mise en application, fondée sur le secret et une division du

1. Voir la contribution de Pierre-Antoine Braud, déjà citée, au groupe de recherche du CERI sur Internet : http ://www.ceri-sciences-po.org. Les razzias contre une région ne cessent que dans les années 1920, une fois l'ensemble de l'actuel Rwanda soumis aux pouvoirs monarchique et colonial.

travail de plus en plus sophistiquée. On sait que, après avoir testé l'efficacité d'autres techniques de meurtre, ils retiennent la méthode du gazage par le Zyklon B, la procédure étant particulièrement adaptée à une déresponsabilisation généralisée des exécutants (cf. chapitre IV). Ce qui agit, en effet, c'est le gaz, et non l'homme qui appuie sur la détente de sa mitraillette. En outre, la chambre à gaz permet de ne pas voir les victimes en train de mourir, ce qui est impossible au tireur qui doit nécessairement regarder sa cible pour la tuer et donc être témoin du moment de sa mort. C'est l'une des raisons pour lesquelles cette méthode du gazage est étendue à l'extermination des juifs, en complément ou à la place de celle du mitraillage, ce dernier affectant bien davantage les exécutants sur le plan psychologique. En quelque sorte, le procédé du gazage permet de faire « disparaître » le bourreau, celui-ci se réduisant au geste d'un technicien introduisant le Zyklon B dans le système sans qu'il ait à se préoccuper d'autre chose.

Ainsi, la technique du gazage apparaît comme un moyen « propre », aseptisé, non producteur d'atrocités, plus « humain » pour la victime… mais aussi pour son bourreau. C'est le procès même de la civilisation, en attribuant à ce terme un sens inverse de celui que lui confère Norbert Elias, qui est alors dédié à une entreprise de destruction. Pour l'italien Enzo Traverso, cette conception du massacre est à situer dans le temps long de l'Histoire européenne, à travers l'invention de la guillotine et de la prison : « Le paradigme de la guillotine – exécution mécanique, mort sérialisée, tuerie indirecte, déresponsabilisation éthique de l'exécuteur, mise à mort comme processus "sans sujet" – a célébré ses triomphes dans les massacres technologiques du XXe siècle », écrit-il. À cela s'ajoute le « paradigme de la prison – principe de clôture, déshumanisation des détenus, flétrissure et discipline des corps, soumission aux hiérarchies, rationalité administrative – [qui] a trouvé son apogée dans le système concentrationnaire des régimes totalitaires». Et l'auteur de conclure: «Les camps d'extermination nazie réalisent la fusion de ces deux paradigmes en donnant naissance à quelque chose d'effroyablement nouveau et d'historiquement inédit [...]. Ils créaient un système industriel de mise à mort dans lequel technologie moderne, division du travail et rationalité administrative s'intégraient mutuellement comme dans une entreprise. Ses victimes n'étaient plus à proprement parler des "détenus" mais une "matière première" formée d'êtres vivants déclassés du genre humain, nécessaire à la production en série de cadavres[1]. »

Une autre caractéristique du système d'extermination mis en place par les nazis en montre plus encore l'ingéniosité perverse. Non seulement celui-ci vise à faire «disparaître» le bourreau, mais il revient à susciter la participation de la victime à sa propre destruction, et cela aux deux bouts de la chaîne: de la mise sous contrôle des juifs (au sein des pays tombés sous la domination nazie) jusqu'à leur entrée dans la chambre à gaz. En effet, dès le départ, cette coopération est forcée à travers la mise en place des conseils juifs, que ce soit à l'est ou à l'ouest de l'Europe. La création de tels organismes présente pour les nazis un intérêt pratique immédiat, puisqu'ils n'ont pas de moyens administratifs suffisants en personnel pour «gérer» les communautés juives. Le rôle de ces conseils juifs a suscité de vives polémiques, principalement à partir du livre d'Hannah Arendt *Eichmann à Jérusalem*, dans lequel elle soutient que les juifs ont coopéré avec les nazis et que cette coopération, souvent volontaire, plutôt que d'adoucir le sort des juifs l'a

1. Enzo Traverso, *La Violence nazie. Généalogie européenne*, Paris, La Fabrique, 2002, p. 54-55.

aggravé[1]. Il faut pourtant souligner que ces organismes ont pu être utiles comme structure d'assistance et d'organisation de la vie des communautés, dans des conditions de plus en plus désastreuses.

Mais force est de constater que, dans de nombreux cas, les *Judenräte* ont été contraints de faire le jeu des autorités nazies, par exemple en assurant eux-mêmes la police dans les ghettos et, plus encore, en étant sommés de livrer les juifs qui allaient partir à la mort. Cette position intenable a conduit certains de leurs responsables au désespoir, sinon au suicide, comme Adam Czerniakov à Varsovie, le 23 juillet 1942, quand il comprit que cet organisme était devenu un instrument de la politique nazie d'extermination.

Et le pire est encore à venir : au terme du processus de la déportation, à l'intérieur même des centres de mise à mort. Là, les nazis ont créé les *Sonderkommandos*, ces groupes de prisonniers chargés de maintenir l'ordre avant que les nouveaux arrivés n'entrent dans la chambre à gaz, puis d'en extraire les cadavres, d'arracher les dents en or, de couper les cheveux des femmes, etc. Le destin de ces prisonniers-gardiens est lui aussi scellé : ils servent aux basses œuvres de la chambre à gaz quelques semaines, quelques mois, puis sont exécutés et remplacés par de nouveaux venus, lesquels, un peu plus tard, subissent le même sort. Personne ne doit pouvoir témoigner de ce qu'il a vu ni de ce qu'il a fait. Au sein de ces *Sonderkommandos* sont « passés » quelques prisonniers allemands, russes ou polonais. Mais l'essentiel de leurs effectifs est constitué de juifs. Autrement dit, les

1. Hannah Arendt, *Eichmann à Jérusalem. Rapport sur la banalité du mal*, Paris, Gallimard, 1966. La traduction de cet essai a été revue par Martine Leibovici dans Hannah Arendt, *Les Origines du totalitarisme*, *op. cit.*

exécutants du massacre sont ceux-là mêmes qui vont en être les victimes ! Une telle situation est proprement effrayante : la création de ces *Sonderkommandos* apparaît comme l'évolution la plus monstrueuse du meurtre de masse : celle où la victime, de par la dynamique du système, est contrainte à participer à sa propre destruction. Non seulement le bourreau semble avoir disparu, mais c'est la victime qui l'a remplacé. « On reste stupéfait devant ce paroxysme de perfidie et de haine, écrit Primo Levi. C'était aux juifs de mettre les juifs dans les fours. Il fallait démontrer que les juifs, une sous-race, des sous-hommes, se pliaient à toutes les humiliations : aller jusqu'à se détruire eux-mêmes[1]. »

Les profils des tueurs : revisiter la notion de « banalité du mal »

On se demande souvent si ceux qui deviennent des tueurs de masse possèdent un profil psychologique particulier qui serait de nature à expliquer leur passage à l'acte dans la violence. Certains auteurs ont exploré cette piste, tel le psychiatre anglais Henry Dicks dont le livre aujourd'hui oublié explorait les histoires personnelles de divers nazis, dont Rudolf Hess, ancien commandant d'Auschwitz, pour interpréter leurs conduites fanatiques et violentes. Dicks pensait ainsi avoir identifié dans l'enfance des criminels nazis des tendances communes que le régime hitlérien leur aurait permis de développer et de satisfaire[2].

1. Primo Levi, « La zone grise », dans *Les Naufragés et les Rescapés. Quarante ans après Auschwitz*, Paris, Gallimard, 1989, p. 51.
2. Henry V. Dicks, *Les Meurtres collectifs*, Paris, Calmann-Lévy, 1973.

On connaît mieux les recherches du philosophe Theodor Adorno sur la personnalité autoritaire, qui serait à la base de tout pouvoir fasciste et totalitaire[1]. Mais de telles études ont montré leurs limites. Il est difficile d'identifier dans la petite enfance et l'éducation des individus, et même dans les traits de leurs personnalités, des prédispositions suffisamment probantes pour rendre rendre compte de leur basculement ultérieur dans la violence de masse. La raison principale d'un tel échec est simple : le meurtre de masse étant avant tout le produit d'un processus sociopolitique, il en résulte que n'importe quel type d'individu, quels que soient sa personnalité ou son statut social, peut s'y trouver impliqué. Certes, des personnalités particulièrement troubles et perverses peuvent bien davantage être sur le devant de la scène, avec la complicité des pouvoirs qui les instrumentalisent.

En Bosnie, Goran Jelisic, un gardien serbe du camp de Luka, relève probablement d'un tel cas pathologique. Lors de sa comparution initiale au Tribunal pénal international de La Haye, le 26 janvier 1998, il se présente à ses juges comme « l'Adolf serbe » ; ce qu'il disait déjà à ses prisonniers musulmans pour leur signifier qu'il allait bientôt les tuer. Selon un témoin, Goran Jelisic aurait déclaré qu'avant de pouvoir boire son café, chaque matin, il fallait qu'il exécute de vingt à trente personnes[2]. Les conditions d'impunité dans lesquelles sont placés de tels individus leur permettent de donner libre cours à leurs fantasmes meurtriers. Cependant, comme Bruno Bettelheim l'a déjà

1. Theodor Adorno, *The Authoritarian Personality*, New York, Norton, 1969.

2. Voir le compte rendu de son jugement sur le site Internet du Tribunal pénal international pour l'ex-Yougoslavie : http ://www.un.org/icty.

noté voici plus de soixante ans dans ses observations sur la conduite des gardiens SS, alors que, jeune psychiatre, il était interné aux camps de Dachau puis de Buchenwald, « ces personnalités sadiques ou perverses sont une infime minorité par rapport au tout-venant des exécutants, qu'ils soient gardiens ou tueurs[1] ».

Des exécutants ordinaires

Qui sont-ils donc ? Le stéréotype du « bourreau bon père de famille », hérité de la période nazie, ne correspond pas vraiment à ce que nous en savons. Par-delà la diversité de leurs profils, la plupart des tueurs ont quelques traits en commun : ils sont jeunes sinon adolescents, célibataires et de sexe masculin. C'est dans la tranche d'âge des 13 à 25 ans que le recrutement des bourreaux potentiels est le plus probable. À cette période de la vie, l'être humain est à la fois malléable psychologiquement et vigoureux physiquement. Il est volontiers idéaliste, à la recherche de repères que peut lui procurer une autorité qui sait le prendre en main. Il entend aussi se fondre dans son groupe d'âge pour faire comme les autres.Bref, les principales caractéristiques qui viennent d'être exposées pour rendre compte du passage à l'acte dans la tuerie, que ce soit du point de vue des cadres de sens (bien/mal) ou de celui des dispositifs de bascule (obéissance/conformité), sont optimales durant cette période de vie de l'être humain. On ne s'étonnera donc pas que tous les pouvoirs de la planète y recrutent leurs exécutants. Les organisations de jeunesse constituent le principal vivier dans lequel les pouvoirs prélèvent ceux qui vont devenir leurs serviteurs dévoués.

1. Bruno Bettelheim, *Le Cœur conscient*, Paris, Robert Laffont, 1972.

Inutile d'insister ici sur le rôle des organisations de jeunesse hitlérienne, ni même sur le détournement des associations sportives du régime nazi. Dans l'ex-Yougoslavie, l'anthropologue Ivan Colovic a montré comment le recrutement de jeunes combattants paramilitaires s'est notamment opéré parmi les groupes de supporters des équipes de football serbe et croate [1].

Au Rwanda, les milices Interahamwe ont également trouvé des volontaires parmi les supporters de l'équipe de football de Kigali. Un ancien tueur, âgé de 17 ans en 1994, raconte : « Depuis longtemps on appréciait les commentaires des matchs de foot de Ferdinand Nahimana à la radio. Quand on a vu qu'il voulait sauver le pays en soutenant le président Habyarimana, on a tous été dans les Interahamwe. On s'y amusait beaucoup et, en même temps, on protégeait la République contre les *Inyenzi* [2]. » La milice Interahamwe recrutait d'abord parmi les « nombreux jeunes qui traînaient dans les rues de Kigali, ou dans des centres commerciaux plus petits, et qui n'avaient aucun espoir d'acquérir la terre ou le travail qui leur aurait permis de se marier et d'élever des enfants [3] ». Faut-il en conclure que les tueurs sont tous des jeunes marginaux et pauvres, appartenant à une sorte de *Lumpenproletariat* ? Ce serait alors renforcer un autre

1. Ivan Colovic, « Le football, les hooligans et la guerre », dans Nebojsa Popov (éd.), *Radiographie d'un nationalisme*, *op. cit.*, p. 179-204.

2. Cité par Annick Kayitesi, *Les Enfants et le génocide rwandais. Implications et problèmes de réinsertion*, mémoire de maîtrise sous la direction de Richard Banégas, université Paris-I-Sorbonne, 2002-2003. Annick Kayitesi est également l'auteur de *Nous existons encore*, Paris, Michel Lafon, 2004, un livre bouleversant dans lequel elle raconte son combat en tant que survivante, alors qu'elle était adolescente au moment du génocide et que plusieurs membres de sa famille ont été tués, y compris sa mère.

3. Alison Des Forges (éd.), *Aucun témoin ne doit survivre*, *op. cit.*, p. 306.

cliché en ce domaine, dans la mesure où d'autres études montrent que ceux-ci peuvent aussi avoir un bon niveau d'éducation. Ils sont diplômés, mais sans travail. Dans d'autres circonstances économiques et sociales, ils auraient fait autre chose s'ils avaient eu des perspectives d'emploi. Avec la guerre qui éclate dans leur pays, ils trouvent à se faire recruter comme miliciens, policiers ou militaires ; et c'est ainsi qu'ils vont devenir des tueurs.

Mais ne croyons pas pour autant que ceux qui ont un diplôme *et* un emploi sont pour autant hors des chemins sociaux et politiques qui conduisent les individus à massacrer. Des professeurs, des juristes, des médecins peuvent tout autant participer, encadrer ces jeunes désœuvrés, leur proposer un avenir exaltant… Au Rwanda, un enseignant tutsi survivant, Jean-Baptiste Munyankore, parle de certains de ses collègues en ces termes : « Ces gens bien lettrés étaient calmes et ils ont retroussé leurs manches pour tenir fermement une machette. Alors, pour celui qui, comme moi, a enseigné les humanités sa vie durant, ces criminels-là sont un terrible mystère [1]. » Une fois de plus, force est de constater que l'éducation ne constitue pas en soi un frein au massacre, pas plus que la culture n'est un facteur de différenciation dans le passage à l'acte. Que l'on soit en Europe, en Afrique ou en Asie, on retrouve en effet le profil de ces jeunes hommes qui deviennent des tueurs. Par conviction, par opportunisme, par hasard, ils se trouvent impliqués, à petite ou grande échelle, dans la perpétration du massacre.

L'implication des femmes et des enfants

Cependant, la palette des exécutants tend parfois à s'élargir. C'est surtout le cas au Rwanda, où l'intégralité

1. Cité par Jean Hatzfeld, *Dans le nu de la vie*, *op. cit.*, p. 73.

de la population hutu est requise pour participer aux tueries. Aussi arrive-t-il que des femmes soient impliquées dans les massacres. Leur engagement dans les tueries, encore peu étudié, ne doit pourtant pas être exagéré. Celui-ci va probablement d'un soutien indirect massif à un passage à l'acte meurtrier exceptionnel[1]. Soutien indirect quand les femmes hutu, solidaires des hommes, les encouragent à aller au « travail » dans les collines. Et une fois que ce « travail » est accompli, elles montent en colonnes pour piller les biens des victimes. Des femmes peuvent aussi se mêler au groupe de tueurs, soit pour assister passivement au massacre, soit pour y inciter. En d'autres cas, elles jouent le rôle d'« encadreuses » auprès des jeunes miliciens, allant même jusqu'à les encourager à violer les filles tutsi. Cette incitation, de la part de femmes, à commettre des violences sexuelles contre d'autres femmes semble incompréhensible. Celles qui ont participé activement aux tueries sont en général responsables administratives, commerçantes, enseignantes. D'autres faits sont tout aussi stupéfiants : des femmes sont accusées d'avoir tué leur mari ou leurs enfants parce que nés d'un père tutsi. Il en va de même quand des religieuses prêtent leur concours au massacre, comme cette supérieure du couvent de Sovu (Butare), Gertrude Mukangango, jugée en Belgique pour avoir aidé des miliciens Interahamwe à brûler les Tutsi qui s'étaient réfugiés dans un bâtiment du couvent.

De tels exemples, même s'ils sont rares, attestent que la violence de masse au Rwanda atteint un niveau de radicalité rare dans l'Histoire, pratiquement inconnu, y compris

1. L'un des premiers rapports sur ce sujet est celui de l'association African Rights, *Not so Innocent. When Women Become Killers*, Londres, African Rights, août 1995, dont les lignes qui suivent ne sont qu'un très bref résumé.

au sein des régimes dits « totalitaires ». Cette violence repose sur une double transgression : celle de l'interdit du meurtre au sein de la famille, qui parvient à faire exploser littéralement le noyau familial ; et celle de la loi fondamentale du « Tu ne tueras pas », qui amène des religieux à ne plus être des défenseurs de la vie du prochain, mais bien des artisans de sa mort.

La participation de jeunes adolescents aux tueries est également l'indicateur de cette destructivité sociale totale. Au sein de l'Allemagne nazie, des enfants ont été parfois conduits à dénoncer un membre de leur famille. Au Rwanda, les enfants sont également instrumentalisés pour dénoncer les « ennemis ». « Il est de coutume dans ce pays d'envoyer son enfant chez les voisins pour demander du sel, de l'eau, ou du feu, raconte Annick Kayitesi. Pendant le génocide, les adultes utilisaient cette forme de solidarité pour permettre le débusquage des Tutsi cachés par les membres de leur famille ou par des voisins hutu qui leur étaient venus en aide[1]. » Les enfants semblent n'avoir que très rarement participé activement aux tueries. Mais comme les écoles étaient exceptionnellement fermées, ils ont passé le plus clair de leur temps à suivre les tueurs. Les rangées de cadavres au bord des routes étaient autant de terrains de jeu que ces enfants s'empressaient de conquérir. N'ayant pas la force physique nécessaire pour tuer des adultes, ils donnaient surtout des petits coups de machette à droite et à gauche. « A. B. m'a confié : “Nous nous amusions mieux qu'à la maison ou dans les collines désertes. Ici nous avions des ennemis à combattre. Tous les jours, des ennemis différents. Ils étaient plus grands et plus forts que nous, nous étions très fiers”[2]. » Au Rwanda, c'est vers 14-15 ans que l'on quitte

1. Annick Kayitesi, *Les Enfants et le génocide rwandais*, *op. cit.*
2. *Ibid.*

traditionnellement l'école pour aller travailler dans les champs ; on peut donc supposer que cette entrée dans la vie active agricole correspond aussi à l'âge où ces enfants-adolescents ont été autorisés à se joindre aux adultes pour tuer. Cependant, leurs pratiques meurtrières diffèrent très probablement selon leur classe sociale. Ainsi, des jeunes des milieux aisés dissimulaient leurs actes aux yeux du plus grand nombre, alors que peu dans les milieux ruraux étaient en mesure de le faire. Pour ces jeunes très pauvres, le meurtre signifiait souvent une petite récompense en nature. Une chemise, une paire de chaussures, voire une montre, représentaient un butin de choix. L'espoir d'un gain matériel alimentait leur ardeur à la tâche.

Cette implication de femmes, voire d'enfants, dans les massacres est assurément l'indicateur social le plus significatif, et le plus stupéfiant, de la profondeur du basculement d'une population dans le meurtre de masse. Cela n'implique pourtant pas que chacun de ses membres se métamorphose en tueur. Comme dans toute collectivité, certains se montrent plus motivés par la tâche, y voient davantage de bénéfices que d'autres, n'ont pas forcément le choix, etc. En revanche, cela signifie que la norme sociale fondamentale de cette population n'est plus l'interdit du meurtre, mais l'autorisation au meurtre. Et dans ce moment si particulier de l'impunité à tuer, chacun peut entrer dans cette danse macabre en cherchant à y trouver ses propres intérêts.

De l'ambiguïté du mal

En ce sens, comprendre les raisons du passage à l'acte individuel dans le massacre, suppose de toujours prendre en compte au moins deux registres, distincts mais entrecroisés.

Le premier relève de la scène officielle, publique : celle de l'idéologie, de la sécurité et de l'imaginaire. Il n'y a pas de raisons de douter que certains exécutants y « croient » : qu'ils sont convaincus d'accomplir une mission civilisatrice, de défendre leur pays dans un moment critique où l'« ennemi » est partout, de participer à une œuvre collective exaltante, etc. Si donc ils tuent en masse, c'est bien parce qu'ils le jugent nécessaire. Ces raisons collectives de massacrer sont à la fois le produit de passions (instrumentalisées par les pouvoirs) et d'un contexte favorable (contribuant à leur donner plus de résonance historique).

Le second registre se déroule sur une scène plus officieuse, d'une scène privée, composée des mille et une raisons pour lesquelles et par lesquelles les individus vont passer à l'acte. Ici aussi, la passion et l'intérêt peuvent se conjuguer. D'abord dans le sens de l'envie et du profit, comme on l'a déjà vu. En d'autres cas, l'appât du meurtre est purement financier : l'individu se fait simplement mercenaire, acceptant d'être payé pour tuer, sans que les mobiles idéologiques tiennent un quelconque rôle dans sa conduite destructrice. De même les motivations de carrière et de promotion sociale sont à prendre en compte, surtout dans les corps constitués, en vue d'un avancement de grade dans la police ou l'armée. Se montrer intraitable dans l'exécution des ordres, c'est attirer sur soi la considération de ses chefs. Mais ce carriérisme, qui joue, par exemple, dans la promotion des officiers au cours de la guerre en Bosnie, n'est qu'un facteur parmi d'autres. En d'autres circonstances, ce qui prévaudra sera une logique de l'urgence dictée par le dilemme de sécurité : tuer ou être tué. Dans le cas de massacres de voisinage, des ressentiments anciens peuvent aussi expliquer en partie un basculement local dans la violence. Qu'elles soient liées ici ou là à la réussite matérielle de tel ou tel, à des conflits de propriété ou encore à des différends amoureux, ces querelles non résolues du passé peuvent conduire des voisins à se joindre à la tuerie par jalousie ou par vengeance. Ces multiples intrusions de micro-guerres privées, à l'intérieur même de la macro-guerre publique, sont fréquentes et très souvent repérables dans ce que l'on nomme les « guerres civiles »[1].

Si donc les individus sont indubitablement emportés par la dynamique du meurtre de masse, ils savent tout autant en tirer profit. Ils ne manquent pas d'opportunisme et de calcul pour en instrumentaliser les effets à leur propre compte. C'est pourquoi, à l'échelle individuelle, les raisons du passage à l'acte sont multiples. Ce qui est vrai pour un individu à un moment précis ne le sera pas pour un autre. Mais c'est précisément cette variabilité des mobiles privés qui concourt à donner au meurtre sa dimension massive. Les individus entrent dans la dynamique meurtrière non pas comme des automates ânonnant le même discours idéologique stéréotypé, mais bien avec des histoires différentes, et donc avec des attentes et des motivations personnelles. Leur commune implication à donner la mort résulte de conduites plurielles et équivoques.

Dans cette mosaïque de comportements, il y a d'ailleurs place pour certaines conduites de sauvetage. On a parfois peine à comprendre que certains tueurs puissent parallèlement sauver des vies en même temps qu'ils tuent. Mais ne peut-on imaginer qu'ils ont précisément besoin de se donner à eux-mêmes, secrètement, cette image positive de sauveteurs ? Cette double face est d'ailleurs parfaitement compatible avec le phénomène de dédoublement de la

1. Voir Jean-Clément Martin, *La France et la Vendée*, Paris, Le Seuil, 1987.

personnalité, décrit par Robert Lifton. Tandis que le « Moi assassin » opère au grand jour, un « Moi clandestin », salvateur celui-ci, agit à l'insu de tous. Car un exécutant peut bien continuer à participer aux tueries tout en prenant des risques pour sauver *une vie*. L'action de détruire se développe contre un Autre total et déshumanisé, alors que l'action de protéger se concentre sur une personne précise, bien humaine et respectable. Les mobiles de ces conduites de protection sont également fort variés.

Au Rwanda, Jean Hatzfeld rapporte, par exemple, l'histoire de cette femme tutsi, Marie-Louise, commerçante à Nyamata, dont le mari et toute la famille sont massacrés par les Interahamwe. Y ayant échappé de justesse, elle se réfugie chez son voisin, Florian, un Hutu qui est le chef des renseignements militaires dans la région. Avant la guerre, les deux familles étaient en bons rapports. Florian, qui participe pourtant aux massacres en ville, ne veut pas tuer la femme de son ancien ami. Il va tout faire pour la sauver, réussissant à ce qu'elle s'enfuie au Burundi. Ailleurs, un jeune milicien hutu fait preuve de beaucoup de zèle à tuer les *Inyenzi*… pour que sa mère tutsi soit épargnée. Et encore, un militaire hutu cache chez lui une jeune fille tutsi dans la mesure où celle-ci accepte d'avoir des rapports sexuels avec lui, etc. Notons qu'en ce cas la notion de « sauvetage » est fort relative puisqu'elle repose sur une relation de chantage : « Ta vie contre ton sexe. » Au Rwanda, des centaines d'histoires de ce genre existent dans lesquelles se mêlent la violence, l'amour et l'intérêt. En Bosnie, il arrive aussi que des combattants serbes portent secours à des membres de l'autre communauté, croate ou musulmane.

De même, Christopher Browning estime que, chez les policiers allemands du 101ᵉ bataillon, « pitié et brutalité peuvent coexister dans le même individu et au même moment[1] ». Cette imbrication, remarque-t-il, est très difficile à admettre. Nous avons en effet beaucoup de difficultés à ne pas voir le bourreau comme constitué d'un seul bloc monstrueux, incarnation personnifiée du mal. Mais nous sommes dans l'erreur : c'est là que réside le plus souvent notre plus grande résistance à comprendre le mal. Pour nous rassurer, nous voudrions que les choses soient nettes, bien tranchées. Cette conviction est d'autant plus puissante qu'elle provient en droite ligne de l'enfance, où régnaient alors – nous y croyions dur comme fer – les bons et les méchants. Mais non, ce n'est pas tout à fait comme cela que les êtres humains se conduisent. Même les bourreaux peuvent avoir des conduites inattendues, des comportements doubles où, l'espace d'un instant, surgira une étincelle d'humanité. Inversement, même ceux qui semblent du côté du bien, qui ont sauvé des vies, ont pu – à un autre moment de leur existence – avoir des attitudes blâmables. La nature morale d'un acte ne définit jamais totalement l'identité morale de l'auteur de cet acte. C'est à propos de Kurt Gerstein, cet ingénieur des mines allemand qui fut le témoin oculaire du gazage des juifs et qui en a transmis la nouvelle aux Alliés, que Saul Friedlander a parlé de l'« ambiguïté du bien ». Dans certaines circonstances, écrit-il, « le résistant peut paraître proche du bourreau »[2]. On pourrait renverser la formule et

1. Christopher R. Browning, *Des hommes ordinaires*, *op. cit.*, p. 256.

2. Saul Friedlander, *Kurt Gerstein ou l'ambiguïté du bien*, Paris, Casterman, 1967, p. 191. De par sa formation technique et médicale, Kurt Gerstein a travaillé à l'Institut d'hygiène de la *Waffen-SS*. C'est dans le cadre de ses fonctions qu'il s'est rendu en Pologne pour évaluer l'efficacité des opérations de gazage de l'action Reinhardt. Il a cherché par la suite à atténuer les effets irritants associés à l'usage du Zyklon B pour rendre la mort des victimes plus « humaine ». Voir sur ce point l'article de Florent Brayard, « L'humanité *versus* Zyklon B.

soutenir aussi que, dans certaines circonstances, le bourreau peut avoir une pratique limitée de sauvetage. Il y a lieu en ce cas de parler de l'« ambiguïté du mal », ayant à l'esprit ce résidu d'humanité qui reste dans la psychologie du bourreau quand le tueur se fait protecteur, ne serait-ce que d'une vie.

Retours sur la « banalité du mal »

À cet égard, la notion de « banalité du mal » avancée par Hannah Arendt, à partir de son étude d'Adolf Eichmann, ne paraît pas suffisamment pertinente pour appréhender toutes ces différentes figures des exécutants du massacre. À scruter les conduites des *Einsatzgruppen* en Pologne, de la milice Interahamwe au Rwanda ou des groupes paramilitaires opérant en Bosnie, on est bien loin de ce modèle du « crime de bureau » dont se rendent responsables des fonctionnaires zélés et obéissants, opérant loin du théâtre des opérations. Une telle carence tient aux limites de sa démarche : Hannah Arendt n'aborde pas la question des « tueurs directs » du massacre ; ce que, à vrai dire, on ne peut lui reprocher dans la mesure où elle se borne à l'étude d'un homme dans la situation de son procès, un homme qui, au cœur de l'administration nazie, avait été chargé du « transport » des juifs vers les centres de mise à mort. Par ailleurs, Hannah Arendt n'a jamais nié qu'il pût exister d'autres figures des exécutants. En revanche, il est possible de la critiquer dès lors qu'elle généralise – à partir du seul cas d'Eichmann – des propos sur le mal. Ayant adopté un angle d'observation plus large et surtout comparatif, j'ai été conduit à « revisiter » cette

---

L'ambiguïté du choix de Kurt Gerstein », *Vingtième Siècle*, n° 73, janvier-mars 2002, p. 15-25.

expression de « banalité du mal ». Avant d'écrire ces pages, j'ai donc pris soin de relire les passages de son livre où elle propose une définition de la notion… pour me rendre compte qu'il n'y en avait pratiquement aucune [1] !

L'expression est certes mise en valeur puisqu'elle n'est rien de moins que le sous-titre du livre ; ce qui a assurément contribué à son succès. Mais on serait bien en peine d'y trouver une définition élaborée. Les quelques lignes où elle y fait référence, situées dans le post-scriptum, sont celles où elle estime qu'Eichmann n'est pas un « monstre fou » mais un individu qui se caractérise surtout par une « absence de pensée ». « Il n'était pas stupide, écrit-elle. C'est la pure absence de pensée – ce qui n'est pas du tout la même chose que la stupidité – qui lui a permis de devenir un des plus grands criminels de son époque. Et si cela est "banal" et même comique, si, avec la meilleure volonté du monde, on ne parvient pas à découvrir en Eichmann la moindre profondeur diabolique ou démoniaque, on ne dit pas pour autant, loin de là, que cela est ordinaire [2]. »

Mais « les crimes d'Eichmann, ajoute-t-elle, n'étaient pas des crimes ordinaires », et lui-même « n'était pas un criminel ordinaire ». En ce sens, ce qui frappe beaucoup Arendt au cours du procès d'Eichmann, c'est l'exceptionnel sens du devoir de ce dernier, sans véritable réflexion sur le sens

1. Les lignes qui suivent doivent beaucoup à la lecture très éclairante de deux articles de Géraldine Muhlman : « Le comportement des agents de la "Solution finale". Hannah Arendt face à ses contradicteurs », *Revue d'histoire de la Shoah*, n° 164, septembre 1998, p. 25-52 ; et « Pensée et non-pensée selon H. Arendt et T.W. Adorno. Réflexions sur la question du mal », *Tumultes*, nos 17-18, 2002, p. 278-318. La lecture plus récente d'une note sur le sens de la notion de « banalité du mal » par Martine Leibovici (traductrice d'Arendt en français), pour l'*Encyclopédie des massacres et génocides* (en préparation), m'a également été très profitable.

2. Hannah Arendt, *Eichmann à Jérusalem*, dans *Les Origines du totalitarisme*, *op. cit.*, p. 1296.

de ce devoir. Eichmann « affirmait fièrement qu'il avait toujours "fait son devoir", obéi à tous les ordres ainsi que l'exigeait son serment[1] ». Un tel comportement est au-delà du problème de l'existence ou non d'ordres : qu'il y eût ou non des ordres, note Arendt, Eichmann éprouvait le besoin de référer chacun de ses actes à une loi supérieure : celle exprimée par Hitler lui-même. Notons qu'il ne s'agit plus alors vraiment d'un « simple » cas de soumission à l'autorité, au sens de Milgram : obéir ou pas à des ordres et consignes, extérieurs à soi-même. Adolf Eichmann serait bien plutôt l'exemple d'un fonctionnaire qui a *intériorisé* la « loi d'un système », une loi non écrite qui revient à s'identifier à la volonté de celui qui en est l'incarnation : le Führer.

Ce n'est que plusieurs années après la parution de son essai qu'Hannah Arendt avance une définition de a notion de « banalité du mal » dans la revue *Social Research* : « Par "banalité du mal", précise-t-elle, j'entends non pas une théorie ou une doctrine, mais quelque chose de tout à fait factuel, un phénomène de forfaits commis à une échelle gigantesque et impossible à rattacher à quelque méchanceté particulière, à quelque pathologie ou conviction idéologique de l'agent, lequel se distinguait peut-être uniquement par une extraordinaire superficialité *[shallowness]*. Si monstrueux qu'aient été les faits, l'agent n'était ni monstrueux ni démoniaque, et la seule caractéristique décelable dans son passé comme dans son comportement durant le procès et l'interrogatoire de police était quelque chose d'entièrement négatif : ce n'était pas de la stupidité, mais une curieuse et authentique inaptitude à penser *[inability to think]*[2]. » Ces

1. *Ibid.*, p. 156.

2. *Id.*, « Thinking and Moral Considerations : A Lecture », *Social Research*, n° 38, 1971 ; traduit en français sous le titre *Considérations morales*, Paris, Payot-Rivages, 1996 (extrait des p. 25-26).

diverses citations montrent que la philosophe met sous l'expression « banalité du mal » plusieurs choses. Par « banal », elle entend un individu « normal », ni figure de Satan, ni monstre psychopathe. Conséquence immédiate : le bourreau appartient bien à notre commune humanité, ce qui implique qu'il peut être jugé pénalement responsable de ses actes.

Néanmoins, Arendt met en évidence le gouffre existant entre cet exécutant ordinaire et le caractère extraordinaire de son crime. Aussi insiste-t-elle sur son « absence de pensée », ce dernier trait étant véritablement au centre de sa définition de la banalité. Pour elle, en effet, Eichmann ne pense pas : il se fait l'instrument zélé d'une idéologie, c'est-à-dire d'une « logique de l'idée », dont Hitler est l'expression même. Comme il le dira lui-même à son procès : « Dans le IIIe Reich, les paroles du Führer avaient force de loi [1]. » On sent ici l'influence de son œuvre sur le totalitarisme et sur le rôle de l'« esprit » pour subjuguer tous les carcans totalitaires. Pour elle, en effet, penser sert à « déconstruire » toute idéologie, qui est par définition la marque d'une absence de pensée.

Donc un exécutant à l'image de Eichmann ne se pose pas de questions : il travaille de manière routinière, ne s'interrogeant pas sur les conséquences de ses actes. Les effets de cette « non-pensée » résident dans le rapport de plus en plus « déréalisé » de l'exécutant au monde et dans son absence de culpabilité concernant les actes commis. De tels propos sont ici en convergence avec l'étude des exécutants directs. En effet, cette description correspond en partie à ce que nous dit Browning de ces « hommes ordinaires » qui s'enfoncent également dans la routinisation de leurs actes. On serait tenté de dire qu'il y a des

1. *Id.*, *Eichmann à Jérusalem*, dans *Les Origines du totalitarisme*, *op. cit.*, p. 1160.

milliers de petits bourreaux eichmanniens, y compris chez les exécutants directs du massacre. Comment aussi ne pas appliquer cette notion de banalité du mal au cas du Rwanda ? En un sens, elle apparaît encore plus pertinente, car, contrairement aux tueurs SS qui opéraient à l'écart de la normalité sociale, les tueurs hutu, eux, « travaillaient » en plein jour, entourés des villageois, étaient encouragés et parfois même fêtés. Le phénomène de banalisation de l'extraordinaire était à son comble.

Mais les observations de la philosophe américaine sont contestables sur plusieurs points importants. D'abord sur le terrain même où elle se situe, à partir duquel elle étudie Eichmann : celui du rôle du fonctionnaire au sein d'une société de masse. Certes, le prototype de cet agent de l'État qui ne pense pas, s'appliquant à suivre la volonté de ses chefs, semble assurément exister. Il faut pourtant garder en tête que les administrations, au sein desquelles les agents de ce type travaillent, sont dirigées par des individus qui, eux, ont bel et bien un projet pour l'Allemagne et pour l'Europe. Placés à ces postes-clés par le pouvoir nazi, on ne peut soutenir à leur égard qu'ils ne pensent pas, mais plutôt qu'ils « pensent mal » ou qu'ils « pensent le mal ». C'est pourquoi des historiens allemands comme Christian Gerlach ou Dieter Pohl, décrivant ces guerriers idéologiques, ont mis en cause l'interprétation avancée par Hannah Arendt, à tout le moins l'ont jugée très insuffisante.

En second lieu, celle-ci prend le risque de généraliser son propos sur le mal, alors qu'elle ne raisonne en réalité que sur un seul individu. De ce fait, elle est prisonnière de sa méthode d'observation, ce qui la fait passer à côté de facteurs importants permettant de mieux comprendre pourquoi un individu « ordinaire » peut se transformer en tueur de masse, ne serait-ce qu'à travers le rôle du groupe dans une telle métamorphose. Quant au cœur de sa thèse, à savoir que la banalité du mal est synonyme d'absence de pensée, elle ne peut que plonger dans une certaine perplexité celui qui cherche à pousser plus loin cette piste de réflexion. En effet, Hannah Arendt prend bien soin de préciser que nous sommes tous enclins à cette absence de pensée, « tellement courante dans la vie de tous les jours où l'on a à peine le temps, et pas davantage l'envie, de s'arrêter pour réfléchir »[1]. Enraciner ainsi la conduite routinière d'Eichmann dans notre propre comportement de « gens normaux », effectuant des activités machinales de la vie de tous les jours, procède d'un rapprochement audacieux et effrayant, sans doute en partie fondé. Mais, heureusement, notre propre disposition à cette « absence de pensée » ne nous conduit pas nécessairement au meurtre de masse de nos semblables ! Ce qui manque donc ici à Arendt, c'est surtout une réflexion sur la question du passage à l'acte *proprement dit*, c'est-à-dire sur la manière dont la banalité se met, au terme d'un processus complexe, au service d'une monstruosité collective. Enfin, la réflexion d'Hannah Arendt sur le mal ne se penche pas sur sa dimension la plus énigmatique et la plus inconfortable : celle de la cruauté, souvent associée à l'acte de massacrer.

Violences sexuelles et autres atrocités

L'analyse des phénomènes d'atrocités, bien souvent associées à la pratique du massacre, constitue l'un des défis les plus exigeants des sciences sociales, à commencer pour le chercheur lui-même. En effet, celui-ci n'est pas un être désincarné : comme tout autre humain, il subit de plein fouet le choc du récit d'atrocités. Alors

1. *Id.*, *La Vie de l'esprit*, t. I : *La Pensée*, Paris, PUF, 1981, p. 19 *sq.*

que j'ai recueilli de multiples histoires en ce domaine, toutes plus horribles les unes que les autres, je me surprends encore à être saisi de stupeur quand j'entends certains témoignages, tel celui de Révérien Rurangw, ce jeune Tutsi âgé de 12 ans en 1994, seul survivant d'une parentèle de 42 personnes[1]. En ce cas, l'effet de sidération et d'écœurement est total. Il n'y a pourtant aucune raison d'avoir peur : c'est « seulement » un témoignage. Mais vous êtes envahi par une sensation d'effroi qui provoque, oui, comme une suspension des facultés intellectuelles, plus, une sorte de tétanie psychique ; cependant, la démarche de compréhension du passage à l'acte ne pourrait être considérée comme complète si elle se refusait à « saisir » ces phénomènes de cruauté. Ce serait ne pas vouloir aller jusqu'au bout du chemin, alors que les effets traumatiques de telles pratiques sont considérables. Il n'y a là ni masochisme ni voyeurisme de la part du chercheur, mais seulement l'intuition que dans l'acte atroce réside très certainement l'une des clés, sinon *la* clé de la puissance explosive du massacre. C'est l'horreur du geste cruel qui va très probablement entrer pour toujours dans la mémoire de la victime survivante, et qui peut alimenter durablement un vertigineux désir de vengeance.

Remarquons tout d'abord deux postures très différentes, qui reviennent à en éluder l'analyse en sciences sociales. La première consiste tout simplement à en occulter l'importance. Objet de recherche trop « sale », on fait comme si les atrocités n'existaient pas ou devaient être considérées comme tout à fait secondaires. Nombre de théoriciens des relations internationales, dans leurs

1. Voir le film réalisé par Ibouka Belgique en 2002, à partir duquel Joël Kotek a fait une vidéo disponible au Centre de documentation juive contemporaine (Paris).

analyses de la guerre, font ainsi totalement l'impasse sur cette question, y compris ceux qui appartiennent aux écoles dites « réalistes ». Cette tendance existe aussi en histoire : des récits de batailles peuvent en donner des visions stratégiques, voire épiques, sans vraiment en restituer le centre : la violence et ses atrocités. À l'inverse, l'autre posture consiste à se laisser submerger par la puissance symbolique de l'acte cruel pour le mettre au centre, sinon au-devant, du récit du massacre. En résulte une narration quasi esthétisante des atrocités, nourrie par le souci du détail et de la mise en scène. Le *Traité de la violence*, du sociologue Wolfgang Sofsky, composé de petites fictions imaginaires, adopte ce style quasi littéraire, dont se dégage une sorte de délectation très ambiguë pour la violence. Ces deux postures, qui sont fondées l'une sur le déni des atrocités, l'autre sur leur exhibition, ne nous aident en rien à en faire l'analyse. Faire comme si elles n'existaient pas revient en effet à commettre l'erreur de ne pas vouloir appréhender l'étude d'un phénomène central dans nombre de conflits contemporains. En revanche, à les regarder de trop près, on risque de se trouver tétanisé par leur contemplation macabre.

Pour ma part, je plaide pour la recherche d'une bonne distance, absolument nécessaire pour entreprendre l'analyse de cet objet hideux. Cela suppose de forger des cadres intellectuels qui soient de nature à nous rapprocher, autant que possible, de la compréhension de cette monstruosité. Dans cette perspective, des travaux récents d'historiens de la guerre comme John Horne et Alan Kramer sont d'une aide certaine, précisément parce qu'ils s'attachent à retrouver les atrocités dans la guerre[1]. Et celles-ci ne sont bien sûr pas le fait seulement de « hordes nazies » ou de « sauvages africains »,

1. John Horne et Alan Kramer, *German Atrocities, 1914*, *op. cit.*

mais aussi de représentants de l'Occident « civilisé » : comme ces soldats américains étudiés par John Dower qui, au cours de la guerre du Pacifique, n'hésitent pas à prélever sur le corps de leurs ennemis japonais qui une oreille, qui un scalp, qui un pénis… en guise de trophée[1]. Cependant, l'étude du massacre des populations non combattantes, si elle doit s'enraciner dans les travaux sur la guerre, pose aussi des questions spécifiques qui vont au-delà de ce « délire du champ de bataille ». À cet égard, ce n'est pas seulement la discipline historique qu'il convient de convoquer, mais bien l'ensemble des sciences sociales pour chercher à comprendre des phénomènes si déroutants.

Des interprétations plurielles et incertaines

En général, deux types de questionnement traversent les travaux sur les atrocités.

Le premier revient à s'interroger sur leur *signification*. Primo Levi pose ce problème de manière percutante dans l'un de ses plus beaux textes. Si le but est de détruire des civils en masse, remarque-t-il, pourquoi alors, en plus, les faire souffrir, les humilier, les mutiler avant que de les tuer ? D'où la pertinence de sa question : « Pourquoi cette violence inutile[2] ? » Pourquoi le massacre produit-il donc de la cruauté avant, pendant et même après ? Se trouve ainsi posée la distinction entre une violence instrumentale visant à atteindre un objectif spécifique et une violence apparemment gratuite – sans but précis –, fréquemment appelée « cruauté », sur laquelle s'est appuyée l'anthropo-

1. John Dower, *War Without Mercy. Race and Power in the Pacific War*, Cambridge, Harvard University Press, 1988.

2. Primo Levi, *Les Naufragés et les Rescapés*, *op. cit.*, p. 104-124.

logue Véronique Nahoum-Grappe dans ses travaux sur la Bosnie[1]. Plus généralement, il s'agit de savoir si ces actes de cruauté ont du sens ou pas, et si oui, lequel.

Le second type de questionnement porte sur l'*intentionnalité* de telles pratiques. Même si celles-ci sont sans but apparent, on a toujours tendance à considérer qu'elles sont voulues, commandées, sinon orchestrées. Par exemple, la découverte en 1992 des centres de viol durant la guerre de Bosnie a fait dire aussitôt à certains qu'il y avait là une véritable politique de la cruauté, s'incarnant dans des mesures planifiées de viols de masse. Avec le recul du temps, une telle affirmation semble pourtant exagérée. En divers lieux de Bosnie, il est incontestable que les pratiques de viol ont été encouragées, voire organisées, surtout du côté serbe et principalement à l'encontre des femmes musulmanes[2].

Ce rôle de l'encadrement est d'ailleurs toujours déterminant sur le terrain, que ce soit pour encourager le viol ou pour l'interdire. Le cas du Rwanda offre à cet égard de multiples exemples d'incitation aux viols, voire même encouragés par des femmes hutu[3]. *A contrario*, dans l'Europe nazie, le viol des femmes juives par les

1. Véronique Nahoum-Grappe, « L'usage politique de la cruauté : l'épuration ethnique (ex-Yougoslavie, 1991-1995) », dans Françoise Héritier (éd.), *De la violence*, *op. cit.*, p. 273-323.

2. Voir, par exemple, Alexandra Stiglmayer, *Mass Rape. The War against Women in Bosnia-Herzegovina*, Lincoln-Londres, University of Nebraska Press, 1994, et l'enquête de Vesna Nikolic-Ristanovi, *Women, Violence and War. War Time Victimization of Refugees in the Balkans* (Belgrade, 1995), Budapest, Central University Press, 2000.

3. Tel l'ancien ministre de la Famille et de la Promotion féminine en personne, Pauline Nyiramasuhuko. Originaire de la région de Butare, celle-ci a notamment incité au viol des femmes tutsi dans le stade où les Tutsi avaient été rassemblés (son propre fils étant dans la milice Interahamwe). Voir son portrait dans *Courrier international*, 14-20 novembre 2002.

Allemands est strictement interdit du fait de la prohibition absolue de tout contact entre les « Aryens » et la « race maudite » des juifs.

Mais faut-il pour autant, dans le cas de la Bosnie, affirmer que les dirigeants serbes ont mis en œuvre une politique concertée de viols systématiques, comme divers textes militants l'ont soutenu durant la guerre ? Le jugement du Tribunal pénal international pour l'ex-Yougoslavie, qui, le 22 février 2001, a qualifié pour la première fois le viol de « crime contre l'humanité » dans l'affaire Kunarac (dite des « camps de viol »), se montre très prudent à cet égard. Lors du rendu de ce jugement, le juge Mumba a déclaré : « Dire que l'on avait recours au viol systématique comme “arme de guerre” pourrait prêter quelque peu à confusion. Cela pourrait signifier qu'il existait une sorte de démarche concertée, ou que les forces armées des Serbes de Bosnie avaient reçu l'ordre de violer les femmes musulmanes dans le cadre de leurs activités de combat prises au sens large. Les preuves ne sont pas suffisantes pour que la chambre de première instance en vienne à une telle conclusion [...]. Mais il a été établi que des membres des forces armées serbes de Bosnie avaient recours au viol comme instrument de terreur. Un instrument dont ils pouvaient user en toute liberté contre quiconque et quand bon leur semblait[1]. »

Comment alors faire la part entre ce qui relève clairement d'une démarche calculée et ce qui relève d'une libre initiative prise sur le terrain, du fait du climat général d'impunité ? Le politiste américain Tim Judah argumente pour sa part en faveur d'une évolution incontrôlée des

1. Se reporter au site Internet du Tribunal pénal international pour l'ex-Yougoslavie (jugement Kunarac et consorts) : http ://www.un.org/icty.

atrocités. Il cite, par exemple, les propos du docteur Milan Kovacevic, l'un des responsables de la création du camp serbe d'Omarska, qui, selon lui, avait été conçu à l'origine pour servir de centre d'accueil aux personnes déplacées. Mais, avec l'évolution rapide de la guerre, il s'est avéré que sa fonction a changé et que le camp est devenu un camp de concentration. Sans doute faut-il prendre cette déclaration avec prudence dans la mesure où son auteur cherche ainsi à se protéger de poursuites judiciaires. Mais peut-être contient-elle une part de vérité quand Milan Kovacevic avoue ne pas pouvoir totalement expliquer cette perte de contrôle. Selon lui, « même les historiens ne pourront trouver d'explication pour les cinquante années à venir[1] ».

Sur ces échelles du sens et du non-sens, de l'intentionnel ou du non intentionnel, les interprétations des atrocités sont plurielles et hésitantes[2]. Certains auteurs se montrent pourtant catégoriques et en proposent bien souvent une lecture unilatérale. La monstruosité de l'objet étudié appelle chez eux des jugements sans nuances. C'est à mon sens une erreur. Car au regard même de ce qui paraît impensable à comprendre, il convient au contraire de varier les angles d'analyse, de multiplier les approches analytiques. C'est précisément là le possible apport et la richesse des sciences sociales. Impossible en effet de trancher en faveur d'une seule posture intellectuelle, considérée comme la plus pertinente. La seule de nos certitudes est donc de vouloir refuser l'enfermement dans *un* modèle explicatif. Aussi vais-je m'attacher à

1. Cité par Tim Judah, *The Serbs*, *op. cit.*, p. 236.

2. Voir à cet égard les réflexions intéressantes de deux auteurs français déjà connus pour leurs travaux sur la violence : Michel Wieviorka, *La Violence*, Paris, Balland, 2004, et Philippe Braud, *Violences politiques*, *op. cit.*

synthétiser plusieurs cadres d'interprétation, précisant à chaque fois qu'il ne peut jamais être exclusif d'un autre type d'approche.

Un calcul rationnel

Le premier type d'interprétation relève donc du calcul rationnel chez les décideurs politiques et militaires, qui prennent des mesures spécifiques destinées à développer la férocité des hommes qui les servent sur le terrain. De ce fait, ces exécutants sont poussés à adopter dans l'action des comportements de plus en plus brutaux et cruels. Au premier rang de ces dispositions, on retrouve, bien entendu, l'assurance de ne pas être inquiétés par leur hiérarchie s'ils commettent des exactions. L'assurance de l'impunité est la condition préalable des pratiques de cruauté. À cela s'ajoute le rôle incisif et incitatif de la propagande distillée à ces serviteurs du pouvoir. Cette fameuse propagande ! Nous l'avons déjà vue à l'œuvre au tout début du conflit, quand, avec ses mots simples et terribles, elle a contribué à cristalliser les représentations haineuses de l'ennemi.

Nous la retrouvons, fort logiquement, sur le champ de bataille, au moment même du passage à l'acte, cette fois-ci comme un opérateur mental de l'acte cruel. Le procédé est toujours le même, que l'on soit en Afrique, en Europe ou ailleurs – on dénonce le danger de ce que l'on s'apprête à commettre : « Ils éventrent nos femmes et tuent nos enfants ? Eh bien, pas de pitié pour ces brutes ! Faisons-leur subir exactement le même sort ! » Comme on l'a expliqué, cette instrumentalisation d'un imaginaire de peurs, alimenté par des images puissamment émotionnelles, à la fois choquantes et révoltantes, permet littéralement de faire passer les exécutants du fantasme à l'action :

de la peur d'être détruit atrocement à l'action concrète de détruire atrocement.

Les soldats de la Wehrmacht sont inondés de ce discours apocalyptique qui leur dépeint ce que s'apprêtent à commettre les hordes asiatiques judéo-bolcheviques, si jamais ils se laissent prendre dans leurs griffes. Et Roy Gutman, qui découvre au début de la guerre de Bosnie un tract circulant dans l'armée de Milosevic, décrivant toutes les horreurs que seraient en train de subir les Serbes, comprend aussitôt que ceux-ci sont probablement en train de commettre ce qu'ils dénoncent. De telles accusations réciproques, qui opèrent comme des « miroirs de destruction », pour reprendre la formule d'Omer Bartov, avérées ou fausses, sont certainement efficaces pour attiser la férocité des tueurs. Déjà, dans les précédentes guerres des Balkans, un officier grec l'affirmait avec une simplicité brutale à l'encontre des Turcs : « Quand vous avez affaire à des barbares, le seul langage qu'ils comprennent est celui de la barbarie[1]. »

L'étude spécifique des violences faites aux victimes permet encore de déceler l'intention stratégique contenue dans les pratiques de cruauté. L'analyse des pratiques de viol au cours de la guerre de Bosnie relève précisément d'une telle approche. Le viol n'est pas vu alors comme une conséquence de la guerre, mais bien comme une tactique de guerre qui, au-delà des femmes qui en sont surtout les victimes, vise leur groupe d'appartenance. La sociologue croate Jadranka Cacic-Kumpes a souvent constaté l'extrême cruauté et perversité des violeurs, le viol allant parfois jusqu'à être commis en présence de parents ou d'enfants de la victime qui est pénétrée par plusieurs assaillants[2]. Reste à savoir comment déchiffrer

1. Cité par Tim Judah, *The Serbs*, *op. cit.*, p. 84.

2. Jadranka Cacic-Kumpes, « La guerre, l'ethnicité et le viol. Le cas des femmes réfugiées de Bosnie », dans *Le Livre noir de l'ex-*

la signification de tels actes. Certains analysent les viols dans la guerre de Bosnie comme une pratique de marquage du territoire et d'humiliation de la communauté d'en face, afin de renforcer la séparation et la territorialisation des communautés. D'autres y ont vu une volonté de détruire l'identité et la pérennité de cette communauté, et donc ont décrit les viols comme une atteinte à la filiation. Cette seconde position est toutefois critiquée par ceux qui font remarquer que, dans la société bosniaque, un enfant né d'un viol n'est pas considéré comme un enfant serbe (ainsi que cette position le prétend) mais comme un bâtard [1]. Quoi qu'il en soit, la perpétration délibérée d'atrocités est un moyen sûr de provoquer un traumatisme durable chez les victimes, mais aussi chez les témoins et, au-delà, chez tous les membres de leur groupe communautaire. En ce sens, les atrocités sont tournées vers le futur puisqu'elles participent de ce projet délibéré de séparer à jamais les groupes en conflit. En rendant impossible toute perspective de réconciliation pour au moins plusieurs générations, elles servent donc parfaitement le projet politique de la partition et du « nettoyage ethnique » [2].

Yougoslavie. Purification ethnique et crimes de guerre, *documents rassemblés par* Le Nouvel Observateur *et Reporters sans frontières, Paris, Arléa, 1993, p. 439-444.*

1. Voir l'intervention de Xavier Bougarel au CERI dans le groupe de recherche « Faire la paix. Du crime de masse au *peacebuilding* », 15 novembre 2001 : les rapports bourreaux/victimes ; consultable sur Internet : www.ceri-sciences-po.org.

2. D'autres auteurs ont encore montré la pertinence de l'analyse des atrocités comme relevant d'un calcul, tels Paul Richards et Krijn Peters concernant le conflit en Sierra Leone : « Why We Fight : Voices of Youth Combattants in Sierra Leone », *Africa*, 68 (2), 1998, p. 183-210. Dans ce même courant de pensée, voir Stathis N. Kalyvas, « Les guerres civiles après la fin de la Guerre froide », dans Pierre Hassner et Roland Marchal (éd.), *Guerres et Sociétés*, *op. cit.*, p. 107-135.

Cette approche instrumentale des atrocités est cependant loin d'en appréhender toute la complexité. Il convient aussi de les étudier « par le bas », ne serait-ce qu'à partir de l'analyse des rumeurs qui circulent dans une région en proie à la violence. En effet, ce qui vient d'être dit du rôle de la propagande aurait pu d'abord être formulé au sujet des rumeurs colportées sur l'ennemi. De ce point de vue, le rôle de celles-ci dans les périodes de guerre et/ou de massacres des civils est-il vraiment si différent ? Un imaginaire de peur se propage très vite et atteint tout autant les armées en campagne que les populations. Au moment de l'invasion allemande de 1914 dans le nord de la France, des rumeurs se mirent à circuler, comme celle affirmant que « les Boches coupaient les mains aux enfants ». L'historien français Marc Bloch s'est intéressé après-guerre à l'étude de ce type de rumeurs. Les soldats allemands avaient certes commis des atrocités contre les civils, mais pas celle-ci. C'était l'une des plus horribles, sinon la plus horrible, qui était retenue par la population. Or, elle était fausse. Comment en comprendre la propagation et la signification ?

Tout se passe comme si la population, dans un contexte intense de guerre et d'insécurité, « inventait » des cadres d'interprétation, tout aussi plausibles que délirants, de ce qui lui arrive ou de ce dont elle a profondément peur. Les rumeurs font largement partie de ces modes d'« explication » de la crise : elles en donnent une lecture très souvent outrancière, fondée sur la diabolisation de l'ennemi. Et, en même temps, elles peuvent avoir un fond de vérité. Mais comment naissent-elles ? Qui les invente ? Les origines d'une rumeur sont toujours difficiles à identifier. Il est néanmoins certain que ce terreau des rumeurs constitue un fond particulièrement riche, dans lequel la propagande peut puiser des « arguments-chocs » et apparaître « crédible » à une population déboussolée et traumatisée.

Le procès de Milosevic a permis, par exemple, de mieux identifier la genèse d'une rumeur qui a circulé au Kosovo après le massacre perpétré par les Serbes à Racak, en février 1998. Sur la base du témoignage d'un survivant de ce massacre, on affirmait que les assaillants avaient arraché au couteau les yeux d'une de leurs victimes. En réalité, cette interprétation était fausse. L'enquête du Tribunal international a en effet montré que ladite victime avait été tuée d'une balle dans le crâne, que c'était donc l'impact du projectile qui avait provoqué la « sortie » des globes oculaires. Autrement dit, en toute bonne foi, le témoin survivant avait propagé une interprétation fausse (celle d'une mutilation atroce commise par des Serbes sur un Albanais) à partir de sa perception exacte – mais très traumatisante – du cadavre[1].

Vers la violence orgiaque

On voit par là que l'approche initiale des atrocités, par le calcul, ne prend pas en compte les effets possibles d'un autre phénomène : celui de la dynamique même du conflit induite par la perpétration de ces atrocités. Bien souvent, on assiste à une surenchère dans les représailles et contre-représailles qui fait perdre la mesure du conflit. Autrement dit, la rationalité première, décelée dans l'action de massacrer, tend à « déraper » et à créer de l'irrationnel. Pour terroriser encore plus l'autre camp, il s'agira de faire pire que lui dans le registre de la cruauté. Reste à savoir avec quelle grille de lecture décoder ce qui est perçu comme « irrationnel ». Nous allons y venir. Le propre de la rumeur est de mélanger de manière inextricable ce qui peut être vrai et ce qui est assurément faux. Comme le

1. Entretien avec Joël Hubrecht, 14 octobre 2004.

cliché des « enfants aux mains coupées », celui de la « femme enceinte éventrée » circule trop souvent dans les Balkans pour être vrai. Mais cela ne signifie pas que les groupes en conflit ne sont pas en train de commettre des sévices abominables contre des personnes innocentes, y compris des femmes enceintes. De même, quand le FPR reprend les hostilités au Rwanda, les rumeurs les plus folles circulent quant aux atrocités dont les Tutsi sont jugés responsables. Vraies ou fausses, elles concourent à terroriser les Hutu, et donc à les mettre en situation de passer immédiatement à l'acte contre leurs voisins tutsi, pour leur faire subir ce que les Hutu croient qu'ils veulent leur faire.

Mais les conditions mêmes du massacre de proximité, qui impliquent *de facto* le rapprochement physique entre les bourreaux et leurs victimes, ne sont-elles pas nécessairement propices au développement d'atrocités ? Tuer en rencontrant le regard de l'autre, en contemplant le visage de l'autre, paraît presque impossible. La pratique du massacre confirme *a contrario* l'une des affirmations les plus fortes du philosophe Emmanuel Levinas, à savoir que la reconnaissance de notre commune humanité passe nécessairement par la rencontre du visage d'autrui. Même si l'ennemi est dépeint par la propagande sous des traits hideux et dangereux, il garde une face terriblement humaine. Dès lors, ce serait la raison pour laquelle l'exécutant du massacre se doit de « défigurer » au plus vite cet autre semblable pour parer à tout risque d'identification. Pouvoir le tuer implique de le déshumaniser, non plus « seulement » par l'imaginaire de la propagande, mais maintenant, en actes : lui couper le nez ou les oreilles, c'est s'assurer tout de suite qu'il n'a plus face humaine. La pratique cruelle est véritablement une opération mentale sur le corps de l'autre visant à briser son humanité.

Et pourquoi s'arrêter en chemin ? Pourquoi ne pas continuer à démembrer ce corps, à trancher les seins de la femme, le sexe de l'homme, à en briser les membres ? Les vertiges de l'impunité précipitent le bourreau dans le gouffre sans fond de la cruauté. Cette spirale de la destructivité des corps peut même se poursuivre après la mort. Bien que dépourvus de vie, les corps peuvent encore ressembler à ceux des vivants. Aussi s'agit-il encore de les scalper, de les ratatiner, de les écrabouiller, pour qu'ils ne ressemblent plus à rien. À moins qu'on ne les dispose dans des positions grotesques, toutes plus abjectes les unes que les autres, qu'on découpe les cadavres en morceaux, pour en faire des déchets sinon des ordures. En tout cela, c'est le bourreau qui se protège lui-même à travers ces diverses opérations de découpage ou d'éventrement. Ainsi comprise, la perpétration des atrocités serait donc le moyen pour les exécutants de créer par eux-mêmes une *distance psychique* radicale avec les victimes, de se convaincre que ce ne sont pas, que ce ne sont plus des êtres humains.

Remarquons à cet égard que les dirigeants nazis ont élaboré une méthodologie de la déshumanisation plus sophistiquée, pourrait-on dire. Dans les cas précédents, c'est le bourreau qui est en effet l'artisan direct de cette défiguration de l'ennemi. L'exécutant est en quelque sorte contraint de produire, par lui-même, l'acte atroce qui va le « détacher » de sa victime. Or, les nazis ont su passer du stade de cette « méthode artisanale » à la création d'un système qui produit par lui-même cette déshumanisation. On en connaît bien les éléments constitutifs : le voyage en wagon à bestiaux, le tatouage, la tonte, etc. Cette mise à distance psychique est produite par un dispositif opérant en amont du passage à l'acte. C'est d'ailleurs sur ce point précis que Primo Levi voit l'unique utilité de la violence inutile : rendre les victimes semblables à des animaux pour faciliter le travail des exécutants. Il s'appuie sur les propos de Franz Stangl, le commandant de Sobibor et Treblinka. À la question qui lui est posée : « Puisque vous les auriez tous tués, quel sens avaient ces humiliations ? », Franz Stangl répond : « Pour conditionner ceux qui devaient matériellement exécuter les opérations, pour leur rendre possible de faire ce qu'ils faisaient[1]. » Autrement dit, les atrocités ont ici un usage clairement fonctionnel : celui de mettre les futurs exécutants en condition de faire ce qui est exigé d'eux.

Mais vouloir rechercher de la « rationalité » dans ce qui semble être le fond du fond de l'horreur, n'est-ce pas faire fausse route ? On s'acharne encore à trouver du « sens » là où il n'y en a pas, là où il n'y en aurait plus, où il n'y aurait que du non-sens. Après tout, ce qui vient d'être appelé « irrationnel », n'est-ce pas tout simplement de la folie ? Primo Levi, justement, ne peut s'écarter de cette piste : « Je n'arrive pas à me défaire de l'impression d'une atmosphère générale de folie incontrôlée qui me paraît unique dans l'Histoire[2] », écrit-il dans *Si c'est un homme*. Au Rwanda, Jean Hatzfeld utilise aussi parfois la métaphore du « vent de folie » qui a gagné le pays, comme si ses habitants avaient été pris dans un « brouhaha », cette image du « vent » *(Umuyaga)* étant déjà apparue lors des massacres de 1959. « C'était une folie qui roulait sans plus être dirigée, dit Joseph-Désiré, celui qui lançait la machette à la main, il n'écoutait plus rien [...]. Nos bras commandaient nos têtes, en tout cas nos têtes ne disaient plus leur mot[3]. » Dès lors, tout peut survenir, y compris des atrocités. Les individus semblent entrés dans un état second.

1. Cité par Gitta Sereny, *Au fond des ténèbres*, *op. cit.*, p. 107.
2. Primo Levi, *Si c'est un homme*, *op. cit.*, « Appendice », p. 210.
3. Cité par Jean Hatzfeld, *Une saison de machettes*, *op. cit.*, p. 60.

En psychiatrie, on désigne sous l'expression « bouffée délirante » un état passager de folie qui peut saisir tout individu normal dans une période particulière de sa vie. En général, celui-ci ne se souvient plus du tout de ce qui s'est passé à ce moment où il est devenu « fou », quand il retrouve une conduite normale. On pourrait dire que les exécutants des atrocités basculent dans cet état de bouffée délirante, et que cette métamorphose a d'autant plus été possible que la société l'autorise, dans la mesure où y sont encouragés le meurtre et les transgressions en tout genre. À cet égard, l'approche du philosophe Eric Voegelin sur le nazisme est de portée bien plus générale quand il écrit que ce « régime exploite les bas instincts des êtres humains pas seulement parce qu'ils élèvent la racaille à des positions de pouvoir, mais parce que l'homme simple, qui est un homme honnête, tant que l'ordre règne dans la société dans son ensemble, devient fou sans savoir ce qu'il fait lorsque le désordre surgit quelque part et que la société perd sa cohésion[1] ».

En ce cas, le dérèglement social est propice au développement d'une violence orgiaque : le temps de la folie est aussi celui de la fête. Déjà Roger Caillois avait exploré ces rapports entre la guerre et la fête, cette « convulsion parallèle » du renversement des normes : « L'une et l'autre apparaissent comme des débauches massives et longues, écrit-il, qui entraînent naturellement un climat d'outrances, de surenchères, où les règles de la civilisation sont passagèrement abolies : beuveries et ripailles, viols et orgies, vantardises, grimaces, obscénités et jurons, paris, défis, rixes et atrocités sont inscrits à l'ordre du jour[2]. » Quant à l'historien fran-

1. Eric Voegelin, *Hitler and the Germans*, University of Missouri Press, 1999, p. 105.

2. Roger Caillois, *Bellone ou la pente de la guerre*, Paris, Nizet, 1963, p. 211.

çais Alain Corbin, il a remarquablement décrit l'histoire d'un « petit massacre » commis par des paysans, un jour de foirail, dans un village du Périgord au XIXe siècle [1].

On retrouve trace de cette dimension festive de la violence au Rwanda : « Massacre après massacre, les tueurs rentraient le soir chez eux pour festoyer avec la nourriture et les boissons qu'ils avaient pillées, ou qui leur avaient été données, prêts à revenir le lendemain matin reposés et en forme pour le "travail" [2]. » Cette description fait irrésistiblement penser aux beuveries dont parle Christopher Browning à propos des policiers du 101e bataillon qui se retrouvent le soir pour se saouler, réunis dans une sorte de fraternité virile. Est-ce pour eux une manière d'« oublier » les scènes d'horreur de la journée et les sévices qu'ils ont personnellement infligés ? Est-ce une manière aussi de se donner du courage pour recommencer le lendemain ? Toujours est-il que la perpétration des atrocités résulte aussi de ce débridement collectif synonyme d'ivresse et de désinhibition. La notion d'ivresse contient d'ailleurs ici un sens bien plus large que le simple abus d'alcool, voire de drogue, que des tueurs peuvent consommer avant, pendant et après être passés à l'acte. L'ivresse est aussi celle de la violence elle-même, à travers laquelle l'exécutant éprouve un sentiment de toute-puissance à

1. Le 16 août 1870, c'est la fête à Hautefaille, ce petit village du nord du Périgord où se retrouvent traditionnellement les paysans des environs. Mais c'est aussi le début de la guerre avec la Prusse et la première défaite de la France. Un groupe de paysans s'en prend soudainement à un jeune noble qui passait par là et qui aurait crié : « Vive la République ! » Dans une atmosphère de fête, ils vont le torturer en public et finalement le mettre à mort comme un animal, se vantant après coup d'avoir « rôti un Prussien ». Voir Alain Corbin, *Le Village des cannibales*, Paris, Aubier, 1990.

2. Alison Des Forges (éd.), *Aucun témoin ne doit survivre*, *op. cit.*, p. 247.

pouvoir donner la mort sans retenue. Le passage à l'acte, une fois installé, toujours recommencé, semble induire des formes de conduites compulsives, proches de la toxicomanie. Il y a là une véritable griserie, à la fois perverse et envoûtante, à pouvoir ainsi jouer avec les corps, avec la vie et avec la mort : faire souffrir, humilier, torturer, jouir, couper, tuer et retuer, puis recommencer.

De la jouissance de la cruauté

Cependant, on n'a que trop tendance à désigner comme « fou » ce qui nous paraît étrange et incompréhensible. La supposée folie des tueurs n'est peut-être pas si irrationnelle que cela. Les atrocités auraient bien un sens dès lors que l'on adopte d'autres angles d'analyse, à partir notamment des travaux de certains historiens de l'Antiquité ou d'anthropologues. Aurions-nous oublié, par exemple, l'horrible traitement des corps tel qu'il nous est raconté dans l'*Iliade* ? Dans ses commentaires du grand poème d'Homère, l'historien helléniste Jean-Pierre Vernant distingue, chez les Grecs, les notions de « belle mort » et de « cadavre outragé »[1]. La « belle mort » vient récompenser le héros, et plus généralement le guerrier valeureux. Hector sait qu'il va mourir, mais il ne veut pas mourir sans lutte et sans gloire, sachant que la mémoire du héros et ses exploits seront chantés après sa disparition ; ce qui va de pair avec le rituel d'embellissement du corps, avant de le brûler, pour sauver ce qui caractérisait le défunt : sa jeunesse, son héroïsme et sa beauté.

Or c'est précisément cette belle mort dont l'adversaire vainqueur veut le priver. Le premier type de sévices

1. Jean-Pierre Vernant, « L'individu, l'amour, la mort », *Soi-même et l'autre en Grèce ancienne*, Paris, Gallimard, 1989, p. 41-79.

consiste à salir, de poussière et de terre, le corps ensanglanté, à déchirer sa peau pour qu'il perde sa figure singulière, sa netteté de traits, sa couleur et son éclat. Quand Achille vainqueur entreprend d'outrager Hector, il l'attache à son char pour lui arracher toute la peau, en laissant son corps, spécialement sa tête et ses cheveux, traîner dans la poussière. En ramenant le corps à une masse informe qui ne se distingue plus de la terre sur laquelle elle reste étendue, remarque Jean-Pierre Vernant, on n'efface pas seulement la figure distincte du défunt, on supprime la différence qui sépare la matière inanimée de la créature vivante. Un second type de sévices revient à démembrer le corps, à le couper en pièces. On détache la tête, les bras et les jambes, et on le débite par morceaux. Ajax en fureur sectionne la tête d'Inbrios et l'envoie rouler dans la poussière. En perdant son unité formelle, le corps humain est réduit à l'état de chose en même temps que défiguré.

Le morcellement du cadavre, dont les débris sont éparpillés, culmine dans la pratique évoquée dès les premiers vers de l'*Iliade* et rappelée tout au long du poème : celle de livrer le corps en pâture aux chiens, aux oiseaux et aux poissons. Au lieu de brûler le corps, pour le restituer dans l'intégrité de sa forme à l'au-delà, celui-ci est dévoré tout cru par les bêtes sauvages. Il est ainsi dissous dans la confusion, renvoyé au chaos, à une entière inhumanité. Le dernier mode de l'outrage est de laisser le cadavre privé de sépulture se décomposer et pourrir de lui-même, être détruit par les vers et les mouches qui vont pénétrer par ses blessures ouvertes. Le corps abandonné à la décomposition, c'est le retournement complet de la « belle mort », son inverse. Comment ne pas penser ici à tous ces cadavres qui, dans nos massacres contemporains, sont privés de sépulture, laissés au bord de la route ou empilés dans des fosses communes, comme un tas d'ordures, privés de tout rite funéraire ? Ces diverses manières d'outrager les cadavres, repérables chez les Grecs, semblent terriblement modernes. Nos différences avec eux seraient-elles alors plus quantitatives que qualitatives ? Ce que les Grecs ont fait à petite échelle voici vingt-cinq siècles, nous avons réussi à le commettre de manière bien plus systématique des centaines de milliers de fois, voire des millions.

D'autres perspectives d'analyse sont avancées par des anthropologues. En effet, si les pratiques de cruauté s'enracinent dans le psychisme des bourreaux (comme il a été dit plus haut), alors celles-ci se caractérisent par des traits culturels spécifiques. Les manières de s'emparer des corps, de les tordre, de les découper, constituent des actes culturels à part entière, à travers lesquels l'exécutant exprime quelque chose de sa propre identité. Tel est, par exemple, le point de vue de l'anthropologue indien Arjun Appaduraï : « Il est clair que la violence infligée au corps humain dans un contexte ethnique n'est jamais totalement hasardeuse, écrit-il, ni dépourvue de forme culturelle [...], que même les pires actes de dégradation – [...] décapiter, empaler, étriper, scier, violer, brûler, pendre, suffoquer – ont des formes macabres qui ne sont pas sans lien avec la culture, et leur violence est prévisible [1]. » Cette violence de la cruauté, si elle stupéfie le témoin, n'en serait donc pas pour autant aléatoire. Dans un moment de crise intense et d'incertitude, ces actes de barbarie provoquent paradoxalement de la certitude, à travers des marqueurs culturels irréversibles, qui s'inscrivent sur les corps des victimes.

Dans le cas du Rwanda, l'anthropologue américain Christopher Taylor a proposé une lecture anthropologique

1. Arjun Appaduraï, « Uncertainties and Ethnic Violence. The Era of Globalization », *Public Culture*, vol. 10, n° 2, 1998, p. 909.

des massacres de 1994 (dont il a été en partie témoin)[1]. Selon lui, l'anatomie de l'ennemi est assimilée à l'anatomie animale. Ainsi, une pratique très courante est la section du tendon d'Achille, généralement pratiquée sur les bœufs d'un ennemi en guise de représailles. En plus d'animaliser l'homme, ce procédé renvoie à une symbolique rwandaise du corps. La cosmologie rwandaise du corps reconnaît à ce dernier une caractéristique très précise : la circulation. Un corps obstrué présente un danger pour lui-même et pour la société. La section du tendon d'Achille, immobilisant l'ennemi, renvoie à l'obstruction du chemin et reconnaît *a posteriori* le caractère obstructif de l'ennemi prêt à être sacrifié. De même, les Hutu jetaient les cadavres tutsi dans les fleuves et, par là, procédaient à une élimination des éléments obstruant le corps global hutu.

L'ontologie rwandaise selon laquelle le corps politique se trouve en relation avec le corps individuel s'exprimerait clairement ici. Le corps politique, c'est le pays, ayant pour organe d'évacuation le fleuve par lequel il rejette les éléments « indigestes ». Ainsi Taylor remarque que dans la perpétration des massacres beaucoup d'actes se conforment à un modèle culturel, à une logique structurée et structurante, la violence paraissant culturellement ou symboliquement déterminée : « Les tortionnaires ne tuaient pas seulement leurs victimes, ils transformaient leurs corps en des signes qui faisaient sens dans l'*habitus* rwandais, en transformant tout un groupe en ennemis de l'État[2]. » Cette lecture des événements de 1994 au Rwanda suscite néanmoins le scepticisme chez d'autres auteurs plus habitués à raisonner avec les catégories

1. Christopher Taylor, *Terreur et Sacrifice. Une approche anthropologique du génocide rwandais*, Toulouse, Octarès, 2000, p. 171.
2. *Ibid.*, p. 176.

d'analyse de l'histoire ou de la science politique. Il n'en demeure pas moins que l'approche des massacres sous l'angle de l'anthropologie offre des perspectives nouvelles, comme le défend l'Américain Alexander Hinton à travers ses travaux sur le Cambodge[1].

S'interroger sur les atrocités ne doit-il pas enfin nous conduire à envisager une approche plus générale et quelque peu dérangeante : celle du plaisir que la cruauté peut procurer au bourreau ? On le sait, on l'admet : si les pratiques de violence sont répandues au point qu'elles semblent inhérentes à la condition de l'homme, c'est aussi parce qu'elles lui donnent du plaisir, même si celui-ci semble malsain et ambigu. Humilier l'autre et plus encore le faire souffrir peut apporter une forme de jouissance : soit à disposer sexuellement de son corps, soit à martyriser ce corps de diverses manières avant de l'anéantir. Nous l'avons souligné : la situation d'impunité crée les conditions d'une possible ivresse de la violence. C'est par là que l'exécutant peut ressentir un véritable plaisir – non seulement à faire souffrir, mais à jouir de sa situation de toute-puissance sur une victime complètement à sa merci.

Ceux qui ont survécu à de telles épreuves témoignent parfois de cette transformation particulière du bourreau. Dans son beau texte sur la torture, l'ancien résistant et déporté Jean Améry n'hésite pas à écrire en ce sens que la compréhension profonde de ce qu'il a lui-même vécu (ayant été torturé par les nazis) ne lui est pas fournie par la psychologie, « mais selon les catégories… eh bien, oui : de la philosophie du marquis de Sade[2] ». Une telle réfé-

1. Alexander L. Hinton (éd.), *Genocide. An Anthropological Reader*, Malde-Oxford, Blackwell, 2002, et *Anihilating Difference. The Anthropology of Genocide*, San Francisco, California University Press, 2002.

2. Jean Améry, *Par-delà le crime et le châtiment*, *op. cit.*, p. 71.

rence peut surprendre et choquer. Mais nos recherches en histoire, sociologie ou science politique ne reviennent-elles pas parfois à mettre au jour des questions que la littérature et plus généralement l'art ont déjà explorées[1] ? Ne serait-ce pas ici le cas de l'œuvre maudite de Sade ? La remarque de Jean Améry invite à approfondir cette piste. Par exemple, dans *Justine ou les malheurs de la vertu*, Sade décrit effectivement cette ivresse de la violence que procure le plaisir de la souffrance infligée aux victimes : d'où le besoin de recommencer à jouir de leurs humiliations et de leurs cris avant de les tuer. Puis recommencer encore sur d'autres corps, sur d'autres proies.

Considérer ce livre comme un traité de l'érotisme ou de la pornographie serait en faire une lecture bien trop étroite et, en fin de compte, erronée. Il y a certes chez Sade une grande complaisance à raconter des scènes de sexe, dans lesquelles il dépeint en fait la corruption de certains milieux sociaux. Ce livre est en ce sens une fresque particulièrement acide des mœurs auxquelles s'adonnent selon lui des représentants éminents des élites, qu'ils appartiennent aux milieux de la justice, de la police ou de l'Église. Mais que décrit-il exactement ? Le commerce clandestin de toutes jeunes filles, plusieurs cas de pédophilie ou d'inceste, des pratiques sexuelles collectives, homosexuelles ou pas, etc. Sade révèle en fait des comportements plus ou moins marginaux, aujourd'hui mieux connus, dont on parle ouvertement dans nos propres sociétés.

1. En ce sens, les travaux de littérature comparée relatifs à la compréhension des expressions de la violence et de la cruauté me semblent pleinement justifiés, comme le fait en France Catherine Coquio. Voir son propre texte dans Catherine Coquio (éd.), *Parler des camps, penser les génocides*, Paris, Albin Michel, 1999.

Cependant, au-delà de sa délectation à raconter le vice, à briser les tabous, son œuvre est en fait un discours très argumenté sur la violence et sur la mort. En réalité, *Justine* n'est certainement pas un roman qui prône la liberté des mœurs, mais qui fait bien plutôt l'apologie de la destruction de l'Autre. C'est un livre sur la violence à l'état pur, pourrait-on dire, une violence totale qui s'abat sur celui ou celle qui a pris le parti de la vertu, incarnée par le personnage de Justine, figure emblématique de la victime, toujours humiliée et perdante. Car tous les héros-bourreaux de Sade le disent : il faut s'abandonner au crime, c'est la loi de la nature et il ne sert à rien de s'y opposer. Et Sade de citer La Fontaine : « La raison du plus fort est toujours la meilleure » ! Or, en se laissant porter à cette pente naturelle de la destruction, l'homme va à la rencontre du plaisir : un plaisir très intense puisque le sublime du crime est de jouir de la souffrance de sa victime, de l'Autre humilié.

Force est de le reconnaître : la puissance de la littérature sadienne percute le sujet de ce livre. Au fil de ces pages, et plus particulièrement dans ce chapitre, j'ai été à la recherche de ce qu'éprouvent, de ce que pensent les bourreaux au moment même de leur passage à l'acte. Eh bien, Sade consacre de longs passages, répétitifs d'ailleurs, à exposer leurs arguments, à décrire leurs émotions au moment fatidique. À sa manière bien sûr : chaque scène de torture, de viol, de mise à mort est précédée ou accompagnée de longues explications que le bourreau donne à sa victime avant de lui infliger ses sévices. Ce qui est encore remarquable dans les portraits de ses personnages est qu'aucun ne semble fou. Certes, Sade nous dit parfois que ce sont des monstres, mais jamais qu'ils sont anormaux. Ils sont surtout mus par l'égoïsme et la cupidité. Ainsi, la plupart des thèmes ici explorés sont déjà là : le sentiment d'impunité, l'ivresse de la violence, le marquage des corps, la volonté de briser tous les interdits, de faire sauter toutes les barrières sexuelles et générationnelles. En ce sens, Sade apparaît comme un explorateur de la transgression totale, des situations de violence extrême dans lesquelles il campe ses personnages.

Quand il va jusqu'à décrire une prétendue expérimentation médicale à laquelle se livre un médecin sur le corps de sa propre fille de dix-huit ans, ces lignes apparaissent après coup quasi prémonitoires de ce que feront, près de deux siècles plus tard, des médecins nazis comme Josef Mengele à Auschwitz ; et encore celui-ci ne se livrera-t-il pas à ses « expériences » sur ses propres enfants, mais sur les enfants des autres. Au-delà de la description de telle ou telle situation, Sade nous dit que ce qui compte avant tout, c'est la fantaisie du bourreau, sa faculté d'imagination, ses caprices afin de jouir pleinement de son omnipotence sur sa victime. Sade s'appuie ici sur l'histoire de Gilles de Rais, maréchal de France et ancien compagnon de guerre de Jeanne d'Arc, qui, après s'être retiré de la cour, captura dans son château plus d'une centaine de garçons pour en abuser sexuellement, puis les tuer. Celui que l'on pourrait qualifier aujourd'hui de pédophile et de tueur en série a également fasciné Georges Bataille[1], tout comme Wolfgang Sofsky. Ces auteurs se rejoignent pour affirmer que le pouvoir absolu n'a d'autre but que lui-même, que la jouissance de la violence pour la violence. Le pouvoir absolu tend à une action absolue sur ses victimes. Et pour que dure le plus longtemps possible ce plaisir, il s'agit de retenir la mort de la victime. Faire durer ses souffrances, la voir peu à peu saigner de toutes parts, l'entendre crier le plus longtemps possible pour implorer la grâce du bourreau, c'est assurer à celui-ci une

1. Georges Bataille, *Le Procès de Gilles de Rais*, dans *Œuvres complètes*, Paris, Gallimard, 1987, t. X, p. 487 *sq*.

sensation de jouissance absolue : l'extase de sa toute-puissance.

L'abîme de la « zone grise »

Pour saisissante que soit cette approche, ne repose-t-elle pas tout simplement sur un pur fantasme ? Les réalités du passage à l'acte sont bien plus complexes que ce que nous en disent ces auteurs. Ce que nous avons appris de la psychologie des exécutants ne confirme pas la vision sadienne, exclusive, du plaisir de la destruction de l'Autre. Sans doute est-elle l'une des dimensions du passage à l'acte, pouvant même être prédominante chez quelques individus. Mais en aucun cas elle ne peut s'imposer comme seule grille de lecture. Ce dont ne parle pas du tout Sade, pas plus que Bataille ou Sofsky, c'est – osons le dire – de la souffrance du bourreau lui-même. Elle est évidemment d'une nature très différente de celle de la victime. Et l'exécutant, lui, ne va pas y perdre la vie. Il est pourtant probable que la nature transgressive des actes perpétrés par le bourreau induit chez lui une forme de traumatisme profond et durable. Pour celui qui a violé des femmes ou des hommes, fait exploser des ventres ou des crânes, découpé des cadavres, rien ne sera plus jamais comme avant. Devenir tueur de masse, que l'on soit chef ou exécutant, c'est subir aussi un processus de dégradation psychique intense, assimilable à une forme de déshumanisation. Les exécutants sont aussi les victimes d'un système de coercition qu'ils acceptent pourtant de servir.

À cet égard, la notion de « zone grise », avancée par Primo Levi dans sa célèbre analyse des rapports entre gardiens et prisonniers à l'intérieur d'Auschwitz, est d'une portée bien plus générale[1]. Considérant que bourreaux et victimes sont écrasés par un même système qui anéantit leur commune humanité, Primo Levi nous invite à briser les représentations figées et manichéennes que nous pouvons en avoir. Une telle perspective déstabilise profondément toutes les certitudes qui voudraient figer une fois pour toutes les positions de la « bonne » victime et du « méchant » bourreau. Mais non, les réalités des rapports de violence sont, une fois de plus, toujours plus compliquées et fluctuantes, et nous appellent en permanence à examiner ces deux questions très dérangeantes : en quoi les victimes peuvent-elles parfois s'identifier à leurs bourreaux ? Et aussi : en quoi les bourreaux peuvent-ils se rapprocher de leurs victimes ? Par exemple, certains exécutants, au moment du passage à l'acte ou après, expriment parfois des signes manifestes d'une intolérance à massacrer des individus sans défense, comme ces membres des *Einsatzgruppen* pris de vomissements ou de crises de larmes incontrôlables, gagnés par un état dépressif devenant incompatible avec l'exercice de leurs fonctions.

D'autres ont pu se suicider ou sombrer dans la folie, comme ce tueur hutu qui avait enterré tout vivant son collègue tutsi dans un trou derrière sa maison : « Huit mois après, il s'est senti appelé par la victime pendant un rêve. Il est retourné dans le jardin, il a soulevé la terre, il a dégagé le cadavre, il s'est fait arrêter. Depuis, à la prison, il se promène jour et nuit avec le crâne de ce collègue dans un sac en plastique qu'il tient à la main. Il ne peut lâcher le sac même pour manger. Il est hanté à l'extrême[2]. »

1. Primo Levi, « La zone grise », dans *Les Naufragés et les Rescapés*, *op. cit.*, p. 36-69.
2. Cité par Jean Hatzfeld, *Dans le nu de la vie*, *op. cit.*, p. 110.

Nombre de tueurs ne réagissent pourtant pas ainsi et parviennent après coup à garder leur raison. Ce faisant, le plus souvent ils gardent le silence. Ils ne veulent pas parler de ce qu'ils ont pu commettre, cherchant à enfouir au plus profond d'eux-mêmes ce qu'ils ont accepté de faire un jour, de bon gré ou contre leur gré. Leur silence s'accompagne des rationalisations les plus diverses, dès lors que vous cherchez à les interroger pour en savoir plus sur leur passé : « C'était la guerre », « Nos ennemis nous ont fait la même chose », « Ils n'ont eu que ce qu'ils méritaient », etc. Mais n'attendez pas qu'ils vous parlent d'eux, personnellement : ce sera le mutisme absolu.

Ce silence est bien souvent la marque d'un *déni* profond, c'est-à-dire d'une totale incapacité à assumer *a posteriori* les réalités de leurs comportements antérieurs, au moment du passage à l'acte. Eu égard à l'outrance de son crime, l'exécutant ne le « voit » plus : il est littéralement incapable de le reconnaître. S'il prend véritablement conscience de l'ampleur de sa transgression, il risque tout simplement de s'effondrer psychiquement, d'en être anéanti. C'est pourquoi l'exécutant se comporte comme si son crime n'existait pas, comme s'il n'avait jamais existé. L'image honorable qu'il entend se donner de lui-même est en contradiction totale avec son passé sanguinaire. C'est ainsi que naissent des mémoires antagonistes et parallèles entre bourreaux et victimes, qui rendent bien improbable leur réconciliation. C'est aussi par là que se construisent des discours carrément négationnistes, à travers lesquels les massacres du passé sont politiquement niés.

Que l'on perçoive du sens ou du non-sens dans la perpétration des atrocités, que l'on estime que le bourreau en éprouve du plaisir ou s'en trouve psychiquement affecté, il ne peut en tout cas y avoir une lecture univoque des manifestations de la violence extrême. Sans doute le lecteur qui attendait une réponse, définitive et systématique, au pourquoi de notre propre barbarie sera-t-il déçu. Le chercheur se doit pourtant de faire preuve de modestie. Les sciences sociales peuvent certainement aider à mieux comprendre le *comment* du passage à l'acte. Elles peuvent aussi éclairer les raisons du *pourquoi*. Mais il restera toujours d'importantes zones d'ombre, réfractaires à toute approche analytique. De telles limites à la connaissance sont-elles spécifiques à l'étude du massacre et de ses atrocités ? Probablement pas. J'ai consacré plusieurs années de recherche à l'étude de la résistance, qui, après tout, constitue bien une autre forme de passage à l'acte [1].

Or, à étudier ce « sujet résistant », on est gagné par la même perplexité. Pourquoi tel individu, et pas un autre, va-t-il basculer à un moment particulier de sa vie dans la résistance ? Bien souvent, on ne sait pas le dire avec certitude. De même, pourquoi tel individu, et non un autre, devient-il un bourreau ? On se perd aussi en hypothèses. Comme l'a souligné Raymond Aron, « il subsistera toujours le mystère de la décision de la personne [2] ». Ces doutes, ces hésitations montrent bien que le projet de construire un système explicatif du passage à l'acte repose nécessairement sur un questionnement ouvert, toujours renouvelé. Il en est certainement mieux ainsi. Car c'est bien la preuve que l'homme, en dépit des contraintes qui pèsent sur lui, conserve une marge de liberté à travers laquelle sa conduite demeure imprévisible. C'est toute la grandeur de sa condition, qui lui offre la possibilité, à tout instant, de faire preuve de courage… ou de se précipiter dans l'abîme.

1. Jacques Semelin, *Sans armes face à Hitler*, *op. cit.*
2. Raymond Aron, *De la condition historique du sociologue*, Paris, Gallimard, 1970.

CHAPITRE VI

Les usages politiques des massacres et génocides

Alors qu'Auschwitz fonctionnait encore et que l'Allemagne était loin d'avoir perdu la guerre, de l'autre côté de l'Atlantique un juriste américain d'origine polonaise, Raphael Lemkin, professeur à l'université Yale, inventait le mot « génocide ». Il avait pourtant fort peu d'informations fiables sur ce qui était en train de se dérouler au cœur même de l'Europe nazie. Mais Lemkin avait l'intuition que quelque chose de complètement inédit était en train d'y advenir, ce qui justifiait à ses yeux la création d'un nouveau terme. Aussi y consacre-t-il un chapitre entier dans le livre qu'il publie en 1944[1]. Or, à peine quatre années plus tard, l'Organisation des Nations unies adopte ce terme dans le cadre de la Convention internationale sur la prévention et la répression du crime de génocide, votée à Paris le 9 décembre 1948, la veille de l'acceptation par cette même assemblée de la Déclaration universelle des droits de l'homme. Quel succès pour un universitaire que de voir reconnu aussi vite, à l'échelle internationale, un mot qu'il a lui-même créé ! Les tribunaux internationaux de Nuremberg et Tokyo, institués par les vainqueurs de la Seconde Guerre mondiale, avaient pourtant recouru en novembre 1945 et janvier 1946 à une notion nouvelle –

1. Raphael Lemkin, *Axe's Rule in Occupied Europe*, Washington, Carnegie, 1944.

celle de « crime contre l'humanité » – pour juger ses responsables allemands et japonais. Mais la prise de conscience, dans l'immédiat après-guerre, de la nature des crimes nazis commis contre les juifs d'Europe explique probablement pourquoi celle de « génocide » s'est aussi imposée à la toute nouvelle communauté internationale.

Dès lors, le mot « génocide » s'est peu à peu répandu dans le langage courant pour désigner le mal absolu, le crime des crimes venant frapper des populations innocentes. Le terme a été appliqué à toutes sortes de situations de violence, à bon ou mauvais escient. Qu'ils soient journalistes, militants, universitaires, d'aucuns ont tour à tour parlé de « génocide » dans presque tous les conflits de la seconde moitié du XXe siècle ayant fait un nombre important de victimes civiles : du Cambodge à la Tchétchénie, en passant par le Burundi, le Rwanda, le Guatemala, la Colombie, l'Irak, la Bosnie, le Soudan, etc. La notion a également été employée de manière rétroactive pour qualifier le massacre des habitants de Mélos par les Grecs (Ve siècle av. J.-C.), des Vendéens en 1793, des Indiens d'Amérique du Nord, des Arméniens en 1915, sans oublier les cas de famine en Ukraine, les diverses déportations de populations dans l'ex-URSS stalinienne, ainsi que, bien entendu, l'extermination des juifs européens et des Tziganes, mais aussi les bombardements atomiques américains d'Hiroshima et de Nagasaki. Cette liste n'est bien sûr pas exhaustive…

L'application de la notion de « génocide » à ces situations historiques très hétérogènes suscite de nombreuses objections et entretient des débats passionnels. Se trouve posé un problème apparemment inextricable de taxinomie, relatif aux significations diverses et peu précises attribuées à ce terme. Ces multiples emplois expriment le besoin de recourir à un terme de portée universelle pour désigner un phénomène massif au XXe siècle : la destruction des populations civiles. Par la suite, d'autres termes sont apparus, comme celui de « politicide » créé par Ted Gurr et Barbara Harff en 1988[1]. Cependant, le mot « génocide » continue à surplomber le champ, au point que plusieurs universités à travers le monde créent des *genocide studies*.

L'idée courante selon laquelle le XXe siècle aurait été le « siècle des génocides » mérite pourtant d'être interrogée. Que celui-ci ait été l'âge des extrêmes, selon l'excellente formule de l'historien anglais Eric Hobsbawm[2], et, partant, celui des meurtres de masse, nombre d'observations historiques semblent l'attester. Mais soutenir que le XXe siècle soit celui des génocides constitue une nouvelle affirmation qui appelle à tout le moins une démonstration complémentaire – si, du moins, on admet que le génocide ne soit que l'une des formes possibles du meurtre de masse. En fait, le succès du terme n'est pas sans poser de nombreux problèmes au chercheur en sciences sociales.

Qui veut se construire aujourd'hui une figure de victime, aux yeux du monde entier, affirme avoir été victime… d'un génocide. Le mot est donc sujet à toutes sortes d'instrumentalisations, identitaires et militantes, qu'il convient tout d'abord de décrypter. Traversés eux-mêmes par ces enjeux moraux et politiques, les chercheurs ne sont guère parvenus à en donner une définition commune. En fait, depuis le travail pionnier de Lemkin, les études sur le génocide se sont surtout développées à la croisée du droit et des sciences sociales. Cette imbrication constitutive entre la normativité du droit international et l'analyse socio-historique engendre des difficultés conceptuelles qui sont source de multiples controverses. Peut-on en sortir et comment ?

1. Ted R. Gurr et Barbara Harff, « Toward Empirical Theory of Genocides and Politicides : Identification and Measurement of Cases since 1945 », *International Studies Quarterly*, n° 32, 1988, p. 369-381.
2. Eric J. Hobsbawm, *The Age of Extremes. A History of the World (1914-1991)*, Londres, Pelham Books, 1994.

À mon sens, il est indispensable que les recherches sur le génocide s'émancipent du droit, afin de conquérir leur propre maturité dans le champ des sciences sociales. À cette fin, je préconise l'utilisation d'un vocabulaire non normatif, la notion de « massacre » pouvant servir ici de première unité lexicale de référence. Se dégager du droit, c'est plus encore chercher à penser les usages politiques des massacres en fonction de leurs dynamiques de destruction. Tel est précisément le but de ce chapitre, qui propose de lire l'histoire des massacres au XXe siècle (et plus avant) à partir de trois configurations idéales-typiques : celles de la *soumission*, de l'*éradication* et de l'*insurrection*. On verra alors comment, en prenant appui sur la réflexion comparative développée dans les précédents chapitres, il devient possible de redéfinir la notion de « génocide », et plus généralement de *processus génocidaire*, du point de vue des sciences sociales.

Des instrumentalisations d'un mot impossible à définir ?

Le premier problème posé par le mot « génocide » se rapporte donc à ses multiples instrumentalisations. Ce terme fait aujourd'hui partie de toutes sortes de rhétoriques identitaires, humanitaires ou politiques. C'est là un sujet de recherche à part entière, qui révèle les enjeux liés à son emploi. *Enjeux de mémoire* tout d'abord, pour faire reconnaître aux yeux de tous LE génocide dont un peuple affirme avoir été victime par le passé.

Le combat le plus emblématique en ce domaine est celui de la communauté arménienne. Mais on peut en citer bien d'autres : celui des Grecs qui estiment aussi avoir été victimes d'un génocide de la part des Turcs entre 1915 et 1923, des Ukrainiens qui veulent faire reconnaître la famine de 1932-1933 comme un génocide, ou encore des descendants des aborigènes en Australie qui cherchent, après leur massacre par les premiers colons et l'assimilation forcée de leurs enfants, à obtenir réparation et demande de pardon de la nation australienne. En France, la loi du 18 janvier 2001, en son article unique, reconnaît officiellement le génocide arménien de 1915. Il est rare que les députés d'un pays soient ainsi conduits à se prononcer sur la nature même d'un événement historique, d'autant que cet événement ne participe que très indirectement de son histoire nationale. Cette manière de dire officiellement comment nommer et penser un événement – par le pouvoir législatif – ne manque pas de susciter de vives critiques parmi les historiens ; non que ceux-ci se refusent à reconnaître la réalité du fait génocidaire, mais bien davantage parce qu'ils estiment intolérables que la Loi puisse ainsi qualifier l'Histoire, qu'elle édicte en quelque sorte LA vérité historique. Car c'est ouvrir toute grande la voie à une Histoire officielle, une Histoire dogmatique, aux antipodes du métier d'historien [1].

L'usage du mot « génocide » soulève d'autres enjeux liés à l'action immédiate, quand une population semble – ou est effectivement – en danger de mort. Dans ces circonstances dramatiques, le recours au mot « génocide » constitue comme le signal ultime adressé à tous pour empêcher la tragédie. En 2004, le conflit du Darfour, au Soudan, en a été une nouvelle illustration. Plusieurs ONG avaient déjà dénoncé le génocide en cours dans ce pays, une affirmation relayée par l'US Holocaust Museum à

1. Voir Olivier Masseret, « La reconnaissance par le Parlement français du génocide arménien de 1915 », *Vingtième Siècle*, n° 73, janvier-mars 2002, p. 139-155 ; Vincent Duclert, « Les historiens et la destruction des Arméniens », *ibid.*, n° 81, janvier-mars 2004, p. 137-153.

Washington, puis par Colin Powell (secrétaire d'État à la Défense des États-Unis)[1], et encore par le gouvernement suédois et le Parlement européen. Durant la même période, cette position n'est pourtant pas partagée par le haut-commissaire aux Droits de l'homme des Nations unies, Louise Arbourg[2], ni même par des ONG comme Human Rights Watch, qui dénonce au Soudan plutôt la perpétration d'un « crime contre l'humanité », ou Médecins sans frontières, ce qui ne veut évidemment pas dire que ces organisations entendent rester inactives à l'égard de la tragédie[3]. En janvier 2005, la commission d'enquête des Nations unies, dirigée par le juriste Antonio Cassese, a également conclu que les violences commises au Darfour relevaient du « crime de guerre » et du « crime contre l'humanité », pressant la communauté internationale d'intervenir pour y mettre un terme ; un appel alors relayé par Kofi Annan, qui a parlé du Darfour comme le « lieu de l'enfer sur terre[4] ».

1. Déclaration de Colin Powell le 9 septembre 2004 devant la commission des Affaires étrangères du Sénat, à partir d'une enquête menée par les services du secrétaire d'État à la Défense (en juillet et en août) dans les camps de réfugiés du Tchad. Quelques heures plus tard, la Maison-Blanche publie un communiqué concluant qu'un génocide est en cours au Darfour, sur la base de l'enquête menée par le Département d'État et d'autres informations. C'est la première fois qu'un État déclare publiquement qu'un génocide est en train d'être commis dans un autre État.

2. Ce rapport, présenté au Conseil de sécurité par le haut-commissaire aux Droits de l'homme et par le conseiller spécial du secrétaire général de l'ONU pour la prévention des génocides, conclut que « des crimes contre l'humanité, des crimes de guerre et des violations des lois de la guerre ont probablement été perpétrés de façon systématique et sur une large échelle » (30 septembre 2004).

3. Voir, par exemple, l'article de Jean-Hervé Bradol, président de MSF, « D'un génocide à l'autre », *Le Monde*, 14 septembre 2004.

4. *Report of the International Commission of Inquiry on Darfur to the United Nations Secretary-General (Pursuant to Security Council*

Que l'emploi du mot « génocide » soit justifié ou non, le terme vise à frapper les imaginations, réveiller les consciences et susciter les mobilisations en faveur des victimes. Le but n'est pas seulement d'alerter l'opinion en créant un mouvement de sympathie à leur égard, mais surtout de légitimer à l'avance une possible intervention internationale en s'appuyant sur la Convention de l'ONU de 1948. Dans ces circonstances, celui qui ose affirmer qu'il ne s'agit pas « vraiment » d'un génocide se voit aussitôt accusé de lâcheté ou de sympathie pour les agresseurs. La morale semble toujours du côté de ceux qui dénoncent un génocide en cours. Et il est vrai que le débat « génocide ou pas » paraît indécent au moment même où des êtres humains sont menacés de mort ou sont effectivement en train de mourir. Conséquence : on aboutit à une véritable surenchère dans l'utilisation du terme « génocide » qui en obscurcit complètement la signification. L'historien américain Henry Huttenbach le notait déjà en 1988 : « Trop souvent, l'accusation de génocide a été posée simplement en vue d'un effet émotionnel ou pour atteindre un but politique, avec pour conséquence que de plus en plus d'événements ont été taxés de génocide, au point que le terme a perdu son sens originel[1]. »

Parallèlement à ces combats pour la mémoire des peuples ou leur protection immédiate, la notion de crime de génocide fait l'objet d'une utilisation proprement juridique, surtout depuis les années 1990, pour poursuivre devant les tribunaux internationaux tel ou tel dirigeant

---

Resolution 1564 of 18 September 2004), Genève, Nations unies, janvier 2005 ; consultable sur Internet : http ://www.un.org/News/dh/sudan/com_inq_darfur.pdf.

1. Henry R. Huttenbach, « Locating the Holocaust under the Genocide Spectrum : Toward a Methodology of Definition and Categorization », *Holocaust and Genocide Studies*, vol. 3, nº 3, 1988.

politique ou militaire. Ces incriminations, dont les enjeux politiques sont évidents, se trouvent-elles toujours justifiées ? On peut aussi en discuter. Toujours est-il que l'ancien dictateur chilien Augusto Pinochet a été accusé de génocide par le juge espagnol Baltazar Garzon, que tel est aussi le cas de Slobodan Milosevic et de l'ancien dictateur irakien Saddam Hussein. Nombres d'ONG, comme Amnesty International, fondent leur espoir dans ce combat pour lutter contre l'impunité de ceux-là mêmes qui ont décidé et organisé les massacres. Et ces ONG entendent bien s'appuyer, pour se charger de cette mission, sur la Cour pénale internationale (qu'elles ont d'ailleurs contribué à faire naître, au grand dam de certains États). Cette nouvelle juridiction, entrée en vigueur le 1er juillet 2002, a en effet à sa disposition non seulement la Convention de 1948, mais aussi les divers textes juridiques relatifs aux notions de crime de guerre et de crime contre l'humanité (voir encadrés p. 496 et 497).

Enfin, et ce n'est pas le moindre aspect, le terme « génocide » peut constituer une arme de propagande en devenant la pièce maîtresse d'une rhétorique venimeuse contre un ennemi juré. Compte tenu de la charge émotionnelle puissante que renferme le mot « génocide », celui-ci peut être utilisé et recyclé dans toutes sortes de discours de haine, afin de jeter l'opprobre international sur celui qu'on accuse d'intention génocidaire. Ainsi, les Serbes du Kosovo ont déclaré être victimes, dans les années 1980, d'un nouveau génocide de la part des Albanais. De même, au cours de la conférence de Durban (Afrique du Sud), en septembre 2001, des délégués arabes ont accusé Israël de perpétrer un véritable génocide contre les Palestiniens. Conclusion évidente : le mot sert tout autant de bouclier symbolique, pour faire valoir son identité de peuple victime, que d'épée dressée contre son mortel ennemi.

« Génocide » : un héritage du droit international

Peut-on espérer quelques clarifications conceptuelles du côté des chercheurs ? Remarquons que leurs propres travaux sont eux-mêmes traversés par des enjeux moraux et des combats identitaires. D'un côté, le psychologue Israel Charny considère que tout massacre est un génocide, y compris des accidents technologiques comme la catastrophe nucléaire de Tchernobyl. S'il adopte ainsi une définition extensive, c'est parce qu'il ne veut exclure de la définition du génocide aucun groupe humain victime[1]. À l'opposé, l'historien Stephen Katz considère qu'il n'y a eu qu'un seul génocide dans l'Histoire : celui des juifs. Mais il en donne une définition préalable, tellement restrictive et adaptée au cas de la Shoah que son raisonnement le conduit nécessairement à la conclusion que seuls les juifs ont été les victimes d'un génocide dans l'Histoire[2]. Entre ces deux extrêmes, la gamme des définitions proposées par les chercheurs est particulièrement large et diverse. Force est de constater qu'il n'existe pas, entre eux, de consensus sur ce qu'est ou ce que n'est pas un génocide. Comment expliquer cet état de fait ?

Pour le comprendre, il faut retracer l'évolution de la notion et de ce qu'elle est supposée signifier, depuis les écrits fondateurs de Raphael Lemkin, voire au-delà. Car celui-ci n'a pas vraiment été le premier à poser la question de l'extermination d'un groupe en tant que tel. Déjà,

1. Israel W. Charny, « Toward a Generic Definition of Genocide », dans George J. Andreopoulos (éd.), *Genocide. Conceptual and Historical Dimensions*, University of Pennsylvania Press, 1994, p. 64-94.

2. Stephen Katz, *The Holocaust in Historical Context*, New York, Oxford University Press, 1994, t. 1.

Montesquieu avait posé la question du génocide, comme « traitement » possible d'un peuple, sans voir pour autant la nécessité de forger un mot pour cela. Dans *De l'esprit des lois*, il observe qu'un « État qui en a conquis un autre le traite de l'une des quatre manières suivantes. Il continue à le gouverner selon ses lois et ne prend pour lui que l'exercice du gouvernement politique et civil ; ou il lui donne un nouveau gouvernement politique ou civil ; ou il détruit la société et la disperse dans d'autres ; ou enfin il extermine tous les citoyens. La première manière est conforme aux droits des gens que nous suivons aujourd'hui. La quatrième est plus conforme au droit des Romains [1] ». Dans le contexte de la Révolution française, le journaliste et polémiste Gracchus Babeuf parle de « système de dépopulation » (et de « populicide ») pour caractériser notamment le massacre des Vendéens.

L'apport de Lemkin tient donc davantage dans la création du mot même de « génocide », afin de nommer spécifiquement ce processus d'annihilation d'un peuple, et cela dans le contexte de la Seconde Guerre mondiale. À cet égard, il met bien en rapport le plan de destruction des juifs avec le projet nazi lui-même, en se fondant sur l'analyse de la pensée d'Hitler telle qu'elle s'exprime dans *Mein Kampf*. Lemkin soutient que la notion de génocide possède d'abord une assise biologique, voire génétique, ancrée dans la vision raciale du Führer ; ce qui explique la présence de la racine *genos* dans le mot « génocide ». Eu égard à la supposée « supériorité de la race aryenne », le projet nazi vise à porter atteinte à la capacité de reproduction biologique des autres races. En ce sens, les tueries de masse ne sont que l'une des méthodes du génocide, lequel implique, par exemple, des mesures de restriction des naissances et

1. Charles Louis de Secondat, baron de Montesquieu, *De l'esprit des lois*, Paris, Les Belles Lettres, 1950-1961, livre V.

un traitement inégalitaire des autres peuples en matière d'alimentation et de santé. Pour appuyer sa démonstration, Lemkin reproduit un tableau qui donne la « valeur nutritive » accordée par les nazis en fonction de leur conception hiérarchique des peuples. Il en conclut que la mise en œuvre d'un génocide suppose un plan concerté destiné à organiser de telles dispositions (en matière de sexualité, santé, etc.), et que ces mesures ne s'appliquent pas aux individus pris isolément, mais en raison de leur appartenance identitaire, réelle ou supposée, à tel ou tel groupe.

La pensée de Lemkin souffre toutefois d'importantes ambiguïtés. La première tient à cette conception extensive du génocide. En effet, Lemkin conçoit ce dernier comme une manière générale de traiter les peuples, qui ne s'applique pas seulement aux juifs (appelés à disparaître)[1], mais aussi aux Polonais, aux Tchèques, aux Slovènes, etc. Plus encore, il estime que les populations du Luxembourg, des districts d'Eupen et Malmédy en Belgique, comme de la région de l'Alsace-Lorraine, sont victimes d'un génocide. Ce jugement, qui ne peut manquer de nous étonner, reste pourtant en cohérence avec la pensée de l'auteur dans la mesure où Lemkin étend la notion de génocide à la tentative de destruction culturelle de l'identité des groupes. Pour lui, ces régions annexées au Reich ont subi une politique forcée de déculturation identitaire et de reculturation germanique. De telles mesures, qui visent ainsi à briser la « reproduction culturelle » des peuples (comme celles mentionnées plus haut) et qui bloquent la

1. Il est remarquable que Lemkin ne semble pas douter de ce point fondamental, alors qu'il ne dispose guère d'informations fiables sur l'ampleur et les méthodes de l'extermination des juifs en cours en Europe au moment même où il écrit son livre. En fait, il ne s'appuie ici « que » sur la pensée d'Hitler, exprimée dans *Mein Kampf*, et sur ses entretiens avec Rauschning.

reproduction biologique, font partie intégrante d'un plan génocidaire. D'aucuns nommeraient « ethnocide » cette politique de destruction des groupes à travers l'annihilation de leur culture. Mais Lemkin ne fait pas vraiment de différence entre « génocide » et « ethnocide », ainsi qu'il le souligne d'emblée dans une note de bas de page.

Cette signification large et relativement hétérogène de la notion de génocide a eu pour conséquence de renforcer la volonté de ceux qui ont voulu mettre *à part* l'extermination des juifs européens. En elle-même, cette évolution est quelque peu paradoxale. Car, comme on l'a souligné plus haut, l'adoption de la Convention de 1948 par l'ONU ne peut être comprise que dans le contexte de l'après-guerre et de la découverte des centres de mise à mort nazis. Mais le terme « génocide », comme « concept fatras », selon la formule brutale de l'historien belge Maxime Steinberg, a eu pour effet de « laisser échapper l'objet d'histoire qu'il prétend dire »[1]. Il n'est donc pas surprenant que ceux qui insistaient sur la « singularité » de la « catastrophe » juive aient cherché à imposer d'autres mots : *Holocaust* aux États-Unis et *Shoah* en France[2]. Le livre d'Irving Horowitz, paru en 1976 (et

1. Maxime Steinberg, « Le génocide. Histoire d'un imbroglio juridique », dans Kathia Boustany et Daniel Dormoy (éd.), *Génocide*, réseau Vitoria, « Droit international », Bruxelles, Bruylant-Éd. de l'Université de Bruxelles, 1999, p. 161.

2. Le mot *Holocaust* vient du grec et signifie ce qui est offert pour être brûlé. Il exprime l'idée de sacrifice, en hébreu *korban*, et n'est donc pas vraiment approprié pour nommer l'extermination de six millions de juifs par les nazis. Le mot *Shoah* signifie « Catastrophe » ou « Destruction » : il est utilisé en France depuis 1985, à la suite du film du cinéaste Claude Lanzmann, qui en a fait le titre de son œuvre. Le philosophe français Alain Finkielkraut a déploré cet emploi du mot *Holocaust* : « Nous évoquons désormais le génocide, écrit-il, avec un mot mystificateur, dont nous pouvons seulement espérer que sa signification a été oubliée, et qu'il ne défigure pas complètement la

plusieurs fois réédité), se fonde sur une telle distinction, n'hésitant pas alors, en toute bonne foi, à ranger dans la catégorie hétéroclite des « génocides » la situation de l'apartheid en Afrique du Sud ou le suicide collectif de la secte de Jim Jones et de ses 910 disciples en Guyane en 1978[1]. Cependant, le terme *Holocaust* connaît à son tour un usage de plus en plus inflationniste, comme s'il s'agissait de ne pas permettre aux juifs de s'approprier le monopole d'un mot, pour les empêcher de marquer le caractère unique de leur destruction[2]. Là encore, à travers cet usage des mots, il s'agit d'une bataille politique pour la mémoire, ce que le sociologue belge Jean-Michel Chaumont a nommé la « concurrence des victimes[3] ».

Les écrits de Lemkin soulèvent un autre problème au fondement même du mot « génocide », constituant pour ainsi dire sa marque de fabrique originelle. En effet, le professeur de droit de l'université Yale ne se contente évidemment pas de constater que les formes de violence contre les populations civiles dans l'Europe nazie nécessitent la création d'un nouveau terme. Il entend aussitôt proposer des dispositions juridiques concrètes pour lutter à l'avenir contre ce nouveau crime. C'est pourquoi il

---

réalité qu'il désigne » (Alain Finkielkraut, *L'Avenir d'une négation. Réflexion sur la question du génocide*, Paris, Le Seuil, 1982, p. 82).

1. Irving L. Horowitz, *Taking Lives. Genocide and State Power* (1976), 4e éd., New Brunswick, Transaction Publisher, 1996.

2. Voici quelques titres de livres qui attestent cette évolution : David E. Stannard, *American Holocaust. The Conquest of the New World*, New York, Oxford University Press, 1992 ; Jeremy Silvester, Werner H. Illebrecht et Casper Erichsen, « The Herero Holocaust ? The Disputed History of the 1904 Genocide », *The Namibian Weekender*, 20 août 2001 ; et encore Laurence Mordekhai Thomas, *Vessels of Evil. American Slavery and the Holocaust*, Philadelphie, Temple University Press, 1993.

3. Jean-Michel Chaumont, *La Concurrence des victimes*, Paris, La Découverte, 1997.

prend soin de faire une liste de recommandations juridiques en ce sens. Autrement dit, dès sa naissance, le mot « génocide » se construit à cheval entre les sciences sociales et le droit international. Il a donc un caractère fortement normatif, ce qui rend son usage particulièrement problématique pour le chercheur. Je vais y revenir. L'essentiel des recherches sur le génocide est précisément l'héritier de cette approche juridique : le champ des études sur le génocide a été enfanté par le droit.

Pour s'en convaincre, il suffit d'analyser les ouvrages des premiers auteurs qui, après Lemkin, ont tenté de développer une réflexion comparative sur le génocide. Ils prennent quasiment tous la Convention de 1948 comme point de départ et référence principale. En quelque sorte, le texte de l'ONU leur a donné un cadre de travail pour interroger l'Histoire. Que dit donc cette Convention ? Elle insiste d'abord sur le fait que le génocide relève d'un projet *intentionnel* de détruire un groupe en tant que tel *(as such)* et précise les critères d'identification de ce groupe. Deux éléments de ce texte sont à souligner : d'une part, il n'y a pas de génocide sans *sélection* de la population victime, ce qui revient à dire que le génocide suppose un *tri* ; d'autre part, ce sont seulement les groupes « nationaux, raciaux, ethniques, religieux » qui se trouvent juridiquement protégés contre le crime de génocide par cette Convention, ce qui revient à dire que les autres groupes ne le sont pas, par exemple ceux définis selon des critères politiques, économiques ou culturels. Ainsi, la Convention de l'ONU donne du génocide une définition ambiguë, qui est évidemment le résultat d'un compromis entre tous les États signataires. Certains, comme l'Union soviétique, se sont farouchement opposés à l'inclusion du critère politique, de peur de se voir accuser de crime de génocide pour leurs actions passées…

Sciences sociales : les études pionnières

En dépit de telles limites, la Convention de l'ONU a stimulé les premières études socio-historiques sur le génocide, tels les travaux de Leo Kuper. Celui-ci s'est appuyé sur la définition onusienne pour proposer une classification selon les « processus génocidaires » et les « mobiles du crime »[1]. Tout en regrettant l'exclusion du critère politique, il place les « meurtres politiques » à part, uniquement parce que la Convention de l'ONU ne les retient pas. Quant à Israel Charny, il estime à juste titre que le critère d'intentionnalité est largement insuffisant pour qualifier le génocide dans des sociétés de masse où les niveaux de responsabilité sont dilués[2]. Frank Chalk et Kurt Jonassohn[3] reprochent à la définition onusienne d'être trop étroite (du fait de l'exclusion du critère politique) et en même temps bien trop extensive, puisque l'un des alinéas de l'article 2 stipule que l'on peut également parler de génocide en cas d'« atteintes graves à l'intégrité physique ou mentale de membres du groupe ». Aussi préconisent-ils l'intégration de ce critère politique dans la définition du génocide (rompant en cela avec les réticences de Kuper) et en excluent la notion d'« atteintes à l'intégrité mentale ». Pour eux, le génocide est d'abord la destruction physique d'êtres humains sans défense en dehors de l'exercice de la guerre, ce qu'ils nomment les *one-sided killings*.

1. Leo Kuper, *Genocide*, *op. cit.*
2. Israel W. Charny (éd.), *Toward the Understanding and Prevention of Genocide. Proceedings of the International Conference on the Holocaust and Genocide*, Boulder-Londres, Westview Press, 1984.
3. Frank Chalk et Kurt Jonassohn, *The History and Sociology of Genocide*, *op. cit.*

Convention sur la prévention
et la répression du crime de génocide.
Résolution 230 de l'ONU du 9 décembre 1948

Article 2

« Le génocide s'entend dans l'un quelconque des actes ci-après commis dans l'intention de détruire, en tout ou en partie, un groupe national, ethnique, racial ou religieux en tant que tel :

« *a)* meurtre de membres du groupe ;

« *b)* atteintes graves à l'intégrité physique ou mentale de membres du groupe ;

« *c)* soumission intentionnelle du groupe à des conditions d'existence devant entraîner sa destruction physique totale ou partielle ;

« *d)* les mesures visant à entraver les naissances au sein du groupe ;

« *e)* transferts forcés d'enfants du groupe à un autre groupe. »

Article 3

« Seront punis les actes suivants :

« *a)* le génocide ;

« *b)* l'entente en vue de commettre le génocide ;

« *c)* l'incitation directe et publique à commettre le génocide ;

« *d)* la tentative de génocide ;

« *e)* la complicité dans le génocide. »

Définition du crime contre l'humanité en son article 7. Cour pénale internationale (Rome), 17 juillet 1998

« Actes commis en connaissance de cause dans le cadre d'une attaque de populations civiles systématique ou sur une grande échelle :

« *a)* le meurtre ;

« *b)* l'extermination ;

« *c)* la réduction en esclavage ;

« *d)* la déportation ou le transfert forcé de population ;

« *e)* l'emprisonnement ou autre forme de privation grave de liberté physique en violation des dispositions du droit international ;

« *f)* la torture ;

« *g)* le viol, l'esclavage sexuel, la prostitution forcée, la grossesse forcée, la stérilisation forcée ;

« *h)* la persécution de tout groupe ou de toute collectivité identifiable inspirée par des motifs d'ordre politique, racial, national, ethnique, religieux, ou sur d'autres critères ;

« *i)* les disparitions forcées ;

« *j)* le crime d'apartheid ;

« *k)* d'autres actes inhumains de caractère analogue. »

Pour sa part, la sociologue américaine Helen Fein a pris le parti de rester très proche de la définition de l'ONU tout en faisant l'effort d'en donner une « traduction » sociologique. Elle aboutit ainsi à définir le génocide comme « l'action déterminée et durable de détruire physiquement, directement ou indirectement, une collectivité à travers l'interdiction de la reproduction biologique ou sociale de ses membres, indépendamment de leur soumission et de l'absence de dangerosité présentée par les victimes[1] ».

En France, l'historien Yves Ternon, pionnier des études sur le génocide dans notre pays, est également inspiré par cette approche juridique initiale dans son important ouvrage *L'État criminel*[2]. Proposer une synthèse de ces différentes approches semble presque impossible. En 2001, Scott Strauss a tenté, par exemple, de comparer les différentes définitions formulées par ces auteurs, à partir des points clés suivants : la question de l'« intention », les modes d'annihilation du groupe visé, la manière de définir les victimes tout comme les agents de leur annihilation. Résultat : les divergences sont loin d'être secondaires et portent sur l'essentiel des variables du processus de destruction[3].

Puis d'autres chercheurs ont tenté de se dégager de la Convention de l'ONU pour explorer de nouvelles voies.

1. *« A sustained purposeful action by a perpetrator to physically destroy a collectivity directly or indirectly, through interdiction of the biological and social reproduction of group members, sustained regardless of the surrender or lack of threat offered by the victims »*, Helen Fein, « Genocide : A Sociological Perspective », *Current Sociology*, vol. 38, n° 1, 1990, p. 24.

2. Yves Ternon, *L'État criminel. Les génocides au XXe siècle*, Paris, Le Seuil, 1995. Avant cet ouvrage (qui commence par une présentation et une discussion des apports du droit international), Yves Ternon avait déjà écrit, entre autres, en collaboration avec Socrate Helman, *Le Massacre des aliénés*, *op. cit.*, et aussi *Les Arméniens. Histoire d'un génocide*, Paris, Le Seuil, 1977, rééd. en 1996. Les travaux d'Yves Ternon ont été pour moi une référence incontournable pour progresser dans un champ d'études trop peu exploré en France, et ont donc contribué à la maturation de ma propre recherche.

3. Scott Strauss, « Contested Meanings and Conflicting Imperatives : A Conceptual Analysis of Genocide », *Journal of Genocide Research*, vol. 3, n° 3, novembre 2001, p. 349-375.

Comme celle-ci « oubliait » les meurtres de masse de nature politique, ils ont tout simplement proposé de les nommer en tant que tels. Le mot « génocide » étant une création, ils ont estimé légitime de fabriquer d'autres termes propres à désigner des phénomènes différents. C'est pourquoi Barbara Harff et Ted Gurr ont forgé la notion de « politicide » pour désigner le meurtre de masse de nature politique. À vrai dire, leur approche reste calquée sur celle de l'ONU puisque cette notion de politicide se présente comme une solution lexicale pour pallier la carence du critère politique. Ainsi considèrent-ils que le génocide désigne des cas de meurtres de masse qui visent des groupes de nature « communautaire », définis par des critères ethniques, religieux, tandis que le politicide vise des groupes dont les victimes sont appréhendées en fonction de leur opposition au pouvoir dominant. Ces auteurs voient donc un intérêt analytique à différencier les deux notions, qu'ils jugent complémentaires par ailleurs. D'où leur tendance à parler de « géno-politicide »[1].

Pour sa part, Rudolph Rummel relègue la notion de « génocide » au second plan au profit du terme qu'il a inventé : celui de « démocide ». Il définit le démocide comme étant n'importe quel meurtre de masse perpétré par un gouvernement (ayant fait au moins un million de morts), que ce soit un génocide, un politicide ou n'importe quel autre meurtre de masse[2]. À le lire attentivement, on découvre toutefois qu'il propose ce terme pour des raisons plus morales que scientifiques, principalement pour englober toutes les victimes des États. En ce sens, il se

1. Ted R. Gurr et Barbara Harff, « Genocide and Politicide in Global Perspective : The Historical Record and Future Risks », dans Windass Stan (éd.), *Just War and Genocide. A Symposium*, Londres, Macmillan's Foundation for International Security, 2001.

2. Rudolph J. Rummel, *Death by Government*, *op. cit.*

rapproche beaucoup de la démarche de Charny, sauf que, contrairement à celui-ci, il se refuse à donner une définition large du génocide. Par ailleurs, sa définition fait problème en ce sens que, bien que voulant couvrir tous les cas de massacres, elle ne prend pas en compte ceux perpétrés par des acteurs non étatiques. De nouvelles notions sont encore apparues, qui n'ont, elles non plus, aucune consistance juridique. Pensons à celles de « judéocide » pour désigner n'importe quel massacre de juifs[1], d'« écocide » pour qualifier la destruction d'un écosystème[2], de « féminicide » pour désigner la destruction spécifique des femmes[3], de « libricide » pour la destruction des bibliothèques[4], d'« urbicide » pour celle des villes et d'« élitocide » pour celle des élites, et encore de « linguicide » et de « culturicide »[5], sans oublier celles de « fratricide », de « classicide » et d'« ethnocide »[6]. Cette prolifération de termes, apparus pour la plupart après la Seconde Guerre mondiale, témoigne d'une tendance nouvelle au sein des sciences sociales, qui s'efforce de penser les phénomènes de destruction en tant que tels. Dans un premier temps, tout se passe comme si les tentatives des chercheurs

1. Arno J. Mayer, *La « Solution finale » dans l'histoire*, Paris, La Découverte, 1990.

2. Barry Weisberg, *Ecocide in Indochina. The Ecology of War*, San Francisco, Canfield Press, 1970.

3. Jill Radford et Diana Russel (éd.), *Femicide. The Politics of Woman Killing*, Buckingham, Open University Press, 1992.

4. Rebecca Knuth, *Libricide. The Regim Sponsored Destruction of Books and Libraries in the Twentieth Century*, Westport, Praeger, 2003.

5. Issiaka-Prosper Laleye, « Génocide et ethnocide : comment meurent les cultures. Interrogations philosophico-anthropologiques sur le concept de génocide culturel », dans Kathia Boustany et Daniel Dormoy (éd.), *Génocide*, *op. cit.*, p. 265-293.

6. Défendue en France par Robert Jaulin, *La Paix blanche. Introduction à l'ethnocide*, Paris, Le Seuil, 1970.

s'étaient concentrées sur la manière de savoir comment les *nommer* pour pouvoir les *penser*. Il n'existe en effet guère de traditions de recherche en ce domaine sur lesquelles s'appuyer. Ce foisonnement terminologique peut donc être interprété comme l'indicateur de la richesse d'un champ d'études en construction. Mais cette diversité témoigne aussi d'une autre réalité : l'énorme difficulté à « saisir » l'objet étudié, à le délimiter, à bien le « cadrer » dans des définitions. Il en résulte nombre de malentendus et incompréhensions entre les chercheurs eux-mêmes, qui travaillent pourtant bien souvent sur les mêmes cas historiques.

Se dégager du droit

Osons alors poser cette question quelque peu provocatrice : avons-nous encore besoin du mot « génocide » en sciences sociales ? Puisque son utilisation est source de malentendus, cette notion ne pose-t-elle pas plus de problèmes au chercheur qu'elle ne l'aide à en résoudre ? Je ne serais pas très loin de le penser. Cela reviendrait alors à laisser au terme « génocide » ses usages identitaires, militants et juridiques, décrits plus haut. En sciences sociales, les notions générales de « violences de masse » ou de « violences extrêmes » pourraient alors paraître suffisantes, à condition d'en différencier les dynamiques spécifiques (selon leurs objectifs politiques) et leurs morphologies concrètes. L'historien allemand Christian Gerlach se montre partisan d'une telle solution, ayant décidé de bannir dans ses travaux l'usage même des notions de « crime » et de « génocide »[1]. Mais certains

1. Christian Gerlach, « Extremely Violent Societies. An Alternative to the Concept of Genocide », intervention du 26 novembre 2004 au

continueront à objecter que, même si le mot « génocide » est devenu très problématique, il est difficile de s'en passer. C'est pourquoi je souhaite ici faire une tentative pour en défendre encore l'emploi en sciences sociales, en clarifiant les problèmes-clés, qui déterminent l'avenir de ce champ de recherche.

Les travaux sur le génocide sont aujourd'hui à la croisée de deux chemins fort différents. Le premier prend la définition de l'ONU de 1948 comme catégorie principale d'analyse du génocide. Une majorité de *genocide scholars* se reconnaît dans une telle approche, au sein de laquelle les travaux d'Helen Fein restent les plus influents. Leur position ne manque pas de cohérence : constatant que les chercheurs ne sont pas capables de se mettre d'accord sur une définition commune du génocide, ils estiment légitime de s'en tenir à sa définition juridique. Tel est, par exemple, le point de vue défendu avec éloquence par les historiens Robert Gellately et Ben Kiernan[1]. Leur démarche repose aussi sur une conception de l'engagement de l'universitaire en vue des procès des « génocidaires ». Pour eux, le chercheur ne doit pas hésiter à s'engager et à se mettre au service du juge afin de l'aider à poursuivre les criminels de cette nature. Et, ajoute un autre chercheur américain, Eric Markusen, la Convention de 1948 peut d'autant plus servir de base de référence que celle-ci a prouvé sa flexibilité en se montrant suffisamment générale et précise pour être utilisable dans des procès internationaux aussi différents que ceux concernant la Yougoslavie ou le Rwanda. C'est encore l'approche sou-

---

séminaire de l'EHESS *Histoire et historiographie du nazisme*, animé par Peter Schöttler, Florent Brayard et Pieter Lagrou.

1. Ben Kiernan et Robert Gellately (éd.), *The Specter of Genocide. Mass Murders in Historical Perspective*, Cambridge, Cambridge University Press, 2003.

tenue dans l'intéressant ouvrage d'Eric Weitz, qui, lui aussi, part de la définition de l'ONU pour conduire sa recherche sur le XXe siècle, tout en admettant que la notion d'« intention », au cœur de la définition de 1948, n'est pas très facile à valider en histoire [1].

Mais ce courant de recherche, que je nommerai l'« école onusienne », se heurte à une question redoutable : dans quelle mesure est-il légitime d'adopter une norme juridique internationale, résultant d'un compromis politique entre les États, comme base de recherche en histoire, sociologie ou anthropologie ? En effet, on en vient alors à utiliser une norme qui est, par définition, politique, puisque le texte de cette convention résulte évidemment d'un compromis international entre les États en 1948, dans le contexte de l'après-guerre. Or cette situation est véritablement problématique. Elle fait penser à une critique développée par Durkheim, au début du XXe siècle, à propos de l'utilisation normative de la notion de « crime » en sociologie. En ce début de XXIe siècle, nous avons également à développer la critique de l'utilisation normative de la notion de « génocide » dans les sciences sociales. C'est en se dégageant du droit, et donc du politique, que les recherches sur le génocide pourront acquérir peu à peu leur propre autonomie. Ce n'est pas forcément « à la mode » en un temps où tout devient juridique et où, inversement, on utilise le droit pour faire de la politique, le droit étant lui-même politique.

Bien entendu, cette critique ne vaut évidemment pas remise en cause du droit international en tant que tel. Sans doute dois-je lever ici cet important risque de malentendu. Nul doute que l'adoption de la Convention de 1948 marque un progrès considérable du droit international au

1. Eric D. Weitz, *A Century of Genocide. Utopias of Race and Nation*, Princeton, Princeton University Press, 2003.

XXe siècle en matière de reconnaissance du crime de génocide. Et nous disposons aujourd'hui d'excellents ouvrages sur les apports de ce droit international, tout comme sur ses fondements philosophiques[1]. Nul doute non plus que les procès des responsables et exécutants des massacres soient une source de documentation très importante pour les chercheurs, même si ces informations ne sont pas toujours faciles à exploiter du point de vue de la recherche : un procès est fait pour juger un criminel, non pour comprendre un événement historique. Or c'est justement ici que la différence est marquante : en tant qu'historien, sociologue ou anthropologue, le chercheur ne fait tout simplement pas le même métier que l'homme de loi.

Le « massacre » comme unité de référence

Les premiers auteurs qui se sont efforcés de prendre de la distance vis-à-vis de la définition de l'ONU me semblent être l'historien Frank Chalk et le sociologue Kurt Jonassohn[2]. S'ils reconnaissent l'importance de cette définition onusienne, ils cherchent pourtant à redéfinir la notion de « génocide » en sciences sociales, en proposant surtout d'en détacher celle d'« ethnocide », une ambiguïté qui existait déjà dans les premiers écrits de

1. Voir en premier lieu William Schabas, *Genocide in International Law*, Cambridge, Cambridge University Press, 2000 ; Antoine Garapon, *Des crimes qu'on ne peut ni juger ni pardonner. Pour une justice internationale*, Paris, Odile Jacob, 2002 ; Mireille Delmas-Marty (éd.), *La Justice pénale internationale entre passé et avenir*, Paris, Dalloz, 2004 ; *id.*, *Vers un droit commun de l'humanité*, Paris, Textuel, 2005 ; Guenael Mettraux, *International Crimes and the Ad-Hoc Tribunals*, Oxford University Press, 2005.

2. Frank Chalk et Kurt Jonassohn, *The History and Sociology of Genocide*, *op. cit.*

Lemkin et qui se retrouve dans le texte de 1948. L'historien français Bernard Bruneteau s'inscrit lui-même dans leur sillage[1]. Les historiens anglais Marc Levene ou Martin Shaw travaillent dans la même direction, quoique l'un et l'autre semblent assimiler le génocide à un grand massacre[2]. Les chercheurs américains Norman Naimark ou Michael Mann se sont également émancipés de la définition juridique du génocide (voire l'ignorent) dans leurs travaux sur le « nettoyage ethnique » et la violence de masse[3]. C'est encore le cas du politiste américain Benjamin Valentino, qui préfère utiliser pour sa part le terme général de « meurtre de masse »[4]. À l'évidence, je m'inscris dans ce courant de recherche, que je voudrais ici contribuer à problématiser davantage[5].

1. Bernard Bruneteau, *Le Siècle des génocides. Violences, massacres et processus génocidaires de l'Arménie au Rwanda*, Paris, Armand Colin, 2004.

2. Marc Levene, « Why is the 20th Century the Century of Genocide ? », art. cit. ; Martin Shaw, *War and Genocide. Organized Killing in Modern Society*, Cambridge, Polity Press, 2003.

3. Norman M. Naimark, *Fires of Hatred*, *op. cit.* ; Michael Mann, « The Dark Side of Democracy... », art. cit.

4. Benjamin A. Valentino, *Final Solutions. Mass Killing and Genocide in the 20th Century*, Ithaca-Londres, Cornell University Press, 2004.

5. Cela ne signifie pas que je nie pour autant l'intérêt de l'école onusienne. Au-delà de ces enjeux théoriques et méthodologiques, il est très important que les chercheurs sur le génocide puissent communiquer entre eux et accepter de discuter de leurs approches contradictoires. Ce n'est pas toujours le cas, ce sujet de la violence de masse, et donc de la mort en masse, suscitant la passion et l'anathème, y compris chez les chercheurs. Mais sans gommer pour autant leurs divergences, ceux-ci n'ont-ils pas pour ainsi dire le devoir de faire preuve de mesure ? Au nom même de la mémoire des morts, il est essentiel que ceux qui étudient les génocides et massacres en tout genre se respectent, dans la confrontation même de leurs travaux, et ce pour faire avancer la recherche.

En effet, se dégager du droit conduit en premier lieu à utiliser un vocabulaire non normatif, non juridique, pour construire cet objet de recherche. La notion de « crime de masse », que j'ai un temps utilisée, ne répond pas à une telle exigence[1]. Son avantage est certes de se présenter comme une notion-passerelle entre le droit et les sciences sociales. Le mot « masse » annonce la dimension exceptionnelle du crime considéré, au sens où celui-ci vise un groupe, une masse d'individus victimes. L'expression peut encore sous-entendre que ce crime spectaculaire n'est pas commis par un seul individu mais bien par un groupe qui, très probablement, bénéficie du soutien d'une masse. Cependant le mot « crime » en marque le caractère normatif, donc juridique et pénal.

Aussi en suis-je venu à préconiser dans ce champ d'études le recours à la notion de « massacre » comme unité lexicale de référence. Bien moins générale que celle de « violence », je lui donne d'abord une définition empirique de nature sociologique : une forme d'action le plus souvent collective, de destruction de non-combattants, hommes, femmes, enfants ou soldats désarmés[2]. Remar-

1. Jacques Semelin, « Qu'est-ce qu'un crime de masse ? Le cas de l'ex-Yougoslavie », *Critique internationale*, n° 6, janvier 2000, p. 143-156. Cette notion a également une histoire dans la recherche allemande, ayant notamment la faveur de Dieter Pohl. Voir Dieter Pohl, *Verfolgung und Massenmord in der NS-Zeit, 1933-1945*. Darmstadt, Wissenschaftliche Buchgesellschaft, 2003.

2. Certains historiens de la guerre estiment pertinent d'étendre la notion de « massacre » à la destruction de soldats armés, tués par une puissance militaire nettement supérieure à la capacité offensive ou défensive de ces derniers. Ainsi, au cours de la Première Guerre mondiale, a-t-on parlé de « massacre industriel » quand l'artillerie adverse pouvait littéralement pulvériser des tranchées de soldats uniquement équipés d'armes pour le combat rapproché (baïonnettes, grenades, etc.). Cette signification encore plus élargie du mot « mas-

quons que ce mot désigne aussi la tuerie des animaux, depuis le Moyen Âge européen. Ce rapprochement immédiat entre le massacre d'animaux et celui d'êtres humains, sur les plans historique et sémantique, n'est d'ailleurs pas anodin. Il est certain que cela ne résout pas encore la question d'une définition du génocide du point de vue des sciences sociales. Mais avant d'en arriver là, encore faut-il commencer par travailler sur le massacre ; car tout massacre ne peut être considéré comme un génocide, et un génocide est d'abord constitué d'un ou plusieurs massacres. C'est donc le simple bon sens méthodologique qui conduit à privilégier ce « massacre » comme objet d'études, la question étant notamment de savoir quand et dans quelles circonstances un massacre devient un génocide.

Plusieurs morphologies du massacre sont à distinguer selon leur ampleur, la distance possible entre les tueurs et leurs victimes, et la structure des conflits qui engendrent ces formes d'extrême violence. La notion de massacre implique la mort de plusieurs personnes, sans que l'on puisse dire à partir de quel chiffre précis. Il existe pourtant une différence d'échelle entre la succession de « petits » massacres, comme en Algérie ou en Colombie, et un très grand massacre, comme celui perpétré en Indonésie en 1965 (en quelques semaines près de 500 000 morts) ou au Rwanda en 1994 (près de 800 000 morts). Dans le second cas, il semble justifié de parler de « massacre de masse » (ou de « meurtre de masse »), de la même manière que l'on distingue intuitivement entre une « manifestation » et une « manifestation

---

sacre » est cependant problématique dans la mesure où l'on en vient à confondre dans la même catégorie des combattants armés (qui ont en principe consenti à se battre et donc pris le risque d'être tués) et des non-combattants civils (qui, eux, n'ont aucunement fait un tel choix).

de masse »[1]. De même est-il important de faire la différence entre des massacres de proximité (qui reposent sur un contact rapproché entre bourreaux et victimes), ce que les Anglo-Saxons nommeraient *face to face*, et un massacre à distance (du type bombardement aérien commis par un pilote qui ne voit même pas les personnes que sa bombe va atteindre). La signification du massacre est encore très différente selon que l'on est dans une situation de massacres bilatéraux entre des adversaires en conflit (du type guerre civile) ou qu'il s'agit d'un massacre unilatéral, perpétré, par exemple, par un État contre sa propre population. Il est essentiel également de savoir si le massacre est commis par un État ou une organisation militante, et si les auteurs de l'acte acceptent de mourir avec leurs victimes, comme dans le cas des attentats-suicides du 11 septembre 2001 aux États-Unis (cf. plus loin). Chacun de ces cas différents requiert des études spécifiques.

Penser les processus de destruction

Cependant, l'étude du massacre doit nécessairement se situer dans le cadre plus général d'un *processus de destruction*, dont il est l'expression la plus spectaculaire. Forme de violence extrême, le massacre est en effet à comprendre dans le contexte d'une dynamique de violence plus globale, qui le précède et l'accompagne. L'exemple de la montée de la violence au Kosovo, dans les années 1990, est à cet égard particulièrement significatif. Une polémique s'est développée en France sur

1. La notion de « meurtre de masse » me semble légitime en sciences sociales, dans la mesure où le mot « meurtre » n'a pas de signification juridique et pénale, du moins dans le droit français.

le nombre de morts dans cette province de l'ex-Yougoslavie, à la suite des opérations de « nettoyage ethnique » entreprises par l'armée serbe et diverses milices. Au moment de l'intervention de l'OTAN en 1999, destinée officiellement à y mettre un terme, des chiffres de morts fort différents ont été avancés par les uns et les autres : 3 000 ? 10 000 ? 50 000 ? Cette comptabilité, pour macabre qu'elle soit, est certes nécessaire, ne serait-ce que dans une perspective judiciaire. Mais elle est bien trop réductrice pour rendre compte des destructions causées au Kosovo depuis 1998 (sinon depuis 1990) en termes de personnes disparues, de familles déplacées, de femmes violées, de maisons brûlées, etc. C'est dire l'importance de penser le massacre comme étant « seulement » la forme la plus spectaculaire et tragique d'un processus global de destruction. Le massacre peut soit « accompagner » ce processus, soit en être l'aboutissement.

En ce sens, le psycho-sociologue américain Ervin Staub a proposé l'expression intéressante de « continuum de destruction[1] ». Le terme « continuum » ne semble pourtant pas très adéquat, car il pourrait suggérer une continuité inéluctable qui irait nécessairement d'un événement *a* à un événement *b* (par exemple, de la persécution croissante d'une minorité à son massacre). Cette vision est certainement inspirée de l'histoire de la Shoah. Mais on sait qu'il s'agit d'une interprétation erronée reconstruite *a posteriori* (parce que l'on connaît la fin de l'histoire) : la persécution des juifs allemands au tout début de l'Allemagne hitlérienne n'impliquait nullement que le scénario d'Auschwitz soit déjà écrit. C'est pourquoi la notion de « processus » est préférable à celle de « continuum », car elle implique l'idée d'une dynamique de destruction qui peut connaître des aléas, des inflexions, des accélérations

1. Ervin Staub, *The Roots of Evil*, *op. cit.*

– bref, un scénario qui n'est pas écrit à l'avance, mais qui se construit au gré de la volonté des acteurs et des circonstances. Telle est l'approche adoptée dans ce livre.

Cherchons à être plus précis : parlons d'un *processus organisé de destruction des civils, visant à la fois les personnes et leurs biens. Processus*, car la pratique collective du massacre peut être considérée comme la résultante d'une situation complexe, principalement créée par la conjonction d'une histoire politique au long cours, d'un espace culturel et d'un contexte international particuliers. *Organisé*, car il ne s'agit pas d'une destruction « naturelle » (du type tremblement de terre) ou accidentelle (du type catastrophe nucléaire de Tchernobyl). Ce processus de violence, loin d'être anarchique, est canalisé, orienté, voire construit, contre tel ou tel groupe. Il prend concrètement la forme d'une action collective, impulsée le plus souvent par un État (et ses agents), qui a la volonté d'organiser cette violence. Cela n'empêche pas une possible improvisation, voire spontanéité, des acteurs dans les manières de faire souffrir et de tuer.

Destruction : le terme est plus large que celui de « meurtre », car il inclut de possibles pratiques de démolition ou d'incendie des maisons, édifices religieux, bâtiments culturels, afin d'annihiler la présence de l'« Autre-ennemi ». Ce qui peut encore impliquer d'éventuels procédés de déshumanisation des victimes avant leur élimination. Les marches forcées et autres techniques de déportation, qui entraînent souvent un fort taux de mortalité, relèvent aussi de ces procédés de destruction des populations. En fait, le mot « destruction » ne préjuge pas de la méthode du meurtre : le feu, l'eau, le gaz, la faim, le froid, ou tout autre moyen lent ou rapide de faire mourir.

Des civils : car force est de constater que si cette violence peut être initialement dirigée contre des objectifs militaires (ou paramilitaires), elle tend à s'en détacher pour frapper essentiellement, voire exclusivement, des non-combattants, donc des civils. On connaît l'expression « destruction des populations civiles », familière du vocabulaire stratégique. Mais celle-ci renvoie trop à l'idée d'un bombardement aérien, donc de la mort provoquée d'une collectivité entière (par exemple, les habitants d'une ville). Or il faut aussi penser aux processus de destruction plus différenciés, dirigés contre des civils « éparpillés » au sein d'une même société. L'expression « destruction des civils » est donc préférable parce qu'elle permet d'englober ces deux dimensions, qui vont de l'élimination d'individus dispersés à celle de groupes constitués, jusqu'à des populations entières.

Dans tous les cas, ces actions collectives de destruction sous-entendent un rapport totalement dissymétrique entre agresseur et victime. Il s'agit bien de la destruction d'un seul côté *(one-sided destruction)*, visant des individus et des groupes qui ne sont pas en situation de se défendre. Mais cela ne préjuge en rien de la position antérieure ou future des victimes, qui ont pu être ou pourront devenir à leur tour des bourreaux.

Se dégager du droit, c'est encore adopter une autre perspective d'analyse : non pas tant se situer du point de vue des effets de l'acte violent sur les victimes [1] que chercher à discerner, chez les auteurs des massacres, les raisons de leur passage à l'acte. Ce changement de perspective est déterminant : on cesse de voir le massacre avec les « lunettes » du juriste pour emprunter celles du politiste. Telle est encore, sur le fond, la démarche de ce livre : examiner les différents usages politiques des massacres, voire des génocides. La perspective pourrait

1. Ce que cherche à délimiter le droit international pour incriminer les auteurs de l'acte.

paraître choquante, puisqu'elle revient à supposer que les massacres ont bien un « sens », plus exactement *des* « sens » pour ceux qui les commettent. Mais se situer du point de vue des auteurs de l'acte n'implique aucunement de partager leur cause. « Il n'est point besoin d'être César pour comprendre César[1] », nous a enseigné Max Weber. Il y a donc bien de la rationalité dans les pratiques de la violence extrême, même si cette rationalité nous paraît délirante. En ce sens, la diversité des situations historiques conduit à distinguer au moins trois types de logique politique des massacres, c'est-à-dire de volonté de destruction partielle et/ou totale du groupe visé, selon que leur objectif est :

– la soumission ;
– l'éradication ;
– l'insurrection.

Tentons d'en faire une brève synthèse historique, ce qui permettra de mieux cerner les définitions possibles du génocide du point de vue des sciences sociales.

Détruire pour soumettre

Le but est ici de faire mourir des civils pour détruire partiellement une collectivité afin de soumettre totalement ce qu'il en restera. Par définition, le processus de destruction est donc *partiel*, mais son effet se veut *global*. Car les responsables de l'action comptent sur l'effet de terreur pour imposer ainsi leur domination politique sur les survivants. C'est pourquoi le procédé du massacre est particulièrement adapté à une telle stratégie : le mas-

1. Max Weber, *Économie et Société*, Paris, Pocket, coll. « Agora », 1995, t. I, p. 29.

sacre n'a pas à être *tu* mais *su*, de manière à ce que son effet terrorisant se propage dans la population – effet terrorisant qui est encore accru par les pratiques du pillage et du viol. Dans certains cas, ce dernier peut prendre des proportions incroyables, l'un des exemples les plus connus étant le viol de masse des femmes chinoises de la ville de Nankin, pratiqué durant plus de six semaines par les soldats japonais, de décembre 1937 à janvier 1938.

Comme on l'a déjà noté, la guerre est souvent productrice du massacre (cf. chapitre III). Cette dynamique de destruction-soumission des civils peut en effet parfaitement s'intégrer dans une opération militaire pour précipiter la capitulation de l'adversaire, hâter la conquête de son territoire et la sujétion de ses populations. C'est ce que le philosophe américain Michael Walzer a nommé la « guerre contre les civils », dans laquelle il range aussi les diverses formes de siège et blocus, qui visent à faire tomber une cité ou un pays[1]. De telles pratiques de guerre sont universelles et indépendantes de la nature des pouvoirs politiques. Les États autoritaires ou totalitaires sont en effet loin d'en avoir le monopole. Les gouvernements démocratiques peuvent également y recourir, comme dans le cours de la Seconde Guerre mondiale avec les bombardements anglo-américains des villes allemandes, dont le plus célèbre est celui de Dresde (13-14 février 1945). Les bombardements atomiques des villes japonaises Hiroshima et Nagasaki par les États-Unis (6 et 9 août 1945) relèvent aussi de cette intention de terroriser un pays entier pour forcer ses chefs à la reddition – opérations militaires contre des civils qui ont

1. Michael Walzer, *Guerres justes et injustes. Argumentation morale avec exemples historiques*, Paris, Belin, 1999.

été jugées immorales par le philosophe américain John Rawls[1].

À une échelle moindre, ces pratiques de destruction-soumission sont également repérables dans les guerres civiles contemporaines, où les acteurs tendent à ne pas faire de distinction entre combattants et non-combattants. Même si les femmes et les enfants d'un village ne sont pas armés, ils peuvent être suspectés d'aider la guérilla adverse en lui fournissant des vivres et des munitions. De ce fait, les femmes et les enfants deviennent des cibles potentielles pour le camp opposé. Quand le village tombe effectivement sous le contrôle de ces forces ennemies, celles-ci sont toujours tentées de « faire un exemple » en tuant ses habitants pour adresser par cette « punition » un message à toute la région. Le massacre est ainsi utilisé pour obtenir l'allégeance de tous ceux qui vivent alentour. Certaines personnes sont parfois épargnées de manière à ce qu'elles propagent autour d'elles l'horreur de ce qui s'est passé. Chacun sera prévenu de ce qui l'attend s'il veut s'opposer au vainqueur. Mais si la population obtempère effectivement et se met au service de ce dernier, elle risque alors d'être prise pour cible par le camp qui a été défait et qui entend prendre sa revanche. C'est ainsi que les populations civiles sont toujours prises en otages par les groupes armés en conflit et que le nombre des morts de civils devient bien plus important que celui des combattants armés proprement dits. On ne compte plus les guerres anciennes ou nouvelles dans lesquelles de telles pratiques politiques du massacre sont repérables, que ce soit celles du Viêtnam, du Liban ou du Guatemala, en passant par l'Algérie, le Mozambique, la Colombie, la Sierra Leone ou la Tchétchénie.

1. John Rawls, « Peut-on justifier Hiroshima ? », *Esprit*, février 1997, p. 119.

De la guerre à la « gestion » des peuples

Ces pratiques de destruction-soumission, forgées dans la guerre, peuvent ensuite s'étendre à la gestion des peuples. À la guerre de conquête, qui a pu être conduite par le massacre, succède l'exploitation économique du peuple vaincu, avec encore le recours, le cas échéant, au massacre de certains de ses membres. Telle fut par exemple l'attitude fondamentale des conquistadores à l'égard des Indiens, perçus par eux comme des êtres sans valeur, corvéables à merci. Les chroniques du dominicain Bartolomé de Las Casas, rédigées entre 1527 et 1561, en sont un témoignage particulièrement poignant[1]. On pourrait encore citer de nombreux autres exemples associés à l'histoire de la conquête des « colonies », que ce soit en Amérique du Sud, en Afrique ou en Asie. À la fin du XIXe siècle, la révolution des armes à feu, avec l'apparition puis le perfectionnement des mitrailleuses, donne aux corps expéditionnaires européens une supériorité écrasante dans leur conquête du Soudan, de l'Angola ou du Rwanda.

L'Histoire offre encore des variantes plus « politiques » de cette logique destruction-soumission, qui fait passer de la guerre à la gestion des peuples. En ce cas, on pourrait renverser la formule de Clausewitz – « Ce n'est plus la guerre qui est le moyen de continuer la politique : c'est la politique qui est le moyen de poursuivre la guerre »… contre les civils. Ceux qui gagnent une guerre civile sont d'ailleurs fort logiquement aspirés dans cette dynamique de construction de leur pouvoir, comme le montre déjà l'exemple de la France révolutionnaire, dont

1. Bartolomé de Las Casas, *Histoire des Indes*, Paris, Le Seuil, 2003, 3 vol.

les « colonnes infernales » sont envoyées en 1793 pour mater la population rebelle de Vendée. Nous retrouvons ici la figure du suspect (décrite au chapitre I), dont une loi du 17 septembre 1793 institutionnalise la dangerosité, permettant l'emprisonnement de 500 000 personnes[1]. De cette période dite de la Terreur naîtra l'expression « terrorisme », conçu comme une politique d'État.

Dans la Russie révolutionnaire de Lénine, les bolcheviks continuent aussi la guerre contre leurs ennemis de toute nature, anciens royalistes, ou socialistes, ou membres de classes jugées « réactionnaires » comme les paysans. Les bolcheviks veulent conserver le pouvoir plus longtemps que les soixante-douze jours de la Commune de Paris et prennent de ce fait des mesures de terreur, inconnues jusque-là dans la Russie tsariste. Dès novembre 1917, ils officialisent la notion d'« ennemi du peuple », étendue par la suite à toutes sortes de catégories de « contre-révolutionnaires ». Et ils justifient toujours leur pratique de la violence sur une « base de classe », dans la perspective de l'avènement d'un monde nouveau. La figure de ce traître aux mille visages semble profondément associée à cette dynamique politique de la destruction-soumission, prenant dans les régimes communistes l'ampleur d'une violence de masse.

Il est vrai, qu'il y ait eu ou non guerre civile, le procédé est fort ancien : supplicier le traître, massacrer pour l'exemple les « rebelles », réels ou supposés, cela fait partie des méthodes classiques dont use le tyran pour obtenir et faire durer la sujétion de son peuple. Des pouvoirs autoritaires ou coloniaux, y compris démocratiques, ont recouru à de telles méthodes. Pensons, par exemple, en Inde, au massacre d'Amritsar perpétré par le général

1. Pascal Gueniffey, *La Politique de la terreur. Essai sur la violence révolutionnaire (1789-1794)*, Paris, Fayard, 2000, p. 46.

anglais Reginald Dyer contre une foule de manifestants non violents, le 13 avril 1919 (379 morts et 1 200 blessés). En Afrique du Sud, le régime raciste n'hésite pas davantage à faire tirer sur une foule pacifique, à Sharpeville, le 21 mars 1960 (69 morts et 180 blessés). En Algérie, le 8 mai 1945 (soit le jour même de la capitulation allemande en Europe), la police et la gendarmerie françaises ouvrent le feu à Sétif sur un défilé de manifestants arborant le drapeau algérien, ce qui provoque alors un début d'insurrection. Le soir même, un nouveau massacre est perpétré à Guelma, avec l'appui de colons armés[1]. Par la suite, au cours de la guerre d'indépendance, les militaires français, soutenus par le gouvernement de Guy Mollet, généralisent la pratique de la torture contre la population (y compris les femmes), suspectée de soutenir la résistance algérienne. Ce recours systématique à la torture, justifiée au nom de la recherche du renseignement et donc pour des raisons de sécurité, apparaît en réalité comme l'instrument privilégié d'un système politique de terreur, destiné non pas à faire parler mais à faire taire[2].

De son côté, le Front de libération national (FLN) commet lui-même des exactions non seulement contre les colons français, mais aussi contre la population algérienne (suspectée de collaborer avec le colonisateur), assassinant et enlevant plusieurs dizaines de milliers de

1. Les jours suivants, l'armée française (appuyée par les colons) procède à des pillages et incendies de villages. Le nombre des victimes de ces massacres n'est pas connu du côté algérien (estimations entre 7 000 et 8 000 morts). En revanche, on a dénombré 107 morts du côté français.

2. Telle est la conclusion convergente à laquelle parviennent la psychologue Françoise Sironi, *Bourreaux et Victimes. Psychologie de la torture*, Paris, Odile Jacob, 1999, et l'historienne Raphaëlle Branche, *La Torture et l'Armée pendant la guerre d'Algérie, 1954-1962*, Paris, Gallimard, 2001.

personnes[1]. Quant aux dictatures latino-américaines des années 1970, Argentine et Chili en tête (qui bénéficient des conseils d'officiers français et, plus encore, nord-américains), elles organisent la « disparition » systématique de tous ceux qu'elles jugent suspects. La technique consiste à arrêter les ennemis politiques et syndicaux du régime, réels ou supposés, sans jamais donner de nouvelles à leurs familles. Sont-ils morts ou vivants ? En général, ils ont été torturés, puis tués. Mais leurs proches ne le savent pas, ne peuvent le savoir. Cette incertitude sur le sort des « disparus » vise précisément à créer un climat psychologique de terreur et de paralysie dans la population tout entière.

Régimes communistes : le refaçonnage total du corps social

Mais au sein des régimes communistes du XXe siècle, ces procédés de destruction-soumission s'inscrivent dans un contexte politique intérieur bien différent. La détermination de ces pouvoirs à détruire les bases de l'ancien système (et, par conséquent, ceux et celles qui l'incarnent) s'enracine en effet dans la volonté d'en construire un nouveau par tous les moyens. La conviction idéologique des dirigeants qui impulsent ce projet politique est donc ici décisive. Considérer que les pratiques variées de violences contre les civils ont pour seul but d'instiller un climat de terreur dans cette « nouvelle société » serait donc en proposer une interprétation bien trop réductrice. En fait, celles-ci s'intègrent dans un ensemble plus large, n'étant que l'une des techniques

1. Au sein même du FLN, plusieurs milliers de militants ont été éliminés dans diverses purges politiques.

d'une *ingéniérie sociale* qui vise à transformer de fond en comble une société. À n'en pas douter, c'est l'idéologie qui donne à ce projet toute sa puissance et son utopie : celle d'une société sans classes. On doit donc s'attendre à ce que ce projet de destruction-reconstruction politique et sociale fasse des victimes dans toutes les strates de ladite société, qu'il s'agit de refaçonner entièrement. C'est par là que les systèmes communistes apparus au XXe siècle deviennent les destructeurs de leurs propres populations, non parce qu'ils ont le projet de les anéantir en tant que telles, mais parce que leur but est de restructurer de fond en comble le « corps social », quitte à l'épurer et le redécouper, en fonction de leur nouvel imaginaire politique prométhéen.

Dans le cas de l'Union soviétique, l'un des grands chantiers de ce refaçonnage social a été, par exemple, celui de la collectivisation forcée de l'agriculture, laquelle a impliqué des mesures brutales et répétées de « dékoulakisation », c'est-à-dire la déportation de paysans prétendus aisés qui ne pouvaient, pensait-on dans les milieux officiels, que s'opposer à cette collectivisation. Ces opérations de déportation (principalement vers la Sibérie) sont donc à comprendre dans un vaste programme supposé cohérent de transformations brutales de l'économie et de la société. Ce faisant, le jeune État soviétique est alors entré en guerre contre une myriade de petits exploitants, qui ont cherché, tant bien que mal, à lui résister. En 1930, note Nicolas Werth, « près de 2,5 millions de paysans participèrent à près de 14 000 révoltes, émeutes et manifestations de masse contre le régime. Les régions les plus touchées furent l'Ukraine, en particulier l'Ukraine occidentale où des districts entiers, notamment aux frontières de la Pologne et de la Roumanie, échappèrent au contrôle du régime, la région des terres noires, le Caucase du

Nord[1] ». En représailles, Staline provoque en 1932-1933 une famine de masse, qui fait environ 6 millions de victimes, dans le but de soumettre définitivement les régions les plus rebelles, à commencer par l'Ukraine. Par la suite, cette violence de masse expérimentée contre les paysans est appliquée à d'autres groupes sociaux.

Ainsi, les purges de la « Grande Terreur » stalinienne des années 1937-1938 s'inspirent-elles des méthodes de la dékoulakisation. Ces purges, qui visent toutes sortes d'« ennemis », ne touchent pas seulement les élites, mais la société dans son ensemble. Le but est d'épurer le pays de tous ses éléments « antisoviétiques » et « antisociaux ». Personne ne peut se sentir à l'abri puisque chacun devient suspect. Le parti fixe des quotas d'« ennemis » à arrêter, en fonction de leurs catégories et des régions, tout comme, en matière de production, il impose des quotas d'extraction du fer ou du charbon.

Un autre élément fondamental de cette ingéniérie sociale à la soviétique est le vaste réseau des camps de travail de l'« archipel du Goulag », selon la formule de l'écrivain russe Alexandre Soljenitsyne. L'idée à la base du camp est celle de la sanction-rééducation, les détenus étant astreints à un travail de forçats, dans de véritables bagnes, au sein desquels ils risquent de perdre leur santé sinon leur vie. Mais contrairement aux camps nazis, le but du système concentrationnaire soviétique n'est pas de faire mourir les prisonniers ; Hannah Arendt eut l'intuition d'une telle différence quand elle imaginait que le camp soviétique était « au purgatoire ce que le camp nazi était à l'enfer ». L'historiographie la plus récente confirme cette idée que, si le citoyen soviétique peut mourir au Goulag,

1. Nicolas Werth, « Un État contre son peuple. Violences, répressions, terreurs en Union soviétique », dans Stéphane Courtois (éd.), *Le Livre noir du communisme*, *op. cit.*, p. 167.

il peut aussi en sortir après plusieurs années de détention. Ainsi le Goulag est-il un lieu de passage[1].

La Chine communiste de Mao Zedong se présente comme une autre variante de cette ingéniérie sociale totale. Le père de la Révolution chinoise donne lui-même une définition très large de ses ennemis quand il déclare, en 1949 : « Après l'anéantissement des ennemis armés, il y aura encore des ennemis non armés ; ceux-ci ne manqueront pas de mener contre nous une lutte à mort. Nous ne devons jamais les sous-estimer. Si nous ne posons et ne comprenons pas maintenant le problème de cette façon, nous commettrons les plus graves erreurs[2]. » Et d'engager en 1951 une virulente campagne de terreur en direction des « contre-révolutionnaires », relancée en 1955 contre les « ennemis révolutionnaires cachés », etc.

Impossible ici de reprendre toutes ces mobilisations meurtrières à répétition qui s'abattent régulièrement sur les intellectuels ou, plus généralement, sur les habitants des villes, d'anciens dirigeants du Parti, des bouddhistes… Dans ces opérations orchestrées par le Parti, on fixe aussi des « quotas » d'ennemis à arrêter. Depuis les débuts de son combat, dans les années 1920, jusqu'aux massacres des années 1960, en passant par la période de la « Révolution culturelle », le Parti communiste chinois se sert de la violence non pas seulement comme d'un instrument de terreur contre la population, mais bien comme d'une arme « fondatrice » et « régénératrice » de son régime, susceptible de relancer le projet

1. Tel est l'un des acquis de l'impressionnante *Histoire du Goulag* entreprise par les éditions russes Rosspen, en six volumes. Le premier, qui porte précisément sur les politiques répressives staliniennes, a été dirigé par Irina Ziouzina et Nicolas Werth.

2. Rapport à la deuxième session plénière du Comité central issu du VIIe Congrès du Parti communiste chinois, 5 mars 1949.

révolutionnaire grandiose du marxisme-léninisme[1]. À l'instar de l'Union soviétique, la Chine communiste produit aussi son système concentrationnaire, que Jean-Luc Domenach a nommé l'« archipel oublié[2] » : environ un millier de camps de travail de grande taille, ainsi qu'une myriade de centres de détention. Des dizaines de millions d'individus – cinquante millions au total jusqu'au milieu des années 1980 – périrent dans ce qu'Harry Wu a nommé le *Laogaï* (ce qui veut dire « Nulle part »)[3].

Le risque d'y perdre la vie semble plus élevé que dans les camps soviétiques. Les prisonniers y sont incarcérés en majorité pour le motif de « réforme par le travail » ou encore, selon la formule d'Harry Wu, de « redressement par le travail ». Certains ont comparé cet asservissement des individus dans le camp chinois à la traite des Noirs et à leur mise en esclavage par les puissances européennes. Mais entre ces deux systèmes demeure pourtant une grande différence. Dans le cas du communisme chinois, la sujétion des hommes se fait sous couvert de leur « rééducation » : leur détention n'est pas vraiment une punition, mais une occasion de se réhabiliter, pour se rapprocher de l'idéal de cet « homme nouveau » que le Parti veut reproduire à des millions d'exemplaires. Tout le système vise donc à susciter chez chacun une soumission absolue, ce dont témoigne cette formule effrayante : « Je vous prie de m'autoriser à mon-

1. Voir à cet égard la synthèse rédigée par Jean-Louis Margolin, « Communismes d'Asie : entre "rééducation" et "massacre" », dans Stéphane Courtois (éd.), *Le Livre noir du communisme*, *op. cit.*, p. 503-702.

2. Jean-Luc Domenach, *Chine. L'archipel oublié*, Paris, Fayard, 1992.

3. Harry Wu, *Laogaï. Le Goulag chinois*, Paris, Dagorno, 1996.

trer le repentir que j'ai de mes fautes en travaillant dans les camps[1]. »

Le paradigme du « Kampuchéa démocratique »

Au Cambodge, les Khmers rouges de Pol Pot ont voulu aller encore plus loin et surtout plus vite que leurs émules chinois et soviétiques. Entre 1975 et 1979, le « Kampuchéa démocratique » (nouveau nom donné au Cambodge communiste) constitue pour ainsi dire le paradigme de cette ingéniérie sociale destructrice, à l'échelle d'un pays. Par-delà leur volonté farouche de mettre à bas le régime honni du maréchal Lon Nol, soutenu par les États-Unis, leur but est de construire une société entièrement nouvelle, dont le « peuple ancien » khmer (principalement les paysans incultes) constitue la base et l'expression la plus authentique.

Ainsi les Khmers rouges entendent-ils détruire tous les signes de la civilisation moderne du « peuple nouveau », résidant surtout dans les villes, et plus généralement tout ce qui incarne la bureaucratie et la technologie occidentales. Aussi prennent-ils la décision radicale de vider littéralement les grandes villes du pays, à commencer par la capitale, Phnom Penh, dès que celle-ci tombe sous leur domination (17 avril 1975). Cette action stupéfiante, qui met en quelques heures plusieurs millions de personnes sur les routes (y compris les malades et les vieillards), présente pour eux l'avantage d'anéantir le tissu urbain au sein duquel auraient pu évoluer leurs ennemis politiques. Mais, plus « positivement », si l'on peut dire, elle repose

1. Cité par Jean Pasqualini (avec Rudolph Chelminski), *Prisonnier de Mao. Sept ans dans un camp de travail en Chine*, Paris, Gallimard, 1975, p. 47-49.

sur l'idée de construire une nouvelle société et une nouvelle économie, en mettant tous les Cambodgiens aux travaux des rizières et des champs. Dès lors, le pays, complètement coupé du monde extérieur, devient un immense camp de travail où les causes de mortalité sont multiples : bien sûr les exécutions capitales, mais aussi le travail éreintant, les marches forcées, la faim, la maladie, etc.

Pour Ben Kiernan, il faut encore prendre en compte la vision raciste des Khmers rouges qui les conduit à vouloir éliminer des groupes religieux ou ethniques, comme la minorité musulmane (les Chams)[1]. Mais de là à prétendre que ce racisme est l'essence même du régime de Pol Pot, il y a un pas important que ne veut pas franchir Steve Heder, un autre spécialiste du Cambodge. Selon lui, le principe fondateur du régime de Pol Pot reste bien en effet le marxisme-léninisme inspiré par le modèle du « grand frère » chinois : un projet spécifique de modernisation rapide visant à l'avènement glorieux du système communiste au Cambodge. C'est donc dans le cadre de ce projet politique radical que ceux qui étaient perçus comme pouvant s'y opposer ont été stigmatisés en termes de « race ». Au reste, fait remarquer Heder, de l'Union soviétique à la Chine, la marche vers l'avènement du communisme s'est faite au détriment de nombreuses minorités nationales. L'extraordinaire régime de terreur qui régna dans le « Kampuchéa démocratique » ne fut donc pas le fait d'un simple racisme ; il résultait de l'effort pour mettre en œuvre une politique marxiste-léniniste[2]. Comme en

1. Ben Kiernan, *Le Génocide au Cambodge, 1975-1979. Race, idéologie et histoire*, Paris, Gallimard, 1998.

2. Steve Heder, « Racism, Marxism, Labelling and Genocide in Ben Kiernan's *The Pol Pot Regime* », *The South East Asia Research*, vol. 5, n° 2, p. 101-153.

Chine, la dimension « redressement des individus » est essentielle, puisque sont prévues sur les lieux de travail des séances obligatoires de rééducation. Peu importe que les individus soient au bord de l'épuisement et souvent affamés. Le salut du « peuple nouveau » repose sur cette idée de conversion individuelle à la doctrine communiste qui, aux yeux de François Bizot, s'est greffée sur la structure religieuse héritée du bouddhisme khmer[1].

Détruire pour éradiquer

Toute autre est la deuxième dynamique, celle de la destruction-éradication. Son but n'est pas tant la soumission des individus à une politique de puissance que l'*élimination d'une collectivité* d'un territoire, plus ou moins vaste, contrôlé ou convoité par un État. Il s'agit de « nettoyer » ou de « purifier » cet espace de la présence d'un Autre jugé indésirable et/ou dangereux. C'est pourquoi la notion d'*éradication* semble particulièrement pertinente : son étymologie renvoie à l'idée de « couper les racines », d'« extraire de la terre », bref de « déraciner », comme on le dirait d'une plante malfaisante ou d'une maladie contagieuse.

Ce processus de destruction-éradication, de nature identitaire, peut être également associé à la guerre de conquête. C'est le sens même de l'expression populaire : « Ôte-toi de là, que je m'y mette ! » Là encore, le procédé du massacre, associé au pillage et au viol, est le moyen de se faire bien comprendre, pour hâter le départ de cet Autre jugé indésirable. Ainsi la destruction partielle du

1. Il faut lire à cet égard son extraordinaire dialogue avec son geôlier, Douch (qui deviendra le directeur de la sinistre prison S 21), dans François Bizot, *Le Portail*, Paris, La Table ronde, 2000.

groupe et l'effet de terreur qui en résulte sont-ils de nature à provoquer et accélérer ces départs. Tel fut le procédé utilisé par les colons européens en Amérique du Nord à l'encontre des populations indiennes, les repoussant de plus en plus vers l'ouest, au-delà du Mississippi. Les propos de l'un des pères de la nation américaine, le président Thomas Jefferson, sont à cet égard sans ambiguïté : « Si nous sommes contraints à lever la hache contre une tribu, nous ne devrons jamais la reposer avant que cette tribu soit exterminée ou repoussée au-delà du Mississippi. Dans la guerre, ils tueront certains d'entre nous. Nous devons les détruire tous[1]. »

Dans les Balkans, ce mouvement contraint de populations chassées d'un territoire a été appelé « purification ethnique », ou « nettoyage ethnique » au début des années 1990, pour qualifier les différentes opérations engagées essentiellement par la Serbie et la Croatie, afin de faire fuir les populations indésirables. Mais les procédés utilisés (massacres, incendies des villages, destruction des édifices religieux...) ressortissent à des pratiques antérieures dans cette région, au moins depuis le XIXe siècle dans le contexte de la montée des nationalismes et du déclin de l'Empire ottoman. Le nettoyage ethnique a été ainsi pratiqué par tous les mouvements nationaux dans les Balkans, que ce soit en Grèce, en Serbie, au Monténégro ou en Bulgarie. Les guerres balkaniques du début du XXe siècle se situent dans cette continuité, des observateurs parlant déjà à l'époque de l'« extermination des populations civiles[2] ». Dans certains cas, la réputation « purificatrice » d'une armée est

1. Cité par Anthony F.C. Wallace, *Jefferson and the Indians. The Tragic Fate of the First Americans*, Cambridge, Belknap Press, 1999, p. 221.

2. John Reed, *La Guerre dans les Balkans*, Paris, Le Seuil, 1996.

telle que les habitants désertent par avance les villages, avant son passage[1].

Après avoir pris naissance aux États-Unis et en Europe occidentale, ces pratiques de massacre associées à la formation d'un État-nation se sont répandues à travers le monde, progressant d'ouest en est aux XIXe et XXe siècles, puis de l'ouest vers le sud au XXe siècle (décolonisation en Asie, Amérique du Sud et Afrique). Ce mouvement général semble encore loin d'être à son terme, eu égard aux aspirations nationales toujours très vives de certains peuples à travers la planète. Tout se passe comme si cet État moderne, se comprenant comme un « soi » homogène, un « nous » imaginé sur une base politique, ethnique et/ou religieuse, tendait nécessairement à se construire contre un Autre à expulser, voire à détruire. La figure de l'ennemi devient en ce cas celle de cet « Autre en trop », jugé à la fois très différent de soi – du soi collectif – et bien trop nombreux sur le territoire convoité.

La formation de l'État d'Israël, à la fin des années 1940, n'échappe pas à cette dynamique politique fondatrice. Certes, son histoire est singulière du fait de la longue persécution des juifs, jusqu'à la tentative de leur destruction totale au XXe siècle par l'Allemagne nazie. En ce sens, la création d'un État hébreu, et destiné à apporter aux Juifs une sécurité définitive, constitue un avant et un après dans leur histoire millénaire. Mais, comme dans bien des cas, cette construction de l'État s'est faite aux dépens d'un Autre précisément perçu comme indésirable. Ainsi, une nouvelle école d'historiens israéliens a mis au jour la réalité des expulsions et des massacres de Palestiniens perpétrés en 1948 par des unités militaires israéliennes, dont

1. Le rapport de la Carnegie International Commission publié en 1914 en donne plusieurs exemples éloquents.

les plus connus sont ceux du 9 avril 1948 à Deir Yassin et du 11 juillet 1948 à Lod et Ramleh [1].

Dans sa *Nouvelle Histoire d'Israël*, le politiste Ilan Greilsammer montre bien comment ces faits viennent briser les mythes historiques sionistes, tel celui qui voudrait que les Arabes soient partis de leur plein gré à la suite d'un appel radiophonique de leurs dirigeants [2]. Le mythe construit autour de la mémoire de Joseph Trumpeldor, ce pionnier d'origine russe mort au combat contre les Arabes (pour défendre les premières implantations juives du nord de la Galilée), ne résiste pas davantage à la méthode historienne. Avant de perdre la vie, lors de la bataille de Tel-Haï, celui-ci aurait déclaré : « Cela ne fait rien. Il est bon de mourir pour notre pays. » S'il est vrai qu'il a bien été tué au combat le 1er mars 1920, il n'a jamais prononcé de telles paroles. Mais « si le mythe a si bien fonctionné, c'est que le héros correspondait parfaitement à ce qu'on attendait de lui [3] ». En effet, ces paroles du « valeureux pionnier » diffusaient un message de sacrifice et de courage, enjoignant de se battre pour conquérir le droit de vivre en Palestine. La tradition juive et Ben Gourion ne disaient-ils pas que « les camarades de Trumpeldor [avaient] sanctifié ce pays par leur sang » ? Cette inscription du droit à la terre, ancré dans la mémoire du sang versé par les pionniers juifs, justifiait ainsi en retour une violence jugée légitime pour rester fidèle à leur mémoire. Tout se passe donc comme si le mécanisme puissant d'une violence sacrificielle s'était installé au fondement

1. Je pense d'abord au livre de Benny Morris, *The Birth of the Palestinian Refugee Problem, 1947-1949*, Cambridge, Cambridge University Press, 1987.

2. Ilan Greilsammer, *Une Nouvelle Histoire d'Israël. Essai sur une identité nationale*, Paris, Gallimard, 1998.

3. *Ibid.*, p. 103.

même de l'État d'Israël – et, bien évidemment, aux dépens de ceux qui habitaient cette terre, les Arabes de Palestine. Par la suite, cette violence fondatrice a pu connaître d'apparents moments de répit. Mais dès que le sentiment d'insécurité renaît du côté israélien, la violence contre les Palestiniens ressurgit aussitôt, apparaissant d'autant plus justifiée que ces derniers luttent également par les armes contre ceux qu'ils perçoivent comme des « occupants ». Ainsi, des deux côtés, les plus radicaux considèrent qu'il y a un « Autre en trop » sur un territoire qu'ils veulent pour eux seuls – cet Autre, bien trop proche, dont ils font leur ennemi mortel. De ce fait, les discours les plus extrémistes, de part et d'autre, se fondent sur cette logique d'exclusion totale, caractéristique du dilemme de sécurité : « C'est eux ou nous. »

Ces procédés utilisés dans la guerre pour construire un État peuvent être ultérieurement réemployés dans la « gestion » interne des peuples. Ainsi en est-il de toute la gamme des conflits ethniques étudiés par Andrew Bell-Fialkoff, Norman Naimark, Steven Béla Vardy et Hunt Tooley[1]. En général, les nouvelles élites au pouvoir instrumentalisent le critère ethnique pour renforcer la domination politique de leur groupe sur l'ensemble du pays. Dans certains cas, l'« Autre en trop » peut être toléré pourvu qu'il se soumette à la loi du groupe ethnique dominant ou qu'il soit jugé quantitativement peu dangereux. Au lendemain d'une guerre, des déplacements forcés de populations peuvent aussi être organisés. N'oublions pas, par exemple, qu'après la chute du IIIe Reich, en 1945,

1. Andrew Bell-Fialkoff, *Ethnic Cleansing*, Basingstocke, Macmillan, 1996 ; Norman M. Naimark, *Fires of Hatred*, *op. cit.* ; Steven Béla Vardy et Hunt Tooley (éd.), *Ethnic Cleansing in Twentieth Century Europe*, New York, Columbia University Press, 2003.

sans doute près de 16 millions d'Allemands ont été contraints de quitter les États d'Europe centrale et orientale pour rejoindre l'Allemagne désormais coupée en deux. Ce fut notamment le cas des 3,5 millions d'Allemands des Sudètes, dont la plupart vivaient là depuis des siècles. Dans une moindre mesure, près de 200 000 Hongrois ont subi le même sort en 1945-1946, au moment de la recréation de l'État tchécoslovaque par Edvard Benes, qui les a forcés à traverser le Danube pour rejoindre la Hongrie. Cependant, dans certains cas, le recours à une violence plus radicale, c'est-à-dire le massacre proprement dit, permet de précipiter le mouvement des départs. De telles actions seront bien entendu présentées comme des actes d'autodéfense, destinés à régler définitivement un problème jugé insoluble.

Si de telles pratiques sont surtout impulsées par les élites dirigeantes, les populations y prennent parfois une part directe, comme lors des tueries réciproques entre hindous et musulmans au moment de la partition de l'Inde et du Pakistan, qui firent en 1946-1947 environ 1 million de morts et provoquèrent le déplacement de plus de 100 000 personnes. Le sociologue américain Donald Horowitz a fait une étude intéressante de ces violences inter-communautaires, ethniques ou religieuses, qui ont éclaté en Malaisie, au Kirghizstan, au Nigeria ou au Liban. Si celles-ci semblent naître d'« étincelles » imprévisibles, elles n'en demeurent pas moins souvent manipulées et organisées, et se réfèrent parfois à des traditions qui remontent au XIXe siècle, sinon avant[1].

1. Donald L. Horowitz, *The Deadly Ethnic Riot*, Berkeley, University of California Press, 2001.

De l'usage de la chirurgie en politique

En fin de compte, l'incapacité de l'État souverain moderne à tolérer d'importantes minorités à l'intérieur de ses frontières conduit soit à des programmes d'assimilation forcée, soit à des opérations de « nettoyage ethnique ». Tout dépend des circonstances politiques et du contexte historique. Mais cette ardeur à rendre homogène traverse toute l'histoire du XXe siècle. Comment alors ne pas inscrire le développement de cet État, aux ambitions totalisantes, dans une histoire plus longue, telle que Michel Foucault l'a mise au jour ? En particulier, je pense ici à ses analyses sur la naissance d'un « bio-pouvoir » incarné dans cet État qui surveille, contrôle, intervient dans la vie des familles, identifie et met à l'écart les populations dangereuses, etc. Or le XXe siècle donne précisément à voir bien davantage que la mise en place de ce contrôle social des corps. L'État ne s'y contente plus de « surveiller et punir » [1].

Avec la multiplication des pratiques de « nettoyage ethnique », il franchit une nouvelle étape au XXe siècle : celle de *purifier et chasser* les populations jugées indésirables ou dangereuses. Car l'État s'autorise désormais à découper le corps social : il en rabote les aspérités, en enlève les éléments contagieux et impurs, à moins qu'il ne les écrase sans plus de scrupules ; bref, il modèle le corps social à sa façon, *à son idée*. Il peut d'autant plus faire ce travail de jardinier, ou plutôt de chirurgien, du politique [2]

1. Cf. Michel Foucault, *Surveiller et Punir*, *op. cit.*

2. Je reprends au passage la métaphore du jardinier que nous a proposée Zygmunt Bauman. Mais ne la trouvant pas suffisamment pertinente en rapport avec le sujet, je préfère celle du chirurgien, dont le métier est de couper (et de recoudre) pour soigner.

qu'il dispose désormais de nouveaux instruments d'identification et de dénombrement (comme la statistique pour connaître la masse et agir sur elle à sa guise). Jamais auparavant les pouvoirs n'ont pu en effet disposer de ces outils puissants permettant de gérer les masses (administration), de leur parler (radio), de les déplacer (trains). En vue de ce grand refaçonnage politique, on voit donc apparaître une *nouvelle forme d'ingéniérie sociale*, qui ne consiste plus seulement à soumettre un peuple rebelle (comme on l'a vu précédemment), mais bien à le découper, à en détacher les éléments indésirables, à les déporter, quitte à les laisser mourir en chemin.

Ici encore, l'Europe a été le grand chantier de ces pratiques de déracinement de masse, qui se sont surtout développées dans le contexte de la Seconde Guerre mondiale. On peine à imaginer aujourd'hui comment, à l'intérieur de l'Union soviétique, des peuples entiers ont ainsi été déportés par le pouvoir stalinien vers des « zones de peuplement », telles que la Sibérie ou le Kazakhstan. L'historien américain Robert Conquest a consacré un livre pionnier à ce qui est longtemps resté une « tache blanche » de l'histoire de cette période[1]. Les premiers à subir un tel sort, en 1940 et 1941, ont été les Polonais, les Allemands de la Volga, les peuples des États baltes, puis, en 1943 et 1944, les Talmouks, les Ingouches, les Tatars, les Tchétchènes, etc. Ces peuples « maudits » étaient perçus par Moscou comme dangereux, voire accusés de collaboration avec l'ennemi nazi. Ces opérations de déportation ont constitué une atteinte particulièrement grave à l'intégrité de ces peuples, même si ceux-ci n'ont pas été massacrés à proprement parler. Leur déportation signifiait *de*

1. Robert Conquest, *La Grande Terreur. Les purges staliniennes des années 1930*, précédé de *Sanglantes Moissons. La collectivisation des terres en URSS*, Paris, Robert Laffont, 1995.

facto leur déracinement brutal, ce transfert entraînant un fort taux de mortalité (de 20 à 25 %). En ce sens, de telles opérations relèvent bien d'une volonté éradicatrice [1].

Un tel processus peut prendre une forme encore plus extrême, quand les individus sont tués sans même avoir eu la possibilité de s'enfuir, ou quand ils sont massacrés au terme de leur déportation. La notion de « territoire à purifier » devient en ce cas secondaire par rapport à l'objectif d'extermination totale du groupe. Le but est alors de détruire tous ses membres, y compris les enfants. Certains massacres coloniaux ont probablement été perpétrés dans une telle perspective, comme celui des Hereros (Namibie) par les colons allemands en 1904 [2]. Y en aurait-il d'autres exemples ? Cela est matière à débat et il faudrait approfondir nos connaissances, plus particulièrement sur le XIXe siècle [3]. Nul doute cependant que les dirigeants de l'Allemagne nazie ont été le plus loin dans ce processus d'éradication totale. En effet, l'extermination des juifs européens entre 1941 et 1945, qui a fait suite à l'élimination partielle des malades mentaux allemands, en constitue l'exemple paradigmatique.

La figure essentialisée de cet « ennemi juif » constitue le prototype de cet « Autre en trop » voué à disparaître dans le grandiose IIIe Reich aryen, complètement

1. Claire Mouradian, « Une pratique soviétique radicalisée par la guerre : les déportations ethniques de masse en URSS », dans Stéphane Courtois (éd.), *Une si longue nuit. L'apogée des régimes totalitaires en Europe, 1935-1953*, Monaco, Éd. du Rocher, 2003, p. 332-346.

2. Voir Jürgen Zimmerer, *Deutsche Herrschaft der Afrikaner. Staatlicher Machtanspruch und Wirklichkeit im kolonialen Namibia*, Münster, LIT Verlag, 2002.

3. Le livre d'Olivier Le Cour-Grandmaison représente une contribution importante en ce sens, principalement à travers son étude de la conquête de l'Algérie par la France : *Coloniser, exterminer. Sur la guerre et l'État colonial*, Paris, Fayard, 2005.

« purifié » *(judenrein)*. Plus généralement, l'élimination des juifs fait partie de ce vaste plan de refaçonnage de l'Europe tout entière, qui inclut encore, pour des raisons d'hygiène raciale, le meurtre de masse des Tziganes et des homosexuels, la destruction partielle de ces « sous-hommes » que sont les Slaves ; dans ces opérations, les experts en tout genre (économistes, démographes, statisticiens, etc.) jouent un rôle important, à côté des « politiques »[1]. Dans des contextes historiques fort différents, un processus de destruction-éradication est également entrepris en 1915-1916 par le gouvernement jeune-turc à l'encontre de la minorité arménienne de l'Empire ottoman, ainsi que, en 1994, par les extrémistes hutu du Rwanda aux dépens de la minorité tutsi de ce pays. En ce cas, le but n'est plus de forcer un peuple à se disperser sur d'autres territoires. Il s'agit de le faire disparaître, non seulement de *sa* terre, mais de *la* terre, pour reprendre l'expression d'Hannah Arendt.

Le paradigme de la Shoah

À ce stade ultime de l'éradication totale, la notion de « génocide » peut être réintroduite, cette fois-ci comme concept en sciences sociales. En général, le grand public considère que le génocide est une sorte de massacre à grande échelle. Quand le chiffre des morts atteindrait plusieurs centaines de milliers, et plus encore plusieurs millions, il y aurait lieu de parler de génocide. Mais cette approche intuitive, qui prend comme critère le grand

1. C'est l'intérêt du travail de Götz Aly et Suzanne Heim, *Vordenker der Vernichtung*, *op. cit.*, dont on trouvera une présentation en français dans Dominique Vidal (éd.), *Les historiens allemands relisent la Shoah*, *op. cit.*

nombre de victimes, n'est pourtant pas spécifique d'une entreprise génocidaire. Du reste, aucun expert ne saurait dire aujourd'hui à partir de *quel nombre* de morts commence un génocide. Ce qui définit plus sûrement ce dernier, c'est un critère *qualitatif combiné* à ce critère quantitatif : la volonté d'éradication totale d'une collectivité. C'est pourquoi je définirai le génocide comme ce processus particulier de la destruction des civils qui vise à l'éradication totale d'une collectivité, les critères de celle-ci étant définis par ceux-là mêmes qui entreprennent de l'anéantir.

Bien entendu, comme toute définition, celle-ci procède d'un choix et peut donc être contestée. Je souhaite donc le justifier, à la lumière des grandes catégories de la destruction-soumission et de la destruction-éradication qui viennent d'être exposées. On peut certes décider que la notion de génocide vaut pour les deux catégories ; ce que, nous l'avons vu, n'hésitent pas à faire certains auteurs. Et pourquoi pas ? Mais alors, ne demandons pas à cette notion d'être discriminante en quoi que ce soit. En aucune façon elle ne peut alors servir d'outil d'analyse en sciences sociales. Sa fonction est bien davantage morale, opérant comme une notion « fourre-tout » pour qualifier tous les meurtres de masse de la Terre.

Une autre option définitionnelle consiste à réserver la notion de « génocide » à tous les massacres visant à l'éradication des groupes (et non pas à leur soumission). Un tel choix est souvent argumenté, à juste titre, en raisonnant sur l'exemple des bombardements atomiques américains sur les villes japonaises. En effet, ces actions ne peuvent être considérées comme des opérations génocidaires, dans la mesure où les États-Unis n'avaient pas l'intention de détruire tous les Japonais, mais bien de forcer leur gouvernement à la capitulation. Cependant, généraliser ce même raisonnement aux meurtres de masse perpétrés par les régimes communistes fait problème. Si on admet sans difficultés qu'une opération de guerre n'est pas un génocide (quand elle est conduite par un État démocratique occidental), pourquoi cela ne vaudrait-il pas pour les opérations de « guerre civile » entreprises par un État communiste contre sa propre population ? Dans les deux cas, nous sommes pourtant bien dans la logique de la destruction-soumission. Mais la nature idéologique de la violence communiste, définie comme « totalitaire », vient donner une autre « qualité » à ce processus de destruction, ce qui le ferait alors basculer dans la catégorie du génocide. En fait, tout pouvoir totalitaire serait nécessairement de nature génocidaire.

La conséquence d'un tel raisonnement est considérable puisque le génocide serait alors tout autant le produit du nazisme que du communisme. Se trouve posée une sorte d'équivalence létale entre les deux systèmes, les communistes s'acharnant à détruire l'ennemi de classe, le régime nazi l'ennemi de race. Cette position ne manque pas de cohérence, et c'est pourquoi ses partisans définiront comme génocide, par exemple, le cas du Cambodge de Pol Pot ou la famine en Ukraine. L'historien français Stéphane Courtois s'en est fait l'avocat dans son introduction au *Livre noir du communisme*, reprenant plus généralement les arguments du philosophe allemand Ernst Nolte qui « relativise » les crimes du nazisme par rapport à ceux du communisme. D'autres historiens ont cependant contesté une telle approche [1]. Et François Furet

1. Ainsi Nicolas Werth (l'un des auteurs du *Livre noir du communisme)* ne considère pas la famine de 1932-1933 comme un génocide, ce que défend James Macé dans « Famine and Nationalism in Soviet Ukraine », *Problems of Communism*, Washington DC, mai-juin 1984. De même, Ben Kiernan affirme la nature génocidaire des violences de Pol Pot, ce que réfute Henri Locard.

se démarque lui-même de cette position dans sa correspondance avec Ernst Nolte, quand il écrit que « le génocide se distingue des autres figures du mal parce qu'il vise des hommes, des femmes et des enfants du seul fait qu'ils sont nés tels, indépendamment de toutes considérations intelligibles tirées des luttes pour le pouvoir. La terreur antisémite a perdu tout rapport avec la sphère politique où elle a pris naissance[1] ». Autrement dit, François Furet note bien ici que la violence nazie contre les juifs n'est pas de même nature que la violence politique des communistes contre les « ennemis de la révolution ».

Sans entrer dans des débats historiographiques trop techniques, remarquons que cette démarche qui revient à poser l'équation « totalitarisme = génocide » ne se préoccupe guère de montrer les différences considérables dans les dynamiques de violence à l'œuvre à l'intérieur de chaque système. Nous avons vu en effet que les figures de l'ennemi, correspondant d'une part au processus de destruction-soumission et d'autre part au processus de destruction-éradication, ne sont pas du tout les mêmes.

Dans le cas de la soumission, la figure du suspect engendre une dynamique de violence qui « balaie » l'ensemble du corps social : chaque individu devient potentiellement un suspect. Dès lors qu'il est arrêté, ce suspect est déjà un coupable. Car les critères définissant l'« ennemi du peuple » sont tellement flous que c'est la situation concrète de l'arrestation qui sert de preuve de sa culpabilité.

En revanche, dans le cas de l'éradication, le processus de destruction se focalise sur l'identité des individus définis comme appartenant à cet « Autre en trop ». C'est donc leur identité qui les trahit à l'avance : ils sont coupables

1. François Furet et Ernst Nolte, *Fascisme et Communisme*, Paris, Plon, 1998, p. 108-109.

parce que nés juifs, tutsi ou musulmans. Avant même d'être arrêtés, ils sont déjà condamnés. Leur situation est donc exactement inverse de la précédente. La nature de la violence qui en résulte n'est pas du tout la même. Loin d'être « flottante » comme dans le premier cas, la violence se concentre sur ces cibles précises qu'il s'agit d'« extraire » du corps social contaminé par leur présence. Les deux dynamiques sont donc inverses : l'une irradie toute la société ; l'autre se focalise sur l'un de ces groupes qu'il s'agit de détruire. C'est dans ce second cas que la notion de génocide prend tout son sens, si du moins on veut rester en cohérence avec la toute première définition de Lemkin, qui voyait le génocide comme la destruction d'un groupe en tant que tel.

Ceux qui restent hostiles à ce type d'analyse peuvent encore rétorquer : « Vous avez sans doute raison, les dynamiques de violence sont probablement différentes. Et alors ? Nous sommes simplement en présence de deux formes distinctes de génocide : la première de type "politique" et la seconde de type "identitaire". » C'est d'ailleurs une lacune importante de la Convention de 1948 que de reconnaître l'existence de la seconde et non de la première. À cela je réponds que ce supposé « débat scientifique » recèle en réalité d'importants enjeux liés à la mémoire et à l'action immédiate (rappelés au début de ce chapitre). L'insistance à conserver le mot « génocide » procède alors soit de la volonté de ne pas décrocher les violences du communisme de l'incrimination de génocide, soit du désir moral, au demeurant louable, de maintenir une acception large du terme afin de protéger aujourd'hui les victimes potentielles d'une répression politique ou sociale. Mais si l'on s'en tient à une approche plus rigoureuse, qui devrait prévaloir en sciences sociales, on est bien obligé d'admettre que l'usage d'une même notion pour désigner des phénomènes différents est de nature à induire durablement des confusions regrettables. Cela apparaît d'autant plus nécessaire que ces phénomènes sont souvent imbriqués dans une même situation historique.

Les dynamiques de la soumission et de l'éradication tendent en effet à coexister, l'une étant dominante et l'autre au second plan. Dans les faits, elles se complètent en visant des groupes différents. C'est précisément ce qui ressort de la comparaison entre l'Allemagne nazie et l'URSS stalinienne : le pouvoir génocidaire nazi a commencé par soumettre et/ou détruire ses opposants politiques, tandis que l'URSS, après avoir mené toutes sortes de batailles contre les « ennemis du peuple », a entrepris de vastes opérations de déportation de peuples entiers, à caractère génocidaire. Au Rwanda, le génocide des Tutsi, engagé par les extrémistes du *Hutu Power*, a débuté par l'assassinat de leurs opposants politiques, eux-mêmes hutu. À l'inverse, au Cambodge, les Khmers rouges entreprennent dès leur accession au pouvoir le massacre de tous leurs opposants politiques et engagent aussi des actions éradicatrices des groupes qui leur résistent, en premier lieu la minorité musulmane des Chams. Le travail du chercheur est précisément de discerner ces différentes dynamiques de violences, ce qui est souvent complexe car celles-ci peuvent non seulement être imbriquées, mais aussi évoluer avec le temps, passer par exemple de la soumission à l'éradication.

Des régimes politicidaires ?

Mais si le terme « génocide » ne convient pas pour qualifier les crimes du communisme, quelle autre notion proposer ? Celle de « classicide » semble séduisante, venant faire pendant à la notion de « génocide ». Mais elle ne traduit pas le fait que les régimes communistes, par-delà leur intention de détruire des « classes » dont la réalité est insaisissable (qu'est-ce vraiment qu'un « koulak » ?), en arrivent à ériger le principe de la suspicion politique en règle de gouvernement, puisque chaque individu peut être accusé de déviance idéologique, y compris au sein du Parti (et peut-être même d'abord au sein du Parti). Sans doute la notion de « fratricide » est-elle plus appropriée à cet égard. Celle de « politicide », avancée par Ted Gurr et Barbara Harff, reste encore la plus judicieuse, bien qu'elle sous-entende, par contraste, que celle de « génocide » ne serait pas « politique » (ce qui est discutable). Ces auteurs expliquent en effet que la visée même du politicide est d'imposer la domination politique totale d'un groupe ou d'un pouvoir, les victimes étant définies en fonction de leur place dans la hiérarchie sociale ou leur opposition politique au régime ou à ce groupe dominant[1]. Une telle approche s'applique bien à la violence politique des pouvoirs communistes, et plus particulièrement au « Kampuchéa démocratique » de Pol Pot ; ce que souligne d'ailleurs l'historien français Henri Locard, qui se reconnaît dans l'approche de Gurr et Harff dans ses travaux sur le Cambodge[2].

Cependant, le terme « politicide » n'a guère de crédit aux yeux de certains puisqu'il ne possède aucune valeur juridique en droit international. C'est l'une des raisons pour lesquelles Jean-Louis Margolin va dans le sens de la reconnaissance d'un « génocide » au Cambodge, puisqu'il souligne que parler en ce cas de « politicide » reviendrait à considérer que les crimes de Pol Pot sont

1. Ted R. Gurr et Barbara Harff, *Ethnic Conflict in World Politics*, Boulder, Westview, 1994.

2. Henri Locard, « Réflexions sur *Le Livre noir*. Le cas du Kampuchéa démocratique », *Communisme*, 2000.

« inférieurs » à ceux d'Hitler[1]. À nouveau, le poids de la justice interfère dans ce débat sur les notions, ce qui, une fois encore, fait pencher nettement la balance du côté du mot « génocide ». Mais ceux qui se trouvent ainsi préoccupés par la question des sanctions pénales devraient aussi prendre en compte une autre notion juridique, tout aussi puissante et même plus ancienne : celle de « crime contre l'humanité ». De fait, des juristes comme Antoine Garapon ou David Boyle estiment que les violences commises par les Khmers rouges relèvent bien davantage du crime contre l'humanité, même si des tendances génocidaires y sont repérables, notamment à l'encontre de la minorité musulmane[2]. Or cette incrimination est aussi grave que celle pour génocide (cette dernière étant d'ailleurs parfois considérée comme une catégorie de la première) et doit donc faire l'objet de peines d'une égale sévérité. Pour ma part, je me sens proche de ces juristes, considérant que la notion de « crime contre l'humanité » qualifie mieux en général les violences perpétrées par les régimes communistes, un avis partagé par Michael Mann[3].

1. Jean-Louis Margolin, « Du cas cambodgien comme enjeu et comme révélateur », *ibid.*, n°s 59-60, 1999.

2. David Boyle, *Les Nations unies et le Cambodge, 1975-2004. La paix et la justice dans la balance*, Paris, L'Harmattan, 2005.

3. Michael Mann, *The Dark Side of Democracy*, *op. cit.* En croisant ces divers degrés de « nettoyage ethnique » avec les procédés de violence plus ou moins intense (pour les mettre en œuvre), Mann construit une typologie dynamique et complexe présentée dans son tableau 1.1. Il combine à cette fin plusieurs notions (ethnocide, politicide, fratricide, classicide, génocide). On remarquera cependant qu'il redéfinit les termes « ethnocide » et « politicide » à sa manière, en s'éloignant du sens où ils sont généralement entendus.

Du « nettoyage ethnique » au « génocide »

Appliquer la notion de « génocide » à tous les processus de destruction-éradication pose encore un autre type de problèmes. On en viendrait en effet à ne plus discerner les différences d'intensité et de radicalité destructrices entre ce qui a été appelé ici « nettoyage ethnique » d'une part et « génocide » d'autre part. Or les acquis de la réflexion comparative développée dans cet ouvrage vont dans le sens d'une telle distinction. Nous avons bien vu que la violence ethnique en Bosnie connaît certaines limites, alors qu'elle semble ne plus avoir aucun frein dans l'Europe nazie ou au Rwanda (cf. chapitre IV). C'est pourquoi la distinction entre « nettoyage ethnique » et « génocide » me semble pertinente, comme le soutiennent également des auteurs comme Norman Naimark ou Michael Mann. Ce dernier a d'ailleurs élaboré une graduation de ce processus de destruction selon six niveaux, allant jusqu'à l'extermination physique du groupe :

1) l'assimilation contrainte *(coerced assimilation)* ;

2) l'assimilation biologique (lois restreignant les mariages, stérilisation) ;

3) l'émigration contrainte *(coerced emigration)* ;

4) la déportation ;

5) l'épuration par le meurtre *(murderous cleansing)* et les assassinats organisés ;

6) le génocide (lequel est rare selon lui aux siècles précédant le XXe)[1].

Mais la Convention de 1948 fait fi de ces observations socio-historiques, ce qui constitue une autre source de confusion. Celle-ci tend en effet à « écraser » cette distinction puisqu'elle considère, dans son article 2, qu'il y

1. Cf. *ibid.*

a génocide dès lors qu'il existe une intention de détruire un groupe en tout ou en partie. De ce fait, toute opération de « nettoyage ethnique » pourrait être légalement définie comme un crime de génocide. Les juges du Tribunal pénal international pour l'ex-Yougoslavie se sont d'ailleurs appuyés sur cet article, dans le jugement rendu le 2 août 2001 contre le général Radislav Krstic, pour son implication dans l'organisation du massacre des musulmans de Srebrenica entre le 11 et le 16 juillet 1995. Ce jugement, confirmé en appel le 19 avril 2004, ouvre une voie nouvelle dans la reconnaissance juridique de certains massacres comme génocides. En effet, les juges de La Haye ont considéré que celui de Srebrenica attestait « l'intention de détruire au moins une partie substantielle du groupe protégé », à savoir celui de l'ensemble des musulmans de Bosnie. Leur raisonnement ne manque pas de cohérence, mais pourrait aussi bien être discuté, dans la mesure où les critères avancés pour affirmer qu'une partie « substantielle » du groupe a été détruite restent relatifs[1]. Quoi qu'il en soit, ce jugement du TPIY marque une évolution importante du droit international.

Désormais le décalage est en effet considérable entre la reconnaissance du crime de génocide pour l'ensemble des massacres des Tutsi au Rwanda, ayant fait quelque 800 000 victimes en trois mois à travers tout un pays, et la reconnaissance de la même incrimination pour le massacre, dans une seule ville, de 8 000 hommes en quelques jours. Le jugement du TPIY élargit donc

1. Cela nous entraînerait toutefois dans des discussions trop techniques. Mais c'est là un exemple typique où la discussion entre juristes et politistes peut être féconde. Pour lire l'arrêté du jugement en appel du 19 avril 2004, se reporter au site Internet du tribunal : http ://www.un.org/icty.

considérablement l'incrimination potentielle de génocide dans les conflits contemporains. Car un meurtre de masse comme celui du Rwanda n'arrive heureusement pas tous les jours. En revanche, des massacres du genre de celui de Srebrenica sont malheureusement plus fréquents. Si donc ce jugement du TPIY fait jurisprudence, d'autres massacres de ce type seront en conséquence qualifiés à l'avenir de génocides. Cette évolution viendra alors donner raison à des chercheurs comme le politiste américain Robert Melson qui, prenant précisément appui sur la convention de l'ONU, a proposé de distinguer entre des « génocides partiels » et des « génocides totaux »[1]. D'autres chercheurs et juristes ne partagent pourtant pas cette position : ils font valoir que ce que Melson nomme « génocide partiel » revient bien souvent à englober sous le terme générique de « génocide » des processus de destruction spécifiques qu'ils préfèrent désigner par un terme différent, celui de « nettoyage ethnique », comme, par exemple, Antonio Cassese et les membres de la commission d'enquête des Nations unies sur le Darfour (citée plus haut).

L'analyse comparative, il est vrai, ne permet pas vraiment de confondre ces notions. Certes, « nettoyage ethnique » et « génocide » se situent bien dans le même continuum de destructivité éradicatrice. On pourrait même dire que dans la dynamique d'un nettoyage ethnique, il peut apparaître, en certains lieux, une impulsion éradicatrice plus intense, comme en Bosnie, à Srebrenica. Mais le génocide se distingue nettement du nettoyage ethnique quant au sort final réservé aux victimes. En effet, dans le cas du nettoyage ethnique, si les individus

1. Robert Melson, « Comparative Genocides », dans Dinah L. Shelton (éd.), *Encyclopedia of Genocide and Crimes against Humanity*, Thomson Gale, 2005, 3 vol., t. I, p. 188-189.

sont en partie massacrés, il est laissé à d'autres la possibilité de s'enfuir. En revanche, dans le cas du génocide, toutes les portes de sortie sont fermées, ainsi que l'a remarqué Helen Fein[1]. C'est pourquoi la formule qui caractérise encore le mieux le paradigme génocidaire n'est plus seulement « purifier et chasser ». Un seuil qualitatif est franchi : il s'agit désormais de *purifier et détruire*.

Bien que restrictive, cette définition du génocide prend appui sur l'approche initiale de Raphael Lemkin, du moins sur l'« essence de sa définition », comme le dirait Eric Markusen, c'est-à-dire la destruction d'un groupe en tant que tel[2]. Néanmoins, notre approche opère deux ruptures avec des travaux antérieurs. Tout d'abord, il ne s'agit plus à l'évidence de partir du droit. C'est la démarche inverse qui prévaut, à savoir étudier la nature des processus de violence extrême à l'œuvre dans une situation historique donnée pour déterminer – *in fine* – si le processus de destruction vise à l'éradication totale d'une collectivité. Autrement dit, l'éventuelle qualification de « génocide » vient au terme de l'analyse du chercheur : à lui de confronter ensuite son approche avec celle du juriste.

L'autre changement tient à la manière même de définir la notion de génocide. Parler de « processus » ou d'« évolution », c'est appréhender le génocide comme une

1. Helen Fein, « Ethnic Cleansing and Genocide : Definitional Evasion, Fog, Morass or Opportunity ? », communication présentée à l'Association of Genocide Scholars Conference, Minneapolis, 10-12 juin 2001.

2. Eric Markusen, « The Meaning of Genocide, as Expressed in the Jurisprudence of the International Criminal Tribunal for the Former Yugoslavia and Rwanda : A Non Legal Scholar's Perspective », communication présentée à l'Association of Genocide Scholars Conference, Minneapolis, 10-12 juin 2001.

dynamique spécifique de violence. C'est donc rompre avec des approches descriptives, quasi statiques, à ce jour dominantes dans ce champ d'études. Celles-ci qualifient en effet de « génocide » un acte ou un événement au moyen d'une batterie d'items : *a*, *b*, *c*, *d*... Approches qui sont précisément héritières du droit et explicitement de la Convention de l'ONU (voir encadré *supra*). Mieux vaudrait donc toujours parler d'un *processus génocidaire*, de manière à insister sur cette dynamique particulière de la destruction-éradication [1].

Détruire pour s'insurger

Distinguons enfin une troisième utilisation possible du massacre, principalement par des acteurs non étatiques (ou du moins supposés tels). En ce cas, le but est de frapper ponctuellement le groupe visé afin de provoquer en son sein un choc traumatique intense, qui soit de nature à infléchir la politique de ses dirigeants. Comme les organisateurs du massacre se savent minoritaires dans la société où ils opèrent, le recours à ce procédé spectaculaire leur permet déjà de s'affirmer sur la scène publique pour faire valoir leur cause. Qu'ils en revendiquent la responsabilité ou restent anonymes, ils pensent que les effets politiques de cette action de destruction pourront peser sur les décideurs politiques, par exemple en créant une crise des institutions ou en bloquant une évolution politique qu'ils désapprouvent.

La pratique du massacre s'inscrit donc clairement dans une stratégie de contre-pouvoir, de résistance à une poli-

1. L'expression « processus génocidaire » se trouve déjà chez un auteur comme Leo Kuper, sans être pour autant clairement explicitée dans son livre *Genocide*, *op. cit.*

tique d'État. On l'aura compris : ce qui est décrit ici est à la base même des actions dites « terroristes », dont l'historien israélien Ariel Merari estime que le dénominateur commun repose précisément sur une stratégie de l'insurrection [1]. L'intérêt du mot « s'insurger » est double : d'une part, il s'agit de susciter une insurrection violente *contre* un système honni ; d'autre part, il s'agit de « s'auto-insurger », au sens où il est espéré que la pratique du massacre enclenchera une dynamique émancipatrice des « masses ». Car l'action est supposée avoir un effet d'entraînement, non pas donc seulement de blocage politique mais aussi de « déblocage », attirant de nouveaux militants et, plus généralement, favorisant le « détachement » de la population de ses dirigeants.

Les rhétoriques du terrorisme

Le mot « terrorisme » est-il le mieux à même de désigner cette forme d'action collective visant à la destruction-insurrection ? La charge émotionnelle considérable qui lui est associée en rend l'analyse particulièrement délicate. En fait, l'appréhension de la notion de « terrorisme » pose le même type de problèmes que

1. Ariel Merari, « Du terrorisme comme stratégie d'insurrection », dans Gérard Chaliand (éd.), *Les Stratégies du terrorisme*, Paris, Desclée de Brouwer, 2002, p. 73 *sq*. Mais attention, il ne faudrait pas en conclure, comme cet auteur tend à le faire, que toute insurrection est de nature terroriste ! Il existe aussi des formes d'insurrection armée qui ne le sont pas (comme la libération de Paris en août 1944), *a fortiori* des insurrections politiques non violentes, fondées sur la désobéissance civile. La fameuse « marche du Sel », organisée par Gandhi en 1930 contre la domination coloniale britannique, en est un exemple illustre ; de même que les « révolutions de velours » de 1989 en Europe centrale.

celle de « génocide » ; incarnations du Mal contemporain en politique, l'une et l'autre appartiennent aux rhétoriques de la propagande des acteurs en conflit. C'est pourquoi il est très difficile de se dégager de cette instrumentalisation politique du terme « terrorisme », auquel les pouvoirs recourent si souvent pour stigmatiser leurs adversaires, les accusant de tuer des innocents. En 1942, on se rappelle que les résistants antinazis étaient qualifiés de « terroristes » par l'occupant allemand. Et dans le Chili du général Pinochet, tous les opposants à la dictature se voyaient aussi taxés de « terroristes ».

De telles manipulations politiques semblent disqualifier totalement l'usage de cette notion. Pour le politiste français Didier Bigo, « le terrorisme n'existe pas : ou, plus exactement, ce n'est pas un concept utilisable par les sciences sociales et la stratégie[1] ». L'organisation Amnesty International s'en interdit d'ailleurs l'emploi dans ses rapports annuels sur les violations des droits de l'homme à travers le monde. Pourtant, l'analyste non partisan peut-il se dispenser complètement d'y faire référence, ne serait-ce que pour explorer le sens de ce mot, afin de savoir si, oui ou non, il permet de désigner un usage particulier du massacre en politique (quelle que soit la cause défendue) ? S'efforçant de se dégager du jugement moral, Anthony Oberschall a tenté d'appréhender ce qu'on appelle « terrorisme » à la lumière de la théorie de l'action collective[2]. Pour sa part, le sociologue

1. Didier Bigo, « L'impossible cartographie du terrorisme », *Cultures et Conflits*, automne 2001. Téléchargeable sur Internet : http ://www.conflits.org, les dossiers de *Cultures et Conflits*.

2. Anthony Oberschall, « Explaining Terrorism : The Contribution of Collective Action Theory », *Sociological Theory*, 22 (1), mars 2004.

Michel Wieviorka définit le terrorisme comme « une forme extrême et décomposée d'anti-mouvement social » dans laquelle les acteurs s'écartent de l'expérience vécue de ceux au nom de qui ils agissent[1]. À cet égard, le terrorisme et la guérilla sont à distinguer dans la mesure où les acteurs de cette dernière sont en principe comme des poissons dans l'eau au sein de la population avec laquelle ils luttent.

En ce sens, la définition du terrorisme de Walter Laqueur, souvent citée, n'est pas suffisante : « l'usage d'une violence masquée par un groupe à des fins politiques[2] ». Celle-ci peut en effet entretenir une grande confusion entre le terrorisme et toute forme de violence politique, qui relèverait alors de la même catégorie (que ce soit des actions de guérilla, voire – pourquoi pas ? – des manifestations interdites). Car, alors, toute violence illégale constituerait un acte terroriste, les États pouvant sans complexe criminaliser n'importe quelle opposition à leur pouvoir, à l'instar du président de la Russie, Vladimir Poutine, qui qualifie de « terroristes » tous les combattants tchétchènes. Or le principal enjeu des guerres opposant acteurs étatiques et non étatiques n'est-il pas de déterminer, *in fine*, qui sera légal ou ne le sera pas ?

L'Histoire offre maints exemples de combattants qui, après avoir été considérés comme des terroristes, sont devenus des chefs d'État. L'évolution d'un Menahem Begin est ici exemplaire. Alors que la Palestine est sous mandat britannique, il prend la direction, en 1943, de

1. Michel Wieviorka, *Sociétés et Terrorisme*, Paris, Fayard, 1988, p. 17.

2. Walter Laqueur, *The Age of Terrorism*, Boston, Little Brown, 1987, p. 72.

l'Irgoun[1], organisation clandestine ultranationaliste, qui sera responsable, en juillet 1946, d'un attentat contre l'hôtel King David (siège du secrétariat du gouvernement britannique), qui fera plus de quatre-vingt-dix morts. Lors de la création de l'État d'Israël, son organisation est incorporée à l'armée israélienne, Tsahal. Il continuera ainsi sa carrière militaire avant de devenir Premier ministre de son pays. À se demander si le mot « terroriste » ne revient pas à désigner tous ceux qui échouent à conquérir le pouvoir. Quoi qu'il en soit, la référence au statut juridique des acteurs n'est donc pas pertinente pour trancher un problème qui porte sur la nature des actes violents commis.

Cette distinction « légal/non légal » tend encore plus à se brouiller dans les cas où des États internationalement reconnus apportent un soutien logistique et financier à des groupes terroristes opérant au sein d'autres pays. À l'ombre de sa légalité internationale, l'État peut parfaitement orchestrer et téléguider des actions illégales et violentes. Tel fut le cas de l'Iran de l'ayatollah Khomeyni, qui avait apporté son soutien aux opérations du Hezbollah, organisant en France plusieurs attentats en 1986 (sans doute dans le but de contraindre Paris à adopter une position plus favorable à Téhéran dans la guerre Iran/Irak). De même, dans les années 1990, l'Afghanistan a servi de base au Saoudien Oussama Ben Laden, accusé notamment d'être le commanditaire des opérations conduites en 1998 contre les ambassades américaines au Kenya et en Tanzanie.

1. Premier mot d'*Irgoun tzwa léoumi*, qui signifie « Organisation de l'armée nationale ».

Enfin, nous l'avons vu, le terrorisme a d'abord désigné historiquement une politique d'État, dans le contexte de la Révolution française. Avant de qualifier, comme c'est le cas aujourd'hui, des combattants sans foi ni loi, le sens premier de ce mot a donc été de décrire une pratique gouvernementale, un *terrorisme d'État*, reposant sur une politique de la terreur, que celle-ci s'incarne dans une manière de gouverner ou de faire la guerre. En fait, toutes les pratiques de destruction-soumission décrites plus haut relèvent de cette logique terroriste. Merari n'hésite d'ailleurs pas à écrire à propos du bombardement stratégique des villes au cours de la Seconde Guerre mondiale : « Le largage des bombes nucléaires [sur Hiroshima et Nagasaki] peut être lui aussi considéré comme un exemple de terrorisme bien qu'à très grande échelle[1]. »

De là à penser qu'il existe un lien de parenté entre les procédés de destruction opérés par les États et ceux initiés par les groupes et réseaux non étatiques, il n'y a qu'un pas, que franchit notamment la politiste française Isabelle Sommier. Celle-ci estime en effet que le terrorisme (qu'elle préfère nommer « violence totale ») est en réalité une imitation et une réinvention de modes de destruction des civils, que les États ont initiées à une plus grande échelle. C'est pourquoi une réflexion finale sur le terrorisme me semble avoir sa place dans un livre qui traite des génocides et autres meurtres de masse. Certes, les « petits » massacres du premier ne sont pas vraiment comparables avec les « grands » massacres des seconds. Il n'en demeure pas moins que des liens historiques et politiques existent entre les uns et les autres. Ce que nous appelons aujourd'hui « terrorisme » ne serait en définitive

1. Ariel Merari, « Du terrorisme comme stratégie d'insurrection », art. cit., p. 77.

– à petite échelle – que le « double monstrueux » de la politique des États terroristes, un produit typique de notre modernité[1].

Pour définir le terrorisme par la nature même des actes commis, appuyons-nous déjà sur l'étymologie du mot, comme le propose Christian Mellon : « Est terroriste tout acte de violence qui a pour premier objectif d'inspirer une peur intense, afin de récolter les bénéfices politiques de cette peur. En ce sens, la forme la plus classique du terrorisme est l'attentat dit "indiscriminé", celui qui frappe au hasard dans une population, sans viser personne en particulier. Car si la violence frappe au hasard, chacun se sent menacé. L'expression "terrorisme aveugle" est en somme un pléonasme[2]. » C'est pourquoi je ne connais pas de meilleure définition du terrorisme que celle-ci : une action terroriste est celle qui vise à tuer n'importe qui, n'importe où, n'importe quand. Elle permet au passage de différencier le terrorisme du tyrannicide, lequel est, par définition, politiquement très ciblé. En ce sens, il est faux de considérer la secte des Assassins comme faisant partie des premiers terroristes de l'Histoire, puisqu'ils s'en prenaient à des représentants du pouvoir et non pas à ce que nous appelons aujourd'hui les populations civiles. En effet, ceux-ci ne se sont jamais livrés à des massacres aveugles et n'ont jamais visé des étrangers. Ils effectuaient des attentats ciblés : hommes politiques, militaires, religieux appartenant à l'appareil sunnite[3].

1. Isabelle Sommier, *Le Terrorisme*, Paris, Flammarion, coll. « Dominos », 2000.

2. Christian Mellon, « Face au terrorisme, quelques repères », *Esprit et Vie*, mars 2003, p. 3-7.

3. En ce sens, la position soutenue par Gérard Chaliand et Arnaud Blin en introduction à leur *Histoire du terrorisme* me paraît fort contestable, précisément parce que ces auteurs y incluent sans

En fait, une action terroriste s'inscrit dans la catégorie des stratégies dites « indirectes », alors qu'une stratégie « directe » s'en prend aux forces combattantes adverses. « La violence terroriste est "indirecte" en ce sens qu'elle ne vise pas à atteindre ses buts en éliminant telle ou telle catégorie de personnes, mais en influant sur la volonté politique de l'adversaire : le combattant terroriste suppose – souvent à tort, mais c'est une autre question – que la population, terrorisée par ses attentats, exercera sur ses dirigeants une pression politique telle qu'ils céderont à ses exigences en échange d'une suspension de cette terreur[1]. » Pour donner une puissance politique optimale à cette dynamique de confrontation indirecte, l'acte terroriste s'appuie sur une stratégie de communication publique, de nature à démultiplier son impact. Il est en effet difficile d'imaginer une action terroriste qui n'ait pas de spectateurs. On est ainsi fondé à parler d'une relation terroriste du fait même de cette nécessaire présence d'un tiers à effrayer[2].

Aussi la caisse de résonance publique des médias est-elle indispensable à l'efficacité d'une action terroriste. La visée même de celle-ci est de susciter, par un « petit

---

complexe les actes de tyrannicide et plus généralement les meurtres politiques de représentants du pouvoir. Que l'on puisse ainsi écrire une histoire du terrorisme « de l'Antiquité à Al Qaida » laisse le lecteur dans une profonde perplexité. C'est le même problème que poserait un livre qui voudrait traiter « du génocide de l'Antiquité au Rwanda ». Le risque est toujours celui de la reconstruction idéologique et de l'anachronisme historique. Cf. Gérard Chaliand et Arnaud Blin, *Histoire du terrorisme. De l'Antiquité à Al Qaida*, Paris, Bayard, 2004.

1. Christian Mellon, « Face au terrorisme, quelques repères », art. cit.

2. Didier Bigo et Daniel Hermant, « Guerre et terrorisme », *Cultures et Conflits*, automne 2001. Téléchargeable sur Internet : http ://www.conflits.org, les dossiers de *Cultures et Conflits*.

massacre » et par surprise, une énorme émotion publique qui brise net un processus politique en cours. En 1994, le mouvement Hamas lance, par exemple, des attentats-suicides, comme dernier recours, pour saboter le laborieux processus de paix israélo-palestinien. L'énorme impact médiatique de ces attentats en Israël donne aussitôt du crédit à tous ceux qui pensaient qu'il était décidément « impossible de faire confiance aux Palestiniens ». En organisant donc leur action pour que celle-ci ait un effet émotionnel maximal, les militants terroristes instrumentalisent à l'avance les médias, en premier lieu ceux qui peuvent en donner des images en direct : les chaînes de télévision. Car celles-ci, à la recherche de l'audience la plus importante, sont en quête d'événements exceptionnels, à travers lesquels le public peut se reconnaître, communier dans une émotion partagée, que ce soit celle de la compassion ou de la peur.

Le spectacle de la souffrance et de la mort représente l'une de ces situations particulièrement favorables aux médias télévisuels. Pour des raisons qui sont donc complètement différentes, terrorisme et médias vont à la rencontre l'un de l'autre, ayant de ce fait une relation des plus ambiguës. Quoi de plus extraordinaire que la théâtralisation de sa cause par le spectacle de la mort en direct ? Un spectacle qui, de surcroît, peut réserver du *suspense*, et donc tenir le public en haleine quand, par exemple, la vie des otages est en jeu. Les médias, tout en condamnant l'attentat terroriste qui vient de se produire, se montrent donc fascinés par lui. Et la fréquente diffusion des images en boucle sur les petits écrans est la meilleure manière d'accroître l'émotion publique.

Le paradigme du 11 septembre 2001

L'exemple prototypique de cette jonction quasi fusionnelle entre l'action terroriste et les médias télévisuels est celui des attentats-suicides du 11 septembre 2001 aux États-Unis. La destruction du World Trade Center, les *Twin Towers* de Manhattan, par l'impact successif des deux avions représente en effet un cas d'école extraordinaire, qui fait coïncider dans une séquence très courte la violence des chocs, l'effet esthétique quasi cinématographique de l'effondrement des tours, le tout signifiant le tragique absolu puisque le téléspectateur sait que des milliers de personnes s'y trouvent prisonnières. On atteint en ce cas la quintessence même d'une stratégie terroriste du point de vue de sa répercussion médiatique : ce moment unique où le temps du meurtre de masse *fusionne* avec l'instantanéité de sa diffusion internationale. L'action terroriste est ici un produit extraordinaire de la mondialisation de la communication.

À cet égard, on n'a peut-être pas suffisamment noté que l'« originalité » médiatique de cet événement tient avant tout à l'impact du second avion. En effet, pour le choc du premier appareil, les images diffusées par les chaînes de télévision sont toujours celles de l'« après-coup ». On reste dans une séquence déjà connue de l'acte terroriste lorsqu'une bombe vient d'exploser dans un lieu public et que, un instant plus tard, une équipe de télévision arrive sur les lieux pour filmer les dégâts. Mais, avec le choc du second avion, l'inédit médiatique est total puisque le téléspectateur le voit et l'entend atteindre sa cible en temps réel. Autrement dit, il assiste bel et bien à un massacre en direct. Jamais, à ma connaissance, un meurtre de masse n'a été ainsi « saisi » par des caméras de télévision qui en projettent aussitôt les images dans le monde entier. À propos du Rwanda, on a parfois écrit qu'il s'agissait du premier génocide médiatisé. Rien ne vient pourtant confirmer cette affirmation. Si quelques rares images de tueries ont été montrées, ce fut après le génocide. Quant aux images vidéo des bombes lancées par les pilotes américains contre l'Irak en 1991, au cours de la première guerre du Golfe, elles ne montraient rien de leur impact final, c'est-à-dire de leurs effets de destruction au sol. Leurs traces lumineuses sur les écrans avaient un effet plus esthétisant qu'angoissant.

Les organisateurs du 11 septembre ont-ils donc cherché sciemment à ce que l'arrivée du second avion soit filmée, les équipes de télévision se trouvant déjà mobilisées à cause de l'impact du premier ? Ou bien cela relève-t-il du hasard, d'une conjonction fortuite de facteurs ? Sans doute ne le saura-t-on jamais. En tout cas, l'effet de sidération a été total et la répétition en boucle des mêmes images a contribué à intensifier leur potentiel traumatisant.

La projection immatérielle de ces images a en effet provoqué un véritable *séisme émotionnel* à travers le monde occidental[1]. Séisme émotionnel dont l'épicentre est évidemment là où s'est produit l'impact : aux États-Unis. Il est d'ailleurs révélateur que le lieu même de la catastrophe ait été appelé par les Américains *Ground 0*, nom que le physicien Julius Robert Oppenheimer avait donné au lieu

1. On pourrait parler avec le sociologue Edgar Morin d'une « Terreur-Monde » (*Le Monde*, 22 novembre 2001). Mais ce serait une fois de plus faire preuve d'« occidentalo-centrisme ». Car si cet événement a bien provoqué des secousses émotionnelles dans nombre de pays, certains y sont restés plutôt insensibles, à commencer par la Chine.

d'expérimentation de la première bombe atomique, dans le désert du Nouveau-Mexique, trois semaines avant qu'elle ne soit larguée par les États-Unis sur Hiroshima. Autrement dit, cette expression signifie dans la conscience américaine la catastrophe absolue, la destruction apocalyptique de victimes innocentes. L'usage de *Ground 0* pourrait encore signifier comme un retour du refoulé, quelque chose comme de la mauvaise conscience : ce que l'Amérique a fait aux autres (les Japonais), voici qu'elle en est elle-même la victime. Poser une telle équivalence n'a certes aucun sens sous l'angle de la stratégie : on ne peut comparer le 9 août 1945 et le 11 septembre 2001. Mais du point de vue des représentations collectives, l'expression *Ground 0*, adjointe au lieu même de l'effondrement des *Twin Towers*, en dit long sur la profondeur du traumatisme ressenti par la nation américaine tout entière.

Que voulaient au juste les organisateurs de ces attentats-suicides, qu'aucun communiqué n'est venu revendiquer ? Certains observateurs ont insisté sur la rupture de sens que constitueraient ces attentats perpétrés en dehors de tout contexte national et social. Rien à voir en effet avec les revendications politiques du terrorisme basque ou irlandais, ou révolutionnaire du genre de la Fraction armée rouge (RFA) et des Brigades rouges (Italie). On a ici affaire à un terrorisme transnational, apparemment décontextualisé, aux revendications politiques vagues. D'autres analystes ont cependant fait valoir que les opérations du 11 septembre étaient pourtant bien porteuses d'un sens politique, en étroit rapport avec le développement d'un terrorisme religieux au Moyen-Orient, qui s'est développé depuis la révolution islamique de 1979 en Iran. Je n'ai guère les compétences nécessaires pour trancher un tel débat. Toutefois, mes travaux sur le massacre me conduisent à accorder une grande importance aux discours publics de ceux qui se reconnaissent alors dans de telles actions, voire en revendiquent la responsabilité. Sous cet angle, les propos du Saoudien Oussama Ben Laden fournissent un « cadre de sens » à ces opérations-suicides qu'il est essentiel de décrypter ; d'autant que ce dernier avait déjà appelé ouvertement à commettre des attentats contre les Américains (et plus généralement les Occidentaux), ayant même revendiqué la responsabilité de certains d'entre eux dans le proche passé[1]. Par conséquent, le texte de son message vidéo diffusé le 7 octobre par la télévision du Qatar, Al-Jazira, est particulièrement intéressant puisqu'il s'agit de sa première « apparition » publique depuis les attentats de New York et Washington.

Dans cette période où les États-Unis sont déjà en train de préparer leur « riposte » (intervention militaire en Afghanistan), Ben Laden cherche à faire peur aux Occidentaux (en premier lieu aux Américains), d'une part, et à galvaniser les masses arabo-musulmanes, d'autre part. Il reste bien dans le droit-fil de ses déclarations antérieures par lesquelles il a lancé un appel à la guerre sainte *(djihad)*, appel qu'il a renouvelé quinze jours après les attentats[2]. Ses propos de février 1998, au moment de la création du Front international islamique contre les juifs et les Croisés, sont particulièrement révélateurs de son état d'esprit et de celui de sa nouvelle organisation : « Nous appelons chaque musulman qui croit en Dieu à tuer les Américains et à piller leurs richesses, où que ce soit et dès que ce sera pos-

1. Les attentats de l'« Armée de la libération des Lieux saints », le 7 août 1998, contre les ambassades américaines de Nairobi et de Dar es-Salaam.

2. Voir *The International Herald Tribune*, 25 septembre 2001.

sible. Nous appelons chaque musulman à attaquer les troupes sataniques américaines et ses démons alliés. L'ordre de tuer des Américains est un devoir sacré dans le but de libérer les mosquées d'Al-Aqsa et de La Mecque. »

Dans le message du 7 octobre 2001, il prend une nouvelle fois la « figure du Prophète »... en treillis militaire. Il affirme que les attentats du 11 septembre sont la preuve de la vengeance de Dieu contre l'« Amérique satanique ». Il décrit plus largement les enjeux de la lutte à mort, au nom d'Allah, contre tous les infidèles qui ont souillé la terre sacrée de l'islam. Il n'est donc pas difficile de retrouver dans ses déclarations le thème de la purification destructrice : une nouvelle fois, purifier et détruire vont de pair. Il n'y a là rien de spécifique à l'islam : nous avons vu suffisamment au cours de ce livre combien l'imaginaire de la pureté pouvait servir de tremplin au massacre dans des contextes culturels et religieux différents. Mais la « maladie de l'islam », selon Abdelwahab Meddeb, c'est précisément de « vouloir revenir à la lettre et à sa pureté »[1]. Or ce qui fait la « modernité » de ce discours apocalyptique de Ben Laden est l'emploi d'une rhétorique éradicatrice à des fins terroristes, rhétorique à laquelle ont largement eu recours les États par le passé.

1. Abdelwahab Meddeb, « La maladie de l'islam », *Esprit*, octobre 2001, p. 86.

Le message vidéo du « prophète » Ben Laden (7 octobre 2001)

Apparaissant à l'écran en treillis militaire, Ben Laden associe dès sa première phrase Dieu et la mort : « Voici l'Amérique frappée par Dieu tout-puissant. » Pourquoi l'Amérique est-elle ainsi attaquée par la main divine ? Remarquons d'abord que quelques-uns de ses arguments ne manquent pas d'une certaine pertinence quand il souligne les responsabilités occidentales dans plusieurs situations de violence. Ainsi observe-t-il que l'Ouest fait bien peu de cas en général de la souffrance et de la mort dans les pays du Sud, prenant pour exemple à deux reprises celui des enfants irakiens (ce qui ne tient évidemment pas du hasard). Il rappelle aussi que les États-Unis ont eux-mêmes recouru à des méthodes de guerre sans faire de distinction entre combattants et non-combattants, citant le cas du bombardement nucléaire d'Hiroshima (ce qui, là non plus, n'est pas un choix innocent). Ben Laden tente ici de toucher la mauvaise conscience américaine, au regard de la responsabilité historique des États-Unis dans l'attaque atomique des villes japonaises. Plus largement, il recherche la sympathie de ceux qui peuvent penser, y compris au sein du monde occidental, que les Américains n'ont que ce qu'ils méritent, qu'ils l'ont bien cherché, etc. Comme s'il s'agissait alors de se réjouir que la première puissance mondiale soit pour une fois victime d'un tel massacre. Ben Laden déclare en ce sens : « Ce que vit maintenant l'Amérique n'est qu'une copie de ce que nous avons expérimenté. » On reconnaît ici le discours habituel du bourreau qui prend appui sur les atrocités réelles ou supposées de l'autre camp pour justifier les siennes propres.

Le discours de Ben Laden s'engage alors sur une pente proprement délirante, empruntant au répertoire du terrorisme religieux. Plus de vingt années auparavant, l'ayatollah Khomeyni avait déjà largement exploité le thème de l'« Amérique satanique » pour mobiliser les foules en soutien à sa cause, dans le contexte de la Révolution iranienne. Le discours de Ben Laden, lui, se veut de portée internationale, sinon mondiale. Donc, la source première du mal, affirme-t-il, c'est le « symbole du paganisme du monde moderne », l'Amérique et ses alliés. Cette cible « Amérique » se présente comme un monstre polymorphe. Celui-ci possède en effet plusieurs faces, dénoncées tour à tour comme ennemi principal : le grand infidèle Bush, les militaires américains, le pays – l'Amérique ou, plus généralement, les Américains ; tant et si bien que l'on ne sait plus si Ben Laden prend pour cible les dirigeants militaires et politiques, le territoire de l'Amérique proprement dit ou plus encore sa population ; sans doute y a-t-il tous ces éléments à la fois. Un tel discours contre une cible globale autant qu'indifférenciée est des plus inquiétants : porteur d'une menace totale contre ceux qu'il désigne, on sait qu'il annonce ou accompagne le massacre.

À cette figure du Mal-Amérique répond en miroir inversé celle du Dieu-Mohamed. C'est le fil conducteur de son discours depuis sa toute première phrase. L'invocation de la main de Dieu revient en effet comme un leitmotiv dans presque toutes les phrases. Dans un message qui dure à peine quatre minutes, il prononce douze fois le mot « Dieu » (ou « Mohamed ») et neuf fois le mot « Amérique » (ou « Américains »), comme si l'un et l'autre se trouvaient engagés dans un combat sans merci : « Parce que l'Amérique est le Mal, parce que l'Amérique a profané les Lieux saints de l'islam, Dieu l'a punie. Et les musulmans qui sont morts pour cela, le 11 septembre, ont été les instruments de la volonté divine. » Puis vient la condamnation suprême : les Américains sont accusés de profaner la Terre sainte de l'islam par leur présence en Arabie saoudite. La conséquence est donc claire : il s'agit d'en chasser les « infidèles » pour lui redonner sa pureté. Cette impérieuse nécessité du combat contre les « mécréants » se trouve ainsi transmuée, du fait de son essence religieuse, en acte de purification rédemptrice.

Message vidéo diffusé par la chaîne de télévision du Qatar Al-Jazira et reproduit dans *Le Monde* du 7 octobre 2001.

Par ailleurs, cette association intime entre Dieu et la mort mérite assurément d'être questionnée. Elle est certes partie prenante de la rhétorique du terrorisme religieux, ce qui n'est pas vraiment nouveau[1]. Mais ne faut-il pas aussi s'interroger sur sa signification purement nihiliste ? Car il y avait aussi une volonté de purification dans le nihilisme russe de la fin du XIXe siècle en révolte contre l'« Occident pourri ». Et comment ne pas penser encore à la mise en garde de Nietzsche : « Ce que je raconte, c'est l'histoire des deux prochains siècles. Je décris ce qui viendra, ce qui ne peut manquer de venir : *l'avènement du nihilisme*[2]. »

1. Bruce Hoffman, « La terreur sacrée », *Politique internationale*, n° 77, automne 1997, p. 345-355.

2. Friedrich Nietzsche, *Gesammelte Werke*, Francfort, Krœner Verlag, 1905, t. XV, p. 137. Cf. Jean Granier, « Nihilisme », *Encyclopædia universalis*, Paris, t. XVI, 1995, p. 367.

Rappelons-nous le fou qui, dans son *Gai Savoir*, apostrophe les passants, une lanterne à la main, en criant : « Je cherche Dieu ! », et qui, blessé des moqueries de ses auditeurs, leur jette au visage l'accusation : « Nous sommes tous les assassins de Dieu »[1]. C'est un héros nihiliste. Il proclame la « mort de Dieu », c'est-à-dire que la croyance au Dieu chrétien est tombée en discrédit. Quelques décennies plus tard, Nietzsche semble déjà avoir raison. Avec la montée en puissance du nazisme, la révolution du nihilisme est en marche, écrit Hermann Rauschning, un nihilisme dont la trilogie repose sur la mort de la liberté, la domination de la violence et l'esclavage de l'esprit[2]. Avec le terrorisme religieux, que d'aucuns qualifient de « nouveau totalitarisme », n'est-ce pas la prophétie de Nietzsche qui continue à se vérifier ? Dans cet Occident décadent qui n'a donc plus foi en quelque transcendance divine, d'aucuns viennent affirmer, au nom de l'islam, la toute-puissance de Dieu sur leur vie, au point qu'ils n'hésitent pas à mourir pour lui. Ils proclament haut et fort un Dieu-pour-la-mort, qui commande d'anéantir tous ces infidèles qui l'ont trahi et même détruit. Et tous ces « mécréants », qu'ont-ils mis à la place ? Le dieu Argent, le dieu Business, le dieu Sexe. Là aussi, l'attaque du World Trade Center ne tient pas du hasard. Ainsi est née cette forme aberrante d'insurrection du sacré par la mort pour détruire l'un des symboles arrogants de la pourriture des « infidèles », pour venger Dieu et restaurer sa pureté. Autant dire que, d'un point de vue occidental, les chances de communication et de « dialogue » avec ceux qui se font les avocats de cette nouvelle guerre sainte sont quasi nulles.

1. Friedrich Nietzsche, *Gesammelte Werke*, *op. cit.*, t. V, p. 271.
2. Hermann Rauschning, *La Révolution du nihilisme* (1939), Paris, Gallimard, 1980.

Des candidats « ordinaires » au sacrifice

En attendant, l'Occident a peur, ou bien vit dans le déni de cette peur. Car en cette année 2005, les États-Unis connaissent toujours une sorte de psychose de l'attentat, en partie instrumentalisée par leurs propres dirigeants. De leurs côtés, les États européens tardent à renforcer leur coopération policière en matière de prévention du terrorisme, ne semblant pas avoir tiré les leçons du « mini-11 septembre » que fut l'attentat de Madrid (gare d'Atocha) le 11 mars 2004. Ah, si Raymond Aron pouvait encore avoir raison quand il écrivait, en 1962, qu'une action est dénommée « terroriste » lorsque ses effets psychologiques sont hors de proportion avec ses résultats purement physiques[1] ! Jouant sur la corde médiatique, le terrorisme a en effet toujours été relativement économe en vies humaines. On estime par exemple que celui-ci a fait environ 3000 victimes entre 1968 et 1984, soit en moyenne moins de 200 morts par an[2].

Mais brutalement, avec les attentats du 11 septembre (qui comprennent aussi l'attaque du Pentagone à Washington), on change subitement d'échelle puisque le nombre des victimes est de 3000 morts ou disparus[3]. Ce chiffre n'a pourtant rien à voir avec l'hécatombe des grands massacres dans les pays du Sud, qui ont pu atteindre plusieurs centaines de milliers de morts en

1. Raymond Aron, *Guerre et paix entre les nations*, Paris, Calmann-Lévy, 1962, p. 176.

2. Xavier Crettiez et Isabelle Sommier, « Les attentats du 11 septembre : continuité et rupture du terrorisme », dans *Annuaire français de relations internationales*, Bruxelles, Bruylant, t. III, 2002.

3. Exactement 2 823 morts ou disparus concernant le World Trade Center, et 184 morts ou disparus concernant le Pentagone. Voir *The New York Times*, 24 avril 2002.

quelques mois (comme en Indonésie en 1965-1966 ou au Rwanda en 1994). Mais les Occidentaux ont plutôt pour habitude de rester indifférents à ces grands massacres qui ne les concernent pas directement. Avec le 11 septembre, c'est en revanche le cœur même du monde occidental qui est touché et le sentiment d'effroi n'en est que plus intense.

Le choc du 11 septembre a donc cristallisé la peur d'un terrorisme de destruction de masse, dont divers experts redoutent depuis plusieurs années le développement. L'opération très inventive et audacieuse relève pourtant du « terrorisme classique » selon Gérard Chaliand, le comble étant que ses auteurs n'avaient pas d'armes (sauf un canif)[1]. Néanmoins, les scénarios d'un terrorisme apocalyptique ont été évoqués dans la presse, à partir de la possible – mais encore hypothétique – maîtrise d'armes de destruction massive (atomiques, bactériologiques, chimiques) par des groupes privés. Ces technologies de destruction sont en principe sous le contrôle absolu de quelques États, mais pour combien de temps encore ? Les prédictions les plus pessimistes semblent d'autant plus crédibles que l'on garde en mémoire le précédent de la secte japonaise Aum Shinrikyô, avec l'attaque du métro de Tokyo au gaz sarin le 20 mars 1995[2].

Avant même ces possibles percées technologiques, le plus préoccupant est déjà la percée psychologique que représente le développement de ce que François Geré nomme les « volontaires de la mort », désignant par là

1. Gérard Chaliand, « Les attentats du 11 septembre », dans Gérard Chaliand (dir.), *Les Stratégies du terrorisme*, *op. cit.*, p. 5.

2. Voir l'intéressante étude de Sylvaine Trinh, « Aum Shinrikyô : secte et violence », dans Michel Wieviorka (éd.), *Un nouveau paradigme de la violence ?*, *Cultures et Conflits*, n°s 29-30. Téléchargeable sur Internet : www.conflits.org.

ceux qui acceptent de mourir avec leurs cibles. Dans l'histoire des massacres, leur sacrifice volontaire représente une innovation[1]. Les nazis n'envisageaient certainement pas de mourir avec les juifs, pas plus que les Hutu avec les Tutsi. Leur but était bien de construire un monde de sécurité et de pureté dont ils seraient les maîtres. Or le fait de sacrifier sa vie en tuant simultanément son ennemi honni est assurément un défi absolu à tout pouvoir. Car ce dernier, s'il n'obtient pas un consentement volontaire à lui obéir, ne peut s'exercer que par la crainte et, en fin de compte, par la menace de mort qu'il exerce sur chacun. Par conséquent, celui qui n'a plus peur de sacrifier sa vie annule par définition l'effet de puissance de ce pouvoir.

Le sociologue français d'origine iranienne Farhad Khosrokhavar a remarquablement montré comment de tels profils de martyrs sont apparus, d'une part, dans le contexte du conflit israélo-palestinien et, d'autre part, au sein même des sociétés occidentales. Ces deux manières de mourir volontairement au nom de Dieu, à travers les attentats-suicides, n'ont en fait que peu de rapports entre elles. La première manière de se tuer en luttant pour une cause collective est celle pratiquée par les Palestiniens : elle est clairement dirigée contre l'adversaire israélien perçu comme l'occupant. « En Palestine, le martyre procède de la sacralisation du désespoir que l'on dépasse ainsi au nom d'un idéal religieux entièrement reconstruit dans un sens apocalyptique. » La seconde manière de se

1. Cet expert, spécialiste de la stratégie et de la guerre psychologique, montre bien que ce type d'opérations ne doit pas être confondu avec le sacrifice des kamikazes japonais dans le cadre d'opérations de guerre. Cf. François Geré, « Les opérations suicides entre guerre et terrorisme », dans Gérard Chaliand et Arnaud Blin, *Histoire du terrorisme*, *op. cit.*, p. 399.

tuer volontairement pour une cause caractériserait les pilotes du 11 septembre, représentants de cette infime minorité de musulmans qui, bien qu'intégrés dans les pays de l'Ouest, ont fini par nourrir une haine farouche envers l'Occident, à commencer par les États-Unis, accusés d'être dominateurs et violeurs de la terre et des valeurs de l'islam. Pour eux, cet « Occident diabolisé, séducteur et corrupteur à la fois, détruit l'islam dans ses fondements mêmes, chaque individu occidental contribuant à cette entreprise de sape. C'est pourquoi la guerre totale et absolue contre les Occidentaux dans l'indistinction du coupable et de l'innocent devient un "devoir religieux". Conséquence : les réseaux terroristes peuvent recruter leurs exécutants au sein même des sociétés hypermodernes[1] ».

Le psychiatre et politiste américain Marc Sageman a consacré à ces derniers une recherche intéressante, qui résonne en plusieurs points avec ce qui a été dit ici des exécutants des massacres (même si, bien sûr, les profils sont différents). À partir d'un échantillon de 172 militants ayant rejoint le combat du *djihad* salafiste, il montre que leurs seules caractéristiques individuelles ne sont pas de nature à expliquer leur basculement dans l'action terroriste. Ni psychopathes ni sociopathes, ce sont des individus « ordinaires » qui ont souvent fait des études universitaires et appartiennent aux classes moyennes. Ils n'ont pratiquement pas de passé de violence : on ne peut donc déduire de leur biographie qu'ils vont devenir des combattants terroristes.

Cependant, coupés de leur pays d'origine, ils connaissent plutôt au sein des sociétés occidentales une

1. Farhad Khosrokhavar, « La victoire d'Oussama Ben Laden », *Le Monde*, 23 novembre 2001. Et son livre *Les Nouveaux Martyrs d'Allah*, Paris, Flammarion, 2002.

forme de désocialisation à partir de laquelle se développe un processus de resocialisation selon une rhétorique religieuse, qui va alors les conduire à se reconnaître dans la guerre sainte. Mais remarque Marc Sageman, cette convergence idéologique ne constitue pourtant pas le préalable à leur passage à l'acte. Il rejoint le constat également souligné dans ces pages : c'est la *formation d'un groupe* qui s'avère être l'opérateur préalable au basculement dans l'action terroriste. Révélatrice à cet égard est l'histoire de ceux qui ont préparé les attentats du 11 septembre : à l'origine, il s'agit en fait d'individus évoluant dans le même cercle d'amitiés, habitant à Hambourg, qui, une fois leur groupe constitué, entendent œuvrer à la cause du *djihad* et acceptent un jour d'être recrutés à cet effet. C'est ce phénomène d'agrégation d'individus isolés qui prévaut ; avec le temps, ce groupe d'amis va peu à peu devenir une cellule opérationnelle et s'insérer dans des réseaux fondamentalistes militants[1]. Dans quelle mesure ce schéma angoissant du passage à l'acte terroriste peut-il encore se reproduire ?

En définitive, la grande victoire du 11 septembre, c'est la *peur* ; une peur qui s'est propagée en Occident, une peur diffuse qui se cristallise désormais sur la figure inquiétante de ce « terroriste », à la fois ennemi intérieur et extérieur, dont la présence est difficilement repérable dans nos propres sociétés. Il représente véritablement l'expression moderne de ce « suspect » qui, immergé dans nos rangs, œuvre à notre perte. Ne parle-t-on pas désormais d'un « ennemi dormant », donc presque insaisissable ?

L'assassinat par la police britannique de Jean Charles de Menezes, le 22 juillet 2005, ce jeune brésilien inno-

1. Marc Sageman, *Understanding Terror Networks*, Philadelphie, University of Pennsylvania Press, 2004.

cent de toute implication dans les attentats de Londres du 7 juillet (au moins 55 morts et plus de 700 blessés), et ceux « ratés » du 21 juillet, pourrait bien être le symptôme d'une évolution très inquiétante : celle d'un État démocratique qui, se déclarant au-dessus des lois, au nom même de la lutte contre le terrorisme, s'arroge le droit de tuer qui bon lui semble pour triompher du « Mal ».

Au moment de conclure, nous retrouvons ces rapports inextricables entre réel et imaginaire qui sont au cœur du premier chapitre de ce livre. Ayons donc la lucidité d'appliquer cette analyse à nous-mêmes, dans cette période historique qui est la nôtre. Certes, il y a des raisons objectives d'être inquiets quant à la possibilité de nouveaux attentats terroristes. Et cependant, nous autres, Occidentaux, ne sommes-nous pas tous en train de devenir de grands « paranos » ? Car il est bien difficile de faire la part entre les risques réels d'actions terroristes et ce qui demeure purs fantasmes, associés à la psychose d'un terrorisme de destruction massive que nombre d'agents de la sécurité antiterroriste ont évidemment intérêt à amplifier. Les chefs d'État eux-mêmes ont avantage à jouer du risque terroriste pour se présenter comme les garants de la sécurité de tous. Pour défier cet inquiétant futur, le regard de l'historien est sans doute celui qui nous aide le plus à prendre du recul par rapport à nos convulsions du présent. Je pense notamment à la grande œuvre de Jean Delumeau parue en 1978, dont le titre est précisément *La Peur en Occident*... Sauf que son étude porte sur l'évolution de l'Europe entre le XIVe et le XVIIIe siècle. Mais l'ouvrage a pour sous-titre « Une cité assiégée »[1]. Et que trouve-t-on, entre autres, dans la table des

1. Jean Delumeau, *La Peur en Occident, XIVe-XVIIIe siècle. Une cité assiégée*, Paris, Fayard, 1978.

matières ? La peur des juifs, bien sûr, la peur des femmes, évidemment, mais aussi la « menace musulmane » ! Il y a là, n'en doutons pas, matière à réflexion sur la « nouveauté » de nos propres peurs en ce XXIe siècle naissant.

CONCLUSION

Ce « Plus jamais ça ! » qui recommence…

J'ai écrit cet ouvrage pour tenter de comprendre les processus génocidaires. Toutefois, le lecteur peut légitimement s'interroger : « À quoi cette recherche peut-elle servir pour empêcher la reproduction de telles horreurs ? » Nul doute que cette préoccupation soit moralement fondée au regard des violences de masse dont les civils sont les principales victimes. Après la Seconde Guerre mondiale, n'avait-on pas dit : « Plus jamais ça ! » ? Il fallait « tirer les leçons de la catastrophe », « combattre toutes les formes du racisme », « éduquer à la tolérance », etc. Que reste-t-il de ces vœux pieux ? Un paysage de désastre aux quatre coins du monde, du Cambodge à la Tchétchénie, en passant par l'Indonésie, le Biafra, le Guatemala, l'Irak, le Rwanda ou le Soudan. En ce début de XXIe siècle, l'injonction « Jamais plus ! » en est devenue presque insupportable. Plutôt que de se payer de mots, mieux vaut donc regarder les réalités en face, même si elles nous paraissent scandaleuses, et chercher à comprendre les raisons de cette reproduction du tragique, à travers la répétition du meurtre de masse.

Osons le dire : le chercheur qui travaille sur le phénomène génocidaire éprouve souvent comme une sorte de dissociation psychologique vis-à-vis de son objet. D'un côté, il partage l'indignation morale de tous ceux qui dénoncent l'hypocrisie de la supposée « communauté internationale » qui, même après le Rwanda, laisse faire d'autres massacres, que ce soit au Darfour, au Congo ou en Tchétchénie. Mais, de l'autre, les connaissances qu'il a acquises l'aident à mieux analyser les raisons de cette fréquente passivité, ce qui le rend, en fin de compte, plutôt sceptique quant à la possibilité de mettre en œuvre une véritable politique mondiale de prévention des massacres. Position évidemment des plus inconfortables : il se trouve tiraillé en permanence entre les exigences d'une morale universelle et les réalités des relations internationales. Mais y en a-t-il d'autres, sauf à tomber dans la naïveté la plus stupide ou le cynisme le plus noir ? Accepter de vivre cette contradiction suppose de développer une pensée paradoxale, qui raisonne à partir de propositions antagonistes. Une formule de l'écrivain américain Francis Scott Fitzgerald me semble particulièrement adaptée à notre propos : « La marque d'une intelligence de premier plan, écrit-il, est qu'elle est capable de se fixer sur deux idées contradictoires sans pour autant perdre la possibilité de fonctionner. On devrait, par exemple, pouvoir comprendre que les choses sont sans espoir et cependant être décidé à les changer[1]. »

La prévention des crises : arguments et illusions

Tournons-nous donc du côté de l'espoir, c'est-à-dire de ceux qui orientent leurs efforts vers des mesures de prévention. On observe à cet égard une évolution quelque peu encourageante. En effet, parmi tous les drames que connaît la planète, il en est quelques-uns qui produisent parfois comme un électrochoc pour cristalliser la forma-

1. Francis Scott Fitzgerald, *La Fêlure*, Paris, Gallimard, 1963, p. 475.

tion d'une conscience universelle émergeante. En dépit d'une apathie générale et d'une « souffrance à distance » plus ou moins contemplative[1], des individus peuvent se transformer en véritables acteurs sociaux, devenir les entrepreneurs collectifs d'une œuvre commune visant à limiter, juguler, atténuer les causes ou les effets de la violence de masse. Rappelons-nous : la boucherie de la bataille de Solferino, en 1859, avait convaincu le Suisse Henri Dunant de créer une organisation spécialement dévouée aux victimes des guerres, qui s'appelle aujourd'hui la Croix-Rouge.

De même, à la suite de la guerre au Biafra, de 1967 à 1970, de nouvelles organisations non gouvernementales se sont constituées, comme Médecins sans frontières, entendant se porter au secours des victimes tout en faisant pression sur la communauté internationale à travers les médias, ce que Bernard Kouchner a appelé la « loi du tapage »[2]. Quelque trente années plus tard, après la Bosnie et le Rwanda, de nouvelles organisations apparaissent encore, telles l'International Crisis Group, cette fois-ci avec un but bien différent : fournir des analyses synthétiques sur les conflits en cours pour sensibiliser les décideurs en mesure de peser sur leur évolution. Le rôle de cette nouvelle ONG illustre bien une prise de conscience qui se développe à la fin des années 1990 : ne pas intervenir seulement *après* la crise, mais plutôt *avant* pour éviter que cette crise ne dégénère en scénario catastrophe.

1. Luc Boltanski, *La Souffrance à distance. Morale humanitaire, médias et politique*, Paris, Métailié, 1993.

2. Voir, notamment, Bernard Kouchner, *Charité Business*, Paris, Le Pré-aux-Clercs, 1986 ; et Bernard Kouchner, *Le Malheur des autres*, Paris, Odile Jacob, 1991.

La question de la *prévention* est ainsi devenue un important sujet de discussion en relations internationales. Un vocabulaire approprié, mais souvent confus, s'est développé : on discute des « signaux d'alerte précoce », de la « prévention structurelle », de la « diplomatie préventive »[1], etc. Mais de quoi parle-t-on au juste ? De la prévention des conflits ou de la prévention des crises ? S'il s'agit des conflits, autant dire que l'on commence par formuler un superbe vœu pieux : les conflits étant évidemment inhérents à l'histoire des hommes, l'objectif de les prévenir est voué d'emblée à l'échec et peut parfaitement alimenter maints discours incantatoires. L'expression « prévention des crises » paraît plus sensée, si l'on veut dire par là qu'il s'agit de maîtriser l'évolution d'un conflit qui pourrait déboucher sur une grave crise régionale ou internationale. Mais comment faire la différence entre ce qui relève de la prévention des crises et le management des conflits internationaux ? Certains États, comme le Canada ou la Suède, ont cherché à faire avancer la réflexion sur ces questions.

En 2001, un rapport du secrétaire général de l'ONU a apporté une contribution en ce sens[2]. Plus : après avoir reconnu les défaillances graves des Nations unies dans la crise rwandaise, Kofi Annan a annoncé en 2004 la création d'un poste de rapporteur spécial sur la prévention du

1. Cette dernière notion a notamment été explicitée par Boutros Boutros-Ghali, ancien secrétaire général de l'ONU : « La diplomatie préventive a pour objet d'éviter que des différends ne surgissent entre les parties, d'empêcher qu'un différend existant ne se transforme en conflit ouvert et, si un conflit éclate, de faire en sorte qu'il s'étende le moins possible » (Boutros Boutros-Ghali, *Agenda pour la paix. Diplomatie préventive, rétablissement de la paix, maintien de la paix*, New York, Éd. des Nations unies, 2e éd., 1995, p. 48).

2. Kofi Annan, *Prevention of Armed Conflict*, rapport du secrétaire général de l'ONU devant le Conseil de sécurité, 7 juin 2001.

génocide, directement rattaché au Conseil de sécurité. Un autre rapport publié en 2004, celui du groupe dit des « personnalités de haut niveau » (dont Robert Badinter), recommande que, dans le cadre d'une réforme fondamentale de l'ONU, les membres permanents du Conseil de sécurité « renoncent solennellement, chacun en ce qui le concerne, à faire usage de leur droit de veto en cas de génocide ou de violation massive des droits de l'homme[1] ».

Cette préoccupation concernant la prévention du génocide était déjà au cœur de la démarche du juriste Raphael Lemkin. La Convention de 1948, qu'il a en partie inspirée, en énonce d'ailleurs le principe même, explicitement retenu dans son titre[2]. Et la plupart des chercheurs qui s'efforcent de comparer les phénomènes génocidaires travaillent aussi dans la perspective de leur prévention. Ils recourent aux sciences sociales pour mettre au jour d'éventuelles causes communes aux massacres, dans l'espoir d'agir sur ces causes afin d'éviter qu'elles ne se répètent. Le présent ouvrage ne montre-t-il pas, d'ailleurs, qu'il n'existe guère de fatalité en la matière ? En définitive, ces processus de violences extrêmes restent heureusement incertains : s'ils obéissent à la volonté d'acteurs résolus à passer à l'acte, ils dépendent aussi de circonstances favorables qui en précipitent le développement. Il devrait donc être possible d'en bloquer l'évolution monstrueuse, à tout le moins de la freiner. Des recherches ont été menées en ce sens, visant à identifier les « signaux

1. Point 256 du rapport *Un monde plus sûr. Notre affaire à tous*, Groupe des personnalités de haut niveau sur les menaces, les défis et le changement, New York, Nations unies, 2004 ; consultable sur Internet : http ://www.un.french/secureworld/

2. Convention internationale sur la prévention et la répression du crime de génocide, votée à Paris le 9 décembre 1948. Voir l'encadré au chap. VI de ce livre.

d'alerte précoce » qui permettraient d'avertir qu'une situation, dans un pays donné, évolue dangereusement. Nous en avons repéré ici quelques-uns, parmi les plus importants : multiplication de discours incendiaires émanant d'intellectuels, développement de « médias de la haine », marginalisation croissante d'un groupe donné, dénonciation publique d'une double figure de l'*ennemi intérieur et extérieur*, etc. Les sociologues Ted Gurr et Barbara Harff se sont ainsi efforcés de proposer des modèles structurels de conflits pouvant déboucher sur des formes de violences de plus en plus massives contre des minorités [1], une approche qui est aussi celle de la sociologue Helen Fein [2].

Concrètement, les mesures de prévention envisagées consisteront, par exemple, à soutenir des « intellectuels antidote », qui ont le courage de prendre le contre-pied de ceux qui jettent de l'huile sur le feu, à favoriser le développement de médias orientés vers la coopération plutôt que la confrontation entre les groupes [3] ou s'efforçant

1. Barbara Harff « No Lessons learnt from the Holocaust. Assessing risks of genocide and political mass murder since 1955 », *American Political Science Review*, vol. 97, n° 1, february 2003, p. 57-73. Ted R. Gurr, « Containing Internal War in the 21st Century », Fen Osler Hampson and David M. Malone (eds), *From Reaction to Conflict Prevention : Opportunities for the UN system*, Boulder and London, Lynne Rienner for the International Peace Academy, 2001, p. 41-62.

2. Helen Fein, « The Three P's of Genocide Prevention : With Application to a Genocide Foretold – Rwanda », dans Neal Riemer (éd.), *Protection against Genocide. Mission Impossible ?*, Westport, Praeger, 2000, p. 41-66. Signalons aussi l'approche systématique de Gregory Stanton, « Early Warning », dans Dinah L. Shelton (éd.), *Encyclopedia of Genocide and Crimes against Humanity*, *op. cit.*, p. 271-273.

3. Intéressante à cet égard est la démarche de l'ONG *Search for Common Ground*, fondée par le journaliste américain John Marks, qui se donne notamment pour objectif d'œuvrer à la création de divers

d'informer les victimes sur le sort qui les attend si elles restent passives[1]. Plus généralement, on peut qualifier de « préventive » toute action politique, sociale, culturelle, qui vise à établir ou renforcer des liens avec les individus d'un groupe marginalisé (ou qui risque de l'être)[2]. Une autre action préventive consistera à alerter le monde extérieur sur le risque d'une possible tragédie, en pressant les décideurs de la communauté internationale d'intervenir. En effet, si les indicateurs d'alerte sont généralement connus (grâce aux informations fiables fournies par les ONG, journalistes ou chercheurs sur le terrain, indiquant une dégradation grave de la situation de tel ou tel groupe), ce qui manque presque toujours, c'est la volonté politique d'intervenir pour changer la situation.

Pour susciter cette volonté politique, les partisans de l'intervention préventive font valoir au moins quatre types d'arguments. Une réaction urgente est d'abord légitimée au nom même du droit international : la juridicisation et donc la criminalisation des actes observés dans un pays donné construisent le cadre légal à travers lequel des mesures de prévention (voire d'intervention) sont jugées légitimes, au regard du droit international[3]. D'où le rôle spécifique d'ONG comme Amnesty International ou

---

émissions et programmes de radio ou de télévision favorisant la coopération entre groupes ethniques ou religieux en conflit.

1. L'historien Frank Chalk soutient ainsi qu'en 1944 la BBC aurait pu avertir les juifs de Hongrie du sort qui les attendait, dès lors que les Allemands avaient occupé le pays et qu'Eichmann préparait leur déportation. Cette mise en garde par des appels répétés à la radio britannique les incitant à se cacher aurait, selon lui, pu en sauver un nombre important.

2. Cf. Barnett R. Rubin (éd.), *Cases and Strategies for Preventive Action*, New York, The Century Foundation Press, 1998.

3. Tel est le point de vue développé par Michael Walzer dans son article « Au-delà de l'intervention humanitaire, les droits de l'homme dans la société globale », *Esprit*, août-septembre 2004, p. 8-27.

Human Rights Watch, pour encoder les informations collectées dans le lexique juridique de la violation des droits de l'homme.

Autre argument des partisans de la prévention : le pragmatisme. Ils soutiennent qu'il est plus prudent d'intervenir tout de suite dans une crise, ne serait-ce que pour éviter que se répandent des flots de réfugiés qui risqueraient de menacer la sécurité des pays environnants et donc d'étendre le conflit à toute une région. En outre, cela coûterait moins cher que d'avoir à gérer des dizaines ou centaines de milliers de réfugiés (hébergement, nourriture, contrôle des épidémies, etc.)[1]. Chiffres à l'appui, un rapport de la Commission Carnegie affirme ainsi que la prévention coûte beaucoup moins cher qu'une intervention tardive. Selon ce rapport, la communauté internationale a consacré dans les années 1990 près de 200 milliards de dollars à la gestion des conflits dans le cadre de sept interventions majeures (Bosnie-Herzégovine, Somalie, Rwanda, Haïti, golfe Persique, Cambodge et Salvador), mais aurait pu économiser 130 milliards de dollars si elle avait opté pour une approche préventive plus efficace[2].

D'autres auteurs estiment encore qu'une intervention précoce peut prétendre à l'efficacité dans la mesure où les massacres sont généralement perpétrés par une minorité d'individus : il est donc techniquement possible d'agir pour les empêcher de nuire[3]. Des exemples apparemment encourageants d'actions préventives sont cités, comme les mesures prises par l'Union européenne et l'OTAN pour

1. Voir Arthur C. Helton, *The Price of Indifference. Refugees and Humanitarian Action in the New Century*, Oxford, Oxford University Press, 2002.

2. Carnegie Commission on Preventing Deadly Conflict, *Final Report*, Carnegie Corporation of New York, décembre 1997.

3. Voir, par exemple, l'argumentation défendue dans l'introduction de Benjamin A. Valentino, *Final Solutions*, *op. cit.*

enrayer le processus de guerre civile en Macédoine en 2001-2002. De même, au cours de l'été 2003, l'Union européenne, à l'instigation de la France, a déployé une force militaire en Ituri, dans le nord-est de la République démocratique du Congo (RDC), afin, affirmait-elle, de prévenir un risque de génocide.

Mais les résultats escomptés sont-ils bien au rendez-vous ? De telles interventions sont aussi perçues par certains comme des manifestations de post-colonialisme (surtout en Afrique), qui ne règlent que de manière très superficielle les problèmes, voire contribuent à les faire empirer. Ils remarquent que ces interventions procèdent rarement de préoccupations seulement humanitaires, et plus souvent du calcul et de l'intérêt de ceux-là mêmes qui interviennent. Plutôt que de se focaliser sur des « mesures de bricolage », selon l'expression de Marc Levene, qui vont, d'après lui, de la recherche de signaux d'alerte à l'intervention militaire, en passant par la création de la Cour pénale internationale ou des opérations de médiation, il s'agit de proposer une approche plus fondamentale de la prévention, de nature structurelle[1]. Il ne s'agit plus de jouer les pompiers pour éteindre les incendies (comme dans les interventions armées), mais de se faire les architectes de maisons dotées de pare-feu. Du reste, le système international actuel ne permet même pas au pompier d'intervenir dans des États alliés de l'Ouest (comme la Turquie) ou dans des États membres du Conseil permanent des Nations unies (comme la Russie ou la Chine). Seule donc une politique de prévention qui s'attaque en profondeur aux causes structurelles des

1. Marc Levene, « A Dissenting Voice : Or How Current Assumptions of Deterring and Preventing Genocide May Be Looking at the Problem through the Wrong End of the Telescope », 1re partie, *Journal of Genocide Research*, vol. 6, n° 2, juin 2004, p. 153-166.

conflits peut avoir quelque chance de réussir à enrayer un génocide. Pour « paraphraser Auguste Comte, écrit Marc Levene, si nous ne pouvons comprendre la causalité, nous ne pouvons anticiper. Et si nous ne pouvons anticiper, nous ne pouvons prévenir[1] ».

Mais comment mettre en œuvre, concrètement, cette vision de la prévention structurelle ? Marc Levene ne propose pas de solution, sauf à lutter pour un monde plus équitable, économiquement plus juste, reposant sur le développement durable, etc. De tels objectifs généraux ne peuvent que susciter l'adhésion du plus grand nombre, à commencer par tous ceux qui vivent dans la pauvreté et l'insécurité ; mais ils reposent sur une vision tellement globale et radicale des changements politiques et structurels à entreprendre qu'on peut être sceptique quant à leur faisabilité. Au reste, l'auteur semble lui-même en douter puisqu'il prédit que, faute de telles transformations, des zones entières du globe risquent d'être prochainement soumises à la dévastation écologique, à la famine, à la maladie, au génocide et à d'autres formes de violences extrêmes de masse.

Regardons maintenant du côté des critiques de la prévention. Car la volonté d'agir sur les causes des conflits pour en freiner les dynamiques meurtrières, quelle que soit l'approche proposée, suscite aussi le scepticisme. Si les partisans de la prévention ont évidemment pour eux la morale, ils se heurtent aux critiques de ceux qui mettent en cause le fondement même de leurs démarches. Ainsi l'Anglais Michael Freeman critique-t-il vivement l'approche positiviste dominante dans ce champ d'études. Ces recherches, explique-t-il, reposent sur un postulat : la connaissance des causes des génocides déboucherait

1. *Ibid.*, p. 163. Lire aussi la 2e partie de son article dans *Journal of Genocide Research*, vol. 6, n° 3, septembre 2004, p. 431-445.

nécessairement sur leur prédiction, et donc sur la possibilité de prendre des mesures pour en stopper le développement. Consciemment ou non, les chercheurs qui croient à la prévention se situent effectivement dans le sillage de Comte. On pourrait même dire qu'ils en développent une approche thérapeutique : percevant le génocide comme une maladie monstrueuse, comme un cancer qui peut ronger le corps social, ils préconisent, comme unique thérapie efficace, d'en prévenir le développement dès les premiers symptômes.

Mais une telle analogie est tout simplement erronée : les sciences sociales ne répondent pas aux modèles de validation expérimentale des sciences médicales. Identifier les « causes » d'un événement historique reste toujours une démarche problématique en histoire, sujette à de vives controverses. « L'événement éclaire son propre passé, mais il ne saurait en être déduit[1] », soutient Hannah Arendt. Les sciences sociales ne peuvent donc avoir qu'une faible capacité prédictive : comment croire que l'on peut appliquer les « leçons » de l'Histoire à de nouvelles crises, qui se présentent sous un jour nécessairement différent et dont l'évolution reste imprévisible ? Le caractère non reproductible des événements historiques rend douteuse toute tentative d'appliquer des remèdes connus, puisque le diagnostic ne peut être identique. Passer outre, ce serait céder à l'« illusion expérimentaliste » en sociologie, contre laquelle Jean-Claude Passeron nous a mis en garde[2].

Il est certes important que des chercheurs travaillent à repérer des indicateurs précoces d'éventuels génocides.

1. Hannah Arendt, *La Nature du totalitarisme*, Paris, Payot, 1990, p. 73.

2. Jean-Claude Passeron, *Le Raisonnement sociologique*, Paris, Nathan, 1991.

C'est là, dit Michael Freeman, une forme de dette à l'égard des survivants de tous les meurtres de masse. « Mais ne nous berçons pas d'illusions quant à ses résultats ; probabilité n'est pas nécessité[1]. » Cette critique est reprise par l'Américain Thomas Cushman, qui dénonce l'idéologie du « préventionnisme ». Selon lui, tous ceux qui travaillent sur les génocides en sont atteints, dans la mesure où le but essentiel de leurs travaux est de les prévenir[2]. Cushman ne connaît pas de chercheur qui travaille sur cet « objet » avec pour seul objectif d'en faire progresser la connaissance scientifique.

Conséquence de cette imprévisibilité : on peut douter que les initiatives préconisées, qu'elles soient modestes ou ambitieuses, aient véritablement les effets escomptés. Les intellectuels qui cherchent à avoir une fonction d'antidote contre les discours haineux peuvent assurément être de bonne foi. Mais il est possible aussi que, à leur corps défendant ou par maladresse, leurs propos aboutissent à jeter de l'huile sur le feu plutôt qu'à apaiser les tensions. De même, l'efficacité des sanctions économiques contre des régimes accusés de violations graves des droits de l'homme est aussi très discutée, dans la mesure où celles-ci peuvent avoir des effets néfastes pour les populations de ces pays, le cas des sanctions prises contre l'Irak de Saddam Hussein étant à cet égard souvent cité. Plus concrètement encore, des ONG ou des États qui interviennent dans des crises avec l'intention louable de freiner ou d'arrêter les massacres ne peuvent contrôler les effets de leurs interventions : parce qu'ils ne sont pas les mieux

1. Michael Freeman, « The Theory and Prevention of Genocide », *Holocaust and Genocide Studies*, vol. 6, n° 2, 1991, p. 185-199.

2. Thomas Cushman, « Is Genocide Preventable ? Some Theoretical Considerations », *Journal of Genocide Research*, vol. 6, n° 4, décembre 2003, p. 523-542.

placés pour intervenir ou qu'ils connaissent mal le terrain, leurs actions n'auront pas l'impact espéré et provoqueront même des effets contraires. Le cas de l'intervention américaine en Somalie en 1992 en est un exemple bien connu.

Une éthique de la responsabilité

Mais la mise au jour de telles critiques doit-elle conduire à ne plus rien entreprendre, tout acteur en venant à se paralyser lui-même en imaginant les effets négatifs potentiels, contraires à ses objectifs premiers ? Certes, chaque situation de violence est en général d'une complexité souvent paralysante et il est essentiel de faire preuve de prudence et de clairvoyance. Mais le chercheur a souvent beau jeu de critiquer, au nom même de la complexité qu'il a pour profession de déchiffrer, ceux qui tentent de « faire quelque chose ». Au regard de tous ceux qui sont morts dans les massacres et de tous ceux qui risquent encore de connaître le même sort, cette position n'est pas moralement tenable. Elle en viendrait d'ailleurs à disqualifier le principe même de toute action politique ou sociale, quel que soit l'objectif poursuivi : puisque l'on n'est jamais assuré de ses résultats, à quoi bon entreprendre quelque chose ? Toute action politique qui prétend au changement serait par définition vaine. On en viendrait alors à préconiser un immobilisme contemplatif des malheurs du monde. Pour surmonter de telles contradictions, je voudrais terminer ce livre en proposant deux axes de travail suffisamment pertinents, orientés vers l'avenir, l'un dans le domaine de l'action internationale, l'autre dans celui des sciences sociales proprement dites.

En matière de management international des crises risquant de conduire à des massacres, le rapport rédigé par Gareth Evans et Mohamed Sahnoun, qui vise à créer un nouveau consensus parmi les experts internationaux, me semble une bonne base de référence, en ce début des années 2000[1]. À plusieurs reprises, les auteurs précisent d'ailleurs que la motivation principale qui a guidé leur réflexion était de faire œuvre utile pour que ne se répète pas un nouveau Rwanda. Plutôt que mettre en avant le « devoir d'ingérence » (qui risque de heurter les États sourcilleux de défendre leur souveraineté), Gareth Evans et Mohamed Sahnoun préfèrent parler de la *responsabilité de protéger* qui incombe aux États. Mais, soulignent-ils, si les États ne sont pas en mesure de protéger leurs citoyens de catastrophes (telles que meurtres à grande échelle, viols, famines, etc.), ou s'ils ne sont pas disposés à le faire, alors une telle responsabilité doit être assurée par la « communauté des États » (principalement dans le cadre de l'ONU ou d'organisations régionales). Et d'affirmer qu'une telle responsabilité implique trois obligations particulières :

a) la responsabilité de prévenir : éliminer à la fois les causes profondes et les causes directes des conflits internes et des autres crises qui, produites par l'homme, mettent en cause les populations ;

b) la responsabilité de réagir : réagir devant des situations où la protection des êtres humains est une impérieuse nécessité en recourant à des mesures appropriées, y

1. En septembre 2000, le Canada et un groupe de grandes fondations annonçaient à l'ONU la création d'une Commission internationale de l'intervention et de la souveraineté des États, dont l'animation était confiée à l'Australien Gareth Evans et à l'Algérien Mohamed Sahnoun. La Commission a été invitée à aborder toutes les questions juridiques, morales, opérationnelles et politiques en ce domaine, à recueillir un éventail aussi vaste que possible d'avis dans le monde entier et à déposer un rapport qui aiderait le secrétaire général de l'ONU et tous les autres intervenants à trouver un nouveau terrain d'entente.

compris coercitives (sanctions, poursuites internationales et, dans les cas extrêmes, interventions militaires) ;

c) la responsabilité de reconstruire : fournir – surtout après une intervention militaire – une assistance à tous les niveaux afin de faciliter la reprise des activités, la reconstruction et la réconciliation en agissant sur les causes des exactions auxquelles l'intervention devait mettre un terme ou qu'elle avait pour objet d'éviter.

Pour chacun de ces axes, les auteurs font des propositions synthétiques souvent intéressantes. En matière de prévention, ils distinguent bien les mesures qui doivent s'appliquer aux causes profondes (impliquant des programmes d'aide économique et financière) et celles qui se rapportent aux causes immédiates (appelant une réaction rapide des organisations internationales, y compris une intervention armée)[1].

Certes, leur travail n'est pas exempt de critiques. À la responsabilité de prévenir, les auteurs ont raison d'associer celle d'intervenir et de reconstruire. Il y a là un tout cohérent. Mais la réalisation en reste d'une extraordinaire difficulté au regard de l'instabilité et de la pauvreté de certaines régions. Sur de nombreux points, on se demande comment mettre en œuvre concrètement ce qu'ils préconisent. Un exemple : il ne peut y avoir de prévention durable que si une région connaît, après un conflit, un véritable développement économique. Mais quand plus de 60 % de la population reste au chômage – comme au Kosovo cinq ans après l'intervention de l'OTAN –, comment ne pas redouter que des tensions graves n'explosent à nouveau, parce qu'il ne paraît y avoir aucun

1. Gareth Evans et Mohamed Sahnoun, « The Responsability to Protect », *Foreign Affairs*, vol. 81, n° 6, novembre 2002. On peut également consulter l'ensemble de ce rapport sur Internet : http :// www.crisisweb.org.

avenir ? En somme, le rapport Evans-Sahnoun énonce des principes généraux, certes utiles pour la formulation d'une doctrine internationale en la matière, mais n'aborde pas assez la difficulté de leur mise en œuvre pratique, difficulté pourtant soulignée par toutes les enquêtes de terrain[1].

De même, les auteurs n'insistent pas suffisamment sur l'importance du travail de mémoire, sans lequel un pays risque de plonger à nouveau dans des épisodes de massacres à répétition. Tout au long de ces pages, nous avons vu en effet combien le passé peut être instrumentalisé par les acteurs politiques, des événements traumatiques étant survalorisés par certains, qui en présentent une lecture univoque, tandis que d'autres cherchent carrément à les occulter. Les manuels scolaires sont très souvent les dépositaires de ces lectures biaisées du passé, si bien que l'on peut dire que les livres destinés à la jeunesse d'un pays recèlent bien souvent les germes idéologiques des conflits de demain. La prévention de la violence de masse passe donc nécessairement par un travail sur les mémoires du passé, des mémoires qui peuvent aussi bien servir à attiser les passions qu'à les contenir pour une possible réconciliation[2]. Mais au moins le rapport Evans-Sahnoun a-t-il le mérite de proposer une perspective d'ensemble, qui passe

1. Par exemple, dans le domaine de la reconstruction, voir les enquêtes comparatives conduites par Béatrice Pouligny, *Ils nous avaient promis la paix. Opérations de l'ONU et populations locales*, Paris, Presses de la FNSP, 2004.

2. Voir l'intéressante approche de Valérie Rosoux, *Les Usages de la mémoire dans les relations internationales. Le recours au passé dans la politique étrangère de la France à l'égard de l'Allemagne et de l'Algérie de 1962 à nos jours*, Bruxelles, Bruylant, 2001. Ce travail sur la mémoire peut s'appuyer sur l'approche philosophique de Paul Ricœur dans *La Mémoire, l'histoire, l'oubli*, Paris, Le Seuil, 2000, et, bien entendu, sur les écrits des historiens de la Shoah qui ont travaillé sur les questions de la mémoire et du témoignage : Henry Rousso,

aussi par une réforme de l'ONU et de son Conseil de sécurité. Il suggère un cadre de travail global, dont les propositions doivent évidemment êtres adaptées à chaque situation concrète. En matière de prévention des crises extrêmes, il ne peut y avoir de recettes ; il faut faire du cas par cas.

Dans le domaine des sciences sociales, que peut faire concrètement le chercheur ? Il peut conseiller le décideur politique, rédiger pour lui notes et recommandations, dont il tiendra plus ou moins compte. Il peut aussi s'engager dans l'action militante, se transformer lui-même en homme d'action pour défendre la cause de tel ou tel peuple martyrisé. Mais, en tant que chercheur travaillant sur les massacres et leur prévention, à quoi peut-il plus particulièrement se consacrer ?

À défaut d'exercer la responsabilité de protéger, au moins peut-il assumer la *responsabilité de connaître et de faire connaître*. N'est-ce pas d'ailleurs là sa première mission, celle de construire le savoir et de l'enseigner ? Le présent ouvrage entend précisément être une contribution en ce sens. Mais d'autres outils de diffusion du savoir sont à imaginer, qui soient utiles aussi bien pour la recherche que pour l'information du large public. Par exemple, au regard de l'importance des massacres dans les conflits, il n'existe pas de banque de données fiable qui rassemble nos connaissances en la matière. Aussi ai-je proposé de créer une *Encyclopédie électronique des massacres et génocides*, consultable gratuitement. Ce projet pourrait apporter une contribution essentielle à l'histoire de l'humanité (plus exactement à l'histoire de la destruction de l'humanité…). Outre son apport à la connaissance du passé, un tel outil serait précieux aussi

---

Vichy. L'événement, la mémoire, l'histoire, Paris, Gallimard, 2001, et Annette Wieviorka, *L'Ère du témoin*, Paris, Plon, 1998.

pour tous ceux (décideurs, journalistes, responsables d'ONG, juristes, etc.) qui cherchent, dans le domaine des relations internationales, à analyser en profondeur les crises contemporaines et – qui sait ? – à les prévenir[1].

En matière de programmes de recherche, l'étude de la pertinence des « indicateurs d'alerte précoces » mentionnés plus haut constitue une autre priorité. Voici en effet plus d'une dizaine d'années que quelques équipes universitaires et certaines ONG ont travaillé à l'élaboration de ce type de paramètres, les travaux les plus intéressants ayant été menés dans le cadre du programme *Minorities at Risk* de l'université du Maryland[2]. L'idée centrale est excellente : il s'agit d'élaborer des informations fiables sur la détérioration d'un conflit pour permettre aux décideurs politiques de prendre les mesures en temps utile, afin d'éviter que la situation ne se dégrade davantage. Encore faut-il que les décideurs en question aient la volonté de faire quelque chose, ce qui, on l'a souligné, est une tout autre affaire. Mais quand cette volonté politique est présente, il est très important que les décideurs disposent des indicateurs les plus pertinents. Or ces critères de l'alerte précoce peuvent-ils se révéler fiables dans une situation concrète de crise ? Personne n'en sait trop rien, d'autant que les recherches universitaires en ce domaine sont en général peu connues des experts en relations internationales. En outre, il existe un temps incompressible entre l'évaluation d'une situation et une éventuelle prise de décision : une alerte précoce est une alerte qui a été donnée en temps utile, c'est-à-dire dans un délai de trois semaines à douze mois. Au-delà, on estime qu'il devient impossible d'agir sur l'événement.

1. Pour une présentation générale de ce projet d'*Encyclopédie des massacres et génocides*, se reporter à l'annexe III de ce livre.
2. Voir sur Internet : http ://www.cidcm.umd.edu.

Des recherches sont donc à mener pour mettre en rapport la nature des indicateurs d'alerte, leur temporalité par rapport à la chronologie d'une crise et, en fin de compte, leur prise en compte ou non par les décideurs [1].

La « revanche des passions »

Mais ces propositions, qu'elles soient tournées vers l'action ou vers la connaissance, ne peuvent faire fi de la nouvelle donne des relations internationales depuis les attentats du 11 septembre 2001 aux États-Unis. On le sait, l'attaque des *Twin Towers* a soudainement bouleversé les analyses des experts. Du jour au lendemain, leur discours dominant n'a plus été axé sur la responsabilité de protéger les populations en danger (l'avait-il jamais été ?), mais sur la volonté de *se protéger* contre le terrorisme international. La mort de 3 000 personnes à l'Ouest, aux États-Unis, était bien plus importante que celle de 800 000 personnes au Sud, au Rwanda.

Un nouveau paradigme s'est installé sur la scène internationale. Pierre Hassner remarque que l'on est alors entré dans une autre époque, celle de la « revanche des passions », caractérisée par le retour en force de la terreur

1. En France, le Centre de recherche sur la paix (CRP) de l'université catholique de Paris s'est engagé dans un tel travail, sous la direction de François Mabille. Il est encore indispensable que de telles recherches soient couplées avec un programme d'enseignements spécifiques. Notons à cet égard la création en 2005 d'un cours sur la prévention des génocides impulsé à l'université Columbia par Andrea Bartoli. Pour ma part, j'ai créé en France, en 1998, un enseignement pluridisciplinaire sur les violences extrêmes et les génocides (qui aborde aussi, en conclusion, la question de la prévention) au sein de l'Institut d'études politiques de Paris.

et de la puissance[1]. Pour riposter à un ennemi insaisissable, les États-Unis n'ont pas hésité, au nom même de leur exigence de sécurité, à se donner le droit d'ignorer le droit. Les interventions humanitaires des années 1990 ont aussitôt laissé place aux *interventions sécuritaires* (ou supposées telles), en Afghanistan d'abord, puis en Irak. Divers experts ont pourtant fait valoir que faire la guerre (contre qui ?) n'était pas forcément le meilleur moyen de prévenir de nouveaux attentats terroristes, que seule pouvait s'avérer efficace la recherche obstinée du renseignement auprès de groupes et réseaux susceptibles d'en commettre de nouveaux. Rien n'y a fait : pour se venger de son humiliation publique, la grande Amérique a voulu faire publiquement la démonstration de sa puissance, c'est-à-dire de sa capacité unique à riposter militairement n'importe où dans le monde. Si l'opération contre Kaboul avait bien un sens par rapport au 11 septembre[2], tous les arguments avancés pour justifier la guerre contre le régime de Saddam Hussein se sont avérés infondés.

Ce faisant, au nom même de leur conception du Bien, les dirigeants américains ont alors dévoyé la notion de « prévention », la transformant en « préemption ». Cette notion permet, à leurs yeux, de justifier à l'avance le recours à la force armée contre tout État présentant une menace pour leur pays. Du coup, l'engagement de cette croisade mondiale contre le terrorisme a profité à bien d'autres chefs d'État. Quoi de plus tentant en effet, pour un dirigeant politique, que d'agiter le chiffon rouge de la

1. Pierre Hassner, « Une anthropologie des passions », *Commentaires*, n° 110, été 2005, p. 299-312.

2. Puisque les camps d'entraînement des groupes contrôlés par Ben Laden se trouvaient en Afghanistan, sous la protection du régime islamiste des Talibans.

menace terroriste afin de se présenter comme le seul garant de la sécurité de tous ? Au lendemain même des attentats du 11 septembre, Stanley Hoffman avait aussitôt fait remarquer que les principaux bénéficiaires politiques du terrorisme allaient être les États[1] : sous prétexte d'en poursuivre l'éradication, ils allaient s'appuyer sur une puissante rhétorique émotionnelle pour légitimer des politiques de répression féroce contre leurs opposants, que ce soit en Russie, en Chine ou ailleurs.

Les Européens seront-ils capables de faire valoir une autre vision du monde, et plus encore de la mettre en œuvre, tout en prenant en compte la menace terroriste ? Les États-Unis accepteront-ils de suivre une politique moins unilatérale ? L'ONU parviendra-t-elle enfin à se réformer ? Israéliens et Palestiniens réussiront-ils à établir des relations apaisées ? Etc., etc. Ce livre ne peut que s'arrêter sur ces interrogations, c'est-à-dire sur un avenir encore à écrire. Un avenir certes ouvert, mais qui reste bien sombre. Car ce temps des passions est lourd de nouvelles guerres. Et celles-ci seront encore justifiées, cela va de soi, au nom de la civilisation et de la sécurité, de Dieu et de la pureté à reconquérir... À nouveau, les civils feront les frais de ces affrontements meurtriers.

En janvier 2004, les délégués des cinquante-cinq États de la Conférence sur la prévention des génocides, réunis par la Suède, ont bien eu conscience de ces dangers, quoique le résultat de leurs travaux soit passé presque inaperçu. Selon eux, il existait à cette date un danger de génocide dans treize pays : Soudan, Myanmar/Birmanie, Burundi, Rwanda, Congo RDC, Somalie, Ouganda,

1. Stanley Hoffman, « Le XXIe siècle a commencé », *Vingtième Siècle*, n° 76, octobre-décembre 2002, p. 5-14.

Algérie, Chine, Irak, Afghanistan, Pakistan, Éthiopie[1]. Pourvu qu'ils aient eu tort, du moins en partie ! Signaux d'alerte précoces ou pas, le rôle des médias et des ONG demeure essentiel, ne serait-ce que pour empêcher qu'une tragédie en cours ne soit tout simplement effacée de l'attention publique internationale. Mais, il est vrai, les opinions publiques se lassent des drames dont les médias les assaillent. Et une catastrophe vient en chasser une autre sur les écrans de télévision. Quant aux États, en général guidés par des intérêts égoïstes, ils se montrent rarement prêts à porter secours à des populations étrangères. Et c'est pourquoi le « Plus jamais ça ! » recommence quand même. Il faudrait donc beaucoup de détermination politique pour que les spectres du massacre et du génocide soient véritablement derrière nous.

1. La Conférence a précisé que cette liste devait sans doute être étendue à d'autres pays. Cf. sur Internet : http ://www.preventinggenocide.com.

ANNEXES

ANNEXE I

Enquêter sur un massacre

La conduite empirique d'études de cas constitue une première et indispensable démarche d'enquête, pour se dégager des approches idéologiques et normatives. Il s'agit de reconstituer les faits, presque à la manière d'une enquête policière. Cette tâche est cependant très difficile puisque le massacre est souvent exécuté dans le secret. Aussi les questions de base sont-elles toujours : qui a tué et fait tuer ? Qui est mort ? Qui peut témoigner de ce qui s'est passé ? Ce triptyque de l'agresseur, de la victime et du témoin constitue le « triangle de base » de toute étude sur le massacre ; étude qui se doit, bien évidemment, de connaître les conditions socio-historiques du témoignage oral en complément de la collecte éventuelle de documents écrits.

Enquêter sur le massacre suscite fréquemment le malaise chez celui qui cherche à savoir et à comprendre. Pour l'aider dans sa démarche, j'ai élaboré un questionnaire qui peut être utile pour entreprendre cette investigation initiale. Il faut le considérer comme un premier outil de travail, permettant d'engager la collecte des données. Puis, à mesure que l'on « entre » dans le cas étudié, de nouvelles questions viennent d'elles-mêmes. Alors, le cas commence à « parler » et le questionnaire devient moins nécessaire. Passer ensuite du stade de l'étude de cas à celui de l'analyse comparative constitue une nouvelle étape particulièrement délicate (cf. annexe II).

a) Qui a tué ?

– Peut-on mieux connaître le profil des tueurs (âge, sexe, origine sociale…) ?

– Leurs mobiles : agissent-ils dans un but de conquête territoriale, de domination politique ou de « purification » ?

– Dans quelle mesure la perpétration du massacre procure-t-elle des bénéfices politiques à certains acteurs du conflit ?

– Quels sont les enjeux économiques du massacre ?

b) Le choix des victimes

– Les civils sont-ils tués au hasard ou de manière discriminée (par exemple, à partir de listes de noms, de catégories professionnelles, de critères politiques, religieux, ethniques) ?

– Les hommes sont-ils séparés des femmes avant que d'être tués ?

– Les femmes sont-elles tuées systématiquement, de même que les enfants et les personnes âgées ?

– Comment évaluer le nombre des victimes, selon l'âge, le sexe, la situation professionnelle, etc. ?

– Quels sont les problèmes posés par la quantification des victimes et leur identification ?

– Vers une cartographie du massacre ?

c) La construction des figures de l'« ennemi »

– Quelles sont les représentations de l'« ennemi » à détruire ?

– Quel est l'univers imaginaire et idéologique des tueurs ?

– Comment faire l'analyse des thèmes de propagande qui précèdent et accompagnent le massacre ?

– Quelle importance attribuer à la peur et au sentiment d'insécurité collective, relatifs à la dégradation d'une situation économique ?

d) Les modalités du massacre

– Peut-on clairement décomposer les principales phases du processus criminel (préparation, décision et mise en œuvre) ?

– En décrire la « méthodologie » (massacres sur place, déportations-abandons, centres de mise à mort) ?

– Que nous apprend la nature des armes utilisées ?

– Les victimes sont-elles tuées de manière froide et rationnelle ou bien avec sauvagerie ?

– Les thématiques sexuelles et les pratiques de viol sont-elles toujours associées à l'acte de massacrer ?

e) La temporalité du massacre

– Les signes avant-coureurs : quels sont les éventuels indicateurs du déchirement du lien social entre les futures victimes et leur environnement immédiat ?

– Y a-t-il un « temps » du massacre en rapport avec la situation politique intérieure du pays, la situation internationale ?

– Un contexte de guerre et de décomposition d'un empire ?

– Les attitudes de l'environnement proche ou lointain : y a-t-il consentement tacite ou gestes de protestation, voire des actions de sauvetage des victimes ?

f) Les effets politiques et médiatiques

– Y a-t-il eu volonté de dissimuler le massacre ou de le faire savoir ? Ainsi, a-t-on cherché à faire disparaître les corps ou à les exhiber ?

– L'événement exerce-t-il une influence politique sur le conflit en cours et de quelle manière ?

– Procure-t-il une nouvelle légitimité à certains acteurs ?

– Comment se propagent les nouvelles à son propos ?

– Va-t-il rester longtemps inconnu ou est-il tout de suite révélé ?

– A-t-il été commis dans le but d'effrayer les victimes potentielles ? Pour les faire fuir d'un territoire convoité ? Pour susciter un mouvement de déstabilisation politique ?

g) Les discours de l'« après »

– Du côté des témoins : qui sait « vraiment » ce qui s'est passé ? Analyse de la structure des récits de journalistes et de membres d'ONG.

– Du côté des éventuels survivants : qui peut parler ? Qui peut dire l'horreur ? Comment faire la part entre réalité, déformations et affabulations ?

– Du côté des auteurs du massacre : discours de la négation ou de la revendication du crime ? Une culpabilité impossible ?

ANNEXE II

Comparer les massacres

Les approches comparatives constituent l'une des voies les plus fécondes pour faire progresser nos connaissances en sciences sociales. Il existe ainsi une histoire comparée, une sociologie comparée, *a fortiori* une science politique comparée, qui ont été justifiées par de nombreux auteurs, à commencer par Max Weber[1]. Ce n'est pas le lieu ici de revenir sur la légitimité, les conditions et les limites de l'exercice de la comparaison, une question qui a suscité une vaste littérature[2]. Le travail de comparaison n'en est pas moins difficile et risqué. Difficile, parce que le comparatiste se donne pour ambition d'acquérir une connaissance approfondie de plusieurs événements historiques (ou régimes politiques), relatifs à différents pays, ce qui exige de sa part un effort considérable d'érudition. Risqué, car le comparatiste peut aller alors au-devant de possibles objections, formulées par un collègue spécialiste attitré d'un seul pays, lequel en aura une connaissance encore plus érudite. C'est pourquoi le

1. Voir à son propos l'excellent livre de Stephen Kalberg, *La Sociologie historique comparative de Max Weber*, Paris, La Découverte, 2002.

2. On trouvera à cet égard en langue française d'intéressantes discussions dans la *Revue internationale de politique comparée* (Louvain), et en anglais dans des revues telles que *World Politics* ou *World Politics Studies.*

travail de comparaison implique *de facto* une démarche collective de discussion et de coopération entre chercheurs ; encore faut-il alors que ceux-ci s'entendent non seulement sur un questionnement commun, mais aussi sur la nature des cas à comparer et sur la manière de les comparer. Or ces problèmes de méthodes se transforment souvent en enjeux de mémoire, sinon en batailles idéologiques et identitaires, comme l'ont montré les polémiques autour des crimes du communisme et du nazisme, ou sur la singularité de la Shoah.

C'est que le travail de comparaison porte ici sur un « objet » des plus sensibles. En effet, il ne consiste pas, par exemple, à comparer des structures moléculaires différentes ou les ensembles géologiques de plusieurs zones géographiques… Non, il s'agit de comparer des pratiques diverses de massacres de populations, c'est-à-dire des processus de mort de masse et donc, corrélativement, des pouvoirs qui ont assassiné, des cadavres qui crient encore leur innocence, des survivants qui peuvent toujours porter dans leur chair les séquelles de ces tragédies, qui réclament justice, vengeance ou réparation. Les charges émotionnelles attachées à l'« objet massacre » peuvent donc faire douter de la possibilité de déployer à son propos une véritable démarche scientifique.

À cet égard, nul doute que la comparaison des massacres pose d'abord la question de la « neutralité » de celui qui accepte ou non de comparer. Car le chercheur peut être plus directement concerné par l'une de ces tragédies, s'en sentant plus proche du fait de son histoire communautaire ou de ses convictions politiques. Il est donc compréhensible qu'il puisse éprouver une plus grande compassion pour un groupe particulier de victimes, qu'il néglige, voire refuse, la réalité des souffrances d'un autre groupe que le sien – bref, que son raisonnement dévie vers la mise en cause exclusive de tel ou tel pouvoir. Compréhensible, mais non acceptable du point de vue du métier de chercheur. Comment peut-il alors ainsi faire fi de ses filiations et de ses émotions ? Identifions tout d'abord les principaux pièges ou impasses de la comparaison.

Les pièges de la comparaison : équivalence et unicité

L'une des erreurs les plus fréquentes revient à penser que les meurtres de masse tendent à s'équivaloir, au regard notamment du décompte des morts. On a tendance ainsi à mettre sur le même plan des exemples historiques très différents où les victimes se comptent par centaines de milliers, voire millions. Dès lors, à l'échelle de la destruction humaine de masse, à quoi bon soutenir des « différences » entre les morts ? L'exercice semble inutile, sinon indécent au regard de leur mémoire. Car selon quels critères décréter que les victimes dans tel cas sont « plus importantes » que dans tel autre ? La souffrance des unes et des autres n'est-elle pas incommensurable ? Introduire un travail de comparaison sur de telles bases, c'est aller droit à l'échec en suscitant de vives polémiques.

La parution du *Livre noir du communisme* a notamment amplifié de tels débats, très souvent passionnels, certains ayant défendu l'idée que, au regard du nombre des morts attribuables aux pouvoirs communistes, les crimes perpétrés par ces régimes « valent » bien ceux du nazisme, sinon les dépassent. Cette idée se retrouve explicitement formulée dans l'introduction de l'ouvrage, dans laquelle Stéphane Courtois écrit : « La mort de faim d'un enfant de koulak ukrainien, délibérément acculé à la famine par le régime stalinien, "vaut" la mort de faim d'un enfant juif du ghetto de Varsovie, acculé à la famine par le régime nazi[1]. » Mais sur quelle échelle de mesure l'auteur se situe-t-il donc en parlant ainsi de morts qui se « valent » ? À ce compte, ne pourrait-il pas avancer que, par-delà le procédé utilisé pour faire mourir, la mort d'un enfant juif ou ukrainien « vaut » bien aussi la mort d'un enfant allemand ou japonais écrasé sous les bombes des Alliés à Dresde ou Hiroshima ? En fait, une telle affirmation, dans son apparente équivalence symétrique (famine dans les deux cas) et émotionnelle (la mort d'un enfant) est une manière non pas d'introduire la comparaison, mais plutôt de la mettre « hors jeu » en faisant accroire que les deux événements sont semblables d'un point de vue humain. Ce raisonnement revient donc à instrumentaliser l'argument moral (la mort des enfants par définition innocents) pour neutraliser une réflexion comparative qui aurait pour objectif de montrer les différences de nature entre les pouvoirs qui ont été à l'origine de telles tragédies. Or des ouvrages collectifs visant à comparer les deux systèmes nazi et stalinien, respectivement dirigés par les historiens Ian Kershaw et Moshe Lewin d'une part, et Henry Rousso d'autre part, ont contribué à montrer combien ces deux systèmes totalitaires étaient différents[2].

À l'inverse, défendre à tout prix l'unicité ou la singularité d'un événement historique, comme l'ont fait certains spécialistes de la Shoah, c'est vouloir se fermer à toute ouverture comparatiste : puisque la Shoah est

1. Stéphane Courtois (éd.), *Le Livre noir du communisme*, *op. cit.*, p. 19.

2. Ian Kershaw et Moshe Lewin, *Stalinism and Nazism. Dictatorship in Comparaison*, Cambridge, Cambridge University Press, 1997 ; Henry Rousso (éd.), *Stalinisme et Nazisme. Histoires et mémoires comparées*. Bruxelles, Complexes-IHTP, 1999.

unique, elle n'est pas comparable. Sans doute cette attitude est-elle en partie une réaction à la première, qui, au nom d'une supposée « équivalence », vise à banaliser ou relativiser la destruction des juifs européens. Mais cette position de l'unicité n'est pas tenable d'un point de vue scientifique, puisque tout événement historique est par principe singulier ! La Révolution américaine est un fait unique. La Révolution française est également un fait unique. Mais cela n'a pas empêché Tocqueville de nous offrir une œuvre admirable, reposant précisément sur la comparaison entre ces événements et les systèmes politiques qui en ont résulté. C'est là une évidence : un fait ou un événement peut être singulier, différent d'un autre par un ou plusieurs traits marquants, sans pour autant en être différent en tout.

Ainsi, du point de vue des sciences sociales, aucun événement ne peut être « extrait » de l'Histoire ou être placé dans une position de transcendance historique. Au demeurant, cette approche a été précisément critiquée par certains historiens juifs de la Shoah, tel Yehuda Bauer, qui ont mis en cause la position a-historique, de nature religieuse ou métaphysique, défendue, par exemple, par l'écrivain Élie Wiesel[1]. Bien entendu, la qualité de l'œuvre littéraire et la grande valeur du témoignage de l'auteur de *La Nuit* ne sont pas ici en cause. De même, Annette Wieviorka[2] ou Omer Bartov reconnaissent l'existence d'autres génocides et se montrent ouverts à

1. Yehuda Bauer, *Rethinking the Holocaust*, New Haven, Yale University Press, 2001.

2. C'est ce que suggère la lecture de son livre *Auschwitz expliqué à ma fille*, Paris, Le Seuil, 1999, dans lequel elle évoque l'existence de deux autres génocides : celui des Arméniens et celui des Tutsi du Rwanda (p. 31).

l'exercice de la comparaison[1]. Les partisans de l'unicité peuvent d'ailleurs être pris à leurs propres discours : si le but est de démontrer que la Shoah est un événement sans précédent, alors il faut bien accepter le travail de la comparaison avec d'autres meurtres de masse, pour passer du postulat de principe à la démonstration. Ce n'est là qu'une simple question de cohérence intellectuelle. En réalité, il n'y a pas de contradiction fondamentale à affirmer qu'un événement-massacre est *à la fois* unique *et* comparable : c'est admettre que ses traits relèvent tout autant du singulier que de l'universel.

Les méthodologies de la comparaison

Mais comment progresser dans l'élaboration d'une méthodologie en ce domaine ? Développer des études comparatives implique déjà de se dégager du « pathos » de la confrontation idéologique nazisme/communisme, voire de la question du « totalitarisme », en s'ouvrant à l'analyse de cas qui n'en relèvent pas. C'est l'une des raisons qui nous ont conduit à étudier l'histoire du Rwanda jusqu'au génocide de 1994. Mais regrouper des études de cas très différentes n'est pas non plus satisfaisant. Trop de livres sont publiés en ce domaine qui ne reposent en réalité que sur une simple juxtaposition d'exemples historiques assez hétéroclites. L'apport de ces ouvrages à une réflexion comparative est faible, voire quasi nul. La grande difficulté consiste à passer de cet assemblage d'études de cas à leur analyse comparative cohérente.

1. Omer Bartov, « Seeking the Roots of Modern Genocide : On the Macro- and Micro-History of Mass Murder », dans Ben Kiernan et Robert Gellately (éd.), *The Specter of Genocide*, *op. cit.*, p. 75-96.

Dans cette perspective, l'une des premières étapes suppose de se donner une notion commune qui puisse servir à classer les événements à comparer. En ce sens, les premiers travaux ont adopté comme concept minimal celui de « génocide » à partir de la définition adoptée par les Nations unies en 1948. On sait toutefois les difficultés épineuses que pose l'adoption de cette notion juridique en sciences sociales. C'est pourquoi j'ai préféré prendre comme unité de référence celle de « massacre », sans préjuger de ce qu'est ou n'est pas un génocide. Mais dans la mesure où la notion de massacre renvoie encore à une multiplicité de cas hétérogènes, la recherche s'est limitée à examiner une même classe d'événements : ceux relevant d'une dynamique d'*éradication*[1]. Reste alors le plus délicat et le plus périlleux : construire la procédure concrète de leur comparaison.

L'une des voies les plus fréquentes consiste à faire ressortir les points de similitude et de différence entre les cas étudiés. Par exemple, le politiste Robert Melson a été un excellent pionnier en ce domaine, comparant de manière approfondie et subtile les génocides arménien et juif[2]. Remarquons que cette manière de comparer ne revient aucunement alors à niveler les différences, mais bien plutôt à les mettre en relief, sans masquer pour autant ce que les événements peuvent avoir en commun[3].

1. Sur ces points importants qui définissent notre démarche et, plus généralement, notre position dans le champ des *genocide studies*, se reporter à la discussion conduite au chap. VI de ce livre.

2. Robert Melson, *Revolution and Genocide. On the Origins of the Armenian Genocide and the Holocaust*, Chicago, University of Chicago Press, 1992.

3. Dans le même sens, citons encore le texte d'Hamit Bozarslan, « L'extermination des Arméniens et des juifs : quelques éléments de comparaison », dans Hans-Lukas Kieser et Dominik J. Schaller (éd.),

L'exercice de la comparaison peut cependant être poussé plus loin, si l'on parvient à construire des *problématiques communes* entre les événements analysés, qui puissent rendre compte de leurs *spécificités*. Par « problématiques », j'entends des questions transversales à tous les cas, susceptibles d'une certaine théorisation, dont les réponses peuvent se décliner différemment selon les situations historiques examinées. Dans ce livre, par exemple, ces problématiques se concentrent sur le rôle de l'imaginaire et de l'idéologie, de la crise de l'État et de la violence sacrificielle, du contexte international et de la guerre, etc. Ainsi la conceptualisation comparative permet-elle de singulariser chaque cas étudié. Cette approche a d'ailleurs été défendue en histoire par Paul Veyne : « conceptualiser pour individualiser ». C'est une perspective assez proche qui est adoptée ici : *problématiser pour différencier*. À cette fin, le questionnaire d'enquête (annexe I) constitue un outil indispensable de travail.

Les recherches de Norman Naimark ou d'Eric Weitz s'inscrivent en partie dans cette perspective[1]. Elles prennent en effet pour base de travail un nombre limité de cas que les auteurs soumettent à un même questionnement comparatif. Toutefois, cet ouvrage se fonde sur une démarche encore un peu plus ambitieuse. En effet, les livres de Naimark ou Weitz sont pour l'essentiel constitués de monographies historiques, qu'ils soumettent ensuite à un examen comparé. J'ai cru possible de sauter cette étape pour proposer d'emblée au lecteur une construction problématique dont la table des matières

---

Der Völkermord an der Armenien und die Shoah, Bâle, Chronos Verlag, 2002, p. 317-345.

1. Norman M. Naimark, *Fires of Hatred*, *op. cit.* ; Eric D. Weitz, *A Century of Genocide*, *op. cit.*

reflète la structure fondamentale. Dès lors, le principe général de la rédaction a consisté en un aller et retour constant entre le singulier et le général, l'universel et le particulier, le tout dans une perspective pluridisciplinaire. Il va de soi que je n'ai pu me livrer à un tel exercice qu'au terme d'une longue maturation de plusieurs années et que, vu la complexité d'une telle méthodologie d'analyse, la discussion et la critique me semblent plus que nécessaires pour avancer, pourvu qu'elles soient conduites sur des bases rigoureuses.

ANNEXE III

L'encyclopédie en ligne des violences de masse[1]

Le XXe siècle a été marqué par un progrès du droit international, qui s'est concrétisé en 2002 par la création de la Cour pénale internationale. Une telle évolution tient évidemment à la multiplicité et à l'ampleur des cas de destruction de populations civiles au cours des décennies passées, que des juristes ont voulu réprimer et prévenir en créant de nouvelles normes juridiques, telles que les notions de crime de guerre, crime contre l'humanité ou crime de génocide.

Parallèlement à cette évolution du droit, il est essentiel de créer un outil de référence, de caractère encyclopédique, rassemblant nos connaissances en matière de destruction de populations civiles du point de vue des sciences sociales. Certes, des travaux en histoire, science politique, sociologie ont déjà permis de faire d'importantes avancées dans l'analyse de tel ou tel cas de massacre ou de génocide. Mais les apports fournis par de telles recherches restent le plus souvent dispersés et demandent précisément à être réunis. En outre, beaucoup reste à faire pour explorer l'histoire de cas de massacres moins étudiés.

1. www.massviolences.org. Cette nouvelle publication numérique a vu le jour en 2008 à Sciences Po. Paris, sous le haut patronage de Mesdames Simone Weil et Esther Mujawayo (Rwanda). L'encyclopédie en ligne des violences de masse est désormais l'une des publications du CERI (Centre d'études et de recherches internationales, www.ceri-sciencespo.com)

L'ambition première de cette encyclopédie est de pallier de telles carences en proposant des mises au point historiographiques, ainsi que des analyses contextualisées sur des cas connus ou moins connus de massacres.

1. Objectifs

Le projet de cette encyclopédie vise à la création et à l'actualisation d'une base documentaire électronique sur les massacres et génocides. Il a été engagé depuis l'automne 2003 dans le cadre du Centre d'études et de recherches internationales (CERI) de la Fondation nationale des sciences politiques. La constitution d'un tel outil de référence devient en effet de plus en plus indispensable pour tous ceux qui travaillent sur la violence, la guerre et la paix – les acteurs étatiques ou non étatiques en conflit faisant souvent référence dans leurs discours à des massacres et atrocités du passé (avérés ou non) pour justifier et légitimer leur propre violence. Or il n'existe pas à ce jour une telle base documentaire qui soit de nature à rassembler nos connaissances en la matière. Cette base de données, unique en son genre, pourra alors être utile non seulement à l'étudiant et au chercheur, mais aussi à des juristes ou experts internationaux, aux membres d'ONG et, plus largement encore, à quiconque se montrera désireux de consulter une synthèse historique sur tel ou tel cas de massacre, perpétré telle année dans tel pays, etc. L'ensemble des informations disponibles sur ce site sera rédigé en anglais. Mais l'objectif est aussi de présenter les données relatives à chaque pays dans sa langue vernaculaire.

2. Pourquoi un site électronique ?

Pourquoi faire le choix d'un site électronique ? Le support de la technologie informatique (et d'Internet) s'avère particulièrement judicieux pour une telle entreprise. En effet, cette technologie permet bien plus de souplesse d'emploi que la fabrication d'une encyclopédie « classique » dans le format du livre « papier ». Ainsi est-il plus facile d'actualiser l'évolution des connaissances, de faire de nouvelles mises à jour, etc., sans engager des frais importants d'impression. En outre, la consultation d'une encyclopédie sur Internet correspond bien davantage aux réflexes des jeunes générations. De plus, l'accessibilité à la « Toile », à travers le monde, tend à s'étendre même si des États imposent des restrictions. Cette technologie permet en fait une diffusion de la connaissance plus large que l'édition, toujours nécessaire, néanmoins plus restreinte, du livre. Son intérêt réside encore dans sa possible interactivité, dans la mesure où elle peut susciter des contributions (en provenance des pays concernés) susceptibles d'être mises en ligne pourvu que celles-ci répondent aux critères scientifiques de l'encyclopédie. Afin d'utiliser au maximum toutes ces potentialités, il est important que le site soit consultable gratuitement, n'ayant de toute façon pas une vocation commerciale. Projet à vocation universelle, cette encyclopédie doit être considérée comme un service public universel.

3. Présentation du site de l'encyclopédie

La première difficulté consiste déjà à savoir nommer les événements répertoriés, au-delà des enjeux de mémoire propres à chaque groupe victime de telles atrocités.

L'intérêt de la notion de « massacre » est qu'elle n'est pas normative et qu'elle n'implique donc pas une qualification juridique particulière. Néanmoins, le terme « génocide » est rajouté parce qu'il est devenu usuel en la matière (même si son emploi est souvent abusif). Il est donc
essentiel de le mettre dans le titre pour faciliter l'accès au site d'un utilisateur d'Internet qui recherchera des informations sur le sujet en prenant « génocide » » pour mot-clé. Mais cela ne préjuge pas de la manière dont les cas seront analysés. À cet égard, l'encyclopédie n'entend pas imposer telle ou telle définition du génocide, mais bien plutôt les mettre en débat, en laissant au lecteur la liberté de se faire son opinion.

La structure du site sera organisée par continents et par pays. Pour chaque pays, les cas répertoriés seront classés par ordre chronologique. L'objectif premier est de travailler sur l'histoire du XXe siècle. Mais l'analyse montre qu'il est très souvent pertinent de se plonger dans une histoire plus ancienne. À terme, le but est donc de proposer aussi des items relatifs à l'histoire du XIXe siècle, voire même auparavant.

Chaque cas sera analysé en fonction d'un questionnement commun, à partir duquel seront constituées les rubriques propres à cette encyclopédie.

En voici la liste indicative :

– le contexte (guerre civile, guerre coloniale, guerre mondiale) ;
– les responsables et les exécutants du massacre ;
– les victimes ;
– les témoins ;
– les mémoires ;
– interprétations et qualifications des faits ;
– suites judiciaires éventuelles ;
– commissions « Vérité et Réconciliation » ;

– lieux de mémoire (sites ou musées) ;
– bibliographie.

Pour chacun de ces items, on pourra accéder à des sous-rubriques, voire à des illustrations spécifiques (photos, cartes, discours, etc.). Selon les cas, des liens seront proposés avec des sites plus spécialisés.

La finalité d'un tel projet est de contribuer à rassembler et structurer des données empiriques essentielles sur les massacres, d'une part, et de proposer des analyses pluridisciplinaires de ces événements, d'autre part. En ce sens, les deux entrées importantes de l'encyclopédie conduiront à la consultation :

– de répertoires historiques des événements définis comme « massacres » pour chaque pays (niveau 1) ;
– de diverses études de cas de massacres, analysés selon la grille présentée ci-dessus (niveau 2).

Les problèmes de définitions et de méthodologie posés par la rédaction de ces données font l'objet de notes spécifiques, qui seront communiquées à tout contributeur potentiel avant qu'il ne commence sa rédaction.

Enfin, l'encyclopédie offrira :

– un glossaire des termes les plus utilisés dans ce champ d'études ;
– divers textes de réflexion rédigés par les auteurs qui expriment les courants de recherche les plus représentatifs.

Un comité scientifique international sera chargé de valider les travaux des collaborateurs de l'encyclopédie avant qu'ils ne soient mis en ligne sur son site. Le directeur du projet, en lien étroit avec les membres de ce comité scientifique, se montrera très vigilant à éviter toute instrumentalisation du site à des fins militantes, politiques ou communautaires. La vocation de cette encyclopédie est avant tout de s'imposer comme un outil de référence du point de vue de la connaissance scientifique. À terme, il est espéré que la création de ce site stimulera des efforts de recherche en ce domaine dans les pays concernés, favorisant ainsi la création d'équipes locales de chercheurs, dont les résultats pourraient ensuite être mis en ligne.

4. Comité scientifique international

Omer Bartov (États-Unis), **Hamit Bozarslan** (France), **Philippe Burrin** (Suisse), **Frank Chalk** (Canada), **Abram de Swaan** (Pays-Bas), **Ignacio Fernandez de Mata** (Espagne), **Henry Huttenbach** (États-Unis), **Christophe Jaffrelot** (France), **Ben Kiernan** (États-Unis), **Jean-Louis Margolin** (France), **Dirk Moses** (Australie), **Norman Naimark** (États-Unis), **Dieter Pohl** (Allemagne), **Samantha Power** (États-Unis), **Valérie Rozoux** (Belgique), **Gonzalo Sanchez** (Colombie), **William Shabbas** (Irlande), **Martin Shaw** (Angleterre), **Nicolas Werth** (France), **Eric D. Weitz**, (États-Unis), **Jürgen Zimmerer** (Portugal).

Bibliographie sélective

Cette bibliographie présente les ouvrages les plus représentatifs étudiant les processus de violences extrêmes, massacres et génocides à partir d'approches comparatives. Elle n'inclut donc pas les ouvrages sur la guerre proprement dite, ni même ceux qui traitent d'un cas spécifique de massacre ou génocide.

Cette bibliographie est enrichie d'autres titres portant sur des thèmes connexes – le droit international, les commissions Vérité et Réconciliation, la prévention des génocides – et indique enfin des revues ou sites spécialisés.

Violences extrêmes et génocide

Ouvrages personnels

ALVAREZ, Alex, *Governments, Citizens and Genocide. A Comparative and Interdisciplinary Approach*, Bloomington-Indianapolis, Indiana University Press, 2001.

ARENDT, Hannah, *Eichmann à Jérusalem. Rapport sur la banalité du mal*, Paris, Gallimard, 1966.

BAUER, Yehuda, *Rethinking the Holocaust*, New Haven, Yale University Press, 2001.

BAUMAN, Zygmunt, *Modernity and the Holocaust*, Cambridge, Polity Press, 1989.

BELL-FIALKOFF, Andrew, *Ethnic Cleansing*, New York, Saint Martin's Press, 1996.

BRAUD, Philippe, *Violences politiques*, Paris, Le Seuil, coll. « Points Essais », 2004.

BRUNETEAU, Bernard, *Le Siècle des génocides. Violences, massacres et processus génocidaires de l'Arménie au Rwanda*, Paris, Armand Colin, 2004.

CHAUMONT, Jean-Michel, *La Concurrence des victimes*, Paris, La Découverte, 1997.

FEIN, Helen, *Genocide. A Sociological Perspective*, Londres, Sage Publications, 1990.

HASSNER, Pierre, *La Violence et la Paix*, t. I : *De la bombe atomique au nettoyage ethnique*, Paris, Le Seuil, coll. « Points », 2000 ; t. II : *La Terreur et l'Empire*, Paris, Le Seuil, 2003.

HOLSTI, Kalevi J., *The State, War, and the State of War*, Cambridge, Cambridge University Press, 1996.

HOROWITZ, Donald L., *Deadly Ethnic Riots*, Berkeley, University of California Press, 2001.

JAULIN, Robert, *La Paix blanche. Introduction à l'ethnocide*, Paris, Le Seuil, 1970.

KNUTH, Rebecca, *Libricide. The Regim Sponsored Destruction of Books and Libraries in the Twentieth Century*, Westport, Praeger, 2003.

KOTEK, Joël, et RIGOULOT, Pierre, *Le Siècle des camps. Détention, concentration, extermination : cent ans de mal radical*, Paris, Jean-Claude Lattès, 2000.

KUPER, Leo, *Genocide. Its Political Use in the Twentieth Century*, New Haven, Yale University Press, 1981.

LEVENE, Mark, *Genocide in the Age of the Nation-State*, I.B. Tauris Publishers, 2005.

MANN, Michael, *The Dark Side of Democracy. Explaining Ethnic Cleansing*, Cambridge, Cambridge University Press, 2005.

MARKUSEN, Eric, et KOPF, David, *The Holocaust and Strategic Bombing. Genocide and Total War in the Twentieth Century*, Boulder, Westview, 1993.

MAZOWER, Mark, *Dark Continent. Europe's Twentieth Century*, Londres, Allen Lane, Penguin Press, 1998.

MELSON, Robert, *Revolution and Genocide. On the Origins of the Armenian Genocide and the Holocaust*, Chicago, University of Chicago Press, 1992.

MIDLARSKY, Manus, *The Killing Trap. Genocide in the Twentieth Century*, Cambridge, Cambridge University Press, 2005.

NAIMARK, Norman M., *Fires of Hatred. Ethnic Cleansing in the Twentieth-Century Europe*, Cambridge, Harvard University Press, 2001.

POWER, Samantha, *A Problem from Hell. America and the Age of Genocide*, New Republic Book-Basic Books, 2002.

REVAULT D'ALLONNES, Myriam, *Ce que l'homme fait à l'homme. Essai sur le mal politique*, Paris, Le Seuil, 1995.

RUMMEL, Rudolph J., *Death by Government*, New Brunswick-Londres, Transaction Publishers, 1994.

SÉMELIN, Jacques, *Analyser le massacre. Réflexions comparatives*, Paris, CERI, coll. « Questions de recherche/Research in Question », 2002 ; accessible sur Internet : http ://www. ceri-sciencespo.com/cerifr/publica/ question/menu.htm.

SHAW, Martin, *War and Genocide. Organized Killing in Modern Society*, Cambridge, Polity Press, 2003.

SIRONI, Françoise, *Bourreaux et Victimes. Psychologie de la torture*, Paris, Odile Jacob, 1999.

SOFSKY, Wolfgang, *Traité de la violence*, Paris, Gallimard, 1998.

STAUB, Ervin, *The Roots of Evil. The Origins of Genocide and Other Group Violence*, Cambridge, Cambridge University, Press, 1989.

TATZ, Colin M., *With Intent to Destroy. Reflecting on Genocide*, Londres-New York, Verso, 2003.

TERNON, Yves, *L'État criminel. Les génocides au XXe siècle*, Paris, Le Seuil, 1995.

TILLY, Charles, *The Politics of Collective Violence*, Cambridge, Cambridge University Press, 2003.

TODOROV, Tzvetan, *Face à l'extrême*, Paris, Le Seuil, 1990.

UEKERT, Brenda K., *Rivers of Blood. A Comparative Study of Government Massacre*, Westport, Praeger, 1995.

VALENTINO, Benjamin A., *Final Solutions. Mass Killing and Genocide in the 20th Century*, Ithaca-Londres, Cornell University Press, 2004.

WEITZ, Eric D., *A Century of Genocide. Utopias of Race and Nation*, Princeton, Princeton University Press, 2003.

WIEVIORKA, Michel, *La Violence*, Paris, Balland, 2004.

Ouvrages collectifs

ANDREOPOULOS, George J. (éd.), *Genocide. Conceptual and Historical Dimensions*, University of Pennsylvania Press, 1994.

AUDOIN-ROUZEAU, Stéphane, BECKER, Annette, INGRAO, Christian, et ROUSSO, Henry, *La Violence de guerre, 1914-1945*, Bruxelles, Complexe, 2002.

BARTOV, Omer, et MACK, Phyllis, *In God's name. Genocide and Religion in the Twentieth Century*, Oxford-New York, Berghahn Books, 2001.

–, GROSSMAN, Atina, et NOLAN, Mary, *The Crimes of War. Guilt and Denial in the Twentieth Century*, New York, The New Press, 2002.

CHALK, Frank, et JONASSOHN, Kurt, *The History and Sociology of Genocide*, New Haven, Yale University Press, 1990.

CHARNY, Israel W. (éd.), *Toward the Understanding and Prevention of Genocide. Proceedings of the International Conference on the Holocaust and Genocide*, Boulder-Londres, Westview Press, 1984.

– (éd.), *Le Livre noir de l'humanité. Encyclopédie mondiale des génocides*, Toulouse, Privat, 2001.

–, PARSONS, William S., et TOTTEN, Samuel, *Century of Genocide. Eyewitness Accounts and Critical Views*, New York, Garland, 1997.

CHOBARDJIAN, Levon, et CHIRINIAN, Georges, *Studies in Comparative Genocide*, New York, Saint Martin's Press, 1999.

COQUIO, Catherine (éd.), *Parler des camps, penser les génocides*, Paris, Albin Michel, 1999.

COURTOIS, Stéphane (éd.), *Le Livre noir du communisme. Crimes, terreur, répression*, Paris, Robert Laffont, 1997.

EL KENZ, David (éd.), *Le Massacre, objet d'histoire*, Paris, Gallimard, 2005.

FRIEDRICH, David O. (éd.), *State Crime*, Ashgate, Dartmouth Company, 1998.

HANNOYER, Jean (éd.), *Guerres civiles, dimensions de la violence, économies de la civilité*, Paris, Karthala, 1999.

HÉRITIER, Françoise (éd.), *De la violence*, Paris, Odile Jacob, 1996-1999.

HINTON, Alexander L. (éd.), *Anihilating Difference. The Anthropology of Genocide*, San Francisco, California University Press, 2002.

– (éd.), *Genocide. An Anthropological Reader*, Malde-Oxford, Blackwell, 2002.

JANSEN, Steven L.B. (éd.), *Genocide. Cases, Comparisons and Contemporary Debates*, Copenhague, The Danish Center for Holocaust and Genocide Studies, 2003.

JONASSOHN, Kurt, et BJORNSON, Karin Solveig, *Genocide and Gross Human Rights Violations in Comparative Perspective*, New Brunswick, Transaction, 1998.

JONES, Adam (éd.), *Gendercide and Genocide*, Nashville, Vanderbilt University Press, 2004.

KIERNAN, Ben, et GELLATELY, Robert, *Specter of Genocide. Mass Murders in Historical Perspective*, Cambridge, Cambridge University Press, 2003.

LEVENE, Mark, et ROBERTS, Penny (éd.), *The Massacre in History*, New York, Bargain Books, 1999.

RADFORD, Jill, et RUSSEL, Diana (éd.), *Femicide. The Politics of Woman Killing*, Buckingham, Open University Press, 1992.

SHELTON, Dinah L. (éd.), *Encyclopedia of Genocide and Crimes against Humanity*, Thomson Gale, 2005, 3 vol.

SMITH, Robert W. (éd.), *Genocide. Essays toward Understanding, Early-Warning and Prevention*, Association of Genocide Scholars, 1999.

VARDY, Steven Béla, et TOOLEY, Hunt (éd.), *Ethnic Cleansing in Twentieth Century Europe,* New York, Columbia University Press, 2003.

ZARTMANN, William (éd.), *Collapsed States. The Disintegration and Restoration of Legitimate Authority*, Boulder, Lynne Rienner, 1995.

Revues

Génocides. Lieux (et non-lieux) de mémoire, *Revue d'histoire de la Shoah*, n° 181, 2, 2004.

Les Usages politiques des massacres, *Revue internationale de politique comparée*, vol. 7, n° 1, printemps 2001.

Violences extrêmes, *Revue internationale de sciences sociales*, n° 174, décembre 2004.

Qualification juridique

BALL, Howard, *Prosecuting War Crimes and Genocide. The Twentieth-Century Experience*, Lawrence, University Press of Kansas, 1999.

BASS, Gary Jonathan, *Stay the Hand of Vengeance. The Politics of War Crimes Tribunals*, Princeton, Princeton University Press, 2000.

BEST, Goeffrey, *Nuremburg and After. The Continuing History of War Crimes against Humanity*, Reading, University of Reading, 1984.

BETTATI, Mario, *Le Droit d'ingérence. Mutation de l'ordre international*, Paris, Odile Jacob, 1996.

BLOXHAM, Donald, *Genocide on Trial. War Crimes Trials and the Formation of Holocaust History and Memory*, Oxford, Oxford University Press, 2003.

BOUCHET-SAULNIER, Françoise, *Dictionnaire pratique du droit humanitaire*, Paris, La Découverte-Syros, 2000.

BOUSTANY, Kathia, et DORMOY, Daniel (éd.), *Génocide*, Réseau Victoria, « Droit international », Bruxelles, Bruylant-Éd. de l'Université de Bruxelles, 1999.

DELMAS-MARTY, Mireille, *Vers un droit commun de l'humanité*, Paris, Textuel, 2005.
– (éd.), *La Justice pénale internationale entre passé et avenir*, Paris, Dalloz, 2004.
DELSOL, Chantal, *La Grande Méprise. Justice internationale, gouvernement mondial, guerre juste*, Paris, La Table ronde, 2004.
GARAPON, Antoine, *Des crimes qu'on ne peut ni juger ni pardonner. Pour une justice internationale*, Paris, Odile Jacob, 2002.
GOLDSTONE, Richard J., *For Humanity. Reflections of a War Crimes Investigator*, New Haven, Yale University Press, 2000.
GUTMAN, Roy, et RIEFF, David (éd.), *Crimes of War. What the Public Should Know*, Singapour, Norton & Company Ltd, 1999.
LEMKIN, Raphael, *Axe's Rule in Occupied Europe*, Washington, Carnegie, 1944.
METTRAUX, Guenael, *International Crimes and the Ad-Hoc Tribunals*, Oxford, Oxford University Press, 2005.
OSIEL, Mark, *Mass Atrocity, Collective Memory and the Law*, New Brunswick, Transaction, 1997.
–, *Obeying Orders. Atrocity, Military Disciplines and the Law of War*, New Brunswick, Transaction, 1999.
SCHABAS, William, *Genocide in International Law*, Cambridge, Cambridge University Press, 2000.

Construction de la paix, justice et réconciliation

BARKAN, Elazar, *The Guilt of Nations. Restitution and Negociating Historical Injustices*, Baltimore, Johns Hopkins University Press, 2001.
CHESTERMAN, Simon, *Just War or Just Peace ? Humanitarian Intervention and International Law*, Oxford, Oxford University Press, 2001.
COUSENS, Elizabeth, KUMAR, Chetan, et WERMESTER, Karin (éd.), *Peacebuilding as Politics. Cultivating Peace in Fragile Societies*, Boulder, Lynne Rienner, 2001.

DESTEXHE, Alain, *L'Humanitaire impossible ou deux siècles d'ambiguïté*, Paris, Armand Colin, 1993.

FATIC, Aleksander, *Reconciliation via the War Crimes Tribunal ?*, Aldershot, Ashgate, 2000.

HAYNER, Priscilla B., *Unspeakable Truths. Facing the Challenge of Truth Commissions*, New York, Routledge, 2000.

LEDERACH, John Paul, *Building Peace. Sustainable Reconciliation in Divided Societies*, Washington, United Institute of Peace Press, 1997.

LEFRANC, Sandrine, *Politiques du pardon*, Paris, PUF, 2002.

MINEAR, Larry, et WEISS, Thomas, *Mercy under Fire. War and the Global Humanitarian Community*, Boulder, Westview Press, 1995.

MINOW, Martha, *Between Vengeance and Forgiveness. Facing History after Genocide and Mass Violence*, Boston, Beacon Press, 1998.

NEWMAN, Edward, et SCHNABEL, Albrecht (éd.), *Recovering from Civil Conflict. Reconciliation, Peace and Development*, Londres, Frank Cass Publishers, 2002.

OFF, Carol, *The Lion, the Fox and the Eagle. A Story of Generals and Justice in Rwanda and Yugoslavia*, Toronto, Random House Canada, 2000.

POULIGNY, Béatrice, *Ils nous avaient promis la paix. Opérations de l'ONU et populations locales*, Paris, Presses de la FNSP, 2004.

ROTBERG, Robert, et THOMPSON, Dennis (éd.), *Truth versus Justice : The Morality of Truth Commissions*, Princeton, Princeton University Press, 2000.

STOVER, Eric, et WEINSTEIN, Harvey (éd.), *My Neighbor, My Enemy. Justice and Community in the Aftermath of Mass Atrocity*, Cambridge, Cambridge University Press, 2004.

TEITEL, Ruti G., *Transitional Justice*, Oxford, Oxford University Press, 2000.

TERNON, Yves, *Du négationnisme. Mémoire et tabou*, Paris, Desclée de Brouwer, 1999.

Prévention

BUISSIÈRE, René, *L'Europe de la prévention des crises et des conflits*, Paris, L'Harmattan, 2000.

CROKER, Chester A., HAMPSON, Fen Osler, et AALL, Pamela (éd.), *Herding Cats. Multiparty Mediation in a Complex World*, Washington DC, United States Institute of Peace Press, 1999.

EVANS, Gareth, et SAHNOUN, Mohamed, « The Responsability to Protect : Report of the International Commission on Intervention and State Sovereignty (ICISS), Appointed by the Government of Canada », *Foreign Affairs*, vol. 81, n° 6, novembre 2002. On peut également consulter l'ensemble de ce rapport sur Internet : http ://www.crisisweb.org.

FEIN, Helen, et APSEL FREEDMAN, Joyce, *Teaching about Genocide. A Guidebook for College and University Teachers*, Human Rights Internet, Institute for the Study of Genocide, Ottawa, New York, 1992.

GURR, Ted. R, *Minorities at Risk. A Global View of Ethnopolitical Conflicts*, Washington DC, United States Institute of Peace Press, 1993.

– et DAVIES, John L., *Preventive Measures. Building Risk Assessment and Crisis Early Warning Systems*, Lanham, Rowman & Littlefield, 1998.

HAMBURG, David A., *No More Killing Fields. Preventing Deadly Conflict*, New York, Rowman & Littlefield, 2002.

HEIDENRICH, John G., *How to Prevent Genocide. A Guide for Policymakers, Scholars and the Concern Citizen*, Westport, Praeger, 2001.

HELTON, Arthur C., *The Price of Indifference. Refugees and Humanitarian Action in the New Century*, Oxford, Oxford University Press, 2002.

RIEMER, Neal (éd.), *Protection against Genocide. Mission Impossible ?*, Westport, Praeger, 2000.

ROCARD, Michel, *L'Art de la paix*, Biarritz, Atlantica, 1997.

RUBIN, Barnett R. (éd.), *Cases and Strategies for Preventive Action*, New York, The Century Foundation Press, 1998.

Revues

Holocaust and Genocide Studies, Oxford, Oxford University Press.

Journal of Genocide Research, New York, the City College of the City University of New York.

Journal of International Criminal Justice, Oxford, Oxford University Press.

Revue d'histoire de la Shoah, Paris, Centre de documentation juive contemporaine.

Sites Internet

AMNESTY INTERNATIONAL : http://www.amnesty.asso.fr.

CENTER FOR HOLOCAUST AND GENOCIDE STUDIES, University of Minnesota : http://www.chgs.umn.edu/index.html.

CENTER FOR INTERNATIONAL DEVELOPMENT AND CONFLICT MANAGEMENT, université du Maryland : http://www.cidcm.umd.edu.

COLLECTIF INTERNATIONAL, fondé à La Haye en mai 1999, se donnant pour but de mettre fin aux génocides : http://www.genocidewatch.org.

DANISH CENTER FOR HOLOCAUST AND GENOCIDE STUDIES : http://www.holocaust-education.dk/Default.asp.

EUROPEAN NETWORK OF GENOCIDE SCHOLARS, créé en 2005 par des universitaires européens pour favoriser les recherches sur les génocides : http://www.enogs.com.

GENOCIDE STUDIES PROGRAM, YaleUniversity : http://www.yale.edu/gsp.

GUTMAN, Roy, site Internet créé à l'initiative de ce journaliste américain pour éveiller la conscience de l'opinion publique sur les violations du droit international : http://www.crimesofwar.org.

HOLOCAUST/GENOCIDE PROJECT, de l'International Education and Ressource Network : http://www.iearn.org/hgp.

HUMAN RIGHTS WATCH, organisation non gouvernementale qui se consacre à la protection des droits humains : http://www.hrw.org.

IMPERIAL WAR MUSEUM, Londres : http://www.iwm.org.uk.

INTERNATIONAL ASSOCIATION OF GENOCIDE SCHOLARS, créée en 1995 par des universitaires, principalement nord-américains, pour développer les recherches sur les génocides : http://www.isg-iags.org.

Journal of Genocide Research : http://www.tandf.co.uk/journals/titles/ 14623528.asp.

INTERNATIONAL CRISIS GROUP, organisation non gouvernementale internationale qui propose des analyses régulières des conflits en cours en vue de contribuer à la prévention des crises : http://www.crisisweb.org.

Journal of Holocaust and Genocide Studies : http://hgs.oupjournals.org.

MONTREAL INSTITUTE FOR GENOCIDE AND HUMAN RIGHTS STUDIES : http://migs.concordia.ca.

TRIBUNAL PÉNAL INTERNATIONAL POUR L'EX-YOUGOSLAVIE : http://www.un. org/icty/index-f.html.

TRIBUNAL PÉNAL INTERNATIONAL POUR LE RWANDA : http://www.ictr.org/ index.htm.

UNITED STATES HOLOCAUST MEMORIAL MUSEUM, Washington : http://www.ushmm.org.

Index des noms

Index thématique

Table

RÉALISATION : IGS-CP À L'ISLE-D'ESPAGNAC (CHARENTE)
IMPRESSION : NORMANDIE ROTO S.A.S. À LONRAI (ORNE)
DÉPÔT LÉGAL : NOVEMBRE 2012. N° 108685 (123940)
IMPRIMÉ EN FRANCE

Éditions Points

Collection Points Essais

520. Les Écrivains voyageurs au xxe siècle, *par Gérard Cogez*
521. L'Islam mondialisé, *par Olivier Roy*
522. La Mort opportune, *par Jacques Pohier*
523. Une tragédie française, *par Tzvetan Todorov*
524. La Part du père, *par Geneviève Delaisi de Parseval*
525. L'Ennemi américain, *par Philippe Roger*
526. Les Pousse-au-jouir du Maréchal Pétain, *par Gérard Miller*
527. L'Oubli de l'Inde, *par Roger-Pol Droit*
528. La Maladie de l'islam, *par Abdelwahab Meddeb*
529. Le Nu impossible, *par François Jullien*
530. Schumann. La Tombée du jour, *par Michel Schneider*
531. Le Corps et sa danse, *par Daniel Sibony*
532. Mange ta soupe et… tais-toi !, *par Michel Ghazal*
533. Jésus après Jésus, *par Gérard Mordillat et Jérôme Prieur*
534. Introduction à la pensée complexe, *par Edgar Morin*
535. Peter Brook. Vers un théâtre premier, *par Georges Banu*
536. L'Empire des signes, *par Roland Barthes*
537. L'Étranger ou L'Union dans la différence *par Michel de Certeau*
538. L'Idéologie et l'Utopie, *par Paul Ricœur*
539. En guise de contribution à la grammaire et à l'étymologie du mot « être », *par Martin Heidegger*
540. Devoirs et Délices, *par Tzvetan Todorov*
541. Lectures 3, *par Paul Ricœur*
542. La Damnation d'Edgar P. Jacobs *par Benoît Mouchart et François Rivière*
543. Nom de Dieu, *par Daniel Sibony*
544. Les Poètes de la modernité *par Jean-Pierre Bertrand et Pascal Durand*
545. Souffle-Esprit, *par François Cheng*

546. La Terreur et l'Empire, *par Pierre Hassner*
547. Amours plurielles, *par Ruedi Imbach et Inigo Atucha*
548. Fous comme des sages
par Roger-Pol Droit et Jean-Philippe de Tonnac
549. Souffrance en France, *par Christophe Dejours*
550. Petit Traité des grandes vertus, *par André Comte-Sponville*
551. Du mal/Du négatif, *par François Jullien*
552. La Force de conviction, *par Jean-Claude Guillebaud*
553. La Pensée de Karl Marx, *par Jean-Yves Calvez*
554. Géopolitique d'Israël, *par Frédérique Encel, François Thual*
555. La Méthode
6. Éthique, *par Edgar Morin*
556. Hypnose mode d'emploi, *par Gérard Miller*
557. L'Humanité perdue, *par Alain Finkielkraut*
558. Une saison chez Lacan, *par Pierre Rey*
559. Les Seigneurs du crime, *par Jean Ziegler*
560. Les Nouveaux Maîtres du monde, *par Jean Ziegler*
561. L'Univers, les Dieux, les Hommes, *par Jean-Pierre Vernant*
562. Métaphysique des sexes, *par Sylviane Agacinski*
563. L'Utérus artificiel, *par Henri Atlan*
564. Un enfant chez le psychanalyste, *par Patrick Avrane*
565. La Montée de l'insignifiance, Les Carrefours du labyrinthe IV
par Cornelius Castoriadis
566. L'Atlantide, *par Pierre Vidal-Naquet*
567. Une vie en plus, *par Joël de Rosnay,*
Jean-Louis Servan-Schreiber, François de Closets,
Dominique Simonnet
568. Le Goût de l'avenir, *par Jean-Claude Guillebaud*
569. La Misère du monde, *par Pierre Bourdieu*
570. Éthique à l'usage de mon fils, *par Fernando Savater*
571. Lorsque l'enfant paraît t. 1, *par Françoise Dolto*
572. Lorsque l'enfant paraît t. 2, *par Françoise Dolto*
573. Lorsque l'enfant paraît t. 3, *par Françoise Dolto*
574. Le Pays de la littérature, *par Pierre Lepape*
575. Nous ne sommes pas seuls au monde, *par Tobie Nathan*
576. Ricœur, *textes choisis et présentés par Michael Fœssel*
et Fabien Lamouche
577. Cantatrix Sopranica L. et autres écrits scientifiques
par Georges Perec
578. Philosopher à Bagdad au xe siècle, *par Al-Fārābī*
579. Mémoires. 1. La brisure et l'attente (1930-1955)
par Pierre Vidal-Naquet
580. Mémoires. 2. Le trouble et la lumière (1955-1998)
par Pierre Vidal-Naquet
581. Discours du récit, *par Gérard Genette*

582. Le Peuple « psy », *par Daniel Sibony*
583. Ricœur 1, *par L'Herne*
584. Ricœur 2, *par L'Herne*
585. La Condition urbaine, *par Olivier Mongin*
586. Le Savoir-déporté, *par Anne-Lise Stern*
587. Quand les parents se séparent, *par Françoise Dolto*
588. La Tyrannie du plaisir, *par Jean-Claude Guillebaud*
589. La Refondation du monde, *par Jean-Claude Guillebaud*
590. La Bible, *textes choisis et présentés par Philippe Sellier*
591. Quand la ville se défait, *par Jacques Donzelot*
592. La Dissociété, *par Jacques Généreux*
593. Philosophie du jugement politique, *par Vincent Descombes*
594. Vers une écologie de l'esprit 2, *par Gregory Bateson*
595. L'Anti-livre noir de la psychanalyse, *par Jacques-Alain Miller*
596. Chemins de sable, *par Chantal Thomas*
597. Anciens, Modernes, Sauvages, *par François Hartog*
598. La Contre-Démocratie, *par Pierre Rosanvallon*
599. Stupidity, *par Avital Ronell*
600. Fait et à faire, Les Carrefours du labyrinthe V
par Cornelius Castoriadis
601. Au dos de nos images, *par Luc Dardenne*
602. Une place pour le père, *par Aldo Naouri*
603. Pour une naissance sans violence, *par Frédérick Leboyer*
604. L'Adieu au siècle, *par Michel del Castillo*
605. La Nouvelle Question scolaire, *par Éric Maurin*
606. L'Étrangeté française, *par Philippe d'Iribarne*
607. La République mondiale des lettres, *par Pascale Casanova*
608. Le Rose et le Noir, *par Frédéric Martel*
609. Amour et justice, *par Paul Ricœur*
610. Jésus contre Jésus, *par Gérard Mordillat et Jérôme Prieur*
611. Comment les riches détruisent la planète, *par Hervé Kempf*
612. Pascal, *textes choisis et présentés par Philippe Sellier*
613. Le Christ philosophe, *par Frédéric Lenoir*
614. Penser sa vie, *par Fernando Savater*
615. Politique des sexes, *par Sylviane Agacinski*
616. La Naissance d'une famille, *par T. Berry Brazelton*
617. Aborder la linguistique, *par Dominique Maingueneau*
618. Les Termes clés de l'analyse du discours
par Dominique Maingueneau
619. La grande image n'a pas de forme, *par François Jullien*
620. « Race » sans histoire, *par Maurice Olender*
621. Figures du pensable, Les Carrefours du labyrinthe VI
par Cornelius Castoriadis
622. Philosophie de la volonté 1, *par Paul Ricœur*
623. Philosophie de la volonté 2, *par Paul Ricœur*

624. La Gourmandise, *par Patrick Avrane*
625. Comment je suis redevenu chrétien, *par Jean-Claude Guillebaud*
626. Homo juridicus, *par Alain Supiot*
627. Comparer l'incomparable, *par Marcel Detienne*
629. Totem et Tabou, *par Sigmund Freud*
630. Malaise dans la civilisation, *par Sigmund Freud*
631. Roland Barthes, *par Roland Barthes*
632. Mes démons, *par Edgar Morin*
633. Réussir sa mort, *par Fabrice Hadjadj*
634. Sociologie du changement
par Philippe Bernoux
635. Mon père. Inventaire, *par Jean-Claude Grumberg*
636. Le Traité du sablier, *par Ernst Jüng*
637. Contre la barbarie, *par Klaus Mann*
638. Kant, *textes choisis et présentés*
par Michaël Fœssel et Fabien Lamouche
639. Spinoza, *textes choisis et présentés par Frédéric Manzini*
640. Le Détour et l'Accès, *par François Jullien*
641. La Légitimité démocratique, *par Pierre Rosanvallon*
642. Tibet, *par Frédéric Lenoir*
643. Terre-Patrie, *par Edgar Morin*
644. Contre-prêches, *par Abdelwahab Meddeb*
645. L'Éros et la Loi, *par Stéphane Mosès*
646. Le Commencement d'un monde, *par Jean-Claude Guillebaud*
647. Les Stratégies absurdes, *par Maya Beauvallet*
648. Jésus sans Jésus, *par Gérard Mordillat et Jérôme Prieur*
649. Barthes, *textes choisis et présentés par Claude Coste*
650. Une société à la dérive, *par Cornelius Castoriadis*
651. Philosophes dans la tourmente, *par Élisabeth Roudinesco*
652. Où est passé l'avenir ?, *par Marc Augé*
653. L'Autre Société, *par Jacques Généreux*
654. Petit Traité d'histoire des religions, *par Frédéric Lenoir*
655. La Profondeur des sexes, *par Fabrice Hadjadj*
656. Les Sources de la honte, *par Vincent de Gaulejac*
657. L'Avenir d'une illusion, *par Sigmund Freud,*
658. Un souvenir d'enfance de Léonard de Vinci
par Sigmund Freud
659. Comprendre la géopolitique, *par Frédéric Encel*
660. Philosophie arabe
textes choisis et présentés par Pauline Koetschet
661. Nouvelles Mythologies, *sous la direction de Jérôme Garcin*
662. L'Écran global, *par Gilles Lipovetsky et Jean Serroy*
663. De l'universel, *par François Jullien*
664. L'Âme insurgée, *par Armel Guerne*
665. La Raison dans l'histoire, *par Friedrich Hegel*

666. Hegel, *textes choisis et présentés par Olivier Tinland*
667. La Grande Conversion numérique, *par Milad Doueihi*
668. La Grande Régression, *par Jacques Généreux*
669. Faut-il pendre les architectes ?, *par Philippe Trétiack*
670. Pour sauver la planète, sortez du capitalisme, *par Hervé Kempf*
671. Mon chemin, *par Edgar Morin*
672. Bardadrac, *par Gérard Genette*
673. Sur le rêve, *par Sigmund Freud*
674. Claude Lévi-Strauss et l'anthropologie structurale *par Marcel Hénaff*
675. L'Expérience totalitaire. La signature humaine 1 *par Tzvetan Todorov*
676. Manuel de survie des dîners en ville *par Sven Ortoli et Michel Eltchaninoff*
677. Casanova, l'homme qui aimait vraiment les femmes *par Lydia Flem*
678. Journal de deuil, *par Roland Barthes*
679. La Sainte Ignorance, *par Olivier Roy*
680. La Construction de soi *par Alexandre Jollien*
681. Tableaux de famille, *par Bernard Lahire*
682. Tibet, une autre modernité *par Jean-Pierre Barou et Sylvie Crossman*
683. D'après Foucault *par Philippe Artières et Mathieu Potte-Bonneville*
684. Vivre seuls ensemble. La signature humaine 2 *par Tzvetan Todorov*
685. L'Homme Moïse et la Religion monothéiste *par Sigmund Freud*
686. Trois Essais sur la théorie de la sexualité *par Sigmund Freud*
687. Pourquoi le christianisme fait scandale, *par Jean-Pierre Denis*
688. Dictionnaire des mots français d'origine arabe *par Salah Guemriche*
689. Oublier le temps, *par Peter Brook*
690. Art et figures de la réussite, *par Baltasar Gracián*
691. Des genres et des œuvres, *par Gérard Genette*
692. Figures de l'immanence, *par François Jullien*
693. Risquer la liberté, *par Fabrice Midal*
694. Le Pouvoir des commencements *par Myrian Revault d'Allonnes*
695. Le Monde moderne et la Condition juive, *par Edgar Morin*
696. Purifier et détruire, *par Jacques Semelin*
697. De l'éducation, *par Jean Jaurès*
698. Musicophilia, *par Oliver Sacks*